狙击生死线

刘猛 著

军事作品

北京联合出版公司
Beijing United Publishing Co.,Ltd.

第一章

1

这是一条僻静的城区街道，热闹与喧嚣都显得很远。几个小女孩儿在家属院门口跳皮筋儿，不时有行人来来往往。一辆挂着地方牌照的黑色大切缓慢开来，停在家属院门口。开车的观察手欲按喇叭，被一旁的韩光制止了："我们步行过去吧，没几步了。"观察手点点头，跟着韩光下车。

两人下车，走到后车门前。"哗啦！"后车门被打开，两个人取出黑色的枪包。两只枪包从外观上看没有什么特别，只是韩光的狙击步枪包很长，观察手的包是中号的，相对较短而已。两人身上都没有任何武器装备，看上去跟常人没什么差别。"咣！"车门关上。韩光提着枪包带着观察手跳过皮筋儿，走了进去。小女孩儿们纳闷儿地看着两个陌生男人。

一个门洞前，一个老太太正抱着猫在晒太阳，韩光抱着枪包带着观察手快步走来，猫好奇地看着两个陌生人。老太太无动于衷。韩光抬眼看看："就这儿了。"助手跟着他进入楼道，猫好奇地看着他俩过去。

楼顶的小门被一脚踢开，惊飞一片鸽子。韩光带着观察手大步走上楼顶。他们走到楼边，放下枪包。打开，两人取出东西，韩光在棒球帽上贴上印着"SWAT"的贴条，穿上防弹背心，戴上耳麦，然后取出狙击步枪和弹匣组装在一起。观察手也忙碌着，只是手里是一把 95 自动步枪，还有激光测距仪。韩光把枪包铺在地上，卧倒，出枪，"哗！"子弹上膛："山鹰到位，完毕。"观察手在一侧，举起激光测距仪。

瞄准镜里，教室外面围着警察和警车，教室窗户里面是一排正哭得稀里哗啦的孩子。观察手说："没有发现目标……"

无线电里传来指挥官的声音："山鹰，汇报目标情况。完毕。"韩光对着耳麦："山鹰报告，没有发现目标，他们躲在人质后面。完毕。"

"继续观察，完毕。"

"山鹰收到，完毕。"他保持均匀的呼吸，一动不动，好似凝固的雕塑。

2

此时，林冬儿正推着一辆已经堆满商品的购物车认真地选购东西。超市的上空飘荡着电台女主持人安露柔和的声音；超市里，《平安夜》的音乐开始缓缓响起，一派宁静祥和。但城市的安宁在这个幼儿园里被彻底打破了。警车的警笛、警方无线电嘈杂的通话声响成一片。高音喇叭也在不停地喊着："你们不要伤害孩子，一切都好商量，上级正在考虑你们的条件……"

特警们潜伏在四周准备出击，后面是更多的警察。防弹盾牌引导两名特警小心翼翼地接近教室门口。门口跪着一排学生和老师，都是一副战战兢兢的样子。一名特警抛出谈判电话，电话准确地落在门口。老师甲战战兢兢地过来，拿起电话。特警甲低声说："你可以跟我们走。"老师甲犹豫一下，说："不！我的孩子们在里面。"她毅然转身进去。特警目视老师进去，门又关上了，特警们在盾牌护卫下缓缓后退。

老师甲进得门来，王小明一把拿过电话："蹲到那边去！"孩子们看着老师甲："老师，我怕……"老师甲安慰孩子："别怕，别怕……外面有警察叔叔……"王小刚手持武器，看着他们："警察按照我们说的做，我们就不会伤害你们。"老师甲看都不看他一眼："来，都到老师这边来。别怕，警察叔叔会救小朋友的……"

谈判电话响了。王小明拿起电话，里面是谈判专家的声音："我是负责跟你们谈判的……"王小明冷冷地打断他："让你们局长跟我说话！""你只能跟我谈……"

"那我就杀人！杀小孩儿——"王小刚走过去抓起一个小孩儿。老师甲扑过去："放开他！放开他！他只是一个孩子——"王小刚推开老师甲，把孩子举到窗前，枪口对准孩子的脑袋。外面的警察大惊。电话里随即也响起谈判专家惊慌的声音："别开枪——别开枪——我马上帮你联系局长——"王小明冷冷地说："1分钟——"

地下指挥部里，警察们看着传输现场画面的监视器，正在紧张地研究对策。刑警队长唐晓军把笔记本电脑放在桌上："这是疑犯资料。王小明，28岁；王小刚，26岁。两人是亲兄弟，都是本市人。王小明曾经在武警部队当兵，还在应急机动中队受过系统的城市作战训练，具备战斗经验。王小刚是黑车司机，驾驶技术过硬，跟交警玩过追车，他有个外号叫'中环十三郎'，号称曾经在中环路上13分钟跑完全程。"

特警队长薛刚问："他们怎么会想到袭击幼儿园的呢？"

唐晓军说："他们是几起持枪抢劫案的主犯，手上还有人命，刑警队一直在试图活捉他们。这次我们本来计划在街上实施抓捕，但抓捕行动被他们识破了，为了躲避警方的追捕，他们狗急跳墙就进了幼儿园。"

"在没有完备的谋划以前，怎么能轻率地抓捕这样危险的人犯？"

"薛队长，为了跟踪抓捕这两个犯罪嫌疑人，我们的同志都一个礼拜没有睡过安稳觉了！他们根本就不会轻易凑到一起，我也想在郊区实施抓捕啊！但是他们只要见面，肯定在市区，要么是在新街口闹市，要么是在这儿的大街上——你说，我在哪儿实施抓捕？！"

薛刚愣住了："他们事先知道这个幼儿园？"

唐晓军点点头："对，我敢肯定这是他们的备案。警方一旦实施抓捕，他们就劫持幼儿园的孩子作为人质。"

公安局高局长沉吟片刻，说："看来我们的敌人是非常专业的。现在事态紧急，人质的安全是第一位的，无论如何，我们也要保证人质的绝对安全……"

唐晓军扶着耳麦。"好，我知道了——"他望着高局长，"高局，谈判专家搞不定，他们要求与您对话。"

"胡闹！他都搞不定，难道我是谈判专家吗？我能跟犯罪嫌疑人直接对话吗？那还要他们干什么？"

唐晓军看着高局："他们要杀孩子……"大家都呆住了。监视器上，一个孩子被举起来，枪口对准脑袋。高局长面色严峻，唐晓军看看手表："还有20秒钟……"高局长一挥手："给我接现场。"

教室里，王小明一脸冷酷地在倒计时："10、9、8、7、6……"脸色冷峻的王小刚仍在用枪口对着孩子。孩子吓得魂不守舍，老师甲愤怒起来："浑蛋！你们杀了我，别杀孩子——"王小明按住老师甲："3、2……"电话及时响了，王小明拿起电话："喂？"

"我是公安局长，你们不许伤害人质！"

王小明淡淡一笑，挥挥手，王小刚放下孩子，老师甲赶紧抱住孩子。

"高局长，对您，我可是久闻大名。"

"我现在在跟你直接对话，你要知道，这不是给你面子，也不代表我会接受你的条件！"

"我不指望您能跟我谈心，我是在跟您谈判。"

"你的条件，说说看！"

"300万人民币，现金，一部加满油的越野车。"

"你以为好莱坞拍电影啊？我有那个权力吗？"

"您是人民的好公安，现在人民的孩子在我的手里，这十几个孩子的命，我想300万不算贵。我知道滨海的经济发展势头很猛，所以300万现金不是问题。通话结束，半个小时以后见不到钱和车——我开始杀人，15分钟一个！"啪！电话挂了。高局长慢慢放下电话，面色冷峻："嚣张跋扈到不可一世的地步！"交警总队长认真地说："王小刚的驾驶技术是非常过硬的。我们有几个交警跟他打过交道，一旦他拿到车，那真的是如鱼得水。"

"如果车上做手脚呢？"唐晓军问。特警队长薛刚皱着眉头："不行！人质在他们手上，一旦他们发现车被动了手脚，人质性命不保。"

"我们唯一的选择就是从教室门口到车上这不足 5 米的距离了。"高局长叹了口气，"5米，两名持枪歹徒，狙击手有没有把握？"

薛刚抬头看高局长："九成把握。"

"九成？"高局长在犹豫，教室里突然出现变故。趁着王小明和王小刚在交谈，老师乙突然起身，哭着冲向大门，冲出去了。所有人都措手不及。两个埋伏在门口两侧的特警突击队员一跃而起，试图扑倒人质。一个特警队员高喊："不要跑直线，往边儿跑——"但是已经来不及了，冷血枪手王小明准确举枪点射，"嗒嗒！"弹头脱膛而出，正中老师乙的心脏，她麻袋一样栽倒了。两个冲出来的特警队员已经暴露在射击范围内，但是王小明却没有开枪。特警队员压在人质身上，对他虎视眈眈。王小明嘶哑着声音高喊道："不要逼我——我不想杀人！把车和钱给我准备好——"

楼顶上。韩光持枪瞄准，他已经锁定了王小明，食指在缓慢加力。他问旁边的观察手："二号目标在什么位置？"观察手说："我看不到二号目标。"韩光的食指又慢慢地松开了。

高局长看着监视器咬牙："他们开始杀了！"薛刚着急地说："再不采取措施，一成把握也没有了。"高局长问："你的狙击手知道疑犯的状况吗？疑犯是有战斗经验的，他有把握吗？"薛刚平静地说："我相信他，他是最好的。这是我们唯一的王牌。"高局长看着他，下定决心："我批准，按 B 计划行动！"

"是！"薛刚转身，对着监视器上的韩光下命令，"山鹰，按 B 计划行动！注意，目标是两个人！"

"山鹰收到，狙击小组注意，按 B 计划行动。完毕。"

"收到。完毕。"从其他一处楼顶传来另一组狙击手的回答。韩光对着耳麦："注意，我射击一号目标。第二狙击小组趁机射击二号目标，两颗子弹，解决战斗。收到？"——"收到。完毕。"

指挥部内。高局长转向交巡警总队长和唐晓军："你们做好应急准备，万一罪犯真的抢车逃脱，要准备追捕！"

"是！"两个队长转身出去了。唐晓军一出来，便看见警戒线外围一阵骚乱，他大步走过去："那边怎么回事？！疏散人群！"张超敬礼："报告！是一群记者！他们非要进来采访！"唐晓军着急了："采访个屁啊？！子弹是不长眼睛的，这不是胡闹吗？全赶走！警戒线往外再放 50 米！"

"唐大警官，你好大的脾气啊！"唐晓军转头看去，在记者们的摄像机和照相机这些长短家伙当中，露出一张俊俏的脸——晨报记者纪慧。唐晓军的脸色就有点儿不自然了。他看着纪慧："警戒线往外再放 100 米！"警察们立即手挽手往后压人："后退！到街角那边去！后退——"纪慧措手不及，周围的记者很不满地埋怨她，她裹在人群中被往后压。唐晓军看着她的脸消失在人群当中，转身走向现场，对自己的刑警开始布置追捕工作。

纪慧被推到街角，懊恼地对着唐晓军的背影跺了一下脚，但是已经无济于事。她拿起照相机，换了长焦镜头观察银行大厦和附近警方的动静，试图找到一些有价值的新闻。突然，她的镜头滑过两个黑色的小点儿。纪慧敏感地把镜头挪回去，找到了那个小点儿。镜头里，斜对面的楼顶上，是两个持枪的黑衣特警。纪慧眼睛一亮，转身向另一条街跑去。

楼顶上，韩光抱着枪，在静静等待……

3

谈判警官还在声嘶力竭地高喊："不要再杀人！不要再杀人！我们答应你们所有的要求！"一辆越野车缓缓开过警戒线，停在门口。特警队长薛刚下车，伸出双手向教室里的人示意没有武器。他打开后备厢，拿出两个硕大的手提箱。在众目睽睽之下，他打开两个手提箱，里面都放着满满的钞票。薛刚高喊："你们要的车、钱！把人质放了！"

里面沉默片刻，突然仿佛大堤泄洪般跑出来十几个孩子。埋伏在四周的特警队员举着防弹盾牌，把他们挡在自己身后，快步后退……警察们把惊魂未定的人质迅速带离，现场一片混乱。薛刚还站在原地，冷冷地看着里面："王小明，还有人质呢？！"王小明在里面喊："等我们安全了，再把剩下的人放了！现在，你退后！所有警察放下武器，后退10米！"薛刚慢慢退后，对着耳麦低声说："山鹰，下面是你的表演时间。"

韩光均匀保持着呼吸频率，88狙击步枪在双脚架和他肩膀构成的三角区内岿然不动。他深呼吸一次，然后拉动枪栓，一颗金灿灿的5.8毫米狙击步枪子弹退出枪膛，落在他戴着战术手套的手心里。韩光将这颗子弹放在唇边，轻轻亲吻一下，接着他把子弹放进自己的口袋，瞄准门口。观察手不断报告："一号、二号目标都出现了！山鹰，只看你的了！自己决定射击机会！"

"明确。"韩光的瞄准镜里，从教室里正无声地走出一团人。之所以说是一团人，是因为老师甲和老师丙各抱着一个孩子，被两个劫匪紧紧拉在身前构成一道人墙。劫匪的头部在人质头部之间若隐若现。很显然，他们的防范意识很强。从大厦门口到那辆黑色的越野车，只有5米。

韩光突然果断扣动扳机。"砰"——走在后面压阵的王小明眉心中弹，猝然栽倒。这团人的紧密关系被打破了，人质尖叫着四散卧倒或者跑开。王小刚如同退潮的礁石一样被显现出来，他嘶哑着喉咙喊着："哥——"第二狙击手迅速扣动扳机。"砰"——第二颗子弹脱膛而出。王小刚正好错开弹道，子弹打在他的肩膀上，但是手中的手枪却仍对准人质，他发出绝望的叫声："啊——"韩光迅速掉转枪口，"砰"——子弹击中了王小刚的眉心。瞄准镜里的王小刚猝然栽倒。韩光的呼吸还是很均匀，跟什么都没发生过一样。特警队员们像群狼一样扑上去，分开人质和劫匪的尸体。其余的特警队员们保护着孩子撤离，一切有条不紊。特警组长对着耳麦报告："现场已清除！安全！"

"收到。"韩光的眼睛这才离开瞄准镜。顷刻间，稍纵即逝的闪光让韩光一下子警觉起来，他再次抱紧狙击步枪寻找闪光的位置。观察手在一旁喊："我找到了！九点方向，距离151！"韩光锁定目标。瞄准镜里，对面街角站着一个拿着长焦照相机的女人，镜头对准了枪口。闪光灯又是一闪。韩光立即低头，把狙击步枪收回，关上保险装入枪包。他对着耳麦急促地说："山鹰请求撤离。完毕。"

观察手和韩光一起紧张地收拾自己的东西，然后提着枪袋快速穿越楼顶离开。第二狙击小组也在疯狂快速地收拾东西。刚到楼道口，韩光的眼角余光就看见一个黑影。几乎在一瞬间，韩光的右手拉下自己头顶卷着的面罩。与此同时，闪光灯亮了。韩光看见那个女孩儿站在楼道口，一脸的失望。韩光低头，快步走过她。观察手也戴着面罩紧跟其后。纪慧失望地喊："警察同志，能把你的面罩摘了让我照张相吗？你会是全市人民的英雄的！"韩光没搭理她，一辆越野车旋转着蓝光警灯无声地开过来。韩光和观察手打开车门把装备丢上去，钻进越野车。纪慧追着喊："警察同志，可以接受我的采访吗？"越野车扬长而去，丢下沮丧的纪慧。

4

华灯初上，被灯光点缀的城市更加漂亮。特警车队行驶在街道上，韩光开着车，坐在一旁的薛刚打开电台，《平安夜》的音乐流淌出来。后座的观察手说："对啊！今天是平安夜啊！我们都忘了！薛队，今天是不是得放假啊？"薛刚佯瞪了他一眼："忘了我跟你们说什么了？越是过节，越要战备！"

韩光看着外面的城市，不语。街上聚集着年轻的男孩儿、女孩儿，他们手里举着蜡烛欢笑着，唱着平安夜的祝福歌。韩光按下自己一侧的车窗，看着外面的蜡烛。一个女孩儿笑着走过来，她把手里的蜡烛递给韩光，轻轻地说："圣诞快乐。"韩光苍白的脸上浮现一丝红晕，他微笑着接过蜡烛："圣诞快乐。"

男孩儿、女孩儿们纷纷把自己手里的蜡烛递给车里的特警队员。闪着蓝光灯的警车缓慢行驶着。五大三粗的剽悍特警队员们拿着蜡烛，拿着人们点燃的平安夜的祝福。韩光右手拿着点燃的蜡烛小心地用左手呵护着，脸上带着笑意。薛刚由衷地笑道："你很开心。"

韩光看他。薛刚感叹："从未看见你笑过。"

韩光的目光转向车外蜡烛的海洋，脸上带着淡淡的笑意："我守护的城市，圣诞快乐。"

5

电台直播间。盲人歌手安露戴着耳机："在《平安夜》的柔美歌声中，我们今天的节目就结束了，谢谢大家关注安露主持的《音乐星空》节目……"导播间里，儒雅的孙晓波抱着一束鲜花，带着笑容一脸爱意地注视着她。安露继续说："另外呢，我要恭贺手机尾号为 2001 的朋友。您已经获得了我下个月的个人演唱会 VIP 入场券，请您联系我们的导播领取。谢谢大家，下次节目，再会。"安露摘下耳机，导播缓缓把音乐推上去，《平安夜》的音乐充斥着每一个角落。他笑着看看孙晓波："节目完了，可以了。"

孙晓波笑笑："谢谢，这是给你的圣诞礼物。"他递给导播一个礼品盒，导播喜出望外："还有我的礼物？安露，你太伟大了！"

"谢谢你们照顾安露。"孙晓波转身出去了，站在走廊上，直播间的门推开了，安露摸索着走出来，孙晓波赶紧躲在一边。安露停住了，笑："不说话，就以为我听不到你了？出来！"孙晓波带着笑容，还是不说话。安露嗅着鼻子："我闻闻，是什么花儿？——太俗了吧！又是玫瑰！"孙晓波伸手去抱安露，安露敏捷地躲开了，笑着："以为瞎子就好欺负啊！我告你非礼啊！"话音刚落，她脚下一滑，孙晓波手疾眼快，一把将她抱住。安露结结实实地被孙晓波抱在怀里，也抱住了花。安露嗔怪："你总是这样，悄悄出现！"孙晓波笑："在你最需要我的时候！"

"切！谁需要你啊！"

"那就是——我需要你！"

"这还差不多！今天怎么有时间来跟我过平安夜？工作不忙了？"安露吻了吻孙晓波。孙晓波说："还好。"安露撇嘴："知道了！又是不能问！那好，我不问！我下个月的演唱会，你能不能来啊？"

"我去了你也看不到啊！"

"切！我还不能感觉到你吗？"

"能。"

安露抚摩着孙晓波的脸："圣诞快乐。"

孙晓波拿出一个钻戒，缓缓戴在安露的手指上："圣诞快乐。"

"又给我买礼物？我也看不到，干吗买这么贵重的礼物？"

"你能感觉得到，我爱你。"

泪水慢慢从安露的眼中滑落，她抱住了孙晓波。孙晓波回抱住了她。

城市上空，满天的烟花绽放……

6

特警基地简报室，韩光等特警队员们坐在一起，听队长薛刚作总结："今天的战斗总结就到这里结束了。平安夜，除了战备小组，其余的人提前下班，回家过节！"队员们欢呼着起身出去了。

更衣室里，队员们一边换衣服，一边互相打趣。"哎，你媳妇要怎么过圣诞节啊？""洋人的节日，她不感冒，可能就是出去吃顿饭吧！"……

韩光站在门口，待一切都安静后，才径直走到自己的柜子前，打开衣柜。衣柜里是林冬儿的照片。韩光注视片刻，开始换衣服。韩光换好衣服，注视着照片。半晌，他伸手摘下照片，关上柜门离开。

7

林冬儿把抱着一张圣诞卡的圣诞老人玩偶放在茶几上。她直起身，留恋地环视这个小小的一居室。这是韩光的家，冷色调的装修，显得时尚却又不张扬。熨好的警服已经挂在衣架上。客厅边的书柜上，摆着三排金灿灿的子弹，一共 29 发。林冬儿好像被刺了一样，视线闪电般避开子弹。她继续看去，墙上挂着韩光在各个时期的照片，有在陆军"狼牙"特种大队的戎装照片、狙击手训练照片、战友合影，也有韩光当特警以后的照片。她的目光最后停留在那张她和韩光的合影上。林冬儿犹豫了一下，但还是伸出手摘下照片。林冬儿注视片刻，将合影塞进自己脚下早已收拾好的包里。

小区门口。韩光驾驶着自己那辆白色的富康缓缓驶来，保安出来给他升起栏杆："韩大哥，下班了？"韩光笑笑，接过门卡换挡启动富康。保安忽然想起来，说："对了，韩大哥！你女朋友来了！"韩光踩下刹车，保安压低声音说："她今天下班来的，现在还没走。"韩光点点头，开车进去。他把富康停在自己的车位，锁上车门拎着背包，转身走向楼门口。他正在按密码锁，突然丢下背包一闪，手里的 92 手枪瞬间上膛，对准了灌木丛："谁？出来！"

纪慧从灌木丛里站起来："哈！真的是你啊？终于等到你了！不愧是特警，警惕性很强啊！认识一下吧，我叫纪慧，是晨报记者！我知道你叫韩光，是特警队的狙击手……"韩光压根儿就不搭理她伸出来的右手，慢慢退膛插好手枪："你还知道什么？"

纪慧扬扬得意地说："我还知道，你的年龄是 29 岁，党员。你少年时代就展现出射击的天赋，参加过全国青年运动会的射击比赛，还拿过冠军！但是在你高考的时候，你选择了陆军学院侦察指挥系，从此成为一名军人。"韩光注视着纪慧，还是没表情。纪慧继续说，

"你毕业就去了中国陆军'狼牙'特种大队，但是在部队时期的档案很多是空白的，因为你执行的大多数是保密任务！你三年前从中国陆军'狼牙'特种大队转业到公安局特警队，是作为特殊人才挖过来的！你到现在出了30次任务，无一失败！你在特警队的档案是满满的光辉战绩，还立过一次一等功、两次二等功！市局正在向省厅申请你的一等功，而且你是现在一线警队最年轻的正科级干部！马上就是二级警督，如果顺利的话，你穿上白衬衣的日子也不远了！我的情报没错吧？"韩光看着她，没说话。纪慧趋前一步："怎么样，我还具备做记者的素质吧？我想对你进行一个专访！"

韩光面无表情地说："你记下这个电话——6324155，转212。"

纪慧纳闷儿地问："这是你们市局的总机电话啊？转212？212是哪个单位？是你办公室吗？你们特警队的办公电话不是3打头的吗？"

"这是市公安局国保支队的电话。我们特警队员的真实姓名、履历、家庭住址等都属于国家机密，你的行为已经涉嫌刺探国家机密，由于目前还没有外泄，所以没有造成严重后果。我相信他们会对你进行说服教育，让你意识到你行为的愚蠢。"

"你？！"

"你如何刺探国家机密我不去追究，因为这不属于我的工作范围。但是作为一名公安干警，我有责任提醒你的违法行为；并且我会向国保大队汇报，所以你最好明天早上8点准时打电话。在我前面你去找国保大队，可以算你自首，等我汇报了，性质就不一样了。这个道理，我相信你明白。"

纪慧急了："韩光！我是新闻记者，我们有新闻采访自由！你们局长我都采访过，我怎么就不能采访你？！"

"他是局长，我是干警。就算高局长接受采访，也是组织交给他的任务。组织上没有交给我接受采访的任务，并且我们有严格规定——没有市局政治部的批准，我们不能接受任何采访！而且我要提醒你，即便组织批准我接受采访，我也不会接受。"

"为什么？"纪慧问。韩光冷冰冰地说："因为我也有拒绝采访的自由。对不起，我很累了。我想回家，失陪了。"他按开密码锁，进门，防盗门"咣"地关上了。纪慧咬牙切齿地嘀咕："臭牛什么啊？！不就是一个刽子手吗？不信我们试试看，看我能不能采访你！"

林冬儿提着两个大包，咬牙转身离去。她刚刚走到门口，门开了，韩光背着背包站在门口。两个人静静地凝视着对方，片刻，林冬儿躲开韩光的眼睛，眼泪流出来。韩光不说话，拿出自己兜里叠好的手绢递给她："这还是你送给我的。"林冬儿夺过手绢捂住眼睛，委屈地哭起来。韩光看着她脚下的大包，低头拎起来："我送你。"说完，径自走向电梯。林冬儿瞪大眼睛惊讶地看着他："韩光！"韩光站住了，但是没有回头。林冬儿不相信地说："你真的……不肯挽留我？"韩光嘴角抽搐一下，低头走进电梯。林冬儿咬牙："你别后悔！"她大力关上韩光的家门，大步走进电梯。

小区门口，纪慧刚刚打开自己的红色马自达6轿车车门，就看见小区里韩光住的那栋楼的楼门开了。韩光提着大包出来，后面跟着一个女孩儿。女孩儿长发在风中飘散，依稀有泪水。纪慧在黑暗中拿出照相机，迅速换上长焦镜头。韩光走到小区门口的公路边，纪慧急忙躲进车里。一辆出租车停在韩光身边，他打开后门把大包塞进去。林冬儿站在车边看着韩光，一脸的难以置信。韩光关上后门，打开前门。林冬儿犹豫着："你……真的那么绝情？"韩光不说话。林冬儿哭着喊出来："你快说，你爱我！你舍不得我走！舍不得……"韩光还是不说话。

"你这个浑蛋！大浑蛋！你快说你爱我——"

韩光慢慢掰开林冬儿的手："你该回去了，再晚就不安全了。"

林冬儿睁大泪眼："为什么你不肯挽留我？为什么你这次要赶我走？"

韩光看着林冬儿，脸上没有表情。林冬儿扑过来抱着他："韩光！我不相信，我不相信你会这样对我！"

韩光掰开她的手，将她推进出租车："结束了！一切……都结束了！"他关上前门，转身就走。纪慧在车里看着，惊讶地张大了嘴。出租车开走了。韩光的脚步也逐渐慢下来，他突然转身跑向小区门口，外面的公路空荡荡的。韩光看着车去的方向，身影很孤独。他转身要回去，突然被反光吸引了视线。纪慧急忙放下长焦照相机，发动汽车快速离开。韩光看着红色马自达逃也似的离开，露出苦笑，转身进去了，路灯把他的身影拖得很长很长。韩光回到家，一眼便看见圣诞卡旁边放着一个梨子。他拿起圣诞卡打开，是林冬儿娟秀的小字。

光：

我走了。这一次，我真的不会再回来了。

你不要找我，虽然我还爱你。但是我们的爱有太多的不可能，我的父母是不会接受你的。他们可以接受你是一个警察，甚至可以接受你是一个特警队员，但是不能接受你是一个狙击手。

如果你是一个普通的警察，我的父母会非常喜欢你，我们之间也不存在任何障碍。真的，我了解他们。但你是一个枪手、一个狙击手、一个死神的代言人。我可以理解这是你的工作、你的职责，是为了制止残忍的暴力犯罪，为了挽救无辜的生命。但是我的父母不能理解，他们从内心深处害怕。他们害怕一个杀过人的人，而且是一个还要不断杀人的人，甚至是把合法杀人作为职业的人，他们害怕这样的人还能不能有健全的心理。

我家世代行医，挽救人的生命是我们的义务，更是神圣的责任。而你，则是为了夺取人的生命。这一点，我的父母是无论如何不能接受的。

在爱情和亲情之间，你说我还能如何选择？我爱你，但是他们生我、养我，不能没有我。而你，总会找到你的另外一半的。

光，原谅我。我走了，不要找我。

爱你的冬儿

韩光放下卡片，沉吟片刻，拿起梨子吃了一口，接着大口大口地吃着。韩光环顾收拾整洁的房间，打开音响，悠扬的音乐飘荡出来，他提起背包走进洗手间。洗衣机打开，他把背包里今天穿的战斗服拿出来塞进去。他找出上衣，翻出那颗子弹拿在手里。洗衣机开始注水。

韩光转身去洗手，仔细地洗着，一遍又一遍……良久，他看看镜子里的自己，拿起放在一边的子弹转身走出去。柜子上已经放了三排子弹，韩光把手里的子弹摆在最后。他注视片刻，然后关掉音响，拿起遥控器打开电视，接着去洗手间洗澡。热水的水柱拍打着韩光健壮的身躯，他的身上伤疤点点。客厅里的电视中正播放着本市新闻："……第三届国际经济论坛即将在本市召开，市委市政府领导视察了本市国际会展中心、珊瑚大酒店等论坛场馆，并且做出了具体指示。市委苏书记强调……"韩光洗完了澡，又在洗手间里面洗手，一次又一次……

韩光穿好T恤衫和运动短裤出来。新闻里出现的是国际会展中心，他看得很仔细。新闻过去了，他关上电视拿起电话。电话忙音，片刻，赵百合的声音传来："喂？"

"是我。"

"圣诞快乐！看了新闻了，你真棒！刺客就是刺客！"赵百合的声音有些兴奋。韩光笑笑："圣诞快乐。我一会儿去看你。"

"你女朋友呢？今天是平安夜，你该陪她啊？"

"我们分手了。"

"为什么？不会是因为我吧？"赵百合的语气变得有点儿小心。韩光淡淡地说："没什么，我去看你吧。平安夜，你不能孤单的。我知道，你最怕孤单。"

"太晚了，我都睡了。"

"那好吧。"

"你赶紧休息吧，别担心我了。我一切都很好……山鹰，你应该去把她追回来。你该结婚了，真的。"

"我心里有数，你休息吧。"

"晚安……"

"晚安。"韩光放下电话，冥思片刻，拿起哑铃，开始自己锻炼。

8

纪慧坐在电脑前，她打开存储卡，韩光蒙面的照片一点点闪现出来。她戴着耳麦，对着电脑屏幕打字：今天，我再一次见到了这个神秘的狙击手——山鹰。对他，我已经了解很多；但是又好像一无所知。在他的内心深处，到底隐藏着什么秘密？在他冷峻的外表下，到底是一颗冰冷的心，还是火热的灵魂呢？——纪慧陷入沉思："我想，我应该去采访他。"她拿起电话，"主编吗？我现在有一个新的选题希望跟您沟通，我想去采访特警队……"

9

黑豹戴着墨镜跟着人流走出来。机场巡警看了他一眼，拦住他："先生，您的护照？"黑豹拿出一本南美护照。机场巡警认真地查看，又抬眼看了看黑豹："请摘下您的墨镜。"黑豹摘下墨镜，露出阴郁的眼。机场巡警仔细核对："您来滨海的目的？"黑豹回答："旅游。"机场巡警诧异地问："这个季节来滨海旅游？"黑豹笑笑："我喜欢冬泳。"机场巡警没检查出破绽，把护照还给他。黑豹接过，提着自己的行李箱出去了。机场巡警注视他的背影，旁边书摊看书的小伙子抬头，巡警暗示，小伙子转身跟着出去。黑豹上了出租车离开。

藏在暗处的车点火，司机对着耳麦说："发现目标，我现在跟上。完毕。"两辆车上了机场高速。黑豹看着后视镜，露出笑容："这就是初级阶段。"

出了高速，出租车驶入闹市，在人来人往的街道缓慢行驶。跟踪车辆缓缓跟在不远处。换了衣服的黑豹把充气人放在自己身边，戴上帽子笑笑，把一沓美元塞给司机。他打开车门，滚翻下车，很快消失在人流当中。跟踪车辆停下，两个年轻人左顾右盼："白头雕，我们掉线了！"

10

一家酒店的豪华套间里，安露在沉睡。孙晓波起身，拿起电话，走向外面的阳台。孙晓波打着电话："我现在在滨海，明天早上回去。老头子那儿没什么事儿吧？有事儿你帮我支应一下，好的。回头请你吃饭。"

他挂了电话，拿起烟点着了。窗外，是灯火辉煌的滨海。

孙晓波喃喃自语："真是一个非同一般的平安夜。"

11

于钟世佳来说，这也真是一个非同一般的平安夜。钟世佳在斑马线前一边等待红灯一边玩着 PSP。他身后的不远处，一个中年男人在观察他。一个小伙子走到钟世佳身后，抬眼看路边。一辆卡车开来。小伙子突然出手，推倒钟世佳，然后掉头就跑。卡车按下喇叭，急刹车。钟世佳抬头，大惊，卡车的车头已冲了过来。中年人急忙冲过去，把钟世佳抓起来丢到一边，刚丢过去，卡车车头就撞了过来……钟世佳摔在地上抬起头时，事故现场已一片混乱，人们惊叫着，躲闪，围观……钟世佳满脸冷汗。

很快，交警接到报案赶了过来。警车灯仍忽闪着，一名交警在查验钟世佳的证件。钟世佳解释着："我真的不知道怎么回事！我就在这儿一边玩 PSP 一边过马路，不知道谁撞了我一下，我就倒下了。车开过来，我……那个人就把我抓起来扔一边，自己就被……"交警把证件还给他，转脸看去，急救人员在给担架上的中年人盖上白布。倒霉的卡车司机在跟另外一名交警解释："我没违章，我开得好好的，他就跳出来了……"

"那个人怎么样了？"钟世佳问。交警面无表情地说："死了。"

"他……他是谁？"

"我们也不知道。"

"他的身上没有证件什么的吗？"

"这似乎不是你该问的问题。"

"我只是想记住他……"钟世佳一脸悲伤。

交警看看他："没有，身上什么能证明身份的都没有。"

"等等！"钟世佳走过去，正在抬着尸体上救护车的救援人员停住。钟世佳掀开白布，他仔细地看着死去的中年男人，"我不知道你是谁，不过你救了我的命，我会一辈子感谢你。"说完，他慢慢盖上白布。尸体被抬上救护车，开走了。钟世佳默默注视着。一会儿，他掉过头去问交警："我可以走了吗？"交警摇摇头："还不行，看起来这不是一起简单的交通事故。我们已经通知了刑警队，他们马上就到。"

"刑警队？！"

"小伙子，你今天的事情如果是偶然，我建议你去买彩票吧！"

钟世佳张大了嘴："总不会是有人想谋杀我吧？"正说着，警车来了，唐晓军和张超下车走来。交警看着唐晓军："说曹操曹操就到啊！唐队，真不好意思，大晚上把你叫过来！"唐晓军说："没事儿，我们也在加班。什么情况？"交警说："看上去不太正常的一起交通事故。"唐晓军点点头："这是当事人？"交警说："对，被见义勇为者从车头跟前拉起来的幸运儿。"一旁的张超问："那个见义勇为的人呢？"

"死了。"

唐晓军一惊："死了？"他转头去看现场，突然意识到问题的严重性。钟世佳解释着："警察同志，这跟我真的没有关系！我就是好好地走路，我……"张超盯着他："身份证。"钟世佳拿出来身份证："刚才都看过了。"张超仔细看看："钟世佳？你是做什么的？"

"歌手……"

"歌手？"

"对，唱摇滚的……"

唐晓军查看完现场，站起身来："那个死者的身份查清楚没有？"交警摇摇头："没有证件。"唐晓军又问："电话之类的呢？"交警说："什么都没有，唯一能称得上是线索的就是这个。"唐晓军接过来，那是一张血染的钟世佳照片。交警压低声音说："我没告诉当事人。"唐晓军看看照片，看看钟世佳："看来这个小伙子不简单。我们接手这个案子，其余的你们正常处理吧。"交警转身走了："知道了。"

唐晓军走过去："你得跟我们回去一趟了。"

钟世佳急了："我这儿还有演出呢！"

张超拉他："走吧，演出取消了。"

"不是，这……"

唐晓军盯着他："你怕死吗？"

"怕。"钟世佳说。唐晓军拿出血染的照片："所以我要你跟我们回去一趟。"钟世佳看着照片，呆了："我不认识他啊？"唐晓军仔细看着钟世佳的表情变化。钟世佳认真地说："我说的是真的！我不认识他，我都不知道怎么回事！"唐晓军点点头："我相信你的话，但你还是得跟我们回去。我得把这个事情搞清楚，小伙子，既然你怕死，最好还是跟我们好好谈谈。"

"可我真的什么都不知道啊！"

"可能你会想起来什么，走吧。"——钟世佳被张超拉着上了车走了。

刑警队办公室。张超在电脑上查资料，钟世佳坐在对面，无奈地说："我都告诉你了，我什么都不知道。"张超看他一眼："把你的袖子撩起来。"

"干什么？"

"撩起来我看看。"

"我不吸毒！"钟世佳有些恼怒。张超说："我得看看才知道吧？"钟世佳气恼地撩起袖子。张超仔细看看，胳膊很干净。钟世佳白他一眼："看见了？你都满意了吧？我告诉你了，我不吸毒！"张超不理他，低头记录在案。

医院太平间里，唐晓军仔细观察死人。刑警小高在一旁汇报说："指纹查过了，没有记录。"

"DNA呢？"

"在查，不过唐队，我估计找不到资料。"

唐晓军转过头："为什么？"

"你看他穿的衣服。"

"都是名牌——怎么了？"

"不是大陆出产的，我敢说专卖店都很少有卖的。"

"你是说他从国外来的？"

"我不敢肯定，但是我怀疑。"

"难得你思路这么清晰一次，我刚才看他的右手食指和虎口，都是茧子。"

"茧子？"小高疑惑地问。唐晓军说："对，长期射击造成的老茧，只有两种可能：第一，军人或者我们的同行；第二，职业杀手。"小高张了张嘴："境外来的职业杀手？"唐晓军面色冷峻："把资料传输到国际刑警，我们需要他们的协助。"小高说："是。"

唐晓军走了出去，突然站住。小高问："怎么了？"唐晓军沉吟地说："我忘了，还有第三种可能。"小高惊愕地问："什么？"唐晓军说："境外的职业保镖，也是玩枪的高手。我们走吧，这个平安夜注定不平静了。"小高更惊，愣愣地跟着唐晓军走了。

刑警队办公室里，张超跟钟世佳已经变得很融洽，两人眉飞色舞地聊着摇滚音乐。唐晓军推门进来，张超急忙起身。唐晓军看看二人："你们聊得不错啊？"张超不好意思地说："我……我对他进行一下深入了解。"

唐晓军看着钟世佳。钟世佳赶紧说："警察叔叔，我可以走了吧？"

"留下你的联系方式，你先回去吧。注意，有什么可疑的立即告诉我们，我们是为了保护你。"——钟世佳立刻答应了，跟着小高去签字，走了。

张超看唐晓军："唐队，他就是一个跑酒吧的摇滚青年，谁会暗杀他啊？"唐晓军说："现在还很难判断，查一查他的背景资料，我相信一定有内在的逻辑。"张超抬手看看表，苦笑。

"怎么，有约会？"

"平安夜，我约了她看电影……从7点拖到午夜场……"

唐晓军笑笑："早晨还有一场，干活吧。"

他转身出去，留下张超一个在那儿苦笑。

12

一把剪刀慢慢地、很仔细地把报纸上的新闻剪下来。报纸是《滨海晨报》，配图新闻是《特警神枪手再现神威，幼儿园两劫匪饮弹身亡》。配的图片是长焦拍的，狙击手在楼顶，枪口对准镜头。这双手把剪报贴在墙上。墙上全都是这个神秘狙击手在不同时期的新闻和新闻照片。蔡晓春锐利的眼睛仔细地看着这些剪报，带着淡淡的笑："山鹰，两个运动目标的速射。看来你进步了，千万别让我失望。"

第二章

—————★—————

1

"砰！"山坡上的人头钢板靶应声而落。薛刚拿着望远镜："800 米，命中。"趴在地上的韩光穿着迷彩服，调整瞄准镜的焦距。"砰！"又一个人头钢板靶应声而落。薛刚放下望远镜感叹："1200 米，极限射程了。这种训练对于你就是浪费时间，没任何意义。"韩光却没有起身，他继续瞄准。"怎么，你还想打 1500 米的？那里在射程以外！"薛刚纳闷儿地问。其余训练的特警队员都看着韩光。韩光的眼睛离开瞄准镜，抓起一把浮土，举起，松手，强劲的山风吹散浮土。韩光看着风向，他心里有数了，趴下继续瞄准。薛刚张大嘴看着。韩光调整着步枪，没有直接瞄准目标，他瞄准了目标的右侧，从瞄准镜里可以看到靶子右侧的草丛在风中摆动。韩光在心里计算着，找到射击的点，稳稳扣动扳机。"砰！"——子弹脱膛而出，在风中旋转着前进。风的力量在 400 米以外慢慢起着作用，弹头旋转着跟着风滑出弧线，如同足球比赛中著名的香蕉球，这颗子弹也是画着弧线奔向人头大小的靶子。"当！"1500 米的靶子应声而落。靶场鸦雀无声。韩光关上保险，退出弹匣："训练结束。"

薛刚放下望远镜："你是我手下最出色的枪手！也是我见过最出色的！我很幸运，你是我的特警队员，而不是我要追捕的贼！"无线电突然传来呼叫声："龙头，猎狗呼叫。完毕。"薛刚对着耳麦："龙头收到，请讲。完毕。"

"猎狗报告，有一个叫纪慧的晨报女记者要上山。完毕。"

"这还要汇报？不许她进来！完毕。"

"等等，龙头。她有局里政治部的介绍信，怎么处理？完毕。"

薛刚一听脑子就大了："猎狗，你看清楚了？"

"非常清楚，就在我手里。完毕。"

"稍等，我核实一下。完毕。"

"明白，完毕。"——薛刚拿出手机开机，拨通电话："政治部？我是特警队薛刚，有个晨报的记者……"

"小薛啊？我是李主任。这个事情我知道，是晨报编辑部跟我们联系的。他们希望给特警队做报道，局党委会刚刚经过研究，同意了。怎么，他们这么快就到了？现在的记者够神速的啊！"李主任说。薛刚汗都急出来了："主任，我的队员情况都是要保密的！如果泄露出去，有可能遭到犯罪分子的报复！"李主任说："这个情况我们已经考虑过了。高局长关于这个问题专门做了指示，报道不允许泄露特警队员的真实姓名、家庭背景等真实情况，而且照片也不能出现正脸，照片上你们的队员要全部戴面罩。"

"主任……"薛刚为难地说。李主任不紧不慢地说："高局长还说了，特警队组建以来一直都很低调，在我市治安处突工作中发挥了重要作用。这次国际经济论坛的保卫工作，特警队还是中坚力量，这样一支优秀的警察队伍，值得宣传。政治部要配合好记者的工作，在保密的前提下，做好特警队的宣传。"薛刚把话咽下去了。

"小薛，你还有什么问题吗？"李主任问。薛刚说："报告主任，没有了。"李主任说："那就好好执行局里的命令，配合记者工作。"

"是。"薛刚挂了电话，咽口唾沫。他收好电话，看着莫名其妙的队员们苦笑，"看我干什么？主任说了，配合记者工作。都管好自己的嘴，别没事胡说。我去一下，你们就别指望清静日子了。"

韩光看着薛刚，眨巴眨巴眼睛，似乎意识到什么。

特警基地门口，纪慧戴着墨镜站着。薛刚开着车一阵风似的出来，一个急刹停在纪慧身边。纪慧不满地嚷嚷："嘿嘿嘿嘿！慢点儿！差点儿轧着我！"薛刚下车："你站门口干吗？堵我们的门啊？"纪慧也口气不佳地说："你们这门神不让我进去，我不站门口站哪儿啊？"

薛刚打量着纪慧："嘴还挺厉害的！纪慧是吧？晨报的？"

纪慧不甘示弱地反问："薛刚是吧？特警队的？"薛刚愣了一下："算了，跟你不能较真儿！去登记，然后上车，我带你上山！"

"你带我还登记什么啊？"纪慧不满地问。薛刚说："知道这是什么地方吗？特警基地！就是进来一只老鼠，也得在门口先给我登记！"纪慧咬牙，拿出证件转身去登记。薛刚得意扬扬："小样，治不了你了啊？"

不一会儿，越野车上山了，特警队员们还趴在地上，但是眼睛都看着过来的车。车门打开了，穿着迷彩牛仔裤的纪慧戴着墨镜下车："同志们好——"特警队员们抱着步枪趴在地上，也不知道怎么回答。韩光转过视线，继续瞄靶子。薛刚黑着脸："起立，集合！"特警队员们唰唰起身，集合报数。纪慧调皮地笑着，看着特警集合。韩光站在队伍里，没有什么表情，就是那么平静。薛刚看队伍站好了，咳嗽两声："同志们！这位是晨报的纪慧记者，她是来采访你们的……"

纪慧打断他："哎，薛队长！什么你们？还有你啊，你也要接受我的采访！"薛刚"啊"

了一声："还是采访队员们吧，我不行。"队员们看着窘迫的队长，都低头偷笑。韩光没笑，还是那么站着。纪慧笑着："那我随便点了啊。"薛刚逃过一劫，赶紧说："行，你点谁就采访谁。"

纪慧的手指指着韩光："他——"薛刚愣了一下："他不好说话。换个人吧，不然采访他跟采访闷葫芦差不多。"

纪慧挑战地看着韩光："我就点他，我就要采访这个狙击手！"

薛刚没办法了："韩光，出列。"韩光出列。薛刚说："其余人跟我去杀人屋训练。韩光接受采访。"韩光站在那儿，看着薛刚："我可以拒绝吗？"薛刚刚刚想说话，纪慧说："你们高局长可说了，要你们特警队配合采访！"薛刚无奈地说："执行命令吧。现在的记者惹不起，都跟有尚方宝剑似的。"

其余的特警队员们跟着薛刚的车跑步走了。韩光戳在那儿，看了纪慧半天。纪慧压根儿不怕他阴郁的目光，抬起洁白的下巴："还记得你说过什么吗？你们政治部的批准、你们局长的命令我都有了！现在，我就要光明正大地采访你！"

韩光把枪背在肩上："生活不是赌气，你这样赌气没意义。我执行局领导命令，你想知道什么？"

"全部。"纪慧还是那么挑战。韩光看着纪慧："对不起，你只能了解我作为特警队员不涉密的部分。我不可能告诉你什么全部，而且没有一个人可以了解别人的全部——你的话有语病。"

"你还懂哲学？"纪慧很意外。韩光没答话，转身背着步枪走了："走吧，带你参观特警队。"

纪慧急忙跟上："你的内心世界到底是怎样的？你杀人的时候，在想什么？"韩光没搭理她，只是站在山坡上指着下面："这就是我们特警队驻地，我们的基地是训练、作战一体的。我们现在的位置是野外靶场，那边是体能训练场，里面的篮球馆下面是地下室内靶场，是按照英国SAS特种部队的标准建造的。再那边，你看见现在训练的地方，是杀人屋。"

"杀人屋？"纪慧很好奇。

"对，Killing House——我们翻译过来叫作杀人屋。也就是解救人质、街巷搜索、室内近战等战术的训练场，在实战当中这种训练的运用最多。"

"你们都杀过人吗？"纪慧问。韩光回头："这个问题很关键吗？"

"很关键，因为我想知道。"

"你穿什么牌子的内裤？"韩光忽然问。纪慧吓了一跳："你什么意思？"

"这个问题也很关键，因为我想知道。"韩光甩下一句，径自下山了。

纪慧脸色一阵红一阵白，突然喊出来："我告诉你，我穿'L'Amant'！是法国的内衣品牌——你回答我的问题啊！"韩光压根儿就没减速，但是回头笑了一下，下山了。纪慧气急败坏一跺脚："靠！你居然敢要我？！"跟着下去了。两人来到特警基地。远远近近的特警队员们在进行不同的体能训练。韩光带着纪慧走在小路上："所谓 SWAT，就是 Special Weapons And Tactics——特种装备与战术小组。SWAT 虽然是洛杉矶警察局在 1969 年最早组建的，但并不是 LAPD 的专属名词。SWAT 已经成为世界警方的特警力量的通称……"

纪慧盯着他："我要了解的不是这个！"

"那你都想知道什么？"

"想知道……你第一次开枪杀人的时候多大？"

"保密。"

"你最难忘的一次狙击战斗是什么？"

"保密。"

"那你都有什么不是保密的？"

韩光想想："这个问题，我要先问问档案室的保管员，他比我记得清楚。"

"生活在这样一个秘密世界，难道你觉得是一种享受吗？"

"这不是享受，是我的职业。"

"职业刽子手？"

"我的职业不是刽子手，是'刺客'。"

"有什么区别呢？"

"我曾经是中国陆军特种部队最好的狙击手，中国陆军授予我'刺客'的荣誉称号。"韩光说。纪慧眨巴眨巴眼："'刺客'有什么特殊含义呢？"

韩光看她一眼："保密。"说完继续向前走了。纪慧有些恼怒了："喂，难道你一点儿绅士风度都没有吗？女士优先！"韩光回头："在战场上，我习惯走在女人前面。如果要死，那就让我先去死。"他转身继续走。

"天啊！这都是些什么人，什么逻辑，什么思维啊？！"旁边走过的特警们戴着黑面罩齐刷刷转头看她。纪慧尴尬地笑笑："我是说，你们都很出色，都很出色！都是最棒的男人，最棒的！"特警们转身继续走了。

纪慧赶紧跑上前去："等等我，你们这儿我第一次来——"

2

省厅孙晓波的办公室里，电视上正在放着何世昌在机场的画面。孙晓波默默看着。电话响起，他拿起来："喂？我看新闻了，我知道了。我跟老头子还在省城，按照计划行动吧。"他挂了电话，想想，又拿起来拨出去。安露还在睡觉。电话响起，她伸手去摸索："喂？"

"是我。"孙晓波的声音传来。

"老天！这才几点啊，你就打电话过来……"

"我想听听你的声音。"

"你不刚走吗？"

"能听到你的声音，真好。"

"怎么了？你怎么了？感觉很奇怪。"

"没什么，我这边的工作可能遇到一些麻烦。"

"老头儿又难为你了？"

"没有，是我自己的工作。"

"你别太紧张了，我怎么觉得你好像很紧张啊？"

"我没事，你继续休息吧。"

"嗯？真的没事啊？"

"真的没事。"

"那就好……"

"我挂了。"

"好，你照顾好自己啊。"安露挂上电话，琢磨着，"奇怪，怎么神神道道的？这不像他啊？"

孙晓波挂了电话，转身把警帽放在桌子上。他默默地看了一会儿，喃喃自语："我宣誓，我是一名人民警察……"他苦笑一下，拿起警帽戴上，整理着装，转身出去了。

<h2 style="text-align:center">3</h2>

国际会展中心的外面已经是鲜花簇拥，工人们在进行最后阶段的布置。警方已经介入安保工作，门口站着的不仅有保安，还有民警和武警。警车已经停在台阶下面，巡警开始24小时执勤。

几辆武警的卡车开来，牵着警犬的武警战士们跳下车列队集合，狼狗拽着链子极其兴奋。特警车队开进警戒线，特警队员们跳下车，戴上安全保卫工作当日出入证。他们没有带武器，手里都是探测和侦察设备。薛刚集合队伍："后天就是世界经济论坛的开幕，重要性我就不多说了。今天是最后的安保检查，大家都要提起精神，杜绝安全隐患。要是出了问题，别说脱警服，就是杀了我们的头，也弥补不了这个损失。明白吗？"特警队员们齐声答："明白！"薛刚挥挥手："好，按照计划开始检查吧！"

纪慧跑过来："薛队长，我想跟踪采访可以吗？"薛刚指指门口的警告牌子："大记者，这不是我同意不同意的问题了。看见了吗？没有出入证，你是不能进去的。尤其是安全保卫检查工作，除了相关单位，任何新闻媒体都不许介入。"

"为什么禁止新闻媒体介入？这是老百姓关心的新闻点啊！"

薛刚冷冷地说："不止老百姓关心，恐怖组织更关心。就拿你口口声声新闻自由的美国来说，他们重大活动的安全保卫检查，任何记者都不可能进入。在国内，你要硬闯，我们可能最多给你赶出来，口头警告；要是在美国，你敢硬闯，联邦特工一枪就敢毙了你！我们走。"特警队员们跟着薛刚"哗啦啦"进去了。纪慧被闪在停车场。

韩光跟着队友们进了会展中心，武警已经在牵着狼狗检查，大家散开走向各自的工作位置。韩光径自走向观光电梯，按下顶楼的位置，去楼顶检查。韩光对守护在楼顶出入口的武警出示了出入证。武警插入读卡器检查，绿灯亮，武警挥手让他过去。韩光走上旋转楼梯，推开顶楼的门。他打开随身带的保密笔记本，在纸上画出狙击点。

远处的山坡上，蔡晓春穿着吉利服，抱着伪装过的85狙击步枪，瞄准了韩光，他嘴角露出冷笑："山鹰——刺客，我抓住你了！"他扣动扳机。"咔嗒"，空枪——有隐隐的闪光，韩光立即敏感起来，可是光也立即就消失了。韩光疑惑地皱了皱眉。

4

国际机场里记者云集。何氏集团总裁何世昌在保镖的簇拥下走出来，秘书秦伟紧跟其后。一阵闪光灯乱闪，记者们伸着话筒和录音机提问，现场一片骚乱——"何先生！何先生！请您回答我几个问题好吗？""请问您对中国市场猪肉涨价有什么看法？""您认为人民币升值会对中国经济有什么后果？""中国房地产不断升温，您打算进行大规模投资吗？"……何世昌不作回答，带着笑意，在保镖的护卫下走进通道。秦伟拦住记者们："对不起，对不起，何先生刚下飞机很劳累。请各位耐心等待，何先生会稍后召开新闻发布会。谢谢大家，谢谢大家……"何世昌走出通道，上了警方安排的贵宾车，直奔酒店而去。他是第一个到达滨海的经济首脑，他的到来对滨海警方宣告着一级警备的开始。警车开道的车队在行进。何世昌坐在车里，凝视窗外，秦伟坐在他的身边。电话响了，何世昌伸手拿过来："喂？"

"哥，我是世荣。"——何世昌脸上露出笑意："你想通了？"

何世荣在电话里面真诚地说："对，你的决定是对的。我们应当把投资转向中国市场，ZTZ不能只看中眼前的利益，应该长远看问题……"

何世昌笑着说："世荣，你想通了就好。这不是一桩生意的问题，我们虽然身在海外，但是考虑事情要有大局观念。你说人的一生挣多少钱才能幸福？我们何氏家族风雨50年了，你我要齐心，让我们的事业发扬光大，要能在历史上留下脚印。你想通了，我很高兴，等经济论坛结束，我们再好好谈谈。"何世荣说："哥，你放心。我会好好照管集团，等你回来。"

"好。"何世昌挂上电话，看看手表。秦伟一直注视着何世昌，不动声色地接过他递过来的电话。车队到达了酒店门口，何世昌下车，在精干的保镖的簇拥下走入酒店。

路对面的楼顶上，黑豹放下望远镜，死死地盯着酒店。

何世昌大步走进酒店的总统套房，从这里的窗门可以看到警方已经完成对酒店的安全布控。他站在窗前凝思，秦伟小心地过来："干爹，赵副市长来电话，希望可以和您共进晚餐。您看？"何世昌从窗口回头："替我感谢赵副市长的盛情，你告诉他我累了，需要休息。明天可以一起午餐，就这样说吧。"

"是。"秦伟转身要出去。何世昌问："等等，我要你办的事情办了吗？"秦伟压低声音："是的。钟老师和钟世佳都不知道您要来，也不知道您现在的身份。但是……"

"但是什么？"

"但是他们不肯接受礼物，钟老师还说……27年了，什么都过去了，他们母子现在生活很平静，希望您不要再打扰他们。"

何世昌沉默片刻，挥挥手："你去吧。"秦秘书小声说："是。"他转身出去，轻轻把门关上。何世昌看着外面，陷入沉思。半个小时后，换了一件普通T恤衫和牛仔裤的何世昌戴着墨镜出了酒店后门。他伸手拦住一辆出租车，对司机说："去音乐学院。"出租车驶走了。远处，一辆奔驰轿车紧跟着启动了，开车的是戴着墨镜换了衣服的黑豹。

5

刑警队的车队停在会展中心大门的台阶下，唐晓军带着自己的便衣刑警们下车。他一边交代侦查员们应该注意的事项，一边戴上胸卡。眼光一转，他看见纪慧站在停车场的树荫底下，头立刻就大了。他转过身面对自己的队员，很严肃地说："那谁，你过来挡住我！纪慧来了！"一个女刑警捂着嘴一乐，另外两个刑警挡住唐晓军。但是已经晚了，纪慧已经走过来了："唐晓军！"唐晓军脸上苦笑一下，转身："你怎么在这儿？"

纪慧拿着手绢给自己扇着风："我跟特警队来的，但是他们进去了，不带我。"唐晓军说："我也不能带你进去，这是纪律。"纪慧白了他一眼："切！"其余的刑警都进去了，留下唐晓军在外面跟纪慧面对面。

唐晓军打破沉默："最近好吗？"纪慧调开眼睛："没什么不好的。"唐晓军低声说："那就好。"纪慧淡淡笑道："也没什么好的。"

"你还是老样子，风风火火。你也别太给自己压力，记者又不是你一个。跑法制这条线，女孩子还是不方便。"

纪慧看了他一眼："知道我为什么离开你吗？"

唐晓军看着纪慧，片刻，问："为什么？"

纪慧冷冷地说："因为你骨子里面对女性的藐视！你以为你在关心我？你是在侮辱我，你永远也改不了！当时我选择离开，现在我还选择离开！我不求你，唐晓军！我不求你们任何一个人，我纪慧就是我自己！我就要靠自己的力量证明，我是一个多么出色的记者！"纪慧转身走了。唐晓军看看她的背影，苦笑着进去了。正好薛刚笑着跟特警队员从里面出来："哎，老唐，你个兔崽子！"唐晓军笑着跟他握手："跟你的金刚们来看场子啊？"

薛刚哈哈笑着，跟他的队员们介绍着唐晓军："你们都还不认识吧？这可是咱们省厅都挂名的最年轻的刑侦专家，有名的拼命三郎，跟歹徒搏斗连中31刀居然没死的怪胎——刑警队长唐晓军！"然后转过头，"这些是我的兄弟，虽然你常常跟他们合作，但是估计你认识的没几个。"唐晓军笑着跟他们握手。韩光和他握手："韩光。"

唐晓军抬起头："狙击手韩光？"

韩光点点头，退后。唐晓军笑笑："名不虚传，眼睛都是寒光闪闪——希望合作愉快。"韩光没回答，只是点点头。他跟着队友们出门，看见纪慧还等在停车场的树荫下面。他看着纪慧，纪慧也抬起眼看他。韩光挪开眼睛，跟着队员们上车。纪慧也跟着他上车，坐在他后面的座位。薛刚开车，车队离开了会展中心。

街边停着一辆普通的轿车，车里是个精干的墨镜男人。他对着耳麦低声说："03报告，山鹰离开。完毕。"

"继续监视。完毕。"

"明白。完毕。"墨镜男人启动轿车，远远跟上特警队的车队。

6

医院太平间里，钟世佳默默地看着中年男人。中年男人很安详。钟世佳俯下身，对着死去的中年男人傻问："你是谁？"……"为什么救我？"……"这到底是怎么回事？"……"你们是不是认错人了？"……"不管怎么说，你救了我……我还是很感激的。"他把手里的花放下，"希望你一路走好。"他盖上白布单，转身走了。

钟世佳孤独地走在街上，左顾右盼，并没人跟踪，他继续走。

一个男人从报摊前抬头，对着耳麦："在我的视线内，我跟上了。"他随即跟着钟世佳走过街道。

7

一个男孩儿高亢的《祝酒歌》清唱远远飘来，何世昌转眼望去，骑着自行车的男孩儿衣着时尚，唱着《茶花女》的选段与他擦肩而过。何世昌脸上露出笑意。他坐在长椅上，看着去吃饭的年轻学生们三三两两地经过。忽然间，他看见了一个陌生而又熟悉的影子。

他慢慢地站起来，摘下自己的墨镜。声乐系教授钟雅琴跟助教孟姗姗并肩走来，说着工作的事情。

钟雅琴说："姗姗，这次考学的几个孩子都还不错。你可要盯住了，不能被后门给顶了。现在艺术学院招生是越来越不像话，每年开学我都头大。想要的都没来，不想要的一大堆。"孟姗姗笑笑："放心吧！钟老师，这次您是主考，他们哪里敢乱来呢？"

"对了，你个人的事考虑得如何了？你一个人带着孩子……"

"钟老师，您别操心了……我自己能行。我现在不想考虑这个事情了，再说，您不也是自己带着孩子这么多年吗？"

"你是我看着长大的学生，从附中到学院，我都是你的老师。你就跟我的女儿一样，我能不操心吗？"

孟姗姗苦笑："钟老师，我知道您是为我好。不过，我真的习惯了……"

钟雅琴叹了口气："唉，女人都命苦啊……"这时，她看见了何世昌，慢慢地站住了。孟姗姗纳闷儿，循着她的目光看过去。何世昌正默默地看着钟雅琴，孟姗姗立即感觉到了什么："钟老师？那……那我先走了。"

孟姗姗悄然离去，只剩下她呆呆望着何世昌。何世昌站在青春流动的校园里，看着钟雅琴鬓角点点白发和眼角细密皱纹，翕动嘴唇："雅琴……"钟雅琴看着何世昌苍老的脸，眼泪慢慢溢出来。

孟姗姗走着，拿出包里的化妆镜打开，化妆镜上显示出何世昌的脸。孟姗姗合上化妆镜，大步走了。她拿出手机拨打："你要的人，果然出现了。"

8

队员们持枪站在特警队院子的广场上，薛刚看看手表："除了现在值班的小组，你们就提前下班吧。晚上12点全体集中待命，就进入一级战备了。到经济论坛结束，你们谁都不可以回家。解散。"队员们发出一阵欢呼，散去。纪慧看薛刚："薛队长，那我呢？"

"你？该干吗干吗去吧！"他转身走了。纪慧傻在原地。

韩光跟着队员们一起来到地下枪库缴枪。按照规定，除了有特殊任务的特警队员外，其他的一律要在训练和执勤结束后上缴枪支弹药。特警们在往各自的枪柜里放枪。韩光把自己的88狙击步枪精心擦拭干净，然后放入写着自己名字的枪柜。柜门里贴着蔡晓春和韩光在特种部队的合影，韩光看了片刻，关上门。保管员给枪柜一一上锁。韩光把右手大拇指放在锁上，一声"咔嚓"锁上了。这是指纹辨别的高科技锁，必须有保管员的钥匙和特警队员的个人指纹，锁才会打开。

韩光从浴室出来的时候，看见纪慧还没走，她正坐在花坛上想着什么。韩光拿着脸盆走过去："回家休息吧，早就告诉过你这里没什么可采访的。战备工作一旦开始，你受到的限制就更多。"

纪慧苦笑一下："你知道，为了得到来你们特警队采访的机会，我是怎么在总编跟前下请战书的？我们总编又是怎么跟你们局领导表决心的？要是真的什么都没采访到，我不知道该怎么交代。"

韩光想想："其实也没什么啊，不可能所有的采访任务都成功啊。"

纪慧反问："那你的狙击任务，失败过吗？"韩光愣了一下，随即说："没有。"

"一次失败都没有吗？"

"假如有一次任务失败，你只能去两个地方采访我。"

"哪儿？"

"太平间，或者监狱。"韩光说。纪慧愣了一下。

"我回家了，你要是想搭顺风车，我可以送你回城。"韩光转身走了。纪慧站起来："哎！有你这样的吗？你转身就走，我搭什么顺风车啊？"韩光头也不回："那你就在停车场等我，我还要去换衣服。"

10分钟后，韩光驾驶着自己那辆白色的富康出现在了特警队基地的大门口。纪慧坐在副驾驶的位置上，看着车里很好奇："这是我见过的最干净的男人的车！你一直都这么爱干净吗？"韩光没说话，打开了CD。柔和的古典音乐传出来，是肖邦的钢琴曲。韩光驾车上了高速，径直往城里开。

纪慧问："你很爱干净，喜欢古典音乐，长得也帅——你为什么要当狙击手呢？我实在想不出来，你为什么喜欢杀人？"

"狙击手不等于杀手。"韩光面无表情地说。纪慧反问："合法杀人和非法杀人，有区别吗？"韩光的声音很冷："在我眼里，目标不是人。"

"那是什么？"

"死人。"——纪慧打了一个冷战，不问了。

车刚进城的时候，纪慧突然说："你一定有很多故事，我想听你给我讲述这些故事。你的家庭、你的学校，还有你的女朋友，我都想知道。你想说什么就说什么，我希望知道一个完整的你——假如你不排斥和我谈心的话。"

韩光看看手表："我现在没时间，我要去看一个朋友。"

纪慧很好奇："女朋友？"

韩光犹豫了一下说："……不是。"

纪慧看着韩光："你在撒谎。"

韩光把车停在出租车站牌下："好了，你到地方了。下车，我要赶时间。"

纪慧刚刚把门关上，富康就起步快速走了，纪慧哼了一声："没风度！还以为你要送我回家的！"韩光驾车快速切入车流。纪慧伸手拦住出租车，对司机说："跟上前面那辆富康。"司机刚刚犹豫，纪慧掏出两张百元钞票，司机马上不问了，开车跟上。

韩光把车停在超市门口，进去买东西。纪慧坐在出租车里面，拿出长焦照相机。韩光一会儿就出来了，除了大包小包，怀里还捧着一束白色的百合花。纪慧指挥司机继续跟上。韩光的富康开入一个幽静的小区。纪慧皱着眉头很纳闷儿，这里不是韩光的家。出租车停在小区门口，纪慧下车快步走进小区。她看见富康停在一幢楼门口，韩光拿着东西捧着花下车进了楼道。纪慧藏在拐角的花园里，用长焦照相机透过灌木丛对着楼道口。不一会儿，楼道的门开了，韩光走出来。纪慧的长焦照相机突然不动了，嘴也张大了。

韩光走在前面，在台阶下转身伸手接住一个女人的手。一个漂亮女人缓步走下台阶，韩光小心翼翼地搀扶她下来。纪慧的长焦照相机在变焦——这个女人的腹部已经隆起，她怀孕了！只见韩光带着女人上了车，车向小区外驶去。纪慧赶紧追到小区门口，正好刚才那辆出租车没走，司机正在小区外等待着乘客。纪慧风风火火地上车，又掏出两张百元钞票拍在司机眼前："跟上刚才那辆富康车。"司机二话不说，启动车跟了上去。韩光的车向着海边的方向驶去，出租车远远地跟着。

海边，女人看着海面，脸色凝重。韩光把外衣给她披上："风大，今天就别散步了。"女人还是看着海面。

"你在想他？"韩光问。女人的眼泪慢慢流下来："我不知道，到底曾经爱过的是个什么样子的男人。"韩光安慰道："别想那么多了，都过去了。"

"不，我有感觉……他会回来的……"女人突然尖叫着，"不！他会回来的，他会回来找我的！找我和我的孩子——"

韩光急忙抱住她："百合！百合！没有他！"

"秃鹫，我看见了秃鹫……"

"没有秃鹫，百合，我是山鹰！"

赵百合安静下来，看着韩光："山鹰？"

"对，只有山鹰。"韩光说。赵百合喃喃地问："是你保护我吗？"

"对。"韩光说。赵百合哭了："山鹰，有你保护我，我就放心了……"

韩光抱住她："别怕，一切有我……你什么都不用怕……"

远处，纪慧在拿着长焦照相机对焦，不停地拍着。

9

音乐学院家属院。红色别克车开来，孟姗姗下车。她提着包往楼道走，却听见哭声。孟姗姗转身，她的儿子、7岁的孟可躲在阴影中哭泣，显然刚刚打过架。孟姗姗快步过去："怎么了？这是怎么了？！怎么回事？谁又欺负你了？！我找你们老师去！"

孟可哭出声来："妈……他们说我没爸爸……"孟姗姗紧张起来："你告诉他们了？！"孟可哭着说："没有……"孟姗姗抱住了孟可："儿子，你受委屈了……"孟可哭泣着："妈妈，我要爸爸！他在哪儿啊？为什么我不能告诉他们，我也有爸爸……"孟姗姗满是心酸地说："他会来接你的。"母子抱头痛哭。

10

优雅的西餐厅，灯光典雅。小提琴手皱着眉头，像跟谁有深仇大恨似的肩膀哆嗦着，但是悠扬的《梁祝》就从这肩膀的哆嗦当中流动出来。西餐厅里没有多少人，都是在窃窃私语。蜡烛在燃烧着，好似燃烧着那无尽的岁月。何世昌跟钟雅琴面对而坐，两双不再年轻的眼睛，点滴闪动着曾经沧海。

"这些年，你吃了不少苦吧？"何世昌的声音颤抖着。钟雅琴叹了一口气："都过去了，这一切我都想不起来了。"何世昌内疚地说："我想跟你道歉……"

钟雅琴声音平淡，却很坚决地摇头："不，不用了。你用不着道歉，这一切都是我自己的命。"

何世昌自责地说："是我造成的。我让你一个人面对一切厄运，我却躲起来，不敢面对这一切。雅琴，我真诚地向你道歉，我不该逃避。随着时间的推移，我越来越觉得自己的懦弱是那么的不可原谅。我是一个懦夫……"

钟雅琴按捺住自己的情绪："别说这些了，都过去了。你还好吗？"

"老样子。"

"你太太呢？她还好吗？"钟雅琴的声音有些发抖。何世昌的声音变得嘶哑："车祸，前年去世了……还有我的儿子，也在车祸当中……"

钟雅琴睁大眼睛："怎么回事？怎么会……"

何世昌叹息一声："警方还在调查当中……车祸有疑点，但是没有什么证据。警方的检查报告显示刹车片出现断裂，但那是一辆最新款的奔驰S600，无论如何也不可能刚刚出厂就出问题啊……"

"天哪……"钟雅琴惊讶地说。何世昌无助地看着她："我生活的世界就是这样。50多年了，我已经见惯了阴谋暗算。在利益的驱动下，什么可怕的事情都可能发生。从这个角度来说，我很庆幸你们没有生活在我的身边。你们的生活安静而祥和，这也是我最大的欣慰。"

钟雅琴惊讶地看着何世昌："我们？你知道？"

何世昌苦笑着点头："我怎么可能不知道呢？雅琴，财富虽然在你的眼里不值一提，但是却可以在这个现实的世界办很多事情。我不仅知道我们有一个儿子，我还知道他的名字叫钟世佳。"

钟雅琴的眉头紧皱起来："你在监视我们？你要知道，这是对我们母子的不尊重！"

"不是监视，是关心。毕竟他是我的儿子，还是我现在唯一的骨肉。"何世昌的声音很苦涩。钟雅琴站起来，坚决地说："他不是你的儿子！你也根本不配做他的父亲！如果你对我们的生活还有一点点的尊重的话，请你不要再来骚扰我和我儿子的正常生活！而且我也告诉你，我钟雅琴当年跟你在一起，就根本没把你那点儿臭钱当回事！我儿子也一样，他不会看重你的钱的！虽然我们清贫，但是我们清贫得幸福！清贫得坦荡！——何世昌，我现在终于知道你为什么回来找我了！我告诉你，你办不到！儿子是我的，不是你的！我不允许你打扰我儿子的正常生活！"

何世昌的心口一阵阵发紧。钟雅琴拿起自己的包，转身要走。

"雅琴……"何世昌的声音很虚弱。

"你还有什么话要说？"钟雅琴不回头，眼泪在打转。

"我……我已经是肺癌晚期。"——钟雅琴立即转身，注视着何世昌。何世昌点点头："医生告诉我，我最多还能活三个月。"

钟雅琴看着何世昌的眼睛，说不出来自己是什么滋味。何世昌苦涩地说："我想见见我的儿子。我不强求你们跟我走，我也知道我没有尽到一个父亲的责任。我只是想见见他，我甚至都不奢求他会叫我一声'爸爸'……"

钟雅琴看着何世昌，许久，她的眼泪夺眶而出："你这是何苦呢……"

11

夜色下的城市街道，一辆越野车在行驶。开车的是白马，蔡晓春穿着夹克，戴着帽子，化装成韩光的样子坐在他身边。白马淡淡地说："我知道在行动以前，我不该问。"蔡晓春闭着眼："知道你还会问吗？"

"这次我会。"白马说。蔡晓春问："为什么？"白马说："真的有必要那么做吗？这本来是一件很简单的事情，有必要搞那么复杂吗？"蔡晓春说："白马，我决定过的事情，改变过吗？"白马苦笑。

"我们以前都在外籍兵团第二伞兵团服役，我们的荣誉除了伞徽，除了雪绒花勋章，还有什么？"

"第二伞兵团的绿色贝雷帽啊。"白马回答。蔡晓春笑笑："对，绿色贝雷帽。但是在中国，绿色的帽子是一个很侮辱男人的东西。"

"我知道，绿帽子……"白马说。蔡晓春睁开眼："我曾经以绿色贝雷帽为荣誉，却没想到自己会被戴绿帽子……"白马不吭声了，继续开车。

"不是我非要这样，是你们逼我的！"蔡晓春咬牙切齿地说，"我发过誓的，让你们——生不如死！"——白马看一眼后视镜里的蔡晓春，神色复杂。

12

韩光到卫生间拿起墩布，回到客厅擦去地板上的污垢。赵百合脸色惨白地躺在沙发上。韩光刚刚擦干净地板，百合又吐了。韩光急忙丢下墩布，抱住她，扶着她往痰盂里面吐。韩光拿起湿纸巾，给百合擦拭嘴角。百合脸色惨白，呼吸急促。韩光把她慢慢放在沙发上，转身开始收拾。百合看着韩光的背影，眼睛里面更多的是内疚。韩光却没什么怨言，默默地干着手里的活。百合轻声叫道："韩光……"韩光回头，擦擦额角的汗水笑笑："你别说话，歇着。我给你熬药去。"

"你为什么对我这么好……"百合的眼泪流下来。韩光看着她没说话，片刻笑了笑："如果不是你，现在我还活着吗？"

"那是我应该做的，我那时候是卫生员。"

"这也是我应该做的，我是这个孩子的父亲。"

百合一震，抬头看他："你真的愿意？"韩光的声音很嘶哑："我是在破碎的家庭长大的，我知道一个孩子没有完整家庭的滋味。孩子需要母亲，也需要父亲。既然你打算要这个孩子，就要给他一个完整的家庭。"

"可是我不能让你那么做，你有女朋友！"

"已经……分手了。"

"是因为我？"

"她不知道你……"

"她总有一天会知道，她会恨我的。"

韩光苦笑："不，她恨的会是我。因为我欺骗了她。"

百合着急地说："你没有欺骗她……"

"当很多事情说不清楚的时候，最好就别解释。"韩光说着进了厨房。中药还熬着，他掀开盖子看看火候。赵百合躺在沙发上，叹了一口气。她试图坐起来，呼吸开始急促。她捂住心口，刚刚穿上拖鞋就栽倒了。她急促呼吸着却说不出话来，伸手去拿茶几上的药瓶子。韩光听到声音冲出来，他拿出药给她喂下。百合的呼吸还是很急促，无助地抓住韩光的胸襟。韩光急忙拿起电话："急救中心？我这里是时代广场，这里有病人心脏病突发……"

救护车鸣着凄厉的警报，高速疾驰过喧闹的街道。怀孕的百合戴着氧气面罩，救护人员在做检查。韩光坐在她身边，握着她的手。百合眼睛微微睁着，紧紧握住韩光的手。一个医生不满地说："有先天性心脏病，还让她怀孕？！你这个丈夫怎么当的？！"韩光愣了一下，却没有解释。救护车在街头疾驰，奔向医院。

同仁医院的急诊值班室里，林冬儿穿着白大褂，坐在办公室看着她和韩光的合影出神。桌子上扔着揉碎的纸巾，她的手里还拿着一张。眼泪无声地滑落，她迅速擦去。敲门声响起，林冬儿急忙埋头在病例夹上："进来。"同事王欣轻轻推开门。他扶扶眼镜，小声地问："冬儿，你没事吧？"林冬儿笑笑："我？没事啊，怎么了？"王欣看着林冬儿红肿的眼睛："你休息吧，120中心打电话通知有一个怀孕的心脏病人发病了。我来处理，你别管了。"林冬儿一听就起身："那怎么行？今天我是值班大夫，这是我的工作。"王欣看着林冬儿："你现在的状态还是休息吧，我来替你当班。"林冬儿已经拿起自己的东西："我没事，真的。对了，你怎么没回家？你们科室安排你加班？"王欣愣了一下："……没有。"林冬儿诧异地问："那你？"王欣笑着说："你家挺远的，反正我下班也是一个人，等你值完班送你回家。太晚了，不安全。"林冬儿一愣，随即说："不用了，太晚我就在宿舍住了。你回去吧，我能处理。"王欣刚刚想说什么，门上的传呼器响了："林医生请立即到急诊室！林医生请立即到急诊室！"

林冬儿夺门而出，王欣顺手从衣架上拿起一件白大褂，边套边跟出去。

救护车已经停在急诊门口，救护人员正匆匆抬下担架。林冬儿迎过去，高声招呼着自己的护士准备。她跟急救中心的大夫交接："病人什么情况？"急救中心的大夫说："她丈夫说是先天性心脏病，怀孕5个月了。是妊娠反应引发的。"林冬儿着急了："胡闹！这不是拿妻子的性命开玩笑吗？她丈夫呢？"

韩光慢慢走下救护车，站在林冬儿面前。林冬儿愣了一下，她难以置信地看着韩光，脸色一下子白了。韩光看着她，也没说什么。王欣敏锐地感觉到了，急忙招呼护士："立即送抢救室！面罩吸氧！"林冬儿脸色煞白，她压抑住自己的情绪："这是我的病人！王欣，你别管！"她一转身推开王欣，招呼着护士，"准备心电监护，测个血压，抽一个血。"

韩光一句话都说不出来，只能看着。

"你就是那个警察？"王欣站在韩光面前，脸色很难看。韩光看他，不明白什么意思。王欣的语言带着挑衅的味道："我是冬儿父亲的学生，我和她算是一起长大的，是青梅竹马。我警告你，欺骗冬儿是要付出代价的！"韩光看着王欣，没解释什么径直往里走。王欣一把拉住他："站住！你进去干什么？！"韩光说："我是病人家属，难道我不能进去吗？"

王欣脸都气红了："你有妻子，你还欺骗冬儿？她是一个善良的女孩子，你不能这样欺负她！"

韩光着急地说："她不是我的妻子！"

王欣怒了："那性质就更恶劣了！你是警察，是国家公务人员！你居然脚踩两只船，还搞大其中一个的肚子？！我要去举报！你这个警察队伍的败类！衣冠禽兽！"

韩光一把就将王欣推到墙上："你给我听着！你想去哪里举报就去哪里举报！你要是没有警务督察的举报电话，我可以告诉你！但是现在我要进去，这是人命关天的事情！"

王欣被韩光扣住脖子,咳嗽不止。韩光松开右手,大步向里走去。王欣揉着脖子:"野蛮人!"他追进去,又一把拉住他,"我不许你见冬儿!我不许你再花言巧语!"

韩光掰开他的手,但是王欣又抓住另外一边。护士跑出来:"哎呀!这是医院,你们闹什么啊?!——你是病人家属?马上进去,林大夫要你签字!"韩光推开王欣,大步跑进去。王欣整整自己凌乱的白大褂,跟着跑了进去。

林冬儿脸色严肃地从急诊室出来。韩光站在她的面前,林冬儿深呼吸,压抑自己的情绪:"病人现在有危险,你有她以前的病例吗?"韩光从包里拿出来,递给林冬儿。林冬儿看了一眼,居然是法语的:"巴黎医院?"

"她刚刚回国,才5个月。"

林冬儿匆匆扫了一眼:"我要马上给病人进行应急处理。病人的姓名?"

"百合。"韩光说。林冬儿愣了一下:"我要真实姓名!"

"伊莲·赵。这是她护照上的名字,中文名字赵百合。"

林冬儿从嘴角不屑地冷笑一下:"赵百合?真俗气!你在这上面签字。"她转身要进去,韩光一把拉住她:"冬儿!"林冬儿头也不回地说:"放手!"韩光松开手,林冬儿问:"有事吗?——还有,冬儿不是你叫的!"

"冬儿……"——林冬儿怒视他,韩光改口:"林大夫,我希望你能明白,她是一个病人!别管我们之间有什么……"林冬儿愤怒地说:"韩大警官,我告诉你,我林冬儿是医生!请你不要侮辱我的职业道德!"

王欣突然冒了出来:"签字,然后滚出去!冬儿,我给你做助手。"

林冬儿麻利地说:"好,你马上换衣服!"

急诊室的门关上了,韩光孤独地站在外面。他看看手表,懊恼地砸了一下墙。一个路过的护士怒视他:"哎哎!你干吗呢?这是医院不是你们家的墙,别没事乱砸!"韩光急忙道歉:"对不起,对不起。"

急诊室大楼外的玻璃门旁,纪慧悄悄探出了脑袋。她看着一向冷静的韩光焦躁地走来走去,眨巴了一下眼睛。

13

百合家小区的楼下,韩光的白色富康停在地面停车场。摄像头规则地转动着,执行着防盗监控功能。穿着和韩光一模一样的蔡晓春戴着棒球帽,帽檐压得很低,他走向韩光的富康,拿出钥匙两下打开车门。停车场的保安往这边看了看,继续站岗。富康已经启动到了门口。车窗摇下来,保安看不清楚棒球帽下司机的脸,他把门条递给保安,然后交了费。保安打开栏杆,蔡晓春开着富康出去。刚刚出门,他就麻利地开始换挡加速,跟一阵旋风一样就上了公路。保安纳闷儿地看着这车："不怕罚款啊！" 蔡晓春开着这辆富康，在红绿灯口也压根儿不停留，直接朝高速开过去。周围的司机不满地按着喇叭，躲避着发疯的白色富康。路口的电子眼忠实地记录着这辆车的照片，闪了几下光。蔡晓春显然是飙车的老手，在车流不算稀疏的路上开了足有 150 公里的时速。

韩光家的小区门口，保安睁大眼睛看着一向规矩开车的"韩光"开着车跟一阵风一样开来。富康一声凌厉的急刹车停在门口，保安急忙升起杆子："韩大哥？你有急事啊？" 戴着棒球帽的"韩光"支吾一声，就把车开进去了。保安看着"韩光"下车，匆忙跑向楼道口，麻利地按下密码。门开了，他匆忙跑进去，门关上了。

韩光家，大门轻微"咔嚓"一声就开了。蔡晓春走进来，手里的蓝光棒打开了，屋子笼罩在一片蓝光当中。他径直走到书柜前，看着那排子弹。他把蓝光棒放在子弹旁边，然后往一颗子弹上撒下一点儿银粉，拿出一个小毛刷，轻轻地在子弹上刷着。在蓝光棒的照射下，韩光的指纹清晰显现出来。蔡晓春拿出一个类似数码相机一样的仪器，把探测口贴在选择出来的右手大拇指指纹上，仪器轻微闪了一下光，一个小小的软塑料质地片慢慢地从仪器里吐出来，他把这张拇指大小的片细心地贴在自己戴着手套的右手大拇指上。

第三章

―――★―――

1

韩光靠在墙上，看着急诊室的门口。细微的脚步声引起他的注意，他转头，纪慧从门口进来，径直走向他。韩光看着纪慧，脸上没任何表情，只是长出一口气。纪慧问："情况怎么样了？"

"还在抢救。"

纪慧用异样的眼神看着韩光："你不想和我谈谈吗？"韩光苦笑："谈什么？"纪慧叹息："谈谈这个孕妇，谈谈这到底是怎么回事。这件事情肯定是瞒不下去了，或许我可以替你从别的角度说几句公道话。"

"我没什么好谈的。"韩光转过目光。纪慧着急地说："你的前途可能就这样完了！那个女人到底是谁？肚子里的孩子是怎么回事？你准备和她结婚吗？……"一个护士打开门不满地说："你们出去说话！这里在抢救病人！"韩光转身走出去，纪慧紧紧跟在后面。

韩光坐在花坛后面的暗处，纪慧站在他身边："我真的没想到，你会……"

"我也没想到。"韩光深呼吸着，他抬头看见了医院电线杆上的摄像头。

"这个女人是什么人？"

"是我在部队的战友，她是医务所的护士。"

"你爱她？"纪慧问。韩光想想，说："曾经爱过，在部队的时候。"

"那个孩子……"纪慧问。韩光断然地打断她："你听着，关于孩子没什么好谈的。如果你认为我就是孩子的父亲，那我就承认！总之，孩子是无辜的！你不要拿这个孩子做文章，我认这个孩子！而且我要定了！"

纪慧同情地说："你知道你是在拿在警队的前途开玩笑吗？"

韩光看着她说："如果警队不容我，我可以辞职。"

"值得吗？"纪慧问。韩光看着远方："什么是值得的，什么是不值得的，你能告诉我吗？"纪慧被问噎住了。

2

夜晚的山坡静悄悄的，关闭了车灯的白色富康缓缓开下公路，停在泥泞的灌木丛外面。打扮得跟韩光一样的蔡晓春下车，他走到灌木丛里面，换了一身黑色的特警作战服，戴着黑色的面罩，背着一个战术背包，几下子就穿过灌木丛。山坡下的特警基地一览无余。电网架在高高的围墙上面，整个基地笼罩在黑暗中。只有塔楼上的探照灯在有规律地扫来扫去，拿着狙击步枪的特警哨兵查看着四周。

蔡晓春从战术背包里拿出夜视仪戴上，他的眼里马上都是绿油油的，非常清晰。经过短暂的观察和分析，他从山坡上慢慢地匍匐下去，躲藏在墙根。他抬头看电网，从战术背包里拿出一只死鹰。他站起来退后半步，看着上面的电网，把手里的死鹰抛了出去。死鹰画了个简短的弧线，准确地落在电网上。警报器立即凄厉地响了起来，探照灯也在瞬间扫了过来。穿着黑色特警战斗服的蔡晓春急速闪身到了身后山坡的灌木丛里面，潜伏下来。

特警基地里面警报大作，巡逻小组立即风驰电掣般冲过来。四个黑衣特警跳下车，拿着95自动步枪摆开警戒队形。战术手电射上来，他们看见了挂在电网上的死鹰。带队的特警组长对着耳麦："猎狗3号呼叫1号，关闭警报和电网。这里的警报是一只鹰落在电网上引起的，我要上去看一看。完毕。"警报立即关闭了："猎狗1号收到，电网已经关闭，注意安全。完毕。"特警们架起人梯，特警组长敏捷地爬到围墙上。他的步枪扫视着围墙外面，没看到异常动静。接着他拿下来死鹰，跳下墙头。

一个特警接过来死鹰："这鹰真漂亮，怪可惜的了。""可能是来咱们这儿过冬的吧？""鹰是候鸟吗？""我怎么知道，我中学生物就不及格。""鹰不该是夜禽啊？猫头鹰才是！""也许这鹰变种了呢！"

特警组长苦笑一下："别胡说八道了。猎狗1号，我是3号。野生鸟类可能在附近出没，申请暂时关闭电网，省得到时候林业局再找我们麻烦，完毕。"

"收到！各个单位注意，我是猎狗1号。电网关闭，明天采取措施驱赶鸟类。大家做好警戒工作，完毕。"

组长上车："我们走吧。"一个特警问："这鹰呢？"组长说："明天交给林业局吧。"车开走了。蔡晓春从灌木丛中露出脸，等一切都安静下来，他一个箭步跃上围墙。他的动作很麻利，几乎是落地无声。他闪在围墙的拐角，这是探照灯的死角。等到探照灯扫过去，他跟野兔子一样蹿出去，通过了100多米的开阔地，顺利地来到特警队楼下。蔡晓春顺着外墙的雨水管道开始攀登，身手敏捷，显然是长期正规训练的结果。他到了二楼监控室的窗户外面，把夜视仪推上去，慢慢探出眼睛。

监控室里，值班的特警面对不同的监视器，精神抖擞。一股白色烟雾冒出来，他纳闷儿地刚刚起身，就被麻醉倒地。蔡晓春撬开玻璃，爬进监控室。他推开值班特警，然后逐次关闭了各个楼层的监视器。打开门，大摇大摆地走了出去。他的手套上，粘着韩光留在子弹上的指纹。

枪库门口，蔡晓春拿出 PDA，打开来接上自己带的智能钥匙卡片，然后插入密码智能锁的插卡处。电脑程序在迅速换算着密码，没几秒钟，枪库的门"咔嚓"一声打开了。他推开枪库的门，枪库的所有武器柜子，缓缓展现在他的面前。

3

"喜欢王道的朋友们，今天你们好不好？"

"好——"酒吧里面的观众险些把天花板给喊翻了。小有名气的地下乐队——"王道"摇滚乐队上场了。这是一支重金属乐队，人人都是长头发，贝斯手还留着大胡子。主唱阿钟——钟世佳，长发飘逸，戴着黑框眼镜，穿着紧紧的褐色牛皮裤子，光脊梁套个花衬衫。他的出现引起下面摇滚爱好者的欢呼："王道！阿钟！王道！阿钟！"……

钟世佳站在舞台中间，对着观众伸出双手示意。现场逐渐安静下来，阿钟对着麦克风说："喜欢王道的，请举手！"现场举起一片手，伴随着小女孩儿的欢呼。阿钟拿起麦克风的杆子，高声喊道："喜欢王道的，跟我一起来——"伴随着欢呼，贝斯手起了前奏。阿钟冷峻地看着欢呼的人群，开始高歌：

"人来人往的大街上我想要的却找不到，
爱情就跟涨价的汽油一样越发不经烧。
熙熙攘攘的世界上我给你的却找不到，
你还说跟我混来混去什么都得不到，
傻不拉唧的我们还跟疯了一样去寻找，
寻找爱寻找真寻找美究竟什么是王道。
你名牌内裤表面上有多少男人的味道，
妹妹说别来这套看看你干瘪的钱包。
金钱是王道欲望是王道还是你哭着要爱我是王道，
理想是王道自由是王道还是跟着社会堕落是王道。
到底什么是王道，
到底什么是王道……"

钟世佳摇着长发，发出野兽般的号叫。观众也跟癫狂了一样，跺着脚跟着疯狂的重金属音乐狂喊乱叫。一个女孩儿尖叫着："阿钟——我爱你——啊——"站在最后排的何世昌露出苦笑："这就是世佳？"

钟雅琴叹口气，哀怨地看着他："对，是你的儿子。"

"年轻人啊，都有疯狂的时候。我年轻的时候，也热爱艺术……"何世昌没有生气，只是很无奈。钟雅琴哀怨的目光飘过来，何世昌的话咽在了肚子里。钟雅琴转过目光，看着台上的儿子："他从小就吃尽了苦头，因为他没有爸爸。他的性格一直很叛逆，但是学习不错，也热爱音乐，就是不太好和人说话。也可能是压抑太深了，他初中的时候喜欢西洋摇滚音乐。为这个我和他吵架，但是后来想想，孩子已经挺委屈了，何必再剥夺他的爱好呢？本来想着长大也就好了，没想到上了音乐学院学古典音乐也没改变他这个爱好。大学毕业了，本来在音乐家协会工作，但是他辞职了，跟一帮朋友组成了这个乐队……"

何世昌听着，苦笑："也不能说他错，好在他没有学坏。"

钟雅琴抹着眼泪："你知道这个孩子，因为你吃了多少苦？他从懂事开始，就问我爸爸是谁。我不告诉他，他也不哭。别的孩子欺负他，他就跟人家打架……27年了，他也不容易。"

"都是我不好。"何世昌很内疚。钟雅琴抬头看着台上的孩子，泪光闪闪："是我自己找的，我不怪你。我知道你有太太，还要跟你在一起。那时候我也太年轻了，真的是为了爱情什么都不管不顾。"

何世昌握住了钟雅琴的手，钟雅琴颤抖一下，但是没有躲开。何世昌内疚地说："还有机会，我还有三个月的时间。我们可以重新开始！世佳要是喜欢摇滚音乐，我要让他到更大的舞台上去表演！我要满足你们所有的愿望！"

钟雅琴却慢慢抽出来自己的手，摇头："不，你太不了解世佳的个性了，他是那种非常固执的孩子。不说你是他爸爸还好，要是说你是他爸爸，他肯定会永远不见你。他的恨，都深深藏在心里。你就算能让他成为世界上最出名的摇滚巨星，他也不会向你低头的……他不会认你的……"

"可是我毕竟是他的亲生父亲！"何世昌说。钟雅琴目光复杂地看着何世昌："你以为，在他的心里有父亲的位置吗？"何世昌被噎住了，伤感和失落一点点爬上他的脸。钟雅琴哀怨地说："你来得太晚了，太晚了……你要是早点出现，哪怕是他上大学的时候，他都可能接受你。但是，现在……"

"我知道，我的错无法原谅。但是我相信，他的骨子里面流着的是我的血液。"何世昌看着长发的儿子，"血，毕竟是浓于水的。我会等待，用我剩下的所有时间去等待，即便他还是恨我，我的一切也都是他的……"

钟雅琴奇怪地看何世昌："你是为了这个来找他？"

何世昌看着钟雅琴："我不是要害他，我是要给他！给他所有的一切！"钟雅琴摇头叹息："你太看低我和我的儿子了！你走吧，我们不需要你的钱、你的公司、你的地位和你的权势。我们什么都不要，我们娘儿俩就想好好地过我们的日子……"

"雅琴……"何世昌张嘴，却失语。

"我答应过你，让你见儿子，我会做到。但是我告诉你，我们都不会跟你走。我们有我们自己的生活，你的一切都是你的——明白吗？"

何世昌悲伤地点点头，闭上眼睛老泪纵横。

4

急诊手术室里，百合的脸色还是那么惨白，但情况逐渐稳定下来。林冬儿看着百合稳定的心跳松了一口气。她的头发湿漉漉地贴在额头上，脸色也是惨白的，没有通常欣慰的微笑露出来。她吩咐护士注意观察，转身出去了。王欣见状跟了出去。林冬儿摘下口罩、帽子，看着空荡荡的走廊发呆。

王欣低声："冬儿？"林冬儿美丽的眼睛慢慢溢出眼泪，"唰"地落下来。王欣站在她的身后："想哭，你就哭出来吧。"林冬儿突然捂住自己的嘴哭出声来，大步跑向值班室。王欣急忙跟着："冬儿？冬儿？"林冬儿跑进值班室，"咣"地关上门。王欣着急地敲门："冬儿？冬儿，你开门啊！"林冬儿靠在门上失声痛哭，泪水滑过她苍白的脸颊。

外面，纪慧和韩光还在争执着。纪慧着急地说："你想过没有，这件事情会引起多大的轰动？"韩光平静地说："那是我的事情。"

纪慧气恼地说："但你是市民心中的英雄！一旦这件事情暴露出来，你以为损失的是你自己的荣誉？是市民对警察的信任！我不相信你会做出这样的事来！我已经看见了，你的女朋友很漂亮！你绝对不会为了一个怀孕的女人抛弃你的女朋友！她很爱你！"韩光吐出一口烟，沉默。纪慧一把掐灭他的烟："你别跟个闷葫芦似的行不行啊？你倒是说话啊！这个事情瞒不到明天的！"

韩光看着她："我从来不去想明天的事情，因为今天就已经很艰难了！"纪慧质问他："但是你要怎么面对市民对你的信任？"韩光回答："我是一个警察，但我也是一个人！我有自己的隐私！我从未想过做什么警察的英雄，从来没有！我只是做我的职业，做我的分内工作！如果市民不能接受一个特警队员也有自己的隐私，那么我辞职！我选择不再做英雄！"

纪慧都不知道怎么说他了："你傻啊你？你要知道，这是在中国！老百姓的唾沫星子都能把你淹死！"韩光奇怪地笑了一下。纪慧问："你笑什么？人言可畏你知道不知道？"

韩光看着天上的星星："我是一个狙击手，我已习惯孤独。每次我单独出任务的时候，成功和失败都取决于我个人的判断。我选择了这条路，就不会再跟任何人解释。老百姓爱说什么，甚至是我的同事爱说什么，对于我都已经是无足轻重的事情。"

"你到底在说什么啊？"

韩光转向纪慧坚定地说："祖国知道我，足够了！"

纪慧纳闷儿地看他："我在怀疑你的脑子是不是正常？"

"没什么，我突然想起以前在部队的事儿。我不管别人说什么，这个孩子我认了！组织上要我结婚，我就结婚；组织上要我辞职，我就辞职！总之，关于这个孩子和这个女人，我不会多说一个字！"韩光一脸坚毅。

纪慧纳闷儿地看他："你到底在保守什么秘密？"韩光淡淡地说："刺客的秘密。"黑暗中，他的眼睛真的是寒光闪闪，纪慧不由得打了一个冷战。

5

蔡晓春的右手拇指放在韩光的枪柜锁验证扣上，随着"嘀嗒"一声，验证成功，枪柜的门打开了。但他还是愣了一下，因为韩光的枪柜门背面贴着一张照片，是他和韩光的双狙人小组的合影——黑白的照片，年代已经久远，都有了毛边，所以主人给这张照片镀了一层膜。蔡晓春看着照片上韩光身边的自己，年轻的脸上同样是意气风发，他的眼睛略微亮了一下，只是一刹那。接着，他继续审视枪柜，那把属于韩光的狙击步枪静静地卧在枪柜里面。他拿出这把狙击步枪，装入枪袋，然后关上枪柜，锁好枪库出去了。他迅捷地跑过开阔地。执勤特警在塔楼上觉得眼前有什么东西闪了一下，拿起夜视望远镜观察，除了围墙那边的树丛在晃动，什么都没有。他放下望远镜："猎狗5号报告，4号地区好像有动静。派人查看一下，完毕。"围墙外面的灌木丛突然有车灯亮了。他惊讶地看见一辆白色的车跟疯子似的从黑暗中冲出，径直冲向公路。他赶紧报告，可是车已经没影了。瞬间，特警基地警报大作，战备值班的特警分队和在宿舍休息的特警队员都冲出来，军靴声、叫喊声响成一片，警犬的吠叫惊天动地。薛刚高喊："快！封锁整个基地！A组出动追捕，B组检查整个基地！看看到底出什么事了！注意，要小心敌人的炸弹！谁吃了豹子胆了，敢闯我们的基地！"

特警队员们答应着分成两组去了。A组上车鸣响警笛出去，B组跟着薛刚检查基地。几个特警搜索来到楼外，举起手电，窗户是被撬开的。特警组长对着耳麦："薛队，你最好来看一下！"

"我马上到！"薛刚说。他挥手，特警队员们散开，警戒四周。薛刚带队飞奔而来。他挥手，两个特警队员起身，手持武器开门。其余的特警队员紧跟其后，搜索前进。特警们交替掩护前进。特警组长一把推开值班室的门，薛刚持枪闯入，值班员还在昏迷。薛刚皱眉："乙醚？！快拖他出去！"队员们急忙拖起值班员出去。薛刚喊道："立即检查武器库——"队员们冲向武器库。不一会儿,薛刚的声音在局里110指挥中心的喇叭里响起:"特警基地发生盗窃案件!一支88狙击步枪丢失,重复一遍,一支88狙击步枪丢失!这是特急事件,立即封锁所有道路进行盘查!……"

值班女警对着耳麦:"各巡逻单位注意,盘查所有白色轿车!注意,特警队的一支88狙击步枪丢失,疑犯可能驾驶白色轿车离开。目击警员没有确定轿车品牌和牌照,所以要提高警惕。注意,一支88狙击步枪丢失……"

一座无名山顶上,省厅反恐处方局长面对群山下的城市深思着,身后是奥迪轿车。王涛的车开来,他下车走来:"方局长,枪已经被盗了。"方局长笑笑。王涛佩服地说:"您算得真准。"方局长意味深长地说:"每个人都有自己的性格,性格决定命运——我们走吧,按照省厅的统一部署开始行动。好戏要开场了。"两人上车,离开。

高速公路上,富康轿车在疾驰。后座的白马在检查88狙击步枪。蔡晓春摘下面罩:"枪一定保养得非常好!"

"不错,专业水平。"蔡晓春露出狞笑,"上子弹吧,这把枪今天又要见荤了。""是。"白马开始往弹匣上子弹。"咔嗒!"子弹一颗一颗推进弹匣。

6

韩光的手机在响,他拿起来:"喂?我是韩光。"

薛刚着急地说:"你在哪里?立即归队!"

"我在医院,出什么事了?"

"你的枪丢了!"薛刚说。韩光愣了一下:"知道了,我马上回去。"

"全都疯了,你赶紧先回来再说!韩光,你是那么仔细的一个人,怎么丢的就是你的枪呢?!"——韩光默默挂上电话。纪慧问:"怎么了?"

"没事。我们内部的事情,你回家吧。"韩光转身走向急诊室。

急诊室里,王欣在跟护士说着什么,看见韩光进来,王欣冷冷地说:"人没事了,去那边交款。然后你带她回家,商量一下到底怎么办。5个月了,引产都很危险!"

韩光说:"我单位有事,我得先走。能不能交给你们医院?就一晚上?"

"少来吧你!人出事了算谁的?我们可不想承担这个责任!"

"林大夫呢?"韩光问。王欣冷冰冰地说:"她不想见你,还有,你以后别来打扰她。"林冬儿打开值班室的门,眼里都是泪水。所有人都愣住了,谁都没见过她这样伤心。她哽咽着:"韩光,我问你……那孩子,到底是不是你的?"韩光看着她,没说话。王欣急忙走过去低声说:"冬儿,这是在单位。有事别在这里说……"

林冬儿一把推开王欣:"你闪开!我跟韩光说话!"

韩光看着伤心欲绝的林冬儿，不说话。林冬儿的话是从嗓子深处挤出米的："你回答我，那个孩子到底是谁的？！"韩光果断地回答："我的！"

护士搀扶着虚弱的百合刚好出来，百合听到这句话一愣："韩光？"

林冬儿点头："很好！起码你还算个男人！"

韩光接过百合："对不起，我走了。"

百合着急地说："大夫，你听我说……"

韩光打断百合："别说了！这孩子是我的！"

林冬儿指着他，身子在颤抖："你……你真的……"她眼前一黑，王欣急忙扶住她。护士们跑过去："林大夫！林大夫！"

王欣怒视韩光："滚！你赶紧滚出去！"

韩光扶着想说话的百合："我们走！"

百合被他不由分说拉着慢慢走出去。她不时地回头，但是已经看不到冬儿了，只有王欣在着急地招呼着护士把冬儿抬进急诊室。百合声音颤抖着："韩光，你为什么要这样？这对她太残忍了。"

韩光没头没脑冒出来一句："我不这样才是真的对她残忍。走吧，我先送你回家。我们单位出事了，我得赶回去。"

"那我自己打车回去吧。"百合说。韩光坚持说："你身体不行，还是我送你吧。我车还在你家楼下，我开车回单位很快。"他搀扶着百合出去了。纪慧在医院急诊室门口外的阴影处看着他们过去。

7

宽大的省厅办公室没有开灯，钱明副厅长的脸藏在黑暗当中。孙晓波走进来，低下头："钱副厅长，行动要开始了，您还有什么吩咐吗？"钱明看他："一定要保持行动的主导权！我们不能被秃鹫牵着鼻子走，对这小子，一定要小心！"孙晓波问："是，我们什么时候去滨海？"钱明说："该我们去的时候。"孙晓波抬起头："明白。我马上去安排。"钱明闭上眼，思索着什么。

滨海。一间毛坯别墅里，监视器以及各种仪器在进行紧张工作。墙壁上挂着韩光和蔡晓春的大照片，方局长神色肃穆地注视照片，一声叹息。王涛问："怎么了？"方局长说："我跟他们都打过交道，都很熟悉。"王涛看着方局长。方局长接着说，"他们曾经都是出色的军人、最棒的狙击手。我即将看到他们自相残杀，而且其中一个已经是敌人。"

"他们到底谁的枪更好？"王涛问。方局长看他："枪法只是一方面，狙击手最重要的是心态。在心态上，秃鹫永远无法胜过山鹰。"

"行动马上要开始了。需要更改行动吗？"王涛问，方局长说："不需要，告诉山鹰——照常进行。"王涛回答："是。"

8

公安医院已夜深人静。一个穿着风衣、戴着帽子的背影悄悄走过走廊。他戴着黑手套的手缓缓推开特护病房的门。正在休息的老头子——刑警张超的父亲慢慢睁开眼："谁？"墨镜压低嗓子："黑夜给了我黑色的眼睛。"老头子睁大眼。墨镜的声音像是从地狱里爬出来的一样："看来你忘记暗号了。"张父苦笑："我都活不了几天了，你们还要来找我。"

墨镜冷冷地说："你和魔鬼签了约定，到了地狱也不会休息。"张父问："你想要什么？"墨镜回答："名单。"张父平静地说："我没有。"墨镜冷冷地说："这是 K3 交给你的任务，难道你没有完成吗？"张父说："我都已经退休了，你该知道我们的保密规定。我接触不到那些东西。"墨镜说："这是借口。"张父回答："这是事实，我做不到的事情，你们就是威胁我也做不到。"

"那你儿子呢？他也是警察，能不能做到？"

张父剧烈咳嗽起来："你……你……你不许打我儿子的主意！"

"你老了，退休了，还有你的儿子。怎么，不打算让他子承父业吗？除了做一个警察以外，再做一个间谍！"墨镜冷笑着说。张父着急地说："我……我一定尽力……你……你不要打我儿子的主意……"

"我也知道你这老骨头干不了什么了。"墨镜说。张父问："那你来找我干什么？"墨镜低沉地说："我好像听说，蓝鲸有个私生女？告诉我，她是谁？"张父说："我不知道。"墨镜冷笑："我知道你死不死都无所谓了，不过我可以去问候一下你的儿子。"

"你？！"张父愤怒了。墨镜说："我给你两个选择——第一，告诉我蓝鲸那个私生女的秘密；第二，K3 去问候一下你的儿子。"张父靠在枕头上。墨镜继续说："K3 一向说话算数的，你是了解的。"张父急促呼吸着："好吧，我告诉你……那你要答应我，别碰我的儿子！"墨镜笑笑："我可以接受这个交易。"张父迟疑地说："她……叫安露……"

此时的安露在家里，坐在键盘前娴熟地操作着，在谱曲。电话响了："喂？是谁大晚上骚扰美女啊？"孙晓波的声音充满笑意："美女，我是流氓。"安露摸到杯子，喝口水："说，流氓！一声招呼不打就离开滨海了，得到满足了？"孙晓波笑着说："瞧你说的，我是那种人吗？"安露笑："你不是这种人，谁是这种人？说吧，骚扰我什么事儿？难道又想欺负盲女了？"

"我想你了。"

"切！是想那啥了吧？鬼才信你呢！知道你工作忙，也知道你工作有纪律！不问你那么多了，什么时候再来滨海看我？"

"很快，我还要到滨海。"孙晓波说。安露惊喜地问："真的啊？！"杯子的水洒了一身，她急忙起身。孙晓波急忙问："怎么了？怎么了？"安露说："没事没事，杯子洒了。你什么时候来？"孙晓波说："很快。不过我不能一到就去看你，我有工作。"安露迟疑地问："我爸爸来吗？"孙晓波语气略犹豫："我不能告诉你……你自己注意身体。"

"好好，我知道！等你啊，坏蛋！"她挂了电话。保姆揉着眼进来："安露，怎么不弹琴了？你不弹我还睡不着了……哟，这怎么搞的啊？赶紧换换衣服，去洗澡！"安露笑："没事没事，张妈！"保姆见她这么高兴，说："哟，小孙要来了啊？看你高兴的！"安露说："嗯！他又要来滨海了！"保姆给安露收拾，安露笑着哼起歌儿来。

省厅楼顶，孙晓波挂了手机，深呼吸。他想想，又开始拨打一个号码……

9

酒吧的后台，满头大汗的钟世佳跟着自己的哥们儿下来，外面的掌声还在雷动。钟世佳接过一瓶矿泉水几乎一口气全都灌下去，擦擦嘴："妈的！给我一支烟！"一个侍者过来："阿钟，你妈在外面等你。"钟世佳几乎不敢相信："我妈？她来这儿？她居然来这里找我？"侍者说："对啊，我骗你干吗啊？"钟世佳急忙走出去。外面的胡同里面，两个老人默默站着。

钟世佳出来："妈？你怎么到这儿来了？"钟雅琴看着儿子，不知道该说什么。何世昌趋前一步，看着自己的儿子："世佳。"钟世佳看看母亲，又看看这个不认识的老头儿。"这是谁啊？"何世昌的喉结蠕动一下，没说出来话。钟世佳似乎恍然大悟："哦——这就是上次赵阿姨说的那个老傅吧？师范大学退休的那个？怎么你同意见他了？"他笑起来，虽然长发披肩但是笑起来却很可爱，"不用问我意见了，妈你看着合适就行！傅老伯，我也不回家在外面住，你不会看着我闹心的！我妈这个人可好了……"

"世佳！"钟雅琴打断他。钟世佳纳闷儿："怎么了？我没意见啊！我不早跟你说了吗，你看着合适就行，我支持啊！"钟雅琴长叹一口气。

何世昌的喉结蠕动着："世佳，我……我就是你爸爸……"

钟世佳一下子愣住了，跟被雷劈了一样。钟雅琴看着儿子的眼睛，点点头。钟世佳看看母亲，又看着何世昌。何世昌又趋前一步，伸开双臂想拥抱儿子。钟世佳的脸上涌现出奇怪的笑意，从牙缝里挤出一句话："我操！——原来是你这个老不死的！"

10

韩光看着床上的百合，百合苦笑："你又何必呢？山鹰，她爱你。她是无辜的……"韩光笑笑："休息吧，我明天来看你。"他关上灯出去了。百合看着他的背影出神。

韩光合上百合家的门，走入电梯。楼下，韩光突然停住了脚步，他的眼睛注意地看着自己的车。车似乎跟自己停的角度不太一样，但是他顾不上停留观察，拿出遥控器打开车门。保安纳闷儿地看了他一眼，摇摇头。韩光上车，发动机器，他看了眼油表和里程表，接着换挡，开过保安打开的栏杆，高速开上公路。保安在后面纳闷儿地嘀咕："有病吧？出来进去的？"

11

一片漆黑的山间野地，白马拿起电话："喂，110吗？你们特警丢失的那支88狙击步枪，我知道线索。持枪人现在在时代广场小区外面的山上，你们来吧，对方是个真正的玩枪高手。我是谁不重要，重要的是——我说的都是真的。""啪"，他把电话挂了。

不一会儿，接到消息的唐晓军带队行动起来。公安局地下车库，唐晓军带着自己的刑警们飞奔，周围还有不少警察穿梭。张超跟在唐晓军后边："唐队，消息确凿吗？"唐晓军头也不回："我怎么知道？"

"我们会不会白跑一趟？就一个匿名电话，能找到丢失的88狙击步枪？"张超问。唐晓军厉声说："别废话了！出发！大家都精神起来，这把枪丢得邪乎，这个电话也邪乎！无论出现什么问题，我们都要保持冷静——快！"警察们纷纷上车。车内，唐晓军脸色严肃。

特警队也在赶往目的地。车内，观察手在开车。薛刚问："韩光联系到没有？"观察手说："打过电话了，他在返回的路上。"薛刚说："你再给他打一个，告诉他直接到时代广场小区。"观察手说："我电话在后面背包里。"薛刚摸自己身上，拿出电话，是关机的："这个时候没电了！不管了，我们先去吧！"观察手问："薛队，这次会怎么处理韩光？"薛刚叹了口气："……还不知道，等到枪找到再找原因吧。"观察手不再说话，继续开车。

韩光开车在公路上疾驰，前方有警车在布置岗哨，他慢慢减速在路障前，两个戴着钢盔穿着防弹背心的巡警走过来："出示你的证件和驾照。"韩光拿出警官证。巡警接过来仔细看过："不好意思，耽误你时间了。"韩光问："出什么事情了？"巡警苦笑："你不知道啊？你们特警丢枪了，疑犯可能驾驶白色轿车。结果，大晚上我们都不得睡觉了。估计你也开始忙了，走吧。"韩光接过自己的证件发动汽车："都是苦命。"他的手机响了，他拿起来，上面显示是百合的号码。他的脸色一变："喂？怎么了？！"

百合惨叫着："韩光！韩光，你千万别回来——啊——""啪"，电话挂了。韩光立即急刹车，声音很刺耳，巡警都给吓了一跳："哥们儿，怎么了？有情况？"韩光原地快速掉头，对巡警喊："把路障给我挪开！"巡警急忙挪开路障："用不用帮忙？我呼叫支援？"

"不用，我自己可以处理！"他踩下油门，车高速冲出去。

巡警苦笑摇头："今天晚上都乱套了。"

韩光驾驶富康再次冲到百合小区门口，保安目瞪口呆："哥们儿你这是干吗啊？"韩光的车不减速，直接撞碎了栏杆冲进去。保安追过去，韩光从车里跳出来举起警官证："警察——你赶紧躲开！这里要出事了——"保安吓得屁滚尿流，跟兔子一样瞬间消失了。

韩光拔出手枪，打开楼道门，快速冲进去。"咣！"百合家的门被一脚踢开，韩光冲了进来："百合！"百合支吾着，韩光定睛一看——百合被绑在窗口的椅子上，嘴上贴着胶条。韩光冲过去，撕下百合嘴上的胶条："怎么回事？"

百合嘶哑着喉咙高喊："韩光你快走！这不关你的事！"

韩光攥着枪，眼睛都要冒出火来："他在哪里？！"

"砰！"一声枪响。韩光呆住了。百合心脏炸开血花，猝然栽倒。

"啊——"韩光发出野兽般的号叫。

对面的山坡上，一个黑影闪电般地跳出来再次隐蔽。

"你不知道你干了什么——"韩光叫着，从腰带上解开一道攀登扣，直接扣在窗台上，然后抽身从窗户上飞身跃出。腰带里面藏着的钢丝绳拽开了，嗖嗖响着拽着韩光从楼上下去。韩光在着地瞬间一个侧滚翻，化解重力，随即他爬起来，拿着手枪就跑向对面的山坡。韩光粗重喘息着，脖子卜青筋暴起。他冲到山坡上："浑蛋——你知道你干了什么——"黑影在他看得见的地方丢下狙击步枪，转身跑进树林。韩光开枪射击，黑影消失了。韩光疯狂地跑过去，弯腰抓起那杆88狙击步枪，他迅速上栓，里面还有子弹。他拿起狙击步枪对准晃动的树林连连开枪，并伴以暴怒的吼叫："啊——"

警报由远到近，警车队伍迅速包围了山坡，警察和特警跟潮水一样涌上来。特警队员举着步枪对准探照灯下的韩光。高音喇叭在喊话："立即放下武器，否则格杀勿论！立即放下武器，否则格杀勿论……"唐晓军是第一批冲上山坡的,他的脸上越来越震惊："韩光？"

韩光看着他，把手里的狙击步枪丢在身边。薛刚也张大嘴："怎么会是你？怎么会是你——"所有的特警队员都惊呆了，傻傻地持枪对准韩光，甚至都忘记上前抓人。韩光看着他们，举起自己的双手。探照灯下的他，脸色非常难看。密密麻麻的特警和民警包围着他。薛刚走了过去，站在韩光对面。韩光还是那么阴郁地看着他。薛刚的嘴唇翕动着："山鹰，你……你告诉我，这不是你干的！"

韩光的眼睛里有什么东西在闪动，但是却稍纵即逝，他默默对着薛刚伸出双手。薛刚垂下眼睛，挥挥手，两个特警队员走过来，拿出了手铐。"咔嚓！"韩光的双手被铐住了。薛刚转向刑警队长唐晓军："疑犯已经被捕，按照程序，我交给你处理。"唐晓军点点头，给自己的兄弟一个眼色。两个便衣刑警跑过去，夹住了韩光。唐晓军看着被带到自己面前的韩光，一字一句地说："你知道我最痛心的是什么？"

韩光看着唐晓军，不语。唐晓军怒吼："警察抓警察！"韩光不说话。唐晓军一脸悲愤："你听着，假如不是你干的，我会给你昭雪！但假如是你干的，我会把你钉死在法庭上！"

韩光没有躲闪唐晓军的目光。唐晓军挥挥手，韩光被刑警们簇拥着往山坡下走去。警察们默默无言地给他们让开一条路，韩光双手戴着手铐，一贯傲气的头颅没有低下来，在警察同僚伤感的注视下走向警车。依维柯警车的后门打开，他被塞入那个带着铁栏杆的罪犯位置。

唐晓军对薛刚说了一句什么，薛刚挥挥手，两个端着95自动步枪的特警队员上了后车厢。特警组长看着韩光："韩光，公职所在，你别为难我，我也不会为难你。"韩光看着他没说话。特警组长继续说，"我相信你是冤枉的，但是在事实搞清楚以前，恐怕你得受点儿委屈。别做傻事，你还年轻。要相信法律的公正，相信我们这些兄弟，我们不会看着你被冤枉不管的。所以你好好配合我们，千万别做傻事。明白吗？"

韩光长出一口气，点点头。特警组长从兜里拿出一包骆驼，抽出来一根塞在韩光嘴里，给韩光点着烟。韩光抽了一口，烟雾笼罩他的眼睛，他的眼睛空空如也，又好似蕴藏着桑田沧海。

"开车。"警车拐下山坡，拐上公路。

12

林冬儿呆呆地看着外面，不说话，王欣拿着扫帚、簸箕，跟一个护士在收拾林冬儿打碎的杯子。另外一个护士在小心地给林冬儿被划伤的右手食指上药。她想说什么，但是抬头看看林冬儿的脸色，什么都不敢说。王欣把簸箕交给护士，走过来："你先出去吧，我来处理。"两个护士都出去了，王欣继续给林冬儿上药。他低声说："冬儿，失恋并不可怕，失去信心才真正可怕。你看穿了一个男人，这并不是坏事。我知道你现在心里难受，一时想不明白；但是事实摆在那儿，你再不愿意相信，什么都已经发生了。你要挺过去，时间会冲淡这一切。"

林冬儿不说话，洁白如玉的脸上没有任何表情。王欣诚恳地说："这个世界没有过不去的坎儿。爱情是美丽，轰轰烈烈，但是过去了，都是一场空。"他往林冬儿的手指上慢慢缠上纱布，"只有真心疼你的人，才会给你幸福。"林冬儿木然地听着，王欣慢慢把她的手握住，恳切地看着林冬儿的眼睛："我愿意给你幸福……"林冬儿慢慢把手抽来："出去。"

"冬儿，我知道你会觉得我是乘人之危，但是我对你是真心的！我……"王欣真诚地说。林冬儿冷冰冰地说："我说了，你出去。"王欣还想说什么，林冬儿还是那么冷冰冰地说："王欣，我知道你一直对我好。但爱情是不能勉强的，我希望你尊重我。"王欣把话咽下去："那好，我等你缓过来再说。"

林冬儿看他："还有，别去找我的父母说这件事。他们很爱我，我不想他们为我伤心。另外，我要告诉你——他们是他们，我是我。在我的个人问题上，我会尊重他们，但是他们不能替我做决定。"

王欣看着林冬儿："我难道都不能去看我的老师和师母吗？"

"那是你的自由。但是，我选择谁是我的自由。"林冬儿认真地说。王欣挪开眼睛。林冬儿的眼泪在打转："我心里够乱的了，王欣，你就让我清净清净，好吗？"王欣欲言又止，叹息一声出去了。门关上的瞬间，林冬儿的眼泪一下子夺眶而出。

王欣沮丧地站在外面，护士长匆匆过来："王大夫，120急救中心报告，有一个肺癌晚期的病人发病了！马上就送到，您看我要通知林大夫吗？"

王欣皱着眉头："今天晚上怎么这么多事儿？算了，你别告诉她了，我去处理。你们去做准备吧！"

"好。"护士长转身要走。门开了，林冬儿站在门口："回来！"护士长站住，转身。林冬儿擦去眼泪："现在是我值班时间，我的病人我处理。如果王欣你真的有闲心，可以做我的助手——但是，要记住这是我的值班时间！这是我的工作！"王欣担心地说："冬儿，还是我来吧。你自己待会儿好点儿。"林冬儿走出来："我说了，我自己处理。护士长，我们去准备吧。"护士长转身跟着林冬儿去了。王欣看着林冬儿的背影，苦笑摇头，但还是整理一下自己的白大褂跟了上去。

林冬儿进入工作状态马上变得很精干，她边走边将披散的长发扎成马尾辫："快，准备呼吸机！"护士长答应着，吩咐护士们去准备。林冬儿刚刚走到急诊室门口，救护车就呼啸而至。她冷静地下着命令："准备进行气管插管。"戴着氧气面罩的何世昌被抬下来，他的脸色铁青还在昏迷状态。林冬儿问："病人家属呢？"救护车的大夫回答："还在吵架。"林冬儿的眉毛皱在一起："人都这样了还吵架？胡闹！赶紧送急诊室！"何世昌被送进去。

林冬儿刚刚要进，警灯在医院门口出现，一辆奥迪A6轿车顶着蓝红相间的警灯高速开进来，径直停在急诊室门口。王涛关掉警灯下车，打开后车门，方局长下车，他在王涛的陪伴下走进急诊楼大厅。王涛对着林冬儿和王欣出示警官证："国际刑警——你们哪位是值班大夫？"

林冬儿趋前一步："我。你们有什么事吗？"

王涛把林冬儿拉到一边，低声说："借一步说话，病人情况如何？"

"我还没有做过检查，不清楚。"

王涛低声说："这个人关系重大，请不惜一切代价挽救他的生命！"

林冬儿不高兴地说："我是医生，我的职责是挽救所有患者的生命安全。即便来就诊的是联合国秘书长，也和普通患者是一样的。如果没有别的事情，我进去了。"

王涛还想说什么，方局长开口了："让大夫工作，我们别打扰她的工作。"

王涛把话咽回去，林冬儿也没笑脸转身就快步走了。王涛转向方局长低声问："方局长，她那么年轻，行吗？"方局长看着急诊室的门口："行与不行，人家是值班大夫。根据何世昌的身体情况，应该能挺过去。"

王涛苦笑："他那儿子也真够可以的。要不要我们去做做工作？"

方局长摇头叹气："人家的家务事，我们能做什么工作？做好我们自己的工作吧，危机还在后面。我们走，还有很多事要忙活。"

"已经通过警方通知他的干儿子了，他应该很快就到。"王涛跟着他出去了。方局长苦笑着上了车："这个何世昌啊，年轻时欠下的风流债！还债的滋味不好受哦！"奥迪A6轿车立即开走了，跟没来过一样。

13

医院外，钟雅琴母子还在争执。钟雅琴着急地说："你怎么可以这样呢？就算他对不起你，他毕竟已经是个风烛残年的老头子了！"

钟世佳看着母亲："你以为是因为我自己？！我是为了你！妈，你不能原谅他！这么多年了，你流的眼泪还少吗？你难道忘记了？忘记这些年，你是怎么过来的？忘记你为了他，吃了多少苦？受了多少白眼？多少流言蜚语跟刀子一样扎着你的心？"钟雅琴掉过脸去，闭上眼睛。

钟世佳甩开长发，眼睛里面也是泪水："他就算肺癌晚期又怎么样？以为装可怜，我就能喊他爸爸？他尽到一个父亲的责任了吗？他知道我从小是怎么长大的吗？他知道我曾经是多么渴望有个爸爸？他知道我曾经是怎样羡慕别的同学有爸爸照顾，有爸爸关心，有爸爸跟他谈心？那时候他在哪儿？他在哪儿？他在哪儿啊？！——他知道不知道，我也是个男孩子，我在成长的时候是多么需要一个父亲……"

钟雅琴哭出声来："孩子，你别说了！"钟世佳闭上眼睛，泪水夺眶而出："妈，如果你可以接受他，我不反对……但是我不能！我不能接受！你愿意就跟他走，我自己留下……"钟雅琴一把抱住钟世佳："我的儿子，我怎么可能丢下你？妈答应你，妈不原谅他！绝不原谅！妈跟你在一起，就我们娘儿俩！我们不要他……"钟世佳痛哭出来："妈……"母子两人抱头大哭。

一双眼睛在远处的车里默默看着他们，嘴里的烟头在忽闪着。

第四章

1

老法医蹲在赵百合的尸体旁，眉头皱了起来。电话响了："喂？"方局长的声音传来："我是白头雕，你不要说话。我知道你在想什么。"老法医应了一声："嗯。"方局长说："我希望你什么都不要想，也别问为什么。"老法医长出一口气。

"我知道你的忧虑，你相信我吗？"方局长问。老法医答道："嗯。"方局长郑重地说："那就什么都不要想。"老法医挂了电话，看着赵百合闭眼的容颜说："抬走吧，回头验尸。"他转身出去了。赵百合被装入尸袋，拉上拉链，抬进了救护车。

暗处的一辆越野车发动，跟上救护车。司机戴着面罩在开车："02，我跟上目标了。完毕。"三个枪手也戴着面罩，正收拾着武器，给56-1冲锋枪旋上消音器。救护车出了高速公路收费站，越野车跟着出来。救护车上路。越野车突然加速，直接拦截住救护车。救护车一个急刹车，枪手们跳下车，手持武器包围救护车。救护车司机被拉下来，枪口抵住他的脑袋，他战战兢兢地举起手。

"下车！快点！"枪手持枪对天射击，噗噗噗噗！一阵弹壳飞舞。两个护理员大惊失色，刚一下车，就被按在地上。枪手们上车，扛下尸袋匆匆跑上自己的越野车，如同旋风一般消失。护理员战战兢兢抬头，不明白他们抢死人干吗？

2

市公安局大院。警车队伍呼啸而至。蓝光灯的辉映下，车门打开，韩光戴着手铐下车。周围的特警和民警默默注视着他。韩光没有表情，被唐晓军和张超推着走进去。薛刚等特警队员站在旁边，神色复杂。一名特警问："薛队，这到底是怎么回事？"薛刚说："看来是我们抓了自己的狙击手，而且抓个现行。"那名特警说："韩光会杀人？我不信！"薛刚注意地看他一眼："我们都不信！"

唐晓军说："把他带到刑警队去，我要连夜问案！"

韩光被张超等推上楼梯。唐晓军走在后面，他的手机响了，接："喂？"

"唐队，出事了。"

"讲。"

"运输被害人遗体的救护车在桥东高速出口300米处被劫走了，遗体不知下落。"

唐晓军听着，愣住了："什么？有人抢走了赵百合的遗体？"韩光回头。

"张超！"唐晓军大喊，张超立刻应道："到！"

"你马上到桥东高速出口去，我们的被害人被劫走了！"

张超一愣："被害人？谁劫死人？"

唐晓军吼："快去！肯定有问题！"张超答应一声，带着两个年轻刑警跑了。唐晓军注视韩光："你告诉我，这是怎么回事？"韩光也注视唐晓军："我没有答案。"唐晓军说："看来是不想说？就算你是铁嘴铜牙，我也得给你撬开！带他到审讯室！"韩光被夹着走向审讯室。

3

这是一个废弃的厂区。越野车高速开来，缓慢停在厂区库房前。枪手们下车，抬下赵百合的尸袋运送进去。库房已经被布置成一个简易手术室。几个穿着消毒服装的医护人员在等待。尸袋放在了手术台上。塑料布拉上，隔离开了枪手们。枪手们摘下面罩，带队的是王涛，他们都是心急如焚。枪手甲问："来得及吗？"王涛看手表："我们没有迟到，应该来得及。"

"我现在担心的是小孩，不知道能不能经得起这么折腾。"

"我们应该相信科学。"王涛说。

手术灯打开。医生拉开尸袋，赵百合被护士抬出来，各种仪器开始往她身上装。心跳仪器是平的。医生拿起针管，抽取药液："找到她的动脉。"护士掀起赵百合的袖子，勒住她的胳膊。医生找到动脉，扎进去针管。液体缓慢推进去。心跳仪器还是平的。医护人员关切地看着赵百合："医生，会不会……"医生没有表情，但是额头也在冒汗。赵百合突然咳嗽一声，心跳仪器开始跳动曲线。医生睁大了眼："醒了！她醒了！"塑料布外的枪手们如释重负。王涛长出一口气："要确定母子平安！"医生点点头，仍在紧张检查。

赵百合微微睁开眼："我……我在哪儿……"

"你不要说话，不要说话！你很安全，不要说话，不要乱动。我们在给你检查身体！"护士说。医生抬头："确定母子平安！"枪手们发出欢呼。王涛松了一口气，拿出手机报告："白头雕，确定母子平安！我们的任务完成了，检查以后就转移她。"

赵百合打量着陌生的一切："你们是谁？"

王涛掀开帘子进来，欣慰地看着赵百合："准备转移她，立刻到我们的关系医院去。"赵百合看着他："你是谁？"

"我是谁并不重要，重要的是我救了你的命。"

"你认识秃鹫？"赵百合问。王涛说："我不能回答你的任何问题，但是我告诉你，秃鹫要杀你，还有你肚子里面的孩子。原因你知道。"

赵百合的眼泪慢慢流出来："我没想到，他真的会对我开枪……"

"我们事先做了手脚，枪里面是空包弹。炸点也是不得已采取了那种方式，请原谅我们不得不这么做。"王涛说。赵百合惊惶着，她还没忘记刚过去不久的事，那是在蔡晓春离开后不久……

被绑在椅子上的赵百合惊恐地看着门口，门被轻轻打开，两个蒙面人持枪进入，快速低姿到达赵百合身边。蒙面王涛解开了赵百合的上衣，直接把炸包和血包贴在赵百合的胸前。赵百合惊恐地看着他们，挣扎着。王涛系好赵百合的扣子，说："赵女士，对不起。为了让你能活下来，冒犯了。"他起身，"撤！"二人如同鬼魅般闪出去。赵百合瞪大眼看着门口，支吾着低头看自己的胸前，线在衣襟当中清晰可辨……

"那个跟我说话的蒙面人是你？"赵百合问。王涛点点头。

"我怎么会突然死过去呢？"

"最新科技，瞬间假死。靠你胸前的炸点引爆的，在规定时间内打解药就可以苏醒。无夜视瞄准具的狙击步枪，再好的枪手也不能在200米外命中你的头部，他的机会就是心脏，因为胸部目标大。"

"为什么要这样做？"

"我不能告诉你，你只要知道自己安全就可以了。"王涛转身对医护人员说，"我们现在转移她到指定医院去，路上一定要小心！"

医护人员们开始收拾东西，撤塑料布。赵百合迷茫地看着。

4

韩光被铐在椅子上，一把88狙击步枪放在桌子上。唐晓军面色阴郁地看着他。韩光没有表情。唐晓军拿出手里的死鹰，扔到桌子上："这死鹰是哪里来的？"韩光看了一眼："我不知道。"

"你不知道？那是谁用这死鹰欺骗了特警基地的值班队员，然后秘密潜入，非常漂亮的行动，毫无破绽！别的什么都不偷，偏偏就偷走了你的枪？"

"我不知道。"韩光说。唐晓军怒吼："那你都知道什么？啊？你怎么解释这枚指纹？！""啪！"他将指纹标本丢在桌子上，"你的枪柜，没有你的指纹是打不开的！而在特警基地的值班室和枪柜上，到处都是你的指纹。这把枪上更不要说了，除了你的指纹没有第二个人的！这把枪是刺杀赵百合的凶器，赵百合——我到现在都不明白这个女人到底是什么来路，你能不能告诉我？"

"她是我的战友。"韩光说。唐晓军问："你的战友？"

"对，我在特种部队的战友。"韩光回答。唐晓军问："女特种兵？"韩光说："不是，医务所的女医生。"唐晓军又问："你在部队的女朋友？"韩光回答："不是我的女朋友。"唐晓军看着他的眼睛问："那她肚子里面的孩子是谁的？"韩光不说话。唐晓军又问一遍："是不是你的？"韩光还是不说话。唐晓军说："回答我。"韩光平静地说："我没什么好说的了。"

唐晓军生气地问："你在拿自己的前途开玩笑？"韩光说："这件事一发生，我已经没有什么前途了。"唐晓军认真地说："我想帮你，但是你却什么都不肯告诉我。"韩光说："我不需要你的帮助。"

唐晓军愣住了："韩光，虽然你是警队的功臣，但是你该知道现在是什么局面。赵百合死了，狙击步枪一枪打穿心脏，是你的枪。而盗枪现场到处都是你的指纹，对你进行刑事拘留审查，还需别的证据吗？"韩光仍然不说话。唐晓军继续说，"你搞清楚状况，现在只有我能帮你！"

"我什么都不想说。"

"赵百合的遗体，是什么人抢走的？"

"我怎么知道？"

唐晓军拿起塑料袋里面的子弹壳："7.62毫米可重复装填铜弹壳，使用了加装消音器的56-1冲锋枪，你想告诉我——这些人的来路你不知道？"

"案发的时候，我已经在你们的控制当中了。"

"虽然我不是军火方面的专家，但也不是白痴。使用这种改装武器的，注定是高手当中的高手。"

"这样的高手成千上万，跟我有什么关系？"

"我很难相信这一连串的事件，跟你没关系。"

"你是靠这个所谓的直觉来破案吗？"

唐晓军注视着韩光。韩光别过头："我没有更多说的。"唐晓军拿起那把狙击步枪等证物："你自己好好想想，想明白了再找我！"他转身出去了。

监控室，张超吃着方便面，注视着监视器上的韩光。

唐晓军提着狙击步枪等进来："这小子的嘴比铁闸都硬。"

"唐队，我到现在还没搞明白是怎么回事！他要是杀人，犯得上用狙击步枪吗？这样的货色，赤手空拳杀人都没问题，何况是一个弱女子！"

"很明显，他心里清楚是谁干的。"唐晓军说。张超问："谁干的？"唐晓军看着监控器上的韩光："这得去问他了。"张超说："现在尸体都找不到，这个杀人案算怎么回事啊？"唐晓军不语，静静地在思考。

公安局电力房里，技术员在昏昏欲睡。一只戴着黑色手套的手伸过来，手上的乙醚毛巾捂住了他的嘴和鼻子，技术员昏了过去。蒙面人把技术员缓缓放在地上，起身走到控制台前。"啪！啪！"他陆续拉闸。监视器突然断电。张超呆住了："怎么回事？"唐晓军抬眼。"啪！"所有灯紧接着都黑了。唐晓军喊："停电了！拿手电，我们去看韩光！"

审讯室里，"啪！"灯黑下来的一瞬间，韩光突然举起双手，利索地活动，手铐哗啦散架。黑暗当中，韩光起身把手铐丢在门边。门开了，手电照射进来。张超惊叫："人不见了！"韩光突然一把抓住他的手枪，一下子就别在自己的手里。唐晓军冲进来，韩光两下子把两人摔倒，双枪在手对准二人："对讲机。"唐晓军看着他："韩光！你别胡闹！你逃不出去的！你别冲动，有什么事情我们都好商量。"

"对讲机和车钥匙！"韩光高喊。唐晓军无奈，摘下对讲机和车钥匙，放在地上滑过去。韩光用脚踩着，指着张超："你的对讲机。"张超无奈，也摘下对讲机，放在地上滑过去。韩光一脚踩碎其中一个对讲机，拿起另外一个好的和唐晓军的车钥匙，手持双枪退出，关上门。唐晓军和张超起身，门被反锁了。二人捶打着铁门："来人啊——来人啊——"

黑漆漆的走廊上，韩光冷峻地走着。值班的警察们在骂着："搞什么啊？这时候大停电——"韩光径直迅速下楼。值班的干警拿起手电："谁啊？"韩光出手就抢过手电，接着击倒干警。后面冲过来的干警举起手枪："站住！开枪了——"韩光举起花盆砸过去。干警躲闪，韩光又是一套擒拿动作，很轻松地制伏他，拿起手铐把二人铐在一起。更多的警察拿起手电出来。韩光转身就走，推开门冲向外面的地下车库。车库里也是一片黑暗。韩光冲出来，拿起车钥匙按下遥控器。前面的一辆君威车的防盗器响了。韩光冲着那个方向冲过去。手电光柱照射过来，几个警察追过来到处找人。韩光一个鱼跃到了车的夹缝卧倒。警察们打着手电到处找着。

"人呢？""明明看见往这里来的！""快，那边看看！"警察们分散开来，在车库到处寻找。韩光匍匐前进到了君威车边，起身悄悄开门。他把钥匙插入车锁，突然卧倒，一道手电的光柱扫了过去。韩光起身，悄悄坐在司机位置上。外面到处都是警察和手电的光柱。韩光慢慢放下座位靠背，光柱再次扫过去。警察们还在搜索。"谁啊，这么大胆子，在咱们的楼里面横冲直撞？""是不是跟咱们开玩笑的？自己人？""别逗了，真枪实弹的，谁敢跟咱们开这个玩笑！"

电力房，警察们打着手电进来，照到了地上的技术员。警察甲大惊失色："我们遭到袭击了！不是停电，有人拉了电闸！"警察乙："快快退出，小心炸弹！让拆弹小组先上！

是不是恐怖袭击？"警察甲："指挥中心！指挥中心！我们遇到袭击了，通知拆弹小组到电力房来！"指挥中心也是一片黑暗，十几个应急灯唰唰地打开。女警拿着对讲机："收到。各个单位注意，怀疑总部遭到恐怖袭击！大家各自坚守岗位。拆弹小组立即到电力房，拆弹小组立即到电力房！执行一号紧急预案，启用备用电路！"

"拆弹小组收到，我们马上就到。完毕。"

"预警中心收到，马上启动。完毕。"

审讯室，唐晓军抡起椅子砸门。椅子碎了，门没事。张超苦笑："唐队，是您要求……把门加固的。"唐晓军又抡起桌子，冲着门撞过去。门还是没开。灯"啪"地都亮了，警笛大作。

车库里的灯"啪啪"地都亮了。警察们一阵刺眼。发动机的声音突然响起来，君威发动了。警察们反应过来，但是君威已经擦肩而过。对面的警察举起手枪："停车——"君威一个急刹车。韩光在车里注视着警察。后面警察们举着手枪，慢慢围拢过来："下车！快点！"韩光注视前后，突然换了倒车挡，踩下油门。警察们急忙往边上闪开。韩光的车在车库里面灵活地掉头，转向另外方向冲去。警察们在后面追着："停车！停车！"君威穿越车库，冲向出口。警察们大喊："快，通知巡警拦截！"车飞一样出发。

对面楼顶。白马望着望远镜里远去的韩光，不由得笑了笑。一辆监控车里，王涛和两个便衣警员在看着监视器。监视器上，韩光的车飞一般消失在夜色中。王涛拿起电话："白头雕，山鹰上路了。"方局长的声音很凝重："序幕已经拉开，行动正式开始。我们不能出一点儿差错，明确没有？"王涛说："明确！行动开始！"他拿起对讲机，"各单位注意，'刺客行动'正式开始！"

韩光驾着车在疾驰。车内电台在呼叫："各个巡逻单位注意，各个巡逻单位注意！协助检查嫌疑车辆，颜色为黑色，车型为君威，车牌号码是……"韩光不动声色，高速开车。

公安局里警铃还在大作。走廊那边大喊："审讯室有情况！"唐晓军和张超对视一眼，突然一起抱着脑袋卧倒在墙角。门"咣"地开了。"噗噗！"两颗催泪弹扔进来。张超大惊失色："自己人——"白烟已经冒出来了，唐晓军和张超咳嗽起来。几个戴着防毒面具、穿着防弹背心的警察冲进来："控制！""控制！""指挥中心，已经控制疑犯两名！"两个戴着防毒面具的警察扑过来按住唐晓军，呆住了："唐队？"唐晓军狼狈不堪地咳嗽。

"快快快！带出去，是自己人！"警察喊。张超咳嗽着跌跌撞撞起来："我就日——"警察们急忙扶着二人出去。警察摘下防毒面具："唐队？你们怎么在里面？"唐晓军咳嗽着："韩光跑了！"警察呆住了："什么？"

"不管这个韩光是不是杀人犯，这次是里应外合，从我们的手上跑掉了——就是我们刑警队的耻辱！发动所有资源，一定要找到他！"

刑警们答应着去忙活。唐晓军拿过刑警身上的对讲机："指挥中心，我现在报告紧急情况！韩光抢枪逃跑了，开了我的车，车里有我的战备物资……"不一会儿，公安局无线电里发出了紧急通知："各个单位注意，下面是紧急追捕命令。原特警队狙击手韩光负案潜逃，经过确认该犯与杀人案件有关。该犯携带92警用手枪两把，子弹若干发，属于极度危险级别。如果发现并确认该犯，可不加警告就地击毙……"

一座立交桥黑暗角落，没开灯的君威车慢慢开来，停下。韩光下车打开后备厢。后备厢里放着几块牌照和一个背囊。韩光伸手去摸索，摸到了底下藏着的79微冲。韩光检查微冲，笑笑："刑警队长的战备物资。"他打开背囊，里面有换用衣服和其余备用生活物资。他开始换衣服，戴上棒球帽。把微冲放入背囊，关上后备厢。君威车丢在原地，韩光背上背囊转身大步离去。

5

林冬儿翻阅着病历，王欣跟在后面。护士小心地过来打着招呼："林大夫，王大夫……"林冬儿点头："四床的病人怎么样了？"护士说："已经打了狂犬病疫苗了，还在观察。"林冬儿说："好。另外，你关注一下九床，她的病情还没有完全稳定。"护士说："好的，林大夫。"林冬儿继续走，头也不回地对王欣说："你老跟着我干吗？"王欣支支吾吾地说："冬儿，我觉得我该跟你好好谈谈……"林冬儿说："没看见我在上班吗？"王欣说："现在不是病人情况都稳定了吗？"林冬儿说："走人！我不想跟你谈。"王欣着急地说："我就占用你5分钟时间！"林冬儿停下，抬手一指："你自己看看！"王欣抬头，墙上赫然挂着大标语：时间就是生命。林冬儿说："你仔细看看，好好看看！你已经占用了我一分钟的时间，对于一个急诊医生来说，很可能就是耽搁了一条生命！你是医生，不要做这样不职业的举动。走开，我要去看病人。"她转身走了。王欣看着林冬儿的背影，赶紧跟上。

VIP病房。秦伟擦着眼泪哽咽着："何总，下次您可千万不能自己跑出去了。您要是出了什么事情，我没办法跟集团董事会交代啊！"何世昌躺在病床上疲惫地笑笑："小秦，我这不挺好的吗？"医院外面有警车呼啸而过。何世昌关心地问："出什么事情了？"秦伟低声说："警方现在正在进行全城大搜捕，据说一个警察犯的案子。"何世昌皱起眉头："警察？"

秦伟跟着说："对。据说他还是个特警……世界经济论坛后天就要召开了，滨海市居然发生了这么恶劣的案件。内地的治安真的是值得担忧啊，我们把这样大的投资转向中国内地……"何世昌疲惫地摆摆手："小秦，我很累了。"秦伟闭住了嘴，随即问："何总，那您现在对集团董事会有什么话要带吗？"何世昌闭上眼睛："我说了，我很累了。"

门轻轻推开了，林冬儿跟王欣进来。秦伟抬起头，林冬儿皱起眉头："我跟你不是说过吗？病人现在需要休息，你不能进来。谁让你进来的？"秦伟支吾着："我是何总的干儿子。"林冬儿断然说："你就是他的亲儿子也不行！出去吧，让病人好好休息。你作为干儿子应该好好考虑病人的身体恢复，别来打扰他。"秦伟无奈，对何世昌说："何总，我先出去了？"何世昌点点头，秦伟带上门出去。林冬儿转向何世昌，声音柔和下来："老先生，您现在感觉怎么样，胸口还疼吗？"何世昌摇头笑："能成为你的病人，我很荣幸。"

林冬儿笑笑："瞧您说的，身体健康才是真正的幸福。我可真的希望您再也不会是我的病人。"何世昌看着林冬儿的眼睛："你哭过？"林冬儿愣了一下。何世昌笑："总不可能是为了我这个老头子吧？为了你的男朋友？"林冬儿脸上的笑容消失了。王欣皱起眉头："何先生，您还是休息吧。工作以外的事情，我们自己会处理。"

何世昌看看王欣，摇头："你们？不，你不是她的男朋友。你们的眼睛里面蕴含的东西不一样，不可能有爱情。"

王欣的脸沉下来了："这跟你没关系吧？"

林冬儿断然说："王欣！你出去！病人刚刚苏醒，你就这样说话！你忘记了他还是个病人吗？"王欣把话咽下去，看了何世昌一眼出去了。何世昌苦笑一下："他生气了？"林冬儿叹口气，没说话。

何世昌叹气："他想跟你在一起，但是很难说是爱情。但是他具备某些条件，这些条件是你爱的男人不具备的。"

林冬儿疑惑地问："您怎么知道？您认识我？"

何世昌苦笑："我怎么可能认识你？我来滨海才不过几个小时。你知道我这70多年，见证了多少痴男怨女的悲欢离合吗？还有什么能瞒过我这个老头子的眼睛？人啊，真的活明白了，也就快入土了！"

林冬儿看着何世昌，陷入沉思。何世昌说："假如你心里爱，就不要勉强不爱——人的一生啊，就这么几十年。怎么都是过，与其勉强不爱，不如勇敢去爱。即便是爱得粉身碎骨，爱得痛苦不堪，爱得天翻地覆，都比你勉强不爱碌碌终生，到行将入土的时候，去体味遗憾一生的感觉要强得多。"他挪开眼睛，与其在说林冬儿，不如是在说自己。林冬儿却听得非常入神："老先生，谢谢你。"何世昌笑笑："我已经失去了，而你还有机会。"

林冬儿脱口而出："但是……他跟别的女人有了孩子……我……"

何世昌叹息："你怎么知道？我可以坦白告诉你，我不认识你，所以更谈不上对你有什么了解，更不要提你爱的那个男人。但是你的眼睛，我能感觉到——能征服拥有你这样一双眼睛的女孩儿，那个男人也非等闲之辈。而天底下有哪一个男人，会有了你这样的女孩儿而不去珍惜？"林冬儿的脸红了。何世昌的声音很悲凉："退一步说，假如他真的跟别人有孩子，就不值得爱了吗？我一生中最爱的女人，跟我在一起的时候，知道我有家庭，还有孩子。但她还是和我在一起，那是我一生最快乐的时光……"

林冬儿看着他："后来呢？"

"也是我这一生，最深的痛。"何世昌闭上眼睛，老泪流出来。林冬儿无语了，片刻她低声说："老先生，您累了，安心休息吧。需要什么的时候，您按下按钮就可以。"她慢慢走出去，把门带上。

走廊上，王欣焦躁地等在外面，看见林冬儿出来就走过去："那老头子都跟你说了什么？"林冬儿说："王欣，跟你没关系的事情，我希望你保持沉默。"王欣被噎住了，随即又说："怎么跟我没关系？你妈说了，等明年就让我跟你……"林冬儿断然道："打住！我现在想明白了，我应该勇敢去爱，而不是勉强不爱！我妈说什么是我妈的事情，跟我没关系！"她丢下目瞪口呆的王欣，大步走向急诊楼大厅门口。她拿出手机，拨下韩光的号码，但里面说："对不起，您拨叫的用户已关机。"

林冬儿放下电话，看着黑暗当中的城市无声叹息。

6

唐晓军面对电脑，在警方内部网络上调出韩光的资料。一张沉默寡言的脸，一双忧郁的眼睛。唐晓军看着这双眼睛："你到底藏着什么秘密？告诉我。"电脑屏幕慢慢拉下，显现出来韩光的履历。唐晓军把鼠标停留在韩光的从军生涯上："陆军学院侦察指挥专业，当年毕业生综合成绩第一名；入选中国陆军'狼牙'特种大队集训营，当年第一名通过选拔；参加全军首届特种部队骨干'刺客'狙击手集训队……"唐晓军愣了一下："刺客？"

他点开"刺客"狙击手集训队。电脑上弹出新的页面，显现出来相关内容，唐晓军读出声音来："【密级：机密】中国陆军特种部队组织的骨干狙击手年度集训，代号'刺客'集训队。中国陆军授予最佳狙击手'刺客'荣誉称号，以资鼓励。'刺客'的代号来自司马迁《史记·刺客列传》，中国陆军希望中国古代刺客侠义忠诚与勇往直前的品格，在当代狙击手的精神领域得到继承，形成中国陆军特种部队的特有的狙击手文化。刺客在古代被称之为'侠之大者'，为了一句承诺，可以赴汤蹈火，付出性命亦在所不惜。中国陆军希望特种部队的狙击手在具备现代化战争素质的同时，可以具备古代刺客的精神实质，并且得到发扬光大。中国陆军特种部队狙击手的荣誉等级分为'响箭'射手（三级狙击手）、'鸣镝'射手（二级狙击手）、'刺客'射手（一级狙击手）。授予荣誉称号的标准非常严格，在吸取西方特种部队经验的基础上，根据我军特种部队实际情况，拟定了评选标准。迄今为止，获得'刺客'荣誉称号的优秀狙击手，只有5个人……韩光，三级警督，原中国陆军'狼牙'特种大队狙击手排排长，现滨海市公安局特警队狙击手……"

唐晓军靠在椅上，看着韩光的照片："如果你真的成为罪犯，那真的是我见过的最棘手的罪犯……但是，你怎么会成为罪犯呢？"

7

市公安局大会议室里正在开会，出席会议的是局常委班子，以及刑警、巡警、交警、特警等各个单位负责人，武警支队的支队长和参谋长也出席了会议。高局长面色严肃地坐在首席位置。墙上的时钟已经过了午夜12点，秒针在嗒嗒走动。唐晓军站在桌子的另外一端，面前的笔记本电脑连接着后面墙上的投影。随着他的案情介绍，现场画面和资料画面传递到投影上，一目了然："12月25日晚8时29分，我局特警基地哨兵发现有可疑身影翻越已经关闭电网的围墙，一系列的恶性事件都是从这里进入我警方视线的。经过现场勘查，发现丢失88狙击步枪一支。这支枪是韩光的专用狙击步枪，而枪柜上的指纹锁也没有遭到任何破坏。按照常理，我们可以推断只有韩光可以打开这个枪柜，因为只有他的指纹才可以如此顺利打开这把锁。

"在盗窃枪支以前，疑犯袭击了特警队监控中心，一名特警队员被乙醚气体麻醉。在袭击监控中心以前，电网的警报曾经响起，执勤特警发现了这只死鹰。因此特警基地判断是野生鸟类误触电网导致的警报，为了防止再次伤害野生珍贵鸟类，暂时关闭了电网和警报器——注意这只鹰，经过我们技术部门鉴定，不是电死的，是掐死的。把这些环节综合起来，就可以得出结论——这是疑犯进行盗窃枪支的整个行动细节，是有预谋、有计划的盗窃行动。而且，疑犯非常了解特警基地的内部结构，这更进一步加强了我们对韩光的怀疑。报警的基地哨兵看见的是一辆白色轿车，由于黑暗和匆忙，他没有看清楚轿车的品牌型号。韩光开的就是一辆白色的富康轿车，但是仅仅依靠这一点判断是韩光的车，理由牵强。于是第一个奇怪的事情发生了——当枪杀赵百合事件发生以后，我们所有赶到现场的警察都发现了韩光的白色富康轿车，并且当他的轿车后备厢打开以后，我们发现了这套黑色的特警战斗服和军靴。经过技术部门鉴定，上面的泥土和特警基地围墙外山坡的泥土构成是一致的。再对轿车进行检查，车的轮胎泥土鉴定结果连一点儿含糊都没有，肯定是特警基地山坡上的泥土。因此，我们可以判断那辆白色的轿车就是韩光的。还有，这是交警指挥中心的电子眼监控系统抓拍下来的违章照片，从赵百合家到特警基地，一来一回是以150公里的时速。因此沿途的电子眼几乎给我们提供了一套完整的纪录片，而经过放大照片，我们看见司机穿的是和韩光当时一样的衣服。遗憾的是，司机戴着棒球帽，我们看不清正脸。但是对于警方认定似乎已经不太重要，因为更多的证据直指韩光。

"那支丢失的狙击步枪，在我们到达现场的时候，就在韩光的手里。现场的100多名不同单位的警察目睹了抓捕韩光的整个过程，这一点毋庸置疑。再说被枪杀的赵百合。资料显示她是法籍华人，女，27岁。她曾经和韩光在一个部队服役，就是在中国陆军'狼牙'特种大队，军衔，中尉军衔转业。她转业后出国，获得了法国国籍，而5个月以前她从欧洲回国，没有工作，也没有和国外联系，住在时代广场小区。而那套房子是以韩光的名义租的，也是韩光签的合同。经过连夜走访邻居和保安，也证明韩光时常和赵百合出入该小区。而邻居和保安证实，她已经怀孕大概有 5 个月——注意，这个时间很微妙。我们假设这个孩子不是韩光的，那么他为什么和赵百合的关系这样密切？仅仅是战友关系显然不构成理由。如果我们假设这个孩子是韩光的，那么整个事件的一切都建立起紧密的逻辑。偷枪——杀人灭口。赵百合怀孕，可能对韩光提出某些要求，韩光无法满足，譬如结婚；也可能并没有对韩光提出要求，而韩光为了掩盖自己身为警务人员有这样的劣迹，会影响前途、声誉等个人原因，下了杀手。

"武器和车辆是韩光的，指纹是韩光的，杀人手段是韩光的，而韩光又具备充足的杀人动机——无论从哪个逻辑来说，这个案子没有一点难度。那就是——凶手就是韩光！如果是我办理这个案子，在抓捕案犯以后，别管他的口供是什么，都足够提交检察院提起公诉了。但是在抓捕韩光以后，奇怪的大停电发生了。韩光趁黑袭击我和部下，获得枪支逃逸，并且开走了我的警用侦查车辆。事后调查得知，有人袭击了我们的电力房，拉下了电闸。而要我相信韩光事先不知情是很难的，也就是里应外合，脱离警方控制。这样的突发事件，在我从警 15 年来，从未遇到过。而更离奇的事情是，运输赵百合遗体的救护车，在高速出口遭到了不明身份人物的袭击。这些训练有素、装备精良的劫匪，没有伤害任何人，只是抢走了赵百合的遗体——他们要个死人干什么呢？难道说在死人的身上，有什么不愿意让我们知道的秘密？

"他们使用的武器，经过专家检验，是国产 56-1 冲锋枪。这是国外黑市上很容易获得的武器，不足为奇。但是这个弹壳很奇特，是可重复装填的 7.62 毫米铜弹壳，而普通黑市上能够购买到的都是一次性成型的钢芯穿甲弹。这种特制的弹壳，使用者可以自行添加火药装量和选择弹头，发挥武器潜能——这只有真正的军事高手才能做到。譬如特种部队、特警、特工和雇佣兵等，我很难想象这样的人物会为了一具尸体，进行行动。所有的事件都是疑点重重，作为刑警队长，我开始对整个事件的所有细节重新审视。我得出的结论是——我们得到的所有线索都太顺了，顺得没有道理。韩光有军事院校和特种部队的背景，又是一个优秀的特警狙击手，他非常熟悉警方的办案程序和技术手段，如果他真的要杀人——他为什么不更聪明点儿呢？难道他真的笨到了留下所有的证据，来证明他自己就是杀人凶手吗？当然这只是个推论，韩光现在失踪，我们不可能从他的口中得到证实。

"于是我打算采取另外一个方法，那就是画出韩光的时间表，因为假设他在盗窃枪支时间有不在现场的证据，那么就说明他很可能中了一个圈套——有人在设计陷害他！"所有的警官们都看着唐晓军。薛刚的眼睛充满了期待。唐晓军继续说，"我想重新画出韩光的时间表，我想找到那个时候他在哪里？这也是我下一步要做的工作，我希望给我一点儿时间。或许我们会有新的发现。我的汇报完了。"大家都安静，所有的目光都看着高局长。

高局长沉吟片刻：："韩光携带枪支潜逃，确定了吗？"唐晓军点头：："确定。"高局长看着大家："世界经济论坛前夕，一名训练有素的特警队员携带枪支潜逃，脱离警方视线。你们说，我们该怎么办？"大家都沉默。

高局长缓缓地说："我能同意唐晓军同志的案情分析，但是现在我不可能给你时间去做这些调查工作了。这几天，所有参加世界经济论坛的各国首脑和重要人物，全都要齐聚滨海。中央首长也要到达滨海，你们说怎么办？"大家还是沉默。高局长加重语气，"我不管韩光是不是被设计的，他携带枪支潜逃，已经构成对世界经济论坛的直接威胁。他是一名公安干警，就算他被陷害了，难道他就有资格潜逃吗？他应该求得组织的帮助，来查明事实。不管发生什么事情，他都没有理由违法潜逃！何况是携带枪支弹药，还在这个关键时刻！找到他，控制起来，这是当务之急！"唐晓军叹了口气。

高局长看着大家："唐晓军同志提供的分析也非常重要，这说明还有不明武装团伙在滨海活动。世界经济论坛的安全保卫工作面临巨大的挑战，现在已经到了最危急的状态！加强论坛安保力量，刻不容缓！——这个我们下面要谈，现在先谈韩光的问题。"大家都看着高局长。高局长沉吟一下，"采取以下措施。第一，通过媒体发布通缉令，追捕韩光，并且呼吁他投案自首；第二，对韩光所有的社会关系进行排查，想办法找到他的下落，知情不报要按照法律进行追究；第三，如果发现韩光，一旦他拒捕企图逃逸，现场警员可以动用包括枪支在内的所有措施，制止他的继续潜逃！"

唐晓军问："能不能再明确一点？"高局长看着他，又看看大家："此时此刻，没有别的选择——一旦拒捕，格杀勿论！"

唐晓军无奈，看薛刚。薛刚无语。

8

蔡晓春凝视着照片。照片是穿着吉利服的狙击手韩光和作为观察手的自己，中间是穿着迷彩服的女中尉赵百合，笑容灿烂。蔡晓春把照片放下，凝视面前的M14狙击步枪。白马走进来，递给他一张通缉令："他成功逃出来了。"蔡晓春接过来："果然不出我所料。"白马感叹说："能从公安局逃出来，他果然是个人物。"蔡晓春冷笑："没有我们帮他，他还是出不来。"白马问："你怎么断定，他一定会趁停电逃出来？"蔡晓春看着通缉令上的韩光："我们在特种部队的时候，训练过这个科目——逃脱战俘营。没想到，今天用到滨海公安局了。"白马问："人不是他杀的，他会跑吗？"蔡晓春肯定地说："我熟悉他超过熟悉自己——山鹰一定会上路的。"白马问："为什么？"

"因为，我杀了百合。"蔡晓春的声音变得低沉，手机的照片也缓缓落在狙击步枪旁边，照片上的三个人亲密无间，都是青春的笑容。岁月，一下子又回到了那段青春的时光——

特种部队的卫生队门口，两个红牌女学员——赵百合和苏雅穿着常服，好奇地站着，脚下是她们的行李。20名战士哗啦啦跑过，黑T恤、迷彩裤、军靴、95步枪，口号嘹亮。苏雅好奇地说："这就是特种部队啊！跟别的部队没什么不一样啊？"青春的赵百合满不在乎地说："本来就是部队嘛，有什么不一样的？"苏雅想想说："电影上的特种部队，都是脸上花花绿绿的、身上鼓鼓囊囊的！"赵百合笑她："你是好莱坞电影看多了吧！"

"狙——狙击手——"苏雅突然激动地说不出话来，手指着一个方向。赵百合回头，一队穿着吉利服、脸上涂迷彩油的狙击手扛着伪装过的狙击步枪跑步过来。带队的是韩光，蔡晓春走在头一个，他看见两个青春美女，突然呆住，狙击手的脚步立即乱了，"咣咣"一片撞上了。赵百合和苏雅哈哈大笑。韩光黑着脸："没出息！整队！"狙击手们急忙站队。蔡晓春不好意思地说："排，排长，我……"

韩光盯着蔡晓春："狙击手的眼里，没有男人女人，只有什么？"

"报告！只有死人和活人！……我知道错了。"

苏雅嘀咕着："这个排长好酷啊！"

赵百合不屑一顾："切！大尾巴狼罢了！"

韩光听见了，不动声色。蔡晓春的眼却不断地飘向赵百合。苏雅激动地挥手，小声地打招呼："嗨，我们是新来的……"赵百合拍拍她："矜持点儿嘿！好歹也是军医大的一朵花吧，别搞得自己跟没见过男人似的！"

"这可是特种部队的狙击手啊——"苏雅说。那边韩光喊起了口令："注意了！齐步走——二一……"狙击手排开始齐步走。韩光喊："唱个歌子——咱当兵的人——预备——起——"狼嚎一样的歌声响起。

苏雅很激动地看着狙击手队列过去。赵百合不屑一顾："切！"韩光和蔡晓春几乎同时回头。蔡晓春露出笑容。韩光没有表情。赵百合抱着肩膀，挑战地看着他们。韩光回头带队。蔡晓春眨巴眨巴眼，回头。

苏雅兴奋地说："怎么办？怎么办？百合，两个都很帅！"赵百合冷笑一下："一堆稻草人！"苏雅激动地说："百合，百合，快出主意！我追哪一个啊？"赵百合看着苏雅，半天才说："你花痴啊？！"苏雅眼中满是崇拜："可我就是崇拜特种兵，崇拜狙击手啊！"赵百合不屑地说："这帮头脑简单、四肢发达的大猩猩，有什么好崇拜的？有这工夫还是好好想想明年怎么考研吧，赶紧离开这个鬼地方！"苏雅问："为什么啊？"赵百合说："你也不看看这个破山沟，是人待的地方吗？招我们的时候，说是军区直属队，结果呢？直属到这个穷山恶水来了！"苏雅说："我可是自愿来特种大队的啊！"赵百合诧异地说："啊？你有病了，还病得不轻！"苏雅疑惑地问："我？什么病啊？"百合转身进去了："精神病！"

"哎——你等等我啊！"她追了进去……就这样，两个女孩儿就在这特种部队留了下来，也许连赵百合也想不到，她会和这初遇上的两个特种兵纠缠不清。

第五章

──★──

1

这是一处僻静的别墅，门外有站岗的便装保镖。两辆越野车组成的车队缓慢停在门口。保镖迎上来，打开车门。王涛下车，持枪环顾四周。护士小心地扶下来赵百合。保镖对王涛说："白头雕在等你们。"王涛点点头，走上别墅台阶打开门。赵百合虚弱地问："这是什么地方？"王涛回头："我们的安全点——在这里你会得到妥善的照顾，一直到整个事件结束。"

"你们到底是什么人？"赵百合问。王涛无语，转身进去。赵百合大声喊："不，我不进去！我不进去！"护士安慰着她："我们是保护你。"

"不——"赵百合突然出手，动作居然很利索，两个护士都被她推倒在地。她转身就跑。王涛大惊："拦住她！"赵百合跑着，斜着冲出来两个枪手，侧面抱住了她。赵百合挣扎着，嘴被捂住了。王涛盯着两个护士："笨蛋！连个孕妇都看不住！"两个护士起身，面有愧色。王涛喊："带她进来！"赵百合被拉进去，门沉重地被关上。

客厅里，方局长在阴影处站着。他看着赵百合被拉进来，押坐在沙发上。

"松开她。"方局长说。王涛看看方局长："看起来她的功夫还没退化。"

"松开吧，我跟她单独谈谈。"方局长说。王涛看了一眼被捂住嘴的赵百合："松开。"护士松开赵百合，赵百合喘息着："你们……是什么人？"

方局长挥挥手："你们出去吧。"王涛等转身出去。

方局长走过来："赵百合女士。"赵百合紧张地看着他："你是谁？"方局长坐下，拿出证件递过去。赵百合仔细检查证件："国际刑警？！"

方局长看着她："你该知道，为什么要采取这样的方式。"

"秃鹫要杀我，你们都知道的。"赵百合说。方局长说："我们事先就知道。"赵百合说："那你们该知道，通过我根本找不到秃鹫。我跟他的关系已经完了，彻底完了……"方局长说：

"我不是想通过你找到他，他也跑不了。从他入境那一秒钟开始，我们一直在监控他。"

"那你想要我怎样？"赵百合问。方局长说："我并不想要你帮我们做什么工作，只是希望你能够安全地度过这个非常事件。"

"山鹰呢？"赵百合问。方局长说："我不能告诉你。"赵百合反应过来："你们让山鹰去对付秃鹫？！"方局长认真地说："山鹰是警察。"赵百合站起来："可他们是战友！是兄弟！他们在一起出生入死！"方局长不说话。

"天哪！这是在让他们自相残杀啊！"

方局长站起来："从情感上说，他们曾经是出生入死的战友兄弟；但是从法律角度上说，他们一个是警察，一个是职业杀手。"

"他们就算死，也不会对彼此开枪的！你这是在逼他们！"

"那在以前，是不是你就算死也不会相信，秃鹫会对你开枪？"

赵百合呆住了。方局长说："或许你以为了解他们两个，但是其实你谁都不了解！"赵百合说不出话来。

"女人总是以为自己了解男人，其实了解什么？都是自己幻想出来的罢了。你在这里休息，会有人保护你的安全，照顾你的身体。"

"你这就限制了我的自由？我……"

方局长指着门口："你踏出这里一步，就会有子弹打穿你的脑袋，也打死你肚子里面的孩子！在这里待着，度过这段时间以后，会送你出境。"

方局长大步走出去，门关上了。赵百合待在原地，眼泪慢慢流下来，她疲惫地坐在了沙发上。

2

穿着睡裙的林冬儿打开冰箱，拿出一瓶牛奶。她在医院的单身宿舍简单而温馨，桌子上的电视正在放着一个无聊的综艺节目。她一边打开牛奶倒进杯子里，放入微波炉加热，一边拿起手机拨打韩光的电话，还是关机。林冬儿拿出热好的温牛奶，喝了一口。综艺晚会突然被中断了信号，出现蓝屏。林冬儿愣了一下，看向电视。一个男播音员严肃地播报着："各位观众，很抱歉中断电视节目转播。下面播送滨海市公安局发布的紧急通缉令……"韩光的照片一下子出现在屏幕上。林冬儿的脑子轰地一下子就大了。

"通缉令——韩光，男，29岁，原滨海市公安局特警队干警，三级警督。滨海警方在侦破一起恶性涉枪杀人案件当中发现，韩光有重大盗窃枪支、行凶杀人嫌疑，对其实施逮捕。韩光被捕当天即袭警抢夺枪支潜逃，多名执勤警员伤亡。现韩光正在潜逃当中，滨海警方悬赏10万人民币对其进行通缉。韩光1977年1月19日出生，户籍所在地：滨海市海光区 172 号怡馨苑小区 12 号楼 1803 室。其身高 1.82 米左右，体态偏瘦，长方脸庞，皮肤黝黑，额角有一个伤疤，北方口音。根据警方情报，韩光潜逃时携带 95 自动步枪一支，子弹若干发。望知情者速与公安机关取得联系……"

"啪！"林冬儿手里的牛奶杯子掉在地板上，碎了。"咣咣咣！"宿舍的门被敲击着，王欣急促地在外面喊："冬儿？冬儿你在吗？你没事吧？你快开门——"林冬儿看着电视上熟悉而陌生的韩光照片，难以置信。"咣！"王欣一脚踢开宿舍的门，气喘吁吁站在门口："冬儿？你没事吧？我怕他来找你……"林冬儿看着王欣："不！不可能是他——"王欣气喘吁吁："通缉令都已经公布了，还有什么不可能？韩光自己就是警察，他的同事难道不知道这个通缉令一旦发出来，在社会上会造成什么影响？警方肯定是有证据的，不然干吗自己打自己的脸？"林冬儿的眼泪在打转，声音嘶哑："一定是搞错了……"

王欣看着林冬儿，不知道怎么说。

唐晓军带着张超和另外一个年轻刑警出现在楼道里。医院保安队长在前面领路："那个打开的门，就是林大夫的宿舍……"王欣转身挡在林冬儿门口警惕地问："你们是干什么的？！"唐晓军拿出警官证："公安局的。我是刑警队长唐晓军。"王欣说："让我看看你的证件！"王欣拿过警官证仔细辨别真伪。唐晓军的脸色很严肃："可以了吗？我时间很紧，麻烦你让开。"

王欣着急地说："你们找林冬儿干什么？她已经跟韩光分手了！"

唐晓军严厉地说："让开！我要找林冬儿问话！"

王欣就是不让开："你们不要问她了，问我就行！我是冬儿的男朋友……"

唐晓军一把推开他："你就是她丈夫，今天也得给我让开！"王欣还想拦住，一个年轻刑警把他按在墙上。王欣还想说什么，唐晓军转脸怒视他："我警告你！我今天心情很不好，你别惹我！"王欣把话咽了下去。唐晓军转向林冬儿："你是林冬儿？"林冬儿点头。

唐晓军的语气缓和下来："我可以进去吗？我有一些问题要问你。"

林冬儿看着他，眼泪流下来："我不相信！我不相信！不可能是他，他是那么热爱警察这个职业……"

"这是我要搞清楚的问题，我可以和你单独谈谈吗？"

林冬儿哽咽着："等我穿件衣服。"

唐晓军点头，把门缓缓带上。他转向王欣，王欣看着他："我要求在场！"

"轰出去。"唐晓军连表情都没有。王欣喊道："我是这个医院的医生！"唐晓军摆摆手："那就轰出去核实他的身份。在我走以前，别让他打扰。"张超揪住王欣就往外推。王欣着急地喊："我要去告你！我有人身自由！你们不能折磨冬儿，不能……"张超夹着他的手在他肋部稍微一使劲，王欣"哎哟"一声。张超铁青着脸说："闭嘴！"王欣不敢再喊，被夹着下楼了。

门开了，披着外衣的林冬儿站在屋里："请进。"唐晓军道谢，进屋。另外一个年轻刑警转身站在门口，抱住肩膀，眼睛警惕地打量着楼道。唐晓军在沙发上坐下，林冬儿坐在对面抹着眼泪。唐晓军缓和声音，说："林大夫，我想了解关于韩光的一些问题。"林冬儿哭着："他不是杀人犯！他怎么可能去杀害无辜的人呢？你们一定搞错了！他肯定是被冤枉的！你们都是警察啊，怎么能把脏水往自己同事身上泼呢？你们要搞清楚啊！"

唐晓军认真地说："我就是要搞清楚，才来找你的！我没有认定就是韩光干的，我要的是真相，而不是去冤枉一个同事！你要帮助我，也是在帮韩光！"

林冬儿的哭声抑制住了："你要帮他？"唐晓军看着她的眼睛："也是在帮你！"林冬儿问："你想知道什么？"唐晓军问："你最后一次见到韩光是什么时候？"林冬儿想了想说："昨天晚上7点30左右。"唐晓军赶紧问："昨天晚上？"林冬儿低头看手表："对，现在已经快凌晨1点了，就是昨天晚上7点40。我值班到12点，刚刚下班。"唐晓军问："他来医院？"林冬儿回答："对，他送一个……孕妇来医院。"

唐晓军从手包里面拿出赵百合的照片："是不是她？"

"对，就是她。她有先天性心脏病，还怀孕5个月，是送的急诊。你可以查120急救中心的记录，他们会有登记的。我们的急诊也有登记！"

唐晓军拿起手机拨出去："我是唐晓军！你马上去查一下急诊的记录，另外派人去120急救中心，我要他们昨天晚上的记录。立即办。"他挂了电话，"你接着说。"林冬儿说："我是值班医生，我做了应急处理。大概在晚上9点40左右，我处理完了这个病人。"

"你一直跟韩光在一起吗？"唐晓军问。林冬儿摇头："没有，急诊手术室他是进不来的。"唐晓军很失望，又问："他在外面？"林冬儿点头。唐晓军眼睛一亮："你们医院有监视系统吗？"

"有，楼道和院子里面都有。"

唐晓军拿起电话再次拨出去："去查一下医院的监控中心，让他们把昨天晚上的监视录像带找出来。我们要找到韩光的记录，很重要。"林冬儿逐渐明白过来："如果监控录像带上有韩光，那么就说明不是他干的？"

"按说我不应该告诉你。如果有证据可以证明韩光在昨天晚上7点40到9点40之间都在医院，他就没有作案时间。"唐晓军说。林冬儿激动地问："是什么人被害了？"唐晓军回答说："就是你刚才看到的照片上的女人。"

林冬儿皱起眉头："奇怪。如果真的是韩光想要她死，干吗还要送她来医院呢？"唐晓军看着林冬儿："她的心脏病可以致命吗？"林冬儿点头："如果不是韩光及时打120，她肯定没命了——现在可以证明，不是韩光干的吧？"唐晓军看着林冬儿，慢慢摇头："这是你的推论——我需要的是证据，直接的有说服力的证据。"唐晓军的电话响起来："喂？是我。"

"队长，我在医院监控中心，你最好自己来看一下。"

唐晓军起身："我要去工作了，我的手下会来给你做详细笔录。谢谢你的合作，我们会再见面的。"林冬儿眼巴巴地看着唐晓军："韩光肯定是被冤枉的，对吗？"唐晓军站在门口，看着她："我和你一样，希望他不会让我们失望。再见。"门关上了，林冬儿可怜巴巴地看着门，哭出声来。

唐晓军大步走进监控中心："有什么发现？"张超看着唐晓军："你自己看吧，我说不清楚怎么回事。"唐晓军看着监视器："放给我看。"张超操作着机器："这是昨天晚上7点38分，医院门口的监视器拍下来的。120急救中心的救护车进入医院。这个是急诊楼门口的监视器，7点39分，赵百合下车，这个是韩光。"

"这辆车怎么回事？"唐晓军指着医院门口开来的出租车，有人下车，但是看不清楚。张超定格画面："这个人进来了，现在可以看清楚了。"唐晓军的脸色变了——是纪慧。张超低声："是你以前的女朋友，她一直在跟踪韩光。"唐晓军无声看着。张超回头："现在她去找韩光了，两个人出来了，在院子里面，然后就进入监视器死角，看不到了。"

唐晓军冷冷问："多长时间？"张超说："后面的带子没了。"唐晓军看着医院的保安队长："带子没了？"保安队长为难地说："对。怎么也找不到了。"唐晓军问："监控中心没人值班吗？"保安队长说："值班的小高睡着了。"唐晓军转向那个保安小高："睡着了？"小高局促不安："我喝了罐啤酒，喝了就睡了。"唐晓军敏感地问："啤酒在哪里买的？"小高说："不是我买的，就在监控中心的桌子上。"唐晓军疑惑地看张超："啤酒呢？"

张超看他："啤酒里面应该有安眠药之类的成分，我已经让人把罐子拿去化验了。我估计，是不可能留下指纹之类让我们追踪的。对手很高明，不会犯那么弱智的错误。"

唐晓军看着闪着雪花的监视器，心情不好。张超问："现在怎么办？"唐晓军拿起手包："找到纪慧是关键。走，去纪慧家。"张超跟着他走出去："如果纪慧不在家呢？"唐晓军的脸色很阴郁："申请搜查令，搜查她家。"

张超不问了，跟着他上车。

3

何世昌站在总统套房的落地窗前。秦伟进来："何总，跟林律师联系上了。他的专机已经到达中国海域，一个小时以后降落在滨海国际机场。"何世昌点点头："你去安排接机。"秦伟说："何总，您身边不能没有人啊？"何世昌说："去吧，这里有护士，还有服务员。我不会有事的。"秦伟离开。

何世昌拿出自己的钱包，打开夹层拿出一个手机卡。他拿起手机换上卡，拨打了一个号码。接通后，传出黑豹的声音："何先生。"何世昌说："我需要你。"

"我已经在滨海了，在您楼下，1105房间。"

何世昌笑了笑："你总是这么神出鬼没吗？"

"何先生，我说过，我是您的影子。只要您需要，无论天涯海角我都会随时随地出现。"

"好，5分钟后，咖啡厅见。"何世昌说。5分钟后，穿着普通的何世昌慢步走进咖啡厅。服务员颔首："请问，您一位吗？"何世昌说："我找人。"服务员在前面带路："宋先生在这边，请跟我来。"何世昌跟着她穿过空无一人的咖啡厅。黑豹坐在角落的暗处，何世昌径直走过去。服务员拿过来一个蜡烛，打着打火机。黑豹下意识地用手遮住自己的脸："不用了，光线正好。"服务员道歉，悄然退去了。何世昌坐下，面对黑豹，双手放在面前："黑豹，我有事要你做。"黑豹点点头："我等待您的命令。"何世昌看着他的眼睛："保护我的儿子。"黑豹点点头："明白。"何世昌抓住黑豹的手："我要你不惜一切代价保护我的儿子。"

黑豹浑身一震："何先生，我这条命都是您的。您这样重复命令，是不信任黑豹了吗？"

"我需要你的誓言。"何世昌认真地说。黑豹注视着何世昌："我已经宣誓效忠于您，我不会违背自己的誓言。"

"我要你重新宣誓。"何世昌加重语气。黑豹不明白。何世昌的语气很平淡："我的时间不多了……我要死了，黑豹。"黑豹的眼中慢慢溢出泪水，但是没有流下来。

"我要你宣誓效忠我的儿子。"何世昌握住他的手，盯着他的眼睛，"他需要你。"

黑豹紧紧握住何世昌的手，声音变得嘶哑："我宣誓。"何世昌说："效忠我的儿子——钟世佳，用生命保卫我的儿子，他的任何命令，不惜一切代价去完成。"黑豹重复："效忠钟世佳少爷，用生命保卫少爷，少爷的任何命令，不惜一切代价去完成。"何世昌点点头，握握黑豹的手："我已经失去一个儿子了，黑豹。"

黑豹内疚地说："黑豹没用。"何世昌长叹："跟你没关系，是我的疏忽。现在我只有一个儿子了，我把他的命交给你。"黑豹握紧何世昌的手："黑豹的命是您的，现在也是少爷的！"何世昌点点头："你去吧。我要自己安静一会儿。"黑豹松开何世昌的手，戴上帽子遮住脸，起身出去了。他的步伐果断而敏捷，带着凌厉的霸气和杀气。何世昌看着落地窗外，叹了一口气："……谁让你是我的儿子呢？"

4

"全力以赴找到纪慧，这很可能是案件的突破口。"在开车的唐晓军对着对讲机高声命令，"通知各个单位，协助追查纪慧下落！"张超好奇地问："队长，你怎么判断她不在家的？也许她睡觉了，拔了电话线呢？"唐晓军的脸色铁青："对手步步为营，老谋深算，你用脚指头都能想出来！他们肯定不会留下纪慧这个线索给我们的！"张超不敢说话了。

警车旋转着警灯冲入市区的一个高档白领小区。唐晓军非常熟悉地拐弯直接冲到一幢楼下。部下压根儿都不敢说话，只跟着他下车。保安远远看着，根本不敢过来。唐晓军打开后备厢，取出防弹背心穿上："大家提高警惕，对手很可能给我们设下了圈套！"刑警们纷纷穿上防弹背心，从后备厢取出微型冲锋枪上膛。唐晓军抬头看楼上，大步走去。刑警们跟在唐晓军的身后冲向那幢造型别致的楼房。唐晓军熟练地按开密码楼道锁，带着部下冲进去。一楼值班的保安站在大厅目瞪口呆，唐晓军示意他安静。刑警们占据了一楼大厅，唐晓军用手语命令一组走楼梯，一组跟着他上电梯。

电梯的数字在变化。唐晓军双手握枪，站在电梯中央："注意……注意……到了！"电梯在21楼停下，电梯门打开。唐晓军带着部下持枪，用战术队形快速前进。到了纪慧家门口，刑警们仔细搜索了门口，没发现异常。唐晓军掀起门口摆着的花盆，拿起下面的钥匙。一个刑警低声说："队长，我们没有搜查令啊？"唐晓军不说话，挥挥手。部下在他身后握枪准备，唐晓军把钥匙轻轻插入锁孔。他果断打开门，一脚踢开闪在一边。一个年轻刑警举起手枪冲进去，另外一个刑警跟着进去，展开射线交叉角度。唐晓军第三个进去，打开了灯。刑警们搜索了各个房间："安全！""安全！"……唐晓军垂下手枪，看着熟悉而陌生的纪慧家。年轻刑警小心地说："队长，她是不在家。"

唐晓军对着部下说："现在有两种可能性——第一，纪慧被对手绑架，或者杀害；第二，纪慧跟隐藏的对手是同谋，已经潜逃。无论是哪一种可能性，都只有一个结果——纪慧消失在我们的视线当中。"谁也不敢乱说话。

"我向局领导汇报，你们搜查这儿！要仔细搜查！"唐晓军下完命令拿起手机，拨打高局长的电话，"局长，我是唐晓军。我现在在晨报记者纪慧家里。"

高局长问："你在那儿干什么？"唐晓军说："我在搜查这里，我申请一张搜查令。"高局长怒了："胡闹，你都进去了，现在才申请？！"唐晓军说："我有根据怀疑……"一个刑警惊讶地喊："队长！"唐晓军转脸看去。刑警从打开的柜子里面拿出一把85狙击步枪，还有几个压满子弹的弹匣。唐晓军脸色沉下来："我现在确定了，纪慧家里有武器弹药。"

"什么？！"高局长喊。刑警拿出一个黑色封面的警用保密笔记本："队长，还有这个！"高局长在那边问："到底怎么回事？！"唐晓军说："我稍后打给您。"他挂了电话，接过笔记本，翻开，扉页上写着韩光的名字和工作单位，里面是密密麻麻的工作笔记，以狙击现场图居多。唐晓军翻到最后一页，看着这张似曾相识的手绘地形图。张超惊讶地喊："这是会展中心啊？！"唐晓军看着这张图，上面已经画好了可用的狙击点，并且画出了各个点的有效射击范围。他重新拿起手机："局长，我现在必须给您汇报一个新情况……"

10分钟后，唐晓军站在阳台上看着下面的警车队伍开进来。

张超走来："唐队，你怎么了？"

"太顺了。"唐晓军看着远处说，"几乎是我们怀疑什么，他们就给我们什么。有人在把做好的饭菜往我们嘴里送，太顺了……"

"队长，你在说什么？"张超问。唐晓军转脸看张超："如果这饭里有毒，你会吃吗？"

张超愣了一下："有毒为什么吃啊？"唐晓军苦笑："我们不得不吃。因为我们是警察！我们要以事实为依据，以法律为准绳。对手非常了解我们，非常了解……"

张超低声问：“你肯怀疑纪慧吗？兄弟们很关心这个问题，她半年前还是你的女朋友。这关系到兄弟们下一步怎么工作。”

唐晓军看着他：“我怀疑所有可疑的人。”张超点点头：“我转告大家，不要有顾虑。”

唐晓军看着远处，长叹一口气：“这真的是我生命当中，最漫长的一天。”

5

纪慧的车在行驶。路上斜着一辆面包车，有人在呼救：“停车！停车！救人啊——”纪慧停车：“怎么了？”中年人像盼到救星一样看着纪慧：“我的车电瓶没电了……”纪慧为难地说：“我也没新电瓶啊！”黄毛拿起手里的线：“我们的车电瓶一直亏电，你能不能帮我接点电……”纪慧下车，打开发动机盖：“好吧，快点啊！”

“您真是好人啊……”中年人笑着说。

“嗨，谁没走背字的时候呢。快点儿吧，挺冷的。”

黄毛去接线，中年人拿出烟：“女同志，来一支。”

“谢谢，我不抽烟。”

“来一支吧，现在的女同志，哪有不抽烟的呢？”

纪慧笑了，接过烟，中年人给她点着了。纪慧抽了一口，立即晕了过去。中年人挥挥手：“快！赶紧走！”黄毛扛起来纪慧：“别说！身材还真不错！”中年人收拾起地下的线，转身上车。车开走了。

路边的灌木丛中，露出一个男孩儿的脸。旁边的女孩儿战战兢兢地拉住他：“别露头，别……”男孩儿说：“绑架？把手机给我……”女孩儿说：“在哪儿呢？不在你兜里面！”男孩儿说：“掉地下了！”女孩儿捡起手机递过去，男孩儿接过手机，拨打出去：“喂，110吗……”

6

黑夜中的海岸线万籁俱寂，只有海浪在拍打着沙滩。韩光手持微冲在海边的树林穿行，没有任何语言。公路上不时有警车开过，警察设的路卡不多远就有一个。韩光的眼睛在黑夜中闪着冷峻的光。

7

一条渔船在海浪中漂泊。船舱里，纪慧拼命挣扎，但是绑着她手脚的绳子实在太紧了。她的嘴巴上也粘着胶条，浑身都被自己的汗水湿透了。湿漉漉的衣服贴在身上，露出诱人的曲线。上衣撕碎的领子斜在肩膀上，露出黑色乳罩的带子。船舱的空气非常浑浊，那盏昏黄的灯在她头上晃悠。纪慧的眼中充满恐惧，徒劳挣扎着，终于还是放弃了。她的鼻翼急促呼吸着。断断续续的对话传进来。

"老大，怎么处理这个女的？"

"雇主不说了吗，人到给钱，别的别问。"

"看那女的，多漂亮！"

"拿人钱财，替人消灾。你少动花花肠子。"

纪慧就更害怕了，又开始挣扎。

"老大，我想……"

"瞧你那点儿出息，去吧。"

纪慧害怕地往后面缩去，头上的舱板打开了，露出一张淫笑的脸。黄毛跳了下来："宝贝，别害怕。爽一爽？"纪慧急促呼吸着。黄毛嘿嘿笑着："你挣扎也跑不了。你要听话，我就让你临死前好好爽一爽。"纪慧瞪着眼睛，恐惧地望着他。

"你要是不乱叫，我就撕开胶带。一会儿你大喘气，呼吸困难可难受了。"

纪慧点点头，黄毛伸手把她嘴上的胶带撕掉，她张开嘴急促呼吸着。黄毛淫笑着去脱纪慧的上衣："宝贝，你乖一点儿，我就让你舒服一点儿。"纪慧睁大眼睛看着他，下定决心地说："你要上我可以，但是我不喜欢手脚被绑着！"黄毛嘿嘿一乐："只要你乖一点儿，我就可以放开你。"纪慧点头："我也打不过你，我不想多受罪。"

"你还是个明白人，成。"黄毛笑着，解开了绑着她双腿的绳子。纪慧挣扎着手："我的手？！"黄毛嘿嘿一笑："你以为我傻啊？"纪慧看着他："不解开手，你怎么爽呢？"

"好好，够味儿！解开，解开！"他去解绑着她双手的绳子。刚一解开，纪慧突然出拳，完全没了平日娇弱的模样，拳头带着风声向黄毛挥去，招式、力度一看就是练家子。黄毛被纪慧打个措手不及……

8

韩光蹲在灌木丛里，戴上耳麦，警方的通讯传进他的耳朵。韩光看着波澜壮阔的海面，眼睛很冷。

9

蓝光灯闪烁。唐晓军关上车门大步走向海滨公路旁的那辆红色马自达 6 轿车。海光分局刑警队的队长跟他打着招呼："晓军，来了？"

"有目击者吗？"唐晓军看了一眼车门大开的轿车，路面的车印很明显，不是伪装能做出来的效果。海光分局刑警队长说："在那边。"唐晓军顺着手指看去，一男一女两个学生模样的青年裹着警车上的毛毯，还在打着哆嗦。他走过去："怎么回事？"

民警笑笑："一对小鸳鸯，滨海大学的。宿舍关门回不去了，在海边浪漫。"

唐晓军看看二人："你们当时在什么位置？都看见了什么？"

那个男孩儿指着山坡："我们在那边的树林里面，这车刚刚开到这里就被拦住了。开车的是个女孩儿，被他们绑架了。"

唐晓军问："开枪了吗？"男孩儿说："没有，他们动作很快。"唐晓军点点头："看见他们走的方向了吗？"男孩儿抬手一指："那边。"

海光分局刑警队长走过来，说："已经通报了。"

唐晓军叹口气："这帮家伙不是一般人，肯定是境外来的。估计很难找到痕迹了——他们的目的很明确，是想掐断所有可能证明韩光没有作案时间的证据。"

海光分局刑警队长压低声音："真的是韩光干的？他对女人下得了手？"

"我现在不敢断定，"唐晓军看看他，"那个女人死不见尸，我怀疑可能有问题。"

"死不见尸？那尸体跑哪儿去了？死人还能跑吗？"

唐晓军疲惫地笑一下："别问了。"他转身走向两个青年学生，两人局促不安地看着他。他说，"作为警察，我叮嘱你们，不要在夜晚出没在野外，社会很复杂，提高自身的安全意识。"两个学生频频点头。唐晓军一挥手，"行了，走吧。"

唐晓军对部下说："走吧，我们的活儿还很多。我有预感，一切才刚刚开始。"

10

船老大操纵着方向盘，看着前面的海面。后面舱板响了，有人上来。船老大心痒痒："爽吧？听你那叫得惨，那女的活儿好吧？"没人说话。船老大回头："你替我一下，我也去爽爽。"嗖——一把还在滴血的匕首放在他的咽喉上。纪慧的长发披散在脸上，脸色惨白还有点点血迹，眼睛射出刺目的寒光。她衣不遮体，浑身血迹。船老大吓得哆嗦一下："你，你……"

纪慧一字一句地说："你给我听着，靠岸！我不再说第二次！"

"别，别杀我，不是我主使的……"船老大腿肚子都要转筋了。纪慧尖声喊："快点靠岸——"船老大急忙把船掉头。纪慧拿起船上的电台话筒变换着频率："SOS！SOS！我是滨海晨报记者纪慧，我遭到绑架，现在在海上……我已经控制这条船。我杀了一名绑架者，第二名绑架者在开船。我的位置是东经……"片刻，电台回应："我是路过滨海121货轮船长，我已经报警。警方会跟你联系。我距离你30海里，不能过去救你了。祝你好运。完毕。"

"纪慧收到。完毕。"纪慧放下电台话筒。她看着黑暗当中的海面，血迹斑斑的脸上没有表情。电台噼啪静电声："纪慧收到请回答。完毕。"

"纪慧收到。请讲。"

"这里是滨海武警海防支队值班室，我们接到报警。巡逻艇会很快赶到，请你保持冷静。完毕。"

"纪慧收到。完毕。"纪慧放下话筒，盯着船老大，眼睛里面是仇恨的光芒。

韩光的耳麦里传出刚才的对话。他看天上星星，确定自己的位置。随即他找到了方向，拿起步枪跑步前进。

刑警警车车队在行驶。正在开车的唐晓军挂上电话："找到纪慧了，她在海上！被绑架了，正在求救！我们去海警支队！"警车拉响警报，原地掉头，向海警支队的码头疾驰而去。

海警支队码头，警报声凌厉地响起，海警战士们持枪飞奔出来列队。中队长站在队伍前："稍息！立正！同志们，接到紧急通报！海上发生一起恶性绑架案件！我们要尽快到达现场，救援人质！同志们有没有信心？！"战士们怒吼："有！"中队长挥手："上船！"战士们"呼啦啦"持枪上船。船拉响警笛，向着目标驶去。

蔡晓春在电台前摘下耳机，疑惑地问："事情怎么搞成这样了？"白马说："不知道，难道他们失手了？"蔡晓春思索着说："我们不能让她落到警方手里。"白马问："现在海警已经出动了怎么办？我们怎么也不是海警的对手啊？给他们塞牙缝还差不多。"

"你去想办法，可以动用一切力量，无论如何也不能让纪慧落在他们手里。"

白马点头，出去了。他走到一个僻静的地方，拿起卫星电话，拨打出去。对方接电话，是个苍老的男声："喂？"白马说："听着，我现在需要你的协助。立即想办法让海警回去，我不能让纪慧落到警方的手里！"对方沉吟片刻。白马说："如果纪慧落到警方手里，我们的计划就全完了！"对方说："好的，我知道了。我来想办法。"白马挂了电话，脸色凝重。

11

海警支队巡逻艇劈开风浪在高速前进，船头的蓝红警报灯在黑暗中很显眼。前方不远处是那艘渔船，纪慧站在船舷上拿着手电高喊："救命啊！我在这儿——"中队长拿着望远镜观察："准备靠帮，救援人质。"战士们手持武器准备跳船，巡逻艇在接近渔船。纪慧在高喊："快来救我——"对面的战士高声问："你是纪慧吗？！"纪慧回答："我是啊——"

"船上还有匪徒吗？"

"没有了，没有了，都死了！你们快来救我啊——"

"别着急，你回到船舱去！靠帮的时候，颠簸会很厉害！别把你颠下去——"

"好的——"纪慧转身进了驾驶舱，眼巴巴地看着外面。

巡逻艇驾驶舱里，电台兵抬头："中队长，支队值班室呼叫我们，指定你接听。"中队长拿过耳机戴上："红旗，这是海风，请讲。完毕。"

"海风，你现在在什么位置？完毕。"

"在 M12 海域，我们距离目标船只只有 10 米左右。完毕。"

"海风，这是紧急命令，来自高层。你注意收听，完毕。"

"是，红旗，我在收听。完毕。"

"海风，放弃任务。完毕。"——中队长愣住了："红旗，我不明白你的意思，完毕。"

"放弃任务，立即返航。完毕。"

"红旗，我希望你重复命令。完毕。"

"海风，我表述得不够清楚吗？放弃任务，立即返航，这是来自高层的命令。"

"我现在距离需要救援的人质只有 5 米了！"

"执行命令！完毕。"——中队长咽口唾沫，看着对面，纪慧在那边眼巴巴看着他们。中队长一咬牙："是！执行命令！"他摘下耳机，"这他妈的是什么命令啊？！立即掉头，回去！"电台兵看他："中队长？"所有战士都看他。中队长摘下钢盔砸在墙上："看他妈的什么看？！这是上级的命令，立即掉头！"大副开始转向。纪慧呆住了，冲出来："喂——你们干吗去？！"掉头的巡逻艇上，战士们面有愧色地看着她。纪慧着急地喊："喂——你们救我啊——"巡逻艇开远了。纪慧大声喊："喂——你们去哪儿啊！是我呼救啊——"巡逻艇越来越远。纪慧绝望地高喊："你们不是警察吗？！啊——"

战士们面有愧色地看着远离的纪慧。班长盯着中队长："中队长，我们在干什么？"中队长生气地说："我也不知道，是命令。我们是军人，服从命令为天职。"战士说："可是我刚才伸手就能够着她啊？"中队长握紧拳头："在命令跟前，我们没有选择。"

战士们都看着中队长。中队长叹息，转身进了驾驶舱。

12

一辆陆地巡洋舰越野车停在沙滩上，三个蒙面男人占据三个位置扫视着海面。其中一个走向灌木丛，把枪背在肩上开始撒尿。一双有力的手从侧面直接扼住了他的喉咙，韩光一用力，"啪"的一声就结果了他的性命。韩光拿起56冲锋枪，娴熟地卸下了枪上的三棱枪刺拿在手里——第二个男人注视着海面，伸了个懒腰。突然，一只手从后面捂住他的嘴。随即三棱枪刺扎入他的肋骨，直接扎入心脏的位置。男人一声没吭就挂了，韩光慢慢放他在地上——第三个男人觉得不对劲，回头摘下冲锋枪拿在手里。他喊着拉开枪栓，韩光从车旁边站起来甩手丢出枪刺。嗖——枪刺扎穿了他的脖子，他猝然倒地——连杀三人的韩光拿起56冲锋枪，熟练地检查枪支。

海上，快艇高速掠过，艇上是戴着面罩持枪的枪手。纪慧靠在船舱，疲惫地看着海面。快艇高速开来，上面的枪手站起来举起武器，纪慧瞪大眼站起来："不，不，不——"枪手们跳上渔船，按住了纪慧。纪慧挣扎着，还是被枪手捆绑住，拖上船。快艇高速开走，只留下孤独的渔船漂泊。快艇来到预定接头的海岸线，正减慢速度靠近。岸上的陆地巡洋舰越野车车灯也没有开，在黑暗中像个巨大的怪兽。一个戴着面罩的枪手在黑暗当中靠在车前，车里还坐着两个人。快艇到达海岸线的边缘，枪手拿起手电，注视着岸上："你们怎么不在岗位上？"三个枪手都不说话。枪手突然醒悟过来："危险！快离开这里！"

巡逻艇开始仓促掉头，企图往海上逃逸。水里面一双有力的手抓住了艇尾，韩光露出头来，纪慧瞪大了眼。枪手A回头，韩光右手的79冲锋嗒嗒射击。枪手A胸部中弹，倒下。枪手B转身举起冲锋枪，纪慧突然撞翻了他，他掉入海里。韩光翻身上来，驾驶员转身举起冲锋枪，韩光扣动扳机，"嗒嗒嗒嗒！"驾驶员中弹，快艇失去了控制。纪慧惊呼着："快快快！操舟——"韩光急忙去操纵快艇，但是快艇距离对面的礁石实在太近，来不及掉头了。他转身一把拉起纪慧，往海里跳去。"轰！"快艇一头撞击在礁石上，化作一团火球。

在火焰的照射下，韩光从海里探出脑袋，他一用力，纪慧也从海里伸出脑袋，她都快疯了，眼睛里都是恐惧："这是为什么？！为什么？！"韩光喊着："我很难跟你解释，抓住我的背包！"他转身往岸边游去。纪慧没有选择，紧紧抓住韩光的背包跟着他游。在他们身后，火焰在燃烧，映亮了浓浓的黑夜。

韩光在潮水中艰难地站起，纪慧还抓着他的背包，他被带倒了。他转身抓住纪慧，纪慧在冰冷的海水中嘴唇哆嗦着，眼神都变得迷离。韩光抱住她站起来，拖着她走向沙滩。韩光把纪慧拖到沙滩上，自己也疲惫地栽倒了，他咽口唾沫，艰难地爬起来，把浑身哆嗦的纪慧扛在肩膀上走到灌木丛里，拍打着纪慧的脸："你醒醒！不要睡着了——"

纪慧哆嗦着："我冷……"韩光说："坚持一会儿！"他咬牙站起来，背上纪慧离开灌木丛。海边的公路上，已经能看见警车的蓝光灯远远闪烁着。

第六章

──────★──────

1

沙滩上围聚着多辆警车，灯光照射着沙滩和近处的海面。武警的巡逻艇在海上拉出白色的海浪弧线。医护人员们在忙碌着，沙滩上摆着 6 具裹着白布的尸体。唐晓军铁青着脸走过去，掀开白布——三棱枪刺还在那个亚洲人的脖子上，血已经凝固，这个人睁着眼睛，充满了恐惧，头部和胸部都有一个弹洞，唐晓军检查弹洞。张超在一旁说："是 79 冲锋枪打的。"唐晓军苦涩地笑笑："我的枪。"

"都是头部、胸部各中一枪。"唐晓军拉上白布，"是韩光干的。枪刺上一定是他的指纹。"

"为什么要补枪呢？"张超纳闷儿地问。薛刚走过来说："特种部队的习惯，不留活口。为了防止垂死的敌人反咬一口，造成不必要的伤亡。"张超一愣："这是战争吗？"

薛刚拿起一把 MP5："武器我检查过了，原装的 MP5，还是特种部队型。这种枪在国外黑市的价格非常高，而且基本有价无市，能搞到这种枪的都不是简单人物。枪肯定是境外走私进来的，这些家伙就不清楚来路了。"

唐晓军接过这把枪，看着这些尸体。6 具尸体一字排开。张超感叹："连杀 6 人，算得上本市一次性杀人最高纪录了……"唐晓军注视尸体，久久不说话。张超问他："你在想什么？"唐晓军还是不说话。薛刚叹息一声说："我们的对手不简单。"

唐晓军抬头："韩光到底在干什么？"薛刚摇头："我不知道。"唐晓军说："搞清楚这些人的身份。现在我们有活儿干了，取他们的指纹和牙齿档案，跟国际刑警联系，比对他们的资料库，看看能发现什么线索。我敢断定，他们跟国际经济论坛的召开有联系。"

"是……"张超忍不住又问，"你怀疑他们是从境外来的职业杀手？"

"只是怀疑，我不敢断定。枪走私进来有可能，但是这么多人能从境外进来，我很难相信。走私这些黑枪的幕后主脑，肯定是个厉害角色！"

"他是针对韩光来的……为什么？"

"他跟韩光很熟。"唐晓军说。张超和薛刚看他。唐晓军沉吟着："对，他跟韩光很熟！甚至可能是……特种部队的战友！"张超皱了皱眉："战友？"

"立即调阅韩光在特种部队时期的档案！"

"他的档案是有密级的，我们刑警队现在的级别不够调阅。"张超为难地说。

"那就申请提高我们的调阅级别！"唐晓军说。张超说："是！"

唐晓军带着张超走了。薛刚看着他们的背影，若有所思。

2

方局长站在楼顶看着暮色中的城市。王涛匆匆走来："唐晓军在申请提高自己的调阅密级。"方局长没说话。王涛继续说："他想调阅韩光在特种部队时期的资料。"

"那就让他调阅吧。"方局长说。王涛说："那他不是就知道山鹰和秃鹫之间的关系了吗？唐晓军是个聪明的警察，他什么都能明白的！"

"对，我知道他是个聪明警察。"方局长说。王涛问："他不会搅局吗？"

"他也是棋盘上的一颗棋子，该他出招的时候了。"方局长意味深长地说。王涛思索着："您的意思是……"方局长笑笑，不再说话。

3

蔡晓春在擦拭 M14 狙击步枪。白马进来小心地说："秃鹫……他们失手了。"蔡晓春停了一下，继续擦拭。白马说："山鹰赶在了我们前面，那帮笨蛋被他给灭了。"蔡晓春叹息一声："说实话，虽然我不高兴，但是我确实一点儿都不意外。"

"你了解山鹰。"

"对。我了解他的手段，也了解他的思维方式。他很清楚自己摆脱困境的结就在纪慧的身上，所以他会不惜一切代价找到纪慧，并且控制在自己的手里。"

"我们现在怎么办？"白马问。蔡晓春说："执行 B 计划。"白马迟疑："他会去吗？"

"我说过，我了解他超过了解我自己。这么多年了，我都在琢磨他。"

"我明白了。但是那些临时找来的家伙，能胜任对付山鹰的任务吗？"白马问。蔡晓春苦笑一下："如果他们这些笨蛋都能对付山鹰，那岂不都是超级赛亚人了？让他们去吧。"

白马抬眼："让他们去送死？"蔡晓春冷冷地说："白马，我们出钱雇他们的。"

"对。"白马说。蔡晓春冷笑着说："我希望我们可以出最少的钱做最多的事情。"

"我明白了，马上安排。"白马苦笑，转身出去了。

"你逃不出去的，山鹰。"蔡晓春的眼里闪出凶光，凝视着 M14 狙击步枪，"这是宿命，是你的……"他"哗啦"一声拉开枪栓，"也是我的。"——两个人的合影钉在墙上，蔡晓春举起枪，瞄准上面的韩光。扣动扳机，空枪——他笑了一下。

4

悬崖上，废弃的空军雷达站孤独矗立着。韩光从背包里拿出一颗手雷，打开保险小心地压在石头下面。他慢慢松开手，转身提起背包——喀。他站住，黑洞洞的枪口对着他。纪慧捡起他放在身后的 56-1 战术改冲锋枪，拉开保险对准韩光："告诉我，这到底是怎么回事？！"韩光面不改色："听着，我现在很难跟你解释。你已经被卷入这件事情，或者你现在把枪给我，或者你开枪打死我。但我是你唯一活下来的希望，因为只有我有办法跟他们周旋。"

"他们是什么人？"

"我也在寻找答案。枪给我！"韩光伸出手。纪慧愤怒地说："不！我要报警！"

韩光说："你没退路了，你现在也在被警方追捕。这是一个陷阱，陷害的不仅是我，还有你。你是我唯一不在犯罪现场的证据，他们不会让你活着给警方做证的，而且警方也不会相信你的话，所有的证据都不利于你，你会被当作破坏世界经济论坛的恐怖分子，而对于这种恐怖分子，要处于什么刑罚，你比我更清楚。"

"可是我是无辜的——"

"警方只认证据。或者你跟我一起证明自己的无辜，或者你现在自投罗网。如果我赢了，你会无罪释放；如果我输了，你会走上刑场，最好的结局就是在监狱度过余生。而我需要协助，你愿意协助我，还是想被关起来接受审讯，交代你根本不存在的罪行？"

"你在吓唬我？"

韩光拔下腰上的对讲机和耳麦递过去："你自己听，警方的频道在追捕的都是谁。"

纪慧接过来塞在耳朵里，耳麦里传来警方电台的呼叫声："各个单位注意，现在重复一遍——纪慧，女，26 岁，滨海晨报记者。有证据表明，她涉嫌制造针对世界经济论坛的恐怖事件……"纪慧的眼睛瞪大了。韩光说："我没吓唬你，这是非常事件。"

"为什么会这样？"

"我选择潜逃，就是想要找出来真正的答案。这是战争，我不能被警方的规定所约束。我很清楚这一点，所以我只能单独行动。"韩光伸手，"现在把枪给我，我既然把你救出来了，就不会伤害你。"

纪慧把枪丢给韩光："那你要怎么做？"韩光冷冰冰甩下一句："还击。"

韩光走进雷达站废弃的屋子，纪慧一愣，跟了进去。韩光拿过纪慧手里的对讲机和耳麦，调整波段："山鹰呼叫猎隼，收到请回答。"

"你在找谁？"

"可以帮助我们的人……"韩光继续呼叫，"猎隼，这里是山鹰在呼叫。山鹰遇到紧急状况，需要你的帮助。收到请回答。完毕。"片刻，耳麦传来声音："山鹰，猎隼收到。请你说明状况。完毕。"韩光说："我需要你的帮助，猎隼。"

"猎隼收到，我在预定位置接应你。完毕。"

"山鹰明白，电台关闭，一小时后我呼叫你。"韩光关闭了对讲机。纪慧疑惑地问："你在联系谁？谁是猎隼？"韩光说："可以和我一起战斗的人。"

"战斗？"纪慧很陌生地重复这个词。韩光冷冷地说："我说过了，这是我跟他之间的战争。"纪慧说："我怎么觉得第三次世界大战要爆发了啊？"

韩光起身："不是世界大战。"纪慧问："那是什么？"韩光回答："局部战争。"纪慧惊讶道："天啊，你们这都是什么逻辑！"韩光转身出去："我去找点吃的。"

一条小溪顺着山势欢快地向着远方流去。韩光坐在溪边的草地上削着一根树枝，然后把匕首绑在树枝前端，做了一个标枪。纪慧在后面好奇地看着："你打算靠那个标枪打猎吗？"

"打猎不行，可以打鱼。"韩光说。纪慧问："打鱼？"韩光笑笑，站起来走到小溪边，举起标枪。小溪有鱼游过，他突然出手，标枪"啪"地扎进水里，一片水花。他拔出标枪，带出一条活蹦乱跳的鱼。纪慧大惊失色："这样也行吗？！"韩光不语，自顾自地把鱼开膛剖肚。

纪慧在捡柴："我们没有火柴，难道你打算钻木取火吗？"韩光不说话，等收拾好鱼后，他把柴火弄到一起，上面铺好干草，接着拿起冲锋枪，拔出弹匣。他取出一颗子弹，用工具刀拔下弹头，把火药细致地撒到干草上，接着重新安上弹匣，"哗啦"上栓，对准干草扣动扳机，"砰"的一声枪响，干草上的火药燃烧起来。火很小，韩光急忙丢掉冲锋枪，上去保护火种："你在那边挡住风！"纪慧急忙拿起韩光丢掉的外套挡住风。火燃烧起来，纪慧看得目瞪口呆。韩光开始烤鱼。纪慧裹着夹克在一边看着，一脸馋相。鱼渐渐熟了，韩光把鱼取下来，用刀子分开，递给纪慧："可以吃了。"纪慧拿过来咬了一口，说："要是有点儿盐就好了。"

韩光吃着："凑合着吧，亡命天涯有口吃的就不错了。"

"我到现在都不明白，这到底都是怎么回事。"纪慧边吃边说。韩光也边吃边思索着。纪慧又咬了一口，突然急促地呼吸起来，韩光呆住了。纪慧喘息着倒在地上，韩光冲过去抱起纪慧："你有哮喘？！"纪慧点着头，很痛楚地指着地上的鱼。韩光着急地说："那你不早说？！我不该给你吃鱼！"他收拾武器装入背囊，抱起纪慧没命地往山下跑去。

山下，一辆路虎开来，停在山林边。一对夫妻走了下来，要去山上散步。两个人一边说着一边往里走。男人突然站住了。对面，韩光持枪对准了他。女人撞在男人背上，抱怨：

"你干什么呢？"男人不说话。女人抬头一看，尖叫："啊——"

男人和女人扶着哮喘的纪慧从树林出来，韩光持枪跟在后面。女人不断埋怨男人："你说你今天抽什么疯，非要学小时候钻山窝子！现在你看怎么得了？我们都成人质了！"韩光拉动枪栓，女人马上闭嘴了。纪慧被扶上车，韩光在后座。男人上了司机座位，女人在副驾驶。车发动了，离开。男人满头是汗地开着车，女人战战兢兢地问："你不会杀了我们吧？"

韩光扶着纪慧，枪顶在后座："照我说的去做，你们不会有事。"

"别杀我们，你要多少钱都给你……"女人说。韩光说："我不要钱，你们照我说的做就没事了。"女人忙不迭地说："好好，车也可以给你……"韩光说："把你的手机给我。"女人急忙掏出手机递给韩光。韩光拿过手机，开始拨号。

医院宿舍。穿着睡衣的林冬儿坐在床上，韩光和自己的合影摆了一床。她抱着膝盖在擦泪，手机在旁边振动，她不想接，拿起来丢到一边——韩光听着手机："对不起，您拨打的用户没有接听。"他再次拨打出去——手机再次振动。林冬儿拿起手机看看，陌生的号码。她有几分疑惑，但还是擦擦眼泪，接了："喂？"

纪慧急促的呼吸声伴着韩光的声音传来："是我。"林冬儿一下子静大眼，呆住了。韩光说："我知道是我对不起你。"林冬儿起身再次检查门锁，拉紧窗帘："你现在说这些有什么用？韩光，这到底是怎么回事？警察到处在找你，你赶紧自首吧！"

"我知道现在说什么都没用，我也不想让你原谅我。"

"这根本不是原谅不原谅的问题！你自己是警察，你不明白你在干什么吗？！"

"你相信我吗？"韩光忽然问。林冬儿愣住了。韩光追问："告诉我，你相信我吗？"

林冬儿的眼泪慢慢流出来："我……曾经相信你……"

韩光平稳住自己："现在发生的事情，我以后会给你一个解释。我需要你的帮助，你已经听到了我这里有哮喘病人。"

纪慧急促呼吸着歪在韩光的怀里。韩光说："她需要治疗，否则她就没命了！"

"是谁？"林冬儿问。韩光回答："一个病人。"林冬儿调整自己的情绪："好吧，你现在过来，到地下车库二层，那里车少。"韩光说："谢谢……"

"……我不需要你感谢我，我只希望你最好知道自己在做什么！"她挂了电话，呼吸急促。片刻，她的目光转向桌子上面，唐晓军的名片静静放着。林冬儿拿起名片，她深呼吸一下，按下唐晓军的电话。唐晓军正在电脑前翻阅韩光在特种部队时期的资料。韩光和蔡晓春的合影摆在他的桌上。他的电话响起，拿起来一看，电话显示"林冬儿"。唐晓军急忙接听："喂，我是唐晓军！说，你遇到什么情况？"

"打错了！"啪！林冬儿挂了电话，差点儿晕倒。她扶着桌子，平稳自己："天啊，我在做什么啊……"她放下唐晓军的名片，去换衣服。

不一会儿，穿着白大褂的林冬儿出门，她一边走一边紧张地左顾右盼。

刑警队长办公室里,唐晓军在思索着:"打错了?不对!"他起身收拾武器插在枪套里面,拿起对讲机:"张超!"张超拿着油条吃,推门进来:"到——"

"召集人手,我们有事做了!"唐晓军说。张超纳闷儿:"去哪儿?"唐晓军说:"医院!"张超更纳闷了:"去医院干吗?"唐晓军目光里透出锐利:"抓韩光!"

唐晓军拿起防弹背心套上。张超一听,丢掉油条转身就出去。唐晓军扣好防弹背心,穿上外衣,一脸冷峻地出去了。年轻刑警们一阵忙碌,在穿防弹背心。张超打开枪柜,刑警们取重武器——79微冲、95自动步枪等。唐晓军进来:"注意了,我们的对手是滨海最出色的特警!医院也是稠密的地方,所以一定要注意安全!没我的命令不许开枪,只要包围住他,我们就有机会!"

"如果他对我们开枪呢?"张超有些犹豫,"他可是没人能比的神枪手!"

"他不会对我们开枪的。"唐晓军说。张超问:"为什么?"

"直觉告诉我,他不是杀人犯。他想凭自己的力量去抓住真凶,但是我们不能允许他这样做。因为我们都是警察,必须按照规矩办事。我们去做的不是跟他对战,因为那是彻底的悲剧!而是控制他,让这件事情回到正常处理的轨道上来!"

"我们不通知特警队吗?"张超问。唐晓军说:"来不及了。特警队出动要有局长的命令,等到命令下来,韩光的影子都找不到了!走!"

刑警们把武器藏在衣服下面,跟着唐晓军出去了。

5

林冬儿出现在医院急诊室门口。走廊上,王欣在跟几个护士说着什么,现在是他值班。林冬儿急忙闪到一边。王欣没看见,跟护士们走进病房。林冬儿探头出来,急忙快速穿越走廊,走向药房。护士抬头:"林大夫,你怎么来了?"林冬儿递给她一张纸条,压低声音说:"我一个朋友有哮喘病,我替他拿点儿药。"护士看了看说:"这是处方药,得值班大夫签字我才能给啊!"林冬儿说:"难道我不是大夫吗?"护士犹豫着:"可是这不符合规定啊……"林冬儿说:"只是拿点儿哮喘药,又不是杜冷丁!用得着那么麻烦吗?"护士:"现在是王大夫值班,你跟他说一声不就得了吗,何必让我为难呢?"林冬儿说:"你又不是不知道我讨厌王欣,你让我去找他?除非太阳从西边出来!"护士笑了一下,赶紧正色:"那你可得请我吃饭!"林冬儿笑:"地方你挑。"

护士拿起纸条,转身去找药。林冬儿如释重负,靠在门上长出一口气。

走廊上,王欣从病房出来,跟护士吩咐什么,林冬儿正好转身从药房出来关门。王欣有些纳闷儿:"冬儿?"林冬儿转身吓了一跳,治哮喘的药物掉了一地。王欣关心地走过来,帮她捡起地上散落的药物:"怎么了?你怎么拿这么多治哮喘的药?"

"……没……没事，我……我一个朋友有哮喘……"林冬儿脸色发白。

王欣抬头纳闷儿："哪个朋友？"林冬儿把药抢过来："你管那么多干吗？"

"你的朋友不就是我的朋友吗？怎么……"王欣还没说完就被林冬儿打断了："我新朋友，跟你不认识！"她转身走了。王欣在后面纳闷儿地看着。护士路过王欣，王欣把病例塞给护士："你帮我盯着急诊，有事儿打我电话。"

护士纳闷儿："王大夫？"王欣说着匆匆走了："我有急事！"

林冬儿推开门，匆匆下楼。片刻，王欣轻轻推开门，纳闷儿地看着下面。他拿出手机，拨到振动位置，跟着下楼了。

地下车库没有车，只有一辆路虎静静地停在角落。男人和女人坐在车后座，战战兢兢不敢动。韩光坐在柱子后面，手持冲锋枪对准车里。纪慧靠在他的怀里痛苦地喘息着。高跟鞋的脚步声传来，林冬儿大步走进空旷的车库。她看见了车走过去。韩光持枪不动，看着林冬儿走到自己身前。他喊："冬儿。"林冬儿回头，韩光抱着纪慧持枪对准自己的方向，她看着纪慧："她是谁？"韩光放下枪："病人。"林冬儿有点儿晕，随即冷静下来走过去："你让开。"

韩光松开纪慧。林冬儿拿出药物给纪慧治疗，纪慧逐渐安静下来。林冬儿冷若冰霜地说："她的情况已经稳定了，这些药可以支撑一下。"韩光复杂地看着林冬儿："谢谢。"林冬儿依旧冷冷地说："没什么，我是医生，救人是我的天职。"

远处的柱子后面，王欣探出头，一眼就看见提着冲锋枪的韩光，王欣缩回去，压住呼吸。

林冬儿替纪慧做了检查："她还是需要住院观察的。"

"我们在逃命，她不可能住院。"韩光说。林冬儿看着韩光："你怎么搞成这样的？！"

"一句话两句话说不清楚。我走了以后，你马上打电话给唐晓军。"

"为什么？！"林冬儿问。韩光说："告诉他，我来找过你。"

"你把我当什么人了？"林冬儿说，"我决定帮你，就因为我相信你！韩光，无论是风是雨，我都相信你！"

"你听话，必须打电话给他。这样就择清楚你了，你没必要再陷进来。"

"我是你的女朋友！"林冬儿大喊。韩光说："过去的。"林冬儿气得说不出话来："你？！"

王欣躲在柱子后面听着，很愤怒，但是不敢动。

医院急诊室走廊，唐晓军带着张超走进来，后面的刑警都散开跟着，用衣服裹住武器。唐晓军拉住一个护士，掀开衣服给她看看里面的警徽，护士吓了一跳。唐晓军说："没事，我是来找林冬儿大夫了解情况的。"护士害怕地说："林大夫已经下班了……"唐晓军疑惑地问："下班了？"护士又说："不过刚才我确实看见她到这儿来过，去药房了。"唐晓军说："谢谢，不要告诉别人我找过你。"护士点点头，走了。

唐晓军打了个手语，张超等年轻刑警若无其事一般悄悄占据了各个位置。唐晓军走向药房。护士在看书，唐晓军一把推开门。护士抬头："哎哎！你谁啊？你怎么进来了？！

出去！出去！这不能随便进人！"唐晓军拿出警官证打开："警察。"护士呆住了。

"刚才林冬儿大夫来这里干什么？"唐晓军问。护士结结巴巴地说："她说一个朋友……哮喘病……来买点儿药……"唐晓军惊了："哮喘？！"护士点点头："是啊……"唐晓军明白过来："谢谢。"他转身出去，"纪慧在医院，跟韩光在一起。"

张超一愣："嗯？你怎么知道？"唐晓军面无表情地说："纪慧有哮喘，刚才林冬儿去拿的是哮喘药。"张超想了想说："哮喘好像是处方药？"唐晓军走向护士："谁是现在的值班大夫？"护士说："是王欣大夫。"唐晓军恍然大悟："他现在人在哪里？"护士说："我也不知道。"唐晓军急了："不知道？值班大夫在哪儿，你会不知道？"护士解释说："他刚才跟我说，有点儿急事就走了。说有事打他电话联系，让我先在这里盯着。"唐晓军问："他的电话多少？"护士指着墙上。唐晓军转身，墙报是急诊大夫的介绍，下面都有电话。林冬儿和王欣都在里面。唐晓军拿起电话拨打号码。

车库里，林冬儿还在苦口婆心地说着："韩光！我告诉你，虽然你不是个好男人，但是我坚信你是个好警察！两年了，难道我不了解你吗？你肯定是被陷害的，告诉我，我怎么帮你？！"

"打电话给唐晓军就是最好的帮我。"韩光淡淡地说。纪慧慢慢站起来，很尴尬。林冬儿看看纪慧，又看韩光："为什么你肯带她一起逃亡，不肯带我？！"

"她跟这件事情有关系，你没关系！"

那边突然有手机振动，韩光一下子推开林冬儿，举起冲锋枪冲过去。王欣在柱子后面拿出手机："韩光在地下车库二层——"韩光冲过去，一把抓住王欣推倒在地上，踩碎了手机，枪口抵住了他的额头。王欣倒在地上："求求你别杀我——"林冬儿气恼地说："王欣！你来干什么啊？！"王欣说："我担心你啊，冬儿……"林冬儿生气地说："你这不是添乱吗？！"韩光收起冲锋枪转身就走，王欣靠在柱子上喘息。

"韩光，你干吗去？！"林冬儿喊。韩光顾不上说话，拉着纪慧："该走了——"他走到车边，拉下那男人和女人，带着纪慧上车。车发动了，迅速向出口飞去。

唐晓军带人正飞奔下来："停车——"张超举起冲锋枪对天射击，"嗒嗒嗒嗒！"车压根儿没有停，径直冲向出口。几个刑警举起冲锋枪对准车，唐晓军喊："不要射击，不要射击——"随即拿起对讲机："A组，在出口拦截——"他带着刑警们飞奔过去，"张超，照顾现场！"张超答应一声，转向现场。

男人和女人战战兢兢地站着。一个女刑警走过去："没事了，你们安全了。车是你们的吗……"张超转向林冬儿，林冬儿坦然自若。张超又转向王欣："是你报的警？"王欣点头："我，我，我跟冬儿一起报的警……"林冬儿说："跟我没关系，我没报警！"张超看着林冬儿，林冬儿坦然地说："我帮了他。"王欣很着急："冬儿！"

"我说了，我没报警。我帮了他，那个女人有哮喘，我不帮她会死的。"林冬儿冷静地说。张超问："为什么不第一时间报警？"

"我知道我在做什么。"林冬儿说。张超说:"你要跟我们回去,协助调查。"林冬儿长出一口气:"走吧。"王欣拦住林冬儿:"冬儿!你别犯傻,你是跟我一起报警的!"林冬儿伸出双手。张超盯着她:"干吗?"林冬儿问:"你不需要给我戴手铐吗?"张超说:"协助调查,又不是逮捕你。走吧。"林冬儿大步向前走。王欣在后边着急地喊:"冬儿!你不能去啊!"张超看他:"嚷什么?还有你,你们俩,也跟着回去协助调查。"

6

韩光开着路虎径直冲向车库出口,两辆刑警队的民用轿车斜刺冲过来,试图卡住。路虎从车缝之间灵活地穿出去。唐晓军带人气喘吁吁冲上来:"他妈的!快,上车追上去!"刑警们上车,车队呼啸着出发。大街上,路虎在前面狂奔。刑警的民用轿车闪着吸顶警灯在追逐,车内的唐晓军拿起对讲机:"指挥中心,指挥中心,这是黑贝!韩光在同仁医院出现,现在正在前往将军山方向!请立即调遣力量拦截目标!韩光驾驶一辆黑色路虎越野车,车牌号码是……"

"指挥中心收到。各个单位注意,韩光在同仁医院出现,正在前往将军山方向。请附近巡逻单位立即赶往现场……""2871收到,我们马上前往。完毕。""1972收到,我们在附近。完毕。"……

高局长大步走进来:"怎么回事?有韩光的消息?"女警起身:"局长,唐队现在正在全力追捕韩光。"高局长说:"马上把情况汇总给我!"高局长面色冷峻地深思着。

蔡晓春放下耳机苦笑:"这个笨蛋,看来当SWAT以后,他的功能真的退化了。"

"看来警察追得很紧啊!他能逃得出来吗?"白马说。

蔡晓春看他一眼:"你觉得我能逃得出来吗?"

"能。"白马想也不想地说。蔡晓春感叹一声:"我一直不想承认,但是他确实比我强。"白马诧异地看着他。蔡晓春说:"你不会理解这种感情的,白马。我跟他在一起的时光,是我最压抑的时光,也是我最快乐的时光。"

"我也当过兵,秃鹫。"白马说。蔡晓春说:"不一样。虽然你是Force Reconnaissance资深的军士长,但我想你可能没遇到过我跟山鹰那样的关系——有句古话……"

"既然有了诸葛亮,何必再多出一个周瑜?"

蔡晓春笑笑:"小看了你。"他停了停,说,"我一直想超越他……"

"在军队里面,有些人注定就是顶峰,就是榜样和模范。你可以看见他的高度,却无法达到。秃鹫,不要太勉强自己了……"

蔡晓春看着照片,笑着:"这一次,不是他死,就是我亡!"

7

路虎在疾驰，后面跟着的轿车和警车越来越多。前面是铁路，栏杆在缓慢放下，列车拉响了汽笛。纪慧抓着把手，在往车外吐："我受不了了……"韩光看着后视镜，车队越来越近："抓稳了！"他突然原地掉头，向唐晓军的车冲去。车内的唐晓军呆住了："快闪开——"司机急忙拐弯，路虎擦肩而过。警车队伍迅速掉头。纪慧捂着嘴忍着。韩光突然急刹车，纪慧哇的一声再次吐了出来。韩光突然高速倒车，纪慧在车里头晕目眩。路虎冲着铁路就过去了。警车措手不及，赶紧掉头。韩光回头看着铁路，列车鸣响汽笛，车轮飞旋，车头冲着他就过来了。纪慧尖叫："啊——"倒车的路虎撞断了栏杆，直接倒着越过铁路，列车呼啸而过，隔断了警车。韩光迅速掉头，径直扬长而去。警车被列车隔断了。警察们纷纷下车，目瞪口呆地看着呼啸而过的列车。唐晓军下车，沮丧地关上车门："他妈的！"

列车过去了，前面已经空无一车。唐晓军铁青着脸："没戏了，我们追不上他的！收队！"刑警们纷纷上车。

蔡晓春戴着耳机听着唐晓军向上级的报告，露出笑容："山鹰，不愧是山鹰。"

监控车里，王涛瞪大眼："真火爆！"方局长闭着眼坐在椅子上休息。

"这就是个蓝波！"

方局长一下子睁眼："谁是蓝波？是名字还是代号？哪个单位的？"

王涛苦笑："一言难尽……"方局长纳闷儿。王涛问："好莱坞电影您从不看吗？"方局长说："嗯，就看过《第一滴血》。"正在喝水的王涛一下子喷了。方局长笑笑。

路虎在山路上疾驰。纪慧脸色惨白，身上都是自己吐的东西，狼狈不堪："难道你不知道开车稳一点儿吗？"

韩光冷峻地说："要想突破车队围捕，就要先突破自己的生理和心理极限。"

"你从哪儿学会的这些？"纪慧问。韩光回答："中国陆军。"

"他们都教你点儿什么啊？！"纪慧又问。韩光说："求生和杀敌的本能。"

"难道军队都把你们培养成为疯子了吗？！"

"我们要准备走路了。"韩光下车，背上背囊拿起冲锋枪。纪慧跟着下车："我们去哪儿？"韩光只说了一句："跟着走。"韩光在前面走，纪慧急忙跟上："等等我——"

8

刑警队办公室里，那对夫妻在声泪俱下地讲述被绑架的过程。唐晓军带人进来："林冬儿呢？"张超起身："在审讯室，还有那个叫王欣的医生。"唐晓军把枪递给部下，转身出去。

林冬儿面无表情地坐在审讯室。王欣郁闷地问："冬儿，你为什么要那么做？"林冬儿面无表情地说："跟你没关系。"王欣生气地说："怎么叫跟我没关系？！"林冬儿烦躁地说："王欣，我就奇怪了，我跟你有什么关系吗？"王欣理所当然地说："我是你未婚夫！"林冬儿感觉好笑："谁说的？"王欣说："你爸爸……"林冬儿无语了："王欣，你是活在旧中国吗？这都21世纪了！我爸是我爸，我是我！以后你再也别拿这些事情来烦我！"

"难道你真的要跟韩光一条道走到黑吗？"王欣问。林冬儿说："我跟韩光的事情，不用你管！"王欣生气地说："他是个通缉犯！"林冬儿也底气很足："我爱他！"

"你爱他？！"王欣有些愤怒，"你难道没看见，他带着个大肚子女人来医院吗？！然后又带来一个哮喘病的女人跑来，要你冒险给她看病！你不觉得他是在欺负你吗？"

"那是我的事情！"

"你的事情？你想过没，他到底是个什么人？以前他是警察，还算是个正经人；现在呢，他是个通缉犯，而且跟两个女人有不清不楚的关系！这样的男人，你还爱他？"

"对啊，我爱他！"林冬儿没有任何迟疑地说。王欣脸都气绿了："你？！"

"不管他是警察还是通缉犯，我爱的是韩光！是他这个人！更何况我相信他，他绝对不是罪犯！"林冬儿说。王欣："现在全世界的警察都在追捕他，你还说他不是罪犯？！"

"他是被冤枉的，我相信！"林冬儿说。门"咣"地被推开了，唐晓军铁青着脸站在门口。林冬儿看都不看他。王欣站起来："唐队，冬儿是一时糊涂，其实她打算报警……"唐晓军看他一眼："你出去。"王欣犹豫了："唐队……"唐晓军又重复一遍："出去。"王欣不敢不出去，担心地看了林冬儿一眼。唐晓军关上门。

"要逮捕我吗？"林冬儿平静地问。唐晓军盯着她："你觉得你是在帮他吗？"

"我男人在需要我的时候找我求助，我当然要帮他。"

"你是在害他！"唐晓军大声说。林冬儿不说话。唐晓军绷着一张脸说："现在他是A级通缉犯，可以不加警告、就地击毙的持枪杀人犯罪嫌疑人！你觉你不报警就是在帮他了吗？"

"我相信他不是罪犯。"林冬儿坚持地说。唐晓军说："我也相信他不是！"林冬儿诧异地看唐晓军。唐晓军说："但你要把他给害死了！"林冬儿有些动摇："我不会害他的……"

"你已经那样做了！上千警察在追捕韩光，等着拿枪打爆他的脑袋！只有我相信是无辜的，是冤枉的，我愿意帮助他澄清这一切！但前提是我必须抓住他！他不能单独行动，不能违反我们警队的纪律原则！他必须在我们的轨道里面做事，而这个轨道就是他要向组织上说清楚来龙去脉！他这样逃命，就算再是蓝波转世，他能逃得过上千警察的追捕吗？更何况现在有犯罪集团在陷害他，他是两面受敌！你现在还觉得你是在帮他吗？"林冬儿不说话。

"我抓他是为了救他！你的愚蠢反而害了他，你明白吗？"

"现在怎么办？"林冬儿慌了。唐晓军说："我放你出去，他还会跟你联系吗？"

"我不知道……"林冬儿说。唐晓军问："你们有什么别人不知道的联系方式吗？"

"……没有。"林冬儿迟疑说。唐晓军大声问："有还是没有？！"

"确实没有，我又不是特种兵啊！"林冬儿说。唐晓军说："我放你出去，你不许离开我们的监控！如果韩光跟你联系，必须第一时间通知我！能不能做到？"

"……能。"林冬儿还是迟疑，唐晓军又问一遍："能不能做到？！"林冬儿说："能。"唐晓军打开门："你走吧，我的人会监控保护你——但是这一次，你要是再擅自帮助韩光，我绝对把你抓起来！要知道，包庇也要判刑的！"

林冬儿哆嗦一下，站起来："你说你要帮他，是真的吗？"

"我有必要骗你吗？难道在你的眼里，只有韩光这一个警察吗？！"

林冬儿的眼泪流出来了："你一定要帮他……"

"前提是你要配合我。"唐晓军说。林冬儿含泪点点头："只要你能帮他。"唐晓军挥挥手："走吧。"林冬儿出去了。唐晓军摘下防弹背心，"咣"地摔在桌子上："操！"

第七章

★

1

为了躲避警方的追踪，韩光只好带着纪慧穿越滨海市郊的原始森林保护区。韩光手持56冲锋枪，背着背囊走在前面。他的呼吸虽然粗重但是均匀，脚步也是带着节奏，保持着相对稳定的速度。走在后面拉他背包的纪慧，则气喘吁吁，脸色煞白，浑身的衣服都被划破了，显得狼狈不堪。她拄着一根粗树枝当拐杖，脚步拖沓，几乎迈不动步子。韩光的眼睛带着警觉，右手食指始终放在扳机护环上。他突然举起左拳站住了，纪慧看不懂这专业手势，直接撞在韩光的背包上。韩光没有回头，一把反手抓住她的手腕："别动！"

"你想干什么？"纪慧汗水密布的脸上带着愤怒。

"我说过了，别动！"韩光的声音不大，但却很有威慑力。纪慧从韩光肩膀一侧看去，眼睛立即恐惧地睁大了，一条眼镜蛇"咝咝"吐着芯子，盘踞在路上，对于人类的闯入非常不满，她的脸瞬间白了。韩光手里的冲锋枪缓缓松开，右手关上了枪的保险。

"你……为什么不开枪？！"纪慧哆嗦着问。韩光把枪甩在身后，空出来两只手半蹲下来，神色镇静地面对这条蓄势待发的眼镜蛇。眼镜蛇已经准备发动攻击。韩光的眼中没有恐惧，只有一种警惕。他张开双手，保持着半蹲的姿势缓步向前。眼镜蛇被这个胆大妄为的人类彻底激怒了，"嗖"的一声扑了上来。韩光的眼中闪过一丝凶光，突然伸出右手，一把就抓住了扑过来的眼镜蛇脖颈。眼镜蛇反口咬向韩光的手背，韩光的另外一只手也没有任何犹豫，直接就捏住了眼镜蛇的嘴巴，眼镜蛇被韩光双手控制住了，拼命挣扎着自己有力的身躯。韩光左手扣住眼镜蛇的头部，右手已经拔出匕首，高高举起米。可他却突然停止了，匕首悬在半空当中。纪慧已经吓得倒在地上："你……你……杀了它啊？"

韩光眼中的凶光消失了："这是它的地盘，它只是想保护自己。"他拿起眼镜蛇抡了几下，用力抛向远处。眼镜蛇在空中滑行很远，被扔到了溪流的另外一边。韩光看着眼镜蛇仓皇逃进密林，慢慢站起来。"嗖"——韩光一个激灵。一支箭带着风声，"啪"的一声钉在韩光耳边的树干上。韩光手里的冲锋枪已经在肩上，保险瞬间拉开，对准箭射来的方向。前面数米的灌木丛中，一个披着伪装网、浑身插满灌木枝叶的男人突然站起来，手里端着一把带瞄准镜的精致弓弩。韩光手里的冲锋枪对准这个男人。双方剑拔弩张，一触即发。纪慧恐惧得都不敢呼吸了。男人突然笑出声来："山鹰，你太久没在林子里面生存了，城市已经磨灭了你的野性。你的观察力退步了，这种雕虫小技你居然都没有发现。要是在过去，我会给你不及格。"

韩光僵硬的嘴角露出笑意："我没想到，你居然这么没有环保意识。"

2

唐晓军在电脑前调出韩光的资料，里面有张合影。唐晓军放大照片，仔细看着韩光身边的观察手。观察手的脸上都是迷彩伪装，唐晓军拿起电话："你来一下。"张超推门进来。唐晓军问："这个人的资料找到没有？"张超看着那张照片："你是说韩光身边的观察手？"唐晓军说："对。"张超苦笑："我问过军方了，韩光所服役的狙击手连，人员资料都属于绝密。我们的申请没有得到批准，所以找不到这个观察手。"

"换个思路，根据这张照片来找人。"

张超看着放大的照片："你是说？"

"如果我们怀疑他是幕后的真凶，那么他肯定现在不在部队了。退伍或者转业以后，他的身份就是老百姓，自然要进入我们警方的资料库。让技术人员把这张照片的脸部处理一下，然后进入我们的资料库进行相貌比对——一定能找他出来！"

"我马上去做。"张超转身出去了。

"我一定要找到你！"唐晓军注视着照片上这个眼神桀骜不驯、迷彩伪装的观察手。

技术员在电脑前忙活，张超盯着屏幕。电脑屏幕上，观察手放大的脸部在进行图像处理。迷彩被一点点剥下去，露出本色的脸。技术员说："照片的像素太低，我只能做到这一步了。"张超问："这样能比对出来吗？"技术员说："只能说试试看。"张超说："开始吧，还等什么？"技术员打开资料库，把相片输入进去，旁边的相片开始跳动，在进行比对。张超盯着屏幕："什么时候能出结果？"

"中国有 15 亿人口……我也不知道。"技术员说。张超苦笑。

3

太平间。6 具尸体盖着白布，法医在忙活。唐晓军进来问："有什么发现？"

法医苦笑："还能有什么发现？整个就是屠杀，刀杀、枪杀、勒杀——总之，你所能想到的所有瞬间杀人方法，在这些倒霉蛋身上都有体现。"

"他们的资料找到了吗？"唐晓军问。法医指着旁边的笔记本电脑："都在上面了。"

唐晓军走过去，在笔记本电脑前查看着。法医走过来："都是罪大恶极的惯犯了，没什么奇怪的。就是他们这些武器，肯定是有来路的。所以这是奇怪的组合，境内的惯犯，加上境外的武器——有点儿新世纪的意思啊？"

"现在境外黑市武器走私严重。你没看报纸吗？泉州农民一网下去，居然捞出来 M4 的 CQB 卡宾枪，还有德国 HK 的特种部队专用微声冲锋枪。"唐晓军说。法医说："看了报纸了，是台湾黑帮走私的武器。装备的先进都超过台湾警察了！但是这样的武器也流入内地了吗？"

唐晓军翻阅着资料："你不是看见答案了吗？"这时，他的电话响起，"喂？"张超在电话里说："唐队，根据照片比对出来……中国大陆有好几万符合这个相貌特征的成年男人。"

"这么多？都当过兵吗？"唐晓军问。张超说："当兵？我没输入这个条件……"

"你的脑子是猪脑子吗？我们要找的是什么人？是一个特种部队出来的观察手！你找来好几万人有什么用？难道我们要一个一个去调查吗？"

"……知道了，唐队……"张超说。唐晓军挂了电话，继续看资料："这群笨蛋！——资料给我传输到办公室，我要打印出来。"法医说："好，你去吧。"唐晓军转身走了。

4

喝得醉醺醺的钟世佳跟乐队的几个哥们儿从酒吧摇摇晃晃出来，他的怀里还有一个装扮前卫的女孩儿。一行人跌跌撞撞、骂骂咧咧地在路口打车。出租车司机都不敢停，"哗哗"过去了。钟世佳摇晃着走到路中心，一辆出租车急刹车，司机探出头："你找死啊？！"钟世佳发红的眼睛从长发当中露出来。司机马上不说话了，钟世佳拉着那个女孩儿上了车。出租车开走了。

街道的拐角。等候了大半夜的黑豹戴着墨镜，打亮奔驰的车灯，启动发动机远远跟上了出租车。

5

天色已亮，公路上的警察们站在路障旁，一丝不苟地检查过往车辆。一辆写着"天宇救援"字样的救援车远远开来，后面拖着一辆桑塔纳轿车。警察伸出停车牌，救援车停在路障前。警察伸手："你的驾驶证和行驶证。"开车的中年男人把驾驶证和行驶证给他。警察接过来，仔细看看："严林？"中年男人笑笑，点头。

"这么早？有车抛锚？"警察问。严林笑笑："现在的人哪儿有早晚的概念？"

"下车，接受检查。"警察说。严林一瘸一拐地下车。警察问："你的腿怎么了？"严林从上衣兜掏出一个红本递给他。警察接过来，上面写着"革命军人伤残证"，他愣了一下，打开，里面写着一级甲等伤残军人，严林。警察肃然起敬，把伤残证还给他："不好意思，走吧。"路障挪开，严林上车离去。

救援车开到没人的公路拐角，慢慢靠边停下。车下悬着的韩光松开酸麻的双臂，落在地面上。严林下车去后面的桑塔纳旁打开后备厢，纪慧从里面探出脑袋："憋死我了。"

"上车，赶紧走。"严林的腿虽然瘸了，但是动作很灵活。韩光和纪慧上了前面的拖车驾驶室，严林驾车开走了。纪慧坐在韩光身边，小声问："他是谁？"

"我在特种部队的狙击教官。"韩光说。纪慧问："你信任他吗？"

"我可以把命交给他。"韩光说。开车的严林脸上没有表情。

6

高局长一夜没睡，桌子上泡着一杯浓茶。唐晓军把打印出来的资料一一摆在他的桌子上："这些死者都是流窜江湖多年的惯犯，大部分都是杀人犯，有的还是逃犯。"

高局长看着资料："他们怎么会有这些武器？是谁武装的他们？"

"这也是我一直在调查的，现在基本上有了答案。"唐晓军说。高局长皱眉："是谁？！"

唐晓军又拿出一份单独的资料："我想，很可能是这个人。"

高局长接过来打开，是韩光和观察手的合影。高局长拿起这张照片，下面是两份打印出来的资料，一份封面印着解放军的军徽，一份封面印着国际刑警的徽章。

"这两个怎么联系在一起的？"高局长问。唐晓军说："您先看国际刑警传输来的资料。"高局长接过来打开，是蔡晓春的照片。他头发很短，精悍强壮，眼睛当中凝聚着一股杀气，穿着破旧的外军数码沙漠迷彩服："这个人是谁？"

唐晓军说："一个享誉海外的职业杀手，绰号'秃鹫'。他的法语名字是阿德贝尔特，中文名字陈楠，原来是华裔雇佣兵。他曾经在法国外籍兵团的伞兵 2 团狙击手连服役 5 年，获得过优秀射手勋章和雪绒花勋章，退役同时获得法国国籍，与此同时，他从前的所有资料也就注销了。这是法国国防部给外籍兵团的特殊政策，在这里获得法国身份的外籍兵团雇佣兵就会注销入伍前的一切记录，成为没有过去的人。退役以后，他成为西方国家的职业杀手，做了几起大案，赫赫有名，被国际刑警发布了红色通缉令。"

"怎么名字上是黑框？"高局长问。唐晓军回答："他死了。"

"死了？"高局长疑惑地问。唐晓军说："对。根据资料显示,他受雇去暗杀某国家元首,结果中了埋伏。逃命的时候，直升机被防空导弹击中，凌空爆炸。"

"死不见尸？"高局长问。唐晓军说："对。"

"他跟我们现在办的案子有什么关系呢？"

唐晓军又拿出一份上面印着军徽的资料："这是我找到的。"高局长打开，是穿着二级士官制服的蔡晓春。他念着下面的名字："蔡晓春？两个人长得很像，是一个人吗？"

"我基本断定是一个人。而且他认识韩光，关系还很近。"

"可是他的档案写的是 026 后勤仓库啊？他是在后勤部队当兵啊？"

唐晓军笑笑："特种部队欲盖弥彰的惯用招数——蔡晓春，山东威海人，18 岁参军，在中国陆军 B 集团军侦察大队，优秀的侦察兵班长，专业是狙击手，一级士官时调到 026 后勤仓库继续服役——一个优秀的侦察兵去 026 后勤仓库干什么？难道解放军的后勤部队需要侦察兵的狙击手来守卫吗？从此他的履历就是空白，但是有一个二等功和两个三等功的记录，没有说明原因。"

"026 后勤仓库？"高军长重复着。唐晓军看着局长："我问过军方的人士，获得他们的允许，得到了 026 后勤仓库的背景资料。这是个对外的掩护代号，就是中国陆军'狼牙'特种大队的 026 特别突击队，号称中国陆军的'三角洲突击队'。"

"高度保密的特别部队。"高局长说。唐晓军点点头："对，特种部队里的特种部队。人员都来自狼牙特种大队的各个连队，也包括狙击手连。进入特别突击队的队员，档案都成为绝密，对外都是 026 仓库的保管员。蔡晓春也不例外，韩光由于同时还是狙击手连的干部，所以档案上写的是他的公开身份，狙击手连一排排长。"高局长看着蔡晓春的照片。

唐晓军继续说："他跟韩光来自一个部队，并且服役的时间有重合。而且他在法国外籍兵团的时候就在狙击手连服役——如果说他跟韩光压根儿不认识，我觉得真的是见鬼了。"他又拿出那张合影，"蔡晓春应该就是韩光身边的这个观察手。"

高局长皱着眉："国际刑警的资料上，他不是死了吗？"

"如果要我说我的直觉，"唐晓军顿了一下，"很明显，他是假死。"

高局长抬起头，看唐晓军："谈谈你的想法。"

"这一切都是蔡晓春干的，他来到滨海，通过各种手段走私武器、招募帮凶，我不知道他要完成什么任务，但是能出得起价钱雇他这种货色的，绝对也不是什么简单人物。而蔡晓春为什么要陷害韩光，我估计韩光应该是可以遏制他的对手，因为韩光肯定是滨海警方最了解他的人。他并不干脆一枪干了韩光，而是设置了这个虽然漏洞百出但是环环相扣的局，我想目的就是要引开我们警方的力量去追捕韩光，好给他的行动留下空当。"

高局长在沉思着。唐晓军说："我想，我们需要军方的支援。"

高局长抬眼看他："军方？"唐晓军说："对，我们要对付的是两个特种部队出身的狙击手，而且他们不是一般的退役特种兵，是特种部队里的特种部队。我们依靠现有的力量，对付他们两个，很难有胜算。我们需要真正的职业军人来对付他们，这已经演化成为一场黑暗当中的战争。在他们的眼里，这就是真正的局部特种作战行动。"

高局长长叹一口气："你的意见呢？"唐晓军回答："我需要一架直升机，我要去'狼牙'特种大队。我要去韩光和蔡晓春来的那个地方，去了解他们并且得到支援。"

"申请军队支援的手续非常复杂，你是知道的。"

"我相信他们一定有办法。"唐晓军肯定地说。高局长点点头："好……"唐晓军转身出去，高局长看着桌上蔡晓春的照片，沉吟片刻，他拿起电话："喂？我是麻雀，他已经知道了……"——监控车里，方局长握着电话："我明白，让他继续吧。有时我们还是需要烟幕弹的，行动照常进行。"

7

何世昌站在总统套房的落地窗前，看着外面晨色中的城市。林律师把录音笔放在桌子上，打开自己的笔记本电脑。秦伟低声问："何总，我先出去？"

"不，"何世昌的声音很缓慢，但是不容置疑，"你留下做见证人。"秦伟站在那里，看着何世昌。林律师问："何先生，您有什么需要我记录的？"

"记录。"何世昌说。"是。"林律师在电脑上敲下日期。何世昌转过脸,声音果断地说："遗嘱。"林律师和秦伟都一愣。何世昌不为所动，继续按照自己的思路说，"假如由于身体原因，我不能处理集团事务，董事长兼总裁的职务……"秦伟抬起眼。何世昌说，"交给我唯一的儿子——钟世佳。"秦伟垂下眼。何世昌最后说，"何世昌。"

林律师打印出来遗嘱。何世昌签字，秦伟跟着签字。林律师收好遗嘱："何总，钟世佳少爷我怎么从来没见过？"何世昌看着他说："不久你就会见到的。老林，你跟了我30年，不是不信任你，而是事情关系重大，该你知道的时候你会知道的。"

"明白了。"林律师把遗嘱放入信封，封好。秦伟的眼泪落下来："何总……"

何世昌转向外面，忧心忡忡。

8

"选择军队，不是选择一种职业或者事业，或者是一种谋生的手段；选择军队是选择一种生活方式，一种理想和忠诚。军人就是炮灰，但是却有炮灰的荣誉。你可以忽视炮灰的存在，但是你却永远也不能忽视炮灰的荣誉。"严林拿着啤酒，对着群山嘶哑地说。

"多少年了，你一点儿也没有变。"韩光坐在他身后的水泥地上，用牙咬开一瓶啤酒，一口气灌下半瓶。荒芜的修车厂杂草丛生，没有修理的车辆。严林苦笑一下，回头一瘸一拐地走过来："这就是我们这种人的悲哀。我们没有遗忘军队，却被军队所遗忘。你选择了特警这个职业，而且还是狙击手，你找到了命运的出口；而我，则在这种迷失当中体验着失落。"

韩光淡淡地说："不是我选择特警，是特警选择我。"

严林坐在他旁边："都一样，你也被特警抛弃了。可怜的是，你没有被特警遗忘。"

韩光奇怪地笑笑，拿起啤酒："天宇呢？"

"……去参加夏令营了。"严林闪躲开韩光的眼睛。韩光问："最近生意怎么样？"

严林叹口气："生意？我这个脾气能有多少生意？惨淡度日罢了！我把所有的转业费和抚恤金都投资了这个修车厂，结果想不做都很难了。自从和老婆离婚后，真是每况愈下。你猜她说什么？——等你转业就是为了等和你离婚。你是军人的时候，我不敢跟你离婚，因为有外遇，你要告我，我们会坐牢的。现在你转业了，这是离婚报告，我放三年了，签字吧。"

韩光看着严林，举起啤酒："同生共死！"

"你真的相信这个？"严林看着韩光举起来的啤酒，却没有碰。

"还是你教我的，你难道忘记了？"韩光问。严林苦笑一下："有时候我会为你感到悲哀，因为你是我最好的学生……也就是最佳炮灰。"

韩光看着严林："你还是来接我了，你没有变。"严林转过脸去："那个女人是怎么回事？"

"她卷到这件事情里来了，在事情结束以前，她是不安全的。我需要你保护她，也是保护我唯一不在犯罪现场的人证。我被秃鹫设计了，秃鹫不会让她活下来的。"

"你下一步打算怎么办？"严林问。韩光说："秃鹫想要的是我，但是我还不知道他要我干什么。秃鹫回来的目的，肯定和我在特警的工作有关系。"

严林叹息："他是够狠毒的，这么多年了，心胸还是那么狭窄。"

"那就是秃鹫的个性。"韩光声音很嘶哑，"他是个出色的狙击手，却不是一个优秀的军人。这是他自身难以跨越的缺陷，所以他永远也成不了刺客。"

"他想要你死？"严林问。韩光摇头："不，他不想要我的命。他想证明，他比我强。

他设下这个局，是在逼我，逼我从命，他想控制我，用他的头脑。还记得过去你怎么说的？一个真正的刺客，靠的不是枪法，而是头脑。他现在就在实践这句话。"

"因为超越不了你，所以要控制你？"

"控制我，就证明他比我强。他一直想比我强。"

"有一点儿他比你强。那就是——他比你更下得了手，心比你狠。"

韩光奇怪地笑了，举起啤酒，严林和他碰了一下，喝酒。

纪慧在修车厂的经理室睡不着，从床上爬起来走到窗口，看到韩光和严林坐在厂区的水泥地上喝酒："这真是一群疯子……"

韩光凝视群山，喝了一口啤酒。严林感叹："一转眼都这么多年过去了，你还是一点儿没变。"韩光看严林："其实，你也没变。"严林苦笑："我？变了……"韩光说："你的眼睛，还跟从前一样。"严林注视着韩光，韩光也注视着他。眼光的碰撞中，他们又回到了过去……

当年的特种部队狙击训练场上，20多个黑色贝雷帽特种兵整队集合。喊队的是少尉韩光，口令凌厉。蔡晓春站在队首。韩光整队结束，转身报告："报告！教官同志，中国陆军特种部队首届狙击手集训队集合完毕！值班员，少尉韩光！请您指示！"

戴着黑色贝雷帽的少校严林在吃包子，手里还拿着塑料袋："嗯，挺好。稍息。"集训队员们忍住笑。韩光转身："是！稍息！"集训队稍息，韩光跑步归队，站在蔡晓春身边。严林吃完最后一口包子，把塑料袋随手一扔，塑料袋在晨风中飞舞。韩光看着，若有所思。蔡晓春问："排长，看啥呢？"韩光说："别怪我没提醒你啊，教官马上就要问风速了。"

"风速？"蔡晓春嘀咕着。严林抹抹嘴："同志们！"集训队"唰"地立正。严林严肃起来，敬礼："请稍息！"集训队稍息。严林扫视着队员们："很高兴能够有机会跟大家在一起切磋狙击手的技能和战术！我叫严林，是本届狙击手集训队的总教官！你们都是中国陆军各个特种大队的精英神枪手，所以才会被选送到这里来，接受我的训练！"集训队员静静听着。

"我相信你们都是神枪手，但是你们距离狙击手的标准还很远！换句话说，你们只会用手打枪，而不是用心打枪！"集训队员有些不服气。严林问："你们谁能告诉我，刚才的风速。"集训队员呆住了。韩光上前一步："报告，刚才的风速大概每秒4米，方向东南。"

严林点点头："有点儿意思，你在哪儿学的？"

"在体校射击队的时候，看过教练的一本书。"韩光说。严林问："什么书？"

"*Marine Sniper*，Charles W.Henderson 著作。"

"国内没有正式出版，你在哪儿看见翻译版本的？"严林有点儿意外。

"报告，是教练出国时候在美国书店买的。没有翻译版本，我看的是原版。"

严林愣了一下："你看得懂原版？"韩光说："是。"所有队员都在看韩光。

"你在哪儿学的外语？原版使用了大量美军的军语，一般的高校外语老师都看不明白。"严林说。韩光说："报告，我祖父解放前毕业于清华大学，后在美国留学，1949年回国参军。1951年参加抗美援朝，一直在作战部队，后来抽调去做了板门店谈判代表团的翻译，他退休以前从事军事外事工作。我看不懂，请教了他。当时他刚退休，有时间辅导我。"

严林点点头："我还以为泄密了呢，这本书总参组织专家翻译，只在极小范围内进行了普及。以后你们每人都会有一堆类似的情报资料，会专门给你们组织学习。入列。"

韩光入列，站好。严林说："你们不知道这些，我很遗憾。这也不能怪你们，因为责任不在你们，在你们所在的部队。我们的军队打得赢任何一场对外战争，但是有一个习惯非常不好——狗熊掰棒子，捡起来一个丢一个，非得等到再打仗的时候，才知道掂起来以前的经验临阵磨枪。就拿狙击战术来说，抗美援朝时期就有张桃芳——我不客气地问，你们几个人知道张桃芳——韩光你不用回答。"韩光不吭声。其余队员还真的不知道。

蔡晓春眨巴眨巴眼，说："狙击兵岭。"严林看着蔡晓春："看来你知道，说说你知道的。"

蔡晓春出列："报告！张桃芳，志愿军24军战士，曾经在金化郡上甘岭狙击战中歼敌214名，创造了朝鲜前线我军冷枪杀敌的最高纪录。美军将当地称之为狙击兵岭，表示对他的敬畏。"严林点点头："你也算有点儿意思的，什么时候知道的？"

"报告，我初中的时候在图书馆看的。也就是从那天起，我立志成为狙击手！"

"入列吧。"蔡晓春入列，跟韩光站在一起。

严林意气风发："广义的狙击手的历史，可以上溯到数千年前。"他拿着一把85狙击步枪说，"当天下无敌的阿喀琉斯在特洛伊城门前耀武扬威的时候，城墙上不知从哪个角落里射出了一支冷箭，射中了他的脚踝命门！这位古希腊传说中的头号英雄就这样凄惨地死去了！——这是第一次关于狙击手的记载，知道这是哪个作家的哪部作品吗？"

面前的集训队员们一脸茫然。他笑笑看韩光："你说。"

韩光出列大声说："报告，古希腊《荷马史诗》，描述的是神箭手帕里斯。"

严林点点头："入列。我今天开始让你们学习狙击手的历史。有什么意义呢？是为了培养你们作为狙击手的信念感和自豪感。成为一个真正的狙击手，不光是枪要打得好，还要具备狙击手的文化，有着坚强的信念感和自豪感——为什么？因为你们要面对的是无止境的孤独、寂寞、疲劳、恐惧、寒冷、炎热，要面对的是内心深处杀人后的巨大折磨，因为我们虽然是国家机器，但我们也是活人，活人是有思想的——你们见到枪爆头以后，是什么感觉呢？而你们未来作为特种部队的狙击手，其中的主要任务就是去爆人头或者射击心脏等要害部位。你们靠什么去战胜这些？——靠信念、靠信仰、靠狙击手自身的荣誉感和自豪感。这就是狙击手的文化，而我将中国特种部队狙击手的文化概括为——'刺客'。"

队员们静静听着。严林继续说："什么是'刺客'？司马迁的《史记》中专门写了一章《刺客列传》——'刺客'的精神实质是什么？'侠之大者，谓之刺客'！为了一句承诺，可以赴汤蹈火，付出性命亦在所不惜！仅仅一句承诺，就要披荆斩棘，一往无前！——忠诚、勇敢、顽强！并且具有侠义之心，绝不滥杀无辜！有着坚不可摧的信念感和使命感，这样的精神实质足以战胜一切困难，去完成自己的承诺！"韩光神情冷峻地听着，蔡晓春则显得有些激动。严林的声音变得高昂起来："所以，只有最好的狙击手才能称之为'刺客'！"……

严林和韩光对视着，都沉浸在往事的回忆中，良久，严林躲开他的目光，喝了一口酒。韩光问："为什么不说下去了？"严林叹息："不想再提过去的事情了。对于我这样的人来说，回忆总是痛苦的。"韩光说："那是你的尊严和光荣，是你生命的辉煌。"

严林把酒瓶子摔出去，酒瓶在空中划出一道抛物线，然后着地，"啪"，碎了。严林苦笑："看见了吗？"韩光说："看见了。"严林问："看见了什么？"

"抛物线——你曾经用这个给我们讲解弹道飞行的原理。"

"那时候我熟悉子弹的轨道，但是还没想过人生的轨道——人的一生就如同发射出去的子弹，走的是一条抛物线，到了最高峰就该下滑了。最完美的人生，就是在最高峰与什么东西撞击，然后粉身碎骨——"啪！"人生就在最辉煌的时候终止。"严林苦笑，"遗憾的是，我是在我的人生轨道开始下滑的时候，才明白这一点。"

韩光看着他："一天是狼牙，终生是狼牙。"

严林笑笑："是我教给你们的话。"

"对，我记着，记在心里，刻在骨子里。"

"你就没有怀疑过我的话吗？"

"那时候我是军人，军人以服从命令为天职。"

"那你现在呢，不是军人了？"

"我是刺客。"韩光说。严林默默看着他。严林说："侠之大者，谓之刺客——也是你教给我们的。"严林苦涩地一笑，重新起开一瓶酒大口喝着。他放下酒瓶子，嘴上的啤酒还在流淌："山鹰，你有没有想过，我说的话也可能会变。"

"无论你怎么变，山鹰还是山鹰。你教给我们忠诚，我会一直走下去。"韩光默默看着他，喝了一口酒。严林苦涩地笑了，这笑逐渐变得凄惨，变成了哀号……

9

唐晓军站在门口的警车前，打量着狼牙特种大队门口的哨兵。戴着黑色贝雷帽的两个哨兵目不斜视，手持 95 自动步枪虎视眈眈。唐晓军上前说："同志……"哨兵面无表情地说：

"请您退到警戒线外。"唐晓军苦笑一下，退出警戒线："我是滨海公安局的，跟你们大队联系过，我……"门内一阵汽车响，敞篷勇士高速开出来，停在门口。哨兵行持枪礼。副大队长萧剑林翻身下车，还礼。唐晓军看着萧剑林："同志，我是滨海公安局的，我叫唐晓军……"

萧剑林敬礼："萧剑林，中国陆军狼牙特种大队副大队长，也是 026 特别突击队队长。你的情况，我们已经知道了，大队长在等你。上车吧。"唐晓军上车。车掉头进入大队。

大队营区很整洁，不时有战士穿越，举手敬礼。车一路狂飙，在训练场上掀起滚滚黄尘。穿着迷彩服、戴着黑色贝雷帽的战士们扛着步枪，列队从车旁跑过，口号声惊天动地。唐晓军睁大眼好奇地四处看着。萧剑林从前面回过头："这段时间训练比较紧张，因为有两次重大的演习要我们参加。但是你们反映的情况我们领导很重视，所以要我具体负责这件事情。如果你有什么想法或要求，可以跟我们大队长提出来，他如果批准了，由我执行。"

唐晓军说："谢谢了。不过，我想知道，你们的狙击手在哪里训练？"

"我说过了，你可以跟我们大队长提要求，他批准了我执行。"萧剑林说。唐晓军问："狙击手的训练很保密吗？"萧剑林笑笑："不是很保密，是非常保密。我这个级别的军官，无权让你参观狙击手的训练。"

"韩光是你的部下？"唐晓军换了话题。萧剑林点点头。唐晓军又问："他在你们部队算是什么水平？"萧剑林的笑容消失了："他是我所见过最好的狙击手。如果不是你们恳求，我是不会放他走的。"唐晓军不说话了。萧剑林转头过去："我想八九不离十是由我带队处理韩光。我把最好的狙击手给了你们的特警队，不是想让我自己去清理门户的。"

"我明白。"唐晓军说。萧剑林顿了一下："所以最好在我动手以前，你们给我全部的证据，这样我心里能够舒服一点儿。"唐晓军不敢再说话。

车开过古朴威严的营区，停在办公楼门口，两人下车进去。萧剑林站在大队部办公室门口高声说："报告！"

"进来。"萧剑林进来，站到一边背手跨立："客人来了。"王大队长从文件后面抬起头站起来，对走过来的唐晓军伸出右手："你好，一路辛苦。"

"大队长，你好。"唐晓军脸上已经恢复血色。

"情况我大致都知道了。"王大队长脸上没有表情，"你说说，需要我们部队做什么？"

"时间紧迫，客套话我就不说了。还有一些新的情况，我需要了解。"唐晓军拿出笔记本电脑打开，"这是国际刑警组织发来的资料，我选择出来的。这个人和你们部队也有关系。"

"蔡晓春？"王大队长只看了一眼，也没惊讶。

"对，我想他可能在这一系列事件当中起关键作用。"

王大队长看萧剑林："都是你的兵，这些事情就交给你了。你带唐队长去狙击手连转一转，介绍一下他们的情况。唐队长有什么要求的话，你报告我。"

"是。"萧剑林敬礼，带着唐晓军出去了。突击车载着唐晓军开出大队部办公区，往山上疾驰。车上，萧剑林把资料还给唐晓军："蔡晓春的情况你差不多都知道了，这些情报是真实的。你还想知道什么？"唐晓军问："他跟韩光是什么关系？"

"他们原来在一个连，还在一个排。韩光是那个排的排长，蔡晓春是副排长。他们是一个狙击手小组，韩光是第一射手，蔡晓春是第二射手，也就是观察手。"

"什么连队？"唐晓军问。萧剑林说："狙击手连。"

"一个连都是狙击手吗？"唐晓军好奇地问。萧剑林说："对。入选者都是精选出来的枪手，我们把他们培养成为第一流的狙击手。集中编制和训练，主要是为了培养高级的狙击手种子教官和人才，在作战的时候，他们会加入其余分队一起行动。"

"蔡晓春怎么会去国外当雇佣兵的？"

萧剑林想想说："有很多原因，我想最主要是他自身的原因。"

"什么原因？"唐晓军问。萧剑林回答："他的性格——性格决定命运。"

唐晓军不解地看着萧剑林。萧剑林说："他们都来自 B 集团军特种侦察大队，一个排。来之前，韩光就是排长，蔡晓春是他的副排长。我是首届狙击手集训队的队长，对他们俩以前的情况就有所耳闻。他们是一对拆不散的冤家对头。"

"一个干部，一个士兵，能成为冤家对头吗？"

"那是军外人的通常看法。在军队内部，尤其是特种部队……军衔只是一个符号，更重要的是你有没有本事。特种部队是强者为王的天下，没本事和没脑子的一天都待不下去。"

"韩光和蔡晓春，到底谁的枪法更好？"

萧剑林苦笑："这个问题，好像就是问黄药师和欧阳锋谁更厉害一样。单纯就枪法来说，两个人其实难分伯仲。蔡晓春达不到韩光的高度，主要是输在性格和心态上。"

"蔡晓春不如韩光沉稳老练吗？"唐晓军问。萧剑林说："不是这方面。沉稳和老练是可以随着经验的增多，养成狙击手所需要的心理素质的。他们性格的差异，是先天的。"

"我还是不太明白。"唐晓军疑惑地问。萧剑林解释说："这样说吧，蔡晓春的军事素质非常好，文化底子也不错，但是我们一直没有提拔他做干部，为什么？因为我们很了解他性格上的缺陷。韩光转业到你们特警队以后，蔡晓春就成为代理排长，顺理成章他应该提干成为排长，但是我们派去一个新的排长，他的提干报告也被搁浅。"

"为什么蔡晓春不能成为排长呢？"唐晓军不解。萧剑林说："这就牵涉部队的通盘考虑了，他不适合做分队主官。他虽然军事素质过硬，在战士们当中威望也不错，但是过于自我。虽然特种部队在敌后活动，指挥官要善于下决定，但是得有个尺度。为了完成任务，不惜一切代价，这是必然的；但不是说在不必要的时候，还要不惜一切代价。"

唐晓军思考着："你是说，他会不在乎队员和平民的伤亡？"

萧剑林不说话了，他又想起了当年的蔡晓春……

西南边境，界碑默默矗立。一个山民在放羊。山坡上，蔡晓春举着 85 激光测距仪："730 米，一个放羊的老头，10 点钟方向。看起来不会是目标。"韩光趴在他的身边，调整 88 狙击步枪的瞄准镜："注意观察，我们不能放过任何一个疑点。"

蔡晓春放下激光测距仪："这里距离国境线太近了，我们潜伏的地点控制的范围只有这么大。上千公里的边境，我们的目标从哪里都可能入境，我们不一定能抓住他。"

韩光还在寻找："我们只能相信情报是准确的。我们只是执行者，不是决策者。"

蔡晓春又拿起激光测距仪："希望搞情报的那些人不是猪头吧，已经一天一夜了。"

韩光转移自己的狙击步枪瞄准镜："那个老头，昨天就来了吧？"

"来了，还是在那个位置。待了两个小时，往村庄的方向去了。"蔡晓春说。韩光突然问："昨天有多少只羊？"蔡晓春愣住了："多少只？没数。"韩光看着那群羊："好像没今天多。"蔡晓春拿起激光测距仪："好像是——这说明什么？"

"说明羊可能不是他的，他借的。他是望风的。"

蔡晓春紧张起来，调整激光测距仪："他的神态不像是老头。"

韩光在仔细观察，老头脚步稳健，右边胳膊一直垂着，衣服里面有东西若隐若现，他细心观察着——是一支冲锋枪的枪管："抓住他了，他是枪手，一支56-1冲锋枪。"

蔡晓春急忙报告："啄木鸟，这里是秃鹫。10点钟方向，放羊的老头是枪手。完毕。"

"啄木鸟收到，你们注意监视。山鹰，如果行动开始，解决他。完毕。"耳麦里是萧剑林的声音。韩光说："山鹰收到，完毕。"

另一条山路上，伪装着准备出击的特种兵们潜藏在路边的灌木丛当中。赵小海拿着望远镜观察。机枪手在旁边，架设着88通用机枪。一队马帮远远走来，正缓慢接近边境。蔡晓春举着激光测距仪："我看到他们了！"韩光嚼着口香糖举起狙击步枪："啄木鸟，这是山鹰。马帮在靠近边境。完毕。"萧剑林的声音通过电波传来："汇报方位，具体参数！"

蔡晓春汇报着："11点方向，距离2100米。7匹马，满载毒品和枪支，武装人员10人。完毕。"

"跟情报提供的一样，我们准备动手！"

韩光对着耳麦："我们抓住眼线。"蔡晓春立即转向山民。韩光"哗啦"拉开枪栓，眼贴在瞄准镜上，调整焦距。马帮走过界碑，走过灌木丛，走过队员们警惕的眼前。萧剑林目不转睛，握紧武器："准备……"赵小海持枪。机枪手架起机枪，隐藏在灌木丛中的队员们握紧了步枪准备出击，都是杀气腾腾。马帮全部进入边境。萧剑林怒吼："干！"韩光扣动扳机，放羊的山民刚刚拿起藏在衣服里的冲锋枪，就被一枪打倒。他迅速掉转枪口："汇报目标排序。"蔡晓春全神贯注地观察着："我在观察。"

萧剑林持枪冲出去，赵小海紧随其后，队员奋勇前进。马帮被打个措手不及，四散着举起冲锋枪。萧剑林高声喊："留下我们要的人！"他一个箭步冲上去撞倒一个大胡子，把他压在身下。大胡子拼命抽出手枪对准自己的脑袋。萧剑林举起枪托，直接砸在他的手腕上，大胡子惨叫一声，手枪脱手。萧剑林举起枪托，又一下砸晕了他："1号目标控制！"

赵小海正面对着一个小胡子冲过去，小胡子拔出手枪，对着赵小海就开枪。子弹打在赵小海的防弹背心上，他仰面栽倒。韩光的枪口已经掉转过来，他瞄准小胡子的右手手腕，果断开枪射击。砰！小胡子的手腕被打断，手枪脱手。赵小海爬起来，顾不上揉疼痛的胸口，一个鱼跃扑倒小胡子："敢对老子开枪？！"他举起枪托就是一砸，砸在小胡子断了的手腕上，小胡子惨叫一声。赵小海抓着他使劲拽起来："2号目标控制！"

头目冲向界碑。萧剑林举起枪，却发现射程不够："狙击手！3号目标跑向边境！给我制止他！"韩光掉转枪口，蔡晓春报告具体方位："方位东南，距离228，横向运动。"

韩光瞄准头目飞奔的腿部，扣动扳机。"砰！"子弹打在头目刚跑过的土地上。头目连滚带爬，跑向界碑。韩光再次举起枪。"砰！"头目腿部中弹，一下子栽倒。他爬起来，踉跄着继续跑向界碑。后面的特种兵们在飞奔，但是显然速度再快也很难在边境内追上他。韩光稳定呼吸，再次瞄准目标。头目面前就是界碑，他欢叫着扑向界碑。"砰！"头目肩膀中弹，巨大的冲击将他带倒，他惨叫一声，在地上滚着爬向界碑。韩光还在瞄准。头目伸出右手，抓住了界碑。他努力爬着，企图把身体滚过界碑。"砰！""啊——"头目惨叫一声，他右手的两个指头被打掉了，举着手恐怖地喊。他的左手已经出了界碑，特种兵们正快步冲过来。"砰！"韩光又是一枪。头目的左手手腕中弹，他惨叫着，这次身体都在边境以内了。萧剑林一个箭步冲过来，几个特种兵拉住他的腿就使劲拽。他绝望地叫着，终于被特种兵们按住了。韩光透过瞄准具冷冷地看着："一个手指头都不会让你出边境！下辈子投胎，别贩毒了！我们撤！"

蔡晓春已经收拾好器材："换了我，一枪他就跑不了了！"

韩光笑笑："下次换你，我去跟啄木鸟说。"

蔡晓春抬头笑："不用你说，我会让他选我！"

韩光无奈地苦笑："你这个脾气啊！什么时候能改改！"

两个人起身往下跑，跟着突击队带着俘虏登上了直升机撤离。

直升机在空中飞行。机舱内，卫生兵在给受伤的毒贩急救止血，毒贩痛得大呼小叫。赵小海已经脱下防弹背心，在看自己胸口的青紫时，听着不耐烦了："待着！好好地叫唤什么？疼啊？早干吗去了？你贩毒的时候不知道今天会疼啊？老子都不喊疼，你们喊什么疼啊？忍着！"没受伤的毒贩用清晰的汉语说："我要喝水。"萧剑林愣了一下："你的普通话说得不错啊？在哪儿学的？"毒贩是个小胡子，语调清晰地说："我在北京上的大学，我要喝水。"

萧剑林看看队员们："给他喝水。"赵小海摘下自己的水袋，把吸管塞入他嘴里。小胡子"咕咚咕咚"地喝着。喝完了，队员把水袋丢在他脚下："这个我也不要了，你路上喝吧。"小胡子冷笑一下："谢谢。"赵小海鄙夷地说："别谢我，你谢我，我晚上做噩梦！"

"你是狙击手？"小胡子看赵小海的狙击步枪和身上的吉利服。赵小海瞪他："是啊，怎么着？"小胡子咬牙切齿地说："我们最恨狙击手，抓住以后都是砍头！但是你给我水喝，所以我不砍你的头！我会活埋你！"

赵小海怒了："大爷的！"他举起枪托就要砸过去，萧剑林一把拉住他："注意政策！他现在是我们的俘虏！"小胡子冷笑："你们都会死的，我大哥不会放过你们的！"

赵小海气得恨不得一拳打死他，萧剑林把他拦开了："得了，得了，你跟疯子较什么劲啊？待着吧，别节外生枝了！"

小胡子看着萧剑林："你是萧剑林少校。"萧剑林愣了一下："你还知道什么？"小胡子笑笑："我看过你们的资料——赵小海中尉……"萧剑林跟赵小海对视一下，都看小胡子。

小胡子转向韩光："你是韩光少尉，狙击手，山鹰，'刺客'。"萧剑林冷冷地说："你们的情报工作做得不错，不过也逃脱不了上刑场的命运。知道这些又能改变什么呢？你们还不是一进来就被我们给抓了？"

"会有人要你们的命！"小胡子怒气冲天地说。队员们都看他，又看萧剑林。萧剑林用眼神制止队员们的冲动。蔡晓春走过去，蹲下："知道你爷爷是谁吗？"

"你？"小胡子仔细想想，"不入流！没看过你的资料！"蔡晓春拔出匕首，放在小胡子的脖子上。萧剑林怒吼："秃鹫！"蔡晓春的匕首在小胡子的脖子上轻轻游走，小胡子面不改色。蔡晓春轻轻用力，匕首的尖端开始渗血。萧剑林高喊："把他拉开！"

赵小海抱住了蔡晓春，蔡晓春怒吼："松手！不然我捅死他！"

赵小海怒吼："秃鹫，你难道想陪着他坐牢吗？！"

蔡晓春冷冷地说："副连长，我心里有数！你们都别管！"

韩光抓住赵小海："放手吧，我了解他。他真的会捅进去的。"赵小海慢慢松开手。

蔡晓春看着小胡子，匕首带着一道血印子慢慢滑到他的耳朵下面。小胡子还是盯着他，但是脸色变白了，嘴唇也在微微颤抖。蔡晓春的匕首停在他的耳朵后面，刀刃对着耳朵："只要遇到一个气流颠簸，你的耳朵就没了。"他的目光很冷。

小胡子鼓了鼓气说："你想违反你们的纪律吗？"

蔡晓春继续说："知道耳朵没了什么滋味吗？我15岁的时候，有一次在街上打架，他们用棍子打我，我捡起街边烧鸡摊的一把菜刀，砍伤了他们6个。其中一个，耳朵被我砍掉了。我去年回老家探亲见到他，他还是少一只耳朵。"小胡子的嘴唇在颤抖。

蔡晓春冷笑着："我知道耳朵没了有多丑。你是文化人，上过大学，看得出来你不怕死，但是你怕没耳朵。你穿的比他们都好，长得也比他们漂亮，说明你注重仪表。"

小胡子哆嗦着嘴唇："痛快点儿，杀了我！"

蔡晓春的匕首在他的耳朵后面慢慢游走："杀了你，我要坐牢，弄不好还要上刑场。我没那么傻，明白吗？我想要的，是你的这只耳朵——它是我的战利品！"

小胡子闭上眼，冷汗直流。蔡晓春贴着他的耳朵说："每一个字都给我听清楚了！我是蔡晓春，秃鹫！有本事你就找你的那帮杂碎来杀我，只要杀不了我，这个兵我也不当了！我会杀光你们这帮杂碎！把你们的耳朵都割下来，喂狗！"

小胡子恐惧地说："我听见了……"

"那就把每个字都刻在你的心里！"蔡晓春收起匕首，"一路上给我老实待着，再敢放屁——这只耳朵就是我的！我豁出去不当这个兵了，我也搞你搞到底！"

小胡子点头，血在脖子上慢慢渗出来。蔡晓春把匕首插回去，转身走了。萧剑林看着他，又看看小胡子。队员们都看他。萧剑林叹口气："你们都看见什么了？"队员们都说没有。萧剑林转向天空："我也没看见，那伤是抓他的时候，自己划的。"队员们都说是。蔡晓春坐在韩光身边看着外面的天空。韩光看看他，没说话。

萧剑林看着蔡晓春："回去以后，我要跟你好好谈谈！"

"啄木鸟，谢谢你。"蔡晓春点头。萧剑林怒了："谢他妈的什么谢？！我干什么了我？！"

"是，我什么都不知道。"蔡晓春马上说。

"管好你的嘴！不许往外吐一个字！"萧剑林压抑地低声怒吼。

"快看！尿了！"赵小海跟发现新大陆似的指着小胡子说。

大家看过去，小胡子的裤子湿了，正滴答着。

是夜，萧剑林把蔡晓春叫到了狙击手连连部。蔡晓春跨立面对萧剑林，目不斜视。萧剑林站在办公桌后也看着他："知道为什么叫你来吗？"蔡晓春说："报告！连长说，回来以后要和我谈谈。"萧剑林厉声说："知道我要跟你谈什么吗？"

"知道。"蔡晓春说。萧剑林说："你说。"

蔡晓春脱口而出："我对俘虏动手，没有执行俘虏政策，违反军规。"

萧剑林看着蔡晓春："为什么你要对解除武装的贩毒分子使用武力？"

"因为他在威胁我们，连长。"蔡晓春说。萧剑林问他："他构成实际威胁了吗？"

"没有，连长。"蔡晓春回答。萧剑林看着蔡晓春："那你为什么要动手？"蔡晓春眨巴眨巴眼。萧剑林厉声说："因为你受不了这个气！对不对？"蔡晓春说："是，连长。"萧剑林大声问："那我为什么能受得了这个气？！"蔡晓春说："因为你是连长，我不是连长，我考虑不了那么多。"

萧剑林突然问："你一辈子不想当连长吗？"

蔡晓春眨巴眨巴眼："我不懂你的意思，连长。"萧剑林说："山鹰大队的大队长单独跟我电话聊过很长时间，他很关注你。应该说，作为一个部队的部队长，这样关注一个士兵是很少见的。他很关心你的成长，也告诉我，你几次提干都因为各种原因被耽搁了。"

蔡晓春不说话。萧剑林提高声调："你该知道，他对你的期望。可是你——按照一个解放军军官的标准要求自己了吗？"

"没有，连长。"蔡晓春说。萧剑林问："为什么？"

"因为……我留在狙击手连，已经决心放弃成为军官的机会。连长，狼牙特种大队已经没有战士提干的特例，我必须考军校。"

"那你好好复习啊？为什么自暴自弃？"

"我没有，连长！我留在狙击手连，是希望成为最好的狙击手！"

萧剑林怒吼："但是你这个鸟样子，一辈子都成不了最好的狙击手！一个真正的狙击手，一个真正的刺客，会去对解除武装的恐怖分子动手吗？！刺客的真正含义是什么？"

蔡晓春回答："侠之大者，谓之刺客！"

萧剑林责问："你背得很流利，怎么就做不到？"蔡晓春不说话。萧剑林厉声说："我今天跟你谈，不是想告诉你，你对俘虏动手是多么的英勇！是想告诉你——想成为刺客，先要把你的桀骜不驯打掉！你的野性太重了，你可以有一身武功，但是你能成为真正的合格的中国军人吗？你连一个合格的中国军人都不是，怎么成为中国陆军的刺客？！"

"我错了，连长。"

"我要你这句话没有用！我要的是你能够认识到自己的缺陷！"

"什么缺陷，连长？"蔡晓春问。萧剑林说："就是你的野性，你的桀骜不驯！我们是纪律部队，是解放军，不是土匪流氓！我们战斗，是为了祖国！为了人民！不是为了跟歹徒斗气的！——你的脑袋上，要戴上紧箍！"蔡晓春大声说："是，连长！"

萧剑林看着蔡晓春，半天才说："我希望，你不仅在狙击手连训练、作战，也能够在狙击手连成长起来，成为一个有纪律的军人！否则，你的本事再高强，跟那只蝎子有什么区别？你得明白，自己为了什么当兵，为了什么作战！"蔡晓春说："是，连长！"

萧剑林挥挥手："去吧，跟韩光好好谈谈，你们俩交交心。从此以后，佩剑行动的任何细节——都死在你的肚子里面，明白吗？我们所有参战队员，都他妈的给你顶着缸呢！"

"你放心，连长！我绝对不会连累任何战友！"

"再有类似的情况发生，你就不要待在狙击手连了。"

"明白，连长。"蔡晓春敬礼，转身出去了。萧剑林看着他的背影，无声叹息……

萧剑林一边回忆一边说，唐晓军听得惊心动魄。

萧剑林说："不光是队员和平民的伤亡才是伤亡啊，俘虏也是人，在他放下武器以后，就要保证他的生命安全。特种部队不是杀手，是有纪律约束的职业军人。我们教育队员成为善战的特种兵，但是绝对不是杀人机器。在这一点上，蔡晓春没能过关。他做副手的话，还算称职；但是一旦成为分队主官，恐怕要出问题。"

"所以他的提干报告不能通过？"唐晓军问。萧剑林的声音低沉下来："对，他是个出色的士兵，但是不能成为指挥员。这是他性格的缺陷，也是他个人的悲剧源头。他出国去当雇佣兵，包括他在法国外籍兵团伞2团的业绩很出色，作为华裔雇佣兵可以独立带小队，甚至是他制造了自己的假死等，我都不感觉意外。这是他的性格决定的，性格决定了命运。"

"蔡晓春是为什么离开部队的呢？在他的资料上，是开除军籍。"

"因为……一个俘虏的非正常死亡。"萧剑林说。唐晓军瞪大了眼："他杀了俘虏？！"

"不是直接，是间接导致了俘虏的非正常死亡。严格说起来，这件事情他多少有点儿冤，换了我在现场，我想不出来我会比他做得更好。或者说，这种死亡在某种程度上是不可避免的。但是军队就是军队，有铁的纪律约束。发生那样的事情，无论动机如何，蔡晓春也只能离开军队。"萧剑林说。唐晓军问："为什么？"

"我不能说。"萧剑林回答。唐晓军说："对不起，那他跟韩光的个人关系怎么样？"

萧剑林想想："我该怎么形容呢？他们两个人都是一起入选狙击手集训队的。他们来以前就是一个排的，在狙击手集训队也是上下铺。他们在那年的集训队，韩光是总分第一，蔡晓春是总分第二。两个人一起被选拔到四连，也就是狙击手连，还在一个排。也同时成为026特别突击队员，还是一个狙击小组。"

"韩光是'刺客'？"唐晓军问。萧剑林很意外地看了他一眼："你知道得还蛮多的？在集训结束的时候，要授予参训队员荣誉称号。韩光被授予'刺客'称号，也是那几年唯一的一个；蔡晓春被授予'鸣镝'称号。"

"蔡晓春总是比韩光差那么一点儿？"唐晓军问。萧剑林点头："对。他们还是一个狙击小组。他们不会是很好的朋友，但却是过命的战友。蔡晓春的身上有一种傲气，我把他和韩光安排在一起是有用意的。他们两个可以说是最佳搭档，一起出生入死，相互的了解超过了任何人。但是蔡晓春一直是韩光的副手，到韩光离开部队，他又做了新排长的副手。"

唐晓军明白了："蔡晓春想证明，自己比韩光强。"

萧剑林苦笑："他的内心压抑太久了……到了，我们上去吧。"萧剑林把车开入山坡上的一片伪装网遮挡的临时停车场，带着唐晓军下车。唐晓军左顾右盼："这是狙击训练场？"萧剑林点头："对。"唐晓军问："怎么没听见枪响？"

萧剑林戴上墨镜："今天应该是伪装潜行科目。狙击手不是单纯的枪手，他的素质是综合的，开枪只是最基本的技能。"唐晓军看看远处的山坡，跟着萧剑林走了。

10

赵小海上尉站在车上，拿着望远镜看着山坡。八九个特战队员戴着黑色贝雷帽，脸上画着伪装油彩，手里拿着迷彩色的95自动步枪排成扇形，在搜索着什么。班长拿着对讲机："黑鸟，有什么发现？"

"你的9点钟方向。草的颜色不太一样，有白色的物体。"赵小海拿着望远镜说。

"收到。完毕。"班长举起对讲机，指着一个方向，其余的特战队员快步开始搜索，草丛"哗啦啦"响。班长突然骂了一句，退后用刺刀挑起来一张用过的手纸："鱼鹰，他在这里解的手——其余的躲开点儿，小心地雷！"赵小海苦笑："这个兔崽子！绕开那里，继续搜索。"

萧剑林跟唐晓军过来，跳上车。赵小海转身敬礼："萧副大！"萧剑林接过望远镜："怎么样？谁在训练？"赵小海回答："葛桐。"萧剑林笑了笑："那小子？"他举起望远镜看山坡。唐晓军好奇地看着："这是在找什么？"

萧剑林拿着望远镜在观察："伪装潜行，狙击手的基本技能。狙击手在敌后单独活动的时候，经常要通过封锁，也会受到敌人搜索队的围剿。伪装潜行对于狙击手来说非常重要，在不惊动敌人的情况下通过危险区域，完成狙击任务并且可以全身而退。"

"那里有人吗？"唐晓军看着这一片山坡，有点儿怀疑。"咣！"随着辨别不出来的细微枪声，山坡上的一个钢板靶清脆落下。唐晓军吓了一跳。山坡上的特战队员茫然观察四周，没有任何动静。萧剑林喊着："注意你们的10点钟方向，我看见他了！快！"班长一挥手，战士们跟着他摆开扇面快速跑过去。班长跑到跟前，又挑起一顶迷彩奔尼帽："他的帽子，下面还有半个爬满蚂蚁的肉包子——他在这里吃的早饭。""咣！"突击车旁的靶子也被击落了。唐晓军下意识伸手摸住腰里的手枪，萧剑林笑笑："你的反应不慢，但如果是实战，你已经挂了。"他转向山坡高声喊，"好了，你赢了！出来吧，现在让我看看你藏在哪儿？"

车前很近的地方，草丛在响，一个全身插满草、穿着吉利服的战士抱着伪装好的狙击步枪站起来："026特别突击队员，狙击手连一排排长葛桐少尉！请萧副大指示！"

萧剑林笑着还礼："少尉，你告诉我，你怎么敢距离敌人这样近的？"

葛桐目不斜视："报告！您教育我们，越危险的地方越安全！"

萧剑林点点头："你的这个科目是满分。"葛桐也喜形于色："谢谢萧副大！"

唐晓军看着葛桐："你是'刺客'射手？"葛桐看看这个穿便装的男人，有些诧异："报告首长，不是！我是'响箭'射手。"唐晓军倒吸一口冷气："响箭都这么厉害？"萧剑林对唐晓军的震惊很满意，他对葛桐说："少尉，你可以回去继续训练了。"葛桐敬礼："是，萧副大！"他转身跑步走了。

赵小海敬礼："萧副大，您还有什么指示？"萧剑林说："去继续训练吧。"赵小海跳车离开。唐晓军叹口气。萧剑林看他："怎么了？"

"一方面，作为中国人，我为你们这支军队自豪；另外一方面，作为刑警队长，我为你们这些精悍特种兵退伍以后担心。假如这些战士有犯罪的，我们这些警察可就真的瞎了。看来真的只有来找你们才能解决问题。"唐晓军感叹。萧剑林脸上的骄傲消失了："世界各国的特种部队都出现过这种悲剧。我不喜欢看到这种悲剧，但是我无法阻止这种悲剧的发生。对于军队来说，这种悲剧几乎是无法避免的。战士的性格各异，而性格决定命运。在锻造他们成为战争利器的同时，我也不得不面对这些或许是无法避免的悲剧。"

"我能理解，我也抓过犯罪的警察。"唐晓军说。萧剑林看着山坡的荒草："不一样。拿韩光和蔡晓春来说，他们是我最喜欢的两个狙击手之一，是我一手培养的。他们的自相残杀，是我不想看到的；而我，不仅要面对这场自相残杀，还要卷入其中。"

唐晓军拍拍萧剑林的肩膀："这或许是战争与和平的矛盾。"

萧剑林苦笑："还是个人的原因，不是所有退役的特战队员都会犯罪的。所以在我们内部，处理这种事情都有了专有名词。"

"什么？"

"清理门户。"萧剑林甩下这句话，跳下车走了。

"清理门户？！"唐晓军重复一遍，不禁打了个冷战。

11

几十个剽悍的黑色贝雷帽特种兵肃立。萧剑林面对队列点名："赵小海！"那个赵小海出列："到！"萧剑林又点名："葛桐！"葛桐出列："到！"萧剑林挥挥手："你们两个整理一下，跟一排待命。"赵小海带着葛桐的一排跑步走了。唐晓军觉得头皮发麻："你真的要派一个排的武装特种兵去滨海吗？世界经济论坛马上要召开了，各国政要和经济界领袖都在滨海。"

萧剑林看看唐晓军："如果非得要同时对付山鹰和秃鹫，还有一组装备精良的亡命徒——我想这是一场恶战。"

唐晓军感叹："我知道你训练出来的狙击手很厉害，但是我不知道有那么厉害。"

萧剑林淡淡地说："因为，你不懂得——精华——这个词的含义。"他转身上车，"我们去找大队长，部队和平时期的武装调动需要一系列复杂的正式命令。"

唐晓军跳上伞兵突击车，萧剑林开车向山坡下冲去。到了大队部。王大队长听完萧剑林的行动方案没有说话。他看看萧剑林，又看看唐晓军。片刻，他问："世界经济论坛什么时候召开？"唐晓军回答："三天后开幕。"

王大队长看着他："你知道调动一个整编的特战排去执行任务，需要多少手续？等到我把这些程序走完，世界经济论坛差不多也要闭幕了。"

唐晓军咽口唾沫："那怎么办？我们……"王大队长摇头："中央首长也要出现在滨海，那就更不要想了。除非我的上级首长们都不想干了，否则从哪个角度说也不会批准这个武装特战排在这个时候去滨海的——你要明白我这句话的含义。不出问题，我要被撤职查办；要是万一出丁点儿问题，我是要掉脑袋的。"萧剑林看着大队长，不说话。

王大队长看看唐晓军，脸上没什么表情："我知道你们需要我们的帮助——萧剑林，你有没有探亲假？"

萧剑林脚跟一碰利索地说："报告！我三年都没休假了。"

王大队长把一沓稿纸扔在桌子上："我批你的探亲假。你现在就写报告，我签字。"

"是。"萧剑林拿过来就写。

唐晓军就有点儿蒙了："现在让他们休假？"

"赵小海也有段时间没休假了——他是你手下的连长，你看着办。"

王大队长还是没什么表情。

萧剑林忍住笑："是。葛桐……好像也好久没休假了。"

王大队长说："一个少尉排长的事情，你也要问我？你去吧。"他挥挥手，萧剑林拉了一下发蒙的唐晓军，出去了。

二人一出门，唐晓军就着急地问："你们都休假了？滨海的事情到底怎么解决啊？"萧剑林示意他压低声音，将他拉到外面："听着，我和两个干部休假，自费去滨海旅游。通缉令发布以后，我和这两个干部自告奋勇去找你们请战——明白了？"

唐晓军反应过来："但是……你们三个人，够吗？"

萧剑林苦笑："总比没有强。你们还有特警队，是韩光带出来的，我想还是可以用的。"

唐晓军虽无奈，但还是点了点头。四个人当天就赶往滨海市。在飞往滨海的客机上，唐晓军把资料夹交给萧剑林。萧剑林看着葛桐："你知道'山鹰'这个代号吗？"

葛桐点点头："知道，萧副大！是我的前任排长，刺客韩光！"

萧剑林把韩光的照片递给葛桐："他是你的目标。"葛桐愣了一下。萧剑林又问："秃鹫你了解多少？"

葛桐声音发飘："是……山鹰的观察手。"

萧剑林又把蔡晓春的照片递给葛桐："他也是你的目标。"

葛桐傻眼了。赵小海在一旁一脸沉重地听着。萧剑林拍拍他："我们是职业军人。"赵小海苦笑，点头。

萧剑林拿过照片，照片中的韩光内敛，冷峻当中带着不可战胜的豪迈。蔡晓春外向，笑容当中带着桀骜不驯的杀气。

萧剑林叹息一声："两个我最出色的兵。"

第八章

───★───

1

蔡晓春仔细拆卸擦洗 56-1 战术改冲锋枪，他面前的桌子上放着他和韩光在特种部队时期的合影。蔡晓春停下手，默默地看着照片。恍惚中，又回到了当初的岁月……

特种部队狙击战术训练场上，韩光、蔡晓春等狙击手集训队员们穿着吉利服在列队。面前是在训话的严林少校："你们经过三个月的狙击手战术集训，已经基本掌握了狙击手的特种作战技能！你们的集训队生涯，即将结束！"

队员们注视严林。

严林说，"明天，会是你们最后的考核！考核的第一名，将会获得'刺客'荣誉称号！"

蔡晓春很激动，韩光很冷峻。

严林继续说，"今天你们的任务是进行准备，时间和科目自行安排。解散！"

队员们解散，自己去准备。严林喊住韩光和蔡晓春："山鹰，秃鹫，你们两个来一下。"

"是！"韩光、蔡晓春走过去。

严林带着他们躲开人群，走到车旁："有个事情，跟你们两个商量一下。"

韩光和蔡晓春都注视严林。

严林说，"你们两个是这次狙击手集训队成绩最好的学生。"韩光立正："谢谢严教。"

"有一件事情，我想跟你们商量商量。"严林说。

蔡晓春两眼放光："严教，又要我们参加实战吗？"

严林笑笑："怎么，那么盼望实战吗？"

蔡晓春挠挠头："是！当兵不打仗，没意思！"

严林说："嗯，这个斗志我喜欢。不过今天是商量，不是任务。"

韩光和蔡晓春注视严林，听他说："你们都是 B 集团军的顶尖高手，也是军首长的心头肉。按说我这样做算是挖墙脚了，不过为了中国陆军特种部队的战斗力，我还是想跟你们谈谈这件事——关于狙击手连。"

"狙击手连？"二人都是一愣。严林点点头："对。我们狼牙特种大队准备组建单独编制的狙击手四连，这是一个特殊的直属连队。全部由顶尖狙击手组成，进行狙击战术的高级专业学习，也和其余的作战连队交叉训练，在作战的时候编组到其余分队。狙击手连也是个种子教官连队，也承担着培训全军特种部队和侦察部分队的狙击手任务。你们有兴趣吗？"两人愣住了，不说话。严林笑笑，"你们都是本部队的精英，说了让你们好好考虑。愿意留下就留下，不愿意留下就回去。狙击手连的训练肯定是非常艰苦的，而且实战的机会也比较多，比普通的特战连队危险程度更高。所以你们确实需要好好考虑考虑，去吧，做准备迎接明天的考核。"

"报告，我愿意参加。"韩光说。严林说："别着急做决定，还是考虑考虑。"

"是。"韩光敬礼。蔡晓春在犹豫。严林拍拍他的肩膀："去吧，不急着你们现在答复。"蔡晓春跟着韩光走了。

黄昏。戴着黑色贝雷帽的蔡晓春坐在坦克训练基地体能训练场的双杠上，出神地看着落日。韩光走过来，敏捷地跃上栏杆："在想什么？"

"我在想，到底是留在狙击手连，还是回集团军。"

"你回去就该提干了。"韩光说。蔡晓春说："嗯，我是在想这个事情。排长，你们都是干部，我是个兵。不管怎么说，你们可以在部队干很多年；而我，到了年头不转志愿兵的话就得退伍。可是你知道，我不甘心做个志愿兵。"

韩光看着他："这些事情，我也不知道该说什么，你自己把握。从内心深处说，我希望我们还在一起；但是如果为你考虑，我希望你回去成为军官。你毕竟22岁了，要为自己的未来考虑了，而且你应该得到更好的发展平台——我看好你。"

"可是我想赢你。"蔡晓春说。韩光笑笑："傻。你回去，我们还能遇到。演习、集训，我们都会遇到。你一样有机会可以赢我。如果你闲着无聊就来找我，我们可以去训练场比画比画。都在特种部队，你还怕这个机会少吗？"蔡晓春在思考。韩光说，"说一千道一万，都不能代替你自己的决定。其实我清楚，那年如果没有我来，你就该是少尉了。现在我决定留下，你……"蔡晓春跳下双杠："不！我不要你施舍我！有你没你，我都该是少尉！我决定了，留在狙击手连！"

韩光纳闷儿地跳下来："这么敏感，你至于吗？"蔡晓春激动地说："至于。我是一个枪手，我要堂堂正正赢你！有你没你，我都该是少尉！我决定了，就留在狙击手连！"

"这不是施舍！这是战友之间的谈心！谈心，你懂吗？我是关心你，不是侮辱你！"

"在我眼里，这就是施舍！因为你来了，所以我没有提干；因为你走了，所以我提干！这不是你的施舍，是什么？"

"蔡晓春，一班长！我韩光什么时候说过侮辱你的话？！你自己想想，这是军队的现实！跟别的没关系！你不要把所有的关心都当作施舍，你不用那么敏感！我知道你很高傲，我也一样！但是我不会敏感到把所有的关心都当作施舍！"

"排长，你说的道理我都懂！但是我决定留下来——我要成为最好的狙击手！不是因为你走了，我是最好的；是因为你还在，我是最好的！"

"我意识到，我说错话了……对不起。"

"不用说对不起，排长。我们是战友，但我们也是对手——我一定要赢你！"

"你要知道，难度很大。"韩光说。蔡晓春问："你怕了？"韩光觉得可笑："我怕？你觉得可能吗？"蔡晓春说："那我就留在狙击手连！挑战你！至于说提干，我相信我在狼牙特种大队的狙击手连一样会提干！我就不相信，我蔡晓春当不了军官——今天，你是我的排长；明天，我是你的连长！"

"我欣赏你的自信……"

"你没说错，在B集团军特种侦察大队，我没有提干，是因为你来了。所以我回去，即便是提干了，B集团军特种侦察大队会永远流传——蔡晓春是因为韩光走了，所以当了排长！我不要任何人看扁我，我要做堂堂正正的军官！而且，要做最好的狙击手，超过你！"

韩光点点头："这是你的决定，别人无权干涉。无论你怎么决定，我都支持你——因为，我们首先是战友！"

蔡晓春举起右拳："也是兄弟！"韩光举起右拳："好兄弟！"两个人的右拳撞击在一起："同生共死！"他们年轻的脸上都是庄严……

"同生共死……"蔡晓春摇摇头，看着手中的子弹，又看看桌上的合影，冷笑。白马匆匆走进来："秃鹫，狼牙……出动了。"

蔡晓春拿起一枚子弹，注视着："最后一颗子弹留给我……"

"什么？"

"狼牙的誓言，宁死不当俘虏。"他站起来，"通知那帮炮灰，在地下室开会。"

"明白了。"白马转身去了。半个小时后，蔡晓春在白马的陪伴下匆匆走进地下室，两个人背着挎包站在台阶上。十几个剽悍的枪手站在台阶下注视着蔡晓春。蔡晓春从自己的挎包里面取出一沓一沓的美金，往下扔给他们，美金都落在地上。枪手们呆住了，看看美金，又看看蔡晓春。蔡晓春面无表情地说："人为财死，鸟为食亡。你们替我卖命，这是你们该得到的。"枪手们面面相觑，又看蔡晓春。蔡晓春说："我舍得花钱，你们舍得卖命吗？"

枪手们激动起来："舍得！""秃鹫老板这么肯花钱，我们兄弟一定肯卖命！""没说的！"……蔡晓春笑笑："拿起来吧，这是给你们的。"枪手们低头去拿，起身都是面带喜色。

"以前我不相信钱，我相信信仰，相信荣誉。"蔡晓春说，"后来我才发现，原来那些都是扯淡！只有钱是真的。钱是个好东西，可以买来享受，也可以买来背叛。"枪手们注视着他。蔡晓春淡淡地说，"我知道你们听不懂，没关系。我曾经为了理想而战，为了信仰而战，为了荣誉而战！但是我得到了什么？得到了一身的伤痕，满心的创口，还有那些一文不值的勋章！得到的是开除了我的军籍。"白马注视着蔡晓春。

"当我不得不离开自己曾经忠诚的军队，却找不到任何容身之所！我不得不重新拿起武器，为了金钱而战！我是什么？是血腥的雇佣兵！现在是被人们嗤之以鼻的国际职业杀手！为了钱，去出卖自己的生命，也出卖自己的灵魂。"枪手们注视着蔡晓春。蔡晓春笑笑，"我要为了自己而战！所以我选择成为幽灵，因为我不要再做廉价的杀手！即便是卖命，也是要为自己卖命！既然我已经是职业杀手，那么所有冠冕堂皇的借口全部滚开！我可以去杀任何人，就看谁出得起更高的价钱！因为我不再相信那些谎言，我只相信钱！"

那些枪手们静静听着。蔡晓春冷峻地看着他们："现在，我的老朋友来了，最艰难的时候开始了。你们怕吗？"拿着美元的枪手们高声喊："不怕！"蔡晓春又说："中国陆军'狼牙'特种部队的萧剑林中校，我的老营长，他来了。同行的还有陆军上尉赵小海，我的老连长；陆军少尉葛桐，我没打过交道的晚辈。再加上我昔日的战友韩光，这真的是一场热闹的战友聚会！"枪手们有点儿毛骨悚然。蔡晓春拿过白马的挎包，打开往地下倒——都是美元。枪手们的眼直了。蔡晓春倒完美元，丢掉挎包："你们有胆量参加这场聚会吗？"

枪手们的勇气来了："有！"蔡晓春笑笑："去吧，还有更多的钱等着你们去赚。"他转身上去了。白马扫视着枪手们："现在，我安排一下你们的行动计划……"

2

清晨的街头，一群小混混蹲在路边抽烟。一辆奔驰在远处停着，黑豹坐在里面。钟世佳搂着一个女孩儿从街边旅店出来，那帮小混混一起站起来。女孩儿大惊："啊？！"带头的高喊："就是他撬我马子——"混混们冲上去拳打脚踢，女孩儿尖叫一声掉头就跑，消失在街道拐角。钟世佳跟他们扭打在一起。小混混们人多势众，围着钟世佳一阵暴打，钟世佳只好抱着脑袋窝在地上。黑豹发动奔驰像旋风一样急速驶来。"吱"——奔驰停住了。小混混们吓了一跳，带头的喊："你瞎眼了？会不会开车啊？！"黑豹戴着墨镜下车，一身的白色休闲西服显得风度翩翩。带头的指着他的鼻子骂："找死啊你？！滚蛋！"钟世佳鼻青脸肿，睁开眯缝的眼看着陌生的黑豹。黑豹看着钟世佳，毕恭毕敬地问："要他们死，还是要他们活？"

"你……你是谁？"钟世佳丈二和尚摸不着头脑。带头的举起铁棍砸过去："你他妈的算什么东西？！"黑豹敏捷地闪身躲了过去。另一个黄毛甩手又抽去，黑豹这次不再躲闪，右手一把抓住了铁棍。黄毛再抽，抽不动了。黑豹一个弹踢，踢在黄毛裆部。黄毛惨叫一声捂着裆部倒下，黑豹抄起铁棍举起来就要砸向黄毛的脑袋。钟世佳急忙喊："要活的——"

"是，少爷。"黑豹起身，丢掉铁棍。钟世佳一脸懵懂："少爷？"

那帮小混混冲了上来，黑豹赤手空拳在一片铁棍当中穿梭，都看不清楚他是怎么出手的，铁棍、片刀已经掉了一地，那帮小混混也都龇牙咧嘴倒在地上。黑豹身上的白色西服居然还一尘不染，墨镜也没摘下来。他冷冰冰地说："少爷要你们活，你们捡了一条命，滚。"

这帮小混混急忙起身跑了。黑豹走向钟世佳，伸手拉他起身。钟世佳看着陌生的黑豹："你是谁？"黑豹摘下墨镜："少爷，我已经宣誓效忠您。"钟世佳说："什么少爷不少爷的？"黑豹恭敬地说："少爷，我是黑豹。"钟世佳急了："你他妈的到底是谁？这到底怎么回事？"

黑豹颔首："少爷，这些事情还是何先生跟您说比较合适，我负责您的安全。"

"何先生是谁？"钟世佳问。黑豹回答："您的父亲。"钟世佳恍然大悟："那个糟老头子？！"黑豹嘴角抽搐一下，但是没说话。钟世佳转身就走："你滚，我不要你跟着我！"

黑豹在后面跟着："少爷，从此以后我就是您的影子。无论您去哪里，我都会跟随在您身边。您的任何命令，我都不折不扣去执行。"

钟世佳怒吼："那要是我叫你他妈的去死呢？！"黑豹二话不说从腰里拔出手枪打开了保险，对准自己的太阳穴。钟世佳脸都白了，惊呼："我操——"

3

严林把唱片放在留声机上，一首苏联时期的歌曲在修车厂上空回荡着。韩光听到音乐，敏感地转过脸，严林站在办公室的窗前看着他。韩光露出惨淡的笑容："很多年我没有听到这个音乐了。Lube 的唱片你从哪里找到的？"

严林从窗户里面翻身跳出来，手里拿着两瓶打开的啤酒。他一瘸一拐地走过来："是我托一个去俄罗斯做生意的客户帮我淘来的。是原版的，他也好不容易才找到的。"

韩光淡淡地说："这首歌总是让我回忆起我们在军队的日子。那时候，我们期待着伴随这个音乐走向战场。"

严林递给他啤酒，韩光接过来，喝了一口，眼中有什么东西在闪动。他合着这个熟悉而陌生的音乐，嘶哑着嗓子唱了起来。这是一首悲情浪漫的俄罗斯音乐，《Pozovi Menya Tiho Po Imeni》（《轻声呼唤你的名字》）是为了纪念苏联卫国战争的无名英雄。音乐带着淡淡的忧伤，却充满了战士的豪迈。严林看着韩光，表情很复杂。韩光沉浸在音乐当中，沉浸在那难忘的回忆当中，泪光隐约在闪动。

修车厂的办公室，纪慧已经沉沉睡去，床边丢着一瓶打开的啤酒——韩光的声音也渐渐小下去了，眼前的视线迷离起来。他坚持着转向严林，充满了疑惑。严林内疚地看着他："对不起，他们绑架了我的儿子。"韩光看着他，张开嘴想说话，却晕了过去。严林默默看着，眼中隐约有泪水。

4

"你别跟着我！"钟世佳对着旁边街道缓慢开着的奔驰车怒吼。黑豹不说话，只是在开车，眼睛不离开钟世佳。钟世佳指着黑豹的鼻子喊："我说过了，你别跟着我！"

"少爷……"黑豹喊。钟世佳怒了："我不是什么少爷！我他妈的就是我自己！我是一个混混！我是一个摇滚歌手！我不是什么少爷！你他妈的愿意当少爷，你去当！"

黑豹看着钟世佳："命是上天注定的。你是何先生的儿子，就是我的少爷。"

钟世佳几乎要被黑豹气疯了："我他妈的压根儿不认识那个老头子！我不愿意当什么少爷，我更不愿意认那个老头子当爹！你给我滚！你们都给我滚——"

黑豹看着他："你的血管里流的是他的血。少爷，这是改变不了的事实……"

"滚！"钟世佳"咣"地一脚踢在奔驰车门上，踢出一个坑。后面警笛响起，开着摩托的交警停在车前。他诧异地看着黑豹和钟世佳，黑豹急忙下车："我们私了。"交警低头看看车门："他这脚可不轻啊，你真的不要报警？"黑豹说："我说了，我们私了。"交警接过黑豹的证件仔细看看："外国人？"黑豹说："是，这是国际驾照，在中国大陆短期有效。"

交警在PDA掌上电脑查验，PDA上显出黑豹的照片和外文资料。交警点点头，看看钟世佳，对黑豹说："如果你需要报警，请你拨打110，我们会在最短时间内赶到，希望你在中国大陆旅游愉快。"他骑上摩托走了。

黑豹转身，看着钟世佳："少爷，你还是按照你自己的方式正常生活。我不会干涉你，你可以把我当作并不存在的影子。只要你不遇到麻烦，我是不会出现的。"

钟世佳暴怒地喊："我再说一次，我不是什么少爷！我是我自己！我不需要你保护，我他妈的活得自由自在习惯了！滚！"黑豹默默站着，不说话。

钟世佳看着黑豹，突然掉头跑进小巷子中。黑豹大惊失色，转身上车发动机器。他打开车上的GPS，看着这片儿的地图，一脚踩下油门，银色奔驰一下子冲出去。钟世佳在小巷里面没命地跑，不时地撞击身边的行人，招来一片骂声。黑豹在已经繁华起来的路上高速开过，看准一条单行线逆行就开过去。钟世佳跑得气喘吁吁，他翻身上了旁边的围墙，跳过去继续跑。黑豹驾车跟一辆白色福特擦肩而过，司机破口大骂："你他妈的会不会开车啊？！"黑豹压根儿就不减速，高速开了过去。

钟世佳没命地跑，泪水不断地流下来。他曾经多么希望父亲的出现，然而无数次的失望，让他对这个现在出现的父亲和他的手下充满了恨意。这种恨在他内心深处燃烧着，几乎爆裂出来。于是，他只能在这个破落的小巷子里没命地跑，一如逃避他害怕的即将降临的命运。

5

"猎隼呼叫秃鹫，山鹰已经落网……完毕。"严林拿着电台的话筒，声音很苦涩。随着无线电静电的"噼啪"声，蔡晓春的声音传出来："秃鹫收到，我很快就到。完毕。"

"我希望你遵守诺言。"严林的眼里有泪光闪动。

"我得到山鹰就释放你儿子。完毕。"

"猎隼收到，通话结束。完毕。"严林手里的话筒无力地垂下来。

韩光趴在厂区的空地上，陷入昏迷；纪慧躺在办公室的床上，陷入昏迷。严林复杂地看着窗外的韩光："对不起，我出卖了你……"韩光浑然不觉。严林的眼睛转向墙上的照片，有他在特种部队和韩光的合影，也有分队的合影……严林眼中有泪光隐约闪动。

——戴着黑色贝雷帽的严林少校意气风发举起右拳："同生共死！"

"唰"——20个穿着吉利服、插满杂草的狙击手肃立在他的面前，举起右拳齐声宣誓："同生共死！同生共死！同生共死！"……

严林闭上眼睛，嘴里喃喃地念着："……同生共死……"他再睁开眼睛，看见了自己和儿子的合影，儿子天真的笑脸让他这七尺男儿不禁泪流满面。

6

萧剑林带领着赵小海和葛桐跟着唐晓军走出机场通道。萧剑林拿着PDA掌上电脑，点着上面的地图："如果我没有判断错的话，韩光会来这里求援。"唐晓军问："这是哪里？"

"是已经转业的严林少校，他是狙击手连的教官。韩光和蔡晓春都是他一手培养出来的，他们是生死之交！"萧剑林说。唐晓军问："也就是蔡晓春也会去那里找韩光？"

"肯定会的。"萧剑林果断地说，"通知你们的特警队，去那里待命！我们需要支援，万一遇到蔡晓春的人，肯定是一场恶战。另外，通知他们带三套狙击手的装备来！"

唐晓军点点头："明白……黑贝呼叫总部，黑贝呼叫总部。紧急情况，立即命令特警队到981区域。重复一遍，这是紧急情况……"

萧剑林看了唐晓军一眼："你的代号是黑贝？"唐晓军苦笑一下："我们高局长喜欢养狗。"萧剑林好奇地问："他的代号是什么？"唐晓军说："松狮。"萧剑林差点儿没喷出来。

来迎接的警车早已在机场外停下，四人边说边出了机场。一上车，萧剑林就进入了状态："一级战斗准备！"赵小海和葛桐重复着，开始检查手里的微冲。萧剑林拔出手枪上膛，对司机指示着方位。唐晓军检查自己的手枪，手都有点儿颤抖。

萧剑林看他："你应该有过枪战的经验？"唐晓军苦笑："跟黑社会枪战的经验。"

萧剑林淡淡一笑："跟在我后面——葛桐，你是尖兵！赵小海，后卫！这是真正的战斗，都打起精神来！"二人大声回答："明白！"——警车呼啸着全速前进。

7

严林把韩光拖到办公室里，靠在门边喘息着。韩光微微睁开眼睛，看着严林。严林躲开韩光的注视："不要怪我，我只有一个儿子。"韩光张开嘴却说不出话，苦笑了一下。

"秃鹫答应过我不会杀你。"严林不敢看韩光。韩光的视线转向纪慧。严林看着纪慧苦笑："我不知道秃鹫会怎么对待她。"韩光看着严林，摇头。

"山鹰，我没办法，我保护不了她。我的儿子在秃鹫手里，你也了解他……他真的下得了手的……"严林苦涩地说。韩光眼巴巴地看着严林，摇头。严林转过身去，呼吸急促。

从窗户看过去，两辆载着枪手的越野车已经远远出现在山路上。纪慧还在昏睡。

8

战斗警报凌厉拉响。特警队员们飞奔上车。薛刚坐在直升机上对着耳麦："所有同志注意！军方支援的特战小组已经逼近战区，担任战术侦察任务，我们是武装突击！"

特警队员们的黑色面罩都卷在头顶，握紧自己的武器，年轻的脸上肃穆庄重。薛刚举起自己的右拳："狭路相逢勇者胜！"年轻的特警队员们举起右拳齐声怒吼："狭路相逢勇者胜！"薛刚的右拳伸出食指，在空中挥动打出手语："出发！"满载着特警的车队出发了。

"检查自己的装备！除了通信装备和武器弹药，其余的一律放在直升机上！完毕。"特警队员的耳麦里传来薛刚的声音。特警队员们开始清理身上的装备。薛刚把战术背心里的手铐、电棍等全部取出来，他"哗啦"一下拉开手里的 95 自动步枪保险："兔崽子，来吧！"

9

越野车车门打开，手持武器的蒙面枪手跳下车围住了办公室，严林站在门口冷冷地注视他们。大个子头目举起枪："举起手，出来！"严林的目光很冷峻："我是前中国陆军特种部队少校，我的条令当中没有举手这条！"

大个子换了一种方式："少校，请你出来，我们要清场，这里已经被我们接管！"

严林怒吼："秃鹫在哪儿？！让他来见我！"大个子说："少校，我不重复第二次！"

两个枪手冲过去，推开严林。他们拖起韩光，韩光被拖到外面，无助地看着严林，严林没有表情。

韩光摇了摇头。严林没反应。

大个子看着严林："少校，很遗憾你承受这样的伤感。再会！"

严林冷冷看着他。大个子再次挥手，一个枪手拔出手枪冲进办公室，他的目标是纪慧。严林突然捡起桌子上的大扳手，迅猛地砸向枪手头部。枪手猝不及防，闷声倒地。大个子脸色一变，只见严林迅速拔出他怀里的手枪，拉开枪栓，出枪就是一连串急速射。他急忙后倒滚翻，其余的枪手赶紧找掩护。大个子躲在死角高喊："操！你他妈的不想要儿子的命了？！"

严林倒在地上手枪对准外面："我现在就要见我儿子！否则，这里就是战场！"

大个子高喊着："你一个，我们还有5个！你以为你能赢？！"

严林用枪声回答。大个子急忙闪在一边，子弹打在他刚才的位置，水泥渣子四溅。大个子愤怒了："你这个杂种！"一个枪手掏出来手雷，大个子制止他："秃鹫说过，不要伤害猎隼的性命。"枪手说："他不会投降的。"大个子看着被他们按着的韩光："他投降不投降不关键，我们要的是那妞儿！"他冲严林喊，"猎隼，我跟你做个交易。"

"让秃鹫过来跟我说话，你们没资格和我做交易！"严林高喊。大个子说："我要里面那个女人。"严林喊："你有什么可以和我交易的？！可笑！"大个子一把拉起来韩光，站在韩光的身后用手枪对准了他的太阳穴："山鹰的命！把那个女人交出来！"

"秃鹫要的是山鹰，你开枪试？！"严林的声音在颤抖。

大个子打开保险："反正我也不喜欢这个兔崽子！不信你试试？！"

一道反光稍纵即逝，韩光的眼睛飘向对面的山坡，眯缝起来。

山坡上，萧剑林放下望远镜："他们控制了韩光。"唐晓军卧在他的身边，紧张地问："我们怎么办？"萧剑林对着葛桐和赵小海说："前进，听我枪响开始动作。"葛桐和赵小海抱着微冲，潜行下山，他们的速度很快，但是动作轻盈，如同山地的猴子一般灵活。萧剑林冷酷地举起手枪，寻找射击点。唐晓军看看距离："这能行吗？已经超出有效射程了。"

萧剑林不说话，继续瞄准。下面的严林和大个子还在僵持，赵小海和葛桐已经潜行到山下厂区旁的灌木丛里面。萧剑林果断扣动扳机。"砰！"子弹旋转着飞出枪膛。弹头跟随风向旋转，在空中划出一道弧线。"噗！"大个子眉心中弹，猝然栽倒，其余的枪手急忙对着山坡上射击："狙击手！""有狙击手！"萧剑林在迎面而来的弹雨中岿然不动，保持跪姿射击姿势。四周不断有子弹命中的炸点，树叶也在"唰唰"下落。他再次扣动扳机，"砰！"一个跑动的枪手腿部中弹，惨叫倒地。"嗒嗒……"手持微冲的赵小海和葛桐突然闪身出现，枪手们措手不及，四散着找掩护。两人在快速跑动当中交替掩护冲到办公室后面，密集的弹雨立即覆盖他们刚才跑过的位置。赵小海更换弹匣："兔崽子们还真热闹！"

萧剑林双手举枪开始连续射击，缩在下面的唐晓军急忙起身，拔出手枪，跟着开始密集射击。两支手枪开始火力掩护，吸引对方的弹雨。枪手们对着山坡上开始猛烈射击。躺在地上的韩光突然睁开眼睛，顺手抄起大个子丢在地上的冲锋枪，紧贴地面"嗒嗒"扫出一个扇面。

对面有人惨叫。严林从办公室探出手枪开始射击。韩光一个鲤鱼打挺起身，快跑几步，一个鱼跃前滚翻就跃进了窗户。密集的弹雨紧跟着进来了，办公室里一片狼藉。纪慧也被吵醒了，她挣扎着想起身。韩光一把把她拉到地上压在下面，子弹"嗒嗒嗒嗒"扫射过去，床上立即一片狼藉，弹洞密布。严林看着韩光："你？！"

韩光苦笑："对不起，我没有喝，因为我有一种不好的直觉……"严林笑了："山鹰就是山鹰！"他一脚踢开被打得稀烂的立柜，"从这里走！"一个地道豁然显现在眼前，韩光一愣。严林脸上已经没有那种无奈和苦涩，而是一种冷峻："别忘了，我教过你——一个狙击手，要给自己留下最佳的撤退路径！"韩光把纪慧扛在肩上，跟着严林下了地道。

那边，赵小海和葛桐正跟枪手密集交火。两个人都是身手矫捷，虽然人数和武器都居于劣势，但显然已经与对方僵持。直升机由远及近，唐晓军抬起被弹雨压制的头惊喜地喊："是我们的人！"萧剑林躺在地上更换弹匣："最难熬的时候过去了，我们冲下去！"两个人起身，冲向山坡下面。

飞机上，薛刚对着耳麦："压制射击！"手持自动步枪的特警队员们对着下面躲闪的枪手开始连发射击。一个枪手被弹雨覆盖，抽搐一般地倒地。直升机悬停在厂区上空，大绳抛下来，身着黑衣的特警队员们顺着大绳敏捷地滑下来，占据有利地形雇佣兵们交火。形势立即逆转，枪手们陷入特警队员的重重包围。双方在激烈交火，枪手们不断中弹、惨叫……他们四面受敌，包围圈也越来越小。枪声逐渐平息下来，特警队员们慢慢收拢包围圈。薛刚拿着高音喇叭："放下武器，留你们一条生路！"

萧剑林慢慢靠近，贴在赵小海身边。葛桐已经做好出击准备："萧副大，只要一个冲锋，他们就全完了。"萧剑林看唐晓军："要活口吗？"唐晓军急促地说："我需要线索！"

那边，枪手们都受伤了，躲了起来。枪手甲吐出一口血："我们……出不去了……"枪手乙说："投降吧……"枪手甲哼了一声："投降？我们的罪，枪毙十个来回还富余……"枪手丙说："我早就说过，秃鹫的美元不是那么好挣的……"他们对视一眼，突然一起站起来对着特警队员猛烈射击。萧剑林急忙高喊："不要开枪！"但已经晚了，特警队员手里的武器喷出烈焰，三个枪手在弹雨中抽搐倒地。唐晓军高喊："停火！停火！"枪声平息了，一片狼藉。特警队员们小心搜索过去，那些枪手都已经挂了。唐晓军起身："真是一群亡命徒啊……"

"这里有地道！"一个特警队员在屋里高喊。他们跑进去，发现了地道的入口。萧剑林拿手电照了照。唐晓军问："派人下去？"

"先让我的人探路吧。"萧剑林苦笑,"我教过他们,在撤退的路上一定要设机关。"他挥挥手,葛桐接过对讲机,戴上耳麦下去了。剩下的人关注地看着。

"有陷阱!已经排除!"……对讲机里不断传来葛桐的报告。

萧剑林说:"我们出去透口气吧。小海,你在这儿盯着。"

萧剑林跟唐晓军出去了。外面,薛刚和他的特警队员正在收拾现场。薛刚看萧剑林,敬礼:"萧副大,我们又见面了。"

萧剑林还礼:"薛队,我把我最好的狙击手交给你,不是为了今天。"

薛刚无语。

萧剑林苦笑:"现在说什么都没用了,我唯一的希望是不要亲手击毙他们当中的任何一个。"

10

严林一脚踢开地道尽头的木质隔板,水声立即传过来。韩光背着纪慧跟着他跳进去,立即踩在齐膝盖的污水里。严林回头笑笑:"这是滨海的地下污水处理系统,所有的追踪到这里就会中断。警犬在这里也起不到任何作用,道理不用我再告诉你。"

"你准备了多久?"韩光跟在他后面走。严林说:"从我决定在滨海定居开始,我就准备了这个逃生线路。不是因为我做了什么犯法的事情,或者是我有仇家追杀,而是一种思维习惯,一种无法摆脱的职业本能。没想到,今天真的用上了。"

韩光在微弱的光线下环视了一下,整个地下污水通道四通八达。纪慧在韩光背上微微睁开眼睛:"我们要逃到哪儿?"严林头也不回地说:"有一条快艇,我事先就准备好了。我有一个落脚的地方,谁也不知道。里面有一些应急准备,不过没有武器弹药。"

纪慧很惊讶:"你们到底是什么人?为什么准备得这么充分?"

"陆军特种兵,虽然……是前陆军特种兵。我教育他们如何在敌后生存,这些都是我教过他的。"严林眼里闪过一丝久违的豪气。韩光笑笑:"你是个好教官,身体力行。"严林不说话,继续往前走。韩光问:"你儿子怎么办?"严林停下来,心里被刺了一下。韩光把纪慧塞给严林:"你照顾她,我去换回你儿子!"

严林一把拽住他:"不行!既然我已经做出决定,我希望你不要走回头路!"韩光看着严林。严林说:"不走回头路,因为在敌后你不可能回头。"

韩光看着他的眼睛:"你教我们的。"

严林点点头:"我们只能前进,不能回头!"

11

钟世佳气喘吁吁，接过小贩递给他的矿泉水大口喝下去。他汗流浃背，撑着小贩的冰柜慢慢坐下了。他举起矿泉水浇在自己的长发上，逐渐恢复过来。他起身摸身上，糟了！钱包没了！他看老板。老板也看他："一块五。"钟世佳不好意思地笑笑："我……没带钱……"老板奇怪地看他。钟世佳不好意思地说："我改天给你送来吧，我钱包掉了。"老板急了："你没带钱买什么水啊？！我是小本生意不容易啊！"钟世佳尴尬地笑，慢慢往后走退："我知道，我知道！"老板一把抓住他的胳膊："站住——不给钱你别想走！媳妇，打电话报警！"

啪！一张100元面值的人民币拍在冰柜上。老板和钟世佳都愣了一下，黑豹戴着墨镜站在小店门口："这是他买水的钱，不用找了。"老板咽了一口唾沫："你，你们这是干什么？我要报警了……"黑豹又抽出一张100的拍在上面："这够不够？"老板赶紧点头："够！够！"黑豹拉着钟世佳就走出了小店。

钟世佳疲惫不堪但还是甩开黑豹，他看见路边的奔驰已经伤痕累累。黑豹站在他身后不说话。钟世佳回头："你干吗要跟着我？"黑豹恭敬地说："只要你不试图摆脱我的保护，我绝对不会追你。"钟世佳哭笑不得："你知道刚才你那两百块能买多少水？我现在真怀疑你的脑子有问题了！"

"少爷，只要能让你摆脱麻烦，多少钱都在所不惜。这是我的工作。"

"操！别以为你们有几个臭钱就可以忽悠我，我有我自己的生活！我就是吃大排档住地下室，我也愿意！"钟世佳不屑地说。黑豹说："少爷……"

"我说过了，我不是什么少爷！我他妈的就是我自己！"钟世佳转身走了。黑豹看着钟世佳的背影，无奈苦笑。他转身上车，在后面远远跟上，忠实地履行着自己的职责。

12

蔡晓春面无表情看着湖面。白马站在他身后："他们全军覆没了。"蔡晓春拔出手枪上膛，回头快步走向别墅。白马紧跟在他的身后，抢在前面给蔡晓春开门。

"我们职业杀手一定要讲信用！说杀你儿子，就他妈的杀你儿子！"蔡晓春咬牙切齿地说，拿着手枪疾步走进地下室。地下室里，10岁的天宇惊恐地缩在角落里。看守他的枪手在看书，看见蔡晓春进来急忙起身。蔡晓春举起手枪，对准天宇的脑门儿。天宇睁大眼睛，但是却没有躲避。他的眼睛无神，没有光泽，显然什么都看不见，他是先天性失明。天宇睁着无神的大眼睛问："秃鹫叔叔，你要杀我？"蔡晓春的鼻翼翕动，眼睛冒火。他的手枪在微微颤抖。两个部下互相看看，转身出去了。天宇还是睁着那么无神的眼睛对着蔡晓春，蔡晓春的枪口顶着天宇的脑门儿，却迟迟无法扣动扳机。突然，他抽回手枪退膛。天宇的眼睛没有恐惧，只是一滴眼泪落下来。蔡晓春把手枪插回腰里，冷冷地说："你还有用。"他转身大步出去了。白马急忙跟上："秃鹫，下一步怎么办？"

蔡晓春咬牙切齿地说："电台呼叫猎隼，让他拿韩光交换儿子！"

"猎隼肯定是不会出卖山鹰的啊？"

"我不是要猎隼出卖山鹰，我是想要山鹰自投罗网！依照山鹰的性格，他不会坐视不管的！"

"明白了，我去安排。"

"另外，实施备用方案，我要做到万无一失！"蔡晓春说。白马点头："明白了。"他转身去了。蔡晓春注视湖面："山鹰，是你逼我的！这笔账你要算在自己头上！——这次我们的新仇旧恨都要做一个了断了！"

第九章

—★—

1

　　"对不起，您所拨打的用户已关机。"林冬儿烦躁地挂上手机，心神不定。轻微的敲门声响起，王欣在外面提着饭盒喊："冬儿，冬儿，你没睡吧？知道你肯定睡不着，我给你送午饭来了。"林冬儿不说话，看着窗外。王欣继续小心敲门。林冬儿大声说："我不饿！"敲门声中止了，但王欣没有离开，他停了片刻，继续说："冬儿，我知道你心情不好。但是什么都会过去，你要保重自己的身体啊！不管发生什么样的事儿，我都会陪在你身边的……冬儿，你开门，我跟你说句话成吗？"

　　林冬儿烦躁地开门："我想一个人安静一会儿。"王欣吓了一跳，提着饭盒站在门口："冬儿，你开门了？"林冬儿摇头："你走吧，我不想吃。我的事情我自己解决。"王欣说："那我把饭给你留下？"林冬儿苦笑："随你吧。"王欣走进去放下饭盒，转身看着林冬儿。林冬儿叹气："好了，你出去吧！"王欣看着林冬儿，呼吸急促："冬儿，我……"林冬儿看都不看他："出去吧，我心里烦。"王欣咽口唾沫，说："我是真的喜欢你！"林冬儿大声说："王欣，我心里真的好烦啊！求你了，让我安静一会儿！"王欣无语，转身出去了，回头："冬儿？"林冬儿关上门，靠在门边又拨打电话，依旧是关机。林冬儿靠在门上，眼泪慢慢流下来。

2

　　两辆越野车开进医院停车场。几个戴着墨镜的剽悍男人下车，他们径直走进医院大厅。王欣在跟护士说着什么，那几个剽悍男人进来径直走向后面。王欣注意到了他们，疑惑地看着他们的背影，跟护士说："你先按照我说的去做吧。"护士点点头走了，王欣大步跟在那些男人后面。那几个男人大步走着，手都插在兜儿里。王欣在后面拐角探头，其中一个男人的右手露出了枪柄。王欣呆住了，急忙缩回脑袋，他拿出手机拨打……

林冬儿拿着手机在想事情。手机不断地响。林冬儿拿出来看看，上面显示的是"王欣"，林冬儿烦躁地按了拒接。王欣听到手机里面说："对不起，您拨打的用户正在通话。"他看着走远的那几个男人，满头是汗，又急忙发短信。林冬儿的手机又响起，是短信，她打开来看，短信内容是："危险，速离。"林冬儿呆住了。她打开一条门缝，宿舍走廊里有几个剽悍的男人走了进来。一个穿睡衣的护士从厕所出来："哎，你们是干吗的？谁让你们进来的！出去！出去！"一个枪手拿出手枪对准她，护士"啊"了一声呆若木鸡，剩下的几个男人径直往前走。林冬儿关上门，瞪大眼，外面的脚步声越来越近，林冬儿看向窗口，她大步走过去，往下看，楼很高。

"冬儿！冬儿！"王欣压抑的喊声传来，林冬儿四处张望。

"在你上面！"林冬儿抬头，王欣在上面说："他们是冲你来的！"

林冬儿着急地说："怎么办啊？"王欣垂下绑好的床单："拴在腰上！"林冬儿望着垂在面前的床单，咬咬牙将它系在了身上……

枪手们走到林冬儿的宿舍门口，拔出手枪上膛。枪手A靠在门边，点点头，枪手B一脚踹开门，枪手A接着闪身进去——屋内没人。窗户开着，窗帘被风吹起来。枪手A冲到窗户前探头张望，下面没人，上面一条床单的尾巴正在拉进去："在上面！"枪手们夺门而出。枪手A指挥着："你们走电梯，你跟我走安全梯！快！"枪手们分成两组匆匆跑去。

楼上，王欣帮助林冬儿解开床单："快走！"林冬儿跟着王欣冲出去，匆匆走向安全梯，两人拼命飞奔下去。枪手B从后面出现，举起手枪扣动扳机。"噗噗！"子弹打在墙上。林冬儿尖叫一声，没命地跑下去。枪手A跑了过来，拉住枪手B："要活的！"两个枪手飞奔追逐。"吭！"地下车库的门被一把推开，王欣拉着林冬儿飞奔出来。林冬儿气喘吁吁："我跑不动了……"王欣拽着她接着跑："快走——"枪手A和B从门里面冲出来，车库只有车没人。两人对视一眼，错开车道，将枪藏在衣服内继续搜索。

柱子后面，王欣把车钥匙塞给林冬儿："我去引开他们！你开我的车赶紧离开这儿！"林冬儿着急地说："王欣……"王欣脱下白大褂，拿在手里。"我不会有事的，他们要的是你！"他看了林冬儿一眼，"脱下高跟鞋，会有声音的。"说完，转身飞奔出去。枪手B听见脚步声，拔出手枪："在那边——"枪手A和B开始飞奔，追逐穿越车辆飞奔的王欣。林冬儿拿着车钥匙流着眼泪，脱下高跟鞋，光着脚跑向王欣的车。王欣飞奔着，甩着手里的白大褂。枪手A和B追逐着，B快跑两步，一把抓住了王欣，将他按在地上："那女的呢？！"

"我，我不知道……"王欣脸色惨白，嘴唇哆嗦。

林冬儿跑到车前，拿起遥控器打开车门。车的警报器鸣叫两声。枪手A闻声回头，正好看见林冬儿匆匆上车："那女的在那边——"枪手B停下，拔出手枪对准车。王欣见状，转身用白大褂罩住了枪手B的脑袋："我跟你拼了——"枪手B被他扑倒，枪脱手掉在地上，两人扭打在一起。林冬儿手忙脚乱地把车钥匙往车锁里插，她的手哆嗦着怎么也插不进去。枪手A已经冲到车头："下车——"钥匙终于插进去了。林冬儿尖叫一声发动汽车，车一下子冲出去，枪手A从车头上摔过去，轿车疯了一样冲了出去。枪手A拿起对讲机："快——我失手了，目标开车离开！"那边，枪手B在对王欣拳打脚踢："他妈的！敢打老子！"王欣被打得跟个沙袋一样。枪手A一个呼哨："走了！"枪手B吐了一口唾沫，拿起地上的手枪跑开。王欣满脸是血，奄奄一息："冬，冬儿……"

医院车库出口，林冬儿开车冲出来，撞断护栏。保安惊呼："哎，哎——干吗呢你？！"车跑了。枪手A和B接着冲出来，保安瞪着他俩："你们又是干吗的？！"枪手A和B同时举起手枪，保安吓得尖叫："啊——"一阵乱枪，保安倒在地上。两辆越野车开来，两个枪手上车："追！"

冲出医院大门的轿车在路上奔驰，车轮由于急速拐弯儿，吱吱作响。林冬儿看看后视镜，越野车追了出来，她惊恐万分，加速。越野车紧跟其后。枪手A探出车窗，举起手枪射击。轿车的后车窗被打出弹洞。林冬儿尖叫一声，前面的车窗也出现弹洞。一辆越野车加速，在前面横住。轿车急刹车，在很近的距离停下。另一辆越野车在后面停下，枪手A和B下车，举起手枪靠拢过来，对准了林冬儿。林冬儿紧张地看着枪手们包围自己，她一咬牙，挂了倒车挡，猛踩油门。枪手B措手不及，被车撞倒，轿车倒出去，枪手B倒在地上，嘴里吐血，挂了。枪手A举枪射击轮胎，林冬儿尖叫着，操纵方向盘。枪手A连续射击，枪手C也举枪射击轮胎。轮胎被打瘪了，车吱吱响着，终于停下了。林冬儿尖叫一声，下车飞奔。枪手A冲过来一把抓住林冬儿摔在地上，枪口随即对准了她。

枪手C赶过来："老大，老大！秃鹫要活的！"林冬儿恐惧地看着他们。枪手A呼吸急促地放下手枪，拖起林冬儿，甩给枪手C："撤！"林冬儿被枪手C拖上车。两辆越野车开走了。远远传来警笛声……

3

一条破旧的快艇高速行驶在海面上。纪慧纳闷儿地问："我们要去哪儿？"

"安全的地方。"韩光回头说。

严林指着前面废弃的码头说："那是一个报废船厂，我的安全点就是那艘船。"

"你什么时候开始准备的？"韩光观察着四周，没什么异常情况。

"从我转业的那天开始……储存了足够的生活物质。足够一个突击队独立生存一周。"

"没人知道这里吗？"韩光问。严林的声音很苦涩："从没有人来过。这些我都教过你们，没想到今天真的用上了。"

快艇渐渐靠岸，韩光第一个跳下。他踏在码头上保持跪姿，右手握紧冲锋枪抵肩，左手拉着缆绳，他的枪口随着眼睛的转动迅速转换着方向。艇上的严林也持枪警戒。韩光说："安全。"他把缆绳拴在柱子上，严林这才扶着纪慧下船。他们上了那艘破旧的货轮。韩光持枪下船舱，纪慧跟着韩光走过锈迹斑斑的台阶，小心翼翼下去，当转过舱口，里面突然传出嗡嗡的马达声，下面一片亮。纪慧吓得尖叫一声，韩光扶住了她："发电机。"他们走到底舱，严林笑着说："欢迎来到我的安全点。"韩光环视四周，满满的都是各种军用生活物资。严林拿起一个绿色的桶丢给他："压缩干粮，我相信你永远也不想再吃这个。"

韩光苦笑："我离开部队的时候以为再也不需要吃这种垃圾。"

严林笑道："这就是命运，你摆脱不了的命运。"

"炮灰的命运。"韩光打开桶，拿出一块丢进嘴里。严林说："是有尊严的炮灰的命运。"

纪慧是真的饿了，她拿起一块就吃。压缩干粮的粉末立即弥散开来，呛了她的嗓子，她咳嗽起来。严林拿起一瓶矿泉水递给她，纪慧急忙喝了一口。韩光笑笑，拿起一瓶矿泉水看看："居然没过期？"严林说："每过三个月，我就检查一次。如果有过期的，我就丢掉。当然，以前我们这么做是军费；现在，我是自费。这可花了我不少钱！"

韩光打开矿泉水，一口气喝了半瓶："一天是狼牙，终身是狼牙——这话真的没错。"

严林有些许伤感。韩光循着他的视线看去，是严林和他儿子的合影——天宇虎头虎脑，还穿着军装的严林意气风发。严林黯然："也许秃鹫已经下手了。"

"秃鹫要的是我，不是你儿子的命。天宇在他的手上，他还有赌注；要是他真的下手了，这个游戏他也玩不下去。"韩光说。纪慧缓过来问："这一切都是为了什么？"

韩光看了纪慧一眼说："现在还不知道。我们当务之急是把天宇救出来。"

严林苦笑："救？怎么救？秃鹫是有备而来，他身边有不少亡命徒。我只能算半个战斗力，我们加起来一个半，怎么跟秃鹫斗？更别提救人了。"

韩光的脸上露出特殊的笑容："因为我们准！因为我们狠！"

严林的嘴唇翕动，片刻说："因为我们不怕死！因为我们……敢去死！"

韩光举起右拳："同生共死！"严林的右拳颤抖着举起来："同生共死！"他的声音很坚定，两个拳头撞击在一起。纪慧诧异地看着他们。

4

医院的地下车库里满是警察。一个刑警在对已经缓过来的王欣问话，仔细地做着笔录。唐晓军用戴白手套的手抹上保安的眼皮："抬走吧。"尸体被抬走，地上留下画出来的尸体痕迹。萧剑林蹲在地上，戴着白手套的手捡起一枚弹壳，注视着。赵小海递给他一个装着几枚弹壳的塑料袋："这是在大街的现场搜集的。"

唐晓军走过来问："有什么发现？"萧剑林抬头："UPS，好枪，加了消音器。秃鹫走私进来的武器，只是枪手还缺乏有效的训练。弹着点散布很宽，业余的。"

"除了这些军事上的发现呢？"唐晓军问。萧剑林沉吟着："绑架林冬儿，目的只有一个——要挟韩光就范。"唐晓军盯着他："我们该怎么找到他们？"

"我们试试看吧。"萧剑林站起来，"他们两个都是我最出色的兵，我不敢说有百分百的把握。"

5

林冬儿被摘下眼前的黑布条，惊恐地看着暗淡光线下的世界。她的嘴上还贴着胶条，用力支吾着却说不出话。站在她面前的是一个眼神阴郁的男人。林冬儿看清楚他的脸，像发现救命稻草似的用力挣扎着。蔡晓春露出惨淡的笑容："你认出我来了？"林冬儿拼命点头，想喊"救我"却喊不出来。蔡晓春拿起合影，指着韩光身边的自己："不错，我就是他。"林冬儿的眼泪都要流下来了，她着急地支吾着。蔡晓春缓缓地说："我是秃鹫，是山鹰的战友。我们曾经在一起同生共死，他救过我，我也救过他。我们曾经是一个狙击小组，吃饭在一起，睡觉在一起，甚至还都爱过同一个女人……虽然他后来当了警察，我是职业杀手，我们黑白两道势不两立——但是我真的没想要对付他。我甚至都不接来自中国大陆的生意，因为我不想面对他，面对我昔日的生死兄弟！"

林冬儿的眼泪流出来，在勒着她脖子的壮汉的胳膊里挣扎着。白马表情复杂地看着。蔡晓春保持着惨淡的笑容，慢慢撕碎了照片，松开双手，照片片片落下。林冬儿看着蔡晓春，惊呆了。蔡晓春的笑容消失了："但是——一件事情发生了，改变了我的观点！他动了我的女人！"蔡晓春的眼中几乎冒出火来。林冬儿看着蔡晓春，支吾着疯狂摇头。

蔡晓春拿出百合的照片："她是我的女人……是我的！她从我们在部队开始就属于我！属于我一个人！我是她的第一个男人，我也要是她唯一的男人！她跟着我去海外，跟着我浪迹天涯，无怨无悔……她的名字是百合，百合的意思就是纯洁！纯洁——你懂吗？！"林冬儿害怕地哭着。蔡晓春的眼中隐约含着泪水："但是她……走了！她来找韩光了……还怀了他的孩子……我的女人，怀了韩光的孩子……百合亲口告诉我，那个孩子是韩光的……"林冬儿哭着摇头。

蔡晓春抑制住自己的眼泪："韩光……我的生死战友，我信任他超过信任任何人！我万万没有想到，他居然……会动我的女人！还怀了他的孩子……"林冬儿惊恐地哭着，支吾着。蔡晓春的眼中露出凶残的光："现在，我要让他付出代价！这个代价——就是你！"

林冬儿如同被电击一样呆住了。蔡晓春撕开了林冬儿嘴上的胶条，林冬儿张着嘴，已经失语了。蔡晓春挥挥手，其他人都出去了。白马迟疑着没走："秃鹫，你一定要这样做吗？"蔡晓春不说话。白马叹口气："何必呢？"

"这是我跟山鹰之间的事。"蔡晓春冷冷地说，"你别管这件事，白马。"

白马看着林冬儿，林冬儿两眼无神，彻底呆住了。他无声叹息，转身出去了。

蔡晓春看着林冬儿，林冬儿木然地看着前方。他走过去，凶残地撕开了林冬儿的上衣，露出洁白的肩膀。一滴眼泪顺着她的脸颊滑落，滴在地上的赵百合的照片上……

6

赵百合木然地坐着，面前的餐桌上都是吃的，她却一口也没动。方局长走进来。护士起身："方局长。"方局长点点头，护士出去。方局长看着木然的赵百合说："绝食解决不了任何问题。"赵百合不说话。方局长坐下："你不为自己想想，也该为肚子里的孩子想想。"

"我真的吃不下……"赵百合的眼泪慢慢流下来。方局长说："我知道你心里难过，但你毕竟是一个母亲。不管从哪个角度来说，你都应该善待自己。我理解你现在的痛苦，但是我也相信你有勇气面对这些苦难——你曾经是军人，而且是中国陆军特种兵。"

"我曾经只是个军医……"

"军医也是军人……当作药，你也要吃下去。"

"我真的吃不下……"赵百合说。方局长严肃地说："我是警察，你是昔日的军人。你该明白，我们所做的一切，包括很多人的牺牲……都是为了未来的孩子们。你以为只有你一个人痛苦吗？很多人比你更痛苦，所付出的牺牲是你不可想象的！你在特种部队待过，我的话你该明白——不是只有你在牺牲，所有的人都在牺牲！"赵百合拿起筷子。方局长继续说，"好好想想吧！不管怎么说，孩子是无辜的……"赵百合脸上流着泪大口大口地吃着。方局长默默看着，起身悄然离去。赵百合一边吃一边眼泪不断地往下流。

7

唐晓军、薛刚、萧剑林、赵小海等坐在会议室。

唐晓军一脸沉重地说："我们现在面临空前的危机。秃鹫开始不断地杀人了，韩光的女朋友也被绑架了。而韩光和严林还找不到线索，纪慧跟他们在一起。我们到底怎么找到线索？萧副大，他们都是你昔日的部下，你有什么看法？"

萧剑林想着，说："或许我该换个思路了。"

"什么思路？"薛刚问。萧剑林说："我需要市政设施图。"

张超打开笔记本电脑，点开市政设施的图，他把电脑转到萧剑林。萧剑林看着四通八达的地下污水处理系统研究着："严林的厂子在这儿，那个地道的出口肯定在这儿。"

唐晓军问："你怎么断定在那儿？他也可以连接别的地下设施啊？"

"他需要交通工具和迅速撤离的路线。"萧剑林说，"如果我是他，我会事先挖通连接地下污水管道的地道，这个地道延伸出去——这里，他肯定到江边了。"

唐晓军又问："要直升机去追踪吗？"

萧剑林摇头："没用，我了解严林。他一定准备了船，可以迅速离开危险区域。他肯定准备了很多年了，设置了这条应急逃生路线。"唐晓军目瞪口呆。

萧剑林叹气："他一定有安全点。"唐晓军问："什么安全点？"

"这是我们的行规——在敌后设置的安全点，有一周左右的生存物资，而且设置隐蔽。这是特种部队惯用的战术训练内容，"萧剑林说，"严林……还活在过去。"

"你怎么知道？"

"你刚才不是说了吗？他们都是我昔日的部下，是我训练的。"

"都他妈的是你训练出来的！"唐晓军不禁咒骂。萧剑林说："我是军人，他们也曾经是。我随时准备战争——战争和和平本身就是矛盾，我不能摆脱这种矛盾。磨砺他们成为战争机器是国家赋予我的职责。唐队长，希望你注意自己的措辞。"

唐晓军冷静下来："对不起，我的压力太大了。"

萧剑林笑笑："把压力转化到敌人心里去——记住我的话。"

"那我们现在怎么办？"唐晓军问。萧剑林若有所思地说："监控所有的无线电信号，我相信会有发现。我相信他们不信任手机，也不会信任网络。他们相信的是无线电，而且……我知道他们会采取什么波段，如果我没记错的话。"

"是什么波段？"唐晓军问。萧剑林说："他们小组当年使用的无线电波段。这是他们唯一可以找到彼此的方式。"

8

"山鹰呼叫秃鹫，收到回话。"韩光右手拿着步兵电台的话筒，左手在调整波段。严林关切地看着。韩光抬头："波段有待机电台，但是没有回话。"

"会不会有什么问题？"严林问。严林说："应该不会，秃鹫肯定在电台那边。"他继续耐心呼叫，"山鹰呼叫秃鹫，收到回话。秃鹫，收到请你回话……"过了片刻，蔡晓春的声音传来："我是秃鹫，山鹰请讲。"韩光抬头看看严林："秃鹫，我们现在做笔交易。猎隼很关心小鸟，你放了小鸟，我跟你走。完毕。"

"山鹰，你没有交易的余地。完毕。"

"秃鹫，做事不要一点儿余地都不留。"韩光的声音很冷酷，"我答应你的条件，你释放小鸟。完毕。"

"山鹰，我可以考虑。我们现在商定交易地点，完毕。"

"秃鹫，请使用你我之间的密语。完毕。"

"收到，我相信萧营长也在电台里。完毕。"……

电台里传出四位数字一组的密语。萧剑林看着电台，皱眉。唐晓军问："这是什么？"

"他们两个人之间自己拟定的密语。"萧剑林说。唐晓军问："不能破译吗？"

"能，但是需要时间。我估计破译出来也晚了。"

"那我们没办法了吗？"唐晓军皱着眉头。萧剑林叹气："暂时没有。"

唐晓军烦躁地砸拳。

9

蔡晓春冷峻地看着衣衫不整的林冬儿，抽了一口烟。白马站在门口，复杂地看着。林冬儿的脸上滑过眼泪，没有表情。

"你的男人要见我。你一起去！"蔡晓春拿出手枪检查，转身出去了。林冬儿两眼无神地看着前面，白马走过来，她害怕地往后一缩。白马拿起一件外衣，扔给林冬儿："走吧。"林冬儿看他，木然地说："杀了我……"

白马别过眼："无论发生什么事，生活还是要继续的。"

"为什么要这样……"

白马叹息一声："有些人的命是上天注定的。"

外面三辆车已经发动，在等他们。蔡晓春厉声命令："听着，山鹰不是寻常角色！你们要提高警惕！"枪手们大喊回答："明白！"蔡晓春冷冷看着他们，转身上车。枪手们上车。白马拉着林冬儿出来，上车。车队一辆接一辆出发了。

10

破旧的北京212越野车停在山坡下面。韩光、严林和纪慧下车。韩光指着山头说："你们在上面——猎隼掩护我，纪慧，你自己注意安全。我去见秃鹫，把天宇换回来。"

"小心！"纪慧关切地说。韩光看了她一眼，又看严林："在天宇没到达安全位置以前，你不能开枪。"严林一把抓住韩光的胳膊。韩光笑笑："没事，秃鹫要的不是我的命——一定要注意，天宇走到安全位置你才可以射击！我走了。"韩光上车，径直开往山谷中。

谷底。北京212停在一片鹅卵石上，韩光下了车。远处一片尘土飞扬。随着轰鸣的马达声，三辆越野车高速开来，一字排开停在韩光对面。戴着面罩的枪手们跳下车，排开战术队形，瞄准了韩光。韩光的脸色没有丝毫变化，空着双手看着枪手们，毫无退缩之意，他高声问："天宇呢？！"一个枪手从车里拉出来天宇。天宇的眼睛无神，但是耳朵闪了一下："山鹰叔叔，是你吗？"

"是我！你不要害怕！我来救你出去！"韩光说。

天宇坚定地点头："我不怕。"

韩光问："秃鹫呢？不敢见我吗？"没人回答韩光。

白马指着韩光："你，过来，"又指指天宇，"他，过去。"

韩光看着白马。

白马说："山鹰，我也曾经是军人。所以我不会在这个时候跟你要诈的，交换吧。"天宇向着韩光走去。韩光走向天宇。

山头上。严林手持56-1战术改冲锋枪紧张地瞄准，食指在慢慢接近扳机。韩光跟天宇交错的瞬间，他一把拉天宇到了自己身后。山头上的严林大惊失色："他怎么不就地滚翻？！这个傻子！真的要用自己交换吗？！"纪慧紧张地看着。

韩光不仅没有就地滚翻，相反还举起了双手走向那些枪手。枪手们注视韩光。严林瞄准一个枪手，突然蹲起："等不了了！"他开始速射，连续扣动扳机。"嗒嗒嗒……"枪手们猝不及防，倒下好几个。枪声响起的瞬间，韩光飞身压倒了天宇。他抬头看山坡，非常焦急。但是来不及思考了，他抱起天宇往车上跑。子弹追逐着他的脚步，他低下头启动汽车。汽车玻璃被弹雨打得粉碎。韩光正要开车，枪声突然停了。他来不及想别的，急促呼吸着倒车。

"山鹰——你看看这是谁——"蔡晓春喊。韩光一脚刹车,抬头看去。蔡晓春从车上下来，拉着林冬儿。手枪对准了林冬儿的太阳穴。韩光一惊："冬儿——"

"韩光——你别管我——"林冬儿喊。蔡晓春咬牙："要么你过来,要么她死！"他说着，打开了手枪保险。韩光一下关上发动机，推开车门下车。严林在山头上举起冲锋枪，却不敢射击。韩光高喊："你放开她——我跟你走——"

蔡晓春的手枪对天射击，随即又对准林冬儿的太阳穴："你没有选择的余地！"

"不——"韩光脖子上青筋暴起，"这跟她没关系，战争让女人走开！"

蔡晓春怒吼："是你发动了这场战争！现在战争的主动权在我手里，你没有选择！"

"冬儿？"韩光慢慢走向林冬儿。林冬儿喊："韩光——你别管我！"白马捂住林冬儿的嘴，她支吾挣扎。韩光怒吼:"你对她做了什么？！"蔡晓春冷笑:"跟你对百合做的一样！"

"你这个浑蛋——"

蔡晓春厉声说："最后5秒钟！5、4、3、2……"

韩光举起双手："我跟你走！"

两个雇佣兵跑过去。其中一个举起枪托砸在韩光的腹部，韩光痛得弯下腰，另外一个举起枪托砸在韩光的脖子上，韩光眼前一黑，吐出一口血来。随即他被绑了起来，嘴角流着血，被拖起来，怒视着蔡晓春。蔡晓春冷峻地说："我说话算数，孩子自由了。"

韩光张嘴说话，却含着一口血："浑蛋，你知道你都干了什么……"

蔡晓春冷笑："是你引起的！带走！"

韩光还想说话，被一个黑色的口袋罩住了脑袋。

11

三辆越野车粗暴地鱼贯开来，停在废弃的别墅门口。枪手们陆续下车，蒙着眼罩被反绑的韩光被人直接推出来倒在地上。蔡晓春神色冷峻地走下越野车，他走到韩光面前："解开他。"韩光的眼罩和嘴上的胶条被摘下来，他吐出一口污血，冷酷地看着蔡晓春。蔡晓春冷峻地看着他，突然飞起一脚踢在韩光的下巴上。韩光仰面栽倒，又顽强地爬起身，对蔡晓春虎视眈眈。蔡晓春脸上没有表情："山鹰，没想到我们会这样见面。"

韩光吐出嘴里的血："你这个杂种……"

"我一直以为，你会是高傲的山鹰。我没想到你会做出那样的龌龊事情来！"蔡晓春毫无愧色。韩光怒视着他："你他妈的……你知道不知道你干了什么？"

"杀了一个对我不忠的女人。"蔡晓春的眼神很冷酷。

"你太狠毒了……"韩光咬着牙，"你知道不知道……她怀的是谁的孩子？"

蔡晓春看着韩光，脸上还是没有表情，但是嘴角却抽搐了一下。韩光怒吼："你这个笨蛋！你杀了你自己的女人！"蔡晓春看着他没动。韩光大声喊："你杀了你自己的孩子！"蔡晓春的眼睛在一瞬间凝固了。"唰"——他想起了那夜，在百合家……

"告诉我，这个孩子是谁的？！"蔡晓春的脸在黑暗中扭曲着，双手抓住被绑在椅子上的百合的胳膊摇晃着。百合的长发散在脸前，被汗水浸湿了。她从头发的缝隙中坚强地睁开眼睛，翕动嘴唇："是我的！"蔡晓春狂暴地吼起来："孩子的父亲到底是谁？是谁？！"

"不是你……不是你这个血腥的雇佣兵！"百合的眼中含着泪水，"不是你这个为了金钱可以出卖一切的职业杀手！不是你……这个会这样对我的……男人……"

"是山鹰？！是不是山鹰？！"蔡晓春怒视百合。

百合露出惨淡的笑容："是他又如何？"

"我是爱你的……你知道我是爱你的，我只爱你一个……你为什么要这样……"蔡晓春的眼中噙着泪水。百合缓慢地摇头："我不爱你了……"

蔡晓春绝望地吼出来："不，这不可能！你是爱我的！"

"爱是会变的……我不再爱你了……我对你失望了……"

蔡晓春拔出手枪上膛，枪口顶住了百合胸脯，他扭曲着脸："不！你说——你爱我！"

百合凄惨地苦笑："你杀吧，把你周围的人都杀干净。你杀了我，我也不爱你……你以为，你会杀人就有种了吗？你这个屠夫，你这个……懦夫……你以为你很勇敢吗……你杀人，就是因为你懦弱！你甚至不敢让世人知道，你还活着……你难道还配是个硬汉？是个战士？是个狙击手？"蔡晓春的手枪在颤抖着，脸色煞白。

百合仰起脸，傲慢地注视着蔡晓春："你永远也比不过韩光，他是个真正的'刺客'……真正的'刺客'，不会像你这样滥杀无辜……更不会像你这样，为了金钱出卖自己……你背离了'刺客'的道德，背离了狼牙特种兵的信念，也背离了你对我的爱情誓言……我怎么会相信你……我怎么会相信你会对我好，居然跟着你漂泊天涯海角……在那些黑暗的日子里，我坚守爱情的信念……但是你告诉我，你有什么值得我坚守的？你告诉我啊，你告诉我啊……"她伤心地哭出来，"你去法国外籍兵团当兵，我支持你……因为我知道你想成为一个'刺客'，你想成为战争的宠儿……但是你怎么会去当雇佣兵呢？你怎么会为了金钱而不是信仰去战斗呢？……你怎么会是这样……我怎么会那么容易地就轻信了你的谎言……"

蔡晓春的眼睛逐渐黯淡下来。百合停止了抽泣，抬起头："我的孩子不可能有你这样的父亲……孩子不是你的！"蔡晓春的声音很飘："告诉我，孩子的父亲是谁？"

百合果断地说："我为什么要告诉你，这是我的事情！"

"是山鹰！我知道是他——"蔡晓春的声音还是很飘。百合冷笑："是他又怎么样？对，就是山鹰！你难道还敢去对付山鹰？你能是他的对手？"

蔡晓春看着百合，脸上变得冷漠。百合看着枪口："你开枪啊？开枪啊——"

蔡晓春拿起百合的手机，拨出韩光的电话凑到百合耳边。韩光的声音传出来："喂？是我，怎么了？"百合急了："山鹰——你千万别回来——""啪！"蔡晓春挂断电话。百合惊慌地喊："你要干什么？你到底要干什么——"蔡晓春不说话，白马上来用胶条粘住了百合的嘴。蔡晓春拿起身边的那把88狙击步枪，看了百合一眼。这一眼非常阴郁，非常狠毒。百合的惊慌蔓延到了骨子里，她拼命挣扎着、支吾着。蔡晓春和枪手转身走了。百合睁大眼睛，挣扎着……"唰"——蔡晓春从回忆中缓过来，他看着韩光，摇摇头："不，你骗我……"韩光的声音嘶哑："那是你的孩子，秃鹫。你杀了你的孩子。"蔡晓春仿佛被定格在那里，一动不动。韩光看着蔡晓春："你的心胸实在太狭窄了……"

蔡晓春拔出手枪，上膛对准韩光："够了！"

韩光怒吼："开枪啊！你杀了你的女人！你杀了你的孩子！你为什么还不杀了你的战友、你的生死兄弟？！你杀了我啊，杀了你身边所有的人！你开枪啊！你为什么还不开枪！"

蔡晓春的枪口颤抖着，突然抬起来对着天空"砰砰砰"打光了弹匣，随即他狂喊："啊——"周围的枪手们看着他。

"啊——"蔡晓春把肺部的最后一点儿氧气也压缩出去，最后的吼声变成了怪异的哭腔。他跪在地上，手里还拿着打光子弹的手枪。凄厉的哭声传出来，他发出一个男人在一生中所能发出最悲惨的哀号。韩光看着昔日的生死战友，脸上不知道是同情还是憎恶。蔡晓春的眼泪和鼻涕流在了一起，他扣着空了的手枪，却不知道想要射击谁。韩光转过脸去，不想看见这一幕。蔡晓春的哀号还在继续，他的手枪已经丢掉，双手抓着土地。白马默默地看着。

12

几个长发或光头的小伙子在调试乐器和音响。门开了，钟世佳走进来。光头鼓手问："阿钟，你怎么来这么晚？"钟世佳不高兴地说："遇到点儿事。"贝斯手说："好了，开始排练吧！唱片公司的薛总说，下午要来听我们的音乐。要是这次顺利，真的就可以出唱片了。"钟世佳心不在焉地笑笑，上台了。衣冠楚楚的黑豹站在门口，彬彬有礼地说："我做观众，可以吗？"贝斯手问："你谁啊？"黑豹笑笑："我想一个乐队排练的时候有观众，并不是坏事吧？"光头鼓手低声问："他是不是唱片公司的薛总？"

"都说了，你别跟着我！"钟世佳恨不得把黑豹踢出去，他走下去推黑豹。黑豹笑笑："少爷，我只是做个观众。"贝斯手纳闷儿地问："少爷？阿钟，你什么时候当少爷了？"

钟世佳着急地回头说："他胡说的！"他转向黑豹低声说，"你听着，我就是我自己！我绝不做你那什么少爷！你给我滚出我的生活！立刻！"

黑豹满不在乎地坐下："我答应过何先生，做你的影子。"贝斯手走过来："这到底是怎么回事？什么少爷？什么何先生？你又是谁？"钟世佳着急地说："你别听他胡说，他神经有问题！"黑豹带着微笑说："钟世佳是 ZTZ 总裁何世昌先生唯一的儿子，也就是我的少爷。我奉命保护他。"乐队成员都看钟世佳。钟世佳急了："你他妈的别胡说八道！"贝斯手看钟世佳："你一直在玩我们？"钟世佳急忙解释："我没有，我真的不是什么少爷！"贝斯手奇怪地看他，大家也都奇怪地看他。黑豹带着奇怪的微笑，泰然自若地点着一支万宝路。

"我们完了。"贝斯手甩下一句转身就走，钟世佳拉住他："你听我说——"贝斯手怒吼："放手！我们不需要你这个骗子！你他妈的这种富家子弟，永远也不可能理解我们的音乐梦想！你在亵渎我们的真诚！亵渎我们王道的音乐！滚！"钟世佳诧异地看他，又看大家。光头鼓手转过脸去，别的乐队成员也低下头。黑豹笑笑起身："少爷，既然人家不欢迎咱们，咱们走吧。"钟世佳一巴掌抽在黑豹脸上："你给我滚！"黑豹似乎一点儿感觉都没有，只是笑笑。钟世佳转向乐队，但是他们都收拾东西走了。他试图拉住贝斯手，却被推开了。他拉住光头鼓手。光头鼓手笑笑："富家子弟也没什么不好啊？吃香的喝辣的时候，别忘了我们一起吃过方便面。"钟世佳有口难辩，只好眼睁睁地看着他们走了。他怒视黑豹："你毁了我！你毁了我的生活！"

"少爷，你无法选择你的生活。"黑豹脸上没有丝毫愧色，"因为生活已经选择了你——

你，是何世昌先生的儿子。你是 ZTZ 集团的继承人，唯一的继承人。"

"我是我自己！"

"有的时候，你无法选择。请你原谅我，有一天你会明白这个道理。"黑豹的声音很冷。钟世佳咬牙切齿地说："我不会跟你走的！"黑豹颔首说："我不会强迫你跟我走，但我会是你的影子，寸步不离。"钟世佳看着他："你别想我会认那个老东西做爹！"黑豹毕恭毕敬地说："那是你们父子之间的事，我无权干涉。我只是负责你的人身安全，你的思想我无法控制。"钟世佳一脚踢飞椅子，转身就走。黑豹继续跟上，不紧不慢。

街上。钟世佳转身怒视那辆奔驰："你到底要跟我到什么时候？！"黑豹微笑着说："只要我活着，我会寸步不离。"钟世佳怒问："我要是跟女人上床呢？！"黑豹面不改色："我会在门口等着。"钟世佳冷笑："那好。我现在要跟女人上床，你安排吧。"黑豹愣了一下。

钟世佳不屑地一笑："还他妈的听命令呢，这点事儿都办不了！"

黑豹咬咬牙下车："少爷，何先生是从来不会这样命令我的。因为他知道，黑豹的价值不是拉皮条、拍马屁！"钟世佳终于找到了伤害这个讨厌家伙的办法，得意扬扬地说："我就这样命令你了，怎么着吧？"黑豹点头："好，我服从你的命令。"钟世佳还没明白过来，就被黑豹拉上车。钟世佳着急了："你干吗啊你？"黑豹由于被侮辱，脸都涨红了："去找女人！"钟世佳还没说话，黑豹踩下去油门，奔驰一下子就冲出去了。

第十章

1

严林铁青着脸，看着舱壁上的照片。照片上自己的左右两边是韩光和蔡晓春，都是面带笑容。天宇默默地坐在他身后。纪慧小心地问他："你打算怎么办？"

"我出卖了他，"严林的声音很苦涩，"他却用自己换回我的儿子。"

"爸爸，我听到火车和轮船的声音。"天宇没有恐惧和眼泪。严林突然转身："你听见了？"天宇点头："我听得很清楚，是火车和轮船的声音。"严林一把打开桌子上的地图，声音颤抖起来："孩子！你告诉我，你详细说你都听到了什么？"

"火车，是货车不是客车。每半个小时左右有一趟，声音很模糊。"天宇仔细回忆着。严林在地图上找到铁道线，手指沿着铁道线路滑动："轮船呢？"天宇回答："汽笛声跟火车的声音是60度角。"严林拿着标尺，找到了天宇所说的位置："找到了,滨海前湖度假村——一片烂尾别墅！"纪慧惊讶地看着："他的耳朵真的那么好？"

严林看着天宇，声音发苦："他从小看不见，所以听觉非常好……"

"爸爸，这对山鹰叔叔有帮助吗？"天宇问。严林点点头："嗯。"他又转向纪慧，"我有几句话跟你说。"他把纪慧拉到舱门外，严肃地说，"我把天宇交给你了。"

"我？！"纪慧吓了一大跳。严林看着纪慧的眼睛："我现在没有人可以委托了。如果我回不来，把天宇带给他姑姑，他知道电话和地址。"

"你要去干什么？"纪慧觉得不对劲儿。严林的声音很坚定："我要去救山鹰。"纪慧上下打量他："你？！你一个人？！你疯了吧？！"严林笑笑："明知是死，还要去死——你知道这是什么行为？"纪慧说："英雄？"

"不，疯子。"严林的笑容消失了，"秃鹫是疯子，因为他居然敢潜入内地，跟警方玩猫捉老鼠的游戏；山鹰是疯子，因为他为了战友兄弟的情谊、为了爱情敢于慷慨就擒；我也是疯子，因为我要去救一个疯子，杀一个疯子！而我还是自杀攻击，因为我压根儿就没打算活着回来！"

"那你为什么要去？"纪慧觉得他疯了。严林的眼中露出坚定的光芒："因为山鹰是为了我的儿子被擒的！我不能苟且偷生！为了这份情谊，我拿命来还！"他转身进去了。纪慧愣在外面："这都是些什么人啊？！"

严林走进船舱："儿子，我要出去一趟。"天宇睁着无神的大眼睛："爸爸，我都听到了。"严林愣了。天宇笑了一下，眼泪却滑落出来。严林用粗糙的右手抚摸着儿子的脸，声音柔和下来："你知道，爸爸一定要去。"天宇的声音没有抽噎："在我告诉你我都听到什么以前，我就知道你肯定要去。你告诉过我，男人要顶天立地，为了一句承诺可以赴汤蹈火。"严林嗯了一声，转身拿起56-1冲锋枪检查弹膛，他往弹匣里面压子弹，动作很熟练。天宇说："爸爸，我等你回来。"严林的鼻子一酸，忍住了眼泪："我会回来。"他把冲锋枪背在肩上，往背包里装手榴弹和弹匣，然后拿起背包转身看着天宇。天宇很懂事地笑笑："爸爸，我很骄傲。"严林有些疑惑。天宇说："你是个顶天立地的男人。"

严林将右手放在儿子的头顶："记住，你是狼牙的儿子！"说完，转身一瘸一拐却是大步地出去了。严林走向那辆破旧的皮卡，他把背包扔进车窗，翻身上车。皮卡发动了，严林目光坚毅地开向远方。纪慧注视着皮卡的远去，表情很复杂。

2

蔡晓春的右手颤抖着点着一支烟。韩光站在他的对面，冷冷地看着他。两个人默默地注视着，彼此从对方眼中似乎又看到了那已逝去的时光……

地动山摇的部队番号声不断响起，20多个狙击手在列队，韩光带队。蔡晓春跟着队伍踏步，喊番号："一！二！三！四！"严林站在台阶上。韩光整队："稍息！"队伍稍息。"立正！"队伍立正。韩光转身跑步上前："报告！严教，狙击手连集合完毕！请指示，值班员，狙击手连一排长韩光！"严林还礼："稍息！""是！"韩光转身，"稍息！"他跑步归队，在蔡晓春的身边站好。严林扫视着队员："同志们！"战士们立正。严林还礼："请稍息！"战士们稍息。严林说："今天是狙击手连第一次全面体检。特种部队的狙击手需要什么样的身体素质，要面临什么样的艰难考验——你们都很清楚。所以，谁都别跟我弄虚作假！发现了，当心我修理你，把你赶出狙击手连！一排，进！"

韩光在前，蔡晓春跟着，一排走进医务室。跟征兵体检一样，医务室大厅分了十几个关卡。韩光等都脱得只剩下一条内裤，在挨个儿过关。最后一关被一个屏风拦着，韩光等走进去，他突然愣住了，所有的狙击手也都愣住了。穿着白大褂的赵百合冷若冰霜地问："怎么了？"狙击手们都傻了。赵百合不耐烦地说："脱！"韩光苦笑："就剩下……最后一道防线了……"赵百合说："跟谁稀罕似的！脱！"韩光看看部下，都是一脸尴尬。韩光说："脱吧。"都不脱。赵百合盯着韩光："你不是干部吗？你带头，脱！"韩光心一横，脱下短裤。其余的狙击手们也只好陆续脱下短裤。赵百合压根儿就没惊讶。一个兵突然不好意思地说："我去上厕所！"他转身捂着跑了。赵百合皱眉："流氓！"韩光说："你得理解他，他是男人。"

赵百合看他："理解什么？"韩光说："我的兵不是流氓，他只是正常反应。"

"那你怎么没反应啊？"赵百合问。韩光说："因为你不吸引我。"

"够拽的啊？"

"我只是陈述一个事实。"韩光说。蔡晓春尴尬地说："我也要上厕所！"他也转身跑了。赵百合看着韩光："干部同志，你呢？是不是也需要上厕所？"韩光淡淡地说："如果连这点儿定力都没有，我就不配是狙击手连的排长！"赵百合冷笑："是吗？"韩光目不斜视。赵百合开始给韩光和其他队员们做各项检查……

第二天黄昏，狙击手连在医务室门口整队，韩光站在队伍前，蔡晓春一脸通红地站在队列当中。赵百合出来，目不斜视地从队员们面前大步走过去。狙击手们的脖子不动，但是眼在跟着走。韩光冲着队员们瞪眼："看什么呢？"队员们都不说话。韩光纳闷儿，回头看。正好苏雅出来，叫了一声："百合！"赵百合回头，韩光的目光和赵百合的目光正好碰上。蔡晓春看着回过头来的赵百合，呆了。韩光注视赵百合。赵百合错开眼，跟追上来的苏雅说话，走了。韩光回头，蔡晓春急忙错开眼，不好意思地笑笑。韩光看着他："我的观察手，观察出来什么了？"

"……她……挺好看的……"蔡晓春不好意思地说。韩光的笑容稍纵即逝："全体注意——立正！唱首歌儿，我们都是神枪手，每一颗子弹消灭一个敌人——预备，唱！"粗壮的歌声立即响彻云霄……

韩光默默注视蔡晓春，良久，喃喃地说："你杀了她。"蔡晓春不说话，两眼有些失神。韩光错开脸，看着湖水。蔡晓春说："在这个世界上，只有我们是真正彼此了解。正因为这样，你和我假如不在一个阵线，就会成为彼此的死敌——山鹰，我们都没有退路了。"

"我们都不需要退路，因为本来就没有退路。我跟你之间，从此之后只有一个人能活下来。"韩光说。蔡晓春怒吼："那就是我——秃鹫！知道为什么吗？因为你心里有牵挂，而我没有！我无牵无挂，而你却惦记很多本来不该惦记的东西！作为一个'刺客'，心里有杂念，你死定了！"韩光摇头："你还是没有明白——'刺客'的含义不是杀戮。"

蔡晓春转向韩光，眼中血红："现在我是老大！主动权在我手里！你没有选择——你必须听我指挥！否则，我毁了你所有的一切！"

韩光冷冷地说："放了冬儿，我会按照你说的做！"

"你要搞明白先后顺序——按照我说的做，否则我毁了她！你没有选择！"蔡晓春揪住韩光的领子怒吼。韩光看着他："事情完了以后，我会要你的命！说，要我干什么？！"

蔡晓春松开韩光："在规定的时间、规定的地点，击毙规定的目标！跟你从前做的一样！

然后，我会放了林冬儿！你知道我不会食言，这点你不用担心。"

"你拼命让自己做得像个'刺客'，但是你这辈子都成不了'刺客'！因为你的一切都是在模仿'刺客'，可悲！"韩光浮出冷笑。蔡晓春怒吼："够了！就算你是'刺客'，又怎么样？！你在我手里，你的女人也在我手里！我赢了，我是赢家！"韩光摇头，叹息一声。

蔡晓春把档案袋丢给韩光："这是你的目标资料！——给我仔细看清楚了！"韩光接过来，打开抽出照片——照片上是白发苍苍的何世昌。蔡晓春盯着韩光，他的手机响了。他离开韩光，转身去接电话："喂？是我。"电话里是一个阴沉的男人的声音："秃鹫，山鹰落网了？"蔡晓春说："对，一切都在按照计划进行。"

"千万不能有一点儿纰漏，对得起我付给你的价钱。"

"我会做我该做的事情，你做你该做的事情——把1／3的钱打到我的户头，尾款也准备好。"

"我会的，另外我要加单。"

"加单？"

"目标也在滨海，正在传输到你的PDA。"蔡晓春打开PDA，上面显示在接受传输画面，不一会儿长发披肩的钟世佳的照片显现出来。蔡晓春问："这是谁？"

"他的资料也在传输当中，做掉他。"

"加钱。"蔡晓春冷冷地说。

"我给你的还不够多吗？"

"你给我记住——我是在铜墙铁壁的中国大陆，我要的是我应该得到的！再加一半，否则我不接受这个加单！"

"……好吧。我希望你尽快。"蔡晓春挂掉电话，认真看着PDA上传输来的资料……

3

钟世佳面对富丽堂皇的总统套房，有点儿手足无措。黑豹站在客厅中间，看着跟进来的侍者掏出一张美元。侍者接过，礼貌地颔首："先生，您有什么需要？"黑豹的声音很冷酷："女人。"侍者笑笑："请问需要什么样的女人？"黑豹又拿出一张美元："最好的。"侍者接过，颔首："稍等片刻。"他礼貌地退出去，关上房门。

"你疯了？！"钟世佳眼都直了，"那是两百美元啊！"

黑豹笑笑："少爷，你是何氏企业的继承人，亿万身价。这些不用放在心上。"

钟世佳烦躁地摆摆手："跟你说多少次了，我对你那少爷不感兴趣！"他坐在总统套间的沙发上试了试，"也没觉得有什么不一样啊？看来有钱人也不过如此……"他的眼睛突然直了，一个长发飘逸、身材高挑的女孩儿穿着素淡的职业女装走进来，她带着恬静的微笑，压根儿就不像那种职业小姐。黑豹笑笑，没说话。女孩儿颔首礼貌地说："请问，是哪位先生需要服务？"黑豹指指目瞪口呆的钟世佳："这是我们少爷，伺候好。"他拿出几张美元放在女孩儿面前的茶几上，转身对钟世佳笑笑，"我在门口。"女孩儿看着邋里邋遢的钟世佳，皱皱眉头，但是随即脸上浮现出来职业性的微笑，她慢慢走过去："少爷，要不要先洗澡……"黑豹出去了。他忠实地跨立在门口，目光警惕。

4

严林驾驶皮卡歪歪斜斜拐上山梁，掀起一片尘土。皮卡终于爬不上山坡了，严林拉上手刹转身下车。他拿起冲锋枪，背上后座的背包，转身一瘸一拐开始爬山。他顽强地爬到山梁上，拿出望远镜观察下面——几个别墅烂尾楼，几近残垣断壁。望远镜滑过一片灌木丛，又滑回去，严林仔细看去，看见了伪装很好的狙击手。他顺着对角线望去，又看见了一个狙击手。严林非常耐心地观察着，寻找着暗哨。他露出冷笑："标准的环形防御。秃鹫，还是我教你的那一套。"他放下望远镜，打开背包往外一个一个掏手榴弹，用绳子拴在一起。接着解开衣服，把手榴弹做的项链挂在脖子上。他系好衣服的拉链，拿起冲锋枪做最后的检查。"哗啦！"严林拉开枪栓，他的眼睛透过灌木丛的缝隙观察下面……

5

萧剑林走进特警支队监控室："找到那个电台的位置没有？"赵小海摘下耳机："已经失去信号很长时间了，我最多只能判断电台信号的方位。还不敢保证正确，他们没有再次使用电台联络。"萧剑林打开那张滨海的大地图："不管那么多了，把你的判断传输到我的电脑。"

唐晓军问："你需要什么协助？"萧剑林在地图上标出可疑的点："命令便衣警员对这些位置进行远距离摄像侦查。图像适时传输到指挥中枢，我要第一时间做出判断。"

"好的。"唐晓军拿起电话开始布置。薛刚问："特警队还能做什么？"

萧剑林看着他，语气变得低沉："待命吧，我希望可以找到他们藏身的位置。"

"好。"薛刚对着耳麦，"解除一级战备，进入二级战备。"

唐晓军看着萧剑林在地图上标出的点，问："你是依靠什么做出判断的？"

萧剑林头也不抬地说："我在换位思考，如果我要渗透进入滨海，会选择什么地点作为安全点。虽然我和他们立场不同，但是我相信作为特种兵的直觉和常识是相似的。"

"渗透？"唐晓军苦笑，"多么专业的军事术语。"

"他们都是在用战争的思维来行动的，也是在用战争的手段和法则。"

唐晓军电话响起来，他接："喂？……好的。"他把电话递给萧剑林，"高局长在一号线。"萧剑林接过来电话："我是狼牙特种大队萧剑林。"高局长说："萧副大队长，我想知道现场的情况。"萧剑林说："现在正在追查蔡晓春和韩光的藏身处，我们还在努力。"高局长问："有没有把握？"萧剑林没给肯定的回答："我在努力。"高局长说："我已经布置了战术突击力量，你做好侦察工作就可以。"萧剑林纳闷儿："什么？"

高局长的声音毫不迟疑："我直接指挥战术突击队，你负责侦察。重复一遍。"

萧剑林重复："收到，您负责指挥战术行动。我做好侦察工作。"

"好的，我跟你说的不要告诉任何人。现场情况随时向我汇报。"高局长挂了电话，萧剑林拿着电话发傻。片刻，他问薛刚："你们有几支特警队？"薛刚说："你看见的机动力量都在这里，家里还有两个小组待命。"萧剑林纳闷儿地说："奇怪啊？难道你们局长动用了武警支队的特警队？"

唐晓军说："动用武警要市委书记批准的，高局长没有这个权力。何况现在武警的力量都在警卫工作上，他们的特警队是经济论坛的应急别动队——这一点我是清楚的。"

萧剑林眨巴眨巴眼睛。唐晓军问："到底怎么了？"萧剑林看看他，想了想还是没说："看来事情越来越复杂了。"说完就缄默不语了。

局长办公室里，高局长放下电话，片刻又拿出一个新手机装上电话卡。他拨出储存的号码："我是松狮，招呼我已经打了，但是我没把握他们会服从命令。那三个军官，不是我的人。"高局长的眼睛高深莫测。

6

站在酒店走廊的黑豹看看手表，皱起眉头。里面已经没动静了，他看着门口的门铃，想按又停下。隐约有声音传出来，黑豹的耳朵贴在门上，他听清楚了一点儿，是撞击什么的声音，夹杂着断断续续的女性支吾声。黑豹二话不说拔出手枪踹开房门。"咣！"门向一边倒下，黑豹持枪冲入房门。他在屋内搜索，动作非常灵活敏捷。屋内空无一人，宽大的床上床单没了，一片狼藉。黑豹持枪对准声音来的方向——洗手间的门被关着，里面有女孩儿的声音。黑豹闪身在门边，一把推开洗手间的门。莲蓬头的水流还在喷着，女孩儿倒在满水的浴缸里，手脚都被绑着，嘴上被用衣服堵着。她徒劳地在水流中发出呜呜声，眼巴巴看着黑豹。黑豹低头拽下女孩儿嘴里的衣服："少爷呢？！"女孩儿狂怒："什么狗屁少爷？！把我打晕了，绑起来就跑了！"黑豹转身出去，跑到窗口。窗户虚掩着，窗框上系着用床单打的结。黑豹低头看去，下面楼层的阳台上有脚印。女孩儿狂怒地喊："把我解开啊！"黑豹压根儿顾不上搭理女孩儿的号叫，转身就跑出去了。

街上。钟世佳在车水马龙的街上穿梭，不时回头看看有没有被人跟踪，他的目的地是音乐学院。

音乐学院。钟雅琴的电话响了，她接通了："喂？"

"钟雅琴老师？"是个陌生的声音。钟雅琴问："你好，你是哪位？"

"我是何世昌先生的秘书。"

"何世昌？！我跟他没关系！"

"何世昌先生心脏病再次突发，现在正处于病危中！"

"什么？！"

"我在门口等您。"——钟雅琴放下电话匆匆出去。在音乐学院门口，有一辆佳美轿车在等待。钟世佳急匆匆跑到学校门口，他远远看见了正急急忙忙出来的母亲。钟雅琴快走到门口的时候，孟珊珊突然向她跑来："快跑，来不及了——"钟雅琴又急又纳闷儿："到底怎么了？"佳美的司机沉稳地发动汽车，换到 D 挡。钟雅琴看着孟珊珊："怎么了？什么来不及了？"孟珊珊哭起来："对不起——"佳美的司机突然松开刹车，一脚踩下油门。黑色的轿车如同脱膛的子弹一样冲了出去，径直冲向钟雅琴。钟雅琴愣了一下，还没来得及有任何反应。随着凌厉的刹车声，后面的两个车门同时打开，两个蒙面壮汉冲出来径直扑向钟雅琴，钟雅琴被按倒，直接塞入车里。孟珊珊尖叫着被推倒在路的一边。

"妈——"钟世佳脱口而出。蒙面壮汉们随即上车关上车门，司机掉转方向盘冲向他。钟世佳见势不妙掉头就跑，佳美紧紧地在后面追着。钟世佳翻身上了围墙，跳了过去。佳美在围墙下面急刹车，蒙面壮汉想下车去追，但是他看见门口的保安和很多师生向这里跑来，改变了主意开车高速逃跑。"砰！"佳美撞断了门口的护栏，径直冲向热闹的大街。

唐晓军接到消息已是半个小时后。他开着车高速冲入现场警戒线，跟张超等干警下车："到底什么情况？"唐晓军眼睛因为疲惫充满血丝，声音也嘶哑了。分局刑警队长叹口气："车是假牌照，绑架者的手法很老练。目击者也提供不了什么有价值的线索，而被绑架的只不过是一个音乐老师，也没人知道她跟什么人会结仇。"

"资料给我。"唐晓军伸手接过资料，打开来，一眼看见钟雅琴的照片。分局刑警队长说："我们跟她的同事和学生都接触过，都反映她平时人缘很好，在业务上很精通，为人处世也很低调。她的个人经济情况也很普通，没有任何线索表明她有什么值得被绑架的。"

孟珊珊在旁边哭泣，女警在盘问她。唐晓军看着，问："那是目击者吗？"分局刑警队长点点头："是。她叫孟珊珊，也是音乐学院的老师，还是钟雅琴的学生。"唐晓军走过去："我是市局刑警队长唐晓军，我想了解现场的情况。"孟珊珊抽泣着摇头："我什么都不知道，什么都不知道……"唐晓军说："我知道你很害怕，但是我要救人！所以我必须跟你谈话，知道你看见了什么。"孟珊珊流着泪问："你能救她吗？"唐晓军回答："我是警察。"

"告诉我，你看见了什么？"

"不——"孟珊珊尖叫着躲闪，女警抱住了她："她的精神崩溃了，一时半会儿你问不出什么了。"唐晓军看着疯子一样的孟姗姗，叹口气："被绑架者的亲属呢？调查了没有？"分局刑警队长说："她有一个儿子，我们还没找到。是个摇滚歌手，居无定所。"唐晓军又问："她的丈夫呢？"分局刑警队长说："她没丈夫。"唐晓军抬起眼睛："没丈夫？"

"对，她没丈夫，那个儿子是私生子。"分局刑警队长说。唐晓军眼睛一亮："立即想办法找到她的儿子！这肯定有问题！"分局刑警队长答是后转身走了。唐晓军把资料塞给张超："我去搜查她家，看看有没有留下什么线索。全乱套了，几乎所有的案子都集中在今天了！这里面肯定有内在的联系！我们走！"张超抱着资料跟着唐晓军上车。天边，正酝酿着闷雷。

"钟老师，钟老师，你不能出事啊……"孟姗姗哭着，女警在安慰她。

唐晓军驾驶着旋转警灯的车急速行驶在路上。一道闪电划过天空，雨，终于"哗啦啦"下起来了。

何世昌站在酒店的总统套房里看着窗外，雨中的滨海一片朦胧。他手里的手机贴在耳朵上，嘴唇颤抖着。黑豹的声音从电话里传来："何先生，我辜负了你的信任。"何世昌的喉结蠕动着，许久，长长叹息一声。黑豹保证说："我一定想办法把少爷找到！"

"黑豹，你记得我对你说过什么？"何世昌的声音显得苍老。黑豹声音低沉："何先生，如果我找不到少爷，我不会活着回来。"他挂了电话。何世昌看着大雨，眼神黯淡。

7

钟雅琴的家里整洁简朴，警方的技术人员细心地在进行搜查。小高走了过来："唐队。"唐晓军问："有什么发现？"小高拿出钟世佳的照片："唐队，有个新情况得跟你说。"

"他？"唐晓军说，"他跟这个事情有什么关系？"

"他是钟雅琴的儿子。"小高说。唐晓军呆住了。

"我想，试图开车谋杀钟世佳，跟这个音乐老师的被绑架，中间有关系吧？"

"一定有关系！这个事情越来越热闹了！"唐晓军若有所思地说。张超从里屋探出头："唐队，你最好来看一下。"唐晓军戴着白手套和鞋套，穿过现场勘查技术人员身边走进卧室。张超戴着白手套，仔细翻开从柜子里找出来的一本封面发黄的相册，一张藏在照片下的合影被抽了出来。唐晓军仔细看着，倒吸了一口冷气。照片也已经泛黄，下面的日期显示是20多年前。年轻时代的钟雅琴甜蜜地笑着，偎依在一个中年男人身旁。

张超苦笑："何世昌，看来他们有故事。"

"我们真的有麻烦了。"唐晓军拿出手机拨叫号码，"我是唐晓军，请帮我转局长。"

8

大雨还在下着。何世昌看着面带愧疚的高局长，久久没有作声。高局长低声说："何先生，是我们的工作没有做好。"何世昌叹口气。

唐晓军站在高局长身后颔首说："我们会想办法把钟雅琴女士解救出来。"

何世昌看着他们俩，欲言又止，许久嗫嚅着："多年前的往事，却酿成今天的苦果。"高局长趋前道："何先生，事情已经发生了，我们当务之急是把人解救出来。我的属下有一些问题要问您，这是例行工作程序。希望您可以配合。"何世昌点点头，戴上眼镜。

高局长看看唐晓军："注意你的礼貌和措辞——何先生，我先告辞了。"

高局长出去了，门被带上。唐晓军打开笔记本："何先生，我是刑警队长唐晓军。我负责钟雅琴女士被绑架的案子，涉及您的隐私部分，警方会严格保密。"

何世昌点点头："我已经是大半截入土的人了，还有什么需要保密的呢？你问吧。"

"您和钟雅琴女士之间是否有某种特殊关系？"

何世昌看看他："直截了当地说，我们曾经是恋人。"

"我看过您的资料，那时您已婚？"

何世昌长叹一口气："对，还有一个5岁的儿子。"唐晓军点点头："她是您的情人？"

何世昌的喉结蠕动一下："不，恋人。我必须说明这一点，虽然我已婚，但是这并不说明我和我的妻子之间有爱情。我们是指腹为婚，长辈酿就的错误婚姻。我并不爱她，她也并不爱我，我们只是无法离婚而已。我和雅琴之间，是爱情。她不是我的情人，更不是大陆俗称的什么'二奶'。我爱她，她也爱我，我们曾经是恋人。"

唐晓军认真地听着："明白了，何先生。我对我的措辞不当表示道歉。"

何世昌苦笑一下："年轻人，什么都无所谓了。你还有什么问题？"

唐晓军试探地问："根据我的判断，假设我的判断没错的话——钟世佳是您的儿子？"何世昌看了他一眼。唐晓军加重语气："我现在怀疑钟世佳也处于危险之中，他失踪了。我是警察，我的职责是保护市民安全，也包括您这样的国际友人的安全。请您原谅，我试图去揭开您的隐私——但是我必须这样做，对不起。"

"年轻人，你问得很尖锐。"何世昌的声音很嘶哑，"我确实有很多难言之隐，不过事情已经这样了，我也不能避讳警察。我可以信任你吗？"

"何先生，我不懂您的意思。"唐晓军纳闷儿。何世昌盯着他的眼睛："你是一个好警察吗？"唐晓军愣了一下，随即脸涨红了："何先生，您在怀疑我对职业的忠诚？"

"我这一生见惯了风风雨雨，我现在在认真地问你——你是一个好警察吗？"何世昌的脸色很严肃。唐晓军正色道："我坦言，我不是一个完美的警察，我也有犯规的时候；

但是我对我的警徽许下的誓言永远不会违背！"

何世昌点点头："我相信你。"唐晓军不说话，在等何世昌说。何世昌的声音很苍老："钟世佳是我的儿子，而且是我唯一的儿子了。"唐晓军愣了一下。何世昌叹了一声："我的大儿子，因为一场可疑的车祸去世了。他本是我的法定继承人，而且已经在逐渐接手。"

"美国警方的调查结果呢？"唐晓军问。何世昌摇摇头："没有结果。"

"没有结果？"唐晓军皱起眉头。何世昌转向唐晓军："所以，我会问你，是不是一个好警察。"唐晓军点点头："我明白了。您感觉到什么疑点，而被美国警方忽略的吗？"

何世昌想想，没说话。唐晓军说："我的职权范围是不可能再去调查过去发生在美国的案子，但是我相信这两个案子之间有内在的联系。我甚至怀疑，制造车祸的和绑架钟雅琴女士的是一伙人。"何世昌还是没说话。唐晓军试探地问："我看过您的资料，您有一个弟弟？"

何世昌的脸色立即变了："住嘴！不许你怀疑我弟弟！我的弟弟跟我一起打拼了几十年，他对我是忠诚的！"唐晓军看着何世昌的眼睛："您在骗我。"

"你？！"何世昌说不出话来。唐晓军还是那个语速："您的眼睛告诉我，您在骗我。何先生，我不是关心您家族内部的事务！我只是在寻找有价值的线索！"

何世昌无力地指着门口："你出去，我不想和你继续谈下去了。"

唐晓军站起来："何先生，这是我的名片。如果您希望和我继续这场未完成的谈话，可以打我的电话，我随时恭候。告辞了。"何世昌看着他高大的背影消失在门外，无力地坐下。许久，他拿起电话拨了一个号码："他好像已经猜出来了……"

君威在行驶。唐晓军一边开车，一边沉思。张超问："唐队，你在想什么？"

"我在想那起交通肇事案……"唐晓军说。张超若有所思地问："你是在说……"唐晓军说："刚才我没好意思问，但是可以肯定，钟世佳就是何世昌的儿子。"

"私生子？"张超问。

"对。这一切都是冲着何世昌来的，不然怎么解释钟世佳那个颓废的摇滚歌手，会有人去暗杀他，也会有人去保护他；钟雅琴这个与世无争的音乐教授，一没钱二没权，还会有人搞绑架——看来何世昌这次真的是遇到大麻烦了，也是我们的大麻烦。"

"现在局面比麻团还乱了。"张超说。唐晓军的眉头拧在了一起："韩光——我们功勋卓著的特警狙击手，军人出身，赤胆忠心，居然也会杀人潜逃？怎么这么多麻烦搅和到一起了？"

"韩光难道也和何世昌有关系？"张超问。唐晓军说："我不知道。但是直觉告诉我，这中间肯定有联系，只是我们还没找到连接这些事件的线索……"张超说："还有纪慧……她又是什么角色呢？总不会都是何世昌的私生子、私生女吧？何世昌是谁，大种马啊？"

唐晓军瞪他一眼："别胡说，他是爱国人士，注意措辞。"张超说："是。"

"这是我办过的最复杂最棘手的连环案……"唐晓军叹了一声。张超说："我第一次看见你这么发愁。"唐晓军没说话，继续开车。张超又问："有什么新的直觉吗？"

唐晓军不语，半天才说："直觉不太好，又有事情要发生了……"

9

雨停了，地面湿漉漉的一片。赵小海驾车沿着海岸线公路行驶着，眼睛警惕地扫视周围的群山。葛桐坐在他的身边，拿着DV在不停拍摄。赵小海对着耳麦："我们已经到达指定位置，请指示。完毕。"他的车速还是不紧不慢，眼睛飘向了远处一个废弃的小修船厂。那艘破旧不堪的货轮停泊在码头，周围没有什么异常。赵小海缓缓把车停在树丛后面，跟葛桐提着监视仪器下车，快步跑到山坡边卧倒。赵小海拿出炮兵观测仪，架在悬崖边的灌木丛里。视频连接线被葛桐插到笔记本电脑上，他在笔记本电脑上敲下连接密码。随着绿条的闪动，视频画面连接到了警方搜捕指挥部的终端处理器上。不一会儿，萧剑林的声音从耳机里传来："调整一下焦距……好了，我想看见那艘货轮周围的地面。"赵小海调整观测仪。

特警支队监控室里，萧剑林仔细看着传输来的画面。薛刚站在他的身边，很纳闷儿地问："你是怎么判断这里会是他们的安全点的？"

"直觉。"萧剑林淡淡地说，"我认真研究了滨海的地图，我不敢确定这里是蔡晓春还是严林的安全点，但我可以确定这是其中一个安全点！从周围的地形地貌、交通状况等，如果是我，我也会选择在那里。"

"为什么你这样肯定？"薛刚更纳闷儿了。萧剑林苦笑："他们是我教出来的。"

监控室里偌大液晶屏幕上显示着码头画面——废弃的货轮旁边，地面上有车辙印。薛刚倒吸一口冷气："新留下的。你的判断真的很准。"萧剑林却皱起了眉头："看来离开部队以后他们都消磨了原来的战斗意识。"薛刚不明白："怎么说？"

萧剑林摇头："连隐匿痕迹都忘记了，真的很让我失望。我们下面怎么办？"薛刚拿起电话："向高局长汇报吧，我们没有行动的权力。"萧剑林看着薛刚，没说话。

"我知道你心里想什么。"薛刚无奈地说，"你是军人，你应该了解警队也有严密的组织纪律。我不能怀疑我的局长，我更不能自作主张，擅自行动。更何况我只是突击队，不是侦查队，我只有行动的任务。没有命令，我们不能行动。"萧剑林低头想着什么。薛刚拿起电话。萧剑林按住了他的手。薛刚看他。萧剑林的目光很冷峻："不是你擅自行动，是我擅自行动。"薛刚看着他："你知道这是什么后果？"

"我说了，是我擅自行动。"萧剑林的声调很稳，他对着喉头送话器，"现在特警的通信频道受到强力干扰，立即改换到我们的二号预定频道。完毕。"赵小海和葛桐毫不犹豫，立即改换对讲频道。耳麦里传出萧剑林的声音："试音，一二三四。"

"收到。"

"收到。"

"现在是我的命令——"萧剑林的声音很坚定,"可以开展突击行动,但是你们不会有后援。明白吗?"赵小海和葛桐毫不犹豫地回答:"是!"萧剑林说:"开始吧,我授权给你们。"赵小海和葛桐快速收起装备,转身跑向轿车。后备厢被打开,赵小海和葛桐拿出里面的装备背包打开,防弹背心等被逐一穿戴在身上,随即他们取出崭新的95自动步枪和各自的弹匣,又把插着92手枪的腿部快枪套缠绕在腿上扣好腰带。他们关上后备厢上车,赵小海开车。黑色的蒙迪欧轿车高速掉头……

10

一团杂草在缓慢移动。一个枪手抱着狙击步枪,对着瞄准镜在观察周围。严林背着56-1战术改冲锋枪,嘴里叼着匕首,慢慢爬到枪手的后面。枪手察觉到些许不对劲,但是已经来不及了,一只有力的手迅猛地捂住了他的嘴。他圆睁双眼,还没支吾出来,匕首滑过他的脖颈,刺穿了他的脖子,刀尖从脖子那边扎出来。枪手的瞳孔散开了。严林松开双手,枪手软软地趴在前面的地上。严林直接把他拖到后面。严林拿起来56-1,慢慢旋转上消音器。对面的枪手在瞄准镜里一览无余,严林瞄准了他。对讲机在响:"射手1号,收到回答……"严林不再犹豫,扣动扳机。"噗!"对面的枪手应声栽倒。严林拿起冲锋枪,摘下消音器,快速向山下滑行。对讲机还在叫着:"射手1号收到没有?射手1号?射手2号呢?射手2号收到请回答……"

蔡晓春快步走进别墅:"怎么了?"监控的白马抬起头:"射手1号、射手2号都失去联系了。"蔡晓春皱起眉头,拔出腰里的手枪高喊:"有客人来访——大家快准备!"其余的枪手们纷纷抄起家伙,快速按照预案冲出去分组占据战斗位置。蔡晓春"哗啦"一声拉开手枪的保险,咬牙切齿地说:"我们要欢迎不速之客!"

严林抱着56-1冲锋枪从山坡上滚下来,随即起身举起枪口。两个黑影从湖边别墅跑出来:"在这里!"严林果断射击,两个急促的点射,一个枪手中弹栽倒,另外一个躲闪不及腿部中弹哀嚎倒地:"妈的!这小子枪法很好——"严林补过去一个点射,对面马上清净了,但是更多的人往这边跑来。蔡晓春跑到院子里,听着枪声,他的步子逐渐慢下来。他皱起了眉头——那种有节奏的点射是他熟悉的。

一间幽暗的屋子里,双手被缠着铁链吊在房梁上的韩光慢慢睁开眼睛。他满脸是血,视线都被血模糊了。他听着那抵抗的枪声,瞳孔慢慢亮起来。他的嘴唇翕动:"猎隼……"

严林一瘸一拐,但是移动速度很快,手里的冲锋枪在不断打出准确的点射。对面的枪手们扫出的弹雨追赶着他的脚步,他一个鱼跃藏在厂房后面。枪手们慢慢围拢过来。严林的准确点射又开始了。一个枪手爬上了厂房的屋顶,从上面瞄准了严林,但蔡晓春的声音立即从耳麦里传出来："停止射击！停止射击——"枪手们纷纷停止了射击。蔡晓春脸色苍白地从后面慢慢走出来，站在空地上。他的声音很飘："猎隼，是你吗？"

严林抱着冲锋枪躲在厂房后面，他深呼吸："对，是我！"

"出来吧！我不会开枪，我的手下也不会开枪。"蔡晓春说。严林怒吼："秃鹫，今天有你没我，有我没你——我不用你怜悯我！我是个战士，我要战士的死法！"

蔡晓春沉默片刻："猎隼，你走吧。你知道你不可能成功的。"严林闪身出来，端着冲锋枪对准了蔡晓春："是我出卖了他——"蔡晓春躲都没有躲，就那么盯着严林，"我听着你的枪声了，你没子弹了。"严林扭曲着脸，扣动扳机："啊——"咯咯咯！果然没子弹了。

蔡晓春露出苦笑："还是你教给我们的，要学会倾听敌人的枪声。跟音乐家一样，一个训练有素的敌人，枪声也带着自己的节奏。"严林看着他，一脸坦然。周围的枪手们举起了枪。蔡晓春举起右手，枪手们放下枪。蔡晓春淡淡地说："你走吧，我说过我不会杀你。"严林看着他，急促呼吸着。蔡晓春转过身就走。

严林嘶哑地大声喊："山鹰——我尽力了——"

被挂着的韩光睁着眼睛，嘴唇翕动却说不出话来。他扭动着身躯，希望自己可以挣脱，但这是不可能的。

蔡晓春立即回头。严林撕开了自己的夹克，露出脖子上挂着的手雷。蔡晓春高喊："不要——"严林高喊着拉下手雷："对不起，我出卖了你——"

"轰"——玻璃一下子全碎了，灰尘落下来。韩光闭上眼睛，声音嘶哑："猎隼——"

蔡晓春被部下搀扶起来，满身都是火药味，耳朵还在鸣叫。他看着空荡荡的面前怒吼："我操——"随即眼泪就出来了，哀号着，"啊——"

韩光闭上眼睛，那些过往的岁月在他脑里无比清晰地浮现出来……

风声萧瑟，誓言声声，狙击手连的红旗在飘舞。戴着黑色贝雷帽的严林注视着他们。20多个穿着吉利服的狙击手庄严举着右拳，韩光跟蔡晓春在大声宣誓："我宣誓！我是中国陆军的一名狙击手。我将忠诚国家和军队，勇敢杀敌！狙击手将比任何人都更危险，所以我要比任何人都训练刻苦！平时多流汗，战时少流血！作为狙击手，我将深入敌后，斩获敌酋，我将与我的搭档深陷险境！无论何时何地，我们都将并肩作战，同生共死！"

严林一脸庄严地扫视着队员们："知道什么是同生共死吗？"狙击手们怒吼："知道！"

"我的血就是你的血，你的命就是我的命！当我们深入敌后，跋山涉水，突破封锁线，与优势敌人周旋——有什么可以信赖的？"狙击手们注视严林。"有人说，是自己的枪——不对！是你的战友，你的兄弟！因为你们已经把生命交给了彼此，你们就是一个人！生要在一起，死要在一起！没有什么道理可讲，这就是他妈的狙击手的天性！我们生来就是同生共死的！"狙击手们注视严林，怒吼："同生共死！"严林冷冰冰地注视着他们……

被吊着的韩光仍闭着眼睛，一滴眼泪流过他的脸颊。

别墅外，烟雾仍在慢慢飘散。蔡晓春失神地跪在地上，泪水在不断地流。

第十一章

———★———

1

　　严林的修车厂。赵小海和葛桐在交替掩护着前进。底舱内，天宇的耳朵在翕动。他一把拽住正在睡觉的纪慧的衣服。纪慧被吓醒了，满头大汗。天宇指指外面，纪慧听了听，有脚步声传来。她立即起身拿起桌子上的手枪上膛，对准门口。赵小海闪身到门边，两人戴上防毒面具，葛桐拿出催泪弹。两人对视，点头，赵小海拿出撬锁针。门锁在转动。纪慧双手端着手枪，鼻翼急促地呼吸着。她慢慢抬起手枪，对准门的正面。门外，赵小海低声说："准备！"天宇的耳朵动了一下，脸色变了。纪慧咬牙，颤抖的双手握紧手枪，食指加力扣动扳机。"砰"——天宇突然冲过来撞倒纪慧，枪打偏了。赵小海立即拉开舱门，葛桐手里的催泪弹扔了进去。催泪弹在地上打转，喷出白雾。赵小海闪身进去，手里的步枪立即顶住纪慧的脑门儿。天宇尖叫："小海叔——不要开枪——"赵小海的食指立即中止动作，但是枪口仍顶着纪慧的脑门儿。葛桐冲进来踢飞了纪慧手里的手枪。纪慧咳嗽着被葛桐按倒。

　　"你怎么在这里啊？！"赵小海从烟雾中抱起天宇。

　　天宇咳嗽着，但是很坚强地喊出来："小海叔——快去救我爸爸——"

　　葛桐拉起纪慧反手抓着她将她推出去。赵小海对着耳麦："突击成功，发现天宇和一名女枪手。没有秃鹫和山鹰，完毕！"他们匆匆跑出去。赵小海把天宇扛在左边的肩膀上，右手拿着手枪快速通过开阔地。葛桐拉着纪慧，右手举着自动步枪紧随其后。

　　特警支队监控室里，萧剑林一脸沉重："严林自己去救山鹰了，他很可能回不来了。"

　　薛刚问："发现蔡晓春的藏身地点了吗？"

　　"对，"萧剑林点点头说，"严林的儿子提供了线索。我的人已经在地图上确定了位置，在前湖别墅。我们现在必须抢时间，他们现在很可能就在激战！"

薛刚犹豫着："我必须报告局长才能行动……"监控室的电台响了："特警注意，山区下前湖附近居民报案，有密集枪声。110 指挥中心已经派警员前往，特警队立即出动支援！完毕！"薛刚脸上的犹豫没有了，他果断地高喊："走！"待命的特警队员提起武器快速跑出大厅，冲上装甲车。车队开动……

2

湖边别墅，烟雾早已散尽。蔡晓春默默地站着。韩光被白马带出来，站在他身后。蔡晓春抬起头，两眼失神，他的思绪，仍在那段光辉的岁月中……

烟雾在飘散，不时响着密集的枪声。韩光对着耳麦："山鹰小组呼叫猎隼！我们在 279 界碑处，遭到优势敌人的追剿，请立即提供支援！"

严林的声音通过无线电传来："山鹰，援兵在路上，你们再坚持 10 分钟——"

蔡晓春高喊："山鹰，你的 9 点钟方向！机枪手——""啪！"狙击步枪发出清脆的射击声，机枪手栽倒。韩光继续说："山鹰呼叫猎隼！我们被包围了，援兵什么时候到？"

更密集的枪声、爆炸声传来，两个"毛毛熊"一样的狙击手在飞奔。特种部队时期的蔡晓春身着吉利服，转身射击："山鹰，注意敌人的 40 火——"身着吉利服的韩光手持 88 狙击步枪，在更换弹匣："告诉我目标方位——"他们身边不断有子弹滑过，树叶掉落一片，尘土飞扬。四面八方若隐若现的是服装很杂的贩毒武装……蔡晓春观察着："10 点钟方向，距离 328 米，敌 40 火在装填——"韩光掉转枪口，"啪！"40 火手头部中弹倒下。他对着耳麦大喊："猎隼，援兵！"

远处的迫击炮发射了。"轰"——炸点落在很近的地方。尘土过后，韩光抬起头，抖掉身上的尘土："秃鹫，你怎么样了？"

蔡晓春趴在地上不吭声，脸上都是血。韩光抱过他来："秃鹫！秃鹫！"

蔡晓春睁开眼："援兵……不会到了吧……"

"撑住，你能行！"

蔡晓春哆嗦着手拿出信封，上面也都是血："替我……交给百合……"

"别说傻话了！你自己给她——"韩光突然抄起蔡晓春胸前的 56-1 战术改冲锋枪，"嗒嗒"扫出去一个扇面，很近的地方冒出来的两个贩毒武装猝然倒地。韩光丢掉蔡晓春的冲锋枪，抄起自己身上的 56-1 战术改："猎隼！秃鹫受伤，我需要援兵！现在就要！"

严林的声音传来："我们在路上，你们务必坚持下去——"

对面出现的贩毒武装开始射击，韩光"嗒嗒"地回射。蔡晓春坚持着抓起自己的枪，在下挂的榴弹发射器装入一颗榴弹。"我操——"韩光被猛烈的弹雨压制着，根本抬不起头。蔡晓春扣动扳机，打出榴弹。"轰！"对面不远处响起爆炸声，伴着一片惨叫声……韩光趁机更换弹匣，起身射击："我们会活下去的，秃鹫！一定要坚持到援兵到来——"

蔡晓春满脸是血，仍顽强射击。韩光在射击，一脸狰狞……

黄昏渐渐来到，枪声终于渐渐安静下来。韩光和蔡晓春浑身是血地躺在旱沟里。蔡晓春虚弱地问："山鹰……是不是没有援兵了？"

"别说傻话，援兵在路上……"韩光抱着奄奄一息的蔡晓春，眼皮上都是黏稠的血。

"猎隼不会来了……我们被抛弃了……"

"猎隼不会抛弃我们的……"韩光脸上一片坚定。蔡晓春笑着拿起冲锋枪检查，却吐出一嘴血："我没子弹了……他们在组织下一次的进攻。我们的末日到了，山鹰……"

韩光默默无语。蔡晓春丢掉冲锋枪，拿出一颗手雷。韩光看着他。蔡晓春握紧手雷，露出笑意。韩光对着耳麦："猎隼，山鹰小组最后一次通话。我们已经弹尽粮绝，无法突围，也无法坚持。我们将忠诚自己的誓言，宁死不当俘虏。通话结束……"

"山鹰！你们再坚持一分钟，再坚持一分钟——"韩光慢慢摘下耳麦，丢到一边。蔡晓春苦笑："我们最后的时刻到了……"韩光笑笑，抱住了他。硝烟中，十几个贩毒武装正包围过来。蔡晓春凝视韩光，握紧手雷："同生共死……"韩光抱紧了蔡晓春："下辈子，我们还是兄弟！"贩毒武装的身影越来越近。蔡晓春笑着点点头，慢慢拔出手雷的保险。贩毒武装逐渐围拢过来。突然之间，直升机的马达声传来了。贩毒武装傻眼了。韩光一把攥住蔡晓春的手。两人抬头，一架武装直9高速掠过，机翼下的火箭弹"啪啪啪啪"打出。贩毒武装陷入火海，一片惨叫……

"我们下去！这俩兔崽子扔掉了无线电——"严林全副武装，旁边是赵小海等突击队员。在严林的率领下，突击队员们分成火力组、接应组开始出发。在直升机的超低空俯冲射击下，贩毒武装纷纷溃逃。韩光拿起那颗手雷，甩了出去。"轰！"手雷在远处炸开，一片惨叫……直升机降落，严林和赵小海持56-1战术改跳下，一边射击一边飞奔过来。直升机再次起飞，追剿残敌。严林持枪警戒："兔崽子——你们他妈的居然不相信老子！"

蔡晓春笑着："我还以为，你真的不要我们了。"

"扯淡！"严林瞪他一眼，"你再说一次这样的话，老子就把你丢下来喂狼！我们撤！"

赵小海蹲下来在给蔡晓春检查伤口。严林把弹匣甩给韩光，韩光接过来，装在自己的56-1战术改上，拉开枪栓："为什么来得这么晚？"

"别废话了！能来就不错了，我们差点儿被机枪打下来！要不是陆航的兄弟玩儿命，还真的接应不了你们两个兔崽子了！"

"我爱陆航……"蔡晓春笑着，血又流了出来。严林瞪他："你就少说两句！——猛禽1号，猎隼请求撤离！猎隼请求撤离！完毕。"

"猎隼，猛禽1号收到。我将在你东南方向20米降落，请做好撤离准备！完毕。"

"猎隼收到！完毕。快！准备回家了！"

韩光抱起蔡晓春，跟着严林撤离，赵小海在最后警戒，倒退着撤离。他们到了开阔地，韩光慢慢放下蔡晓春，直升机在降落。严林认真地看着蔡晓春："秃鹫，你给我记住了！任何时候都不许怀疑我，我不会丢下你们任何一个人！任何一个！同生共死不是一句口号！明白吗？"蔡晓春眼里闪着光芒："明白……"

严林注视蔡晓春，擦去他脸上的血："回家了，你们都是我的孩子。"

直升机螺旋桨掀起巨大的风尘……

蔡晓春失神地想着过去。韩光站在他身后，冷冷地说："你杀了猎隼……"蔡晓春脸上的表情很复杂。韩光说："我知道你变了，但是真的没有想到你会走这么远……"

"白马，警察要来了，我们撤。"蔡晓春突然说。韩光凝视着空荡荡的眼前，举手敬礼。蔡晓春没有敬礼，他转身看着韩光："事情完后，我会给猎隼一个交代的……"

韩光盯着他："你交代得起吗？"蔡晓春不说话，走了。

3

天宇愣愣地站在湖边别墅外的空地上。他的面前是一片爆炸后的残骸。在他的身边，特警和民警们跑来跑去，在搜集现场物证。纪慧披着毛毯，坐在救护车的后车门处，一个女民警盘问着做笔录。萧剑林慢慢走到天宇身后，手抚摩着他的头发："天宇。"他的声音发涩。天宇没有说话，眼睛还是那么无神，却有晶莹的泪花隐现。萧剑林低声说："你的父亲，是一个真正的男子汉。"天宇咧开嘴，坚持着没有哭。

萧剑林举起右手："……敬礼……"

"唰"——天宇举起右手，利索地行了一个标准的军礼。赵小海和葛桐也举起右手敬礼。警察们没有敬礼，陆续摘下了自己的帽子。

唐晓军匆匆跑过来："我在忙绑架的案子，这边又天下大乱了？"

薛刚苦笑："你自己看见了。"

萧剑林低下身对天宇说："天宇，你先跟警察阿姨去休息。我要去办事，等我办完事来接你。"天宇点点头，一个女民警拉着他的手慢慢走了。萧剑林叹口气，转身看着走过来的唐晓军："有什么线索？"唐晓军把萧剑林拉到一边："我现在怀疑这一切都跟世界经济论坛有关，所有的这一切都在围绕着一个参加世界经济论坛的重要人物。"

萧剑林看他："谁？"唐晓军压低声音说："何世昌。"

萧剑林深思着："这么严密的布局，这么精心的安排，还有这些境外冒出来的枪手——要不是何世昌这个级别的人物，我倒是还觉得小题大做了。"

唐晓军焦急地问："看来秃鹫的目的已经非常明确——我需要你的专业建议，我们到底该怎么找到他们？"萧剑林的目光转向群山："撒网和重点结合。动员所有机动警力，动员基层群众，重点排查城乡结合部，交通便利、人烟稀少的别墅、厂矿等；利用技术侦查手段，监控通信、网络、无线电信号等，看看有什么蛛丝马迹没有。"

唐晓军着急地说："这是大海捞针，有没有什么别的办法？我们必须保证世界经济论坛的绝对安全！"

"要找的不是一般的疑犯，是我最好的狙击手山鹰和秃鹫。"萧剑林的声音还是那么低沉，"恐怕目前只有这些办法了——对了，你向高局长报告，让他向市委市政府打报告，申请军分区动员预备役部队，这是可以把他们赶出来的机动力量。"

"我马上去报告。"唐晓军转身走了。萧剑林看着苍茫的群山，面色严峻。

4

武警部队的战斗警报拉响。武警们手持81自动步枪背着战斗背囊，他们快步跑向营房门口的一辆辆披着伪装网的军用卡车、吉普车和摩托车。门口，手持红绿小旗的武警站在门口，指挥车队鱼贯而出。车内，武警战士们手持武器，注视军官。上尉看着战士们说："养兵千日，用兵一时！在这个特殊的时刻，我们要承担起武警内卫部队的光荣使命，保卫人民，保卫滨海！同志们有没有信心？！"战士们怒吼："有——"

军车队伍高速行驶过街头，市民们站在街道旁好奇而紧张地看着这难得一见的场面。电视台记者站在街旁，背后是疾驰而过的军车队伍。她拿着话筒对着镜头："……随着世界经济论坛的即将召开，安全保卫工作成为世界关注的焦点。为了配合世界经济论坛的安全保卫工作，加强反恐安保力量，武警部队进行了紧急拉动演习……"

另一条街上，全副武装的武警士兵跳下车，他们紧握手里的自动步枪和执勤交警、巡警配合，对过往车辆进行检查。警犬狂躁地在武警训导员的指挥下嗅着车辆。武警工兵拿着探雷器在检查车辆上的金属物体。武警步兵手里的步枪抵在肩上，眼神警惕地打量着四周……

5

公安医院的隔离病房里，唐晓军站在纪慧的床前，张超在一边做着笔录。唐晓军问："就是这些？"纪慧点点头，拿起茶杯喝水："对。事情的经过就是这样。"

唐晓军追问："特警丢枪的时候，韩光始终和你在一起吗？"

"我们始终在一起。"纪慧说。唐晓军自言自语地说："那他就没有盗窃枪支的作案时间。"

"你在说什么？难道你们怀疑韩光偷枪？"纪慧纳闷儿地问。唐晓军看着她，纪慧接着说："你也不想想，就算韩光想杀人，他会偷自己的枪吗？那不是一开始就怀疑到他了吗？"唐晓军的目光慢慢变得严肃。纪慧问："怎么了，我说得不对吗？"

"你说得对，按照逻辑来说是这样。"唐晓军的声音很冷，"但是你怎么知道凶手用的是韩光的枪？"纪慧语塞了。唐晓军逼视着她的眼睛："告诉我——你究竟知道些什么？"纪慧躲开他的逼视。唐晓军走到纪慧面前，坐下看着她的眼睛："你有事情瞒着我，告诉我——你究竟都知道些什么？"纪慧再次躲开唐晓军的眼睛："我要见我的律师！"

"虽然你是在国外上的大学，但是你清楚中国法律。我可以让你见，我也可以不让你见——告诉我！"唐晓军严肃地说。纪慧迎着唐晓军的眼睛，加重语气："我要见我的律师，在我见到我的律师以前，我不会说一个字！"

唐晓军站起来，看着纪慧："不允许她见任何人——从现在开始，你不能离开她半步！"

张超愣了一下："她上厕所怎么办？"

"我马上派一个女刑警来！"唐晓军转身离开，"你们两个要24小时监控纪慧，一只苍蝇都不能放进来！"张超起立："是！"纪慧坐在床上不说话。唐晓军铁青着脸大步出去了。纪慧听着门被猛烈撞击的声音，嘴唇抽搐了一下。

6

这是一个破旧的厂区，从外面看去，厂里空无一人。仓库内，韩光又被吊了起来。蔡晓春站在他面前盯着他："你到底做不做？"韩光满脸是血，但不吭声。白马举起木条，抽打过去。韩光闷哼一声，咬牙没有喊出来。蔡晓春不吭声。白马再次打下去……

外面天色已经擦黑。"哗"——一桶凉水浇到韩光头上，趴在地上的韩光没有任何知觉。蔡晓春蹲下，用手枪拨动他的头颅："让他醒过来。"他的脸上没有表情。白马拿起一个注射器，一下子扎进韩光的劲动脉，注射器在推进。韩光咳嗽一声，苏醒过来，他接着剧烈地咳嗽着，哇一下吐出一口血块。蔡晓春冷冷地注视着他："听着，山鹰，你没有选择了，如同我没有选择一样。我们都是已经被发射出去的子弹，一旦离开枪膛，命运就不是你我可以左右的了。"

"我不会和你合作的……"韩光说。蔡晓春还是那么冷冷地笑着，他挥挥手，"咣"，地下室的门被粗暴掀开，一个枪手推着被绑着的林冬儿下来。林冬儿衣衫褴褛，嘴上粘着胶条，支吾挣扎着。

"冬儿——"韩光心如刀绞，撕心裂肺地高喊。枪手一把把林冬儿推倒在韩光身边，韩光想爬起来抱住林冬儿，却被蔡晓春一脚踢翻，他把枪口顶在林冬儿的额头上，"哗啦"一声拉开枪栓。林冬儿惊恐地睁大了眼。韩光怒吼："不要——"

"砰！"蔡晓春突然抬起枪口，一枪打在林冬儿头顶的地面上。林冬儿惊恐地睁着双眼拼命挣扎着。韩光被白马按着，青筋暴起："你杀了我——"

蔡晓春的枪口再次顶住冬儿的额头，他面对韩光，脸上带着从未有过的狰狞："山鹰——韩光——我告诉过你，你没有选择了！你不要以为我会杀了她，不——我要让她活着，让她承受比死更痛苦的折磨！我要把她卖到东南亚，卖到最烂的窑子！我要让她一天接100个客人！我要让她活着，让她活着承受这一切！"

"不！"韩光挣扎着。

"我会的！"眼睛血红的蔡晓春站了起来。

"不——这跟她没关系——"

蔡晓春怒吼："因为她是你的女人，这就是她的原罪！"

"你为什么要这样？！"

"因为，我恨你！韩光！我无法压抑内心深处对你的嫉妒！你是那么强！你是最好的'刺客'！以至于我用尽一生也无法超越你！我很不愿意承认这一点，但是我不得不承认这一点——韩光！山鹰！你是最好的'刺客'！"

韩光冷冷地看着他。蔡晓春急促呼吸着说："但是你知道，在你出现以前——在你出现以前，我——蔡晓春——秃鹫，是最强的！我从小就是最强的，我不能允许有人超过我！我是最强的狙击手！我在81集团军是最强的狙击手，我在全军特种部队也是最强的狙击手！我才是最好的狙击手——我才是'刺客'！"韩光的眼神中带着怜悯。

"可是出现了你！出现了你——山鹰！我的一切梦想都被你毁了！我恨你！我被你的阴影笼罩着，我从来没有超越过你！甚至这个阴影，一直伴随着我！甚至是我到了国外，我出生入死的时候，我都会想起你来！因为在最危险的时候，我第一个本能反应就是想起你会怎么做！我一次次化险为夷，都是因为我把自己幻想成为你——韩光！山鹰！'刺客'！——不要以为我会感激你，我越这样就越恨你！恨到了骨子里！——我不能摆脱你的阴影，不能！"

韩光怜悯地看着蔡晓春。蔡晓春狞笑着："所以，我要毁了你！和你的一切！你的生活！你的事业！甚至是你的女人！只要和你有关系，我全部都要毁掉——什么都不剩下，什么都不留下！只有这样，我才能彻底摆脱你的阴影！我才能重新找回最强者的感觉……因为，你已经被我毁掉了！没有比我更强的了！没有！"

韩光眯缝起眼睛看着蔡晓春，蔡晓春毫不躲闪："你答应还是不答应？！"

韩光看了一眼林冬儿，林冬儿含泪正看着自己。他转向蔡晓春："你发誓，你会放了她！"

蔡晓春斩钉截铁地说："我发誓，这件事情我们做个了断！只要你做，我绝对不会让她再受到任何伤害！我用我的性命发誓！"韩光叹息一声。

"你做，还是不做？！"

韩光的眼睛又飘向了林冬儿。林冬儿的嘴还被捂着，眼睛里充满了恐惧。韩光眼里的寒光消失了，代之以歉意和柔情。他闭上眼睛，声音很苦涩地说："还需要问我答案吗？"蔡晓春挥挥手，林冬儿被带出去了。

是夜，韩光坐在仓库的一角，默默擦拭着步枪组件，白马站在他的身后，低沉地说："我很同情你，山鹰。"韩光头也不抬："为什么？"

"因为我敬佩你，你是真正的军人，'刺客'——我也曾经是。"

"那你现在呢？"韩光问。白马没有说话。韩光没有表情。

白马继续说："希望来世可以和你并肩作战。"

"没有来世，只有今生——我们是敌人。"

"如果你我是敌人，那么你就是我尊重的敌人。"

"可惜你不是，你是职业杀手。"韩光低沉地说。白马没有表情。韩光慢慢组装好 88 狙击步枪，哗啦一声拉开枪栓。白马默默地看着他，韩光转身将枪对准他的眉心，白马没有动作。韩光和白马默默对视着，许久，他慢慢放下枪。白马问："为什么你不杀我？"

"我要在对战的时候杀了你，这是我对你这个狗杂种的尊重。"

白马笑了："如果一定要死，我希望死在你的枪下。"韩光不语，仍默默擦拭着枪……

7

何世昌站在酒店楼顶，一言不发地注视着酒店人工湖的湖面。秦伟小心地过来："何先生，您在这儿？"何世昌扭头看他。秦伟小心地把外衣披在何世昌身上："外面风大，您怎么不进去？"

"我在思考一些问题……"何世昌说。秦伟看着何世昌，听他继续："你在我身边这么多年，可以说是最了解我的人了。"秦伟说："何先生一直很照顾我。"

"我的生命已经走入倒计时，以后的世界是你们这些年轻人的。"

"何先生，您千万别这么说……"秦伟哭了出来。

"这是自然规律，谁也不能违背。我何世昌也是肉体凡胎，不是神仙上帝，早晚会有那么一天的……你在我的身边这么多年，也是我最信任的人。"

"承蒙何先生错爱。"秦伟擦着眼泪。何世昌说："你很年轻，也很聪明，办事干练，是不可多得的人才。"秦伟说："何先生，您别这么说……"

"这是事实，我一直很看好你。对于我们何氏集团来说，你会成为未来的中流砥柱。"他看着秦伟，"今天跟你谈话，算是托孤了。"秦伟呆住了。何世昌继续说："世佳年少，未经商场磨砺，虽然他的本质聪慧，但毕竟是个陌生的领域。"

"何先生，您的意思是……"秦伟愣住了。何世昌意味深长地说："他需要你的全力扶持。他的安全，自然由黑豹负责，但是他的事业，要交给你负责。"秦伟犹豫着："何先生，我……"何世昌继续说："桌子上有一份我已经签署的文件，明确了你有何氏集团 10% 的股份。"秦伟大惊。

"我不会亏待你的，小秦。另外，你还会是何氏集团的执行董事。在我去世后，这个文件自动生效。"何世昌说。秦伟更是惊诧："可是……可是何世荣先生……何世荣先生是执行董事啊！"何世昌的神色黯淡。秦伟低声说："我怎么能……取代何世荣先生呢？"何世昌长叹一声："世荣的事情，我自有安排。"秦伟说："是……"

"还要提醒你一句，"何世昌盯着秦伟，"所有的这一切，都必须在一个前提下。"

"何先生，您说。"秦伟。何世昌一字一顿地说："忠于我的儿子，钟世佳。"

"我当然会！"秦伟毫不犹豫地说。何世昌认真地看着他："如果你违背了这个前提，那么所有的一切都会化为乌有。文件里已经很明确地写明了你的责任，我希望你能认真阅读。"

"何先生，您不相信我？"

"不是不相信你，我想假设你在我这个位置上，你也会明白的。"

"是……"秦伟回答。何世昌看着湖色："明天，会真的下雨吗？"秦伟诧异地问："天气预报说明天是晴天啊？"何世昌苦笑："你去吧，我自己待一会儿。"秦伟转身下去。何世昌注视湖色，片刻苦笑道："我真的希望这只是一场噩梦啊……世荣，你会收手吗？"

夜色苍苍，周围一片寂静。秦伟手里拿着文件，独自走着。他在湖边停下，拿出打火机，点燃文件，火焰将他脸上浮现的奇怪笑容衬托了出来："我要的，不止是那么多。你以为我真的是你何世昌的一条狗吗？我要的，是整个世界！"他丢掉燃烧的文件，拿起电话："白鲨，一切都在按计划进行。"他挂了电话，面色冷峻。

8

唐晓军把厚厚的资料袋放在桌子上："何世昌身边人的资料都在这里，做的笔录也在这里。你可以给我从山鹰和秃鹫的角度来分析一下吗？"萧剑林看了看资料袋，想着什么。

"这样策划周密的部署，有内奸是肯定的——你在想什么？"

萧剑林看着窗户外："我在想一个很难解释的问题。既然有内奸，那么暗杀何世昌是太容易的事情。何世昌不是国家元首，他的保安工作再严密，漏洞也是百出的。别的不说，投毒岂不是很简单？至于说使用狙击步枪，只要有一个稍有训练的二流枪手，一支有瞄准镜的手动单发猎枪，随便找个他的必经之地埋伏下来就可以了。如果觉得不保险，再加两个——三个枪手伏击的交叉火力，他怎么跑得了啊？有什么必要一定要雇用秃鹫？他的价钱可不低啊！秃鹫还要胁迫山鹰，这引起来的事端就更多了。"

唐晓军点点头："虽然这是一个谜团，但是我们只有应战，没有别的办法。"

萧剑林打开资料袋看着："目前看来是这样，对手在步步设局，貌似毫不相干，其实处处关联。我们是来协助战术支援的，不是来办案的。你是刑警队长，需要我们做什么，我会给你战术方面的建议。"

唐晓军拿出秦伟的资料："这个人，我一直在怀疑。他是何世昌的干儿子，反过来说，他也是最了解何世昌行踪的人。如果何世昌和钟世佳都死于非命，那他就是理所当然的继承人。我们通过国际刑警刚刚查过他在国外的资料，他用他妻子的名义购买了拉斯维加斯的一幢豪华住宅，这远远超过他的实际经济水平，他的妻子是还在读大学的博士，也没什么收入。"

"他是一个要被抛出来的棋子。"萧剑林说。唐晓军看他。萧剑林把资料放在桌子上："只有两种可能，要么秦伟安排了这一切，是真正的幕后老板。但是这个可能性，我保持谨慎的质疑，因为操纵这样一个局，秦伟有没有这样的能力？当然凡事都有例外，也许他真的是幕后的老大。"

"还有第二种可能呢？"唐晓军问。萧剑林说："他要被抛弃了……我敢打赌，他现在已经失踪了，要不就是被灭口了。依照对手的实力，你们通过国际刑警去调查何世昌身边的人，这保不了密。秦伟——已经不在了。这条线索断了。"

唐晓军一拍脑门儿："我怎么这么笨？！"他拿起对讲机，"小猎犬2号，注意秦伟的动向！"

酒店外的停车场，藏在车里的便衣刑警对着对讲机："小猎犬2号收到，骨头情况正常，没发现异常。"秦伟从酒店出来了，他径直走向一辆黑色奔驰轿车。便衣刑警发动汽车："骨头出现了，我要跟上去。黑贝还有什么指示吗？"秦伟走向奔驰轿车，突然一辆别克商务车疾驰而至，两个蒙面人一跃而出，径直按住了秦伟将他拖进车里。动作非常之快，以至于秦伟都没有来得及叫喊。便衣刑警睁大了眼："不好,有人绑架秦伟——"他把对讲机放下，拔出手枪上膛，下车。

"回来——你不要出面——"唐晓军在无线电另一端着急地喊，但是已经晚了，那个刑警双手持枪已冲向别克商务车："别动！警察——"别克商务车压根儿就不减速，司机瞬间踩下油门，车子高速冲向便衣刑警。便衣刑警扣动扳机的一瞬间，车头猛地撞击在他的身上。"砰！"便衣刑警被撞击起来，在空中一个滚翻，直接落在地面上，别克高速离开。周围的行人发出惊呼。便衣刑警圆睁双眼，血流出来。他的右手还抓着手枪，胸前的警徽从衣服当中掉出来。一个女孩儿手哆嗦着拿起手机："喂？110吗？这里出事了……"

10分钟后，唐晓军到达现场。他颤抖着手抚上了便衣刑警的眼皮，将白布盖在他的脸上。唐晓军声音嘶哑地说："抬走吧。"两个急救人员把他抬上急救车，关上后门。急救车鸣叫着从警戒圈穿过去，融入车流。唐晓军转身看着现场，萧剑林蹲在地上，在查看车辙印。唐晓军走过去："有什么发现？"萧剑林站起来摘下白手套，摇摇头。

"还是秃鹫的人干的。"唐晓军咬牙切齿地说。

"我们现在唯一的牌，就是全力保护何世昌。"萧剑林问，"他今天有什么安排？"

"他要去公安局。"唐晓军说。萧剑林愣了一下："公安局？"

"对，何世昌在滨海搞了个见义勇为基金会，每年捐助滨海见义勇为的市民和我们殉职的警官家属。这一次他回来，局里想请他去颁发荣誉模范市民证书。怎么？你难道怀疑他们要在公安局搞暗杀？"

萧剑林在紧张思考着，他反问："为什么不呢？"唐晓军一愣。萧剑林反问："他们已经偷了警枪，已经绑架了韩光，已经杀害了警察——他们为什么不敢在公安局搞暗杀呢？"

唐晓军恍然大悟："如果他们要搞死韩光，会逼他在公安局下手！这样韩光就永远都翻不了案了！"

站在现场旁边的薛刚已经转身挥手高喊："走走走！立即赶回局里去！"特警队员们跳上车，唐晓军和萧剑林紧跟在后面。萧剑林边跑边对赵小海和葛桐下命令："你们两个跟我去控制市局大楼的制高点！发现可疑目标要果断射击！"

"报告！如果发现目标是韩光怎么办？"赵小海说。萧剑林厉声说："现在顾不了那么多了！"赵小海愣了一下，但还是咬牙说："是！"警车车队风驰电掣，往公安局奔驰。

9

韩光被蒙着眼睛，拴着双手，跌跌撞撞地被前面的白马拽着绳子拉上黑暗的扶手梯。后面还有一个背着枪袋和背包的蒙面人推着他。前面的白马掀开了顶部的盖子，上去了。他随即把韩光也拉了上去。东南方向就是公安局。枪袋被打开，韩光的那把88狙击步枪露出来。背包打开，笔记本电脑被拿出来打开，连接上摄像头，无线传输打开，上面的视频窗口是对方传送来的——林冬儿的嘴被胶条粘着，绑在椅子上。她已经放弃了抵抗，默默流着眼泪。韩光眼前的黑布带被撕开，他眯缝着眼睛，努力适应着强烈的光线。周围的地形地貌一看就眼熟，他看见了公安局的大厦。韩光的眼睛转向笔记本电脑，看见了可怜的冬儿。白马把耳麦塞进他的耳朵里。蔡晓春在里面说话："看见了？"韩光嗯了一声。

蔡晓春说："你做掉目标，我放人。"

白马解开韩光手腕上的绳子。韩光活动着自己的手腕，看着地上放着的88狙击步枪，88狙击步枪孤独地卧在那里，旁边是弹匣。摄像头架在步枪旁边，可以看到现场的情况。白马看着他："下面就是你的个人表演时间了。山鹰，祝你好运。"两人起身下去走了，只剩下韩光孤零零站在那里。他抬头看着熟悉的公安局大厦，门口和大厦周围都是警察，还来了不少记者。韩光活动活动手腕，趴在地下，拿起了狙击步枪。蔡晓春的声音传出来："山鹰，下面就看你的了。3分钟以后，目标会出现在大厦门口——你只有一次机会。"

韩光不说话，他安装好弹匣，把眼睛凑在了瞄准镜上。他的右手习惯性地拉开枪栓，一粒金黄的子弹退出弹膛，落在他的手心上。韩光把子弹握在手心里，平息着自己的呼吸。瞄准镜里的公安大厦门口，人头攒动。

蔡晓春冷冷地看着笔记本电脑屏幕上传输来的现场画面——韩光手持狙击步枪静卧，一动不动。蔡晓春的嘴角浮现出奇怪的笑容："山鹰，你终于在我的指挥下了。"这是压抑了好多年的笑容！他点着一支烟，用力地吸入，然后慢慢吐出来。烟雾中，蔡晓春的眼睛闪烁着点滴的泪光："山鹰，我终于赢了你一次……"

10

街上，特警车队跟黑色旋风一样在街上疾驰，警笛响彻滨海。

唐晓军心急火燎地跟薛刚坐在第一辆车里。他打着电话："喂？帮我接高局长？……什么？局长不在？那你帮我接政委！……政委也不在？那你别接了，你现在马上到颁奖现场去，让他们中止仪式！哎呀！我跟你说不清楚……"前方路口设有路障，武警挥手示意停车，唐晓军伸出脑袋怒吼："把路让开，没看见我们在执行公务吗？"武警中尉敬礼："同志！上级通知，市委市政府在公安局有重大迎外活动，有重要外宾出席，属于一级警卫。在活动结束以前，市局周围5公里要实行交通管制，希望你配合我们的工作！"

唐晓军怒火中烧地下车："我是市局刑警队长唐晓军！我在执行紧急公务！你们马上给我让开——"暴怒中的他拔出手枪上膛对准武警中尉。武警战士们冲过来，手里的81-1自动步枪"哗啦"上膛，对准了唐晓军。特警队员们翻身下车，手里的自动步枪"哗啦"上膛，也对准了武警们。双方剑拔弩张，一触即发。唐晓军急促呼吸着，手里的手枪顶在武警中尉的额头上："你要知道，我要去执行的公务多重要？！"

武警中尉怒目圆睁，毫不胆怯："我是军人，我要执行命令！"

萧剑林走过来，手缓缓压下唐晓军的手枪："他只是在执行上级的命令。别把事情闹大，都没办法收场。"唐晓军慢慢放下枪，关上保险，厉声喝道："全部退下！放下武器！"穿着防弹背心的几个刑警慢慢放下武器。薛刚厉声命令："放下武器，关保险！"特警队员们低下枪口上关保险。武警中尉命令："放下武器，退后！"武警战士们也退后。唐晓军把手枪插回腰里："交通管制？——对人没有管制吧？"武警中尉还是那么严肃："我接到的命令，没有说要对携带枪支执行公务的警察进行管制。"唐晓军挥挥手："跑步前进！"刑警们跟唐晓军持枪跑步前进。萧剑林说："我们走！山鹰要露面了！"赵小海和葛桐提着88狙击步枪跟着萧剑林飞奔。薛刚回头："全体下车，战术队形全速前进！"特警们跳下车，跟着他迈步跑过路障，向公安局飞奔。

萧剑林高声命令："赵小海——"

"到——"

"你负责右翼！"

"是——"

"葛桐——你负责左翼！"

"是——"

萧剑林对薛刚说："让你的狙击小组跟着我！"薛刚一招手："狙击小组跟上！"狙击小组的狙击手和观察手跟上萧剑林，其余的特警队员们跟黑色潮水一样涌入大街，又分成几股涌向不同的方向。

市公安局大门口。摩托警的引导车亮着警灯过来，后面是几辆黑色奔驰轿车。在媒体闪光灯的笼罩下，奔驰轿车相继在大厦门口停下，穿着黑色西服戴着墨镜的保镖们下车，警惕地观察着周围。高局长在警官的簇拥下走向车队。中间那辆加长奔驰S600轿车缓缓停下，保镖俯身打开车门，何世昌的一头白发露了出来，高局长笑容可掬地走过去，伸出右手。何世昌慢慢从车里钻出来。

韩光的呼吸很平稳，眼睛贴在狙击步枪的瞄准镜上。一旁的摄像头在关注着他。韩光盯着将从车里钻出来的何世昌的头颅，食指离开扳机护圈，放在扳机上，在缓慢均匀加力……

"快！占据制高点！"萧剑林带领特警的狙击小组跑向市局旁边的工地。

工地有一部吊车，但是由于有重大活动，工地已经临时停工。门口的武警很纳闷儿地看着这群黑衣特警跑过来："你们是哪个单位的？"萧剑林出手，武警战士晕倒了。"对不起。"他咽口唾沫，带领特警狙击手们跑入工地，飞速往吊车上面爬。

市局附近的楼顶上，赵小海满脸是汗地跑来，一个箭步卧倒，呼吸急促地把背上的狙击步枪摘下来，拉开枪栓，开始搜索目标："02到位！正在搜索目标！"另外一个楼顶，葛桐一个箭步扑倒，手里的狙击步枪已经架好："03到位！"他的眼睛贴在瞄准镜上，快速搜索可疑目标。

市局对面楼顶，韩光稳稳架着狙击步枪，瞄准镜里是正在出来的何世昌。

"我发现目标了！"赵小海高喊，"在我的9点钟方向！"他扣动了扳机。凌厉的枪声响起来。但韩光已经开枪了！他的子弹高速飞向何世昌。赵小海的子弹紧追而来，韩光措手不及，左臂中弹。他丢掉步枪，转身就跑。赵小海、葛桐在连续开枪，韩光被子弹追逐着，他跑到来时的楼梯快速下楼。

市公安局门口已经一片混乱，高局长被警察们压倒在下面。保镖们拔出手枪在高喊着，周围乱成一团。何世昌的车旁已经是一团血迹。保镖们忙乱地喊着，护送何世昌的座车高速倒车，开往医院。记者们从懵懂中反应过来，纷纷拍照。一个外国记者举着话筒："暗杀发生在滨海的警察局！这是现场报道！10秒钟前，著名华裔财团首脑何世昌在滨海警察局内遭到枪击！现在还不知道他的情况，本台将会在第一时间做现场追踪报道……"警车、救护车响成一片。

11

　　韩光在街上疯跑，他的左臂还流着血，周围的行人惊呼着躲开了他。韩光翻过栏杆，一把推开一个正在开车门的市民，市民刚想骂，但是看见韩光的满身鲜血，不敢吭声了。韩光打开车门上车，旋转钥匙发动轿车，白色轿车跟子弹一样冲了出去。警车远远开来，试图封堵路口。韩光的轿车撞开警车，径直逃窜。

　　市公安局会议室内，高局长铁青着脸，警察们在周围来来去去。唐晓军站在高局长对面，脸上是深深的失望。萧剑林站在一边看着窗外，看不见他的表情。技术处长进来："确定了，枪上是韩光的指纹！"高局长抬起眼睛，他的手机响了："喂……是我……我知道了。"高局长放下电话，看着他们，嘴唇翕动着："何世昌死了，一枪毙命。"

第十二章

───────★───────

1

唐晓军面色严肃地站在指挥中心。警察们都注视着他。唐晓军说："根据市局命令，由我担任追捕韩光行动的总指挥。启动反恐怖1号预案，封锁机场、车站以及交通要道，全面布控；广播、电视、网络等媒体，全面发布韩光的通缉令。如果韩光反抗，可以就地击毙；如果韩光逃逸，也可以就地击毙……"

警察们开始忙碌。唐晓军戴上耳麦，各个方面的信息在瞬间汇总过来。

2

持枪武警列队从街上跑过。直升机在上空盘旋。武警官兵手里拿到了新的电传命令——韩光的照片和加急通缉令。街上的警察们都穿了防弹背心，手持微冲和95，警惕地观察着四周——整个城市如临大敌。

身穿防弹背心的记者面对摄像机，一口粤语："一夜之间，滨海好像进入了战争状态。国际知名企业家何世昌在世界经济论坛召开前夕，被暗杀在滨海公安局大门口。而凶手也被怀疑是一名昔日的警官，据不愿公开身份的某位官员透露，这名行凶的警官居然是滨海特警的功勋狙击手。这不是一个黑色幽默，而是一个事实……"新闻上如实播放着记者的话，韩光的照片出现在电视上。电视机前的赵百合惊讶地从沙发上站起来："不！不！这不可能！这不可能——"她晕了过去，正在打毛衣的护士A吓坏了："来人啊！来人啊！"女医生和护士们急忙冲进来，抢救赵百合。王涛进来："怎么回事？谁允许她看电视了？！谁是值班护士？！"护士A小心地说："我……她……她说她无聊，想看看新闻……"王涛训斥道："胡闹！出事了，你担得起责任吗？！"护士A吓坏了："我……我没想到……"

"怎么样？！"王涛转向正抢救的医生，医生抬头："病人本身就有先天性心脏病，必须马上送医院！"

"快！还等什么？！"——护士们抬起赵百合往外走。王涛出门之前瞪了护士A一眼："这他妈的危机，还真没想到！回头看怎么修理你！"护士A吓哭了。王涛快步出去，上了车，车高速离开。

街上，王涛开着的越野车打着警灯，拉着警笛做前导，后面跟着救护车。救护车内，医生高喊着布置抢救，护士们在忙碌。赵百合奄奄一息："山鹰……山鹰……这不是真的……"

"你不要说话！保持清醒——"

"这不是真的……"眼泪从赵百合的眼里流出来，恍惚中，她回到了过去在特种部队的日子……

特种部队的武器库里，韩光在检查全排的武器装备，蔡晓春在门口敲门。韩光说："进来吧，跟我一起清点一下。咱们排人不多，但枪多，这帮家伙又都是兵油子，少个刺刀什么的很难说。"蔡晓春进来，关上门，韩光看他，继续说："连长找你谈话了？"

"嗯。"

"你啊。你没错，但是你不该那么做。"

"你觉得我没错？"蔡晓春很意外。

"每个人都会有愤怒，关键是你如何控制自己的愤怒。理智，情感，永远都在搏斗。"

蔡晓春捡起一把88狙击步枪检查着："我想不了那么多，那个时候。"

韩光拍拍他的肩膀："学会去想那么多。你是军人，纪律是你的灵魂。"

蔡晓春苦笑："说起来也奇怪，没有战斗的时候，我从来没有违反过军纪。这参加实战了，跟吃了兴奋剂似的，越打越兴奋。"韩光看着他："你该去看看心理医生了。"

蔡晓春摆手："得了，得了，我没病。我又不是精神病，看什么心理医生啊？"韩光担忧地看着他，没说话。

当夜，韩光便把自己的发现和想法向当时的连长萧剑林汇报了。萧剑林听完韩光的想法，犹豫了一会儿，问："你觉得有必要吗？"韩光说："我看过外军的资料，狙击手的神经总是高度紧张的，这种紧张需要释放出来。而且，狙击手总是在爆头，虽然是杀敌，但这毕竟是在杀人。我建议，不仅是狙手，还有参加实战的官兵都要定期接受心理辅导。"

"我军历史上从未有过心理辅导，我们打过那么多仗，也没发现有特别严重的心理问题。你说的这个问题，我在资料中也接触过，不过我们的兵相对外军淳朴得多，想得也少。"

"时代不一样了，连长。"

"严教在前线狙杀那么多敌人，你觉得他心理有问题吗？"

"他没事就喜欢瞄人头玩，连长你觉得他一点儿问题都没有吗？"

萧剑林愣了一下："这个问题我现在还很难答复你。这要向大队汇报，看看大队长和政委的意思。你先回去吧，我明天去找大队长和政委。"

"是，我走了。"韩光起立，转身出去。萧剑林坐在椅子上，琢磨半天："心理辅导？——连我也有问题吗？"他拿起帽子，出去了。

两天后，萧剑林带着上级的意见来到了卫生所。赵百合听完萧剑林的话，淡淡一笑，说："每一个人都有心理问题，只是或多或少而已。"萧剑林看着她。赵百合说："我相信，狙击手的心理问题会更多，隐藏得更深。一个受到现代文明教育的青年人，手持狙击步枪去猎杀一个同类——可想而知，他的内心深处要承受多么大的冲击力。也许现在还意识不到，但是长期下来就很可怕了。"

萧剑林反问："你了解狙击手吗？"赵百合说："我不了解，所以我在尝试了解。"

卫生所所长想了想说："政委把这个任务交给我们，我们就得很好地完成。百合，你在护校选修过心理学，是咱们大队卫生所唯一接触过心理学的。所以，我看你就担任狙击手连的心理辅导师吧？"萧剑林看看年轻的赵百合："她？所长，你没开玩笑吧？"所长反问："那你说找谁？难道从地方请一个有经验的心理医生？你不怕泄密啊？"萧剑林想想，苦笑："你不行吗？你了解特种兵，也了解狙击手——参谋长我看就活蹦乱跳的，没什么心理问题。你辅导得不错，就顺手帮我们狙击手连也辅导辅导吧？"所长说："别逗了！隔行如隔山，我学的是外科！"

萧剑林看赵百合："那你学的是什么？"赵百合回答："外科护理。选修过心理学。"萧剑林说："你看这也不是专业的啊？"赵百合一笑："我是心理学的在职研究生，要看我的学生证吗？我刚刚通过军医大学心理学的在职研究生考试。"萧剑林噎住了，半天才说："这个年头，流行在职研究生啊？"所长笑："对啊！不是你给带起来的风气吗？"萧剑林再次被噎住。

关于心理辅导的事就这么定下来了，狙击手连的队员们由赵百合进行辅导。

次日。狙击战术训练场。严林坐在越野车上，面前的杂草和灌木丛没有什么异常。他打开冰箱，拿出一罐冰镇可乐，打开，喝了一口。一团杂草在轻微晃动，严林拿起高音喇叭："乌鸡！你的屁股就那么大吗？5公里以外都能看见你的屁股了！乱动什么？扭得很好看吗？"

"报告——"狙击手乌鸡打着报告。

"讲！"

"有……有情况——"严林一下子丢掉可乐，起身就拔出腿上的92手枪上膛。同时，杂草里的灌木丛在瞬间一起一跃而起，狙击手们手持狙击步枪和自动步枪上膛，虎视眈眈。严林躲在车后："什么情况？！"乌鸡说："那边有个女兵！"严林右手持枪，左手拿起望远镜，远远有个人影跑过来——是赵百合。严林放下望远镜，关上手枪保险："一个女兵喊什么喊？少见多怪！不过还是要表扬你，眼睛够尖！600米外的目标都能看出是男是女！好了好了，继续训练！"狙击手们重新趴下。严林重新打开一罐可乐，喝了一口。

赵百合跑步过来：“报告！”严林随手还礼：“有事儿吗？”

“我想了解狙击手训练。”赵百合说。严林上下打量她：“你谁啊？”

“大队医务所，赵百合。”赵百合回答。严林问：“你了解狙击手训练干什么？”

“报告！是我的任务，让我接触狙击手、了解狙击手。少校，我奉命做狙击手连的心理辅导师。”赵百合说。严林没听明白：“什么什么？什么辅导师？”

“心理辅导师。”

“我的狙击手心理没问题，你去别的连队辅导吧！”

“这是政委的命令。”

蔡晓春卧在草丛中看着：“目测身高一米六五。”韩光说：“一米六四。”蔡晓春摇摇头：“我的眼睛不会错。她的军靴靴底高一公分半，所以她的净身高是一米六五。”韩光说：“她站在洼地，所以要减去一公分。”蔡晓春伸头看看：“算你赢了。”后面的乌鸡说：“这个不算本事。你们俩谁能看出来——她是 A 罩杯，还是 B 罩杯？”蔡晓春纳闷儿了：“什么 A 罩杯，B 罩杯？这是什么军事术语？”韩光笑：“乌鸡，你就使坏吧！我的排副都被你带坏了！”蔡晓春回头看乌鸡：“你说的到底是什么意思？”乌鸡忍住笑说：“等你谈对象就知道了。”蔡晓春想想：“肯定不是什么好事！”他转身继续潜伏。

那边，严林瞪着赵百合说：“政委？政委怎么了？我在前线打仗的时候，他还当新兵呢！让他来找我，你走人，该干吗干吗去！”

“你……”赵百合待在那儿，眼泪流了下来。

萧剑林上尉开车过来：“怎么了？你跟这儿干吗呢？”

“萧连长，我想了解狙击手训练！”赵百合找到了救星似的说。萧剑林打量着她：“这么快就进入情况了？怎么还哭鼻子？”赵百合看着严林说：“他不让我了解！”“严教，这是大队医务所的……”严林打断萧剑林：“让政委来找我！胡闹，这是狙击手连的训练！谁都能了解，我们还有什么战术秘密可言？”赵百合争辩着：“可我也是狼牙特种大队的，难道你不信任我？”

“在战场上，我只信任男人，从不信任女人。”

“你不是上过前线吗？我不信你没受过伤！那你告诉我，救你命的是男人还是女人？”

严林噎住了：“看不出来，你还挺厉害的啊？”赵百合擦去眼泪正色道：“我只是陈述一个事实！我也在执行任务，希望你配合我执行任务！”

“我们中国军队，用不着学习外军那一套！我们的兵个个都是好样的，心理没一点儿问题！”

赵百合冷笑：“是吗？那你告诉我，他们身上的吉利服哪儿来的？是不是进口的？是不是外军装备的？还有他们的二人狙击小组战术，是从哪里借鉴过来的？还有大量的狙击手专业战术和专业术语，是从哪里演变过来的？还有一个叫严林的优秀狙击手，曾经三次到外军特种部队狙击手学校交流和进修。少校——你告诉我，中国军队用不着借鉴外军的那一套吗？"

严林看了她半天："看不出来，你还做了充分的战前准备啊？"

"少校，如同训练狙击手是您的工作，接触和了解狙击手也是我的工作。如果我一点儿功课都没做，我也不敢到这里来。"

"既然这样，那你告诉我，你想怎么接触和了解狙击手？"

"我想先接触他们，才能了解他们。从最简单的开始吧，我想了解狙击手的负重，以及他们需要在敌后潜伏多久，对突发情况做了什么准备。"

"你不能影响我们的正常训练。"严林说。赵百合举手行礼："报告！我不会的！"

严林看看手表："时间到了，都滚出来！"

"哗啦啦！"一片灌木丛站起来。赵百合吓了一跳："啊？！这么多人啊？"

严林笑笑："刚才不还说什么吉利服不吉利服的吗？还以为你多少算是个内行呢！——山鹰，秃鹫！"二人出列："到！"

"你们两个，给她介绍一下你们的装备和任务预案，有问必答。"

"是！"二人提着武器走过来。严林整合队伍说："其余的人，滚到山那边去！我要检查你们的射击！走吧！"狙击手们列队、集合，走了。

赵百合笑着看这两个辨别不出面目的狙击手走过来。二人站在赵百合跟前，摘下自己吉利服的帽子，露出包裹迷彩汗巾的光头。

"是你？！"赵百合认出了韩光，呆住了，"你们——谁是狙击手，谁是观察手？"

二人站在赵百合跟前，都是目不斜视。韩光说："报告！手持88狙击步枪的是狙击手，手持56-1冲锋枪的是观察手。也就是说，我是狙击手，狙击手连一排排长韩光少尉，代号山鹰；他是观察手，狙击手连一排排副蔡晓春，一级士官。报告完毕。"

蔡晓春和韩光同时撇眼看赵百合的脚下。赵百合纳闷儿地问："你们两个看什么？"

蔡晓春得意地说："你终于输给我了，她踩着一块石头。"赵百合从石头上跳开："这个石头怎么了？有地雷吗？"韩光目不斜视："不是，我们在目测你的身高。我输给秃鹫，因为他目测结果是一米六五，我的目测结果是一米六四。"

赵百合气不打一处来："你们两个琢磨我的身高干什么？"

"狙击手的职业习惯。"韩光说，"我们要确定目标的身高，以便确定射击弹道。"

"我也是你们的目标吗？"

蔡晓春说："在狙击手眼里，任何人都可能成为目标。只要命令下达，我们会执行。"

赵百合反问："如果是妇女和儿童呢？"韩光看看她："没有这种可能性。"

"为什么？"赵百合问。韩光说："第一，我们的上级不会命令狙杀妇女和儿童；第二，如果我们的上级命令狙杀女性，那也是迫不得已，在我执行命令的瞬间，她不是妇女。"

"那是什么？"赵百合好奇地问。韩光回答："目标。"蔡晓春补充道："也就是死人。"

赵百合看着他俩："那你们会因此有负罪感吗？"韩光不说话。蔡晓春说："不会。因为我们是军人，在执行命令。"赵百合想想："你们给我介绍一下随身携带的装备吧！"

韩光看看蔡晓春："你面前是一个二人狙击小组，通过刚才的对话，我相信你了解二人狙击小组的构成。我是狙击手，他是观察手。我们携带的装备有所不同，现在我们拆下来给你看。"两人脱下吉利服，拆下背囊和武器装具，一一麻利地分解开来。

赵百合仔细地看着："这些全部负重多少？"韩光说："35公斤。"

"你们一般情况下要携带这样沉重的装备，长途跋涉多远的距离？"

"我们没有一般情况，每次的任务都不相同。"蔡晓春说，"也许是下了直升机就是潜伏地点，也许在200公里以外。"

"最大的困扰是什么？"赵百合问。韩光抬眼："我不明白你的意思。"

"就是你们最难以忍受的是什么？"

蔡晓春："我们可以忍受一切困难。"

韩光："寂寞——深深的寂寞。"

赵百合看着韩光："寂寞？"

"是的，藏在心里的寂寞。其实疲惫对我们来说不算什么。因为我们已习惯了疲惫和战胜疲惫，最难以忍受的是寂寞。"韩光回答。蔡晓春不说话，他也难受。

"没有人和你们说话？"

"除了无线电命令，没有任何人跟我们多说一句话。"韩光说，"而在通常情况下，我们在敌后活动，是保持无线电静默的。同样，我们也不可能跟任何人说话。"

"那你们心里都在想什么？"

"目标。"

"除了目标呢？"

"还是目标。"

"除了目标没别的了？"

"我们深入敌后，面临险境，所做的一切都是为了目标。除了目标，我们心里不能再想别的。除非……"

"除非什么？"

"我们不想活下来。"

赵百合打了一个冷战。韩光继续说："你想了解狙击手，其实你尝试把自己关在屋子里，一天不出门，不能和外界有任何联系，不能看书，不能看电视，只是盯着窗外的一根电线杆子看，就知道了。我们每天都是这样，盯着目标区域，生怕错过目标。"

"那你们真的很不容易……"

蔡晓春说："我们是狙击手，这是我们的工作，这是我们应该面对的考验。"

"你们……都狙杀过目标吗？"两人都不回答。

"谢谢你们，我不问了。以后我会通知你们去医务所跟我聊天，有兴趣吗？"

韩光看看蔡晓春，蔡晓春也看看韩光。赵百合笑笑："你们不去，我就要政委下命令了！"她看看手表，"时间到了，你们该集合了！谢谢你们，我不打扰你们了！再见！"她转身走了。韩光和蔡晓春看着她的背影。蔡晓春喃喃地说："她……挺漂亮的。"韩光看着赵百合的背影，眯缝起眼："B罩杯。"蔡晓春纳闷儿："到底是什么意思？"韩光看看他，笑了一下："告诉你，还是不告诉你——这，是一个问题。"他转身走了，蔡晓春挠挠脑袋，纳闷儿地跟上。

3

无数乌鸦被枪声惊起，天空瞬间变得暗无天日……韩光一下子睁开眼，他急促呼吸着，抓紧了躺椅的扶手。这是韩光第一次接受赵百合的心理辅导。幽暗的屋子里，低沉舒缓的音乐还在继续。韩光擦擦眼，却发现有泪水，他疑惑地看着自己手上的泪水。赵百合站在他的身后，双手放在他的肩上："你看见了什么？"韩光脱口而出："乌鸦。"

"乌鸦怎么了？"

"到处都是乌鸦。"韩光嘶哑地说，"我怎么了？我睡着了吗？我怎么哭了？"

赵百合缓缓地说："你做梦了，你在梦里想起了你不愿意想起的事情。你拼命去遗忘，你以为把它们都忘记了，可是它们还在你的记忆深处……你的记忆被唤醒了……"

韩光长出一口气："我不知道乌鸦意味着什么，我什么都想不起来。"

赵百合面对着他坐下，抓住他的双手："告诉我，你的童年。"

"我的童年很幸福。"韩光说。赵百合看着他的眼睛："你不幸福，你在骗我。"

韩光推开她的手："这超出了我作为狙击手接受心理辅导的范围。"

"你在逃避什么？"赵百合问。韩光认真地说："我没逃避，因为我什么都想不起来。"

"一个人怎么会忘记自己的童年呢？"

"我没有忘记，我说了我的童年很幸福！"韩光第一次发出了压抑的怒吼。赵百合看着他的眼："你愤怒了……"韩光失语。赵百合目光炯炯地说："我看过你的资料，你的特点是冷静，甚至可以说是冷漠。但是你愤怒了，提到你的童年……"韩光躲开了她的眼睛。

"跟我说说你的母亲吧！她爱你吗？"赵百合柔声问。韩光点点头："爱。"

"她是一个医生，对吗？"

"你看了我的资料，档案里面都写着。她是医生。她上山下乡的时候，是卫校的学生，所以就做了赤脚医生。后来考大学回到城市，工农兵学员，但她是个非常优秀的医生。她现在是主任医师，还是硕士研究生导师。"

赵百合追问："我没有问她的医疗水平，为什么你想告诉我这些？你想证明什么？你努力想说明什么？"韩光看着赵百合："我想说明，她是一个非常优秀的医生。"

"她是一个优秀的母亲吗？"赵百合看着他问。韩光也看着赵百合："……是的。"

"你怕输。"

"怕输？"

"对，因为你怕别人瞧不起你母亲是赤脚医生，工农兵学员，所以你极力想告诉我她的优秀。这说明你怕输，你怕被人瞧不起。"

"谁会瞧不起我？"韩光的声调很高傲。

"你自己。"

"我自己？"

"你自己——自卑。你在躲闪我的眼睛，因为你感觉到了自卑。你怕输，你不服输，你永远要做第一名——因为，你自卑。"

"我该回去训练了。"韩光要起身。

"等等！"赵百合站起来，"告诉我，关于你的父亲。"

韩光错开赵百合的眼睛："他去世了，我没什么好说的。"

"你的父亲是一个军人，却去世得无声无息。他是一个连长，无论是殉职还是意外，总该有记载。我没有找到这方面的记载——告诉我，为什么？"韩光看着她，不说话。

"你为什么哭了？"赵百合小心地坐下，握住韩光的手，"想哭你就哭出来，别压抑自己。你把自己藏得太深了……你的痛苦压抑得太深了……"韩光闭上眼，眼泪无声流淌。

"为什么你自卑？为什么你怕输？"赵百合问，"是不是跟你的父亲有关系？"

韩光不说话，只是流泪。赵百合继续问："告诉我，你父亲是怎么去世的？"

韩光睁开眼："你为什么那么想知道？"

"这是你童年的阴影，你带着这个阴影已经长到了22岁！"赵百合说，"你是一个出色的狙击手，也是中国陆军现在唯一的'刺客'。你要去出生入死，我不能让你带着这个阴影继续活着。你总是要不做狙击手的，要去面对未来的生活，爱情……"

"我不相信爱情。"韩光脱口而出。赵百合追问："为什么？因为你的父亲、母亲？"韩光失语了。赵百合握紧韩光的手："你可以信任我，我是一个心理医生，不是你的指导员。你说的任何事情，我都不会告诉别人。你需要宣泄，韩光，你把自己压抑得太久了……"

韩光看着赵百合，许久，嘶哑地说："我是一个私生子。"

赵百合没有惊讶，她注视着面前的韩光。韩光目视前方，眼泪已经消失，又恢复了往日的冷漠。他的声音低沉，嘶哑中带着特殊的磁性："我的父亲、母亲，用一个词来说，叫作青梅竹马。他们在一起长大，我的母亲上山下乡，我的父亲则加入了军队。他也是一个神枪手，来自我祖父的教导……我的祖父不仅是翻译，他还曾经和张桃芳并肩作战，是狙击兵岭的一个志愿军狙击手……我的母亲在云南边境的一个知青农场，那是一个美丽的地方，但是在我母亲的年轻时代，却是一个地狱……"

赵百合看着他："为什么？"

韩光看她："当一个弱女子被强权操纵了未来，你——能够抗争多久？"赵百合被问住了，她从未想过这个问题。韩光继续说："那个年代很疯狂，很难用什么词语来形容。为了能够回到城市，我的母亲……用尽了一切的办法。当然，她没有告诉我的父亲。因为她知道，他的个性……我的母亲终于能够去上大学，但是她也怀孕了，那就是我……"

"是谁的孩子？"赵百合斗胆问了一句。

"关键就是——不知道。"赵百合不敢再问了。韩光陷入回忆："他们俩以前就发生过关系，所以我的父亲没有多想。然后他们就结婚了，我的父亲继续在部队，我的母亲上了大学。日子就这样过去，在我的记忆中，那是春天……"赵百合问："你的父亲，知道？"

"对，在我5岁的时候，我淘气受伤了，需要输血。我的父亲掀起自己的袖子，说，这是我的儿子，抽我的……"韩光说得很平静，声音却变得哽咽。赵百合看着韩光。"所有的一切在那个夏天的下午都改变了。我母亲告诉了我父亲一切的一切，都没有隐瞒。我的父亲，没有说一句话。那天下午是射击训练，他带着一把步枪，走入了树林……"韩光惊恐地睁大眼，他想起了那个午后，穿着65军装的父亲走进树林，幼年的自己呆呆地看着。父亲的背影渐渐消失——"砰！"——枪响，幼年的韩光抬头，枪声惊起了树林里的无数乌鸦……

"我在很小的时候就知道什么叫苦难。那是我人生中最苦难的日子，我的祖父……一个老将军，从遥远的北京来到边疆，收敛儿子的遗体。他知道了全部真相，却没有责怪我母亲一句话，只是一声叹息。"韩光闭上眼，眼泪无声流淌。

"后来我成年以后，我的祖父告诉我，那是一个民族的苦难，一个民族的疯狂。作为一个人，还是个弱女子，在这样的旋涡中，很难有什么更好的选择。所以他不想说什么，只是默默收敛儿子的遗体，默默地抱起我来，好像什么事情都没发生过……"

"你一直跟着你的祖父？"赵百合问。

"是的，他和奶奶抚养我，没有说过我一句重话。"

"你妈妈呢？"

"我的祖父没有阻拦我见她，每个暑假，我都会去看她。"韩光说，"她没有再组织家庭，对我很好，只是我们之间好像隔了什么似的……那就是我的父亲没了，自杀了……他是一个高傲的军人，也是一个优秀的军人……他的军事素质非常好，战士们也都喜欢他……也是因为他太高傲了，所以他不能很好地面对这一切……还有就是，他太爱我的母亲了……他不能接受这个现实……"

"你从此以后就变得沉默寡言？"

"嗯。"韩光点点头，"有一点你说得没错……我自卑，因为我很小就知道我是私生子。虽然我的祖父一直将我保护得很好，但我还是自卑，只是不表现出来。为了掩饰这种自卑，我必须比任何人都强。我的祖父是个军人，是个狙击手出身的将军，所以我很小就开始学习射击……我加入了射击队，一直是第一名；我在学校的学习成绩，也是第一名……我渴望成为第一名，因为我希望得到尊重，掩饰我的自卑。只有我自己知道，这第一名，当得太累了，太累了……"

赵百合看着他："为什么你没有参加国家射击队而考了军校？"

"因为……我不想让我的祖父失望。"韩光看着她，"他当了一辈子的兵，虽然在部队历经了无数磨难，但是我永远忘不了……在我高二的时候，他退休时必须脱下军装的悲伤。他也是个喜怒不形于色的男人，所以他的悲伤就更让我震撼……我在内心埋下这个愿望，一直到高三，我真的接到了陆军学院的录取通知书，我才把通知书悄悄放在他的书桌上。第二天，我发现他在书桌前坐了一夜……我就这样成为军人，成为特种兵，成为狙击手……"

"你的祖父一定为你成为'刺客'而骄傲。"

"他去世了，前年。"韩光声音低沉地说，"那时候我在军校读书，他去得很安详。我回到干休所奔丧，他给我留下的遗产，是……一米多高的手写的外军狙击手资料，全部是他从内部英文资料翻译而来的。他为了给我留下这些，准备了三年。从我考上军校的那天起，就开始悄悄地去翻译……"赵百合闭上眼，眼泪"唰"地流下来。

"从此以后，我不再是为了我的自卑，而是为了他——我不能输。"韩光低声说。

"你是最好的狙击手。"赵百合睁开眼，"没人可以胜过你。"

"所以，我比狙击手连的所有官兵都累。当最好的，太累了……"韩光的眼睛里有着看不见的阴影。赵百合突然问："你有女朋友吗？"韩光摇头。

"也许你有了女朋友会好很多。毕竟你不会再孤独，会有个人能够理解你，关心你……"

"我的命运就是孤独，所以我是一只山鹰。"韩光起身戴上黑色贝雷帽，"你见过成双成对的山鹰吗？那是鸳鸯——不是山鹰。谢谢你，我现在好多了。下午我还要继续训练，告辞了。"韩光退后一步，军靴一碰，敬礼。赵百合傻傻地看着他，没有还礼。韩光转身要走。赵百合突然喊道："山鹰！"韩光站住了，没有回头。

"你放心，我不会告诉任何人的！"赵百合说。韩光还是没有回头："从我决定告诉你那一刻起，就没想过你会告诉别人。"赵百合注视着他。韩光拿出日记本："这个，我想可以给你看看，有助于你了解我。"赵百合拿过日记本，扉页写着：我唯一的遗憾，是我只能有一次生命献给我的祖国。赵百合很惊讶："内森·黑尔？"

"对。一个失败的间谍，却是一个伟大的爱国者。"

"这是你的人生信念？"

韩光看了她一眼，坦然道："我全部的精神世界。"他转身走了。

赵百合的眼泪唰地又流了下来。她奔到门口，看着离去的韩光默默流泪。

心理辅导室外，蔡晓春坐在椅子上。韩光出来，蔡晓春起身："山鹰，你完事儿了？"韩光点点头，走了。蔡晓春看着韩光的背影，转头，赵百合看着这边，脸上还有泪水。蔡晓春回头看看韩光，又看赵百合："赵大夫……"赵百合擦擦眼泪："秃鹫，进来吧。"蔡晓春走进去，他有几分拘束。赵百合擦干眼泪："坐吧，你喝水吗？"

"不，不，我刚才喝得挺多的。"

赵百合笑笑："你坐吧。"蔡晓春坐下。

"你接受过心理辅导吗？"

"没有。"

"别紧张，放松。"

蔡晓春笑笑："嗯。"

"跟我说说，你为什么当兵的？"赵百合问。蔡晓春的脸色严肃起来。

"怎么了？有什么不愉快的事情吗？"蔡晓春不说话。赵百合又说："你先休息休息，别想这些事情。来，我给你听一段音乐，在这段音乐中，我希望你能想起一些美好的事情……"她打开音乐，悠扬的乐声飘荡在屋子里，赵百合配合着音乐在讲述："……你飞过高山，飞过大海，看见了整个宇宙……"渐渐地，躺在那里的蔡晓春，眼泪慢慢流了出来。"这里没有战争，没有枪声……没有鲜血……"蔡晓春默默听着。"也没有……武器……"蔡晓春慢慢睁开眼，满眼都是眼泪："其实，我是一个孤儿……"赵百合呆住了。

"从初中开始，我就立志成为张桃芳那样的狙击手。我缠着爸爸买了气枪，每天练习打麻雀，当然也少不了打路灯……"赵百合静静看着他，听他说："在我17岁那年，我父亲因为车祸去世了，母亲改嫁，我离家出走，在街头跟小兄弟们混过一段时间。后来这帮小兄弟全都进去了，因为在迪厅斗殴没想到把人给打死了。"赵百合惊讶地看着他。

"我在起冲突之前去洗手间了，回来人已经挂了，警察很快就来了，其余的孩子都被批捕，我遇到了我的养父，即将退休的派出所所长，人老了看见十几岁的孩子很惋惜，就跟我谈话，了解我的情况。我就说了，还说到了自己想当张桃芳的梦想。老所长就更惋惜，鼓励我好好学习，以后去当解放军。

"我无家可归，他的儿子在国外，就把我带回自己家住。我们情同父子……高中毕业，我就报名参军了。他送我到了车站，依依惜别，然后他去法国跟儿子团聚了……"

"你就这样来到了狙击手连？"

"没有，我当时没有在狼牙特种大队，我去的是山鹰特种大队，我是狙击手集训队结束被选拔到狙击手连的。"

"山鹰特种大队？山鹰？"

"对，我跟韩光是一个部队调来的。"赵百合看着他。蔡晓春继续说："我又开始一个人面对自己的未来，只是这个时候我已经成熟了，目标明确——成为狙击手！我没命地练习射击，新兵连——侦察连——特种大队几乎是一路绿灯，并且在山鹰特种大队当了班长，也如愿以偿地成为特种部队的狙击手。我的提干也被提到大队常委的日程上，排里没有排长，我代理半年排长，没想到突然韩光来了……一切被打乱了……虽然我心里不舒服，但是作为军人，我还是能接受新排长的到来的。这也就罢了，自己大不了等等再提干，或者调到别的排去当排长。万万没想到，韩光是个绝顶出色的枪手。他在靶场的第一次亮相，就震惊了整个大队……"

"发生了什么事情？"

"那是几个老兵故意难为新来的学生官，拿了一把做过手脚的81自动步枪，要看他们打靶。其余的学员都被要了，只有韩光……他手起枪落，300米外的一排钢板靶全都掉了。拿做过手脚的步枪难为刚来的小红牌学员，是我们山鹰特种大队的一个风俗，所以全大队的官兵都被震了。我意识到，自己遇到了从未遇到过的天生狙击手……也是我最强悍的对手……"蔡晓春顿了顿，说，"一路走来，我跟韩光斗了一路……每次我都输给他……"

"你不觉得这样很累吗？"

蔡晓春看赵百合："你知道不知道渔民打鱼的故事？"

"什么意思？"

"在市场上，只有新鲜的活鱼才能卖出好价钱。但是渔民每次出海打鱼，放在船舱里的鱼都会死掉很多，所以总是卖不出价钱来。后来，有个渔民想了个办法，每次打鱼都在船舱里的鱼群里放上一条食肉的攻击类型海鱼，这条鱼在吃小鱼，一路攻击一路吃。"

"那为什么还要放上这样一条鱼呢？"

"因为，所有的小鱼都会活下来。"——赵百合愣住了。

"只有在意识到危险的时候，小鱼才会拼命地游泳，保持了足够的警惕性，所以小鱼都活了，渔民也就卖出了好价钱——对于我和韩光来说，山鹰和秃鹫，就是彼此的食肉海鱼。我们存在，我们竞争，所以我们都会保持着活力！"蔡晓春起身，笑笑，"谢谢你，我好多了……"

"我现在开始理解你们两个了……为什么一直是对手，却生死不离……"

"因为我们，首先是战友！我走了！"他转身跑了。赵百合呆呆看着……

4

越野车亮着警笛在同仁医院前急刹车。王涛等人着便装戴着面罩，穿着防弹背心，手持各种武器跳下车。人们看到他们的防弹背心上贴着"警察"的贴条，急忙散开。王涛说："去找医生！她绝对不能出危险！"一个警察跑步进去了。王涛又对两个警察说："你们去保安监控室，知道怎么做吗？"两个警察回答知道，转身跑去。昏迷的赵百合被抬下救护车，匆匆走向急诊室入口。武装便衣警察们散布在两侧挡住视线，目光炯炯警惕四周。

医院监控室，保安正在面对监视器屏幕。门开了，保安起身："你们是什么人？"蒙面刑警出示证件："立即关闭所有的监控，删除刚才的记录。"保安仔细看看证件。蒙面刑警摘下面罩："有问题吗？"保安摇头："没有。"他转身关闭了所有的监控设备，在电脑中调出记录。记录被删除了。

医院走廊里，医生和护士们闻声跑了出来："怎么了？怎么了？你们是警察？"王涛出示证件："国际刑警——这是非常情况，全力抢救这个病人！"医生点头："知道了，你们干吗带枪进来？把其他的病人吓坏了怎么办？"王涛压低声音："听着，如果她的行踪暴露出去，立即就是血流成河！我们要保护所有人的安全，不是吗？我无法跟你解释她的重要性，但是她真的对我们很重要！救活她，好吗？"医生惊讶地点头。赵百合被便衣护卫推进了抢救室。王涛说："布置好警戒线！抢救期间，救护室10米内不许有无关的人！"

便衣警察在走廊的抢救室门口设岗，面罩下是警惕的眼。

王涛安顿好一切，拿出电话拨打出去："白头雕，我这里出事故了……"

5

萧剑林默默坐着，在擦拭拆装的88狙击步枪。赵小海和葛桐在一旁面面相觑，谁都不敢说话。唐晓军进来，看着萧剑林黯然道："我很伤心，我以为他不会！他是我心中完美的警察，我知道他很难……但是我们都对警徽发过誓的！我没想到……他这么软弱，经受不起这样的压力！"萧剑林看着他，没说话。

"我一直相信他不会！我一直在试图尽力去帮他！现在，他真的那么做了！我只能履行我的职责，我一定要抓住他，亲自审问他！"

萧剑林说："他不会被你活捉的，秃鹫也是……"

"那我就亲手宰了他！"

萧剑林叹息一声："唐队，我知道你的压力很大，冷静一下吧，我们是来帮你的！"他看着唐晓军，"你是追捕行动的总指挥，你不能垮掉。"唐晓军注视萧剑林半天。萧剑林说："我们会按照你的指令去清理门户。唐队，我希望你能顶住，你也一定能顶住。"

唐晓军平稳下来，长出一口气："对不起……"

"没什么，还有事情需要你去做呢。"

"谢谢你。"唐晓军转身出去了，带上门。萧剑林在沉思。赵小海说："萧副大，我们怎么办？"萧剑林说："找到山鹰和秃鹫，我们干掉他们。"

"说实话……"葛桐说，"我没想过，要狙杀自己的前辈。"

"我们是军人，已经别无选择。"

赵小海和葛桐默默注视萧剑林。萧剑林长呼一口气："让他们走得痛快一点儿，这是我们唯一能做的。"他拿起88狙击步枪开始检查。赵小海和葛桐对视一眼，也开始组装88狙击步枪和95自动步枪……

6

韩光捂着伤口，在下水管道里艰难前进。他找到一个隐蔽的位置，然后撕开自己的衣服，开始检查伤口——胳膊在流血。韩光拔出匕首，咬紧衣服，手下用力，匕首扎进肉里，血淋淋的弹头被匕首的尖刃撬出来，"吭"的一声落在水管上。韩光发出低沉的怒吼："嗯——"他靠在墙上，汗珠落下，但仍坚持着拿起那颗子弹。他撬开弹头，把火药细密地撒在胳膊的伤口上，然后咬住衣服，点燃打火机，打火机点燃火药，啪的一片火光。韩光发出一声哀嚎："啊——"他倒在地上，失去了知觉。不知过了多久，韩光在水声中慢慢苏醒过来。他喘息着慢慢坐起来，拿起衣服的残片，开始给自己包扎伤口。

7

便衣国际刑警在同仁医院急诊室外站岗，那阵势如临大敌。王涛焦灼不安地走来走去。医生出来："她醒了。"王涛快步过去："她能转移吗？"医生说："警官同志，如果你还希望她活下来，最好现在不要动她。"王涛说："我知道了。我能去看看她吗？"医生想想说："可以，不过最好不要说刺激她的话。"王涛点头："我知道，谢谢。"医生又问："你打算在我的病房门口布设岗哨多久？"王涛回答："到她能转移为止。"然后他进去了。医生看着这些剽悍的刑警，苦笑摇头。

赵百合木然看着天花板。王涛走进来摘下面罩，赵百合不说话。

"赵女士，我知道你很难过。"

"不是难过，是心痛……山鹰怎么会这样？他到底承受了什么难以承受的压力？"

"他这样做，一定有他的理由。"

"我不能相信……山鹰会成为罪犯，他是那么热爱自己的祖国……"王涛不说话。

"你知道他写在日记本扉页的一句话吗？"赵百合问。王涛说："我没看过他的日记。"

"我唯一的遗憾，是我只能有一次生命献给我的祖国。"赵百合看着王涛，泪水慢慢流出来，"你知道吗？他就是这样简单的一个爱国者……我想不出来有什么理由，他会成为罪犯……"王涛说："我说过了，他一定有他的理由，或者说苦衷，你不要想太多了。"

"你在追杀我生命中出现的两个最重要的男人，你现在希望我不要想太多了？"

"很多事情，你无能为力。与其耗神，不如等待。"王涛意味深长地说。赵百合瞪大眼："什么意思？"王涛看看手表："我说过了，你不要想太多了。我该走了，你在这里休息。等到能够移动，我的人会把你转移到安全的地方。"

"等等，你话里有话！"赵百合喊道。王涛回头："我知道你曾经是特种部队的心理辅导师，但是我也接受过心理训练，所以你什么都问不出来，别费劲。好好休息吧，这件事情，你无能为力。等待是艰难的，但是我相信，你会有耐心等下去。"他戴上面罩，转身走了。赵百合看着王涛的背影想着什么。

王涛出来，对门口的便衣警察说："我现在去办事，你们在这里守着，一定要保证她的人身安全，到她的情况稳定下来，立即转移到我们的安全点。"随后，王涛大步走开。他出了医院，越野车开来，他上车，摘下面罩戴上墨镜："走吧，我们去市局，白头雕已经在路上了。"越野车扬长而去。王涛拨打着电话："白头雕，我们的好戏该开场了。"

8

投影上是韩光的大幅照片。大门"吭"地开了。所有人的目光都转移到大门的位置，面色严肃的方局长带着王涛等一群便衣干警径直走进来。高局长走在方局长身边，也是面色严肃。方局长一边进来一边说："我是国际刑警的方局长，我以最高利益的名义宣布接管这里的指挥权。继续追捕韩光，但是不允许对他直接射击，追捕警察要保证他的生命安全！如果他逃逸，可以对天鸣枪，但是绝对不允许对他直接射击！"所有的警察都听到了，但很纳闷儿。高局长强调："执行方局长的命令，这是特殊情况。"大家看高局长，高局长补充说："这是省厅的命令，我们都要全力配合方局长的工作。唐晓军、薛刚到会议室来，萧副大，也请你来一下。"萧剑林跟唐晓军对视一眼，跟着这群高官进去了。

高局长回头："这位叫王涛的干部，现在接管现场指挥权。"王涛摘下墨镜，对大家点点头。他接过警员递来的耳麦戴上，开始进行现场指挥："我现在要你们把情报汇总过来……"

会议室里，方局长看看大家，目光转向高局长："你说吧。"

高局长笑笑："现在我也听你的指挥了，还是你说吧。"

方局长看着大家，缓缓地说："何世昌没有死，他现在处在国际刑警的严密保护中。"大家都是一惊。方局长接着说："那颗子弹是没有弹头的，在韩光的狙击手生涯里，他第一次放了空枪。整个事件是由国际刑警和省公安厅、滨海市警方精心安排、策划的秘密行动，行动代号——'刺客'。韩光是在我直接指导下工作的，他承受了自己人的冤枉和追杀，承受了个人生活的厄运，但是不屈不挠地坚持完成了任务——韩光是个出色的警察，是个好同志！"

萧剑林的嘴角浮起淡淡笑意，唐晓军也如释重负。薛刚说："林冬儿落在了那帮枪手手里，你们知道吗？"

方局长点点头："知道。我们一直在监控着，而且现在还在我们的监控下。"

"我们是特警，我们承受什么样的危险都是理所当然的——但是……"薛刚说。方局长打断了薛刚："为了最高利益！韩光和林冬儿同志都付出了巨大的牺牲，他们的牺牲是值得的！"薛刚厉声问："那你就告诉我，这个最高利益是什么？！为什么要付出这样的代价？"

"薛刚！"高局长喝住薛刚，方局长抬手阻止高局长，他说："我想也应该告诉你们——这是一个局，一个经过精心策划的局。我们在一年前就获得了情报，秃鹫——也就是蔡晓春将要受雇来刺杀何世昌，而且我们也知道幕后主脑是谁。我们设置这个局，最主要的目的就是要把幕后主脑引出来！这是一个复杂的计划，而且带有很大的危险性。"

唐晓军纳闷儿地问："你们怎么知道蔡晓春一定会逼迫韩光呢？"

"经过各种情报资料的汇总分析，这个事情说起来就十分复杂了。"方局长说，"韩光跟蔡晓春在部队一直是一种很微妙的关系。而韩光转业到滨海特警，何世昌要来的恰恰是滨海，这就构成了蔡晓春逼迫韩光的前提。"

唐晓军又问："这种极端嫉妒引发的仇恨，包括他长期受到韩光压抑所引发的心理变异，我们都能理解。但是你怎么可以确定，蔡晓春一定会来找韩光呢？他为什么一定要胁迫韩光呢？"方局长淡淡地说："因为——女人。"大家都又是一愣。方局长拿出赵百合的照片："这个女人，林副大队长一定熟悉。"

萧剑林点头："是的，她原来是我们部队医务所的军医——赵百合。韩光和蔡晓春都追求过她，但是韩光显然不善表达。据我当时印象，赵百合应该是喜欢韩光的，但是蔡晓春的追求更猛烈。蔡晓春退伍的时候，赵百合也转业了。那时候我才知道他们已经是一对。"

方局长说："是的。赵百合跟蔡晓春出国，并且同居。蔡晓春加入了法国外籍兵团，很快成为佼佼者，成为法国外籍兵团伞兵2团狙击手连的精华，还加入了特种部队。赵百合一直在默默等待蔡晓春，并且努力去爱上他，但是她的心里藏着的是韩光。这一点蔡晓春也是知道的，他不仅在事业上，甚至在生活中都无法摆脱韩光的阴影。"大家静静听着。

"蔡晓春在法国外籍兵团服役5年期满以后，令赵百合惊讶的是他没有再次续约，而是选择退伍。他获得了法国身份，并且谎称自己要去南非做生意，赵百合就跟他一起去了。没想到的是，蔡晓春参加了国际雇佣兵公司，为了金钱作战。蔡晓春隐瞒了很久，但还是被赵百合发现了。他们大闹了一场，蔡晓春退出了国际雇佣兵公司，但是他很难忍受那种单调的生活，又成为国际职业杀手，要价很高，但是信誉非常好。这样的日子没过多久，赵百合又发现了蛛丝马迹，她毕竟曾经是特种部队的军医。两个人再次发生争吵，不欢而散。赵百合趁蔡晓春去战斗的时机，自行回国了。她在国内不想让任何人找到她，她只有一个可以信任的人——那就是韩光。赵百合找到韩光，安顿了下来。但是韩光已经有了女朋友，那就是林冬儿。韩光并没有跟赵百合复合，也没有发生关系——赵百合怀的是蔡晓春的孩子，只是她自己都不知道。赵百合不愿意让这孩子知道自己的父亲是蔡晓春，因为那是血腥的回忆。韩光默默照顾着怀孕的赵百合，在这个时候，我找到了他……"方局长回忆起当时的情形——

　　方局长站在江边，强劲的海风吹起了他花白的头发。他注视着面前的韩光。韩光本来就是个沉默寡言的人，此刻也不说话，所以看不出来他脸上的表情。方局长笑笑："这不是命令，我也不是你的直接上级，所以你可以选择不做。我更不会勉强你，因为我不会勉强任何人为我工作。"韩光抬头看他。

　　"这是一个危险的工作，也是一个需要付出巨大牺牲的工作。你将蒙受不白之冤，甚至很可能死于自己人的枪下——而那样你将得不到任何昭雪的机会。"韩光自信地笑笑，没说话。方局长继续说："你没有任何后援，在行动的第一阶段没有结束以前，我不会出面。所有的人都是你的敌人——你昔日的生死战友蔡晓春，你昔日的同事，甚至很可能会包括你在特种部队的上级和战友——他们都是你的敌人。你一旦投身这个工作，你前进的每一步，都会有枪口在窥视！没有任何地方是安全的，没有任何人是你可以信任的——你明白吗？"韩光还是没说话。方局长缓缓地说："韩光，你是一个有着远大前途的优秀警官，在你做出这样的选择以前，你自己要慎重考虑。一旦你失手，你将成为真正的罪人。"

　　韩光看着远处的海面，说："刺客生来就是迎接挑战的。"

　　方局长看着他，露出笑意。韩光转向方局长："我是刺客，这是中国陆军特种部队给予我的荣誉。我宣誓效忠我的祖国，我会信守这个誓言。"方局长点点头，拍拍他的肩膀。

　　"我是警察，我对警徽也宣过誓。除暴安良是我的职责，我会尽到我的职责。"

　　方局长点头："你是个出色的警察。你有什么要求吗？"

　　韩光淡淡一笑，摇头："知道'刺客'真正的含义是什么吗？"

　　"什么？"

　　"一言九鼎！"韩光的声音很坚定，"一旦做出承诺，赴汤蹈火，在所不辞！"

　　"国家有你这样的'刺客'，国之大幸！"方局长肃然起敬。韩光没有说话，向方局长伸出右手："忠于祖国！"方局长伸出右手："忠于祖国！"两只有力的手握在一起，两人眼睛中都是坚毅和果敢，却蕴藏着无法表达的庄严和神圣……

　　方局长看着眼前一脸惊讶的几个人，一边回忆一边说："就在你们发布了对韩光的通缉之后，我又见了他一次，那一次，是深夜……"

　　街上，警车呼啸而过。韩光走出树下的阴影，伸手打车。一辆出租车缓缓停下，韩光上了出租车。司机问："去哪儿？"韩光呆住了。司机笑笑——是方局长。"咔嚓"一声，方局长的手枪上膛。韩光看着方局长。方局长说："别乱动，我相信依照你的智商，你该知道现在的处境。"韩光呆了："白头雕？抓我归案，用得着你亲自出马吗？"

　　"我们找个安静的地方说话。"两人换了座位，韩光开车："我开始有点明白了。"

　　"知道我喜欢你什么——就是你够聪明。"

　　在一条无名山路上，出租车停下。韩光慢慢下车，方局长持枪从侧面下车："慢点，我知道你的厉害。"韩光回头："我也知道你开枪的速度，你是全省公安系统数一数二的快枪手。”

方局长笑笑：“老了老了，好汉不提当年勇了，世界是你们年轻人的。”

“现在你可以告诉我，到底是怎么回事吧？”

“别着急，这个说来话长了。”

“全城的警察都在追捕我，你认为会给我留多少听你说的时间？”

“其实你现在面对这个局面，我都预料到了。”

韩光看他。方局长问：“你为什么跑出来？”

“当然是找秃鹫报仇，他杀了百合！”

“一切都在我们的秘密监控中。”方局长说。韩光一愣：“什么意思？”

“我说了，一切都在我们的秘密监控中。”——韩光突然出手，夺过方局长的手枪。方局长被按在车头：“慢点儿，慢点儿，一把老骨头了，经不起这样折腾！”

“白头雕！你告诉我，百合是不是也在你的监控中？！”

“一切都在我的监控中。”

“她死了！她被秃鹫开枪打死了！为什么你不制止秃鹫？！”

“谁告诉你她死了？！”

“我亲眼看见的！”

“亲眼看见的就是事实吗？”

“百合还活着？”

“对，而且在我们的保护中。”

“我凭什么相信你？”

“凭我是个老警察！我不会让无辜的人被害，不管出于什么目的！”

“我要见她！”

“现在还不是时候！”

“我要她活着的证据！”

“好吧，你放开我。”韩光松开手。方局长拿出手机，调出赵百合的照片：“你自己看看。”韩光看着照片，是在安全点。他慢慢放下手枪，递给方局长，转身就走。

“你干吗去？”方局长叫住他。

“自首。”

“你干吗去自首？”

“现在百合还活着，是你们反恐处设的局，我擅自跑出来，还打伤了同事，我当然要去自首，难道要我真的做活靶子吗？”

“你不能去自首！”

“为什么？”

“你自首，我们现在做的工作都白做了！”

"什么工作？"

"我们给秃鹫设的局啊！你一自首，这出戏还怎么演下去？"

"什么意思？"

"我的意思就是——你继续逃亡，秃鹫会找你的！"

"找我？"

"对，他偷枪就是为了陷害你！包括杀赵百合，都是为了逼你入局！"

"什么局？"

"我这么说吧，他受雇暗杀何世昌，但是他想要你出手！"

"我是不会出手的！"

"我知道！所以说是将计就计！你不出手他就要出手，他一出手何世昌不死定了吗？"

"你不是在监控秃鹫吗？你直接抓了他不得了？"

"要有这么简单就好了！问题是不简单啊，我们想抓的不是秃鹫，是秃鹫后面的幕后黑手！你不参与这个局，我们怎么引幕后黑手出来？"

"你没搞错吧？我是滨海特警队的狙击手，不是省厅反恐处的侦查员！"

"我知道啊，你的工作关系是在滨海特警。"

"也就是说，你不是我的直接领导。你压根儿就无权安排我的工作，我也没义务完成！我是狙击手，不是卧底！你另请高明，这个局怎么破是你的事情。我走了！"

"可是你是警察，你是'刺客'！"

"对，那又如何？"

"你怕了？"

"我怕什么？"

"你害怕要面对危机？"

"你跟我开玩笑？"

"没有，一旦执行这个任务，你将面对同事的枪口，秃鹫的枪口，没人能支援你——所以，你怕了。"

韩光哼了一声："激将法对我是没用的。"方局长苦口婆心地说："不是激将法，是跟你讲事实！"韩光看着方局长："我在部队的时候，我们就打过交道。"

"对啊，我们是老相识啊！"

"你认为我会怕吗？"

"可是你现在就是怕了啊？"

"好，那我告诉你，我为什么不愿意干你说的那事儿！——你为什么不早告诉我？你要我去出生入死，起码要尊重我吧？"

"你事先不知情，才会更真实！"

"那我凭什么要去出生入死呢？！"

"因为你了解秃鹫！"

"这不是理由，秃鹫在你那儿的情报资料摆起来起码一米那么高了！何况我跟他已经很多年没联系了，我了解的是过去的他，不是现在的他！要说了解，恐怕你手下任何一个侦查员都比我了解他！"

"我了解你。"——韩光看他。方局长又说："我知道你心里有气，但是我了解你。"——韩光仍看着他。方局长认真地说："不是我需要你，是祖国需要你。"韩光长出一口气："你果然了解我，知道我的软肋。"方局长说："不是软肋，是你的美德。"

"好吧，我做！告诉我，为什么要设这个局来保护何世昌？他跟我们有什么关系？"

"这个事情说来就话长了，我相信我现在所说的，都会烂在你的肚子里。何世昌是我们的老朋友，而且是个伟大的爱国者，他现在又得了癌症，可以说已经到了生命最后的时刻了，但是他还在为了祖国奉献自己的力量，哪怕是付出巨大的代价。"韩光静静地听着。方局长继续说："国际风云，核心是能源。能源是什么？能源是一个国家、一个民族在这个星球赖以生存发展的原动力，是一个国家的战略储备，也就是国家最高利益——国家命脉。何世昌利用何氏集团在国际经济社会的影响力，收购和正在收购大量油田。并且，按照他的计划，这些油田将会陆续转让给我们的国家石油系统。也就是说，增加我们的战略石油储备,这个计划的意义你肯定能明白。所以你要执行的，是捍卫国家利益的光荣使命！"

"……我明白了。"韩光坚定地说。方局长看着韩光，拍了拍他的肩膀……

会议室里鸦雀无声，所有人都被这故事给镇呆了。半晌，唐晓军问："赵百合呢？她究竟是死了还是真活着？"方局长说："活着，我们安排的。"

"蔡晓春是个出色的狙击手，他怎么可能上当呢？"唐晓军皱起了眉头。方局长笑笑。唐晓军突然瞪大了眼："我明白了……"

"不该问的别问，不该说的别说。"方局长打断了他，"这是一个精心设置的局，我们所做的一切，都是为了掩护韩光，为了让他可以不被怀疑地被蔡晓春'胁迫'，为了让他可以对何世昌开那么一枪——这就是第一阶段行动的终结，也是第二阶段行动的开始！"

薛刚问："第二阶段的任务是什么？"

方局长拿出一张照片，照片上是个秃顶戴眼镜的老头儿："第一阶段的核心就是引蛇出洞。我们精心布置的局，我们付出的巨大牺牲，就是为了引出这个人。"

"何世荣？"唐晓军认出来了。方局长看着他，露出赞赏的神情："你的功课做得很好。就是何世昌的胞弟何世荣，ZTZ 财团的执行董事。根据我们的情报，何世荣跟西方某利益集团相互勾结，想要暗杀何世昌，目的就是为了继承 ZTZ 财团。所以，我们不是在保护何世昌这个商业巨子，而是在保护我们的国家利益。"大家静静地听着，"暗杀何世昌的幕后主脑，其实是西方某利益集团，在明面上摆着的就是何世荣。他雇用了蔡晓春这个枪手世界的传奇人物，来滨海暗杀何世昌。而蔡晓春则采取了曲线暗杀的方式，就是胁迫韩光来杀害何世昌——接下来的事情你们都知道了，也就是在表面上何世昌已经死于韩光的枪下。何世昌死了，何世荣作为财团的执行董事和继承人，他就必须到滨海来奔丧。只要他踏上中国大陆的土地，就在我们的掌控中了。我们要用法律手段解决掉何世荣，他是直接威胁我们国家的一个麻烦。"

"韩光下一步的任务呢？"萧剑林问。

"等待何世荣踏上中国大陆的土地，他要解决掉蔡晓春和他的那些枪手。"

"我可以帮忙。"萧剑林赶紧请战。方局长笑笑："你已经在我们的整个计划中了。这个行动计划过于复杂，由于时间关系，我不能在这里详尽解释。随着行动的开展，你们会逐渐了解。如果大家没有异议的话，我们就继续开展行动。"没有人说话。方局长看看眼前这些军警们，郑重地说："我宣布，'刺客'行动进入第二阶段！"

9

走出会议室的警官们变得精神抖擞，脸上的伤感和悲愤彻底消失了，代之以果敢和敏锐。唐晓军厉声命令："传令下去，所有警员、武警官兵、预备役部队官兵，如若发现韩光，不得对他直接射击，只能对天鸣枪示警！如果韩光逃逸，不得追赶！保证韩光的绝对人身安全！"一个警官说："已经发过了！"唐晓军重复："再发一次，强调命令的核心——保证韩光的绝对人身安全！"

方局长转向王涛："立即接通韩光，我要与他取得直接联系！"王涛会意，在笔记本电脑上敲下通信密码。忙音，在等待接听。

地下污水处理管道里。一只老鼠吱吱跑过，韩光嘴里咬着撕掉的衣服条，在给自己的左臂包扎。鲜血已经浸湿了他的夹克，他的额头上满是因为疼而冒出的冷汗。腰间的皮带扣在微微振动。韩光打开皮带扣的夹层，拿出一个无线电耳麦塞进自己的耳朵里，王涛的声音传出来："山鹰，这是寒号鸟在呼叫，收到回答。完毕。"韩光的声音很嘶哑："寒号鸟，山鹰收到。完毕。"方局长的声音传出来："山鹰，我是白头雕。你的情况怎么样？伤情如何？"韩光稳定着自己的呼吸："白头雕，山鹰左臂中弹，弹头已经自行取出。已经止血，不影响行动。完毕。"方局长又问："是否需要急救？"韩光声音低沉地回答："不需要，我还能坚持。白头雕，有件事情我要交代给你。"方局长说："说。"韩光问："你是否知道冬儿的下落？"方局长略沉默，回答："是的，我们一直在监控。"韩光咬牙说："立即把她营救出来！如果她再受到一点儿伤害，行动结束后，我会亲手杀了你！"方局长再次沉默，歉意地说："……事先我们都没有想到。"

"现在说这些已经没有意义了！"韩光疼得倒吸一口冷气，"立即组织力量营救冬儿！她跟这件事情没关系，我不想她再受到任何伤害！否则我会亲手杀了你！……通话完毕。"他按下按钮靠着管壁闭上眼睛，呼吸急促地忍耐着痛楚。

公安局指挥大厅，方局长转身看着警官们和萧剑林："我需要战术突击队。"薛刚趋前一步，神情激动地说："我们上！"萧剑林也说："我跟着一起去吧。"薛刚说："这次不行！韩光现在是我们的人，是我特警队的弟兄！我们要营救的是他的女友！这是在滨海的地头，是我们的地盘！如果营救他的女友还要依靠你们的力量，我以后就没有办法面对特警队的弟兄！我们的弟兄以后也无法面对韩光！林副大，这次就让我们来吧！"

萧剑林看着他，点点头："小心！"

薛刚也点点头，转向方局长："我需要确切的情报！"

方局长一指王涛，王涛过来："我来给你安排。"两人转身出去了。

10

特警队长薛刚左臂夹着头盔，右手提着 95 自动步枪大步走来，坐着原地待命的特警队员们纷纷起身，提起自己的武器。薛刚看着自己的队员们，骄傲地说："我现在告诉你们——山鹰，还是我们的！山鹰奉命执行秘密任务，所有的一切都是设计出来的，都是冤案！我不能告诉你们任务的内容，但是我可以告诉你们——山鹰，是我们特警队的骄傲！是我们最出色的狙击手！是我们的兄弟！"年轻的特警队员们倾听着，蒙在心头的阴影逐渐散去。

薛刚厉声说："我们有活儿要干了！冬儿被那帮狗日的绑架了，现在我们要救冬儿出来！山鹰现在在前面玩儿命，只能靠他自己，我们无能为力！但是同志们、兄弟们，如果我们连冬儿都保护不了，我们以后就没有脸再见山鹰！做好战斗准备，出发！"

"明白——"特警队员们齐声怒吼，纷纷戴上面罩和头盔，钻入警车。薛刚登上准备好了的直升机，他后面跟着斗志昂扬的队员。车队出发，直升机起飞。机舱内，薛刚对着耳麦："布谷鸟 1 号注意，这里是龙头呼叫。白头雕让我们跟你们取得联系，完毕。"

"这里是布谷鸟 1 号，白头雕已经通知我们，我们会给你最新的情报。完毕。"

薛刚打开自己的 PDA 掌上电脑："现在我尝试接驳你们的电脑，请接受。完毕。"

"收到，已经接驳。完毕。"——监控画面传输到薛刚的 PDA 上。薛刚高声说："我找到你们的位置了，我们马上赶到！你们保持监控，完毕。"

"布谷鸟 1 号收到，保持监控，直到你们到达现场。完毕。"

薛刚把 PDA 递给飞行员看："这是目标区坐标，我们在 3 公里以外找地方降落。明白了吗？"飞行员点点头。薛刚又转换通信频道："黑贝，我要求伪装车辆支援。完毕。"唐晓军的声音传出来："黑贝收到，马上安排，把你要支援的地点传到我的 PDA 上，完毕。"薛刚回答："收到，马上传输。完毕。"

机舱里的特警队员们握紧了武器，都是求战的眼神。警用直升机从城市上空掠过……

第十三章

────────★────────

1

直升机从上空掠过，钟世佳把目光缩回来，他藏在报废车辆厂的一辆破旧客车里。车里有简单的铺盖，还有几个吃光的饭盒。小混混泥鳅提着快餐盒过来："阿钟，开饭了。"钟世佳回过头："泥鳅，外面有什么动静没？"泥鳅上了车："外面现在乱套了，警察都跟疯子一样满街转，军队也上街了。这回动静很大，都说恐怖组织要搞世界经济论坛了。阿钟，你到底惹了什么事啊？"钟世佳叹口气："我没惹事，是遇到麻烦了。你身上有钱吗？"泥鳅拿出钱来："我月初才发工资，现在身上就三十多了，你要着急就先用。"钟世佳说："给我十块钱就够了。"泥鳅说："都给你吧！"

钟世佳抽出一张皱巴巴的 10 元钞票："我找个网吧，上网找个人帮我。"泥鳅全塞给他："都拿去用吧，厂子管我吃住，我也用不着。哥们儿能帮你的就这么多了，你千万别嫌少。"钟世佳很感动："泥鳅……"泥鳅拔出腰里别的匕首："你自己注意安全啊。这你带上吧，万一遇到急事还能用一用。"钟世佳接过匕首，点点头："我不会忘了你的！"他拍拍泥鳅的肩膀，转身下车，快步向出口跑去。泥鳅默默注视着他的背影，拿起电话……

2

纪慧坐在公安医院隔离病房的病床上，脸上没什么表情。张超在外面的客厅看着面前的监视器，注视着她。女刑警走进来，把盒饭给他："就这些了，你凑合吃吧。"张超打开笑笑："不错，还有鸡腿呢！"女刑警笑笑扣上："拉倒吧，你以为这是你的啊？这是给那姑奶奶的，你就吃你的土豆吧！"张超苦笑："这世道怎么这样啊？疑犯吃鸡腿，警察吃土豆？"女刑警被他逗乐了："省省吧，没给你一棵白菜啃就不错了！"张超逗她："只要你给的，毒药我都吃！"女刑警突然脸色变了："你看她怎么了？！"

张超转过脸，也是大惊失色。监视器屏幕上，呼吸困难的纪慧蜷缩在床上剧烈颤抖着，不断捶打着自己的胸口。两人急忙推门进去。女刑警过去拉起纪慧，纪慧呼吸困难，满脸是汗，话都说不出来。女刑警高喊："是哮喘！赶紧去叫医生！"张超转身跑出去高喊："医生！医生！"

女刑警抱住纪慧，她的上衣随着动作被撩起来，露出了腰上的手枪。纪慧剧烈颤抖着，嘴唇发白。女刑警着急地回头高喊："医生！医生！"纪慧的眼睛盯着她，右手伸向了她的手枪。女刑警刚刚感觉到腰里有点儿不对劲，纪慧已经伸手拔出手枪，快速上膛。女刑警一巴掌打在她的右手手腕上，手枪脱手了……纪慧一跃而起，跟女刑警打在一起。两人棋逢对手，灵活地攻击着对方，争夺地上的手枪……

张超带着医生跑来，听到了病房里的打斗声，赶紧把医生往墙壁上一推："卧倒！"随即闪身到墙角拔出手枪上膛，左手摸出手机丢给在一边颤抖的医生："马上报警！"医生哆嗦着拿起电话，拨打110。张超起身，"咣"一脚踹开纪慧的病房门。女刑警正好在门后，就被突然打开的门顶到了一边。纪慧趁机一个鱼跃，抓起手枪转身。张超正好进来，举起手枪："不许动！"纪慧扣动扳机。"砰砰！"子弹打在张超的防弹背心上，他仰面栽倒。

女刑警趴在地上抓起脸盆丢过去，纪慧措手不及，被砸在头上。女刑警尖叫一声，起身一个飞腿，纪慧挡开，举起手枪对准女刑警。张超在地上举起手枪，颤巍巍扣动扳机。"砰！"子弹擦过纪慧，打碎了玻璃。纪慧刚要转移枪口，女刑警举起椅子砸过来。纪慧打掉椅子，转身从窗户一跃而出。张超把枪丢给女刑警："不能让她跑掉！"女刑警在空中接过手枪，飞身到窗前。纪慧正在翻越医院的围墙。女刑警对准她连连扣动扳机。"砰！砰！砰！"纪慧敏捷地翻了过去，子弹打在围墙上。远远有警笛传来。女刑警转身冲过去，扶起张超："你怎么样了？！"张超很痛苦："我的肋骨可能断了……"女刑警低头一看，张超穿的防弹背心上两个弹头。她吸一口冷气："医生——医生——"

唐晓军赶来的时候，张超光着膀子，医生在给他包扎。女刑警在给两个巡警说着什么，护士在给她的肩膀上红花油。唐晓军火急火燎地进来："怎么回事？"张超说："纪慧跑了。"唐晓军睁大了眼："跑了？你们两个一个是警校刑侦专业的高才生，一个是女子跆拳道的黑带五段！怎么会让一个女人跑了？！"张超苦笑："唐队，看来我们得对纪慧有重新认识。"唐晓军看女刑警。女刑警说："我和她交手，她的格斗水平绝对不在我之下……"张超补充说："出枪速度也很快，她受过系统专业的训练……唐队，纪慧不是一般人。"唐晓军瞪大眼，满头是汗。女刑警继续说："如果正经单打独斗，很难说我能打赢她。"

张超说："唐队，我们小看她了。"唐晓军的脸色特别难看："我知道了。"他转身出去了。张超和女刑警对视一眼。女刑警说："我看这次麻烦了……"张超担心地说："算了，别在这里说这个。"女刑警点头，护士给她擦红花油，疼得她"哎哟"叫了一声。

唐晓军满头是汗地走出医院，他拿出一支烟，哆嗦着手点燃烟，抽了一口，稳定下自己后，他拿起电话。电话那端是高局长："喂？"

"高局长，"唐晓军说，"我有重大情况要跟你单独汇报。我可能卷进麻烦了……"

<h1 style="text-align:center">3</h1>

从发廊出来的纪慧戴着墨镜，头上还套着个黄色的假发。她换了一身跟自己平日风格截然相反的韩流服装，鼻子上还套着鼻环。两个巡警在街上巡查。她径直跟两个目光警惕的巡警擦肩而过，走向健身房，又走向更衣室。

女士更衣室里，两个女孩儿换好衣服正好出去。纪慧走到一个柜子前，输入密码，柜子打开，里面放着一个手提箱。手提箱被打开，里面装着满满的衣服。纪慧又打开了箱子的夹层，里面是一把乌黑的手枪和两个弹匣、一把雪亮的匕首，还有一个笔记本电脑，一部手机和两沓现金。几个外国的护照压在电脑下面。纪慧拿出手提箱里面的背包打开，把钱、护照、电脑等都放进去。接着，她拿出手机，关上手提箱，重新把手提箱塞回去。

换了一身时尚淑女打扮的纪慧在街头出现，她拿出手机打开，拨打一个熟悉的号码。一个陌生的男人的声音："喂？"纪慧的声音带着嘲讽和怒火："你很意外吧？"男人笑道："不，在我的预料之中。你是那么聪明，肯定能从警方的监视中逃出来。"

"听着，何世昌已经死了。现在警方在全力追捕韩光，我的任务已经完成了！把我剩下的一半款打到我的瑞士银行户头，我要你兑现诺言！"

"别着急啊，我什么时候在钱的问题上食言过？"男人说。纪慧冷笑："你？！你什么时候说话都没算数过，你唯一可取的地方就是在钱的问题上兑现过那么几次！"对方缓缓地说："剩下的款不是问题，但是你的任务还没有完成。"

"还有什么任务？！"纪慧问。男人说："钟世佳还活着。"

"那不是我的问题，是你那帮职业杀手不上路！跟我有什么关系？我要我该得到的款，立刻！"纪慧暴怒了。男人的声音很冷酷："我说了，款不是问题。我要钟世佳的命，兑现了立即打过去。"纪慧怒声问："你信不信我去警方自首，告发你？！"对方笑道："中国大陆的法律你比我清楚。你跟我是一条绳上的蚂蚱，我可以选择不去大陆，而你则是要走上刑场。"

"你这个老浑蛋！"

"宝贝，我是个可以给你后半生荣华富贵的老浑蛋，你自己选择吧！"

"啪！"男人把电话挂了。纪慧露出冷笑："你这该死的老浑蛋！"

4

直升机相继降落在一所中学的操场上，学生们好奇地凑在窗户边看着特警队员们跳下直升机。几辆伪装成搬家公司卡车的警方车辆在操场上待命，薛刚命令："快快！我们要赶时间！"最后一个从飞机上跳下来的特警队员跳上搬家公司卡车后车厢，"啪！啪！啪……"车门相继关上。直升机拔地而起，高空待命。卡车队伍离开校园，径直开上公路。

5

蔡晓春在看着电脑屏幕里的钟世佳。他的电话响了："喂？"纪慧的声音很疲惫："是我。"蔡晓春非常关切，声音都颤抖了："你怎么样？"

"还死不了！"纪慧愤怒地说，"瞧你们他妈的搞的这个烂摊子！"

"你先冷静冷静，你需要我去接你吗？"

"不必了，追捕你的警察比追求我的男人多一百倍还不止！我可不想再卷进去！"纪慧平稳下来，"何世荣那个老东西现在要钟世佳，你有线索没有？"

"现在还没有。你有没有什么办法？"

"我试试看吧，钟世佳现在未必信得过我。"

"他身边有个叫黑豹的，是个厉害角色。你要小心。"蔡晓春嘱咐说。纪慧冷笑："现在不跟我吹你天下无敌了？韩光就把你搞得焦头烂额，当初你怎么跟我吹的？"

"韩光由我来对付，你想办法找到钟世佳。我们现在每一步都要谨慎再谨慎。何世昌挂了，大陆警方很丢面子，你千万小心。"

纪慧叹口气："你小心就是了，晓春。"蔡晓春的心里酸楚一下："我会的，我们说好了在南美见的。"纪慧沉默片刻，说："我们会成功的。"蔡晓春充满了自信："一定会成功！"

"保重，现在不要分心。我挂了。"纪慧挂了电话。蔡晓春听着忙音，片刻也挂了电话。他有点儿心神不定，又拿起电话用英语说："喂？我是秃鹫，你那边情况如何？"

"没有什么异常，长官。"

"你们自己小心。"

"明白，我们会注意。"

"好了，半小时后通话。"蔡晓春挂了。他在沉思："我怎么总觉得哪里不对劲呢？"他的目光转向桌子上的韩光和自己的合影。蔡晓春与纪慧认识已经好几年了，那时，是在海外……

一家空无一人的酒吧，放着舒缓的音乐。蔡晓春潦倒地在喝酒："百合，你真的就这样离开了我……"他的眼泪慢慢落下来。外面，一辆奔驰轿车开来。蔡晓春的目光转过去，纪慧走进门，她径直走到蔡晓春面前，摘下墨镜："秃鹫是吧？"蔡晓春看着她："你是谁？"纪慧坐下："有人说，你是最好的狙击手，最冷静的职业杀手。没想到，鼎鼎大名的秃鹫现在是一个酒鬼。"蔡晓春看着她问："CIA？"纪慧摇头。他又问："FBI？"纪慧摇头："不是。"蔡晓春想了想问："MSS？"纪慧说："我的背景你不必知道。我是来跟你谈生意的，你可以叫我食人鱼……"

"生意？"蔡晓春问。纪慧说："30万美元。"蔡晓春愣了一下。纪慧继续说："30万美元，目标是一个出国旅游的中国孤儿院院长。"蔡晓春仔细打量纪慧，听她道："事成以后，30万美元干干净净转入你的账户。怎么样？"

蔡晓春喝了一口酒。他放下酒杯，俯下身子："你过来，我跟你说句话。"

纪慧俯下身子，蔡晓春的右手在下面，"咔嚓"一声打开了手枪的保险，枪口抵住了纪慧的小腹："一个中国长相的陌生女人，在阿姆斯特丹的一个破酒吧出现，自称食人鱼！英语和荷兰语都很流利，听不出任何破绽。要为一个微不足道的孤儿院院长的人头付给我30万美元！显然这是一个陷阱——告诉我，你是谁？否则，我让你拦腰折断！"

纪慧不动声色，淡淡一笑："我叫食人鱼，是个单干户。""咔嚓"一声，蔡晓春低头看了看，又抬起头看纪慧。纪慧还是淡淡地笑着。她在下面的右手，握着一颗手雷："这是一颗黄磷手雷，只要你开枪，这个屋子的一切都会化为灰烬！按照你的军事常识，你该知道黄磷手雷的爆炸半径是15米！"

蔡晓春看着纪慧，纪慧看着蔡晓春。两人的手都在下面握着武器，对峙。半晌，蔡晓春的嘴角露出微笑："我喜欢你的毒辣！"纪慧也露出笑容："我告诉过你，我叫食人鱼！"蔡晓春慢慢收起手枪，纪慧也慢慢把手雷松开。蔡晓春问："这个活儿看起来并不复杂，为什么你自己不去做？"纪慧说："没有为什么，我不想看见他。"蔡晓春问："目标的资料？"

纪慧把资料丢过去。蔡晓春打开，抽出一张老头儿的照片："看起来倒真的是个孤儿院院长——你跟他有仇？"

"我恨不得一口一口咬死他！"纪慧咬牙切齿地说，"杀了他，30万美元。"

蔡晓春注视纪慧。纪慧留下一张纸条："你想好以后跟我联系！"蔡晓春看着纪慧出去，他转向桌子上的照片，喝了一口酒。半个小时后，蔡晓春回到自己的公寓。他把资料放在桌子上，打开笔记本电脑，又拿起电话："喂，帮我查一个代号'食人鱼'的女人，看看是什么来路。我有她的照片，马上发给你。"他挂了电话，打开手机，调出纪慧的照片，通过彩信发送出去。接着他在笔记本电脑上输入搜索，找出这个孤儿院院长的资料。他拿起照片，看着网页上孤儿院院长的简历，苦笑："你到底是怎么惹了这个女魔头的？"蔡晓春拿起电话："食人鱼，我是秃鹫。我们需要面谈，这个活儿我接了……"

第二天，在他们约定好的山巅，蔡晓春一边擦拭狙击步枪，一边等着纪慧。纪慧慢慢走过来。蔡晓春抬眼看看她："我已经调查过了，他此行的所有路线都在我的掌握中。"

"很好，那么你可以轻而易举地杀了他。"纪慧说。蔡晓春问："以你的身手和胆色犯不上买凶杀人——告诉我，到底为什么，你要出 30 万的价钱来找我？"

"我跟你说过了，没有为什么。"

"在我没有搞清楚来龙去脉以前，我不会扣动扳机的。"

"你关心得太多了，看来我找错人了！再见！"纪慧转身就走。蔡晓春在她身后淡定地说："纪慧。"纪慧站住了，有儿点晕。蔡晓春说："中国大陆《滨海晨报》记者，纪慧女士。"纪慧转身出枪，对准蔡晓春。蔡晓春还在擦枪，压根儿不惊慌："却有一个食人鱼的代号，还有如此矫捷的身手！"

"秃鹫，你越界了！"

"我查过你的背景资料，你就是那个孤儿院出来的。"——纪慧的眼泪在酝酿。

"我又做了一些侧面调查，"蔡晓春接着说，"那个院长好像有过一些侮辱女学生的劣迹，但是一直没有什么证据，所以警方没有介入调查，只是民间的传言。"纪慧的眼泪下来了。蔡晓春继续说："所以我断言，你跟他之间——是私人恩怨。"

"秃鹫，你想死吗？"

"你是第一个敢这么跟我说的人，还是个女人。"

"也是最后一个，因为——不会再有人跟你说话！"

"你的 9 点钟方向。"蔡晓春继续淡然地说。纪慧冷笑："我不会上当的。"

"自己看吧，"蔡晓春耸耸肩，"有一个狙击手，虽然不成器，但是射击静止目标还是说得过去的。"纪慧不以为意："你以为我会中计？"蔡晓春打个呼哨，树丛中出来一个狙击手，瞄准纪慧。纪慧有些恼怒："你跟我来这手？！你都是这样对待客户的吗？"

蔡晓春摊了摊手："按说没必要，但是我无法控制我的好奇心。这个事情太过离奇，所以我一定要搞清楚。如果他不仅是个孤儿院院长，而是什么情报机关的要员，那么我的下场会很惨。为了 30 万美元，不值得。"

"你现在到底想怎么样？"纪慧咬牙问道。蔡晓春说："不想怎么样，这个活儿我做。"

"15 万先打到你的指定账户，事成以后……剩下的 15 万都给你！"

"不，我不要钱。"蔡晓春说。纪慧呆住了："你说什么？"

蔡晓春说："这个活儿，我不要钱。"

"为什么？！"

"中国军队有一个模范，叫作雷锋。我永远也成不了雷锋，不过有些东西是磨灭不了的。"

"你？！"

"我帮你宰了这个畜生。"蔡晓春斩钉截铁地说。纪慧看着蔡晓春。蔡晓春道："你走吧，我做。"纪慧的枪慢慢放下来。蔡晓春扛起狙击步枪："江湖险恶，你自己保重。"他径直走了，纪慧突然冲上来，抱住了蔡晓春。蔡晓春冷冷地说："你这是干什么？"

"我……我没有魅力吗？"

"你很有魅力。"

"我，我要报答你……"

"我做事，从来都是自觉自愿，我不需要你的报答。"

"秃鹫，你瞧不起我？"

蔡晓春苦笑："飘荡江湖，谁瞧不起谁呢？"

"那你为什么？"

"虽然我十恶不赦，但我好歹还不是个畜生。"——纪慧抱紧了蔡晓春，哭出来："我……从来没有一个男人对我这样好……"蔡晓春的表情在慢慢地软化。纪慧哭着，看蔡晓春转身。蔡晓春说："我宰了他，再说别的事情。"纪慧抱紧了蔡晓春，蔡晓春慢慢抱住了她："我会宰了他的。"……

6

监控面包车内，便衣侦查员一直死死地盯着电脑屏幕。薛刚进来："情况怎么样？"侦查员说："他们一直没什么动静。"薛刚问："你确定人质在里面？"侦查员指着电脑屏幕："确定。我们通过热感应器，可以清楚看到里面的动静。"薛刚看着屏幕问："人质没有受到伤害吧？"侦查员回答："目前没有。"

薛刚点点头："下面交给我们——猎狗1号，左翼；猎狗2号，右翼；猎狗3号、4号跟着我，从门口打进去；猎狗5号把住后门。给大家一分钟时间准备。完毕。""收到。完毕。"……不同小组的特警组长回话。侦查员嘱咐："小心了，他们不是等闲之辈。"薛刚笑笑："我们也不是等闲之辈。"

薛刚来到废弃旧楼前，他把头盔戴上，手里的步枪抄到胸口。他拉下头盔上的风镜，厉声命令："开始行动！"潜伏在两侧的黑衣特警们跟黑色的蚂蚁一样，在灌木丛和树丛中低姿穿行。高处的特警狙击手瞄准了楼顶的哨兵，他扣动扳机，"砰"——枪声打破了宁静，哨兵中弹倒下。薛刚高喊一声："强行突击——"防弹盾牌后的特警队员们立即跟黑色潮水一样分流，排成散兵突击队形快速挺进。左翼的特警队员们从树林中一跃而出，手里的步枪握在胸前大步向前。右翼的特警队员已经冲到窗口，往里面扔了催泪弹。接着队员们翻身跳进去，里面的枪声就像崩豆一样响起来……薛刚一个箭步迈上台阶，周围的特警队员紧跟其后。薛刚冲进楼内，一个蒙面人举起M4卡宾枪，他果断扣动扳机，随着短促的两次点射，蒙面人仰面栽倒。特警队员们跟在他的后面上来，迅速清场……薛刚冲入关押人质的房间："冬儿！我们来救你了！"接着两名特警队员冲进来，屋子里面只有林冬儿被绑在椅子上。林冬儿目光呆滞，嘴被胶条粘着，双手被绑在后面。薛刚一把撕开林冬儿嘴上的胶条："冬儿？！"

林冬儿无神的眼睛转向他，露出傻笑："是过年了吗？放鞭炮？"薛刚张大嘴，惊讶地喊："冬儿？"冬儿茫然问他："冬儿是谁？"薛刚怒吼一声踢飞了桌子："我操！"林冬儿吓哭了："别打我！别打我！我听话……"薛刚忍住自己的悲愤，下令："先把人救出去！"一名特警队员扛起林冬儿："人质安全，撤离。完毕。"特警队员们相继交互掩护撤出去。后卫队员在那三个枪手的尸体上挨个儿补枪……

薛刚快步走出来，对着耳麦："龙头报告，人质已经救出，但是出现新的问题……"方局长焦急地问："什么问题？"

薛刚苦涩地说："人质精神崩溃了，看来是受到强烈刺激。"方局长沉默片刻，说："立即送到公安医院，保护起来。"

"现在也只能这样了——山鹰有没有什么线索？"

"不要在无线电讨论此事，完毕。"方局长说。薛刚叹口气："完毕。"他转向背着冬儿的队员："立即护送她到公安医院去！"队员们带着林冬儿上车，车队开走了。

7

钟世佳打开自己的QQ，他没搭理那些闪动的人头，径直打开自己的密友组。他点击了叫"春风秋水不染尘"的女性QQ好友头像，对方不在线或者隐身，但他还是打下字："我遇到麻烦了，你的手机打不通。我现在没有信任的人了，只有你。"

没想到对方回话了："我也遇到了麻烦，你现在在哪儿？"

钟世佳很激动，打字："我在山下的一个网吧。"

"我们先见面再说吧，你确定你是安全的？"

"是的，你呢？没有人跟踪你吧？"

"应该没有，我很注意了……没有人知道我们的关系吧？"

"没有，我对谁都没说。"

"好的。我们在老地方见吧！"

"我的身份证不敢用了，怎么开房？"

"我还有别的证件，我去开吧。"

"好，需要多久？"

"半个小时，你到老地方找我就可以。"

"OK，见面说。88。"

"88。"

8

王涛进了指挥中心的门，兴奋地对方局长说："国外警方提供的情报，何世荣已经上飞机了。"方局长揉揉红透的眼睛："这条老狐狸终于上钩了。我们可以准备收网了……老何现在怎么样？"王涛回答："他情况很稳定，现在在我们的安全点。"方局长果断地说："飞机一落地，我们就抓了何世荣！到这边大概要 24 小时的航程，他在飞机上不能和外界联系。这是我们动手的时间，去做吧。"王涛点点头，转身出去了。

9

韩光潜伏在山坡上。他身后响起两声青蛙叫，韩光捂住嘴，回复了两声青蛙叫。穿着迷彩服的萧剑林带着同样装束的赵小海和葛桐慢慢爬上来。韩光接过萧剑林递来的武器包，他打开开始装备自己，战术背心套在身上，手枪别在腿部快枪套里，56-1 冲锋枪背在肩上，接着把狙击步枪握在了手里——熟悉的枪身。他有点儿疑惑，低头看看枪号。萧剑林笑笑："是你的枪。你们队长交代的。"韩光心里一热，点点头。赵小海爬过来："山鹰，你小子真能折腾！害得我们大老远都来给你的独角戏捧场！"韩光握握赵小海的手："老连长。"

"山鹰你好！我早就听说过你的名字！"葛桐激动得眼睛都放光。赵小海笑笑介绍道："葛桐，新人。未来的'刺客'！"韩光笑笑拍拍葛桐的肩膀："好好努力，我很看好你。"抹着迷彩脸的葛桐兴奋地点点头："我会像你一样，成为'刺客'——这是我的目标！"韩光点点头转向萧剑林："山下布置得怎么样？"萧剑林说："已经是水泄不通了，特警、武警、预备役部队都已经潜伏待命。方圆 5 公里已经彻底中断交通，山上也都是潜伏哨。"

韩光转向那片废弃厂房。萧剑林说："我们要待命出击，下面分工。这是这里的地形图。我们分成三组。赵小海——你看见这片林子了吗？这是你的位置，我要你控制 A 区到 C 区的制高点；葛桐，你在这里，负责正面的掩护；韩光——你跟我正面打进去。明确没有？"大家齐声低声回答："明确！"萧剑林挥挥手："去吧，不要暴露目标，等我的命令。"赵小海和葛桐提起狙击步枪分别去了。他们的动作很轻但是速度很快，一会儿就消失在林子里了。

萧剑林与韩光潜伏在出击位置，静静等待着。萧剑林突然打破了沉默："你知道，这或许是我一生中最痛苦的战斗。"韩光看着前面："我明白。"

"我相信对于你来说也并不轻松。昔日的生死搭档，今天却要你死我活。也许这是上天注定的，我们都不可能摆脱。"

"是他自己造成的。他的性格中有缺陷，他无法摆脱自己的缺陷。"

"或许是我的错误。我明明知道他的性格中有缺陷，但我还是训练了他。他确实有优秀射手的基础，虽然他不如你有天赋，但是你也不否认他是一个优秀的狙击手。"

"优秀的狙击手，不等于'刺客'。恐怖组织也有优秀的狙击手，但是他们滥杀无辜，凶残暴虐……秃鹫只能说是一个优秀的枪手，却永远不会成为'刺客'。"

萧剑林笑了笑："你长大了。"韩光却没有笑容："成长的代价，就是苦难。"

萧剑林点点头，目光也转向山谷："战争，要开始了。"

10

纪慧把护照收回来，服务员笑容可掬地交给她房卡："301房间。"纪慧笑笑，拿起自己的坤包转身上楼。她戴着栗色假发和金丝边墨镜，一身职业套装，黑色高跟鞋，显得非常干练。纪慧目不斜视地走到301的门口，打开门进去。她反手关上门，打开坤包，拿出手枪，匆忙旋上消音器。

宾馆大厅里，钟世佳进来，他径直上楼。服务员的眼睛注视着钟世佳的背影。钟世佳在301门口按下门铃。纪慧把手枪藏在身后，门开的瞬间，纪慧抱住了钟世佳："阿钟，这到底都是怎么回事啊？我吓死了……"钟世佳慌了手脚："别哭，别哭。"纪慧把他拉进来，关上房门，抽泣着："我也不知道是怎么回事，好多人在追杀我，我害怕……"钟世佳抱住纪慧安慰她："别怕，别怕……"纪慧突然推开钟世佳，快速从身后抽出手枪。"哗啦！"手枪上膛，对准了他。钟世佳一愣："小慧？！"纪慧的脸上还带着眼泪，但眼中闪着凌厉的光芒。钟世佳着急地说："小慧，你怎么了？你别害怕，我是阿钟啊！"

纪慧的嘴角浮起冷笑，她打开了手枪的保险："对不起，现在我需要你死！""咣！咣！"随着两声巨响，门和窗户同时爆裂开来。撞碎玻璃的特警队员腰里挂着攀登绳，直接就撞在纪慧的身上。"噗噗！"纪慧的枪被撞飞，子弹打在墙上。从门口冲进来的特警队员一把按倒钟世佳，后面的特警队员们冲进来踩住纪慧的右手，踢开了手枪。纪慧刚刚想起身，就被一枪托砸在下巴上。她惨叫一声，被特警队员们反铐起来。钟世佳尖叫着："小慧——"特警组长报告："目标安全，疑犯被捕。完毕。"特警队员们拖着挣扎的钟世佳出去，纪慧被一个队员抓着头发揪起来往外推。钟世佳高喊着："小慧——小慧——你们放开她！这是误会——"纪慧被特警队员揪着头发，很痛楚的表情。但是她的眼睛始终没离开钟世佳，还是那么狠毒。

纪慧被捕的消息很快传送到萧剑林那边。山坡上，萧剑林扶着耳麦："好，我知道了——白头雕那边得手了。"韩光点点头。萧剑林对着耳麦："现在听我命令，我的枪声一响，你们就开始压制掩护！明确没有？""明确！"伪装好的葛桐和赵小海回答。萧剑林看看韩光：

"属于我们的战斗就要打响了。"韩光拉开狙击步枪的枪栓。萧剑林笑笑，拿起狙击步枪瞄准厂房最高处，那里一个狙击手在值班，他伪装得很好。萧剑林在调整枪口。

厂区的库房里，蔡晓春坐在电台前，双手交叉捂着自己的额头在冥思苦想。白马从电脑前抬头："联系不上了。"蔡晓春抬起头长出一口气："被端了。我的预感变成真的了。"

"怎么？"白马问。蔡晓春的眼睛血红："我们在一个巨大的陷阱里面。我们给山鹰设下了陷阱，但是在我们的外面却有人给我们设下了更大的陷阱。现在，我们已经被包围了……或许，这就是我的终点。"他长出一口气，露出奇怪的笑容，"白马，我们的末日到了……"

"砰！"一声狙击步枪的枪声打破了宁静，萧剑林跟韩光一人一把88狙击步枪，56-1战术改冲锋枪背在肩上快步下山。工地里，枪手们叫嚷着还击……

两侧山头上，赵小海和葛桐果断射击。88狙击步枪不断打响，交叉火力压制着枪手们的火力反击。

萧剑林跟韩光手持狙击步枪一步跨过工地的护栏，穿越弹雨藏身在搅拌车后面。子弹"当当当当"打在搅拌车上，溅起火星无数。韩光握紧狙击步枪，突然闪身速射。"砰砰！"随着两声狙击步枪的枪响，对面一个正在奔跑的冲锋枪手仰面栽倒。耳麦里面赵小海在高喊："山鹰，注意你的5点钟方向！"话音未落，萧剑林在韩光侧翼已经开枪，一个刚刚冒出头的冲锋枪手眉心中弹栽倒。

"进！"萧剑林怒吼一声甩掉狙击步枪。他在跑动中把背上的56-1战术改顺在胸前开始射击。韩光紧跟其后，甩掉狙击步枪手持自动步枪，两人交替掩护前进。弹雨飞溅。两个剽悍的男人相互掩护，在开阔地上快速前进……

蔡晓春提着56-1战术改走出来，外面已经一片混乱。他"哗啦"上膛，白马跟在后面，手持M4卡宾枪。蔡晓春怒吼着："来吧——"白马举起卡宾枪，对准蔡晓春的背影，他喘息着。蔡晓春头也不回："白马，我们杀出去——"他手持卡宾枪一跃而出,冲向战场……

"秃鹫……"白马放下枪口，默默看着蔡晓春冲出去，他的表情很复杂。唰——他想起了过去——多年前的东南亚丛林，雇佣兵白马手持M4疲于奔命，身后追逐着十几个狂呼的游击队。枪林弹雨，炸点四起。白马顽强还击。突然，他腿部中弹，惨叫倒地。蔡晓春的声音从无线电里传来："白马，白马——你在什么位置？为什么还没有赶上队伍？"白马咬着牙回答："我中弹了——别管我了，秃鹫——"游击队员们扑上来，白马扫射，子弹打光了。游击队员们按住了白马……

另一条山路上，蔡晓春带领一队雇佣兵在等待，有黑人有白人。一个黑人说："秃鹫，他完了……白马完了，我们撤吧……"蔡晓春瞪着他："闭嘴！"又一个白人说:"他说得没错，秃鹫。白马完了，他被俘了，马上就被砍了……我们撤吧……"蔡晓春举起冲锋枪对准他:"再废话我毙了你！"所有人都不敢吭声了。蔡晓春说:"听着，白马跟我一起出生入死，我们从科西嘉岛的伞兵团就在一起！你们要走就走吧，我要回去救他——"白人趋前一步:

"秃鹫，你会死的！"秃鹫大声说："要死，我跟他死在一起！"雇佣兵们看着秃鹫。

蔡晓春扫视着大家："我们是什么？是雇佣兵！没有人爱我们，我们自己要爱自己！"他更换弹匣上膛，起身冲回去。雇佣兵们面面相觑，那个黑人说："秃鹫说得对，我们自己要爱自己！走吧，该死的白马要拉我们一起见上帝了！"雇佣兵们起身……

丛林里，白马被拖扯得衣服都烂了，满身是血，被按住跪在地上，一个游击队员举起大砍刀。白马闭上了眼。砍刀高高举起。"砰砰！"两声枪响。白马睁眼。游击队员倒地。蔡晓春持枪在前，雇佣兵们跟在后面摆开散兵线，地狱火队形怒吼冲杀过来。蔡晓春怒吼着："Leave No Man Behind！（同生共死——）"雇佣兵们怒吼："Leave No Man Behind！"

白马呆呆地看着，血与泪流在一起。游击队员措手不及，仓皇撤退，不时的有人倒地。蔡晓春抱起白马，卫生员给他包扎。白马奄奄一息地看着蔡晓春："秃鹫……为什么回来……"

"你是我兄弟！兄弟——"——白马血泪满脸。蔡晓春大喊："我们带他出去——"白马被蔡晓春等拖起来往外冲杀……

每当想起这一幕，白马总觉得眼眶湿润。他表情复杂地看着已经冲远的蔡晓春，咬咬牙，跟了上去。

几十名武警战士和公安特警在装甲车的掩护下冲过来。一片枪林弹雨。预备役部队的步兵分队跟在装甲车后面蜂拥而入。局势马上明朗了，这已经是一场剿灭战……

韩光手持 56-1 战术改，冒着双方的弹雨，径直扑向正在疯狂射击的蔡晓春。前来尝试阻挡他的枪手不是被他精确的运动间速射击倒，就是被赵小海或者葛桐的掩护狙击火力击倒。韩光一个鱼跃扑倒了蔡晓春，接着一枪身砸在他的脸上，蔡晓春手里的冲锋枪脱手了，但是他的右手拔出了匕首刺向韩光。韩光闪头躲过匕首，枪托扼住了蔡晓春的咽喉。蔡晓春的匕首反手刺在韩光的胳膊上，血立即流出来，韩光压根儿就没有任何退缩和躲避，仿佛没有感觉，他血红着眼睛，死死地往下按着枪托。蔡晓春的匕首还扎在里面，他试图拔出来再次扎进去，但是他的右手被一只有力的手按住了，紧接着手铐铐在了他的手腕上。萧剑林拍拍韩光的肩膀："结束了。"

韩光扭曲的脸慢慢恢复往日的冷峻，他一把丢下步枪站起来，两个胳膊都在流着血，他却浑然不觉，他径直穿过身边奔跑的特警队员、武警官兵和预备役步兵，大步走开。蔡晓春极力挣扎着，被四个特警队员按在地上上了反铐，嘴里上了防止咬舌自尽的口托。他的眼睛还是暴怒地睁着，看着韩光的背影，不肯承认自己的失败。韩光走着走着，突然，他劈手抢过身边的武警战士手里的 81 自动步枪，转身上栓瞄准。蔡晓春支吾着，毫不躲避，怒视韩光。韩光的手在颤抖，眼睛在冒火。周围的军警们都慌成一团。蔡晓春的脸上露出笑容。韩光的枪口在颤抖，呼吸急促。萧剑林盯着他说："真正的'刺客'，不是漫无目的地杀戮。你是一个刺客，不是枪手。"

韩光的眼睛慢慢失去了杀戮的火焰，他的枪口逐渐不再颤抖。他关上了枪的保险，平稳着自己的呼吸。"咣！"枪被扔到地上，他不管面前挣扎支吾求死的蔡晓春，转身继续走去。薛刚迎面走过来："山鹰。"韩光一把拉住薛刚："带我去见冬儿！"薛刚愣了一下："山鹰，你现在就去见冬儿，我不觉得是个好主意。你听我说……"韩光打断薛刚的劝说，吼着："带我去见她——"薛刚看着韩光，叹了口气，转身向车走去。韩光跟了上去。

白马被两个特警押出来。王涛默默注视白马，白马也看着王涛。王涛的脸看不出表情："带走吧。"白马被特警带走，脸上浮出苦笑。

11

"我是否需要申请回避？"唐晓军问高局长。高局长看看他，又看看监视器上审讯室里的纪慧："你现在跟她还有来往吗？"唐晓军说："没有，我跟她半年前就结束了。"

"那就不需要回避，除非你自己心里有鬼。"

唐晓军拿起自己的资料袋："明白了，谢谢局长信任。"

高局长笑笑："不用谢我，你的信任是用命博来的。好好去做吧，不要让我失望。"唐晓军点点头，起身，大步走向审讯室。门口，把门的特警打开房门，他径直走进去。纪慧面无表情地坐在里面。唐晓军进来，房门在后面关上了。唐晓军看着纪慧。纪慧没看他，眼中无神。唐晓军把资料袋甩在桌上，慢慢走到纪慧身旁。纪慧还是不看他。

"纪慧。"唐晓军的声音很严肃。纪慧抬起眼睛，仿佛从什么冥思中回过神色。唐晓军慢慢绕到她的身后："我想我不用再做自我介绍了，你很清楚我是谁，我来找你问话干什么。"纪慧冷冷一笑："是的，我知道你是谁。"唐晓军绕到前面，逼视着纪慧的眼睛："现在你要告诉我——你是谁？你到滨海来干什么？"纪慧不说话。

"你真的以为我不敢对你用手段吗？"唐晓军的语气咄咄逼人。纪慧冷笑："你当然敢。你为了择清楚你自己，你会对我格外严酷。这一点我早就想到了，唐晓军队长。"

"你错了，不是为了择清我自己。是为了真相——我要知道真相，你对我隐瞒的真相。"

纪慧奇怪地笑："真相？你想知道什么？我到底跟几个男人上过床？"

唐晓军撑着桌子，注视着她："你为什么要那么做？"

"为了生存。"纪慧还是那种笑容，"你知道吗？毒蛇是最美丽的，但也是最脆弱的。毒蛇可以置人于死地，但是自己却更危险；因为在攻击的时候，毒蛇是最专注的，以至于会忽略了对周围的观察。"

"你怎么会成为一条毒蛇的？"

纪慧看他："是命运选择了我，而我不能选择命运。"

"我反复查对了你的资料，你在去国外留学以前的资料是真实的，在国外的学历也是真实的——那么我基本可以判断，你的命运变化是在国外留学期间。"纪慧不说话。

"告诉我，在国外发生了什么事情？"

"你这样费劲问我有什么用？你的老板都知道。"

"老板？"唐晓军纳闷儿了。纪慧笑着："对，那些国际刑警们。他们对我应该是了如指掌，为什么不告诉你，肯定是有原因的。也许是没到时候，也许是永远不会让你知道。这不是一个简单的暗杀事件，这里面有政治的因素。而政治，似乎不是你这刑警队长的管辖范围。换句话说，此时此刻来审问我的，不该是你——既然他们不来，显然是不想浪费这个时间；也就是说，他们已经掌握了足够的真相。"唐晓军看着她，没有反驳。

纪慧叹息："或许这些永远都是秘密，除了这个秘密世界以外的人不该知道的秘密。而你，虽然是个出色的刑警，却永远被排除在这秘密世界以外。这对你有好处，知道太多反而不好。"唐晓军拿起资料袋。纪慧很意外："你不问了？"

唐晓军淡然说："你说得有道理。"纪慧意味深长地问他："你没有什么要问的吗？"

唐晓军反问："你以为我想问什么？"纪慧的脸色惨白，她无力地笑笑。唐晓军平淡地说："你以为我会傻到问你——你有没有爱过我？"纪慧笑笑："不可以吗？"

"我很清楚答案，所以我不会问。"唐晓军表情变得复杂，"而你，也很清楚你的命运归宿。"他转身出去了，重重带上房门。纪慧呆坐在里面，还是那种奇怪的笑。

12

亮着警灯的吉普车闯入公安医院。车还没停稳，满身血污的韩光已经跳下车："冬儿——"薛刚跟着跳下来，拉住韩光："你先不要激动！"韩光大声问："冬儿到底怎么了？！她怎么被送到精神病院来了？！"薛刚压低了声音："山鹰，冬儿受到了强烈刺激。她现在神志不清醒，你这样去见她，对她没有好处。"韩光一把抓住薛刚："带我去见她——"薛刚为难地看着他。

病房里，穿着白色病号服的林冬儿坐在床上，她已经洗过澡，白皙的脸上美丽依旧。她在跟芭比娃娃说话："你叫什么名字啊？我不知道我叫什么，他们都叫我冬儿。我也不知道他们为什么叫我冬儿，可能我是冬天出生的吧。你呢？你叫什么？……"楼道里面传来争执。

"你不能进去！"

"让开——"

"山鹰，你冷静点！"

"都给我让开——"……

"山鹰？"冬儿重复着这个似曾相识的名字。

"咣！"门被撞开了，一个血人站在门口。"啊——"林冬儿惊恐地抱住脑袋。韩光撕心裂肺地喊："冬儿！""啊——"林冬儿吓得光着脚下床缩到了墙角。韩光冲过去抱住她："冬儿！是我！我是韩光啊？！"林冬儿挣扎着，捂着脑袋躲闪着韩光的胳膊，韩光紧紧抱住冬儿："是我，我是韩光！"眼泪第一次从韩光的眼中流出来。

"你放开我！放开我——"冬儿惊恐地闭着眼睛躲闪着，她的脸上被血弄脏了。薛刚跟两个特警队员冲过来，掰开韩光的手。薛刚抱住韩光："山鹰！你冷静点儿！你不要刺激她了好不好？！"林冬儿还在惊恐地尖叫着："啊——血！都是血！"两个护士跑过来安慰林冬儿，着急地拿纸巾给她擦去脸上和身上的血。

韩光失神地看着尖叫的林冬儿，他被薛刚和同事们抱着往外推。门关上的瞬间，韩光清晰地看见了林冬儿满是恐惧的眼。韩光被薛刚和同事们推到院子里。薛刚看着韩光失神的眼，慢慢松开手。大家也慢慢松开手，让韩光自己站在那里。韩光血污的脸被泪水一道一道冲刷开来。薛刚很惊讶："你哭了？"两个特警队员也很惊讶。韩光站在那里，让眼泪尽情流淌。

第十四章

─────★─────

1

中国国际航空公司的国际航班在太平洋上空翱翔。公务舱里，何世荣在闭目养神。空姐来送咖啡。何世荣睁开眼睛端起咖啡，笑笑："为什么不加糖？"坐在他后面的一个看报纸的中年男人听见这句话一愣。空姐也有点意外："何先生，您不是一向要求黑咖啡不加糖吗？"

何世荣愣了一下，尴尬地笑笑："是啊，最近我想尝试不同的口味。"

坐在他后面的中年男人匆匆在纸条上写字，然后伸手示意空中警卫过来。空中警卫走过来，中年男人打开自己的衣服，里面是国际刑警的徽章，然后递给他纸条。空警会意，走到何世荣身边："先生，请您出示您的护照。"

"不是检查过了吗？"何世荣说着，递过护照。空警接过护照："我想再核对一遍。请您跟我来一下。"何世荣跟空警走到公务舱和驾驶舱之间的空当儿，那个中年人跟着进来。何世荣很纳闷儿地问："到底怎么了？我是国外公民，你们这样做，我要控告你们的！"中年人敏锐的眼睛盯着何世荣的脸。片刻，他伸手一把撕开了何世荣的假发。接着脸皮也被他撕下来——是假的何世荣。

消息很快传递到滨海。王涛冲入会议室，对方局长说："掉线了！"方局长抬头："确定了吗？"王涛肯定地说："确定。上飞机的何世荣是替身，真的何世荣掉线了！"一向沉着冷静的方局长站起来，一脸严肃。高局长也站了起来。方局长紧锁眉头说："我小看这个老狐狸了！"王涛说："他留着后手，绑架钟雅琴就是他的后手！绑架钟雅琴的行动，我们没有监控到，这就说明不是蔡晓春的人！"高局长明白过来："他在滨海另外有一组人！"

方局长叹了口气："他用钟雅琴做筹码，要跟何世昌讨价还价了。这是我们工作的失误——如果他打算做这交易，他本人现在应该就在滨海了。他早就到了，他在看着我们给蔡晓春设计圈套。"

王涛看着方局长说："他给我们设了一个更大的圈套。"方局长断然命令："立即控制起来何世昌，不能让他外出！何世荣肯定要用钟雅琴威胁他，何世昌很可能擅自行动！"

"明白了，我立即去办。"王涛转身出去。

2

报纸上登着寻人启事——"寻找失散的哥哥"，落款是"荣生"。何世昌放下报纸，苦笑一下，起身。在看杂志的干警起身："何老？"

"我去超市逛逛。"何世昌说。他转身出去，干警跟在他的身后。两人来到超市，何世昌对跟随的年轻干警说："我去一下洗手间。"他向着洗手间的方向走去，年轻干警跟着。超市里人来人往。年轻干警笑笑："何老，您说您怎么想到超市来遛弯儿的？这里哪里是遛弯儿的地方？"

何世昌笑着："爱好不同，人喜欢公园，我就喜欢超市；人爱静，我爱动。在这里等我。"年轻干警就站在洗手间门口。何世昌进去了。年轻干警的手机响，他拿起来接："喂？……何老出来遛弯儿，在超市啊……"说着说着他的脸色变了，"好，我知道了！他现在在洗手间，我马上进去找！"年轻干警挂了电话，冲过去一把推开洗手间的门。他一个隔板一个隔板打开，但都没有人。他转眼看见洗手间的另外一个门，冲了过去，打开，这个门直接通往货运电梯。他倒吸一口冷气，拿起手机："我掉线了……"

3

一辆警车在等待。萧剑林、赵小海和葛桐已经换了笔挺的陆军 07 常服，站在一边。天宇站在他们身旁。穿着警官常服的韩光趋前一步，举手敬礼。萧剑林举起右手："敬礼！"赵小海和葛桐在后面举手敬礼。萧剑林放下右手："'刺客'韩光！"韩光立正："到！"萧剑林看着韩光的脸，语气缓和下来："我们要走了。"韩光点头："我明白。"

"我们曾经并肩作战。你是我最出色的狙击手，是当之无愧的刺客。我们为你骄傲。"萧剑林说，"希望你在地方上继续保持我们狼牙特种兵的本色，再接再厉，铸造新的辉煌。"

韩光立正："忠于祖国！忠于人民！"

萧剑林突然怒吼："你们是什么？！"

韩光、赵小海和葛桐齐声怒吼："狼牙！"

"你们的名字谁给的？！"

"敌人！"

"敌人为什么叫你们狼牙？！"

"因为我们准！因为我们狠！因为我们不怕死！因为我们敢去死！"韩光、赵小海和葛桐齐声怒吼。所有在场的特警队员们都是一震。萧剑林举起右手敬礼。薛刚高喊："敬礼——"特警队员们举手敬礼。萧剑林放下手，笑笑，带着赵小海、葛桐和天宇转身登车。韩光还在敬礼，警车逐渐消失在他的视野。

王涛快步跑来："他们走了？"薛刚回头："对啊！你来晚了，没赶上告别。"王涛着急地说："哎呀！他们怎么走了呢？"韩光也回过头。王涛挥挥手："薛队，韩光，你们跟我来一下。"他转身走了。薛刚和韩光大步跟在他后面，脚步都是匆匆的。

"我们中计了！"王涛看着两人说。薛刚和韩光都是一愣。王涛压低声音："上飞机的是假的何世荣，而何世昌现在又失踪了！"薛刚明白过来："何世荣一直在看着这个陷阱，他压根儿就没有进来！"王涛点点头。韩光的眼睛却突然一亮。

4

会议室。所有有关的警官们都正襟危坐。唐晓军在做分析："何世荣一定掌握一个跟何世昌直接联系的紧急方式，他控制了钟雅琴，然后在合适的时机，通过这个紧急联系方式秘密地跟何世昌取得了联系。何世昌为了钟雅琴的安全，所以甩开保护，只身去见何世荣。"

"他是一个国际财团的总裁，他的弟弟是执行董事，他们之间有常人不知道的秘密联系方式，并不奇怪。"方局长说，"从何世昌的心理分析，他一直认为自己欠着钟雅琴和钟世佳母子无法偿还的债，他这样做虽然超越常规，但是作为行将就木的老者并不稀奇。"

高局长说："问题就是何世荣跟何世昌现在在哪儿，我们怎么找到他？"

方局长思索着："何世荣既然对我们的陷阱了如指掌，他就一定有自己的方式隐蔽起来，不被我们关注。根据我的判断，他现在很清楚自己要做掉的人不仅仅是何世昌，还有钟世佳。"大家看他，方局长接着说，"何世昌的遗嘱已经经过律师签字，也就是说钟世佳现在是唯一的合法继承人。只要钟世佳还活着，何世荣就不可能继承 ZTZ 财团。他只有再做掉钟世佳，才能理所当然成为 ZTZ 财团的合法继承人。"

"钟世佳现在在我们手里。"王涛说。方局长点点头："所以他下一步的关键，就是搞到钟世佳。"高局长长长出一口气："我们总算可以提前一步扼住他的软肋了。"他看着大家，"下面我来说说何世昌和何世荣兄弟关系的问题。无论是在莎士比亚的《哈姆雷特》还是现在的恶俗电视剧，类似这样的情节屡见不鲜。何世昌跟何世荣两兄弟之间有着不可调和的矛盾，何世荣确实也是个很有能力的商人，但是他一直生活在何世昌的阴影下。这种阴影,足够让他这一生都郁郁寡欢。何世昌很清楚弟弟的心理,但是他一直出于家族亲情观念,没有处理此事。但是何世荣确实心狠手辣啊!别的事情不说,就拿雇用这批枪手搞暗杀来说,你们就明白他跟何世昌之间已经是你死我活。"

方局长补充说:"何世荣能计划这样周密,他的背后有某些国家的利益集团在支撑。所以这已经不是一场豪门恩怨,而是国与国之间的秘密战斗。何世昌的安危以及 ZTZ 财团的继承人问题,已经直接关系到我们国家的安全利益。所以,我才会采取这样的行动。现在大家都清楚了吗?"他环顾四周,警官们都点点头。方局长接着说:"我们现在的要点是如何找到何世荣,你们都有什么想法?我们现在就开个神仙会。"大家在思索。

韩光抬起眼睛:"蔡晓春。"方局长问:"什么意思?"

韩光说:"蔡晓春或许是我们找到何世荣的机会。"方局长看着他:"谈谈你的看法。"

韩光阐述自己的想法:"在滨海布置潜伏点,开展行动,包括走私武器弹药,都需要地下财政网络的支撑,而蔡晓春在滨海活动也是需要财力支撑的。何世荣肯定在滨海事先设置了影子公司,这样可以把国际账户的资金调集到滨海,并且可以不受财政网络监控提现使用。蔡晓春在滨海肯定和这个影子公司接触以获得财力支援。"

"你的意思是,通过蔡晓春找到这个影子公司?"

韩光点头:"对。何世荣布置这样一个影子公司,并且可以不被怀疑地进行现金流动,需要大量的时间和心血。按照常理推断,他不会再尝试布置第二个影子公司,支撑他现在的行动。因为,他压根儿就没想到蔡晓春会招供。第一,蔡晓春被我们活捉纯属偶然,按常理推断,他这样的人宁愿自杀也不会被俘;第二,蔡晓春即便被我们活捉,按照他的个性他也不会招供,所以何世荣坚信他的影子公司是安全的。"

唐晓军纳闷儿地问:"但是你都说了,按照蔡晓春的个性,他不会招供。那么他又能给我们提供什么呢?"韩光苦涩地一笑:"那是何世荣的逻辑——因为他不了解蔡晓春。"方局长问:"你的看法呢?"韩光自信地说:"蔡晓春的身上还保留着军人的个性。军人生来就是为了战斗,可以为了一句誓言、一句承诺可以不惜牺牲一切。但是军人也有最受不了的一点。"

"什么?"

"被出卖!你可以让军人去死,他不会眨眼;但是你假若出卖了他,他就是死也要拉你一起垫背。"韩光说。大家都看着韩光,韩光接着说:"现在蔡晓春知道自己死定了,但是他还不知道自己是被何世荣出卖的。如果他知道这个真相,他会拉何世荣垫背的。"

"你这么肯定?"方局长问。韩光的声音变得低沉:"我跟他,毕竟曾经一起生死过。"

5

坐在拘留所囚室里的蔡晓春听着渐近的脚步声，木然的脸上浮出一丝冷笑。门开了，四个特警走进来。蔡晓春戴着手铐脚镣被拉起来，眼神还是桀骜不驯。一个特警给他戴上眼罩，蔡晓春被带走。他们将蔡晓春带到审讯室。两个特警直接将他按到椅子上，他的眼罩随即也被撕开。穿着警服的韩光推开门。蔡晓春眨巴着眼睛适应光亮，他看着站在面前的韩光，血红的眼睛露出冷笑："你赢了！山鹰，你还是赢了！"韩光看着特警队员："你们出去吧。"

门关上了，屋里只有韩光和蔡晓春两个人。蔡晓春讥讽地说："你要在我面前展现胜利者的风采吗？这好像不是你内敛的个性，山鹰。"韩光静静看着他。

"你要奚落我？奚落我怎么混到这步田地？"蔡晓春还是那种讥讽的表情，"事实已经摆在这里，我斗不过你。我认了，但是我告诉你——我就是不服你！如果还有下辈子，我还要和你斗！"

"秃鹫，我们都没赢。"韩光缓缓地说。蔡晓春一愣，笑了："是吗？那怎么你站在我的面前是审讯者，而我是俘虏？你要继续嘲笑我的智商吗？"

"我们都没赢。"韩光面无表情地说。蔡晓春看着他，有点纳闷儿。韩光抱着肩膀说："我们都中计了——何世荣的计。"他看着蔡晓春，"我们都是棋子。所不同的是，我是一颗不会被抛出去的棋子——而你，则是已经被抛出去的棋子。"蔡晓春盯着他，在思索。

"你被出卖了。"韩光的声音很平淡，蔡晓春的脸上却是平地起风云。韩光还是那么淡淡地说："你已经被何世荣出卖了。他就没指望你能成功暗杀何世昌，你不过是他拿来搅乱我们视线的棋子。你一出现在棋局上，就是注定要被抛弃的。你所做的一切，只是为了掩护他真实的行动。你的表现越出色，越是个傻瓜。"蔡晓春看着韩光，眼睛在冒火。

韩光笑笑："现在何世昌已经掉线了，是不是断线还难说。何世荣得手了，他是真正的赢家。而我输了，你——比我输得更彻底！"蔡晓春咬牙。韩光冷笑着说："因为——你被出卖了！秃鹫，你万万没想到吧？你一向认为自己骁勇善战，多谋善断——但你其实是个傻瓜，是个牺牲品！你什么都没得到，因为你是被出卖了！"

蔡晓春眯起眼睛："你别想我招供！"韩光厉声说："你还在坚守什么？！你不再是一个军人，甚至你都不再是一个雇佣兵！你不过是看守所里的一个囚徒，一个失败的国际职业杀手——你连战俘都算不上！你是一个可怜的牺牲品！一个彻底的傻瓜！"

"那是我的事！"

韩光逼视他的眼睛："对，是你自己的事情，跟我没关系！你做傻瓜是你自己的事情，我为什么要过问呢？这次你什么都不会得到，错了，有一样东西你可以得到——骨灰盒！"

蔡晓春的脸表情很复杂。韩光蹲下来看着蔡晓春的眼睛冷笑："而且，是没有名字的骨灰盒！"蔡晓春呼吸急促，眼睛在冒火。

"你被当作傻瓜出卖了。"韩光拍拍蔡晓春的肩膀，"秃鹫，你被出卖了！"蔡晓春的鼻翼翕动着，呼吸越来越急促。韩光站起来："我给你一个机会——让你可以报仇，你自己考虑。"他转身去开门。

"山鹰——"蔡晓春嘶哑着喉咙喊。韩光站住，不回头："你还有什么事情吗？"

蔡晓春怒吼："我要报仇——我要亲手报仇——你让我亲手报仇！"

"你知道这是不可能的。你是因徒，我们任何人都没有权力让你去报仇。"

"你需要我！我知道他带来的人是谁！我猜得出来！我了解他们，我可以找到他们！我要亲手报仇，亲手宰了何世荣！"蔡晓春急促地说。韩光回头冷峻地说："没有任何人有权力让你去报仇，你清楚自己的身份。我是警察，我不可能违反国家法律。"

蔡晓春冷笑："那么……就让我们都看着何世荣那个老狐狸得手吧！"

韩光看着他："你知道威胁对我是没用的。"

蔡晓春高喊："这不是威胁，是恳求！我要报仇！"

韩光没说话，转身出去。门被关上了，蔡晓春发出撕心裂肺的吼声："啊——"

审讯室外的观察室，韩光走进来。方局长跟高局长都在那里，看着他进来。方局长点点头："我们现在起码有了一个突破口。"韩光却摇头："蔡晓春招供还需要时间，我们未必有这个时间了。"方局长皱起眉头。高局长苦笑："你知道我们谁都不可能下这个命令，让蔡晓春去报仇的。"韩光没说话，在思索什么。方局长的目光和韩光相遇，韩光躲开了，还在思索。方局长若有所思。

6

"你让我出去！"钟世佳狂怒地喊。黑豹站在钟世佳的面前，纹丝不动。宽大的房间里，能砸的东西已经被钟世佳砸了一个遍。钟世佳狂暴地怒吼着，踢打着黑豹。而黑豹则毫不躲闪，毫不还手。只有在钟世佳试图越过自己出去的时候，才会闪身站在他的面前。

"你们为什么限制我的自由？！"钟世佳咆哮。嘴角都被打出血的黑豹这时候才说："为了你的安全，少爷。"钟世佳打断他："我不是什么少爷！我就要做我自己！"黑豹冷静地说："我们讨论这个问题已经没有意义。即便我让你出去，外面还有中国警方的人，你还是出不去。"钟世佳大声吼道："我跟这件事情有什么关系？我妈跟这件事情有什么关系？你让那个老头子来见我，我要当面跟他说清楚——"

"少爷，何先生……失踪了。"黑豹神色黯淡下来。钟世佳讽刺地笑："哈！现在好了，洛克菲勒都失踪了！现在老大都没了，你们还玩个屁啊？"

"你是新的老大。"黑豹平静地说。钟世佳纳闷儿地问:"什么意思?"黑豹低首道:"如果何世昌先生有任何意外,按照他的遗嘱,你就是新的何先生。假设出现那样的意外,律师会来宣读遗嘱——而你,就是何氏企业的继承人,也就是 ZTZ 财团的总裁。"

"你在耍我啊?"钟世佳瞪大了眼睛。

"没有,少爷。"黑豹恭敬地说,"你是何先生唯一的儿子,也就是他的第一继承人。"

"操!我不稀罕!"钟世佳骂道。黑豹依旧恭敬地说:"那是你的事情,遗嘱是这样写的。"钟世佳冷笑:"没戏,我跟这老头子压根儿就不认识!我他妈的就是死,也不认他是我爹!这狗屁财团爱给谁给谁,我不稀罕!"黑豹不说话。钟世佳突然说:"我要见纪慧!"

"少爷?"

"我要见她,我不信她要杀我!这肯定是误会。"

"少爷,你不能见她。"

"为什么?"

"她是中国警方在押的疑犯,而且,她对你有威胁!"

"这是我的命令!"钟世佳断然说,"别光口口声声叫我少爷,给我拿出点儿真本事看看!"黑豹看着钟世佳,不说话。钟世佳斩钉截铁地说:"那以后就别做梦再让我跟那老头子和好!"黑豹看着他,半晌,转身出去了。他向滨海公安局提出了申请。

方局长为了能让纪慧开口,也为了能找到更多的关于何世荣的线索,考虑再三,还是答应了钟世佳见纪慧的请求。一个小时后,钟世佳被带到了看守所。门开了。钟世佳看着被押进来的纪慧,一下子站起来。脸色苍白的纪慧穿着囚服,双手戴着手铐,后面押她的女民警把她按在椅子上,手铐打开一只,铐在座位的架子上。纪慧带着仇恨看着他。

"小慧……"钟世佳的声音有些颤抖,"告诉我,你不是要杀我。"纪慧还是那么看着他。钟世佳再次重复:"告诉我,这是误会。"纪慧冷冷一笑:"何家人少爷,这不是误会——我的任务就是杀掉你!可惜的是,我晚了一步!"

"为什么?"

"因为这是我的任务!"纪慧冷冷地说。钟世佳着急地问:"那么你去看我演出?给我写专访?约我呢?"纪慧惨淡地一笑:"都是任务。"

"那你跟我的感情呢……你说你喜欢我……"钟世佳脸上的失望是掩盖不住的。纪慧笑笑:"你傻了吗?是为了接近你,侦察你,控制你。"钟世佳还是不敢相信:"你为什么要这样做?"纪慧哈哈大笑:"为什么?何家大少爷,你在问我为什么?为了钱!为了生存!你以为是为什么?!"钟世佳摇头:"不,不可能的!"

纪慧冷冷看着他:"你出生下来就是何家的少爷!我呢?我出生下来就是孤儿,我连我的爹妈是谁我都不知道!都不知道!我从小到大过的什么样的日子,你知道吗?我 12 岁就被老师强奸了! 12 岁——我甚至连例假都还没来,就被强奸了……因为我是孤儿,没有父母会心疼我照顾我保护我……因为我害怕,我害怕被赶出孤儿院,所以我谁都不敢说……"纪慧的脸上满是泪水。钟世佳张大嘴看着她,无言以对。纪慧含着眼泪继续说:"是的,你是在单亲家庭长大。那又怎么样? 你好歹还有个爱你的妈妈! 我呢? 我有什么? 除了我的身体,我什么都没有……什么都没有……我只能靠自己的脸蛋儿和身体,一次一次出卖给男人,来交换我微不足道的生存的权利……"钟世佳的眼睛里也在慢慢溢出泪水。

"你一下子就拥有全世界富可敌国的财富,而我则连在这个世界上生存下去的权利都丧失了。我怎么可能不恨你?! 不恨你们所有人?! 我的灵魂是扭曲的,是被谁扭曲的? 难道在我生下来时就是扭曲的吗? 不,是被命运扭曲的! 我什么都没有了,而你却什么都有! 你怎么可能让我不去恨你? 不去想杀了你?! "钟世佳低下头,泪水流出来。纪慧仰起头:"现在,你想可怜我? 我告诉你,不可能——我绝不接受你的可怜! 因为,即便是垂死的扭曲的灵魂,我也有可怜的自尊! 是的,我是在欺骗你! 但是那又如何? 谁没有欺骗过我?! "

"我没有! 我没有欺骗过你,我对你是真诚的! "钟世佳大声地说。纪慧奇怪地笑了:"真诚? 你在对一个即将被押赴刑场的间谍、杀人犯说真诚? 你不觉得可笑吗? "

"不! "钟世佳打断她,"我不管你怎么说,我是真心爱你的! "

纪慧仰面冷笑:"爱? 多么渺小的字眼! 什么是爱? "

"我爱你——"

"拉倒吧,"纪慧冷冷地看着他,"别再让我耻笑你了! "钟世佳看着纪慧,一步一步走向她。黑豹大声提醒:"少爷! "钟世佳突然扑到纪慧怀里,抱住了她,他在她的怀里低声说:"挟持我做人质! "纪慧的眼睛一亮。

7

一间阴暗的地下室。被绑在椅子上的何世昌睁开眼睛,面前的人影逐渐清晰。

"世荣,你真的要一条道走到黑吗? "何世昌的声音苍老中带着不容置疑的尊严。何世荣慢慢地从黑暗中走出来:"走不走到黑,你已经不容我了。"何世昌苦笑:"我给过你多少次机会? "何世荣的表情很奇怪:"够了! 你以为现在还是在纽约集团的办公会? 我告诉你,现在是我控制局面! 现在轮到我发号施令了! 何世昌,我忍了你50年了! 你也有今天! "何世昌怜悯地看着他。何世荣俯视着何世昌:"50年来,我无数次地渴望可以这样看你! "

何世昌摇摇头:"知道吗? 看着你这样俯视我,我不但没有任何敬畏的感觉,相反我觉得你很可怜。"何世荣不解:"可怜? "

"对,可怜! 因为你只有这样绑着我,才能俯视我! "

"你现在还想摆你总裁的架子? "何世荣脸上的笑容消失了。何世昌咬牙说:"不! 不是总裁的架子，而是你亲哥哥的尊严！这段时间以来，我常常扪心自问——到底是什么让我们兄弟阋墙，闹到不可开交的地步！世荣，你我一母同胞啊！母亲送我们上船的时候曾经说过什么？你不记得了吗？"

"我没忘，我都记得！"何世荣看着何世昌，"但是你又记得什么？！这么多年来，我兢兢业业在前面拼命！可你是怎么对待我的？你是怎么对待我的？！你什么时候给过我机会？！难道我要得多吗？！我一开始难道就想要整个ZTZ财团吗？！不！我没有！我只是要我可以表现自己才华的舞台，只是要可以证明自己在这个世界我是我自己而不仅仅是你的弟弟！但是你给我了吗？你没有！"

何世昌平静地看着他："你的性格中有缺陷，你适合做一个具体的战术执行者，而不是独当一面的战略家。这个问题我们很早就沟通过了，你自己心里应该清楚。"

何世荣冷笑："那是因为你害怕！"

"我害怕？"——何世荣低下头逼视着何世昌的眼睛："你害怕我超过你！你知道我的潜力，你害怕我的能力表现出来超过你！你害怕你的王国有了第二个国王，甚至是新的国王！你从内心深处感到恐惧，你害怕！但是你现在担心的害怕的一切都要发生了，你的王国将不复存在！我就算得不到，我也要亲手毁了你的王国！毁了你的女人，你的儿子！还有你的女儿——"何世昌睁大眼睛："我的女儿？"

"是的，是你的女儿！你的亲生女儿！"何世荣狞笑着，"你从未见过面的亲生女儿！也许你再也见不到她了，但是我告诉你——她已经完了！完了！也是我毁了她！"

何世昌惊讶地看着他，许久摇头："我现在是真的害怕了！"何世荣自得地仰起下巴。何世昌突然厉声说："我害怕的不是你的所谓什么能力，而是人性的丑恶！到底因为什么让你变成这样？让你可以不顾兄弟情分对我一再痛下杀手？你还残害我身边的人，我的亲人！难道他们就不是你的亲人吗？难道你的血管里跟他们流淌的不是相同的血液？"

何世荣冷笑："你现在对我说这些，不觉得已经迟了吗？"何世昌嘶哑着喉咙怒吼："放过雅琴和世佳，还有我的女儿！我的一切都是你的！我不要了！我全都不要了！"

"晚了，"何世荣狞笑着，"这一切都晚了——都是你造成的，何世昌！他们都是因为你死的！我要看着你痛苦，看着你的灵魂下地狱！"

"你这样做对你有什么好处？"何世昌的心口绞痛。何世荣笑道："因为按照法律，我就是你的继承人。不用你给我，法律会全部给我想要的一切！"

"但是你做了这些事情，法律难道没长眼吗？！"

何世荣反问："证据呢？"

"大陆有关方面会在法庭出示证据！"

何世荣笑着说："别傻了，你以为我真的会在大陆露面？我会回到国外，静待我的律师跟你的律师来处理这些问题！ZTZ集团还是我的，而你将会死在这个没人知道的肮脏的厂房地下室里！"何世昌看着何世荣憋红了脸。何世荣狞笑着靠近何世昌的脸："我们可以看看，到底谁是最后的赢家！"

何世昌悲伤地说："既然你都这样设计好了，我没什么更多要说的了。我仅有一个要求，世荣！虽然你不认我这个兄长，但你还是中华民族的子孙！我正在做的事情，你不要阻拦。"

何世荣笑笑："油田的事情？我已经答应了威尔逊先生，这批油田不会到大陆手里。你就死了这条心吧，这是他们帮助我的前提条件之一。当然，还有别的更多的条件，我也会照做。我不会再跟中国大陆打任何交道，因为我知道这辈子我都不会再想来大陆了！"

"你真的很让我失望……"何世昌闭上眼睛。

何世荣笑笑："你会体验到比失望更可怕的痛楚！"他转身出去了。

8

纪慧左手拿着一把锋利的小刀，扼住了钟世佳的喉咙。她嘶哑着喉咙尖声叫着："全都退后，不然我杀了他！"钟世佳挡在纪慧的前面挥手："都闪开！都闪开！"警察们持枪在门口，所长厉声问："刀从哪里来的？！"民警们面面相觑，不知道这把刀哪里来的。

黑豹看着纪慧劫持钟世佳，随时准备从侧面扑上去。纪慧没有看这边，对黑豹来说是个绝佳的时机。钟世佳高声喊："黑豹！你别过来，她真的会杀我的！"纪慧马上看黑豹，黑豹紧握双拳但是止住了脚步。纪慧厉声高喊："你们都给我退出去！"所长挥手："出去！都先出去！"警察们退出屋子，黑豹也被拉出来。

唐晓军看着出来的纪慧，放缓语调："纪慧，你这样做是罪加一等！放开人质，我争取给你宽大处理。"纪慧冷笑："少给我来这套！本来我就是死罪，判个无期跟死刑有什么区别？！"

"你还年轻，还有机会。放开人质吧，你知道出不去的。"唐晓军又说。纪慧手下使劲儿："那我就让他给我陪葬！""啊——"钟世佳惨叫一声，血流出来——他的脖子被划破了，但没有伤到动脉。唐晓军厉声说："你不要伤害人质！你有什么条件提出来！"

纪慧高喊："我要车！要飞机，我要武器！"

唐晓军皱眉："你看国外电影看多了啊？我有这个权力吗？"

"那你就让有这个权力的人来跟我谈，我不跟你废话！听着，我只给你半小时！不然我就杀了他，然后自杀！不信你们就冲进来试试！"

唐晓军咬着嘴唇，黑豹过来拉住他："车辆、武器弹药都可以给她，我们出钱。"唐晓军白了黑豹一眼："你出钱又怎么样？！有钱就了不起？！这是我们警方的事情，你出去！"黑豹被抢白了，他不敢再说话。两个警察拉着他出去。唐晓军高喊："你不要伤害人质！我来向上级汇报！"他转身走了。

看守所上空，警方的直升机悬停着，特警队员滑降在楼顶，随时准备突击。一辆一辆的警车鱼贯而入，警察们下车展开警戒线。囚犯们都凑在窗口看着这难得的大场面，都很兴奋。武警跑步过来，毫不客气地用警棍驱赶他们："都躲到墙角去！抱头蹲好！谁也不许乱动！"

韩光下车，跟着方局长、高局长走入充当临时指挥部的监控中心，唐晓军已经等在那里了。他看着监视器皱紧眉头："再放一次！我要看这刀子是从哪里来的！"画面开始慢放，一帧一帧地开始走。唐晓军高喊："停！"画面停了。唐晓军倒吸一口冷气："怎么会这样？"

方局长进来："有什么发现？"唐晓军回头："方局，高局，你们看一下，刀子是钟世佳塞给纪慧的。"大家都看画面。方局长摇头，叹息了一下。谁也不知道他在叹息什么，他的表情永远都是看不透的。韩光观察着现场传输来的画面，在判断可能突击的方案。

纪慧抬头看见了监视器，抢起椅子就给砸了。监视器里一片雪花，信号中断了。

唐晓军问："我们现在怎么办？谈判肯定是没用的，要是突击——特警队有没有把握？"

薛刚说："纪慧不是一般的疑犯，从她前面的表现来看，她肯定接受过相关的训练。如果贸然冲进去，很难保证人质安全。"方局长点头："纪慧确实受过训练，而且是非常系统和专业的训练。"高局长问："采取上次幼儿园的方案呢？在她挟持人质去直升机的路上进行狙击？"韩光摇头："她熟悉我们的手段，不会上当的。而且从我刚才看到的情况，她是反手拿刀。这点很狡猾，如果我击中她的头部，她就算当场毙命，身体的自然反应和倒下去的惯性足够杀害人质了。她的刀就在动脉放着，随时可以取人质的性命。"

高局长着急了："那怎么办？难道我们要对罪犯屈服吗？"方局长强调说："钟世佳现在对我们很重要，我们不能冒失去他的危险。要是他再出什么问题，我们这些工作都白做了！"韩光想了想说："我的建议是先妥协，寻找机会。"

方局长看高局长。高局长苦笑："你是行动的总指挥，你来决定吧！"方局长想想，说："我批准韩光的方案，我来签字。出了问题，我承担责任。"

5分钟后，一辆车被特警簇拥着缓缓出门，纪慧怒吼："你们不许跟着！否则我杀了他！"钟世佳在开车，刀子就放在他脖子上。警察们往后退，车出发了，向着千米外停着的直升机驶去……

9

一架螺旋桨农用飞机在空中飞行。农业局航空站飞行员问："老板啊，到底要飞去哪里啊？"坐在后面的黑豹又拿出一沓美元塞给他："按照我给你指示的方位飞就是了，别的别多问了！"飞行员不再多问，按照黑豹的指示飞行。黑豹在后面开始背上伞包，从手提袋里拿出武器装备在身上。他的眼睛没离开PDA，上面接驳的卫星侦察系统在监控着那架直升机。

纪慧在不断调试着无线电波段："食人鱼呼叫白鲨，收到请回答！食人鱼呼叫白鲨，收到请回答！……"

"你在找谁？"钟世佳用手绢捂着伤口问。"闭嘴！"纪慧继续自己的呼叫，"这里是食人鱼，收到回答……"钟世佳大声说："你不要再错下去了！我是为了救你！你不能再错下去了！你跑吧！不要再卷入这场无谓的争斗！"纪慧拿起手枪对准钟世佳的鼻子："我说了，你给我闭嘴！否则我一枪崩了你！"钟世佳的脸一下子白了："你？！"

"闭嘴，别逼我现在杀你！"

"现在杀我？"钟世佳不敢相信自己的耳朵，"你还是要杀了我？为什么？"

纪慧一枪柄抽在钟世佳下巴上："给我闭嘴！"钟世佳眼前一黑，他捂着下巴看着变得陌生的纪慧，纪慧冷笑："下辈子投胎到老百姓家吧，距离我这样的毒蛇远一点儿！"

钟世佳睁大眼睛："我救了你，你为什么还要这样做？！"纪慧冷冷一笑："毒蛇咬死你，需要理由吗？"电台里传出回答："白鲨收到，食人鱼现在在什么位置？"纪慧咬牙切齿地说："告诉我你的位置，白鲨！我要去找你！"

"食人鱼，你觉得有这种可能性吗？你会把警察引来的，通话完毕。"

"等等！"纪慧嘶声怒吼，"我带来了钟世佳，你要不要！"

对面一阵沉默，片刻回复："你再重复一遍，食人鱼。"

"我带来了钟世佳！"

"我要确定一下，食人鱼。"——纪慧把耳机塞给钟世佳："说话！"钟世佳看着她："小慧，你……"纪慧怒吼："说话！"钟世佳推开耳机："我不——"纪慧拿起耳机戴上："白鲨，你现在听到了？！"

"听到了，是钟世佳。你做得很好，食人鱼，你不愧是我手下最得力的人！"

"少给我来这套！现在知道跟我说好话了？告诉你，你别想那么容易得到钟世佳！"纪慧冷笑。那边的何世荣变得和蔼："你有什么条件都可以说，尽管说。"纪慧咬牙："听着，我要你现在就把欠我的一半尾款打到我的瑞士银行账户上！另外，再多打800万美元！"

"为什么？"

"这是你该付的违约金！通话结束，白鲨！打了钱再来和我说话！"纪慧放下耳机。

公路上，警车队伍在疾驰。指挥车内，唐晓军目不转睛地看着监视器，雷达把直升机的信号传递过来，但是附近还有一个信号。唐晓军拿起对讲机："后面跟踪的是什么飞机？监视哨报告过来，想办法阻止他！"

"是一架农用飞机。"

"农用飞机？通过通联频道让他降落，否则就强行迫降！"

"明白。"

农用飞机还在嗡嗡飞翔，电台里传来呼叫声："农18号注意，这里是滨海警方空中管制中心，你已经误入禁区，请你立即降落在公路上，接受警方检查……"飞行员急忙答话：

"农18号收到，立即降落。"手枪的枪口顶在了他的太阳穴。飞行员一个激灵："老板？！"黑豹冷酷地说："我要你继续飞行。降低高度，到雷达盲区。"

"食人鱼，款已经打到你的指定账户。请你查收。"电台又响了起来。"收到。"纪慧打开PDA，接驳自己的账号查对，"白鲨，款已经收到。"何世荣说："现在可以把人给我了吧？"纪慧说："可以。"何世荣又说："好，你到下面的坐标：东经……"直升机突然侧向压低高度，掉转机头穿越山谷。

指挥车内，监控的警员高喊："雷达失去两个目标了！"

唐晓军命令："立即接通空中管制中心，我要卫星图像！"

监视器显示在接驳中，唐晓军瞪大眼睛，嘴里念叨着："快点快点快点……"

10

方局长面对大屏幕传输来的图像聚精会神。他的手机响了，拿起来："喂？"黑色越野车在疾驰，韩光一边驾驶着警用吉普车，一边打着电话："我是山鹰。"方局长不动声色："嗯。"韩光严肃地说："现在情况十分紧急，何世昌掉线，钟世佳被劫持。我们判断没错的话，他们都在或者即将都在何世荣的手上。"方局长应了一声。韩光快速地说："如果何世荣得手，我们前面所有的工作都会失去意义……我们现在唯一可以找到何世荣的线索就是蔡晓春。这一点您和我有共识，而且我坚定相信蔡晓春有找到何世荣的办法。"

"是的。"方局长说。韩光又说："何世荣的身边还有一组国际职业杀手，我相信肯定也是不次于秃鹫的高手，也就是说还会有一场恶战。"方局长点头："对。"韩光说："萧副大他们走了，现在只有我和蔡晓春是合适的战斗人选。我不希望特警队再有无谓的牺牲，因为执行城市特殊警务和特种作战还是两回事。"方局长说："继续。"韩光认真地说："我下面做出的决定仅仅代表我个人，但是在事先我必须和您沟通。我不希望因为我的个人行为导致整个警务系统的混乱，您现在就应该掌握我的行动。但是我的行动和您没任何关系，所以发生任何情况，我都自己承担。"方局长表情严肃："说。"

"我打算劫狱，劫蔡晓春出来。"——方局长坐在那里，脸上没有任何震惊。他停顿片刻，缓缓地问："你有把握会按照计划进行吗？"韩光自信地说："有。我了解蔡晓春，他会和我并肩作战一直到抓住何世荣。"

"下面呢？"方局长问。韩光回答："蔡晓春会试图脱逃，我会尽力制止他。"

"你有把握吗？"——韩光长出一口气："我会尽力……您知道我多久没合眼了？我的体力已经严重透支，从行动开始到现在我没有一秒钟是消停的……我会尽力救出何世昌和钟世佳，但是我没有绝对把握制止一直以逸待劳的蔡晓春。"他的眼睛布满血丝，声音也一直是嘶哑的。方局长的喉结噏嚅着："你知道出现万一情况的后果吗？"

"知道。我会是真正的罪人，不再是受您派遣的特情。如果行动失败，没人可以为我平反昭雪，我会走上刑场，或者流亡海外。"

"你为什么坚持要这么做？"——韩光深呼吸："为了国家的最高利益！"

"……这是我一生中最艰难的选择。"

"白头雕，我理解。但是我没别的办法了，如果您有更好的方案可以提出来，我去执行。如果没有更好的方案，就请您做好应变的准备，尽力减少警方对我的行动造成的障碍。"韩光说。方局长沉默了。韩光着急地说："白头雕！我们没有时间了！现在我们在被动局面，被他们牵着鼻子走！我必须把这个主动权抢回来，必须尽快找到何世荣！我们唯一的一张牌就是蔡晓春就是秃鹫！希望您能明白我的话！我挂断电话，就是我个人行动的开始！"

"山鹰，你……"——韩光坚定地说："我什么都不在乎了！我曾经是一名军人，一名中国陆军特种部队的军官，国家主权的保卫者；我现在又是警察，国家利益的捍卫者！效忠祖国是我唯一的信仰！无论发生什么事，无论我还是不是个警察，无论我的身后有多少骂名，我都不在乎！因为——祖国知道我！""啪！"韩光挂了电话，目光坚毅地驾驶车。他的前方，已经出现滨海市公安局专门关押极度危险疑犯的黑山看守所。

方局长拿着手机闭上眼睛。眼泪，慢慢滑落。大家都诧异地看着他，方局长睁开眼睛，看着他们诧异的眼神。他的喉结嗫嚅着，想说什么。大家静静等待着。许久，他挥挥手："继续工作。"大家又都去忙了。方局长的目光落在会议室墙壁上的五星红旗上。

第十五章

———★———

1

　　韩光把车停在看守所门口，执勤武警荷枪实弹地走过来，检查韩光的警官证。武警跟韩光认识，笑道："提审？"韩光点点头。武警关心地说："你脸色很难看。"韩光无力地笑笑："我一直没时间休息。"武警把证件还给他："注意休息。"武警回头挥挥手，铁门打开了。韩光把车开进去，停在院子里。他观察四周的警戒，果然森严，但是大家对他都没有提防。他下车走向办公室，里面的警官他也认识。警官笑着问："韩光，你怎么来了？"

　　"我要提审蔡晓春。"韩光面色严肃地说。警官笑笑："提审单？"韩光压低声音说："来不及了，情况属于特急。滨海发生的系列暴力恶性案件你大致也都知道了，现在出现新的情况，我必须立即提审蔡晓春，试图获得线索。提审单我要回市局去拿，已经来不及了！"

　　警官想想："我信任你，但是你不要滥用我对你的信任。"韩光继续压低声音："听着！我没时间了！滨海也没有时间了！如果按照程序走，时间来不及了，事态可能也无法控制！现在我们还可以控制事态，我们都是警察！你也有义务阻止这些悲剧！"

　　"我需要跟市局核实……"警官伸手去拿电话。"哗"——枪膛保险拉开。警官一惊。韩光双手持枪对准他的脑袋，一字一句地说："我要提审蔡晓春！"警官拿着电话说："你就是打死我，我也不会答应！"韩光的枪口顶住他的脑袋："那么你就必须和我一起死！"

　　"你杀了我，你也跑不出去！"警官毫不退缩，怒视韩光。韩光长出一口气："对不起，你是个好警察。"话音未落，他的手枪在手里灵活一转，接着就是一枪柄打在警官后脑，警官趴在桌子上晕倒了。韩光收起手枪，在警官身上摸索，掏出看守所通行的智能IC门卡，拿在左手，随即把手枪装在右边口袋，右手揣在口袋里。韩光出了办公室，轻轻关上门。院子里没有任何异常，大家都很熟悉韩光。韩光对走过来的两名警官笑笑，径直走向监舍。

　　监舍门口，把门武警拦住他，韩光拿出门卡："紧急提审。"武警看看，插入门卡。绿灯亮。门开了，武警示意他可以进入。韩光接过门卡，走入监舍。铁门在后面关闭了。眼睛血红的韩光长出一口气，大步走向蔡晓春的房间。关着蔡晓春的房间门口站着两个特警，都是韩光的同事。他们看见韩光过来都很诧异。一个特警就问："你怎么来了？"韩光问："疑犯情况如何？"特警回答："正常，情绪现在稳定下来了。"

韩光从门上的监视孔往里看，蔡晓春在做俯卧撑。他收回目光，对俩特警说："你们过来，我有特别命令给你们。"俩特警凑过来，韩光突然抓住他们俩的脖子让他们相互撞击。俩特警措手不及倒在地上。韩光蹲下身子一个一个打晕过去。他在特警身上搜着钥匙、武器弹药等，再戴上耳麦。里面的蔡晓春听到声音，停止了俯卧撑，汗水顺着他的鼻尖滑落。门开了，韩光手持95自动步枪站在门口："我需要你。"他甩过去一把95自动步枪，枪飞落在蔡晓春跟前的地上。

此时，看守所里面已警报大作。武警和警察们叫嚷着拿着武器冲向监舍。执勤警官拿起电话汇报。韩光匆匆给蔡晓春打开手铐脚镣。蔡晓春拿起95自动步枪拉开枪栓，韩光一把拉住他。蔡晓春回头，韩光盯着他的眼睛一字一句地说："不许再杀警察！"蔡晓春看着他："他们要杀我，还有你。"

"没有我，你出不去！所以，不许再杀警察！否则我一枪毙了你！"韩光厉声说。蔡晓春看着他，苦笑一下。韩光拿起95自动步枪，从战术背心里掏催泪弹："投弹准备！"蔡晓春也掏出催泪弹："投弹准备！"两颗催泪弹顺着地面扔出来，白雾炸开，冲进来的武警和警察被笼罩在白雾中。韩光怒吼："冲出去！"

蔡晓春跟着他持枪冲出去。一个武警冲上来抱住蔡晓春的腿，蔡晓春举起枪对准他的脑袋，但是随即还是变了一下持枪姿势，举起枪托砸晕了武警战士。韩光在前面的白烟中挥舞步枪，击倒拦路的警察。他冲出监舍，弹雨立即覆盖过来。他一个鱼跃到了墙壁后面，蔡晓春举起步枪。

韩光高喊："不许杀人！"

蔡晓春压低枪口，对准奔来的警察腿部。"嗒嗒，嗒嗒……"两个短促的点射，两个警察腿部中弹栽倒，其余的警察急忙去找掩护。一个警察从侧面扑上来，韩光一枪托砸倒他。警察刚爬起来，韩光就一把把他拉在胸前。蔡晓春起身把步枪对准警察，高喊："停止射击！不然我杀了他！"

警察头上还在流血，但仍咬牙切齿骂："叛徒！你会被枪毙的！"韩光不说话，把他推在前面。枪声停止了。韩光怒吼："都闪开！我不想杀警察，都闪开！"警察们看着他们出来，谁都不敢开枪。韩光高喊："去开车！钥匙在上面！"蔡晓春跑向那辆车，车门果然没锁，钥匙还插在车里，他启动车开到韩光身边停下。韩光劫持着警察退到车前，对着警察们喊："打开大门！我只说一次！不然我就杀了他！"武警中队长高喊："韩光，你这样做没有好下场的！"韩光开始数数："五，四，三，二……"武警中队长急忙命令："开门！开门！"铁门开了。韩光拉着警察上了车："走！"蔡晓春踩下油门，车怒吼着冲出大门。

一出门,韩光就打开车门把警察推了下去。警察在地上翻滚着,被后面跟出来的同事们围住。枪声在后面响起。蔡晓春把油门踩到底,车狂飙着。子弹"哗啦啦"擦身而过,韩光在后座低着头,蔡晓春在前面狂笑:"啊哈哈!山鹰,你终于跟我一样了!"

2

省厅钱副厅长办公室,孙晓波推门进来:"山鹰劫走了秃鹫!"钱副厅长起身。孙晓波注视钱副厅长:"我们什么时候出发?"钱副厅长说:"静待事态发展。"孙晓波点头:"明白。"钱副厅长说:"去吧。"孙晓波点点头出去。钱副厅长在沉思。

滨海公安局的指挥中心已乱作一团。唐晓军冲进会议室喊:"蔡晓春被韩光给劫了!"高局长站起来:"立即组织追捕!这个韩光,这不是胡闹吗?!"唐晓军着急地说:"他还跟蔡晓春在一起,这是极度危险分子!他们还开枪射伤我们的警员!"

"我们去追捕。"薛刚站起来拿桌上的头盔和步枪。方局长突然说:"不要追捕。"大家都一愣,看他。方局长站起来:"现在行动还没结束,我是行动的总指挥。我命令,不要追捕韩光。"高局长看他:"老方,你要知道你在下什么命令?!"方局长看着他:"老高,我知道。"大家都看他。方局长坚定地说:"我现在宣布——韩光的行动得到了我的批准!他不是个人行动,是我命令他这样做的!"

"为什么?"高局长惊讶地问。方局长说:"我对这次行动负责。我知道后果,但是在整个行动结束以前,我还是总指挥。我希望可以履行我的总指挥职责,一直到上级派人取消我的指挥权并做出相关处理。"大家都沉默。方局长继续说:"既然大家没有不同意见,我将进行行动指挥。王涛。"王涛愣了一下:"到!"方局长说:"给上级汇报我的擅自行动,并且表示我准备接受处理。"王涛迟疑了一下:"……是。"

"我宣布以下命令!特警队全员进入待命状态,随时准备空中机动到山鹰指定位置!"方局长的声音变得坚定。薛刚回答:"是!"

"刑警队全员出动,搜索可疑线索!"

唐晓军立正:"是!"

"我们现在面临空前的危机,我也会对这个危机承担责任!大家去工作吧,在我还没离任以前,我希望这件事情有转机!"方局长严肃地说。高局长看着方局长:"老方啊,你在拿你的前途开玩笑。"方局长苦笑:"在国家利益面前,我没什么政治前途可言。山鹰不惜把他的一切拿来捍卫国家利益,我不能让他一个人承担这种后果。"高局长长出一口气。

"山鹰,我和你在一起,无论什么后果。"方局长喃喃自语地说。

3

　　弹痕累累的吉普车在狂飙。蔡晓春一边开车一边问："我们下一步怎么做？难道要开着这个靶子在街上跑吗？"韩光说："拦截一辆车，然后按照你的方法找何世荣。"蔡晓春咬牙切齿地说："好！我一定要亲手宰了这个老狐狸！"韩光不说话。蔡晓春看看韩光："又和你并肩作战了，山鹰！"韩光还是不说话。曾经，他们无数次这样并肩作战……

　　特种部队狙击手连。凌厉的战备警报声在黄昏时响起，狙击手们飞奔出来列队。韩光迅速整队："向右看齐——向前看！"他转身，跑步上前敬礼，"报告！狙击手连集合完毕，请指示！值班员，一排长韩光！"严林还礼："稍息。"韩光转身："稍息！"他跑步回队尾，和蔡晓春站在一起。严林注视这些狙击手："有一个特殊的任务，需要一个狙击小组去完成！"狙击手们都期待地看着他。韩光的眼神很平静，蔡晓春跃跃欲试。

　　"山鹰！"——韩光出列："到！"

　　"秃鹫！"——蔡晓春出列："到！"

　　严林说："你们两个去做准备。15分钟后，有车拉你们去机场。"

　　"是！"两人跑步走了。两人来到宿舍，赶紧准备着……"遗书你们都写好了吗？"严林不知何时站到了门口。韩光和蔡晓春都抬头看他。严林说："出发以前，把遗书放在自己的抽屉里面。"韩光立正："我不需要遗书。"严林看蔡晓春："你呢？"蔡晓春犹豫一下："我……还是写一封吧……"严林说："山鹰，你最好还是写一封。这次的任务不同以往，我希望你们的人生不要留下遗憾。"

　　"……我不知道写给谁。"韩光说。"写你最惦记的人。"严林转身出去了。

　　蔡晓春拿出纸笔，开始写遗书。韩光想了一会儿，也拿出纸笔开始写遗书。不一会儿，韩光和蔡晓春全副武装出来，把背囊扔到车上，上了越野车。越野车打着双闪开向机场。

　　机场，直升机的螺旋桨在旋转。严林站在直升机旁。高速驶来的越野车戛然停下，韩光和蔡晓春提着武器和装备下车，敬礼。严林还礼。韩光和蔡晓春注视着严林。严林拿出两个档案袋，递给他们："这是任务简报，在直升机上阅读任务简报，然后销毁。"韩光和蔡晓春立正："是！"严林说："出发吧，更多的话不说了。"韩光和蔡晓春转身上飞机，韩光拉上舱门前看了一眼。严林举手敬礼。韩光默默看着严林，坚定地点点头，拉上舱门。直升机拔地而起。严林还在巨大的风中敬礼，一直到直升机远去。严林放下右手，片刻，说："你们是我最好的孩子！"

　　韩光和蔡晓春坐在机舱，面对面。韩光喃喃地说："百合……"蔡晓春问："你怎么了？"

　　"什么？"

　　"你刚才说什么？"

"我没说什么啊？"韩光说。

"你刚才好像说——百合？是赵百合吧？"

"没有没有，我刚才说的是百米射击精度……你听岔了！"

"吓我一跳！"蔡晓春说，"我还以为，不光要跟你竞争打枪呢！搞对象也得跟你竞争！"韩光愣了一下，看他。蔡晓春说："别那个眼神看我！我又不是你，七情六欲都没有！今天是真的要打仗了，我也就跟你说句掏心窝的话——我喜欢她！我以前没这样喜欢过一个女孩儿，就是我不敢说……人家是干部，我是兵，说了不合适。我想如果我回不来，还是要告诉她一声的。我都写到遗书里了，如果我回不来——你替我给她！我只信得过你！"

韩光看着蔡晓春片刻，说："别说傻话，你自己亲手给她。"

"那算什么遗书啊？"蔡晓春说。韩光掩饰地笑笑："那就当作……情书吧！"蔡晓春不好意思地笑了。韩光也笑笑，拿起一块口香糖放进嘴里嚼着，抚摩着冰冷的枪身。

机舱里的红灯亮了，伴随尖锐的警报声："山鹰小组最后一分钟准备！"韩光和蔡晓春举起右手大拇指："最后一分钟准备！"两人起身，互相帮忙背上背囊装具等……韩光给蔡晓春仔细检查背囊，凑在他的耳边说："记住——你要亲手给她！"蔡晓春笑笑："有命回去再说吧！"韩光看看蔡晓春，蔡晓春回头举起右拳："同生共死！"韩光举起右拳："同生共死！"

直升机降落，舱门打开。韩光跳下来，警戒。蔡晓春下来，警戒反方向。

"山鹰小组，祝你们好运。完毕。"

韩光和蔡晓春卧倒，直升机起飞了，两人起身，呈战术队形进入密林……

凌晨，密林深处。长满芦苇的湖水，景色很美。芦苇中的杂草，看不出来任何区别。片刻，杂草下的蔡晓春举起左手轻轻挥舞两下，另外一团杂草下的韩光小心翼翼爬出来。

"我们接近目标了。"蔡晓春小声说。韩光接过激光测距仪，瞄准镜里是一幢建在山里的别墅。韩光放下激光测距仪："我们运动到那个位置去。"蔡晓春起身，在前面侦察前进。韩光稍后，持枪，起身跟在稍远的后面。两人穿过湖边的芦苇，来到离别墅不远的山上。别墅四周站着枪手，手持M4卡宾枪。蔡晓春拿着激光测距仪，嚼着口香糖："没有发现目标，看来还没到。"韩光卧在身边："保持观察。"他的88狙击步枪枪口下放着一块铺开的迷彩布。蔡晓春说："收到。"

韩光拿出一块口香糖，塞进自己嘴里。蔡晓春看看他："我有话对你说。"

"说吧。"

"你在直升机上，叫的是百合，不是百米射击精度。"

韩光没说话，嚼口香糖的动作停止了。

"为什么要骗我？"

"我现在不想跟你说这些，我们要打仗。"

"你知道我藏不住话。山鹰，告诉我——为什么要骗我？"

韩光看着他，低下头没说话。

"因为你知道我喜欢她？"

"我开始不知道，"韩光说，"是你自己说的。"蔡晓春问："你的遗书——也是写给她的？"

"嗯。"

"你为什么要对我说——让我亲手给她？"

"因为我相信你会活着回去，我对你有信心。"

"不！因为你可怜我！"

"我没有！"

"你有！你要让给我！因为你可怜我，你觉得我不如你强！我竞争不过你，所以你要对我说——让我亲手给她！"

韩光急了："你的脑子成天都在琢磨什么？什么可怜不可怜的？你刚才还说死也要跟我死在一起，现在又跟我腻歪这些干什么？我们在打仗，明白吗？"

"我知道！死也要跟你死在一起，是因为你是我的兄弟！你是我的狙击手，我是你的观察手！跟刚才说的那些是两码事！我蔡晓春再笨，也没有笨到要影响兄弟之间的感情！更不会影响战斗！"

"我跟你说实话吧。"韩光说，"其实，我那样说，是因为我怕输。"蔡晓春看着他。韩光接着说："我比谁都怕输。因为我害怕失败，所以我不敢尝试。我写进遗书里，只是为了当我不能回去的时候，能够说出心里压着的话。而你不怕输，你喜欢挑战。所以，我要你亲手交给她。"蔡晓春诧异地看着他："你怕输？"

"对，怕输。我怕输，怕任何一种失败。在狙击上，我有自信，是因为我有把握；但是在感情上，我没有一点把握。你跟我不一样，对于没有把握的事情，你敢去尝试。"

"你不敢去追她？"

"不敢，我都不敢想我喜欢她。因为我没有把握，没有把握的事情，我一概不敢去做。"

"你怎么会是个胆小鬼呢？"

"我承认，除了打仗不怕死，我是个胆小鬼。因为我害怕失败，所以我把自己封闭在一个壳子里。晓春，我让你去亲手交给她，不是什么可怜不可怜你，也不是什么让着不让着你。而是因为，我压根儿就不会去追她。"

"懦夫！"

韩光低下头："对，我承认我是个懦夫。在感情上，我想我会永远是个懦夫。"

"不——你不会是个懦夫，你是山鹰！你是我的排长！是我的兄弟！你不是懦夫！你是勇士！你是中国陆军的'刺客'！"

"那跟感情懦夫有什么关系？"

"我不要你做一个懦夫，因为我不想这样赢你！我要你做一个勇士！不管是战场，还是情场，你都是一个勇士！我要堂堂正正赢你！你听着——我不要你躲，我要你去追她！

我们一起追她，我要赢你！"

"什么乱七八糟的？"

"我要你和我一起追她！无论我赢，还是我输，我都认了！——但是，我不要你做懦夫！你是我的排长、我的狙击手、我的战友、我的兄弟，我要你做一个勇士！"

韩光看着他，眼神有些许感动。

"你是山鹰，是'刺客'！你要做我最强大的对手！做一个勇士！"——韩光停顿片刻，说："我很感动。"蔡晓春看着他："我不要你的感动，我要你的行动！答应我，回去以后，和我一起追她！无论成功还是失败都无所谓！因为本来就没有什么大不了的！你要勇敢起来，山鹰！我要你走出这个壳子，做一个勇士！不仅是战场的勇士，还是生活的勇士！"

韩光嘴唇翕动，没有说话。蔡晓春举起手："答应我！"韩光看着蔡晓春，缓缓举起手，握紧蔡晓春的手："我答应你……"蔡晓春点头："嗯！我等着和你竞争！山鹰，我不仅要和你并肩作战，我还要和你竞争到底！"韩光笑笑，看下面："目标出现了，准备。"

两辆高级越野车在开往别墅。蔡晓春拿起激光测距仪："我在观察。"韩光的眼睛贴着瞄准具，右手哗啦拉开枪栓，金灿灿的子弹上膛……这样的并肩作战，他们不知经历过多少次。只是不知道，在滨海，这即将来临的一次，会不会是他们之间的最后一次……

4

郊区公路上，弹痕累累的吉普车停在路边。韩光神色复杂，跟蔡晓春下车。一辆黑色奔驰轿车开来。韩光站在路上拦车，高举警徽："警察！停车！"车停了，里面伸出个中年女人的脑袋："什么事儿啊？"

"警察，我要征用你的车。我现在命令你下车，我有紧急公务！"

中年女人骂了起来："瞎了你的狗眼！你也不看看这是谁的车？！我丈夫是……"她突然住嘴了，蔡晓春双手持枪对准她的脑袋："下车！快点儿！不然要你的命！"中年女人哆嗦着赶紧下车："你们要多少钱？我，我这就通知人送！别绑架我……"蔡晓春怒吼："滚！你还不配我们绑架！"中年女人撒丫子就跑，高跟鞋都掉了。韩光看着她的背影，上车。蔡晓春也上车："你那个方法不行，还得靠我的！"韩光苦笑一下，开车。

5

农用飞机低空掠过山谷。黑豹命令："拉高到150米。"飞行员在枪口下拉高飞机。高度表在变化，到了150米。"这是给你的酬金。"黑豹又拿出一沓美元塞给他。接着他打开舱盖，解开安全带。飞行员很诧异："你要在这个高度跳伞？！"

黑豹不说话，纵身跃出去。他在离开机舱的瞬间拉下伞绳，降落伞刚刚全部打开，他的身体已经接近地面了。双脚接触地面的瞬间，他侧滚翻，化解落地力量着地。接着解开伞包，活动自己摔疼的腿脚，慢慢站起来。黑豹拿出PDA，上面还在传输这个地区的现场画面。纪慧驾驶的直升机已经停在山头那边。黑豹拔出手枪，快步向那边跑去。

纪慧的手枪指着躺在草地上的钟世佳，在等待接应小组的来到。钟世佳的血还在流，脸色已经发白。

"别怪我，这是你的命！"纪慧看着他哀怨的眼睛，毫不躲闪。钟世佳嘴唇颤抖着问："你爱过我吗……"纪慧不回答。忽然草丛里发出声响，纪慧一个激灵转身，但是一记重拳已经打在她的下巴上，纪慧仰面栽倒，手枪也脱手了。

"黑豹——"钟世佳目瞪口呆。纪慧和黑豹打在一起，她被黑豹踢倒在地上，连续挨了几脚。她嘴里流血，趴在地上。黑豹用手枪对准她，冷冷笑着："食人鱼，今天是你的死期！"

"不要……"钟世佳竭力喊着。黑豹看钟世佳，十分不解："少爷？"

"不要杀她……让她……走……"

黑豹看着纪慧，慢慢垂下手枪："滚！"纪慧艰难地爬起来，站在那里。黑豹捡起纪慧丢下的手枪别在腰里，抱起钟世佳走向直升机。他把钟世佳放在副驾驶的位置上，扣好安全带，自己走向驾驶座位。他刚刚打开舱门，背后"嗖"地插入了一把尖刀。"啊——"黑豹痛苦地喊了一声。纪慧甩出那把钟世佳给自己的刀子，转身就跑。黑豹转身举枪，却没射击。他转身，坚持着爬上直升机。钟世佳看着他背上的刀子："黑豹，黑豹，你怎么样了？！"黑豹不说话，坚持发动直升机，操纵着直升机起飞。

下面突然跑过来一组蒙面枪手，黑豹竭力加速离开危险区域，枪手对天射击，子弹打在直升机上。黑豹咬紧牙关，努力地操纵直升机。直升机转过山谷拉高起飞。黑豹打开电台："SOS！SOS！滨海警方注意，钟世佳求救……"

6

直升机降落在郊外的公路上。警车包围过来，特警们下车包围飞机。一个警员提着急救包打开门，黑豹趴在方向盘上，背上还在流血，脸色苍白，他指着钟世佳："先救少爷……"钟世佳被抬出来包扎。黑豹被另外一个警员拉出来，落在地上。

"黑豹……"钟世佳无力地喊。"少爷……"黑豹看着钟世佳，无力地笑笑。警员检查黑豹的身体，发现他中了枪。警员拿起对讲机："呼叫救护车！呼叫救护车！这里有人重伤！……"钟世佳往黑豹身边爬着，他推开警员抱住黑豹高喊："黑豹！黑豹！你不能死！你不能死啊！"黑豹笑笑："少爷……"钟世佳哭喊着："你们要救活他！一定要救活他！"

"少爷，我可能不能保护你了……"

"黑豹！黑豹！你不能死！"钟世佳抱着黑豹健壮的身躯吼着，"我命令你不能死！你要活着！要活下来！我命令你……"黑豹无力地笑笑："少爷，何先生……何先生是你的父亲……你记住我这句话……"钟世佳着急地说："我记着！我记着！但是你不能死！你不能死！"

"原谅他……"——钟世佳愣住了。黑豹抓住钟世佳的手："答应黑豹，原谅他……他是你的父亲……你的血管里流的是他的血……"钟世佳不说话。

黑豹流出泪来："黑豹是个孤儿，是何先生把我养大的……相信我，何先生不是那样的人……"钟世佳抓着黑豹的手："我相信你！但是你不能死啊——"

黑豹笑笑："原谅他……这是我的恳求……我求你，原谅他……"

钟世佳哭着点头："我原谅他！我答应你！黑豹，你说什么我都答应，但是你不能死啊……"

"记住，男人说话……是算数的……"黑豹说着，话音戛然而止，他晕了过去。

"黑豹——"钟世佳扑在黑豹身上号啕大哭。而昏迷中的黑豹，嘴角留着笑容。一个警察想拉开钟世佳，却怎么也拉不起来，几个警察过来帮着拉起他。"黑豹——"钟世佳哭喊着、挣扎着，却被越拉越远。黑豹被护士紧急救护着。

7

破旧仓库的门"哗啦"一声打开了，越野车亮着大灯高速开进来，"咔"的一声急刹车。一片车门开关的撞击声，蒙着眼睛绑着双手的纪慧被蒙面枪手们抛出来，摔在地上。两个蒙面枪手撕开眼罩，拉起纪慧。何世荣抱着双肩站在她的面前："这是个充满诈骗的时代，在这个时代可以信守诺言的人已经弥足珍贵。我一直恪守这个信念，所以我努力去做一个信守诺言的人。你要的一切，我都按照诺言给了你——那么，我要的人呢？"

纪慧急促呼吸着，汗水顺着脖子滑下来。何世荣摇头："食人鱼，我训练了你，栽培了你，给了你一切想要的，你真的太让我失望了。"

"这是意外！"纪慧争辩道。

"失败者没有权力解释！你完了！"何世荣斩钉截铁地说。纪慧看着何世荣，目光很倔强。何世荣奇怪地笑笑："你很像你的母亲，尤其是你的眼睛。"

"我的母亲？！"纪慧睁大了眼睛。何世荣满意地笑着："是的，你的母亲。"

纪慧着急地问："她……她在哪儿？！"何世荣哈哈大笑："这一刻，我才体会到撒旦是什么感觉！上帝创造了人类，而撒旦却毁灭人类！"

"告诉我，她在哪儿？！"纪慧声嘶力竭地喊。

"你真的想知道，她是谁？"何世荣带着一种奇怪的笑容问。

纪慧怒斥他："白鲨！我曾经是一个满怀理想去异国他乡求学的女学生！即便是我的身子不干净，但我的心曾经是纯洁的！是你毁了我！……是的，你是给了我金钱和奢靡的生活！但是如果我自己可以选择，我宁愿不要那些！我不要！你夺走了我最珍贵的……那就是良心……我是怎么成为一个冷血杀手的？你难道不明白吗？"

何世荣还在笑，他很满意此刻纪慧的表现。纪慧的眼中都是悲愤的泪水："我为了你出生入死，你还要杀掉我！你要杀我，我认命了！但是我只有最后一个微不足道的要求——告诉我，我的母亲是谁！我是谁的孩子！他们为什么不要我了……"

何世荣发出疯狂的狞笑，这种笑声让在场的蒙面枪手都不寒而栗。纪慧的眼泪止不住地落下："我求求你……告诉我……这是我最后唯一的要求……"何世荣的笑声慢慢停止了，他看着纪慧："你不后悔？"

"我……不后悔……"

"那么，就让你来接受这残酷的命运吧……"他挥挥手，两个蒙面枪手夹起纪慧。

"你马上就可以见到你的母亲了！"何世荣说完，又是一阵疯狂的狞笑。纪慧叫骂着被两个蒙面枪手拖着往里面走。晴空闪过一道闪电，接着是一声闷雷。何世荣看着狭小窗口外满天集聚的乌云，他突然高喊："在这个世界上只有好人和坏人吗？不，还有魔鬼！只有幸福和不幸吗？不，还有悲剧！魔鬼酿造了悲剧，而悲剧让魔鬼狂欢。这是带着血腥味的狂欢！这是带着复仇火焰的狂欢！在这个世界上什么是永恒的？爱？不——是恨！只有恨是永恒的！爱是一阵风，吹过就无影无踪；而恨则是一粒种子，会生根会发芽，会在人类的心里长成一棵畸形的参天大树！恨会吞灭爱，而爱则不会化解恨！永远不能！只有恨是永恒的！恨是永恒的！"何世荣的狂笑伴随着乌云雷电，随着倾盆大雨瓢泼而下。

纪慧被丢进肮脏的地下室，滚下了台阶，铁门在后面"咣"地关上了。纪慧抬起被磕破的额头，擦去脸上的血。她努力适应着昏暗的光线，模糊地看见一个黑影在小心翼翼靠近自己。纪慧一下子翻身爬起来，准备格斗。"你是……谁……"她的声音有些颤抖。那个黑影停止了脚步，纪慧隐约辨认出是个女人。女人开口问："你是谁……怎么也被关到这里来了？"纪慧听着这个声音有几分熟悉。

"你也是被他们抓来的吗？"那个女人又慢慢走过来。她走到有点儿光亮的地方，纪慧睁大了眼睛——钟雅琴。钟雅琴诧异地看着这个衣衫褴褛的年轻女孩儿。纪慧眼睛睁得更大。

钟雅琴纳闷儿地看着她："你认识我？"纪慧摇头："不……不……不！"

"怎么了？孩子……"钟雅琴关心地问。纪慧满脸都是泪水，还拼命摇着头："这……不可能……"钟雅琴不明白："你怎么了？"纪慧往后退着，撞击在墙上嘶哑地哭喊："这不可能！"又一声闷雷，雨声"唰唰"。

8

大雨中，奔驰车疾驰在海滨公路上。韩光在开车，蔡晓春坐在副驾驶的位置上打开韩光的 PDA，屏幕上是笑容灿烂的林冬儿。蔡晓春心里被什么扎了一样，愣住了。韩光的脸色还是那样阴郁，没说话。蔡晓春看看韩光："你是不是很想杀了我？"韩光不说话。

"我知道你在想什么。错都错了，我会承担所有后果！办完这件事，我会给你一个交代！"韩光冷冷地说："这不是错，是罪！你也不是给我交代，是给法律交代！"

蔡晓春看着韩光："你还是没有变……"韩光冷笑："不是所有的人都会变的。"

蔡晓春打开 PDA，接驳警方网络。韩光问："你采取什么方法？"

"给我现金的是一个代号'马蜂'的家伙，他自以为自己很谨慎。我派人跟踪了他，虽然他滑得跟一条泥鳅一样，但我的人还是找到了他的真实住址。想知道他的身份吗？"蔡晓春说。韩光问："就这么简单？"蔡晓春苦笑："复杂的事情往往破解的方法很简单。白马……我最得力的部下……是他侦查出来的……"

韩光没说话。蔡晓春在 PDA 输入名字，一张照片很快显现出来："就是他——陈新。以前是个留学生，去年个人注册了云杉国际贸易公司，注册资金 3000 万美元——他从哪里来的钱？这是他的家庭住址。"韩光踩下油门。

"不知道白马会怎么样……"蔡晓春看着车窗外的大雨，喃喃地说。

9

白马坐在囚室里想事情。铁门响了，门打开，王涛走进来，铁门又关上了。白马抬眼，看着王涛苦笑。王涛注视着他："白马，休息不了了。事态在恶化，你要继续做事。"白马起身，两个人默默对视着。白马内心很复杂，他想起了往事……

雇佣兵们的直升机撤离了战区。机舱内，蔡晓春给白马擦净脸上的血，笑着说："我的军士长，你的命真大。"白马看着他："秃鹫，我没想到你会杀回来……"

"雇佣兵没有后援，我们唯一依靠的只能是我们自己。Leave No Man Behind——我永远不会丢下你的，白马。"

白马看着蔡晓春："如果有一天我出卖了你呢？"

蔡晓春笑笑："我相信所有的人都会出卖我，但是我不相信你会出卖我。"

"为什么？"

"因为，你是我兄弟。"

第十六章

—————★—————

1

看守所里，警察们如临大敌，民警、武警特警全都出动了。王涛拿着望远镜在观察，戴着手铐脚镣的白马被带了出来。蒙着面的武警中尉走到白马跟前："白马。"白马抬眼。

"根据上级通报，你要被转移省城看守所关押。"

白马不语。

"上车吧。"

白马被武警特警推上车，武警中尉也转身上车。白马被铐在座位上，武警队长坐在对面注视他。车开了，武警队长悄悄塞给白马钥匙，白马默默接过来。

"保重。"武警队长注视他。白马笑笑："我习惯了。"

2

赵百合在昏睡，护士在给她更换输液袋。换完后她转身出去，门关上的同时，赵百合的眼睛睁开了，她的目光转向了呼叫器。

护士在护士站的电脑前忙着什么，呼叫器响，她起身大步走向ICU监控室，晃过国际刑警A，她开门进去："请问您有什么需要？"

"我想上洗手间……"赵百合昏昏沉沉地躺着。

"我去给您取小便器。"

"不不，我不习惯，我还是去洗手间吧。"

"那些警察说，不许您出去。"

"总不能洗手间都不让我去吧？"

"我问问看。"护士转身出去。门关的瞬间，赵百合的目光马上亮了起来。

护士出来，对警察A说："病人要求去洗手间。"警察A反问："你们不是可以帮她吗？"护士回答："她说……不习惯。"警察A想想，按下通话键："A组注意，检查女洗手间。完毕。"——"收到。完毕。"不一会儿，回复传来："洗手间没有异常。完毕。"

"收到，你们在外面待命。A组跟我护送她去洗手间。完毕。"

"你们至于吗？"护士纳闷儿地说。

"保护她是我们的工作，扶她出来吧。"警察A没有表情。

护士进去，她小心地把赵百合扶起来，穿上拖鞋，然后拿着输液瓶子，扶着她往外走。警察A带着两个警察等待，赵百合一出来，就裹着她走向洗手间。洗手间门外站着B组的两个警察。警察A说："我们在外面等着，你帮她解决，快一点儿。"护士扶着赵百合进去，门在身后被关上了。护士扶着她往里面走，赵百合突然抓住她的胳膊。护士感到纳闷儿，刚想说话，就被赵百合捂住嘴利索地按在墙上："我不想伤害你，别喊。"

护士惊恐点头。赵百合冷冰冰地注视着她，摘下了她的口罩……不一会儿，戴着口罩的"护士"低头出来："没卫生纸了，我去帮她拿。"警察A点头。"护士"走了。警察A注视她的背影，转向自己警戒的方向。他想着什么，突然转脸，"护士"不见了。警察A明白过来："去追那个护士！"

"哪个护士？"警察B还在纳闷儿，"满楼道都是护士！"

"刚才去拿卫生纸的那个！"警察A说道。警察B转身持枪带着两个警察追过去。警察A转身一把推开洗手间的门，带人进去了。洗手间的隔板一个一个被打开，最后一个隔板打开，警察A呆住了——脱去外衣的护士被衣服绑着，嘴里堵着衣服，瑟瑟发抖。警察A按下通话键："他妈的！掉线了，她跑了！B组，找到她没有？！"

医院大厅，警察B带人跑来。来来往往的人看着他们，惊慌闪开。四周都有护士。警察B站住了："A组，到处都是护士……"

赵百合戴着口罩出了医院，径直走向停车场。一辆子弹头停在停车场，司机正在里面听音乐。赵百合走向那辆子弹头。司机座位上放着一把MP5微声冲锋枪。他的耳麦响了："全体注意，全体注意！目标失踪……"他抓起武器准备下车。赵百合与他擦肩而过，突然出手，手直接砍在他的脖子上。司机被打中，猝然倒地。赵百合蹲下，捡起司机的武器，司机睁开眼，艰难地说："不要这样，你……"赵百合转手一掌，司机晕了过去。她挎起微冲，拔出手枪，摘取他的对讲机和电台，转身上车。子弹头开走了。

警察A追出大厅，正好看着子弹头远去。一个警察举起枪，警察A按下他的武器："不许开枪！她不是罪犯！B组，去追！"两个警察上了轿车，拉亮警灯冲出去。司机被扶起来，揉着脖子："没想到这个孕妇还真厉害，我大意了。她不是医生吗？怎么还会武功……"

"她曾经是特种部队的军医！"警察A说着，按下通话键，"寒号鸟，出事了！我们掉线了……"

3

子弹头在疾驰。赵百合摘下口罩，加速。

"山鹰，你千万不能出事……"她在心里默默祈祷着。也许她已经忘了，曾经，她也这么在心里为山鹰默默祈祷过，那还是在多年前，在特种部队里……

特种部队的教室里，挂着人体骨骼和肌肉详细图。集训队员们在下面听讲，写着笔记。韩光和蔡晓春坐在一起。赵百合拿着教鞭对着讲台上立着的一个骷髅讲解："这是一个成年男性的骨骼标本，由206块骨骼组成。这是头骨，也是你们未来作战中要射击的主要部位。你们在日常训练通常射击的是胸环靶，但实战当中射击胸部并不能使目标确凿无疑地瞬间死亡。所以这也是为什么执行死刑时，会射击死囚头部而不是心脏部位。因为心脏中枪者仍可存活8～12秒的时间，而且极少数的人心脏不在左边，而在右边……"

韩光在认真做笔记。蔡晓春呆呆地看着赵百合。

"人体只有一个地方被破坏才会使得瞬间即时死亡，那就是大脑的运动反射神经区——就是头骨的这个部位。人的头部虽然直径大约有20～25公分，但能够真正使得瞬间即时死亡的部分非常小，脑部控制运动反射神经的地方位于眼睛后面，其大小不足6公分。也就是说要想一枪瞬间毙命，实际所能瞄准的目标只有6公分……"

韩光仍在做笔记，赵百合看着韩光，韩光抬眼，躲开赵百合的目光。赵百合又看蔡晓春，蔡晓春呆呆地看着赵百合。赵百合叫道："秃鹫。"蔡晓春还没回过神。

"秃鹫。"赵百合又叫了一声。韩光踩了蔡晓春一脚，蔡晓春醒悟过来，起立："哦！到！"赵百合问："你在想什么？"蔡晓春不好意思地笑："我，我……"

"想媳妇！"一个队员捣乱地说。队员们哈哈大笑。韩光也笑笑，只是笑容稍纵即逝。蔡晓春也不好意思地笑了："去去去，不多嘴没人把你当哑巴卖了！"

"嗯嗯！严肃点，上课呢！别乱走神儿，"赵百合说，"文化基础也是计入你们的集训成绩的！当心我打你个不及格，把你开回去！"蔡晓春急忙不敢笑了。"坐下，我们继续上课。下面，我讲解一下人体的主要器官与神经中枢的关系……"

狙击战术训练场上，年轻的狙击手们站成一排，听严林训话。对面100米处，三个大铁笼子，里面都是鸡，涂着不同的颜色。严林说："狙击手经常要面对特殊射击情况——譬如在人群中找到目标，并且精确射击。100米处的人头，跟鸡差不多大，如果你们能做到精确射击指定颜色的鸡，那么就可以击中100米处的人头。"狙击手们面面相觑。

严林笑笑："谁先来？"蔡晓春啪地立正："报告！"

"讲。"

"这鸡……都是活动的……"

"对啊，"严林说，"是活蹦乱跳的，都是土鸡，放心，身体健康着呢！"

"这……能打得准吗？"

严林笑笑："告诉我，你看上哪只鸡了？"队员们一阵哄笑。蔡晓春说："……红色的！"

严林哗啦上膛，转身举枪对着活蹦乱跳的十几只鸡。队员们都屏住呼吸观望，韩光看得很入神，蔡晓春也瞪大了眼。严林跪姿持枪，慢慢瞄准，他果断地扣动扳机。"砰！"红色的鸡开花了。队员们呆了片刻，随即欢呼起来。严林收起武器起身："没必要鼓掌，都是皮毛——秃鹫，你先来！"

蔡晓春出列，拿起狙击步枪检查。韩光入神地看着，嘴里在计算："风速……4 米每秒……"蔡晓春举起狙击步枪，严林拿起望远镜："就黄色的那只吧，来吧。"蔡晓春跪姿，瞄准，虎口在加力。"砰！"紫色的鸡"咕嗒"一声，应声而碎。队员们一阵哄笑。蔡晓春气馁地再次举起狙击步枪。严林说："好了，游戏结束。每人只能有一次机会，打不中就下一个——山鹰！"

"到！"

"该你了！"

蔡晓春起身，把狙击步枪递给走过来的韩光，笑笑："看你的。"

"我也不一定。"韩光说。蔡晓春走回队列，韩光跪姿瞄准。严林说："绿色的！"

韩光在寻找，绿色的鸡在笼子里走动着。严林看看手表："计时——10 秒钟！10、9……"韩光没有着急射击，相反却放下左手。看得蔡晓春很纳闷儿。韩光抓起一把浮土，举起在空中，手指松开，浮土片片滑落，随风飞舞，韩光计算着风速。严林面无表情地在计时："5、4……"韩光恢复瞄准姿势，枪口微调。

"1！"严林倒计时数到了最后一个数，同时韩光射击，绿色的鸡应声爆头。蔡晓春一愣。韩光微微呼吸，枪口没有放低。严林说"蓝色的！5 秒钟！5、4、3……"韩光掉转枪口，射击。蓝色的鸡粉碎。

"黑色的！3 秒钟！3……"——韩光掉转枪口，在数到"1"的时候射击，黑色的鸡粉碎。蔡晓春目瞪口呆，集训队员们也都目瞪口呆。韩光稳稳地呼吸着，枪口还夹在胳膊上。

"山鹰满分。"严林。韩光验枪起身。蔡晓春看着他，竖起大拇指。韩光笑笑："蒙的。"

"我会超过你的！"蔡晓春。韩光仍笑笑说："我等着！"

一番轮流之后，严林又对着队员们训起了话："我们下面就要开始学习如何进行开放式狙击作战。所谓开放式狙击作战，就是在类似街头这样的混乱环境中发现、判断并且可以准确击中指定目标，而不误伤周围无辜人群……"

严林讲着，韩光站在蔡晓春的身边，两人都在认真地听……

训练结束后，一群人生起了火，围在一起烤那些被打爆的鸡。鸡翅膀在吱吱冒油，蔡晓春闻了闻："味道还真的不错啊！"韩光说："没熟呢！"蔡晓春吸吸鼻子："还真馋了。"

韩光笑："一天 22 元的伙食费还不够你吃的啊！"

"自己动手的感觉就是不一样啊！"

赵百合跟苏雅等女兵满身迷彩，她们从林子里走出来，显然刚刚经历过长途跋涉，每个人都几乎走不动了。苏雅看见了，驻足："他们男兵在烤鸡翅呢……"赵百合咬牙："再坚持……我们还有一公里就到目的地了……"苏雅有气无力地说："我真的走不动了……"

男兵们看见了，都看她们那边。韩光说："别看了，别看了，专心烤鸡翅，让严教看见了，又该罚我们了。"蔡晓春心疼地说："女兵也真练野外生存啊？"

"特种大队连老鼠都会野外生存，女兵能不练吗？"韩光面无表情地说。

女兵们走过，都很饥饿，但都还在坚持，苏雅眼巴巴地看着男兵们烤的鸡翅。赵百合有些不自在，咬牙，拉着苏雅坚持前进。蔡晓春咬了一口鸡翅膀："真香啊！"

苏雅哭出来："百合，我们都一个礼拜没正经吃东西了……"

"吃吃吃，你就知道吃，走到目的地，有你吃的！走吧！"她拽着苏雅走了。

韩光苦笑一下："记住，晚上你们会餐千万别多吃啊，胃受不了！"

赵百合瞪他一眼："你管得着我吗？"男兵们哄笑起来，韩光的表情很复杂。蔡晓春看看赵百合，看看韩光，不再说话。女兵们可怜巴巴地艰难迈步，走向尽头的红旗……

不远处的严林对着耳麦说："明白了。"他起身下车："山鹰，秃鹫。"

"到！"两人急忙起身。蔡晓春还嚼着鸡翅膀："严教，怎么了？"

"别吃了，你们得出发了。"

"什么时候？"

"马上！你们自己开车到大队部，参谋长等着给你们下任务！"严林说。两人丢掉鸡翅膀上车。赵百合回头看了一眼，韩光开车走了。苏雅在一旁说："呀，他们狙击手连又出发了！"赵百合担忧地看着车开走了。她咬咬牙，跑向不远处的终点。10分钟后，疲惫的女兵们在操场上的国旗下列队接受点验。直升机从天空掠过，赵百合抬眼，苏雅说："是山鹰和秃鹫吧？"

"还能是谁呢？"

"对，你跟我说说，你跟山鹰和秃鹫到底是怎么回事啊？你到底是喜欢山鹰还是喜欢秃鹫呢？"

"别问了，很多事，已经说不清楚了……"赵百合注视直升机离去的方向，眼泪慢慢流出来。

是夜，赵百合无眠，苏雅已经睡去，她独自站在窗前。苏雅迷迷糊糊睁开眼："你还不睡觉啊？"赵百合说："我睡不着。"苏雅起身："怎么了？他们肯定会没事的！"

"我的感觉不太好……"

"我问你个问题成吗？你到底是在惦记山鹰，还是惦记秃鹫呢？"

"我也不知道……"赵百合看着窗外的夜色，心乱如麻……

次日，赵百合跟苏雅在泥潭与男兵进行一招制敌训练。赵百合被狠狠摔倒，她再次爬起来,倔强地摆出姿势:"再来!"有节奏的战斗警报凌厉响起。苏雅抬头:"是咱们单位的?"

"战斗医疗警报!快!"赵百合和苏雅跳出泥潭,跟几个男兵疯跑。

卫生所。满身泥泞的赵百合和苏雅快速穿战术背心,旁边是几个男兵也在做战斗准备。桌子上是迷彩涂装的95自动步枪。所长全副武装地进来:"山鹰狙击小组出事了!"赵百合马上抬头,呆住了。所长严肃地说:"他们执行定点清除行动,被包围了!战斗医疗小组跟随营救突击队马上出发,万一他们受伤,我们要组织抢救!"赵百合晃了一下,几乎没站住,苏雅急忙扶住她。所长看她:"你怎么了?身体不舒服吗?"

"没事,没事……"赵百合掩饰着说。苏雅看着她:"你真的没事吧?"

赵百合忍住眼泪:"没事!我们快准备吧!"

大家在紧张检查武器弹药和急救用品。赵百合的眼泪在打转:"山鹰,你不能出事,你绝对不能出事……"10分钟后,直升机起飞了……

此时的陌生丛林里,韩光举起88狙击步枪,连续扣动扳机,后面追踪的两个枪手倒下。蔡晓春快速跑到位置,出枪速射……"快,撤——"韩光喊着。蔡晓春在他的掩护下转身后跑。枪手在射击,两人身边的树叶"唰啦啦"落下。

直升机在飞翔。无线电传输现场的战斗声响。赵百合双眼噙满泪水,握紧95步枪。

"我们在摆脱追踪,猎隼!立即到X41地区接应!"韩光的声音传来。

严林对着耳麦:"山鹰!我们已经在路上了!你们一定要顶住!"

"该死的,援军到底在哪儿!他们有重武器,重复一遍,他们有重武器!"蔡晓春说。"轰",一声爆炸。无线电一片杂音。赵百合的眼泪吧嗒就落下来了。严林呼叫着:"山鹰!秃鹫!报告你们的情况,报告你们的情况——"还是无线电杂音。

赵百合闭上眼,眼泪不断流下。其他突击队员都是面色冷峻。

丛林里,蔡晓春举起56-1扫射逼近的枪手。韩光从土堆里爬出来,蔡晓春对他高喊:"你没事吧?!"

"你说什么?"韩光什么都听不见,耳朵嗡嗡作响。蔡晓春拉开韩光,又扫射一梭子,一个枪手猝然倒地。他大声吼着:"你没事吧?!"韩光抓起自己的武器高喊:"死不了!"

"我们向X41撤!快走!"韩光背上狙击步枪,反手拿起56-1,跟着蔡晓春在枪林弹雨中飞奔。一门迫击炮紧急打开,开始发射。两个人疲于奔命,周围炸点不时炸起。蔡晓春回身拿起激光测距仪:"10点方向,429米,风速东南,迫击炮——""轰"——炸点在离他们很近的地方爆炸,蔡晓春栽倒了。韩光回身抄起狙击步枪,"砰"的一声,迫击炮手倒下。他拉起来蔡晓春:"撤!"蔡晓春吐出嘴里的土,提起武器跟上。

对面出现几个枪手,两人交替掩护射击。几个枪手倒地,两个人冲过去,占据他们的潜伏阵地开始射击。韩光呼叫着:"猎隼,我们已经到达X41地区,你们在哪里?!他妈的,我的电台坏了!"蔡晓春低头看:"我的也坏了。"

"我们顶住,坚持到猎隼到来!他不会抛弃我们的!"

蔡晓春起身拿起武器射击。他们脚下是那些枪手的尸体。远远地，直升机的声音传来。蔡晓春抬头："援军到了！"一个枪手的手在动，他摸到了手枪。"小心！"韩光喊着，一把扑倒了蔡晓春。枪手拔出手枪，对准韩光的后背射击。韩光后背中弹，倒下。

"啊——"蔡晓春手里的56-1打出连发，枪手在弹雨中抽搐倒地。

"山鹰——"蔡晓春抱起韩光，"你不能倒下，山鹰！"韩光失神地看着他。

"山鹰！"蔡晓春抱着韩光，抚摩他满是血污的脸。

直升机在降落，严林带着援兵跳出来，冲过来。赵百合跟着队伍过来，呆住了，随即高喊："山鹰！"她飞奔过来。蔡晓春默默看着赵百合冲过来，手里的韩光被严林接走了。赵百合流着眼泪看着山鹰被抬走："快！准备在直升机上手术！"

蔡晓春满脸是泪，一个突击队员拉上他："快走！"蔡晓春反应过来："山鹰，山鹰——"

韩光躺在担架上昏迷着……

手术就在机舱里进行。蔡晓春在角落坐着默默流泪，突击队员们坐在他的身边。赵百合在做紧急手术，她不断地稳定自己。苏雅拿着血浆袋说："血浆！血浆不够了！"蔡晓春一跃而起撸起袖子："我的血型和他的一样！输我的！"苏雅着急地说："哎呀！你也很累了，不能抽你的血！"蔡晓春怒吼："他替我挡了枪！两枪——这血是我欠他的！你明白吗？"

苏雅脸都吓白了。蔡晓春说："对不起，我太激动了，抽我的血吧！"

赵百合看他，眼泪下来了。

严林说："他们每个狙击手小组的血型都是一样的，就为了今天！"

蔡晓春坚定地看着赵百合。赵百合点头。蔡晓春伸出自己的胳膊："抽我的血！他缺多少就抽多少！"赵百合含泪拿起酒精棉擦拭蔡晓春血污的胳膊。她用了很多的酒精棉，因为他的胳膊上都是血。血污的酒精棉在盘子里一团团堆起来，越堆越高。

"都是他的血……"蔡晓春的声音很嘶哑。赵百合流泪继续擦拭。蔡晓春抬眼，看着赵百合："他喜欢你……"赵百合瞪大了眼睛。严林等也瞪大了眼，诧异地看着他们。蔡晓春声音颤抖着说："他的遗书……是写给你的……他不敢告诉你……我替他告诉你……"

赵百合的眼泪"吧嗒吧嗒"落下。

"虽然他是刺客，但是他的胆子很小……他不敢告诉你……他的胆子怎么这么小，怎么这么小……我也是刚刚知道，我以为……他什么都不怕……"

赵百合噙满眼泪，低头继续工作，针管扎进蔡晓春的血管，他的眉头都没皱一下。针管扎进韩光的血管，他在昏迷中没有感觉。鲜红的血液瞬间充满了输血管。蔡晓春闭上眼，让眼泪静静流淌："山鹰……这一次，是我让你……因为……我们是兄弟……"

韩光静静躺着，脸色苍白。赵百合泪流满面……

子弹头仍在飞驰。赵百合从回忆中回来，她一边开车，一边擦去自己的眼泪，自言自语："为什么会这样，为什么会这样……"

4

高速公路上，押送白马的警车车队停下，一名武警对天放了几枪。枪声过后，白马穿着囚服，手持 95 自动步枪冲出来，武警特警纷纷躲避。白马敏捷地翻越过护栏，消失在灌木中。武警特警再次对天射击。队长笑笑："好了，报警。"他的电话响了："喂？"

王涛紧张的声音传来："行动取消！行动取消！出事了！"

"怎么回事？"

"别问了，出事了！白马走了没有？"

"走了……"

"麻烦了！"啪！王涛挂了电话，他匆匆下楼，拿着手机嚷嚷："你们难道连个孕妇都看不住吗？回去我再收拾你们，现在你们撤离医院！"他走向自己的车，又拨打电话："白头雕，这次是真的出大事了！赵百合跑了！"

"我知道了——你控制好消息，迅速找人。"

"我知道了。"

方局长挂了电话。一脸严峻。高局长问："老方，什么事情？"方局长声音沉稳道："没什么，我们照常工作吧。山鹰需要我们的帮助。"高局长疑惑地看着他。方局长接着说："有些事情，还是我自己扛着责任为好。"

"老方，你在走险棋——你知道，等待你的很可能是……"

"深牢大狱——我知道。"——高局长不再说话。方局长说："我们都是老警察了，风风雨雨都见得够多的了。有时候我确实在想，自己这样做，是不是代价太大了？但是当我见到山鹰，见到他这个恨不得把第二次生命献给祖国的战士，我自愧不如。在最危急的时刻，他的信念就是——祖国知道我！我在他的身上，真正感觉到了这句话的分量。"

高局长无语。方局长缓缓地说："祖国知道我——我想，现在也是我的信念。"高局长一声叹息。方局长的目光投向五星红旗："在这个危急的时刻，无论前方是风是雨，我都要走下去！因为我不是一个人在战斗，山鹰也在战斗，你们也在战斗——祖国知道我。"

5

林冬儿在看儿童读物，周围都是娃娃之类的玩具。王欣的脸从门窗上出现，他欲推门，被大夫拉住："好了，好了，可以了。按规定你都不许来看她的，千万别进去。她受不得刺激……"

"现在她的情况到底怎么样？"

大夫叹息："很不好，她现在的智商和记忆都回到了7岁。"

"7岁？！"

"对，只有7岁。"

"她还能恢复吗？"

"你希望她恢复吗？"

"你什么意思？"

"那样她什么都会想起来的，包括她所受到的摧残……"

干欣呆了。病房里的林冬儿脸上露出童真的笑容。

"冬儿……"他的脸上表情很复杂，叹息一声，走了。

6

唐晓军跟张超大步走进公安局大厅。女刑警快步跑来："唐队，又出事了！"唐晓军问："怎么了？"女刑警回答说："白马跑了！"两人都是一愣："跑了？！"张超说："看守所连他妈的一只苍蝇都飞不出去，没有内应他怎么出去的？！"女刑警说："省武警总队特警支队派人来押送白马去省城，路上白马跑了！"唐晓军急躁地说："这什么乱七八糟的？省总队凭什么押解白马去省城，他是我们的案犯！"女刑警答道："是国际刑警的指令……"

"又是这帮国际刑警，"张超气恼地说，"他们这明显是在添乱！没有章法了吗？"

唐晓军沉默了，在想什么。张超气愤地说："唐队，他们不能这么干！"唐晓军伸手示意他住嘴："我们回办公室。"张超止住了，跟着唐晓军上楼。唐晓军推门进了办公室，张超跟在后面："唐队，这事……"唐晓军示意他别说话，带他走进里面独立的队长办公室。唐晓军说："关门。"张超反手关门。

"我现在怀疑，有一个我们还不知道的网在活动。"唐晓军说。

"什么网？"

"猪头，我要是知道就不是怀疑了！"

"哦，我都累糊涂了。你是说……"

"我怀疑，这些国际刑警在搅局。"

张超呆了："他们为什么要搅局？难道他们不是警察吗？"

"他们经常出国，满世界乱飞，与外界接触多。"

张超明白过来："唐队，你的意思是……他们有问题？"

"我还不能肯定，但是起码他们在运作我们不知道的行动。"

"他们可是……可是自己人啊！"

"警队内部一定有问题，否则我们就不会被牵着鼻子走了！"

张超不敢说话。唐晓军接着说："我知道你的担心，所以我不需要你的答案。现在，我问你——我可以信任你吗？"

"唐队，你这是什么话？"

"你精通电脑技术。"

"对啊，我是计算机本科毕业，刑侦的研究生——这个你是知道的啊！"

"现在这里有一台电脑，我要你进入技术侦查队的电脑系统。"——张超咽口唾沫。

"通过技术侦查队的设备，我要监控整个公安局范围内，尤其是指挥中心的手机和电台通信！我要知道这些国际刑警到底在安排什么局，到底是不是真的有问题！"

"如果没问题，我们就……"张超不敢说。唐晓军说："责任我来承担，你不用管。"

"唐队，你说的好像我很怕事儿似的！"张超拉开椅子坐下，在电脑前开始忙活。

唐晓军拍拍张超的肩膀："我们现在面临危机。也许我对，也许我错，但是，我必须弄个水落石出！否则，我们对不起这个警徽！"张超点点头，继续忙活。电脑屏幕在变化……

7

奔驰车缓缓开进别墅区，停在路边。蔡晓春指着一幢别墅说："那是陈新的家。"韩光仔细看看，说："我们去看看。"两人下车，走向别墅。门被悄悄打开，蔡晓春闪身进来，韩光紧跟进来。两人对视，随即进去搜查。两人搜查了各个房间，没人。

"跑了？"蔡晓春有些想不透。韩光蹲下，捡起地上被踩脏的布娃娃："被绑走了。"

两人出来，韩光蹲下看地上的车辙。

"是卡车的车辙，"蔡晓春说，"看来他们化装成搬家公司或者电力抢修部门的。"

"我们现在必须尽快找到陈新！"

"找？怎么找？这四周的公路都是四通八达，用不了10分钟就窜得没影了！"

韩光抬眼："我们去问保安。"

"他会告诉我们吗？你疯了，你我两个A级通缉犯加起来可是不少价钱！"

韩光头也不回地走了。

保安监控室。保安在监视器跟前盯着，韩光跟蔡晓春进来。保安站起来："你们是干吗的？"韩光出示警徽："市局的。"

"你们有事吗？"

"这几天有没有可疑的厢式卡车？"

"可疑？"

"譬如搬家公司，电力公司什么的。"

保安想想，说："有个搬家公司的卡车，好像是 19 号要搬家。"

"什么时候？"

"就在一个小时以前。"

"把监控录像调出来。"——保安调出录像。韩光看着，录像定格，车牌放大。"谢了。"韩光转身："我们去找那辆车。"两人从保安室走出来。

"找？去哪儿找？"蔡晓春跟着。韩光说："用我的方法。"

两人上了车。这次是蔡晓春开车。韩光在 PDA 上输入密码，进入警方交通网络监控系统。蔡晓春问："你想大海捞针吗？"韩光笑笑："这一带都是郊区，车少。"

"但是你怎么知道他们去哪个方向？"

"如果要灭口，他们会进城吗？"

"啊，我明白了，"蔡晓春说，"你在找进山的车辆。"

"我以为你的智商不会在逃亡生涯中被磨灭。"韩光说。蔡晓春吹了个口哨："我是不会站在警察的角度思考问题的。"韩光忽然喊："我找到了！掉头！"

另一条公路上，一辆厢式卡车在疾驰。车内，陈新惊恐万状："别伤害我的孩子……"小女孩儿哭着："爸爸——"陈新的妻子吓得瑟瑟发抖："陈新，这都是怎么回事啊？"枪手威胁着："别喊！再喊就宰了你！"陈新苦着脸说："我什么都为你们做了，你们还要我怎么样？"枪手恶狠狠地说："现在老大要我们封你的嘴！"陈新呆住了。他的妻子又叫了起来："陈新，陈新，你告诉我，这到底是怎么回事？！"陈新抱着哭泣的女儿说："别杀我的孩子……"陈新的妻子又问："这到底是怎么回事啊？陈新……"陈新愧疚地说："我对不起你们……"陈新的妻子愣住了："你是不是做了什么违法的事情了？"陈新看着妻子，欲言又止。

车子上了山，在山上停了下来，枪手们下车，打开后门，把陈新一家三口拉下来。三人跪在地上。枪手举起手枪，拉开保险。小女孩儿吓傻了："爸爸——"陈新乞求着："别杀我女儿，求求你们，别杀我女儿……"枪手笑笑，把枪口对准小女孩儿。陈新妻子惨叫："莎莎！"枪手的食指，在扣动扳机。

"砰！"一声枪响。枪手猝然倒地。陈新看去，蔡晓春和韩光冲出来，与枪手们对战。匪徒很快被解决。陈新看着二人，有些发愣。"妈妈——"小女孩儿抱着妈妈，母女抱头痛哭。陈新看着蔡晓春："秃鹫，你……"

"对，是我。没想到我还活着出来了？"

"我跟你说，我跟你说，我跟白鲨现在一点儿关系都没有……你都看见了，他还要杀我！"

"杀你，是因为你知道他不想被别人知道的秘密，所以这叫作杀人灭口！现在，你欠我一家的性命。告诉我，你到底都知道什么？"

"我，我不敢说……"

"为什么？"

"他们还是会抓住我的……"

"你以为我不敢杀你吗？！"他出枪，"告诉我！"

"秃鹫，没必要这样做！"韩光说。蔡晓春并没有放下枪："你不了解这种人，我了解！现在，你马上告诉我，他有什么不想你说的秘密！否则，我先杀了她——"他把枪口对准小女孩儿。韩光出枪，对准蔡晓春："秃鹫！不许威胁孩子！"

"山鹰，这是我跟他的事儿！你别管！"

"我说了，不许威胁孩子！"

"你以为枪口对准我，我就怕了？我现在就开枪，你试试看——"

陈新急了："别……我说……我说……我不知道何世荣在哪儿，但是我知道他在滨海有个女人……"

8

市公安局楼顶，方局长注视着城市，在沉思。王涛走过来："原来你在这儿？"

"有什么新发现？"方局长头也不回。

王涛说："刑警队的唐晓军好像对白马的脱逃产生了怀疑。"

"有怀疑是正常的，这个事情太巧合了。"

"我通过技术手段，发现技术侦查队在对无线电通信进行监控。这个监控，应该是针对我们来的。"

"有点儿意思，他报老高批准了吗？"

"没有，应该是擅自行动。"

"看来我还真的小看这个刑警队长了，不错！有胆色！"

"我们现在怎么办？事情发展到这个地步，乱成一锅粥了！"

"事情乱不要紧，我们的心里不能乱。"王涛看方局长。方局长接着说："事情是明摆着的，警队的内部有奸细。刺客行动的策划和组织，只有极少数高级警官和有关干部才知道。当真假何世荣的事件出现以后，可以百分之百地断定——在我们的高层有鼹鼠！否则，何世荣无从知晓我们秘密布下的局，更不可能做前期的准备，跟我们玩个局中局！"

"在滨海，知道刺客计划的，只有高局……"

"谁说一定在滨海了？"

王涛看方局长。方局长说："高局知道的也是有限的，即便他是内奸，何世荣也掌握不了我们全盘的行动！他更不可能事先就部署了这一手，跟我们来个釜底抽薪！"

"这一手确实太狠毒了，我们都没想到。"王涛说。方局长说："几年前，我开始跟秃

233

鹫接触，准备设局的时候，也是被秃鹫的传奇杀手光环迷惑了。秃鹫的价码很高，而且从不失手，我以为何世荣肯定要通过他下手，一切都顺理成章。我们辛辛苦苦围绕秃鹫展开行动，没想到这个老狐狸跟我们来个计中计——这一下子，我们几乎竹篮打水一场空！"

"何世荣是不是不相信秃鹫能够发展你做内应？"

"他相信也罢，不信也罢，对于他来说都不重要。因为秃鹫就是他故意扔出来的烟幕弹。这个烟幕弹确实太富有迷惑性了，连我都上当了！明修栈道，暗度陈仓，何世荣最后这一下子确实打中了我们的软肋！能这样准确打中我们软肋，只有一个原因！"

"方局长……你是说……高层的卧底？"王涛说。方局长看他。

"你怀疑……钱副厅长？！"王涛呆了。

"从情理上说，我不该怀疑他啊……"——王涛不敢说话。

"但是现在，刺客行动出现的纰漏，一切都指向我们的高层。这个卧底，未必在滨海，可能就是省厅的某个人，也可能是几个人……"

"如果这样说，局面就更危险了。"

"看来，我这把老骨头要动弹动弹咯。"

"方局长？"王涛看他。方局长笑笑："我会跟你保持秘密的联系，记住——是秘密的！"

"是！"

"走吧，我先下去，你再下去——省得到时候连你一起怀疑！"方局长说。

王涛苦笑："有那么危险吗？"

"别忘了，唐晓军已经开始怀疑我了。"

"那我们怎么办？"

"给他更多的疑点，把他拉下水！"

"拉他下水？"王涛诧异了。方局长笑笑："你别小看了唐晓军，他是个非常优秀的刑警队长！拉他下水对行动只有好处，没有坏处——我自有办法！"

9

王涛神色复杂地走入会议室："上级复电。"方局长站起身。王涛低声说："指定高局长先看。"唐晓军抬头，张超抬头，两人对视了一眼。高局长纳闷儿地接过来，一看就是一惊。片刻，他稳定一下转向方局长："由于你的擅自行动，事态有可能失去控制。上级决定取消你的联合行动总指挥职务，改由我来接替总指挥。"方局长无语。

"上级严令，从速缉拿韩光归案。"高局长叹了口气，把电报交给方局长。方局长看完电报："你准备怎么办？"高局长说："上级的指令——发布 A 级通缉令，缉拿韩光。如果拒捕，就地击毙。"警察们都面色凝重地看着他。高局摘下警帽："英雄和罪犯，往往只有一步之遥。我这个乌纱帽就压在韩光身上了！"

"老高！"——高局笑笑："韩光的那句话——祖国知道我。"警察们默默看着高局长。高局长果断地说："按既定方针去办，我们继续做韩光的后援。山鹰，只能赢，不能输！"

"是！"警察们出去了。

10

蔡晓春在开车，韩光看着外面咬住嘴唇，在想些什么。电台在播出韩光的通缉令。蔡晓春笑着："你现在和我一样，是A级通缉犯了！"韩光没有表情，也不说话。

"没想到，再次和你并肩战斗——居然我们都是A级通缉犯。"

"我不后悔自己的选择。"韩光说。蔡晓春说："你还是老样子，什么都没变。"

"祖国知道我。"韩光的脸上没有表情，"你曾经和我说过一样的话。我想你不会忘记的，狙击手的誓言。"

蔡晓春的脸色很复杂："很多年前的往事了，都过去了……"

两个人都不说话。韩光默默看着前方，仿佛前方有他和蔡晓春昨天的影子……

特种部队卫生所病房里，昏迷的韩光终于慢慢睁开眼，一眼看见了眼睛红肿的赵百合。他愣了一下，想坐起来，却浑身疼。赵百合急忙按住他，柔声说："别动……你的伤口在背上，你不能动！"韩光重新想躺下去，侧脸看见了蔡晓春，他穿着迷彩服，光着脑袋，坐在那里注视着韩光。赵百合说："他给你输700CC鲜血，一直在你身边，就没离开过。"

韩光看着蔡晓春，颤抖着伸出右拳。蔡晓春伸出自己的右拳，跟他的拳头撞击在一起："同生共死！"韩光说不出话来，只是点点头。蔡晓春露出笑容："你醒了就好，我走了……"他在门口回头，笑，"她是你的女朋友，我不能在这里当灯泡啊！"

赵百合脸红了："胡说什么呢你？"

韩光诧异地看着蔡晓春，不知道这是怎么回事。蔡晓春走回来，蹲下，贴着韩光的耳边："我告诉她……你的遗书是写给她的！"韩光看蔡晓春，张嘴想说话。蔡晓春很严肃地盯着他："听着！不许多说什么！你是我的兄弟，你替我挡住了子弹！我欠你的，欠你的！"韩光摇头。蔡晓春接着说："你这次要听我的，观察手给狙击手指示目标！我已经给你指示了目标，你要射击！你是百发百中的神枪手，你不会失败的！"

韩光着急地想说话，蔡晓春捂住了他的嘴："韩光，山鹰……别说了，我都知道。我们之间的事情以后再说。现在，你好好休息，好吗？兄弟，我不能没有你……"

韩光点点头。蔡晓春松开手，站起，看着赵百合："好好照顾他……他爱你。"赵百合低下头，脸更红了。蔡晓春戴上黑色贝雷帽，转身推门出去了。他的脚步声渐渐远去。

韩光看着赵百合，赵百合也看着他。片刻，赵百合打破沉默，羞涩地问："你喝水吗？"

韩光翕动嘴唇嘶哑地说：“有句话……我想告诉你……”

“以后再说，你现在需要休息，好吗？有什么话，等你休息好再说。”

韩光坚决地摇头。赵百合蹲下，凑到他的嘴边：“那你告诉我，不要大声说。”

韩光翕动嘴唇，艰难地说：“他的遗书……也是写给你的……”

赵百合呆住了。

“他喜欢你……很久了……”

赵百合彻底地呆住了，不知道怎么办才好。韩光默默注视着她……

蔡晓春仍在开车，韩光仍不语。两人都在各自想着事情。终于，蔡晓春打破沉默：“很多事情我不去想，是因为我不敢想。山鹰，我想也许我不该跟你分开。我走错了很多步，已经不能再回头。”

“我们都不能再回头。”韩光黯然地说。

“转眼间，你是警，我是匪……”

“我会送你一程的，替你收尸。”

蔡晓春苦笑一下：“我不会上刑场的。”韩光不说话。

“也许我做错了一百件事，但是我想人生的最后两件事——我要做对。”韩光还是不说话。蔡晓春看他：“第一件，重新和你并肩作战。”

“第二件呢？”

“和你面对面的，单独狙杀一场。”

“我不会跟你决斗的。”

蔡晓春笑笑：“我会制造这个机会的。如果我一定要死，就死在你的枪下。”韩光不说话。

“杀了我，替百合报仇。”——韩光看看他，依旧不说话。

“我杀了我们都爱过的女人。”

“我是警察，从不公报私仇。你的罪行，交给法律来制裁。”

“法律？警察？你还是警察吗？”

“我可以成为通缉犯，但是我不能忘记，自己是个警察。”

蔡晓春沉吟半天，说：“好汉子，我没看错你。”

“做事吧，我们要做的事情还很多。”

“如果你要找到何世荣，要按照我的方法来做。”

韩光看他：“你打算干什么？”

“难道你能以警察的身份去问案吗？如果不能，就别束缚我的手脚！”

“不能伤害女人和孩子！”韩光注视他说。蔡晓春看看他：“既然选择和你并肩作战，我知道你的规矩。”韩光不再说话，默默地看着蔡晓春。蔡晓春认真地开着车，奔驰混入车流。

11

唐晓军把通报递给高局长——关于白马的逃脱通报。高局长看了看，皱眉，然后看方局长。方局长在收拾自己的东西，准备离开指挥中心。唐晓军犹豫地说："我怀疑……"

"什么都不要怀疑。"高局长打断他，"做自己该做的事。"

"我明白了。"唐晓军转身出去。高局长走向方局长："老方，我要跟你单独谈谈。"方局长抬头。高局长说："去会议室吧。"方局长跟着他过去。高局长关上会议室的门，转身注视着方局长。方局长说："叫我到这儿来，有什么事？"

"老方，我希望你坦白告诉我。"

"什么？"

高局长拿起有白马照片的通告："白马到底是什么角色？这是不是你安排的？"

"你希望我告诉你什么？"

"真相。"

"我什么都不会对你说的。"

"你不信任我？"

"这不是信任不信任的问题。"

"那是什么问题？"

"第一，我不希望你承担责任，因为'刺客'行动的责任应该我来承担；第二，只要一个疏忽，就是人头落地。你该了解我的个性，老高。只要我决定的事情，我是不会改变的。"他注视着高局，"这会是一条险途。如果要坠入悬崖，我希望，只有我自己。"

"那我怎么办？我必须布置追捕白马。"

"做你该做的事情。"

"也许会伤到他的人身安全。"

"追捕得越认真，他的人身安全反而越有保障。老高，我们想要的，可不止是秃鹫。"

"我明白了。"高局长转身出去。方局长的脸色很难看，片刻，他拿起电话："寒号鸟，全力追查赵百合的下落。无论如何不能让她找到秃鹫，那白马就真的危险了。"王涛的声音传来："收到，我明白。"方局长放下电话，陷入沉思，那还是许多年前的事了……

边防部队审讯室。两个海警战士把白马半推半拖进来，按在椅子上。

"把他的手铐脚镣都下了吧。"一个带有磁性的男人声音说。海警战士二话没说，打开了白马的手铐和脚镣。他活动着自己的手腕，透过眼前披散的长发缝隙，看见了方局长。方局长说："你们都出去吧。"两个战士出去了，关上了门。方局长抬头看看墙角的监视器，走过去一把把线给拔了。白马有些意外。方局长把手里的线扔在桌子上，站在他的面前，靠着背后的椅子抱着肩膀看着他。

"你想知道什么？"白马嘶哑地问，"不用这样，我都告诉你……"

方局长看着他，片刻道："你的母亲去世了。"

白马抬头，却没有哭喊，眼泪慢慢流出他的眼窝。

"她临走的时候，一直在喊你的小名。她在家门口悬了一根黄丝带，希望有一天你能回来。"方局长说。白马的眼泪夺眶而出。"现在你回来了，我自作主张，摘下了这根黄丝带。"方局长摊开自己的左手，一根黄色的丝带。白马定定看着，羞愧难当，他一下子跪下了，伏地痛哭。方局长蹲下，把黄色丝带系在了他的手腕上："戴着吧，这是她对你的思念。无论你走到哪里，你的母亲都会在你的身边。"

白马的肩膀抽搐着："政府，求求你……让我去她的坟上看一眼吧……我就磕个头，你们在那儿枪毙了我都行……"方局长看着悲伤的白马，脸色很平静。白马抬起头："政府！就让我看她一眼，就磕一个头……你们毙了我，你们毙了我……"方局长看着他说："你这样不能去看她。一会儿武警会安排，给你洗澡、理发、换衣服。我陪你去看她，在她的坟墓前，你有一个小时的时间。"白马惊讶地看着他。方局长起身："虽然你忘了祖国和母亲，但是祖国和母亲不会忘记你。"

"啊——"白马痛心疾首，扑倒在地上哇哇大哭。

两个小时后，一辆民用牌照的丰田陆地巡洋舰越野车在墓地缓缓停下。戴着黄色丝带的白马穿着整洁的衣服，没有戴手铐脚镣，双手捧着一束康乃馨下车。方局长穿着风衣，戴着墨镜，跟在他的身后。除了他们两个以外，没有别人。白马非常意外："只有您跟着我吗？"

"怎么？难道你想跟我这个老家伙动武吗？"

"我不敢，我不敢……"

"你的资料，我反复看过了。你曾经是一个充满理想的年轻人，一个出色的海员，因为一时冲动，跑到国外的外籍兵团当兵，后来成了雇佣兵，再后来成了职业杀手。虽然你有作案的前科，但是你一进大陆就被捕了。也就是说，你在祖国还没有血债。"

白马注视着他。方局长说："走吧，去看看你的母亲吧。"白马转身，抱着康乃馨走上台阶，方局长默默跟着。白马走到母亲的坟墓前，跪下，将康乃馨缓缓放在墓碑前。母亲慈祥地注视着他。白马头重重磕在地上，抓着地面泣不成声。方局长默默看着。白马磕着头，一个接一个，额头磕出了血。方局长无声叹息，目光转向远方。

良久，白马站起身来："谢谢您，我永远不会忘记您。"他向方局长鞠躬。方局长摘下墨镜，露出高深莫测的眼睛："应该是永远不要忘记祖国和母亲，我只是沧海一粟，不足挂齿。"

"你不是边防海警。你到底是什么人？"白马看着他说。方局长笑笑，不说话。白马内疚地说："对不起，我不该问。"方局长看着他："没什么不该问的。在我眼里，你只是一个回家的孩子。至于你犯下的罪行，那要交给法律去制裁。我不是法律，只是执法者之一。

所以，我想在我力所能及的范围内给你一些方便。更何况，我知道你没杀过中国人，还算有点民族良知。"

白马急切地说："你还想知道什么？给我一点时间，我再整理一下！我全都整理出来，我记得的每一件事、每一个人、每一句话！我都整理出来，交给政府！"

"那些没有意义。过去时，能够说明什么？"

"那么您想知道什么呢？我能为您做点什么？"白马着急地问。

"不是为了我，是为了祖国和母亲。"方局长戴上墨镜，"走吧，时间到了。天黑以前，我要带你回看守所。"

"大哥——"白马在他身后跪下了。方局长回头，看不出是什么表情。白马声音嘶哑地说："只要您开口，赴汤蹈火我都干！只要您告诉我，我能为政府做点什么？"

方局长看着他："起来吧，在你的母亲跟前，不要给别人下跪。"白马哭着说："我不是跪您！我是跪政府！"方局长伸出手拉起他："政府也不需要你下跪！走吧，时间不多了，别让我为难。"白马默默起身。跟着方局长回了看守所，一路上他都沉默着。

是夜，白马坐在床上彻夜难眠。天微微亮的时候，他起身走到门口："管教，我要见政府……"半个小时后，他被带到了审讯室。方局长果然在等他。白马戴着手铐拖着脚镣进来。方局长挥挥手，武警再次摘下他的手铐和脚镣，出去了。白马平静地看着方局长，方局长看看他："监视器我已经关了，说吧，你见我有什么事儿？"

白马面色凝重："政府，如果您信得过我，就派我回去。"

"回去？"方局长不动声色地问，"回哪儿？"

"国外。"

"国外？你要回去当职业杀手？"

"不。我去为政府工作！我了解他们，我熟悉他们！我可以当卧底，我可以搞垮他们！"

"为什么你要这样做？"方局长不动声色地看着他。白马咧开嘴哭了："因为……我想做一个中国人……"方局长看着他。白马跪下："政府！求求您，让我为了国家做点什么吧！即便以后判我死刑，我也心里踏实了！求求您了……"

方局长看着他，许久，低沉地说："你说得没错。我不是边防海警，我是中国国际刑警。"白马抬头，满眼是泪。方局长说："我给你三天时间再好好考虑一下。你考虑成熟，再来跟我谈。为我工作，并不代表着你没有罪行，只是在法律允许的范围内会考虑给你减轻刑罚。我所做的一切都必须在法律许可的范围内。你能得到什么，要自己想清楚。"

"我想清楚了！"白马坚定地说。方局长笑笑："我走了，三天以后见。"他起身出去了。

三天后，破渔村码头。风雨交加。白马身后是一条渔船，面前是打着雨伞的方局长。方局长看着他的眼睛："9021。从此以后，你的代号就是9021。你在我们的档案中没有名字，只有9021这个代号。没有人知道你的存在，你将付出巨大的努力和牺牲。如果有一天，你不幸遇难，你的名字在政府的公文上也会和职业杀手排列在一起。9021这个代号将会取消，你的档案也将封存，再也不会被人提及。"

9021看着方局长："我明白。"

"你想好了，一定要去吗？"

9021笑笑，转身上了船。他熟练地开船，发动马达。渔船缓缓离开码头，离开码头上的方局长和他身后的越野车。方局长在9021的视线中越来越远，9021站在船尾的舵旁，对着方局长举起右手，轻轻挥舞着。方局长慢慢抬起右手，挥舞着。9021笑笑，转身继续开船。等到再也看不见码头的时候，9021回头看了一眼大陆。黑暗中突然出现了灯光，是车灯，打着灯语：祖国不会忘记你。白马的眼泪夺眶而出，他转身开船，没入黑夜……

12

蔡晓春在开车，韩光注视外面。车内电台在放节目，节目突然中断，传出女播音员严肃的声音："现在发布紧急A级通缉令，一名尚未确定身份的极度重犯在押解途中脱逃。据悉，该犯绰号'白马'……"两人瞪大了眼。蔡晓春惊喜地说："白马，我知道你能行！你能行的，我们还会并肩作战的！"

火车站寄存处，换了前卫服装、戴着绿色爆炸发套的白马，戴着彩色墨镜邋遢地走过来。服务员看他："先生？"白马拿出号牌："我存在这里的东西。"服务员接过号牌，转身去找。白马注视四周，保持警觉。服务员递给他一个手提箱。白马接过来："谢谢。"他提着手提箱转身走进车站，混入人群中，走向洗手间。白马推门进了洗手间，径直走向里面的隔间，关上门。他打开手提箱，里面是军服和警服等。翻开衣服，下面有PPK手枪、弹匣和警官证、军官证等，还有一个手机。不一会儿，隔板打开，穿着解放军少校常服的白马戴着墨镜走出来，手里还提着手提箱。白马一边走，一边打开手机。他的目光很冷峻。

一家健身俱乐部门口，奔驰停下，蔡晓春和韩光下车。韩光不解地问："到这儿来干吗？"

"忘了我们曾经学习过的吗？如何在敌后生存？我在这里放了东西。"蔡晓春转身进去。韩光注视四周，跟着进去。两人径直来到更衣室。蔡晓春在一个衣柜前停下，韩光在后面警戒。蔡晓春按下密码，柜子打开了，他取出一个运动背包和手提箱，然后离开。出来后，蔡晓春从背包侧面拿出开锁针，熟练地在一辆轿车的车门上撬一下，开车门了。

"你去开车。"蔡晓春说。韩光从那边上车，蔡晓春也上车。两人离开。蔡晓春打开手提箱，是拆装的88狙击步枪。他合上手提箱，打开背包，取出上面的军服和警服以及便装，翻出手机。韩光一边开车一边看着："看来你一点儿都没忘。"蔡晓春指着自己的脑子："绝地求生的技巧，已经是这里的本能。山鹰，我相信你也不会忘记。"他打开手机，拨出号码……

白马在开车，电话响了，他接通："秃鹫，我在等你电话。"

"很高兴你逃出来，我们有事要做。"蔡晓春兴奋地说。

"我在等你的命令。"

"记住下面的地址……"

"好，我记住了。我现在就往那边去，完毕。"

"白马。"

"什么？"

"小心点，我不想失去你。我们并肩作战，转战了大半个地球。这次可能是我的大结局到了，我欠了太多，走不出去了。但是白马，我希望你能活下来。白马，还是我们过去的那句话——你是我的后背。"——白马的眼泪慢慢从墨镜下流下来。

"通话结束，完毕。"

"完毕。"白马努力地压抑着自己的情绪。他挂了电话，叹息："秃鹫，我已经做出选择了。对不起……"

13

孟姗姗抱着自己七岁的儿子孟可提着行李出来，她把行李放入车内，转身要上车。蔡晓春举起手枪突然杀出来，孟姗姗拔出手枪，韩光一把上去砸飞她的手枪，白马随即按倒了她。孩子在哭叫着："妈妈——妈妈——"蔡晓春抱起孩子，捂住他的嘴。韩光内疚地看着哭泣的孩子。白马拖起孟姗姗，塞入一辆搬家公司的卡车内后，迅速离开。车厢里，孟姗姗哭泣着抱着孩子："可可还是个孩子，你们一定要这样吗？"

蔡晓春摘下面罩冷冷地看着她，韩光则看着孟可。

"我什么都说，你们别吓唬小孩子！"

"我要何世荣！"蔡晓春冷冷地说，"告诉我，他在哪儿？"

"我什么都不知道！"孟姗姗抱紧孩子说。蔡晓春拔出手枪对准孟可上膛。孟姗姗抱住孩子："不——"韩光转脸不看这里，白马默默注视韩光。

"我要何世荣，他在哪儿？"

孟姗姗看看儿子，又看看一脸冷酷的蔡晓春，低下了头。

14

纪慧靠在地下室的墙上跪着，泣不成声，钟雅琴小心地在她面前蹲下："孩子，到底怎么了？"纪慧满脸是泪，看着钟雅琴摇头，无力地说："这不是真的……"钟雅琴慈祥地笑笑："别怕，命运就是这样。在你不知道的时候，什么都发生了。这是命……"

"为什么会这样？！为什么？！"纪慧哭出声来。钟雅琴伸手去抚摩纪慧的头发，纪慧看着她哭出来："为什么？！为什么你不要我了？！"钟雅琴一愣："孩子，你说什么？"

"为什么你不要我了？我那么小，我做错了什么？！你为什么就不要我了？为什么？！"纪慧看着她泣不成声。钟雅琴睁大眼睛看着纪慧，嘴唇哆嗦着。纪慧哭着看着她："你知道我没有你，我吃了多少苦？你看我，你看我哪点不好了？我不漂亮？我不可爱？我还是身体有残疾？你为什么那么狠心不要我？为什么？！"

钟雅琴的眼泪在打转，她抚摩着纪慧的脸，接着，她的手慢慢揭开了纪慧的衣领，肩膀上的胎记显现出来。钟雅琴哭出声来："我的……孩子……"

"妈——"纪慧喊出这个二十多年没喊过的陌生的词，扑进了钟雅琴怀里。钟雅琴抱着纪慧哭起来："我的孩子，妈不是不要你啊！你刚刚出生就被人偷走了啊……只剩下你弟弟……妈的眼睛都快哭瞎了啊……怎么找都找不到你啊！"

纪慧抬起头："我的弟弟？！钟世佳跟我是什么关系？！你告诉我，你告诉我啊——"

"你们是双胞胎，孪生姐弟啊……"钟雅琴惊讶地说，"你见过世佳了？"

纪慧的眼睛一下子无神了。钟雅琴着急地问："孩子，孩子怎么了？！"纪慧对着黑暗的地下室歇斯底里地喊："何世荣，你这个魔鬼！"

何世荣当然听不见。待在库房里的他面色冷峻，蒙面枪手在向他汇报："白鲨，确凿无疑，你的女人和孩子落在秃鹫手里。"何世荣深思片刻，说："这里不能待了！撤！"

"收到。"枪手对着耳麦开始命令。耳麦突然中断，传来蔡晓春的声音："秃鹫呼叫白鲨，收到回话。完毕。"枪手呆住了，看何世荣。何世荣戴上耳麦："秃鹫，搞这么大场面，就为了抓个女人跟小孩吗？"

"听着，我现在控制了局面。你下手晚了，你的女人和小孩在我的手里。"

"你想要什么？"

"食人鱼。"

"你费尽周折，只是为了食人鱼？"

"你这种猪头是不会明白的。"

"好吧，在哪里交换？"

地下室里，钟雅琴着急地抚摩着纪慧的脸："孩子？孩子，你怎么了？"纪慧还是面无表情，如同一个木头人。钟雅琴哭着："孩子，孩子，你到底怎么了？告诉妈啊！"纪慧无力地一笑，那笑无比凄惨："妈……这是我第一次这样叫你，也是我最后一次这样叫你……"钟雅琴着急了："孩子，你说的什么话啊？这是怎么了啊？！"

纪慧的眼中流出少见的真情："你是个好妈妈，但是我不配做你的女儿。我是肮脏的，就算到了地狱，那里都未必会接纳我的灵魂。我甚至……都不配称之为人……我是什么……我自己都不知道……"

"到底发生了什么事情啊？"钟雅琴焦急地问。纪慧无力地笑："你别问了，这个世界上不是什么实话都可以说的。答应我一件事情……"

"你说！"

"我是你的女儿，不要让任何人知道。"纪慧认真地说。

"为什么？！"

纪慧抓住母亲的手："答应我，如果你能活着出去。"

"这是为什么？！"

"没有为什么！如果你能活着出去，就不要对任何人说起我来……你连见都没有见过我……我是这个世界上从未存在过的幽灵，忘记我……"

"我不答应！"

纪慧的眼中含着泪水："那我现在就死在你的面前！"

"妈怎么可能答应啊……"

"你必须答应！"纪慧的眼泪流出来。

"我……"

"我会死的，别逼我……"纪慧哀求着。钟雅琴赶紧点头："好好，妈答应……你别死！"

纪慧突然露出调皮的笑："有妈的感觉……真好……"

15

唐晓军喝了一口咖啡，张超过来小声说："唐队，出问题了，又有人被绑架了。"唐晓军问："谁？"张超把孟姗姗照片放在桌子上："跟钟雅琴在一起的那个女人，音乐学院的老师。"

"绑架她干什么？"

"不仅绑架了她，还带走了她的孩子。"

"谁干的？"唐晓军接过孟可的照片。张超递给他一张模糊的照片："监控摄像头拍摄的。保安看见了，但是不敢露面，报了警。当然，110过去的时候，他们也走了。"

唐晓军接过来，照片上是蔡晓春、韩光和白马。他愣住了："他们三个绑架这么个老师跟孩子干什么？"张超耸肩："不知道。"

"立即调查孟姗姗的背景！"

"我已经安排人去做了。"

"她肯定跟这件事情有联系！现在局面很复杂，这里有问题。"

"你在怀疑……"

"步步为营——除了相信韩光是无辜的，别的我不敢再相信什么。"唐晓军抬眼朝四周看，"在这个大厅里面，就有奸细！"

张超左右看看，看见了忙碌的高局长等人。唐晓军压低声音问："那个姓方的干吗去了？"张超回答说："他退出指挥，在公安局招待所。"

唐晓军起身："继续监控整个大厅的对外通信，我去看看那个老方。"

"唐队，这不合手续。"

"你是警察吗？"

"我是，但是……"

"我们面临紧急情况，只有采取非常手段。我知道后果，如果我的怀疑是错误，我将不再是警察——但是，我想我要做个好人！"他看着张超，认真地说，"祖国知道我。"然后拿起外衣转身出去了。

招待所房间里，方局长在打电话，小心翼翼地："局面现在越来越乱了。"

"乱才有趣，才有刺激！"是一个男人的电子变声。

"我的一世英名都让你给毁了！"

"放心，给你瑞士银行账户打的款足够你花三辈子了！"

"我已经掌控不了局势。"

"现在我掌控局势。"

"希望你最好快点结束！"

"游戏才刚刚开始！"……

走廊上，唐晓军大步流星地走着，面色冷峻。技术侦查队，张超戴着耳机，旁边的技术侦查员在操作机器，电脑上显示着声波。

"你把游戏搞得这么大，超乎我的预料！"方局长的声音颇无奈。

"你是老江湖了！白头雕！"

"你打算如何收场？"

"我还需要你做事！"

张超拿起手机快速发短信。唐晓军站在方局长房间跟前，正要敲门，短信响，他拿出手机看：内奸是白头雕。

房间里，方局长看着门口，挂了电话。

唐晓军不动声色，转身就走。身后，门开了，方局长在张望。唐晓军的影子消失在楼道拐角处。方局长冷峻的脸上浮出一抹意味深长的笑容。

16

蔡晓春站在孟姗姗面前，韩光在他的身旁。孟姗姗抱着孟可战战兢兢："求求你们，别伤害孩子……"蔡晓春看了看孟可："何世荣的儿子？！"孟姗姗哭了："他是无辜的……"

"这真的是个混乱的世界。"

"我爸爸会杀了你。"年幼的孟可说。蔡晓春冷笑："为什么？"

"因为你伤害了我妈妈。"孟可稚嫩地回答。蔡晓春笑了："你爸爸不会的。"

"他爱我们！"

"你那个爸爸，除了自己谁都不爱！"

"他爱我们！"孟可眼里含着泪。蔡晓春冷笑："我杀了你们，他也会无动于衷的！"

韩光说："秃鹫，他还是个孩子。"

"是个狼崽子！"

"别伤害小孩子。"

蔡晓春淡淡一笑，转身出去了。韩光看着母子俩。孟姗姗迎着他的目光："我知道你是韩光，是山鹰，是'刺客'……"韩光看着她："为什么选择这条路呢？"

"为了钱……"

"干吗要这个孩子？"——孟姗姗泣不成声，不说话。

"我是何氏企业的继承人！"孟可又天真地说，"你救了我，我给你很多钱！"

韩光看着这个孩子："钱能买来一切吗？"

"钱可以买下整个世界！"

"你爸爸告诉你的？"

"对。"

"忘记这句话，"韩光说，"钱，是罪恶的根源。所有的这一切苦难，都是因为钱。忘记吧，孩子。"孟可眨巴眼，不明白。韩光摸摸他的头："希望你能忘记，有个快乐的人生。"

"什么是快乐？"

"快乐就是——忘记烦恼。"

"那你快乐吗？"孟可歪着头问。韩光不说话，苦笑一下，说："快乐属于凡人。"

"那你是神仙吗？"

"不是。"

孟可瞪着明亮的眼睛："那你为什么不快乐？"

"因为……我是刺客。"

17

蒙着眼的纪慧被带出来，她不停地骂着："何世荣，你这个畜生！你不得好死！"

"带她上车！"何世荣面无表情地说。

"你杀不了他的！"

"你这个千人睡的臭婊子！马上你就知道，什么叫作生不如死！"

"他会杀了你！"

"乱世儿女情啊？"何世荣冷笑，"可惜，你已经背负了太多的原罪——带走！"

枪手捂住纪慧的嘴，几个蒙面枪手拉纪慧上了货柜车。车开走了。何世荣露出冷笑："很快，你会知道你的命运是我造就的！"

何世昌和钟雅琴也被带了出来。何世昌怒视着他："你到底想干什么？"何世荣看看他们，笑了："你们一对苦命鸳鸯，还没到送命的时候！"

"放了我的女儿——"钟雅琴说。何世昌看钟雅琴："女儿？！"

"我们的女儿！"钟雅琴泪流满面地说。何世昌怒目转向何世荣："她在哪儿？！"

"在地狱！"何世荣冷冷地说，"带走！"蒙面枪手把他们推上车，车队出发。

第十七章

1

高速公路收费站出口处，预备役哨兵拦截下了一辆搬家公司的卡车。车上的白马出示警官证。预备役哨兵挥了挥手说："特警队？放行！"白马从容开车过去。哨兵去拦截下一辆车。卡车后车厢里，蔡晓春在沉思，韩光在对面看着他。孟可被孟姗姗抱着坐在角落看着他们。韩光看着蔡晓春说："你以为，真的能引出何世荣吗？"

"不知道，很难说。"

"非要拉这个孩子进来？"

"他是何世荣的儿子。"

"但是他没有罪，他只是个孩子。"

"他是何世荣的儿子，这就是他的原罪。"

"你怎么会变成这样的？"

"山鹰，我们之间最大的不同，就是生活可以改变我，但是改变不了你。"

韩光看着蔡晓春，蔡晓春也看着韩光，两人默默注视着，"哗啦啦"，久远的部队口号声仿佛充满了整个车厢……

特种部队卫生所病房里，穿着迷彩服的韩光站在窗口出神，背囊已经在床边放好。窗外，部队的口号声此起彼伏。蔡晓春在带队做格斗训练。赵百合进来："你该换药了。怎么把东西都收拾起来了？"韩光没回头。赵百合走过来："你在想什么？"

"其实，我想他更适合你。"韩光看着窗外的蔡晓春说。

"什么啊？"

"我是说，他更适合跟你在一起。"

"我不明白你的意思。"

"我是个冷血动物，他不是，他的心里都是火焰。"

"韩光，在我眼里你们都是一样的！只是战友！"

"我不能代替你做决定，我只能告诉你，我的决定。"

"什么意思？"

"我是一个'刺客'。"

"这我知道。"

"你喜欢我是错误的，我不会爱上你的。"

"韩光，你别自我感觉太好！谁喜欢你了！"

"你可以试图欺骗我，但是欺骗不了你自己。我是一个没有感情的刺客，除了狙击，我什么都不会爱的。"

"那你……给我写遗书？"

"那是一个错误。"

"错误？！"

"是的，一个不该发生的错误。现在我要纠正这个错误，'刺客'是不能有感情的。因为我要面对的是危机四伏，我不能有拖累。"

赵百合急了："可是我不会拖累你啊！我也是特种兵，我理解你！"

"这是我的决定，你该选择的——是他。"——赵百合呆住了。韩光戴上黑色贝雷帽："性格决定命运，选择决定人生。我要归队了，已经离开连队太久。"他转身拿起背囊就走。

"韩光！"赵百合喊道。韩光站住，没有回头。赵百合眼中噙着泪："我……不是一个足球，可以被你们踢来踢去的！"韩光没说话，背着背囊径直走了。赵百合哭出来："你们是浑蛋！你们都是浑蛋！"

操场上，蔡晓春在喊队，口号嘹亮。韩光背着背囊走过来，蔡晓春笑道："山鹰，你回来了？怎么不多休息几天？"

"我好了。"

"你们处的怎么样？拿下了吗？"

"我根本不喜欢她。"——蔡晓春看着韩光，韩光别过头："别这么看着我。"

"胆小鬼。"

"我说的是实话，晓春。"

"你太让我失望了。"

"今天的科目是什么？我归队了。"韩光错开话题。蔡晓春瞪着他："你他妈的是最好的狙击手，是'刺客'——却不是个男人！"韩光转身走回队列："那你就当我不是个男人吧，我没有血性。"蔡晓春转脸，赵百合在窗口躲开。他转身大叫："山鹰，你太让我失望了！"狙击手们面面相觑。韩光不为所动："一排，继续训练！"蔡晓春咬牙，转身跑回队列。

"格斗准备！"韩光面无表情。狙击手们摆出格斗姿势："哈——"

"韩光，山鹰！你会后悔的！"赵百合靠在窗边，默默流泪。

是夜，狙击手连宿舍静悄悄的，队员们都已酣然入睡。韩光躺在床上，睁着眼睛想事情，蔡晓春从上铺下来，默默看着他。韩光问："你怎么不睡觉？"蔡晓春盯着他："我有话对你说。"韩光说："明天再说吧，晚了。"蔡晓春说："出去说。"韩光无奈，起身披上迷彩服，跟着蔡晓春出去。两人出来。暗处的哨兵大喝一声："口令！"蔡晓春回："冰川，回令！"

"高山！一排长，一排副好。"

"稍息吧。"韩光说。

"是！"

蔡晓春和韩光走向操场。韩光在操场上站住："你想跟我说什么？"

"你知道。"蔡晓春没有好气地问。韩光说："我不喜欢她。"

"你骗我。"

"我干吗骗你？"

"因为你可怜我。"

"你又来了。"

"山鹰，我们了解彼此，甚至超过了解自己。你拒绝她，不是因为你不喜欢她，否则你也不会给她写情书了。"蔡晓春盯着他说。韩光不说话。

"你是在可怜我！"

"晓春，"韩光说，"我希望你不要老这样想。感情的事情是不能勉强的。我喜欢她是我的错觉，当我跟她单独相处，我发现曾经的感觉是错误的。我跟她不合适，非常不合适。"

"你觉得我会相信你吗？"

"我欺骗过你吗？"

"以前没有，但是在赵百合这件事情上，你一直在欺骗我，也在欺骗你自己！山鹰，你不能这样，你以为这样是在对我好？你错了，你是在侮辱我！侮辱我的自尊！我用得着你让给我吗？"

"我不是在让你。"

"那你是什么意思？！"

"我说了，我不喜欢她。"韩光转身就走。蔡晓春一把抓住他，将他摔在地上。韩光被蔡晓春按倒在地："你干什么？你要对我动武吗？"

"你去追她！"

"我根本就不喜欢她！"韩光翻身推开蔡晓春。"你这个浑蛋！"蔡晓春飞身一脚，韩光挡开。蔡晓春落地的同时出拳，拳头打在韩光小腹："这一拳为了百合！"韩光刚刚起身。蔡晓春又是一拳："这一拳，为了被你侮辱的我！"韩光没有躲，被打倒在地。蔡晓春怒视着他："起来，懦夫！跟我打啊！"韩光默默爬起来，仍没动。蔡晓春上去又是一拳："为什么不还手？！"韩光栽倒，又慢慢爬起来，默默注视他。

"难道你一点血性都没有了吗？"蔡晓春怒吼。

"晓春，我不管你怎么看我，总之，我不喜欢她。"韩光转身走了。

"山鹰！你他妈的给我回来，跟我打！"蔡晓春急促呼吸着。韩光头也不回。

"你会后悔的！"蔡晓春喊。韩光转身，注视着蔡晓春说："我做出的决定，无论对错都会走到底的。我不后悔，也没有后悔的习惯。"蔡晓春看着他，无语……

卡车车厢里，韩光和蔡晓春还在默默对视着，仿佛两人都沉浸在往事的回忆中。终于，还是蔡晓春打破了沉默："当初你把她让给我，你现在后悔了吗？"

"我说过，我没有后悔的习惯。"韩光说。蔡晓春看着韩光："我走上这条路就没有回头的机会。山鹰，错，我也只能错到底了。最后还能和你并肩作战，是我的欣慰。"

"流过去的水，不会再回头了。"韩光默默注视他，"我相信，这会是最后一次。"他拿起88狙击步枪检查，上膛。蔡晓春的嘴角抽搐一下，拿起56-1战术改冲锋枪检查，上膛。

2

山路上，蒙住纪慧眼睛的布已经被摘了下来，正被一名枪手拉着走过来。"你不会赢他的！"她一边走一边说。枪手说："我承认，秃鹫是我知道的最好的狙击手。但是拿人钱财，与人消灾！在这儿待着！"他说完转身就走。纪慧孤零零站在谷地。

何世荣的面前是一排监视器，传输谷地的画面。他盯着屏幕露出冷笑："真的是一出绝妙的好戏！至于结果，让我拭目以待！"监视器的画面上，纪慧在左顾右盼。

山头上，一名狙击手对着耳麦："我锁定目标了，没有发现秃鹫。完毕。"

"注意，确定秃鹫，你再射击。完毕。"

"收到。完毕。"

远处，韩光瞄准了一名狙击手。蔡晓春叮嘱他说："你击毙狙击手，任务就完成了。剩下的事情我来做——明白？"韩光说："明白。"

谷地。卡车缓缓开进来。纪慧看着靠近的白马跟那些蒙面枪手，翕动嘴唇："秃鹫……"她的眼泪出来了。白马停车，下车，看着纪慧说："秃鹫在后面，我们来接你。"说着，他把孟姗姗和孟可拉下车，往前边推。

蔡晓春拿起望远镜观察："11点方向，方位东南，风速3级，距离421米，准备……"韩光稳稳瞄准狙击手，深呼吸。"射击！"蔡晓春话音刚落，韩光稳稳扣动扳机。"砰！"山坡上的狙击手被爆头，倒下。

白马瞬间拔出微型冲锋枪对着对面的蒙面枪手开始扫射。两个蒙面枪手措手不及，在弹雨中抽搐倒地。

另外一处山坡。何世荣的枪手怒吼："秃鹫动手了！干掉食人鱼！"他身边的蒙面枪手拿起引爆器，按下按钮。白马刚刚扑倒纪慧，炸点就爆炸了。他把纪慧拉起来，塞给她一把枪，纪慧立即还击。孟姗姗拼命地想掩护自己的儿子，却被乱枪击毙。"妈妈——"孟可叫着想扑上去，却被一个蒙面枪手按倒了。他哭喊着："妈妈——"孟姗姗躺在地上，满身鲜血，睁着双眼。何世荣冷冷地看着屏幕，没有表情。

纪慧和白马被猛烈的枪弹压制在车旁，子弹打在车上和周围的泥土里，他们仓促还击，无法上车。"包围他们！歼灭他们！"蒙面枪手起身用地狱火战术进攻……

"秃鹫在哪里？"纪慧拿着冲锋枪在还击，更密集的弹雨倾泻过来，她被压制得不能动弹。有节奏的枪声响起，韩光和蔡晓春突然出现在蒙面枪手背后，两人各持一把56-1战术改冲锋枪，如同在打速射表演。枪手们纷纷中弹倒地。现场安静了。纪慧看着韩光，韩光冷酷地看了一眼她。蔡晓春看着纪慧："我们走吧，警察要到了。"他拉上纪慧上车，白马抱着孟可，车开走了。

3

方局长走出公安局招待所门口，伸手拦了一辆出租车。远处的车跟上了，车内的刑警对着耳麦："我跟上白头雕了，完毕。"唐晓军的声音传来："小心，这是跟踪和反跟踪的老手。完毕。"刑警回答："明白，完毕。"两辆车汇入车流。

司机看了一眼方局长："老同志，去哪儿？"方局长摘下墨镜，看着墨镜里反视过来的跟踪车辆说："兜圈子。"他戴上墨镜，将200元人民币压在司机的跟前。司机看了一眼，开车。出租车在车流中移动，跟踪车辆撤离，另外一辆车跟上。

出租车内，方局长面色沉着。绕了一大个圈子之后，方局长下了车，他走进附近一个公园。化装后的张超远远跟踪着，后面还有几个青年男女交替跟踪，准备随时替换。方局长从容不迫地走着，一个小伙子走来，跟张超相撞。张超不满地看了他一眼，小伙子说了声"对不起"走了。张超继续跟踪，走了几步却眼一黑晕倒了。后面的跟踪者急忙跟上来抱住张超，张超陷入昏迷中。当跟踪者抬头时，方局长已经消失了。

4

搬家公司卡车在疾驰。开车的是白马，车厢后，韩光冷冷看着蔡晓春和纪慧。

"山鹰？"纪慧的声音有些凄凉。韩光不说话，他复杂地看着蔡晓春："她是一条毒蛇，你想过没有？"纪慧笑笑："没有毒的蛇，是会被人吃掉的。山鹰，这点道理你还不懂吗？"

"你的毒性太强了。"韩光的目光转向纪慧。蔡晓春打断两人："别说这些没用的话了，我们现在要干掉何世荣。他是这一切的罪魁祸首！"

纪慧的脸立即变得狰狞："这个畜生！我一定要亲手杀了他！"

蔡晓春看了她一眼说："这点我可以答应你，不过要在合适的时候。我们还有事情没做完——山鹰，你还要继续帮我做事。"

"你想要我做什么？"

"到时候你就知道了。"

5

唐晓军带着张超和薛刚推门走进指挥室，径直走向高局长："高局，方局长失踪了。"高局长愣了一下，示意几人到里面的办公室说。一进门，高局长就问："说，怎么回事？一惊一乍的？"唐晓军看薛刚。高局长说："没关系，你说。"

"是，我一直在秘密监控方局长。"唐晓军说。高局长注视着他："你在搞什么？"

"敌人有我们的准确情报，局面越来越严酷！我怀疑，警队内部有奸细！"唐晓军拿起 MP3，"这是技术侦查手段监控到的方局长跟某位神秘人物的电话录音！"他放录音。高局长的脸色一点一点变了。唐晓军关上录音，高局长盯着他说："你已经严重违反了侦查纪律！"

唐晓军面不改色地说："我有证据，局长！"

"方局长的问题自然有部门去处理！现在要说的是你的问题！"

"我？"

"我给你看样东西！"高局长打开投影，是关于纪慧的审问资料。高局长问她："你如何获得滨海警方内部情报？"纪慧回答："通过唐晓军。"唐晓军呆住了。张超也呆住了。高局长又问："详细说说过程，他是怎么下水的，你都有什么证据？"纪慧说："唐晓军跟我曾经是恋爱关系，我们有过同居。三年来，他不断在给我提供内部情报。"

"你要知道，你现在指控的是我的刑警队长。"

纪慧笑："你可以自己去问问他。"

"咔！"投影关上了。唐晓军目瞪口呆，失语。张超也傻眼了。薛刚冷酷地注视唐晓军。

"你还有什么说的？"高局长冷冷地看着唐晓军。唐晓军长出一口气，摘下自己的警官证："我知道早晚会有这么一天的。高局长，对不起。"他退下枪套和手枪，又摘下手铐，一一递给薛刚。

"唐队……"张超想要说点什么，被唐晓军打断了："我的错误我自己承担。我接受组织的调查和处理。"

"你暂时停职，"高局说，"回家听候处理吧。薛刚。"

"到！"

"你接管全面工作。"

"是。"

唐晓军转身，张超默默注视他，唐晓军伸手去拍张超的肩膀，内疚地说："对不起……"

"别碰我！"张超一下子闪开了。唐晓军呆住了。张超含着热泪，转身推门出去。他风风火火地穿过指挥大厅，径直出去。警察们都呆住了，不知道发生了什么事，王涛很注意地看着。接着唐晓军出来，他面色平静。警察们都看着他。唐晓军默默地走了，背影显得很孤独。然后出来的是高局长和薛刚，大家又看他俩。

"继续工作。"高局长面无表情地说。王涛低头，继续看电脑上的资料。

6

一幢废弃的厂房。韩光坐在角落，看着面前的孟可。孟可喃喃地说："我妈妈死了。"韩光不说话。

"是你杀了她？"孟可问。韩光看了看他："为什么关心这些。"

"我要为我妈妈报仇。"年幼的孟可眼里闪着仇恨的目光。

"怎么报仇？"

"我要杀了那个凶手。"

"然后呢？"

"我没想过。"

"你知道世界上有警察这个职业吗？"韩光问他。

"知道。"

"法律的武装捍卫者。如果你触犯了法律，警察会抓你，法律会制裁你。"

"可是我妈妈死了。"

"法律会制裁凶手。"

"那我妈妈被杀的时候，警察和法律在哪里？"

韩光被问住了，默默地看着孟可。孟可又问："警察和法律会制裁凶手吗？"

"会的。"

"要等到什么时候？"

"人在这个世界上活着，要有底线。每个人都需要自己的底线，不仅有行为底线，也要有心理底线。你现在还太小，或许不会明白我的这些话。但是我希望你记住，法律——不仅是行为底线，还是心理底线。"孟可不明白。韩光继续说："忘记这些痛苦，交给警察和法律吧。"

"那是我妈妈，我不可能忘记。"

"痛苦放在心里。"

"可是我受不了！"

"当你学会忍耐，你就长大了。"

"你是警察吗？"

"以前是。"

"现在呢？"

"我也不知道。"

"你自己都不知道你是谁吗？"——韩光看着天花板："我是谁——这是一个哲学问题。"

孟可纳闷儿。韩光苦笑："也许，等你长大了就知道了。"孟可看着韩光，韩光把目光转向窗外。

外面，蔡晓春在抽烟。纪慧看着他，问："你现在到底打算怎么办？"

"何世荣这个老狐狸，他一手操纵了这一切。"

"我要报仇。"纪慧满是仇恨地说。蔡晓春看她："我知道你恨他。但是我能感觉到你的情绪不太对，告诉我——发生了什么事？"

"我不想告诉你。"

"也许我错了，不该问。"

纪慧抱住他："不，你没错。"蔡晓春不说话。纪慧继续说："我是一条毒蛇，但是我从未想过去毒死你。"蔡晓春看她。纪慧笑："因为你比我更毒！"她一把抱住蔡晓春，狂吻。

7

唐晓军坐在沙发上发呆。墙上贴的都是他在警队获得的荣誉奖状、奖杯等。

小区门口，一辆民用面包车停在路边隐蔽处，这是一辆监控车。张超在看着监视器，他突然起身："我去问他。"女刑警看他："问什么？"张超说："问问来龙去脉，我不信他会欺骗我！"女刑警抓住他。张超甩开她："让开！他替我挡过子弹！就算他要上刑场，我也要问个清楚！"女刑警看着他，松开了手。张超脸色沉重地走了出去。

唐晓军默默地坐着，门铃响了，他起身去开门，张超站在门口，他径直走了进来。

"告诉我，怎么回事？"张超说，"你教我做一个好警察！而且我也努力成为你那样的好警察！可是在这个时候，这些东西告诉我——原来我曾经相信的一切，都是扯淡！"

唐晓军平静地看他："我还能解释什么？"

"我不相信你是个没有缺点的警察，但是我同样不相信你会背叛！你告诉我，是不是真的？"

"部分是真的。"

"哪部分是真的？"

"我告诉过纪慧一些不该说的东西。"

"为什么那么做？"张超平静地看着他。唐晓军说："当时我爱她。"

"爱？"

"是，我爱过她。她是一个女人，一个无依无靠的孤儿。你知道跑法制这条线的记者是很艰难的。我想帮助她，就告诉她了一些我认为无关大局的东西。"

"然后呢？"张超问。唐晓军回答："在和她恋爱期间，我不敢确定我的笔记本电脑是不是被她进入过。那里面有一些警方的秘密资料，我违反了保密纪律。"

"然后呢？"

"我不知道还有什么。"

"现在你陷进来了，到底会产生什么后果？"

"背后有一张网，张超。我一定是触碰到了他们不愿意让我知道的秘密，他们想让我离开这个案子！他们都是聪明人，比你我都要聪明！他们想要的，是抢这个时间差！"

"我该如何相信你？"

"你了解我！"

"发生这么多变故以后，你认为仅仅依靠了解就足够证明你的清白吗？"

"子弹擦着我的心脏过去，我犹豫过吗？"——张超嘴唇翕动。唐晓军说："我们内部有奸细，这是肯定的！我们处处被牵着鼻子走，现在到了最危急的关头——我停职了，只有靠你了！所有的兄弟里我最信任你！"张超摇头："我做不来的，唐队……"

"你可以！你是我最好的学生！"唐晓军坚定地说。张超摇头："太难了，真的太难了！"

"你不能后退！只有前进，只有前进我们才有可能找到真相！"唐晓军祈求地看着他，"只有你了——张超！"张超默默听着，电话响了。他接："喂？"

"谈话结束，局长来电话了。"是车里的女刑警。张超挂了电话："知道了。"唐晓军迫切地看着他："你记住，只有靠你了！"张超默默注视他，唐晓军点点头。张超转身出去了，他一边走，一边思索着……

下班后，张超驱车来到了公安医院。高干病房里，张超父亲奄奄一息地躺在病床上。张超推门进来，插着氧气管的张父缓缓睁开眼："你怎么……今天来了？"

"我想来看看你。"张超坐在他的面前。

"滨海出了这么多的大事，你怎么不在自己的岗位上？"

"爸，你怎么知道的？"张超问。张父有气无力地说："虽然我躺在病床上，但是新闻我还是看的。何世昌……失踪了，这是头等大案。你为什么会来这里？"

"唐晓军……被停职了。"张超说。张父惊讶道："哦？为什么？"

"涉嫌泄密，有不利于他的证据。"

"唐晓军？怎么会泄密呢？我是看着他一步一步成为刑警队长的。"

"他自己承认无意泄密，现在怀疑他可能涉足更深。"

"你信吗？"张父盯着儿子。张超说："我不信。"

"那你还在这里干什么？"

"事件背后，是一个阴谋。"

"你怕了？"

"我不知道，太难了……"

"告诉我，你为什么考警校？"

张超看着父亲。张父逼问着："为了什么？"张超的目光瞬间变得坚毅起来。张父语重心长地说："做你该做的事情，为了你最初的从警誓言。"

张超担忧地看着父亲："爸爸，我担心你。"

张父淡淡一笑："我都72了，你怕什么？别忘了，18岁开始——我就是警察！去吧，做你该做的事情！我告诉你，警察的遗憾，就是像现在我这样躺在病床上苟延残喘，然后一个一个去回想——那些事情，我那样去做，就不会像现在这样后悔……"

张超默默看着父亲。张父说："去吧，做你该做的事，不要老了后悔。"张超起身："我懂了，爸爸。"张父叮嘱："做一个好人，然后做一个好警察！"张超点点头，转身出去了。张父慢慢闭上眼。

门又开了。方局长进来，他摘下帽子，挥挥手，两个年轻便衣将张父抬上担架车，小心翼翼往外推。张父苦笑："我年纪大了，折腾不动了。"

"师傅，这次我没有选择了，你也没有选择。"方局长说。张父叹息着："踏上这条路，我早就没有了选择。我的小儿子……"方局长打断他："我会尽力保证他的安全。我们走。"

他们推着张父经过走廊，一个警察刚好打着哈欠从病房出来："哎，你们干什么的？"方局长身边的年轻人抬手一枪，麻醉弹打在他的脖子上，他昏倒在地上。方局长带人匆匆往外走，将担架车推上救护车。救护车没有开灯，高速离开。

8

孟可裹着毯子昏昏沉沉睡去。韩光默默地注视着他。蔡晓春走了进来，站在他的身后。韩光起身："何世荣没有出现，你的计划失败了。"

"他的儿子在我们手里，算是个砝码。"蔡晓春说。韩光回头："多余的砝码，没什么用。何世荣压根儿就不会在乎这个孩子，在他的心里只有他自己。"

"我们现在怎么办？"

"何世荣必定有安身的地方。"

"滨海是对外开放城市，以前是工业城市。厂矿、码头、仓库，废弃的、新建的到处都是。何世荣的根据地安在哪里，没有准确的情报，我们是找不到的。"蔡晓春说。

韩光沉思着："我们这样找是不行的——关键是，何世荣想干什么。"

"你的意思是？"

"何世荣已经抓住了何世昌。"韩光说。蔡晓春眼睛一亮："钟世佳！"

韩光点点头："这是他唯一的心病了。"

"我们去找钟世佳！"两人拿起背包出去。见两人出来，门口的白马站了起来。蔡晓春对他说："你去开车！"白马转身走了。纪慧走进来："你们去哪儿？"

"你在这里守着，"蔡晓春说，"我们去做事。"

"我也要去！"

"这里必须有一个留守的，你是女人，看着这个孩子！"

"何世荣是我的！"

"我会留给你的！"

纪慧看着蔡晓春出去，咬紧牙关。韩光面无表情，看了纪慧一眼，走了。

三人上车离开。越野车在疾驰。蔡晓春在开车，韩光坐在他旁边。白马坐在后面，在笔记本电脑上找什么。蔡晓春问："钟世佳会在什么地方？"

"何世昌在滨海有物业，我相信不会超出这个范围。"韩光说。

"白马，你在找什么？"蔡晓春问。白马抬头："Google Earth，钟世佳待的地方一定会严加护卫。"韩光苦笑："再也没有什么秘密——Google Earth。"蔡晓春看他一眼："这是网络时代，山鹰。"白马说："找到了，这里有警卫！"蔡晓春戴上墨镜，加速。

纪慧看着车子驶远，悻悻地走回屋里。孟可已经醒了，坐在肮脏的地板上裹着毯子。纪慧走到他对面坐下，冷冷看着他，手里提着手枪。

"你要杀我吗？"孟可小心翼翼地问。纪慧不说话，眼中带有杀气。

"法律和警察会制裁你的。"

"谁告诉你的？"纪慧纳闷儿。

"山鹰。"

"你以为我怕法律和警察吗？"纪慧玩着手里的手枪。

"那你怕什么？"

"你怕什么？"纪慧反问。

"我怕我妈妈……"孟可黯然，"她现在不在了，我也不知道还会怕什么。"

纪慧的眼神暗淡下来。孟可问："你怕你妈妈吗？"纪慧不说话。孟可又问："你妈妈还在吗？"纪慧起身，举起手枪。孟可看着枪口不说话。纪慧扣动扳机，空枪。孟可低下头来："为什么不杀我？"她转身出去了："你还有用。"孟可默默看着她的背影。

纪慧走出来，深呼吸，她停顿片刻，拿起手机塞入一张新卡，拨打出去。卫星电话在响，何世荣看看电话，拿起来："喂？"纪慧吐出一口烟："食人鱼呼叫白鲨。"

"食人鱼，你居然敢找我？秃鹫派你找我的？"何世荣很意外。

"听着，这跟秃鹫没关系。是我找你，我跟你之间的这笔账还没算清楚。"

何世荣笑了："你想怎么算？现在砝码在我的手上，你的父亲、母亲都在我的手里！"

"你儿子在我手里！"

"你以为我会在乎他吗？"

"我知道你是个畜生，不会在乎自己儿子的死活！所以我杀了他！"

"你他妈的敢？！"——纪慧冷笑："我有什么不敢的？不是你教会我做一条毒蛇的吗？在毒蛇的眼里，有什么是不敢做的呢？"

"你真的杀了他？"

"对，而且是活活掐死他！"

"你会下地狱！"何世荣咬牙切齿地说。纪慧冷笑："难道你会上天堂吗？"何世荣捂住自己的心口："啊！食人鱼，我会杀了你的母亲！"

"好啊，这样她就少了这些痛苦了！你去杀啊！这样一了百了，然后我也杀了这个狼崽子！"

"怎么回事？你还没有杀他？！"

纪慧冷笑："当然没有，我要试探一下他在你的心里到底有多重要！当然，我会很高兴杀了他！如果你现在一定要杀了我的母亲，我保证会让他死得很痛苦！白鲨，现在我手里也有了砝码！你无法割舍的砝码！"

何世荣沉吟片刻："食人鱼，我承认我暴露了弱点给你。你到底想怎么样？"

"交换。用你的儿子交换我的母亲！"

"交换？秃鹫知道吗？"

"不知道，这是我个人跟你交换！听着，白鲨！你要的是何世昌，而不是我的母亲！她只是个老太太，对你没有任何威胁！你放了她，游戏还会继续！我要的只是她活下来，她是无辜的！"

"无辜？世界上根本就没有无辜这个词！一切都是有罪的，一切都是原罪！你们卷入了何家的恩怨，就是真正的原罪！少跟我废话什么无辜不无辜——说，你要如何交换？！"

"在我规定的地方，规定的时间——我们交换！"

"我要如何相信这不是一个圈套呢？秃鹫想要我的脑袋，你也想要——我怎么知道这不是一个圈套？"

"因为我还有点良心，我不会让自己的母亲做诱饵！"

何世荣想想，说："成交！你想好时间地点联系我！"

纪慧冷笑着："通话结束，我会再联系你！"她挂了电话，拔出手机卡丢掉。

"妈妈？"她看着黑暗的厂区，长出了一口气。

此时，钟雅琴仍被关在地下室里，木然地看着黑暗。

"雅琴？"何世昌慢慢苏醒过来，钟雅琴表情依旧木然，不看他。

"告诉我，女儿是谁？"

"我不知道她现在叫什么名字。"

"这都是怎么回事？为什么不告诉我，我们曾经有一个女儿？"

钟雅琴苦笑："告诉你有意义吗？所有的一切，不都还是我扛着？所有的一切，困难、凌辱、侮辱——都是我自己扛着。她从出生，就失踪了……"

"你没有去找她吗？"

钟雅琴叹息："我一个女人，刚刚生下孩子，你要我去哪里找呢？"

"她也被卷入这件事情了？"何世昌皱眉想着什么。钟雅琴擦去眼泪："我不知道，但是我敢肯定就是她……"何世昌转向门口："何世荣，到底我欠了你什么呢？"

"这都是为什么啊？难道就是为了那些钱？那些钱有那么重要吗？值得吗？"

"不光是钱的问题，雅琴，涉及的方面太多了，太多了……"

"我的儿子，我的女儿，他们……还能活下来吗？"

何世昌脸色凝重，不说话。门开了，何世荣站在门口。何世昌看着他："你还想干什么？"何世荣指了指钟雅琴，两个蒙面枪手进来，抓起她就拖了出去。

"你到底想干什么？！浑蛋，浑蛋，有什么你都冲着我来啊！"

何世荣冷笑："还不到时候，何总裁！"

门关上了，何世昌靠在墙上，疲惫地闭上眼。

9

唐晓军在电脑前打 CS，QQ 突然跳出来。唐晓军关闭游戏界面，打开 QQ——"还记得如何摆脱追踪吗？"

信息是张超发来的，他在用手机上网。他的车停在小区外的黑暗之中。监控面包车在远处。唐晓军皱眉，他沉吟片刻，回复："我教给你的，怎么会忘？"

"我想，你委托我的，我一个人做不了。"张超又发信息。唐晓军想想，回复："我明白了。"张超打字："敢不敢？"唐晓军笑笑，打字："我还有什么不能失去的吗？"张超注视手机，回复："我等你。"他放下手机，靠在椅子上深呼吸："我想，我不会看错人的。"

唐晓军起身走进卧室，他打开衣柜，取出一个黑色背包，把衣柜里的衣服往里面装，然后背上背包，起身出去。

面包监控车内，女刑警昏昏欲睡。她突然睁眼："有异常！"监视器上，唐晓军的车正驶出小区的门。监控车内刑警急忙起身。女刑警对着耳麦："各单位注意，黑贝有动作了！

完毕。”

"猎狗小组收到，我们准备跟踪。完毕。"

"好，一定要注意隐蔽行踪。黑贝了解我们每一个人，完毕。"

"收到，完毕。"

唐晓军开车出来，擦过监控面包车，驶向张超的车。车灯扫过，张超赶紧低头，唐晓军的车跟他擦肩而过。街道尽头，一辆轿车悄然跟上唐晓军的车。张超起身开车，反方向离开。

繁华市区，灯红酒绿。唐晓军的车在开着，便衣的车在后面跟着。红灯。唐晓军停下，后面便衣车跟在后面停下。唐晓军看看后视镜，突然起步——他闯了红灯，便衣车不敢跟，便衣甲只好对着耳麦："猎狗小组报告，黑贝在试图摆脱跟踪。完毕。"

"我知道了，我现在跟上了。第三追踪小组准备。完毕。""收到。完毕。"

唐晓军闯过红灯，拐到一个商厦的地下车库入口，领卡后进入。女刑警驾车跟过来。唐晓军的车在地下车库停下，他下车。张超的车开来，唐晓军接着上车。车高速离开，开往出口。女刑警驾车下来，一眼看见唐晓军的车停在那里，她慢慢开过去，车内无人。女刑警停车，拔出手枪走到车前，车内确实无人。她拿起对讲机："我掉线了，我掉线了！"

张超的车已经拐入街道，汇入人流。唐晓军从后座起身："我没想到你会来接我。"

"说别的没什么用了，我给你带了备用武器。"张超说，"我们现在去哪儿？"

唐晓军接过插在枪套的 92 手枪，拍拍张超的肩膀："你不要跟我去。"

"为什么？"张超问。唐晓军说："你做得已经够多了，剩下的事情让我自己完成。你回去吧，他们现在还不知道你参与了。"

"我们不是搭档吗？"

"……我已经不是警察了。"

"我是警察，我关心的是真相。"——唐晓军看着张超的背影，张超平静开车。车内电台响起："各单位注意，唐晓军脱离监控，请各个单位协助调查唐晓军下落……"

张超关上电台："你知道你给我触动最大的是什么？"

"什么？"

"不能后退！只有前进，只有前进我们才有可能找到真相！"

唐晓军看着张超。张超笑笑，继续开车。

商厦保安监控室里，女刑警注视着监视器屏幕，张超的车正开出来。女刑警瞪大了眼睛："停。"保安停止画面，画面上是张超在开车。女刑警苦笑："我现在知道谁来接应他了……"她拿起电话拨号。

10

子弹头缓慢开进来，停在一幢联排别墅门口，赵百合提着枪包从车里下来。她走到别墅跟前，伸手到花盆里挖了一阵，掏出一串包好的钥匙来。开门的瞬间，月光洒进来。赵百合把枪包丢在地下，关上门。她疲惫地靠在门上，环顾四周，一片静谧，家具上都盖着白布。这是她设置的一个安全点，还是当初在部队时韩光教给她的。她起身，打开灯，别墅一下子亮起来。她走向厨房，冰箱盖着白布，赵百合掀开白布，打开冰箱，冰箱里装的都是各种吃的——食品定期更换，她依然严格保持着一个特种兵应该有的素质。赵百合拿出一罐牛奶打开，放入微波炉加热，然后小心地喝着，又从冰箱里取出压缩干粮，她就着牛奶吃完了这块压缩干粮。她一边吃一边默默流着泪，从前的种种像电影一般不断闪过她的脑海。

吃完干粮，她打开枪包，把 MP5 微声挎在身上，转身上楼。卧室里月光如水，赵百合推门进来，走向衣柜。衣柜里装着满满的衣服，分开这些衣服，一个手提箱显露出来。赵百合拿出手提箱，提到床上打开，手提箱里面放着几本护照、袖珍手枪、袖珍匕首、欧元和美金，还有一部单兵电台。赵百合默默注视着这些，"唰"——她想起了这些东西的来历……

巴黎的一套公寓里，蔡晓春把手提箱打开。赵百合看着这些家私："这是什么？"

"你自己看看。"蔡晓春说。赵百合拿起一本护照，打开，上面是自己的照片，她抬头，纳闷儿地问："怎么是我的？真的假的？"

"假的，"蔡晓春说，"但是足以乱真。通过世界上几乎所有的海关盘查都没问题，这里还有现金，足够你应付突发情况。勃朗宁袖珍手枪你会使用，不需要我再教你了。"

"给我这些干什么？"

蔡晓春自顾自地说道："这里还有一部单兵数字电台，我已经调试好。如果需要，你可以通过这部电台找到我。"

"等等，这是怎么回事？"

"这是你的安全包，拿着吧。"

"安全包？我要这个干什么？"

"别忘了，你是秃鹫的女人。"

"你不是离开外籍兵团了吗？你不再是 legionnaire（法语，外籍兵团战士），不再是 2REP 的狙击手——你不再涉足战争了，为什么还要给我准备这些？"

"因为你是秃鹫的女人。"

"不对！你肯定有什么事情瞒着我！"

"下周我就去南非做生意了，你在法国照顾好自己。合适的时候，我会接你过去。"

"南非？告诉我实话，你是不是当了雇佣兵？！"

蔡晓春不说话，错开赵百合的目光："你是心理学专家，我知道瞒不住你的。"

"不！你怎么能去当雇佣兵呢？！秃鹫，你是战士，你不是血腥的雇佣兵！"

蔡晓春等她安静下来，说："正因为我是战士，所以我选择继续战斗。"

"那你可以继续做 legionnaire 啊！"

"我想我可能不适合军队了。"

赵百合后退着，靠在墙上，陌生地看着蔡晓春。

"就这样吧，你早点休息，我还有事出去。"蔡晓春转身拿起外衣出门。

"秃鹫……"——蔡晓春站住，不回头。赵百合的眼泪缓缓流出来："不要去做雇佣兵，好不好？"蔡晓春不说话。

"我们回国吧……"

"我已经断了回家的路。"说完，他出去了。赵百合看着打开的手提箱，无声流泪。

房间里，月光如水，赵百合从回忆中醒来，她默默注视着这些东西，拿起电台，打开。她调试到预定波段，开始呼叫："百合花呼叫秃鹫，收到回答……"

越野车在疾驰。蔡晓春在开车，他戴着耳麦，韩光也戴着耳麦。白马在后座整理武器装备。

"百合花呼叫秃鹫，收到回答……"蔡晓春呆住了，韩光也呆住了。白马在后座警觉地抬头。蔡晓春一脚刹车，"吱"——车停了，蔡晓春下车，拔出手枪上膛对准后车门。车门打开，白马从容下车，坦然地面对蔡晓春的枪口。韩光也下车，拔枪上膛对准了蔡晓春。

"白马，"蔡晓春的枪口顶住白马的胸膛，"你背叛我！"

"秃鹫。"白马默默注视蔡晓春，一脸坦然。

"放下武器！"韩光的枪口也顶着蔡晓春，"你杀了白马，那就真的罪不可赦了！"

"没你的事儿，山鹰！"蔡晓春看着白马，"白马，你他妈的是警察？！"

白马摇头。

"为什么背叛我？！我他妈的是那么信任你！"

白马平静地说："秃鹫，我没什么好说的。如果你一定要开枪，打准点儿。"

韩光顶住蔡晓春的太阳穴："我警告你，秃鹫！我会开枪的，放下你的武器！"

蔡晓春盯着白马："你到底是什么人？！"

"国际刑警的特勤，代号9021。"

"你他妈的会背叛我？！在科索沃，是我把你从死人堆里扒拉出来！在喀布尔，是我他妈的背着你穿越死亡线！他妈的在费卢杰，我还帮你挡住了子弹！你他妈的都忘记了吗？！"蔡晓春扭曲着脸，"回答我，你他妈的都忘了吗？！"

"没忘，秃鹫。"白马的眼中隐约有泪花。

"我他妈的无比信任你，比信任我的女人还信任你！你却出卖我！告诉我，为什么？！"

"秃鹫，我没什么解释的。"

韩光说："秃鹫，你仔细想清楚了！你如果开枪，我马上打爆你的脑袋！"

蔡晓春的眼泪慢慢流下来，枪口在颤抖："说！为什么要背叛我？！为什么要背叛我们的手足情谊？！"

"很多事情，我很难跟你解释。秃鹫，我只是想回家，我走得太远了。"

"可是我给了你一切！我有的一切，你都有！"

"可是我没有祖国，没有家，没有母亲！"白马注视着蔡晓春，"开枪啊？！你开枪，冲着这儿打！这儿，也帮你挡住过子弹！AK47的子弹，记得在什么地方吗？刚果！没关系，就冲着这儿打！再来一枪，打在这个伤疤上！来啊，秃鹫！你不是杀人不眨眼吗？！"

"白马，你为什么要这么做？"蔡晓春流着眼泪。

"秃鹫，我真的走得太远了！我参加外籍兵团，是为了成为一个战士！我不想做职业杀手，不想！"

"所以你就背叛我？"

"我想回家。"

"那我就送你回家！"蔡晓春眼露凶光。韩光顶住蔡晓春的太阳穴。白马坦然注视蔡晓春。蔡晓春看着白马的眼，突然，他笑了出来，凄惨地笑着。白马默默注视他。韩光还是持枪对准蔡晓春。蔡晓春的枪口慢慢低下来，仍凄惨地笑着："看看，看看……这就是兄弟啊……这就是手足啊……我无比地信任你们，可是你们挖了个坑让我跳……我以为我打死了自己的女人，可是她却在电台里呼叫我……我还能相信谁，相信谁！"

"秃鹫，这是你自己造成的。"韩光的枪也慢慢放下来，但还是警惕地注视蔡晓春。

蔡晓春失神地看着韩光，又看看白马："你们都曾经是我最信任的人……"

"对不起，"白马低下了头，"我是卧底。"

赵百合的声音又响起："百合花呼叫秃鹫，收到回答……"

韩光看了眼电台，说："她在找你。"蔡晓春看着韩光。韩光重复："我说了，她在找你。"

"唰"——这样的话，韩光说过，蔡晓春记得，那是在狙击手连的时候……

蔡晓春跟兄弟们擦拭狙击步枪，韩光抬眼，说："她在找你。"蔡晓春抬眼，赵百合正走过来。蔡晓春说："她在找的是你。"韩光继续擦枪："信不信由你。"

蔡晓春看看韩光，又看看赵百合。赵百合走到狙击手们面前，站住了。狙击手们看看她，又看看不抬头的韩光和蔡晓春，低头继续擦枪。赵百合看韩光，韩光不抬头，继续擦枪。赵百合咬住嘴唇，转头。蔡晓春擦着枪，心神不定地抬头。赵百合咬牙："蔡晓春！"蔡晓春起立："到！"狙击手们抬头，诧异地看韩光。韩光不动声色，继续擦枪。

"我要搬宿舍，东西太多，你能不能去帮忙？"

"啊？！"蔡晓春看韩光。

"你看他干什么？"

"我……我们在擦枪呢……"

"我准假了。"韩光头也不抬。

"排长……"

赵百合瞪他一眼:"你去还是不去啊?!"

"我……"

"狙击手没他妈的一个是男人!"赵百合转身就走。

"我……"

韩光擦拭瞄准具:"去吧,我准假了。"蔡晓春看韩光,韩光不说话,继续擦拭。蔡晓春咬牙:"我去!"他转身跑去。而赵百合大步走着,边走边擦泪。蔡晓春跟上来,不敢说话。韩光抬头看了一眼,脸色复杂,又低头继续擦拭武器……

"百合花呼叫秃鹫,收到回答……"

"她找的是你。"韩光说。蔡晓春按下通话键:"百合花,秃鹫回话。完毕。"

赵百合神色凝重:"秃鹫,百合花脱离 ICPO(国际刑警)监控,现在在安全点。完毕。"

"百合花,你在哪儿?我马上去接你。完毕。"

"不用了,我不想见你。山鹰在哪儿,我要跟他通话。完毕。"

蔡晓春嘴唇翕动,片刻转向韩光:"她找的是你。"韩光注视蔡晓春。蔡晓春转身走了:"你听到了,她找的是你。"韩光按下通话键:"百合花,这里是山鹰,请讲。完毕。"赵百合的眼泪在酝酿,嘴唇翕动说不出话。韩光再次重复:"百合花,山鹰呼叫。完毕。"

赵百合按下通话键:"我知道,我总是在不该出现的时候出现……"她的眼泪慢慢流下来,"山鹰,没有想到……我也成为这盘棋中的一个棋子……"

"我们走上的,都是一条不归路……"韩光神色复杂地看了眼蔡晓春的背影。

"为什么……在我们的故事中,没有一个人能逃脱……"

韩光无语。

"我真的不想这样……"

韩光听到这句,瞬间被击中……

唰——

特种部队的狙击战术训练场,细密的小雨中,韩光满脸油彩,在迅速组装 88 狙击步枪的零件,赵百合站在他的身后,泣不成声。一把 88 狙击步枪被组装起来,韩光坐姿举起 88 狙击步枪,出枪。赵百合抽泣着说:"我真的不想这样……"韩光"哗啦"一声拉开枪栓,上膛。

"我真的是喝多了……山鹰,你原谅我……"

韩光稳定自己:"你不需要我的原谅,我们之间什么关系都没有。"

"为什么……为什么你不肯要我……"

"因为,我不爱你。"

韩光出枪,扣动扳机。"啪啪啪啪……"10 个靶子陆续掉下。

"我不相信！"

韩光不说话，保持姿势，平稳呼吸，枪口在小雨中冒着烟。

"好，我走！我跟秃鹫走，山鹰——是你逼走我的——"赵百合转身捂着嘴跑了。韩光仍保持着姿势，呼吸平稳。他闭眼，一滴眼泪慢慢落下来："秃鹫，好好待她。"……

韩光定了定神，从回忆中醒来。他表情复杂，缓缓地说："踏上这条路，我们都再没回头的机会。"

蔡晓春慢慢回头，注视韩光的背影。

赵百合哭出来："我该怎么做？山鹰，我该怎么做？你告诉我，怎么做……"

韩光沉默。蔡晓春走过来说："她是我的女人。"韩光依旧沉默。

"你们的对话结束了吗？"

韩光回神过来，对着对讲机："百合花，山鹰通话结束。完毕。"

"山鹰，你又要丢下我吗——"赵百合的声音颤抖着，有些绝望。韩光压制着自己的情绪，伸手关闭了电台。可是，他仍不可抑制地想起了从前……

特种部队狙击手连驻地，穿着摘去军衔领花的士兵常服的蔡晓春在收拾自己的军队物品。韩光在他身后欲言又止。

"我知道，你想要说什么。"蔡晓春头也不回，他把黑色贝雷帽仔细叠好，放入背囊，"我知道，让你说一声舍不得很难。不过木已成舟，舍不得也没有办法。我该走了，山鹰。特种部队没有我的位置了，狙击手连也不需要我了……"韩光低下头。

"她跟我一起走。"蔡晓春系好背囊带子，还是没有回头，"她在等你，有话对你说。"

韩光抬头，呆住了。蔡晓春的声音变得很低沉："去见见她吧。"

韩光转身快步出去，门在蔡晓春背后关上，他的神情也很复杂。

卫生所门口，穿着摘去军衔领花干部常服的赵百合脸色苍白，脚下放着背囊在等待。韩光大步跑来，赵百合抬头，眼中慢慢含泪。韩光慢慢停下，两人隔着几米的距离彼此注视着。赵百合转头看别的地方，擦去眼泪："不好意思，迷眼了。"她掩饰自己的忧伤，转脸看韩光，笑笑，"我要走了，山鹰。"韩光说不出话来。

"怎么？没军衔领花了，认不出来了？"

"……你……你真的转业了？"

赵百合长出一口气："是啊，转业了。"

"为了他？"

"怎么？不可以吗？"

"不是……我……"

"不是你把我推过去的吗？"赵百合奇怪地笑着。韩光无语。

"他离开军队了，你觉得我该怎么做？"

韩光还是没说话。赵百合的眼泪慢慢流下来："无论是主动，还是被动……我都做出了选择……人要为了自己的选择，负责……"

韩光注视赵百合，充满内疚。赵百合闭眼，再睁开时脸上带着笑容："怎么？不肯祝福我吗，战友？"她的右手伸出来。韩光复杂地注视赵百合，伸出右手。两人的手握在一起，紧紧的。赵百合一边笑一边流着眼泪："我要……走了……山鹰……"

韩光欲言又止，脸上是从未有过的内疚和忧伤。

"为什么你当初不要我……"赵百合压抑着，"你……把我……推给……你的兄弟……"

韩光的眼泪终于流了下来。

"你这个……懦夫……我恨你……"

韩光默默注视赵百合，泪如雨下。

"我……不想看见你的眼泪，因为……这是懦夫的眼泪……"

越野车缓慢地在旁边停下，蔡晓春慢慢下车。赵百合一把甩开韩光的手，提着自己的背囊上车。韩光看着赵百合过去，欲追，蔡晓春却拦住了他："她是我的女人。"韩光只好停下，默默看着。赵百合上车，坐好，目不斜视。

"我走了，你自己保重。"蔡晓春说。

韩光看着蔡晓春："照顾好自己，也照顾好……她……"

蔡晓春注视着韩光，转身上车。司机开车，越野车开走。车上的蔡晓春面色铁青，赵百合在捂嘴哭泣。韩光默默注视着越野车开过去，呆呆站在那里……

蔡晓春按下通话键："百合花，这里是秃鹫在呼叫。完毕。"

赵百合平静着自己："秃鹫，百合花收到。完毕。"

"很高兴你还活着……"

"我的心已经死了，秃鹫……"

蔡晓春面色复杂："对不起，我……"

"你什么都不要说，秃鹫。我也什么都不想跟你说，你走开……"

"孩子……"

"这是我的孩子，跟你没关系……秃鹫，你死心吧……"

蔡晓春沉吟片刻，说："我的错，我无法弥补。好好照顾孩子，我会给你们所有人一个交代。完毕。"他松开通话键，转身。韩光和白马默默注视他。

蔡晓春苦笑："我知道，我现在众叛亲离。这是我自己造成的，我不怪任何人。"

韩光看着他："你有什么打算？"

"做我们商量好的事情，然后，你我做个了断。"蔡晓春大步上车，"白马，上车！"

白马看韩光，韩光看蔡晓春。两人上车。越野车很快消失在山路上。

赵百合靠在门上，注视月光，喃喃自语："我生命当中，最重要的两个男人，准备自相残杀……"

第十八章

★

1

电台传输着韩光他们的对话，旁边的枪手操作着电脑，在紧张定位。何世荣冷峻地在一旁等候。蒙面枪手抬头："山鹰和秃鹫的信号在移动，无法追踪到。"

"百合花的呢？"何世荣问。蒙面枪手指着电脑上的点，点已经被锁定，在不断跳跃显示。何世荣阴狠地说："你出发，抓住她。"

"是。"蒙面枪手转身出去。

2

夜总会里一片热闹，群魔乱舞。正在喝酒的混混泥鳅被人在肩膀上拍了下，回头："他妈的谁啊？！"唐晓军摘下墨镜露出眼，泥鳅呆住了。张超在那边看过来，手揣在兜里。泥鳅跟众人调笑着："老朋友，我去去就来！你们接着玩啊！"唐晓军跟在他身后，张超在后面策应，穿过人流出去了。

洗手间。泥鳅被一把推进来，里面喝醉正在调笑的男女呆住了。唐晓军一脸凶相："这里关门了，出去！"张超把那俩喝醉的男女扔出去，关上门。泥鳅回头："唐、唐、唐队长，我没想到是你……"

"说说，我让你调查的事儿怎么样了？"

"江湖上都传说，滨海来了一帮职业杀手……我能问到的就这些……"

唐晓军冷笑："泥鳅，你觉得我信吗？"

"我就是个混混，这么大的事情我能知道什么啊？"

"有句话讲得好——强龙不压地头蛇！江湖上谁不知道你泥鳅路子野，我就不信他们这帮外来户用不着你！"

"大哥，大哥，您把我当个屁放了行不行？我真的惹不起这帮杀人不眨眼的货色啊……"

张超瞪了他一眼："那你惹得起我们吗？"泥鳅看看张超，看着唐晓军，嗫嚅着："我听说你们出事了……"唐晓军冷笑："听说我也被调查了？"泥鳅小声回答："是……"

"因为我们不再是警察了，所以做事可以放开手脚。"张超冲他挽起袖子，泥鳅睁大了眼："张队，张队，咱们没必要吧……"唐晓军盯着他的眼："我给你三秒钟选择时间，说，还是不说？！"泥鳅跪下："求求你们，我真的不敢说啊……他们心狠手辣，给了我封口费……"张超拔出手枪，拿过一个矿泉水瓶子套在枪口上对准泥鳅。唐晓军开始倒数："3、2……"

"我说！我说！有人找过我，让我帮忙找滨海市区周围的废弃库房之类的！我给他们找了，就这么多！我就知道这么多！"

唐晓军眼睛一亮："谁出面？"

"不知道叫什么，是个男人。"

"废话！"

"是个老男人！不怎么说话，花钱很大方！"

唐晓军跟张超对视一下，拿出方局长的照片："是不是他？"泥鳅摇头："不是。"唐晓军又拿出何世荣的照片。泥鳅立刻说道："是他！是他！"唐晓军问："你确定？"泥鳅肯定地说："我确定，化成灰我都认得出来！"

唐晓军打开一张滨海地图："你都给他找了什么地方？"泥鳅哆嗦着说："他会杀了我的……"张超盯着他，在一旁敲打着手枪。泥鳅哆嗦着："我给你们指出来……"

3

两辆没有开灯的越野车缓慢停在赵百合的别墅外。车内的蒙面枪手哗啦啦上膛，无声下车。包围了别墅。

风突然吹动窗帘，和衣而眠的赵百合从梦中惊醒，警觉的她瞬间坐起来抓起放在枕头边MP5上膛。窗上黑影出现，赵百合掉转枪口，扣动扳机。枪上装了消音器，随着噗噗声，窗户上出现一排弹洞，黑影中弹掉下……黑影从二楼栽下来，立刻死了。蒙面枪手们呆住了。头目一挥手："记住，抓活的！"

房门被粗暴地撞开，蒙面枪手们冲进去，打开战术手电搜索着。赵百合躲在二楼拐角后面，压抑呼吸，月光打在脸上，她一脸冷峻。手电扫过她的面前，赵百合手持MP5，躲进阴影中。一个枪手上楼，走过赵百合的面前，他转身搜索，手电扫到了赵百合，赵百合黑洞洞的枪口对准了他，枪手呆住了。"再见！"赵百合开枪。噗噗！枪手胸部中弹，滚下楼梯。剩下的枪手立即对这里密集射击。赵百合在弹雨中快速穿越，怀孕的她毕竟行动不便，她突然跌倒在地上。

"啊——"赵百合惨叫一声，一脸痛楚。枪手们上楼。赵百合咬牙坚持，转身躺在地上射击，两个枪手猝然倒下，赵百合坚持起身，往后门方向走去。门"吭"地被打开，赵百合提着武器，疲惫地靠在门上喘气。对面出现两个枪手，赵百合抬起枪口，扣动扳机。两个枪手猝然倒下。赵百合再扣动扳机，"咔"，没子弹了！她丢掉冲锋枪，拔出手枪。一只有力的手从后面抓住了她的右手。赵百合想喊，却被捂住了嘴，同时她被两个枪手按倒在地上。

"他妈的，"头目骂着，"一个女人，消耗了我们五个弟兄！撤！"

车高速开来。枪手们把徒劳挣扎的赵百合架上车。车开走了。

20分钟后，赵百合被带到何世荣的据点。何世荣冷冷看着被蒙住眼睛的赵百合被带了进来。枪手将她按在椅子上，撕下了她的蒙眼布，她努力适应着光线。周围的一切慢慢变得清晰了，她也看见了何世荣。她毫不畏惧地问："你是谁？"

何世荣露出狞笑："山鹰和秃鹫的女人，果然是女中豪杰！"

"你到底是谁？为什么抓我？"

"这些问题不重要，重要的是，我抓到一张牌！还是一张王牌！带走！"他挥挥手，赵百合又被枪手们带走了。

何世荣看着挣扎的赵百合，冷笑："山鹰，秃鹫，我们看看，到底谁控制了局面！"

4

穿着民工服装的唐晓军和张超趴在地上，拿着望远镜观察下面。张超一边观察一边问："你确定他们在里面吗？泥鳅可给了好多个可以藏身的地方。"

"我确定。"唐晓军肯定地说。

"为什么？"

"直觉——这个地方会藏人的。"

"你跟他们越来越像了。"

"谁？"

"那些特种兵。"张超说。唐晓军苦笑："近墨者黑！"

"有动静。"张超忽然低声说。唐晓军拿起望远镜。山下，一辆越野车被撕掉伪装网，几个蒙面枪手在上车，何世荣赫然在其中。

"他妈的！发现大鱼了！反一号出现了！通知……"唐晓军转脸，却看见张超苦笑着在看自己，他突然意识到了，苦笑，"我们走吧，没后援了！"

两人起身，飞奔到了山下，上了一辆破旧的吉普车。

越野车在疾驰，何世荣面色冷峻地坐在前边。蒙眼的钟雅琴坐在后面："你们要带我去哪儿？"

"你不是想见你的女儿吗？我带你去见你的女儿！"

"她在哪儿？你把她怎么样了？！你告诉我！告诉我！"

何世荣冷笑："多感人啊！女儿救母亲，我就成全你们。让你们死在一起吧！"

"你浑蛋！不许碰我的女儿！不许！"

何世荣笑出来，那是一种发泄的笑。

另外一处山路上，另一辆越野车也在疾驰。开车的是纪慧，孟可坐在她旁边。他低头看着身上绑着的炸弹罐。

"你不要怕，"纪慧说，"你身上的炸弹是假的。我不会杀你的。"

"为什么？"

"你保持冷静，记住——别管发生什么事情，都别乱跑，就地卧倒。"

"你不是带我去找我爸爸吗？"

"对，你很快就会见到你爸爸。"

"我爸爸会给你很多钱的，你不需要这样保护自己。"

"很多事情，你现在不会明白的。我希望，你以后也不要明白。"

"你要杀我爸爸吗？"——纪慧不说话。

"你不要杀他，他是我的爸爸。"——纪慧不说话，继续开车。

"我就剩下爸爸了。"孟可眼泪汪汪地说。纪慧长出一口气："坐好，我们快到了。"

5

公路上，高局长、薛刚以及王涛等人正在等待。一队疾驰而来的车队慢慢停下，钱副厅长下来。高局长等举手敬礼，钱副厅长一行还礼走过来。高局长说："钱副厅长，所有在家的干部都在这里了。"钱副厅长左右看看："老方呢？怎么不来接我？"

"方总队长，失踪了……"

"失踪？"钱副厅长皱起了眉。王涛说："失去联系了。"

"胡闹！"钱副厅长瞪眼，"你们这个警察都是怎么当的？！老方那个级别的警官都能失踪，你们怎么不把自己丢了呢？！"

所有人都不敢说话。孙晓波打开车门，钱副厅长气哼哼地上车。高局长跟薛刚对视，无言地上了后面的车，王涛上了另外的车，车队旋转警灯，进城。

街道，车队高速掠过。钱副厅长看着窗外，没有表情。孙晓波在打卫星电话，电话通了：

"白鲨，我是布谷鸟。"

"我是白鲨。"

"蓝鲸要和你通话。"

钱副厅长接过电话："白鲨，怎么搞得这么不可开交？"

何世荣笑："树欲静而风不止！我有什么办法？只能说你的手下太能干！"

"现在整个局面已经失控了，我只好来给你擦屁股了！你在哪儿，我要直接跟你面谈。"

"我在路上，也不知道要去哪儿。"

"我告诉你，少跟我玩花招！别他妈的糊弄我，在这个地盘你们想办成事儿，就按照我的规矩来！"

"蓝鲸，我……"——钱副厅长挂了电话，递给孙晓波，孙晓波小心地问："下一步怎么办？"钱副厅长说："按照预案行动。"孙晓波点头："明白。"

钱副厅长开始闭目养神，一脸高深莫测。

6

纪慧驾车带着孟可慢慢驶入山谷。车停下，她打开车门下车，又抓出身上绑着炸药的孟可。对面两辆越野车开过来，何世荣跟蒙面枪手抓着被绳子绑着的钟雅琴下车。钟雅琴的嘴被封着，眼也被蒙着，四处张望说不出话。

"放开我妈妈！"纪慧举起引爆器。孟可哭喊着："爸爸——"何世荣怒视纪慧："放开我儿子！"钟雅琴支吾着。

山坡上，唐晓军放下望远镜，皱眉："谁是谁的妈妈？"

张超也纳闷儿着："不会吧？纪慧不是孤儿吗？"

"孤儿，也不是从石头缝蹦出来的！"唐晓军面色冷峻，重新拿起望远镜。

纪慧举着引爆器："我告诉你何世荣，我的忍耐是有限度的！你不就是想看死亡吗？好，我给你看！"孟可哭喊着："爸爸——"何世荣急得往前迈了一步："不要！"纪慧威胁着："放开我妈妈！"何世荣撕开钟雅琴的眼罩和嘴里的布："你不是想看见你的女儿吗？在那儿！"

"孩子！"

"妈！"

何世荣拔出手枪对准钟雅琴："食人鱼，你要怎么交易？！"

"让我妈走过来！"

"你觉得我那么傻吗？让我的砝码走过去，那你的砝码呢？！"

"废话！你人多势众，我一个人！你怕什么？！"

"我不了解你吗？！你的狡猾是我训练出来的！"

"爸爸——"小孟可可怜巴巴地喊。钟雅琴看着对面的纪慧，说："孩子，不要那样！"

"妈，这个事情你别管！"

"不要做坏事！"

"妈，你别管！都是他害得我！"

"爸爸——"孟可又喊了一声。何世荣盯着纪慧："食人鱼，你放开他！他还是个孩子！"

纪慧流着眼泪举起引爆器："妈妈，见你一面，真好！再见！"

"孩子，不要这样！"

"爸爸——"

"好了食人鱼，算你狠！放下引爆器！我让她走过去！"

纪慧红着眼，急促呼吸着慢慢收起引爆器："白鲨，我警告你别耍花样！"

"希望你兑现自己的诺言。"

钟雅琴被释放，一步一步走向纪慧。纪慧看着她过来，手里的引爆器一刻也不敢放松。钟雅琴走到纪慧身边："孩子……"纪慧挪开眼："妈妈……"何世荣眼露凶光："动手！"纪慧身后数十米的山头突然跃起一个狙击手，钟雅琴突然脸色一变，一下子抱住纪慧挡住了她。"砰！"钟雅琴背部中弹，弹头打穿了钟雅琴的身体，又打在纪慧的胳膊上，两人一起倒地。蒙面枪手们从四面八方跃起，冲过来抱走了孟可，按住了纪慧。

"妈——妈——"

钟雅琴虚弱地看着纪慧："孩子……我的孩子……"

纪慧尖叫着："你们放开我，放开我！妈——"

"要……做个好人……"钟雅琴留下了最后一句话。

"妈——妈——"

山坡上，唐晓军睁大了眼。

纪慧被枪手们拉起来，她仍哭喊着："妈——"钟雅琴躺在谷地，含笑瞑目。

何世荣看着正被爆破手紧张拆卸炸弹的孟可："儿子，爸爸会保护你的。"

"你杀了她的妈妈，为什么？"孟可诧异地看着他。何世荣一愣："因为她要杀你。"

"她没有要杀我。"

何世荣笑："你还太小，长大就明白了。"

"我身上的炸弹是假的。"孟可说。何世荣一愣，爆破手将炸弹拆卸下来了："是假的，白鲨。"何世荣拿起来炸弹，按下去，却喷射出彩带。他看向纪慧，纪慧泣不成声，仍怒视着他："你杀了我妈妈，你杀了我妈妈！"何世荣抚摩孟可的脑袋："我们走吧。"孟可看纪慧，纪慧被蒙面枪手拉上车："何世荣，我要杀了你！"枪手一把把她的嘴捂住了。

孟可低头想着什么，何世荣抱起孟可："我们走吧，儿子。"孟可回头看，钟雅琴孤独地躺在地上。

"唐队，我们怎么办？"张超看得目瞪口呆。

"离开这儿！警察马上就到了，我们最关键的是找到何世昌！"两人下山快速离开。

7

公安局指挥大厅的门被推开，钱副厅长在高局长等人的陪同下走进来，警察们纷纷起立。钱副厅长走到中间站定："接到上级命令，由于局势恶化到不可控制的地步，由我接任一线总指挥职务，居中调度。高局长改任副总指挥，协助我进行工作。"他带来的那些警官们走上前去，接替了各个要害位置，警察们看着高局长。高局长平静地说："执行命令。"

警察们纷纷让开位置，让接替者接管。钱副厅长环顾四周："所有的资料都汇总到我这里，切断除了公务线路的所有对外通信。当务之急是找到白头雕，我们不能承担这样级别的警官失踪的责任。去做事，我要尽快得到线索。"孙晓波点头，转身去指挥。

薛刚看高局长，很紧张。高局长冷静地说："执行命令，回到你的岗位上。"

"是！"薛刚转身走了。

钱副厅长冷眼看着，还是一脸的高深莫测。

8

桌子上有很多的东西，孟可却一点儿也没吃。何世荣看着他，露出凶光："为什么不吃？"孟可趴在桌上："我不想吃，你杀了她的妈妈……"

"我让你吃！"何世荣怒吼，孟可吓了一跳。何世荣大声说："吃下去！吃！"孟可急忙拿起来大口地吃，根本不敢停下。何世荣瞪着他："我的命令是不允许违背的！"他转身走开。

地下室里。被殴打的纪慧被一把推进来，摔倒在地上。何世昌睁开眼，纪慧疲惫地爬起来，吐出一口血。她看着角落里的何世昌，掩不住目光里的复杂情感。何世昌看着这个被推进来的女孩儿："你是谁？"纪慧的眼泪出来了。

"你是我的女儿？"

"不，我不是……"

"你怎么会在这里？他对你做了什么？"

纪慧闭上眼："我不是你的女儿，何世昌先生！"何世昌仔细看纪慧，问："雅琴呢？"

"她死了……"

何世昌呆住了。纪慧睁开眼："她死了，被你害死的……"何世昌顿时老泪纵横。

"为什么你要爱她？"纪慧眼中蓄积着泪水。何世昌不说话。纪慧又问："为什么你爱了她，却不娶她？"何世昌还是不说话。

"她等了你那么多年，为什么你都不肯娶她？"纪慧的眼泪落了下来。

何世昌张嘴却说不出话。

"你想说什么？你想说你有你的难处？什么难处？你……有她难吗？"

"都是我的错……女儿，我对不起你们。"

"何世昌先生，我不是你的女儿。你认错人了，我就是我自己。一个有罪的女人，所以克制住你自己的幻想——我，不是你的女儿。"

"到底发生了什么事情？"

"不要问了，你知道了不好……"

何世昌看着纪慧，纪慧复杂地看着何世昌："我不是你的女儿，打消这个念头吧……"她闭上眼，不再说话。何世昌默默看着她，在思索着。

9

疗养院的高级病房里，张父慢慢睁开眼。方局长坐在他的面前。张父苦笑："老方，你个兔崽子！我都快合眼了，都要把我绕进来！"

方局长苦笑："老队长，我这是不得不为。他们会对你下手的，你知道的太多了。"

张父感慨："没想到当年的秘密，今天都浮出水面了。"

"何世荣太精明了，确实是个强劲的对手。"

"到底谁是隐藏在我们内部的鼹鼠？"

方局长摇头："我现在也不知道。除了可以确定有这么个鼹鼠，其余的一点儿线索都没有。"

"通过对方的反情报得知的？"张父想了想问。方局长笑笑，不说话。

张父悲凉地说："我不是警察了，你不能告诉我。你是对的，这些我不该问。"

"老队长，你别操心这些了，在这里好好休养。这里的院长也是我们的关系，会给你最好的照顾。"

"张超会不会有危险？"

"我们是老警察，他是小警察。"

张父苦笑："都是警察。"

"你在这里休养，我出去办事。"

张父看着他："张超——拜托给你了。"

方局长看着张父，点点头，出去了。张父叹息一声，苦笑。

10

何世昌在凝思，纪慧坐在另外一个角落。外面传出殴打的声音，秦伟在求饶："求求你们，放过我吧！我什么都给你们做了，啊！"何世昌一惊抬起头认真听着，纪慧皱起了眉，也认真倾听。门开了，满身伤痕的秦伟被扔进来。

"小秦！"何世昌呆了。纪慧默默注视着。秦伟仍一副战战兢兢的样子："别杀我，别杀我……我什么都听你们的……"

"小秦？"

秦伟回过神来："何先生……"何世昌叹息一声："你怎么也在这里？"

"何先生，对不起，我……出卖了你……"

"为什么要这么做？"

"我……他们……"

"给了你钱？对吗？"

"是……"

"你是个孤儿，是我抚养长大的。在我眼里，你就跟我的孩子是一样的。"何世昌叹了口气，"这三十多年来，我为你做的一切，都抵不了他们给你的那点钱吗？"

"他们威胁要杀了我。"

"唉，算了，这件事情就这样过去了吧。如果能活下来，你远走高飞吧。"

秦伟含泪道："何先生……"

何世昌打断他："我不想责怪谁，过去的恩怨就过去吧。"

纪慧注视着秦伟，说："假的。"

秦伟不动声色。

何世昌又是一惊："什么？"

纪慧说："他说的是假话。"

秦伟盯着她："你是谁？你怎么这么说？"

纪慧冷笑："假的。"

"你怎么知道？"何世昌问。纪慧说："因为我擅长撒谎，真的假的，我看得出来。"何世昌看秦伟，秦伟哭了出来："何先生！"纪慧盯着他："不用演戏了，你和何世荣是一伙的。"何世昌看纪慧："那你到底是谁？"纪慧说："我是谁不重要。我只有到今天才明白，原来你真的是个傻老头儿。这样的内奸你都留在身边，难怪你会被搞得这么狼狈！"何世昌看纪慧，又看秦伟，秦伟低头哭着："何先生，我到这步还有必要……"纪慧冷冷地打断他："你是何世荣的人！"秦伟愣住了。何世昌紧张起来，注视秦伟。秦伟辩解着：

"我，我不是……"

"我想起来在哪里见过你了！"纪慧站起身，"我在国外受训的时候，何世荣来看我！你跟在他的身边，虽然你当时戴着墨镜和口罩，但是声音骗不了我！你是——何世荣的人！"

秦伟不吭声。半晌，跪着的他慢慢抬起头，露出笑容："果然不愧是食人鱼啊！"何世昌也站了起来："你怎么会是何世荣的人？"秦伟慢慢站起来："我一直就是何世荣的人。"

"你16岁我就收养了你！"

"那时候我就是何世荣的人了。"

"原来我收养了一条中山狼！"

纪慧突然出手，秦伟回头就是一脚，纪慧飞了出去。秦伟笑着："你这点雕虫小技，就别拿出来现眼了。"纪慧痛苦地捂着小腹："你到这里来干什么？想炫耀你的胜利吗？"

"我来就是想告诉你多，到了清算的时候了。"

"不！"

何世昌看向纪慧："你果然是我的女儿？"

"不！"

秦伟狞笑着："不错，她就是你的女儿！她和钟世佳是双胞胎！"

纪慧流着泪："求求你别说了……"

"我的女儿？！"何世昌脸上的欢喜转瞬即逝，他看着秦伟，"你们对她做了什么？！做了什么？！"秦伟冷笑："你自己问她啊？"

"怎么了？到底发生了什么事情？"

"发生了惨绝人寰的事情！"

"为什么会这样？"

"亏你还问得出口！38年前，你逼死了我爸爸！我妈妈也自杀了，从此我才成为孤儿！都是你害的！"——何世昌皱眉。秦伟提醒他："郭敬儒，你难道忘记了？"

何世昌瞪大眼："你是郭敬儒的儿子？！"秦伟笑着："不错，这就是我想告诉你的结果！你害得我们家破人亡，今天，我要让你尝尝这个结果了！"说完，他扬长而去，带着笑声。

铁门关上了。何世昌看着纪慧，纪慧摇头："不，他说的是假的，我不是你的女儿。"

"我跟郭家的恩怨，不是他说的那样。"何世昌神色凝重地对纪慧说。纪慧默默注视着他："跟我有关系吗？"

"你是我的女儿，我希望你能完全了解我。"

"女儿？谁是你的女儿？"

"我知道，无论我怎么做，都不能弥补对你们母子三人造成的伤害。"

"你搞错了，老头儿，我不是你的女儿，我也不是钟雅琴的女儿，我……跟钟世佳更没有任何关系。"

"不管你说什么，我都能接受。"

"我不能接受。"

"对不起。"何世昌满是愧疚地说。纪慧的眼泪默默流下来："我不能接受，不能……"

"让我说完。郭敬儒是我的小老弟，我们在生意场上是竞争对手，但在生活中是好朋友。我们明争暗斗，但是也彼此欣赏。他比我聪明，但是更有投机头脑。后来在竞争某项目投标当中，他失败了。"

"是你干的？"纪慧问。

"他采取了非法手段买通招标方，证据在我的手上。有一个情报贩子想卖给我，作为打击他的证据。我出了高价，但是没有交给任何人。我私下跟他进行了沟通，对他进行了规劝。"

"你出卖了他？"纪慧问。何世昌摇头："不是我出卖了他，是他自己没搞好。警方介入司法调查，我不能做伪证。那是一笔很大的投资，他已经豁出去身家。这个丑闻让他彻底破产，他们夫妻自杀了。保姆带走了他刚满月的小儿子，我没想到就是今天的秦伟。"

"如果没有那个证据，他是不是不会死？"

"我不知道，但是我不能做伪证。"

纪慧苦笑："报应啊，一切都是报应。"

"怎么对我都是应当的，但是我没想到会连累你们。"

纪慧奇怪地笑了："老头儿，我说过了，我跟你没关系！"

"你是我的女儿。"

"我脑门儿上写着吗？"

"我们如果获救，可以去做亲子鉴定。"

纪慧笑笑："没有这个机会了。"何世昌看着她："我会给你和你弟弟所有的一切。"

"我说了，老头儿……我不是你的女儿。"她看着孤灯，眼泪慢慢流下来。

11

秦伟孤独地坐着，脸上都是泪痕。何世荣走过来："祝贺你。"

"祝贺我什么？"秦伟擦干眼泪，不看他。

"你终于报仇了，你给何世昌的心上来了一刀。"

"这一刻，我等得太久了。"

"我们都一样，我等待的时间比你活的年头还要长。"

秦伟长出一口气："事情在按照我们的计划……"何世荣说："我的计划。"

"是，您的计划。"

"你放心，事成以后，我会如约给你 20% 的股份。"

秦伟奇怪地笑了一下，被何世荣捕捉到了："怎么，不满意？"

"何世昌给我 10% 加一个执行董事，您给我 20% 加上集团总经理——人为财死，鸟为食亡。您说我有什么不满意的呢？"

何世荣笑笑："放心吧，我不会亏待你的。"秦伟笑了一下，没说话。

何世荣走了。秦伟看着远方，冷笑："可惜的是，有人给我 100% 的股份。"

12

钱副厅长看着电话，想着什么。王涛在电脑前工作，喝茶。他的手机响了："喂？哪位？"

"是我。我们的小朋友山鹰怎么样了？"是方局长。王涛笑着："你怎么想起来今天跟我打电话了？"说着到了走廊上，才压低声音说，"在路上。"

"现在越来越热闹了。人的丑恶面暴露无遗，所有的人都反目成仇。在我们内部确实藏着鼹鼠，找不到他，还会更麻烦。"

"你有什么主意？"

"我相信山鹰一定在想办法找出这只鼹鼠，你观察那边下一步的动作。"

"好，那你呢？"

"我去会个朋友。"

"注意安全。"

方局长笑："我这把老骨头还没那么脆弱，你做好自己该做的事。"他挂了电话继续开车。

方局长要会的朋友在滨海歌舞团。他的车在歌舞团门口缓缓停下，戴了帽子和墨镜的方局长下车，走进大门。门卫喊："哎哎！老同志，你找谁？怎么直接就往里进啊？"方局长说："哦，我是中央歌舞团的。"门卫问："中央歌舞团？"方局长拿出一张名片。门卫接过来看看——中央歌舞团副团长。门卫笑道："哦，您是找团长吗？也不提前打个招呼，我不知道啊！对不起，对不起，我这就给团长打电话。"

方局长笑笑："不用麻烦了，我跟他是老朋友了。我自己去就行了，打电话反而生分了。"

"那您请进！"

"要不我登记下？"

"不要不要，都是自己人不说两家话！请进请进！"

一进院子，各种音乐隐约飘来，方局长从容走向排练厅。排练厅里，盲人歌手安露在练习《我爱你中国》，歌声悠扬。钢琴老师在伴奏，安露唱得很认真。方局长出现在门口，安露唱着，突然停了下来。钢琴老师问："怎么了？安露？"

"门口有人。"

"你怎么知道？"

"我听到了。"安露说。钢琴老师回头，吓了一跳："你是谁？干吗的？怎么进来的？"方局长推开门摘下帽子："我可以进来吗？"钢琴老师问："你是干什么的？"安露听着。方局长笑笑："我是她父亲的朋友。"钢琴老师耐心地问："你到底是谁？"

安露笑了："我熟悉你的声音——你是方伯伯！"

方局长笑笑："小安露，十年没见了，你的耳朵还那么好使！"

钢琴老师看看方局长，又看看安露："那……我们过一会儿再排练吧！安露，我先去休息室等你。"说完出去了。方局长摘下墨镜，看着安露。安露露出笑容："方伯伯，您怎么来了？您是和我爸爸一起来滨海的吗？"

方局长笑笑："我是专程来看看你的，你爸爸也在滨海，不过他在工作，走不开。"

"我有五年没见过我爸爸了。"安露一脸失望。

"你知道他工作太忙了，他是关心你和爱护你的。"

"我的演出，他一次都没来看过。"

方局长笑："他去看过的，跟我说过。"

"哦？"

"你去巴黎演出的时候，我和你爸爸正好都在法国国际刑警里昂总部开会。他专门抽了一个晚上去巴黎看你的演出，很激动。"

"那他为什么不告诉我？"

"他不想影响你的演出。"

"他好像从来都是这样，来无影去无踪的。"

"听说你有男朋友了？"

安露脸红了："方伯伯，你怎么知道？"

"你忘了，你方伯伯是干什么的？"

"其实我想晚点再告诉我爸爸的，我想等感情更成熟的时候。"

"不是你爸爸告诉我的。"

"哦？"安露诧异了。方局长笑笑："走吧，我们换个地方谈谈。这些年来，方伯伯也一直忙，对你关心不够。小安露，你受委屈了。"安露笑："说的什么话？方伯伯，我还得排练呢！下个月我要去美国演出，我不能放松排练啊！"

"我想跟你谈谈你爸爸最近的情况。"

"哦？我爸爸怎么了？病了吗？"

方局长笑笑："没有，不过我相信你会很乐意跟我谈谈。"

"怎么？"

"我还想跟你谈谈你男朋友，你不希望方伯伯了解他吗？"

"您肯定认识他啊！"安露害羞地说。

"走吧，小安露！十多年没见了，你都是大丫头了！我请你喝咖啡，好好聊聊！"

"那我可得偷偷出去！"安露淘气地说，"不能被钢琴老师看见！"

"哟，还搞秘密渗透啊！"

"从小就听你们说这个，我都学会了！"

方局长笑笑，拉起安露出去了。安露虽然看不见但是健步如飞，方局长纳闷儿地问："怎么你走的比我还快呢？"安露笑着说："因为我看不到啊！我是靠自己的记忆走的，不会错的！"方局长笑笑，跟在后面："小心点！"

"没事，走吧！"她"哗啦啦"下楼梯。方局长急忙跟上。

到了院子里，安露拿出汽车钥匙递给方局长，方局长笑笑："难道你自己还开车吗？"

"我当然开不了，都是钢琴老师接送我。"

方局长拿过来，是保时捷的车钥匙："车不错。"

"他送的。"安露脸红了。方局长笑笑，打开车门。

第十九章

———★———

1

　　滨海歌舞团门口，一辆豪华轿车缓缓停下。门卫履行着自己的职责："您好，您有事吗？"化装后的秦伟露出脑袋："办案。"他向门卫出示警官证。门卫不敢再问，打开铁门，秦伟开车进去。车停在排练厅下面，秦伟下车，右手挂着风衣，锁上车径直走向排练厅。排练厅里隐约有歌声传来。秦伟站在门口，右手的风衣露出黑洞洞的带消音器的枪口。"咔嚓！"手枪上膛，他用风衣盖住手枪，推门进去。一个女孩儿在唱歌，另外一个钢琴老师在伴奏。秦伟推门进来，歌声停止，两人诧异地看他。秦伟愣住："不好意思，请问安露在吗？"

　　"你是谁啊？"女孩儿问。秦伟笑笑亮出警徽："警察。"

　　"哦，她走了。"

　　"走了？现在不是她的排练时间吗？"

　　"是啊，不过她今天好像刚开始排练就走了。排练厅空了，我们就先用了。"

　　"她跟谁走的？"

　　"不知道……"女孩儿回答。秦伟笑笑："不好意思，打扰了。"他转身出去。女孩儿和钢琴老师互相看看，继续排练。

　　歌舞团监控室，挂着警官证的秦伟看着监控录像的回放，画面上出现了方局长和安露。秦伟定格，保安队长赶紧说："这个老头儿我没见过。"

　　"谢谢。"

　　"一家人，不说两家话。"

　　秦伟调出来自己进入的录像，"唰"地全部删除，保安队长纳闷儿地问："怎么？警察同志？"秦伟笑笑："我来过这里，对任何人都不要说。"保安队长神秘地笑笑："是，我明白。我绝对保密！"秦伟拍拍他的肩膀，转身出去。

2

　　方局长在开车，车载音箱里放着交响曲。安露坐在副驾驶的位置："方伯伯，我们这是去哪儿？"方局长说："去一个没人打扰我们谈话的地方。"他的手机响了，接通："喂？啊？是我啊，是我啊！什么？我听不见！哎呀，这儿信号不太好，我听不见！喂？喂？喂？"他挂了。安露笑。方局长说："你个小丫头笑什么？"

　　"方伯伯，是不是伯母打来的？要不怎么说听不见呢！"

　　方局长笑："哎，你伯母我可不敢！她还不让我跪搓衣板去！"

　　"现在都流行跪主板了！"

　　"她不会电脑，家里也没电脑！"方局长笑着说。安露笑："要不就是你女朋友打来的？"

　　"什么话！我怎么会干那种事儿呢！"

　　"哎呀，方伯伯，你就招了吧！现在这种事儿，在你们这个年龄的男人中还不常见啊！放心吧，我们80后的女生都明白，不会告密的！"

　　"安露，我可告诉你，你方伯伯，还真的不好这口！几十年警察生涯，脑子里面绷得这根弦紧得很啊！这是个紧箍，警察的紧箍。第一，不能贪财；第二，不能犯作风问题。任何一条都能把一个好警察推向万丈深渊啊！"说着，方局长严肃起来，若有所思。

　　"你怎么了？情绪不好了？"

　　"没什么……你能感觉到我的情绪变化？"

　　"是啊，从你的呼吸可以判断出来，你有心事？"

　　"谁说你看不见，你看的比谁都清楚啊！"方局长笑笑，"不说这个了！你伯母在等你！"

　　"哇！真的啊！我也有5年没见她了！她还好吗？她怎么回滨海了？"

　　"她想你了，孩子。她想来看看你，你想她吗？"方局长问。安露点头："嗯！"

　　方局长疼爱地看着她："你是我们的孩子啊！我们都是爱你的，记住了？"

　　安露点头："嗯！"

3

　　市公安局楼顶，孙晓波在打电话——"对不起，您拨打的电话已关机。"——孙晓波思索着，随即，他拿出另外一个电话，拨打出去。

　　"你怎么现在打这个号码？不是跟你说了吗，只有在关键时刻才能打我的应急电话？"秦伟一边开车，一边不满地说。

"现在就是关键时刻！"

"长话短说，什么事情找我？"

"我要见你。"

"我们不方便见面，电话说吧。"

"我不方便电话说。"

"好吧，我们在山上见面，老地方。"

半个小时后，孙晓波先到达了见面地点。他下车，站在车旁，检查着自己的手枪。远远的，秦伟的车开来了，孙晓波冷峻地注视着，将手枪上膛。秦伟的车停下。孙晓波把手枪藏好，面对秦伟。秦伟下车走过来："有什么事情非要见面？现在我们见面非常危险。"

"安露在哪儿？"孙晓波冷冷地问。秦伟看着孙晓波："你在跟我说话吗？"

"对，我是在问你！"

"你不要忘了自己的身份。"

"在你眼里，我只不过是一条狗！"

"不要说的那么难听，我们是各取所需。你要钱，我要情报，我们一直合作得不错。"

"安露到底在哪儿？！"

"我怎么知道，你自己的女朋友自己不看好。"

"听着，我没心情跟你耍花枪！安露是不是在你的手上？"

"在又怎么样，不在又怎么样？"——孙晓波一把拔出手枪，对准秦伟。秦伟虽然措手不及，但是反应很迅速，出手就打掉了孙晓波的枪，两人徒手格斗，开始抢夺地上的武器。孙晓波瞅住机会，踢开秦伟，抓住手枪，枪口对准了秦伟："我为你出生入死，你居然这样对待我？！你放了安露，她跟这件事情没关系！"

秦伟注视枪口，转念一想，笑："你认为可能吗？你不了解我吗？"

"你？！"

"这是我手里的一张牌，一张王牌！"

"你卑鄙！"

"这张王牌，不仅可以牵制住你，在必要的时候，还可以牵制住蓝鲸！你认为我会撒手吗？"

"我什么都按照你们说的做了！我什么都为你们做了！为什么，为什么还是不肯放过安露？！为什么？为什么你们非要绑架安露，你们根本不需要绑架她，我还是会为你们做事的！"

秦伟冷笑："把枪收起来。"

"把安露还给我，否则我一枪打爆你的脑袋！"

"你杀了我，你以为安露还会活着吗？你开枪，安露的脑袋上马上也会出现一个弹孔！你信不信？！"

"你？！"孙晓波的手在颤抖。秦伟一把抓住孙晓波的手："开枪啊！开枪啊！"

孙晓波哭了，跪下："你不要伤害她，我什么都按照你说的做！"

秦伟冷冰冰看着他："这不很好吗？只要你乖乖地做事，安露就能保命；当然，如果蓝鲸跟我过不去，那么安露一样会死得很难看！"

"我控制不了蓝鲸！"

"那你就想办法控制！"秦伟转身上车，扬长而去。孙晓波跪在地上，哭泣着。他脚下的城市，一如往日繁华。"王八蛋！王八蛋！"孙晓波哭泣着，把手枪对准自己的脑袋，但他还是没有勇气扣动扳机。他放下手枪，号啕大哭。

山下，秦伟一边开车一边打电话："白鲨，我没有找到安露，孙晓波有点儿动摇，我控制住了。"

"怎么回事？"

"白头雕先我一步，带走了安露。"

"那是我们对付蓝鲸的王牌！"

"我知道，但是白头雕下手很快，我来晚了一步。"

"白头雕一定把安露控制起来了。"

"安露不一定在滨海，我们怎么办？"

"动动你的脑子！"

"是。"秦伟挂了电话，思索着。秦伟将车停在了一家网吧的门口。他大步走了进去，选择一个背对所有人的位置坐下。他打开电脑，手指在键盘上飞舞——他在尝试连接内网。不一会儿，电脑弹出页面：请使用警方 ID 登录。秦伟笑笑，输入 ID 和密码。滨海市交通管理局的页面打开了，秦伟仔细查看着，他输入车型和车号，页面在紧张搜索，一个摄像头锁定了方局长的奔驰。秦伟露出笑容，调整不同的摄像头，跟踪奔驰。位置锁定了，秦伟笑笑，起身。

4

唐晓军放下望远镜，一旁的张超说："靠我们两个人可进不了那个防空洞。我们通知警方吧？"唐晓军摇头："他们能在夹缝中生存，并且来去自如，一定有准确的情报。这样的情报不能是别人给他们的，只能是警方内部的鼹鼠。我们通知警方，他们不用一分钟就能知道。这次的对手太狡猾了，我们只能险中求胜。"

"可我们需要帮手。"

"如果山鹰在就好了。"

"不知道他是不是还活着。"

"希望他比杰克·鲍尔的命都多吧！我们走。"

"去哪儿？"

"找帮手。"

"我们哪里还有帮手？"张超纳闷儿地问。唐晓军眨眨眼："我们还有山鹰，不是吗？"

"怎么找他？"——唐晓军笑笑，没说话。张超起身跟着他走了。

一所破旧的公寓内，几个人蓬头垢面地在电脑前忙活着，门被敲开，老板开门："谁啊？"

"找你有业务。"唐晓军和张超出现在门口。

"什么业务？"

"短信群发。"

老板欠开身："进来吧。"唐晓军和张超进来，老板坐下："坐，你们要发什么短信？"

"寻人。"

"发多少？有没有特定号码？"

"本市范围内的所有手机。"

老板愣了："你知道价格吗？"张超掀开自己的夹克，露出手枪，老板的脸顿时白了。唐晓军笑笑："什么价格？"老板吓得面如死灰："大哥，你说怎么发就怎么发！快快快，停下手上的工作！我们有活儿干了！"

不一会儿，街上不同的人手机短信同时在响，所有人都看手机："山鹰，黑贝需要你。如果你还活着，到我们不期而遇的地方等我。"所有人都一脸纳闷儿。

公安局指挥大厅里，所有警察也都在看手机。王涛看着，皱起了眉。

"是短信群发？"钱副厅长看着手机说道，"唐晓军在搞什么？什么是他们不期而遇的地方？"

所有警察都面面相觑，薛刚也在思索。钱副厅长看他："你知道吗？"

薛刚摇头："我不知道他们私下的来往。"

"给我查出来短信的源头，抓住他们！"

"是！"薛刚带人出去了。只有王涛还在若有所思。

5

别墅四周都是保镖。钟世佳站在窗前，掀开窗帘的一角发呆。阿强拿着吃的过来，见状冲进来一把拉上窗帘："少爷，请您离开窗口，不要掀窗帘。"

"你们要把我关到什么时候？"钟世佳冷冷地问。

"对不起，我做不了主。也许要到麻烦结束以后吧。"

"那谁做得了主？"

"何先生。"

"现在他不在，谁做主？"

"豹哥。"

"你明明知道他在医院！"

"对不起，少爷。"

"那现在没人做主了，我能做主吗？"

"不能，很遗憾。"

钟世佳恼了："搞什么？你们不说我是什么何家大少爷吗？连主都做不了，难道我是华南虎吗？一张摆出来的年画？！"

"在没有宣读遗嘱以前，您不能做主。"

"何世昌死了吗？"

"我不知道，应该还活着。"

"那你们都认定我是他的儿子，为什么我连这点自由都没有？"

"因为……您的身份没有得到法律上的确定，我只能执行自己接受的命令。"

"你们在玩什么？都不确定我是谁，就把我关到这里来！跟条圈养的宠物狗一样，就差给我脖子上挂个项圈了！既然你们不能确定，那我走了！"他欲推门，阿强拦住他："对不起，您不能离开。"

"为什么？"钟世佳都快炸了，"我是中国公民，这是在中华人民共和国的土地上！"

"我得到命令，保护您的绝对安全。否则，我没有活路。"

"谁的命令？"

"黑豹。"——钟世佳愣住了。

"我是黑豹的把兄弟，从情感上来说，我也必须听他的话。"阿强面无表情。

钟世佳不吭声了，慢慢坐下。阿强把吃的放在餐桌上，慢慢出去了，关上门。钟世佳想着什么，他一偏头，看见了何世昌的照片，上面何世昌正笑眯眯地看着自己。

"我是为了黑豹，不是为了你。"钟世佳说服着自己。外面喧闹起来，"豹哥！""豹哥！"……钟世佳惊喜地起身冲了出去："黑豹！"脖子上挂着绷带的黑豹走进来，保镖们高兴地围在他的身边。阿强高兴地说："豹哥，你回来就好了！你的身体……"黑豹笑着："没事，你们都去做事吧。"

"黑豹！"钟世佳出现在楼梯口。黑豹抬头笑："少爷。""黑豹！"钟世佳飞身下来，一把抱住了黑豹。黑豹忍住疼，疼痛让他直咬牙倒吸冷气。钟世佳含着眼泪，打量着黑豹："黑豹，你回来了……太好了……"

黑豹缓和下来，笑："少爷，我在医院待不住。现在何先生不在，我挂念你的安全……"

"我没事！我没事！阿强他们都很好！"

"没事就好，阿强。"黑豹说。阿强上前一步："在。"

"这里我接手，把警卫部署拿给我看。还有，我刚才上山的时候，山下没有警戒哨。"

"是，我马上安排。"

钟世佳搂着黑豹的肩："黑豹，我想出去转转，我在这里憋坏了……"

"少爷，现在这个危险时刻，你最好不要到处跑。在这里待着吧，我们会保护你的安全。"

"黑豹，我……"

"我要对你的安全负责，少爷！"

钟世佳苦笑："好吧，黑豹……但是你不许离开我身边！没有你，我会闷死的！"

黑豹笑着说："少爷，我一步都不会离开你的。"他的笑很爽朗，钟世佳再次抱住了他。一旁的阿强，脸色很复杂。

远处，韩光放下望远镜。一旁的蔡晓春说："那只黑豹回来了，看来何世荣不会来触这个霉头的。"韩光点点头："我们现在只有等下去。"他把望远镜交给白马。手机突然振动，三个人一起看手机，蔡晓春一笑："越来越热闹了……"韩光皱眉："我要去找他。"

"我跟你一起。"蔡晓春说。韩光看他。蔡晓春补充说："我们说过，这是最后一次并肩作战。"韩光注视蔡晓春，点头。

"我去开车。"白马收起武器，滑落下山。

6

韩光持枪快速穿越谷地。唐晓军从灌木丛中露出脸："你的判断很准确。"韩光抬眼看看："你的瞭望哨不能在那个位置，那是个活靶。"唐晓军看看山头的张超，挥手。张超下山，跑步过来。韩光看着唐晓军，笑："不期而遇的地方。"唐晓军也笑："我抓你的地方。"

蔡晓春出现在后面，唐晓军和张超看见了，一起拔出手枪。

"看来他们还不知道事情发生了某些变化。"蔡晓春面色平静地看着韩光说。

"秃鹫在协助我们对付何世荣。在对付何世荣的事上，他跟我们暂时保持一致。"韩光向二人解释道。唐晓军的枪慢慢放下来。张超也慢慢放下了枪，但仍保持着意见："我做梦也没想过跟他保持一致。"

"暂时的。"韩光说，他看唐晓军，"你找我，有什么事？"

"何世荣的下落。"唐晓军说。韩光和蔡晓春同时抬头。唐晓军说："别那么看着我，难道我就那么笨吗？不管怎么样，我也是这个城市的刑警队长。我找到疑犯的行踪，不用那么惊讶吧？"

"你确定？"

"确定。"

"我去开车。"张超转身走了。唐晓军看韩光："我有时候在想，你是什么材料做的。"

"怎么？"

"你多久没休息了？"唐晓军问。韩光避而不答："走吧，我们还有事要做。"

张超的车和白马的车到了下面，三个人上车离开。蔡晓春在开车，韩光在旁边拿出电话拨打。

"科贸公司，请问你找哪位？"

"我是山鹰，今日密钥台风。"

"收到，我马上转给蓝鲸。"

蔡晓春看韩光。韩光淡淡地说："我是有组织的。"

"没看过那个电影吗？"蔡晓春苦笑，"你还相信组织吗？"

"我从来没有怀疑过组织。"韩光说。蔡晓春苦笑着，不再说话。

韩光等待着，不一会儿，钱副厅长的声音传来："到底怎么回事？乱成一锅粥了？"

"我现在去对付白鲨。"韩光说。

"你有白鲨的情报？"

"有八成把握，已经找到白鲨的藏身地点。"

"你需要什么协助？"

"会有一场战斗，特警突击队需要到位支援。"

"我马上安排。"

"蓝鲸，我们现在面临内部泄密的危险。"

"我知道了。"

"蓝鲸，这可能是我们抓住何世荣，解救何世昌的最好机会！无论如何不能出纰漏！"

"我会亲自安排，把目标的坐标传输给我。"

"明白。另外，秃鹫跟我在一起，提醒他们注意。"

"收到。"

韩光挂了电话，开始输入坐标。蔡晓春看他一眼："你们内部有鼹鼠，我也不知道是谁；不过位置很高，你自己小心了。"

韩光停顿一下，说："我相信他。"蔡晓春苦笑："还是老样子。"

两辆车加速离开，车后一片灰尘。钱副厅长放下电话，对孙晓波说："让薛队长来见我。""是。"孙晓波去了，钱副厅长转身进会议室。不一会儿，薛刚进来了："钱副厅长。"钱副厅长转身看他："有个任务需要你们特警去完成……"

薛刚注视着钱副厅长，认真地听取所要执行的任务。

5分钟后，薛刚风风火火地出来，他面色冷峻，径直出去。孙晓波看着他过去，又看门口，钱副厅长正出来，站在门口。高局长看着他："钱副厅长……"

"我希望，这戏是快谢幕了。"钱副厅长长出了一口气。

王涛注意地看着每一个人。

7

"老头儿。"纪慧冷冰冰看着对面的父亲。何世昌纳闷儿地问:"怎么了?"

"如果有什么事情发生,你就需要做一件事情——跟在我后面,我掩护你出去。"

"女儿……"

纪慧断然地说:"我不是你女儿!"

"好吧,姑娘……你没必要这样做,不要冒险,做无谓的牺牲。警方早晚会找到我们,把我们营救出去的。保全自己的性命,我想换了一个环境,我们可以好好谈谈。关于你的母亲,还有你的弟弟……"

"我说了我不是你的女儿!"

何世昌叹息一声:"你承认也好,否认也罢。我什么都明白,我不怪你。这些年来,我一直都不知道我还有个女儿。都是我的罪过,我想你就看在我风烛残年的份儿上,原谅我一次,给我一个机会,在我死前,让我尽量做一些弥补。"

"你不需要弥补。"纪慧看着他,奇怪地笑了笑。

"也许我表达错意思了,我想说的是……"

"因为我也快死了。"

"你?!"何世昌惊讶地看着她。纪慧笑笑:"什么都别问,老头儿。我记得一个电影里面说过,人最痛苦的事情,就是记性太好。所以,什么都别去回忆,学会什么都忘了吧。我不认识你,你也不认识我,我们没见过。明白了吗,老头儿?"

"不明白!"

"这么大年纪了,一点儿都不稳重。我该做什么,我心里有数——老头儿,按照我的话去做就是了。"

何世昌看着她:"你不要做傻事。"

"这是我做过的最明白的事。什么都别说了,在这里我是强者,我说了算!"

何世昌默默看着她。

"记住,老头儿——我们没见过,更没任何关系!"

"你真的那么恨我吗?"何世昌痛楚地问。

"我恨的不是你,是命!"

"我们会活着出去的。"何世昌复杂地看着她。纪慧冷笑,脱下自己的左鞋,她撕开鞋底,取出炸药块和雷管,接着脱下右鞋,打开鞋底,将一个手刺拿出来握在手里。何世昌纳闷儿地看着她在做准备。纪慧穿上鞋,把炸药小心地粘贴在门上:"听着,老头儿!你到那边卧倒,抱住脑袋!一会儿动静可不小,这是高爆炸药!"

"你没必要这样做，警察会来救我们的。"

纪慧插上雷管："不，他们是来救你。但是要等他们来了，你的头都没了！"她从自己的手表里拉出小小的天线，这是引爆器，接着调整电子表，调整到炸弹的波段。

何世昌紧张地看着："你从哪里学会这些？"

"我跟你说了，我是毒蛇！"

何世昌苦笑，很苦涩地说："我会向有关部门求情，争取不判你死刑。我想他们多少会给我点面子的……"

"没用，我已经被判了死刑！"纪慧忙活着。

"谁判的？"

"我自己！"——何世昌愣住了，想说话，却又不知说什么。

8

汽车在行驶。安露的手机在响，她去摸手机，方局长看着她："安露，你听伯伯一句话。"

"我先打个电话啊！"安露刚刚拿出手机，方局长一把抢过来，丢出窗外。汽车开过，电话在地上一直在响。安露愣住了："方伯伯？"

"我想告诉你的就是——不要接电话。"

"为什么？"

"你信任我吗？小安露？"

"嗯。"安露迟疑地点点头。

"那就不要管你的电话了，我肯定是有理由才会这样做的。"

"我不明白。"

"安露，你现在不是小孩子了。有些话，我也许可以对你说了。"

"您说？"安露有些不安。

"现在还不到时候，因为我还不敢确定。"

"确定什么？"

"你爸爸在这个案子里面到底牵涉多深。"

"您在说什么啊？！方伯伯！"

"我跟你说的是认真的。"

"怎么？你们不都是警察吗？怎么自己人不相信自己人了？"

"还有你的男朋友，他到底牵涉多深，我也不知道。"

"方伯伯，你要知道——你在对我说什么？"

"我知道这很残酷。我说了，我还不敢确定！"

"你骗我出来，就是为了跟我说这些？！告诉我，我生命中最爱的两个男人都成了你的怀疑对象？！让我下车！"

"有一点我没欺骗你。"

"什么？！"

"你伯母专程到滨海来看你，她会陪着你，一直到事件结束。"

"什么事件？！"

"这些我还不能告诉你，别问了。我是想保护你，安露。你是个好孩子，有今天不容易。我带走你，就是为了保护你，让你离开这些乱七八糟的麻烦。事件结束以后，一切真相大白，我会当面向你谢罪。"

"我不信你说的！"

"对不起，我只能这样做。"

"如果你错了呢？！"

"我会引咎辞职！"方局长坚定地说，"但是现在，我必须这样做！我是为了保护你，安露。也是为了警察的尊严！我要搞清楚，到底谁是好警察，谁是坏警察！"他脸色凝重，加速开车。车扬尘而去。不多会儿，方局长驾车驶进了一个幽静的度假村。方夫人眼巴巴地在一幢房子前等着，车在她跟前停下。周围还站着两个精干的小伙子，目光敏锐。安露哭着下车，被她抱住了："孩子，伯母来看你了……"安露泣不成声。方局长看着老伴："你好好照顾她，他们会保护你们的安全。没有我通知，你们不要露面。"

"你自己小心点。"方夫人说。方局长笑笑："放心，我这把骨头，命硬得很！"他转身走向另外一辆轿车，车绝尘而去，方夫人眼巴巴看着，叹息一声抱住了哭泣的安露。

路上。安露的手机一直在响，一辆卡车开过，车压碎了手机。会议室里，钱副厅长一直在打电话——"对不起，您拨打的手机已关机。"提示总是无人接听。钱副厅长狐疑地看着电话，想着什么。

指挥大厅里，孙晓波在出神。钱副厅长推门出来，孙晓波看着他，钱副厅长冲他使个眼色，孙晓波起身走过去。钱副厅长问："我女儿怎么回事？"

"不知道，几个小时前就联系不上了。"

"你想办法调查一下，记住不要惊动任何人。"

"是，钱副厅长，我马上安排调查，说实话我有点担心安露。黑鱼和白鲨难保不会对她下手，用她来威胁您。"孙晓波不无担心地说。

"什么事情都可能发生的，我们必须沉着应对。跟白鲨联系一下，我要见他。我想知道，他们到底想干什么！"

"现在？"

"怎么？"

"现在可是风声鹤唳，草木皆兵。"

"大结局即将到来，一切都纸包不住火——做应变准备吧。"

"是。"孙晓波转身去了。钱副厅长转身，看见王涛正看着自己，王涛若无其事地错开眼，继续工作。高局长也赶紧错开眼。

9

两辆车停下。韩光、蔡晓春、白马下车。唐晓军和张超从后面一辆车下车。唐晓军看看周围："还有 10 公里，我们到地方。"白马看唐晓军和张超："山地行军，你们跟得上吗？"

"我在警校是长跑冠军！"张超说。蔡晓春笑："运动会的长跑冠军？"

"你们两个跟在我的后面，"韩光也有点担心，"能不能跟上？他们都是山地行军的高手。"

"说实话，有点悬。"唐晓军说。

"走吧，特警也在路上了。"韩光手持 88 狙击步枪，甩开步子先走了。

"我们的故事也该到尾声了。"蔡晓春手持 56-1 战术改跟了上去。

一行人开始山地行军。树枝杂草不断从身边掠过，阳光透过树枝的缝隙洒落在几人身上，显得有些光怪陆离。蔡晓春不时抬眼看看前边飞奔的韩光，一种恍恍惚惚的感觉让他以为他们又回到了过去……

特种部队狙击战术训练场上，狙击手韩光和观察手蔡晓春携带了全部装具，身着吉利服，手持武器在拼命地奔跑。远处，严林站在越野车上，拿着望远镜观察着，一旁的赵小海目瞪口呆："极限耐力测试——你真的要把他们跑到废？"严林放下望远镜，笑："他们不会废的，这是两个聪明人。"车上电台响："猎隼，狼头呼叫，收到回答。完毕。"严林拿起话筒："猎隼收到，请讲。完毕。"

"红色警报，重复一遍，红色警报，不是演习。完毕。"

"是。红色警报，不是演习。完毕。"

"026 特别突击队立即到机场待命，携带反劫机装备。完毕。"

"猎隼明白。完毕。"

赵小海看严林："我去准备？！"严林点头。赵小海飞身下车，上了摩托车旋风一般开走了。严林调整电台频率："山鹰，秃鹫，你们两个不要比了！红色警报！"韩光和蔡晓春停下，都是喘息不止。

"山鹰收到。完毕。"

"秃鹫收到。完毕。"

韩光和蔡晓春对视一眼，蔡晓春说："这次比不出来高低了。"

"训练，你还是要跟我比。"韩光无奈地说。蔡晓春不说话，拿水壶浇自己的头："百合说，想……""办正事了！"韩光提起武器转身下山。蔡晓春也只好住嘴，提起武器下山。

特种部队营区，赵百合跟苏雅在卫生所前面的空地上晾衣服。战斗警报凄厉。一队越野车打着双闪高速开来，开路的车上挂着警灯，车上坐满了突击队员，身着灰色城市作战服。

"是026？！"赵百合和苏雅瞪大了眼，"狙击手小组在最后！"

穿着灰色城市作战服的韩光抱着88狙击步枪，蔡晓春抱着黑色56-1战术改坐在最后的越野车上。两人看见她，都看她。赵百合轻轻挥手，也不知道到底在担心谁。韩光和蔡晓春一晃而过。赵百合呆呆看着，眼泪在酝酿。

苏雅说："百合，你别怪我多嘴啊！你不是对韩光……怎么又跟蔡晓春了呢？"

赵百合不说话，捂嘴转身进去了，哭声传出来。

"哎呀！我这破嘴啊，百合你别哭啊！"苏雅转身进去。

特种部队机场，米171直升机已经在待命，螺旋桨在旋转。严林带队飞身下车，队伍在直升机前迅速列队。韩光和蔡晓春在队尾。严林扫视着队员们："一部客车被劫持了，上级命令我们担任反劫机突击队！有什么问题没有？！"

"没有！"

"出发！"

队员们登机。直升机起飞……

郊区公路上，警车云集，警察林立，都如临大敌。附近还有几辆救护车，护士在包扎受伤的特警队员。一辆客车停在远处。两辆军卡在警车的引导下开来，严林带队利索下车。韩光和蔡晓春下车，都默默地注视着客车。韩光拿出望远镜："刚才进攻失败了。"

蔡晓春拿着激光测距仪："车内的视线是有障碍的，他们一定在外面有观察哨。"

韩光放下望远镜："看看地图，我们抓住这个观察哨。"

严林跟警队领导敬礼："中国陆军026特别突击队奉命来到！请您指示！"

警队领导还礼："你们来得正好，刚才我们的强行突击失败了，还没有接近客车，就遭到了射击。"严林看了一眼现场和正在包扎的特警们："有没有牺牲？"

"万幸没有。"

"突击的任务交给我们吧。"

"好，我继续安排谈判专家谈判。"

严林挥挥手，突击队员走来，围在订着地图的黑板前。韩光和蔡晓春仔细看着地图。严林介绍说："这是现场的情况，刚才特警发起突击，是在这个位置。"韩光的手指着附近的山区一点："观察哨。"蔡晓春点点头："如果是我，也会把观察哨设在这儿。"严林道："你们两个，去抓住他，把车内的情报问出来，然后占据这个观察哨进行警戒，去吧。"

两人跑步走了。严林接着对其他人说："其余队员，原地待命，谁也不许到处走动，等待抓住那个观察哨。我不想让他们知道特种部队来了，要给敌人造成雷霆袭击！"

严林转脸，韩光和蔡晓春到卡车上取下自己的大背囊，上了一辆救护车，关上后门，救护车开走了。他看看手表，按下通话键："山鹰，给你们15分钟时间！完毕。"

韩光按下通话键："山鹰收到，15分钟。完毕。"

"10分钟足够了！"蔡晓春自信地说。韩光说："还是小心为好。"

救护车停在公路旁，韩光和蔡晓春穿着吉利服，脸上涂伪装油彩，手持88狙击步枪和56-1战术改潜行。两个人的动作都很轻，互相之间都是手语联络。韩光突然隐身靠在树后，手语示意观察。蔡晓春赶紧隐身，悄悄拿起激光测距仪，视线里是一个劫匪的背影，正拿着望远镜在看现场。韩光打着手语，示意抓捕，蔡晓春点点头。二人背上长枪，拔出匕首，潜行过去。观察哨还拿着望远镜在观察。蔡晓春从后面捂住了他的嘴，直接拖倒。韩光压在他的身上，匕首搁在他的脖子上："中国陆军——你被捕了！"观察哨很惊恐，一动也不敢动。

"放开他。"韩光说。蔡晓春放开，把他拉到树下坐下，虎视眈眈。

"猎隼，山鹰报告。我们已经抓住观察哨。完毕。"

"好样的，你担任远程监控，秃鹫立即审问，我要知道里面的情报。完毕。"

"山鹰收到。完毕。"

"秃鹫收到。完毕。"

韩光占据位置，卧倒出枪，开始远程监控。蔡晓春蹲下，看着观察哨，目光凌厉。观察哨惊恐地看着他。

那边，严林开始动作："狙击小组到位了，报告你们的准备情况，完毕！"不同地点的突击队员无线电回应。严林接着对着耳麦说："秃鹫记住，我们在等待你的准确情报。完毕。"

"秃鹫收到，交给我了。完毕。"

韩光还在观察。观察哨惊恐地看着蔡晓春，蔡晓春眼神冰冷地看着他："我的代号你刚才知道了——秃鹫。"观察哨急忙点点头。蔡晓春说："之所以有这个代号，是因为他们都觉得我心狠手辣。"观察哨看着匕首在自己眼前晃。蔡晓春一下扎在观察哨靠的树干上，观察哨叫了一声。

"告诉我！里面到底怎么回事？！多少人，多少枪？！有没有炸弹？！"

观察哨呼吸急促。

"说！"

观察哨的手抓向自己的心口，呼吸更加急促。

"少跟我装蒜！这把戏我见得多了，说！"

"我……我真的有心脏病……"

韩光回头。

"接着编！我看你还能编出来什么？！"

"药……药在那边……"

蔡晓春和韩光都看向观察哨手指的方向，那边有他的背包。

"怎么回事？"韩光问。蔡晓春头也不回："山鹰，你忙你的，这儿交给我。"韩光咬牙，转身继续观察。蔡晓春抓过来背包，伸手摸出来药瓶。观察哨看着，伸手就抓。蔡晓春举起来药："给我老实待着！"

"我……我会死的……"

"告诉我，我想知道的情报。"

"我……我要吃药……"

"告诉我——"

韩光回头："把药给他！"

"山鹰，你别管！"

"把药给他，不能出事！"

"我心里有数，你忙你的！"

"秃鹫，千万不要出事！你把握好！"韩光无奈，回头继续观察。

"我把握得好！告诉我情报，我给你吃药！"

"四……四个人……"观察哨呼吸急促地说。

"什么武器？什么部署？！"

"我……我不行了……"

"说！什么武器？！什么部署？！"

"长枪两把……手枪三把……没有炸弹……"

"部署？！"

"驾驶室……一人……剩下的……都在车厢……"

"说得很好啊，这是你的药！"

观察哨看着药递过来，他定定看着，头一歪，死了。蔡晓春呆住了。韩光回头，也呆住了。蔡晓春试鼻息。观察哨死了。蔡晓春呆了。

"人工呼吸，想办法救活他！我马上呼救！"韩光反应过来。蔡晓春赶紧给观察哨做人工呼吸。韩光按下通话键："紧急救助！紧急救助！观察哨心脏病发作，情况危险！立即派救护队来！立即派救护队来……"蔡晓春做着抢救："他妈的你给我活过来！你给我活过来！"

观察哨死了。

"啊！"蔡晓春哀叫着，"你个狗日的，毁了我！"

韩光心痛地咬住嘴唇，继续观察。

蔡晓春因此被关进了特种部队的禁闭室。韩光去看他，蔡晓春无助地坐着，并不看韩光。他平静地说："我知道结果。"韩光不说话。蔡晓春笑笑："是我的错……我要承担这个责任……"说着眼泪出来了，他急忙擦去，"是要上军事法庭吗？"

"不是，考虑当时的特殊情况……免于起诉。"

"那么结论是什么？"

"开除军籍。"——蔡晓春呆了。韩光错开脸，蔡晓春一脸的不相信："我……被开除军籍了？"韩光不说话。

"我……蔡晓春被开除军籍了？！我被军队开除了？！我……17岁就参军，我每年都是优秀战士，我还是优秀班长……我……我被开除军籍了？！"

韩光注视蔡晓春，眼中含泪。

"我……我爱军队啊……"

韩光咬牙，转身出去了。门关上的瞬间，蔡晓春发出哀号："我爱军队啊！"

韩光的眼泪唰地就下来了……

韩光和蔡晓春在树林里拼命奔跑着。身后跟着唐晓军，张超和白马。蔡晓春看一眼韩光："山鹰，好像我们回到从前了。"

"再也回不去了，秃鹫。"

"如果一切没有发生该有多好。"

"该发生的一切都发生了。"

"我知道。"

"你我不再是战友，不再是兄弟，我们是敌人。就算现在一起去战斗，也改变不了这个结局。"

"对不起，是我的罪。"

"说那些没有用了，秃鹫。"

"如果一定要死，我希望不要死在别人手里。"蔡晓春的脸变得坚毅。韩光没有表情。几人继续前进……

10

公安局楼顶上，孙晓波神色凝重。他想跳，低头看看，顿时头晕目眩，又不敢跳了。他苦笑一下，算是嘲笑自己。电话响起，孙晓波拿起来："喂？"

"你在干什么？"是钱副厅长。

"我在理清自己的头脑……事情太乱了。"

"用不着了，事情已经明朗了！"

"什么？"

"白鲨找到了！"

孙晓波呆住了。

"你赶快下来，山鹰和秃鹫已经过去了！"

孙晓波更呆了。电话挂了，他的手在颤抖。片刻，他拿起电话拨打出去："喂？出事了！"……

不一会儿，何世荣的电话响了："喂？"

"暴露了！撤！"

何世荣呆住了。"啪！"他挂了电话，高喊："撤！"枪手们立即行动起来。纪慧警觉地听着外面的脚步声。何世昌担心地看着她："你不要冲动……"

"如果你想帮我，最好别说话！"

何世昌不吭声了，关切地看着。纪慧倾听着。门外脚步声渐渐远去了。她深呼吸，躲在门后，举起手腕的手表对准炸弹，毫不犹豫地按下按钮。轰！门往外炸开。

"在里面别出来！"纪慧说着一个箭步出去了。何世昌担心地喊道："女儿！"

纪慧跳了出来，前面走的两个枪手回头。纪慧尖叫一声飞身出去，飞腿踢倒两个枪手，他们还没起身，纪慧的手已经砍到枪手的脖子上。他哼都没哼就死去了。纪慧反身双腿夹住另外一个枪手的脖子，"咔吧"一声扭断了他的脖子。她抓起一把56冲锋枪起身，拉开枪膛。后面出现一个枪手，他叫喊着举起冲锋枪，纪慧转身射击……其他的枪手们被惊动了，叫嚷着拿起武器下地道。纪慧捡起一颗手雷，利用墙壁的撞击打到对面拐角里。"轰！"剧烈的爆炸和惨叫声传来。

"怎么回事？！"何世荣大惊失色。

"是食人鱼！"

"给我干掉她！"

外面，蔡晓春大惊失色："怎么回事？！里面打起来了！"

"肯定是纪慧！"韩光说，"动手！"他举起狙击步枪扣动扳机，对面的两个哨兵相继中弹倒下。蔡晓春起身："到出口！"大家起身飞奔……

纪慧点射，解决被炸伤的枪手。她回身到防空洞里拉起何世昌："跟在我后面！"何世昌跟着纪慧往外走，纪慧在前面左突右杀。激战在继续……

出口处，白马压制着里面守军，占据了有利地形。蔡晓春四人冲过来。蔡晓春打开手电，手持手枪进去。韩光紧跟其后，再后面是唐晓军和张超，白马最后进去。里面的枪声还在继续，不时地传来惨叫和爆炸声。他们小心翼翼打着手电持枪进入。

第二十章

1

"外面有人打进来了？！"何世荣问。枪手看笔记本电脑："是，特警的直升机也在接近，我们完了！"何世荣转身出去："还没有！"

牢房里，赵百合昏昏沉沉地躺着："山鹰？山鹰你来了……"门开了，何世荣站在门口。赵百合看他："你要干什么？"

"她是我们最好的人质！"何世荣挥挥手，两个枪手过去，一把抓起来赵百合。何世荣拔出手枪上膛："我们走！"

"你面对的是真正的'刺客'，最好的狙击手！"赵百合挣扎着，却仍被推走。

外面还在激战。纪慧被密集的弹雨打回来，藏在墙壁后面。何世昌冲过来，被她按倒在地下："你乱跑什么？！"

"太危险了！"

"知道危险就在后面待着！"何世昌被纪慧往后推去，纪慧转身探出枪口射击。"嗒嗒，嗒嗒……"她没子弹了，只好收回冲锋枪。对面的枪声起来了。纪慧转身抓起地上的冲锋枪，却愣住了——何世昌被枪手扣着脖子，枪口抵住他的太阳穴。枪手笑着："食人鱼，放下武器。"纪慧持枪上膛："放开老头儿！"

"放下武器，不然我杀了他！"

"别管我，开枪！"何世昌看着纪慧。纪慧看着枪手，冷笑："我不认识这个老头儿！"枪手也冷笑："是吗？那我就一枪爆了他的头！"纪慧一脸的无所谓："随便！"何世昌嚷嚷着："开枪！"枪手笑着，枪口滑到何世昌的脖子上："我就让你看看，你的父亲死在你的跟前！看看他的血是怎么流出来的！"

"他不是我的父亲！我不认识这个老头儿！"

"那我就杀了他！"

纪慧的枪口开始颤抖，身体也在颤抖，枪手狞笑着："开枪啊！"纪慧咬牙，丢掉武器："你赢了！"枪手笑着，枪口对准了纪慧："我先送你下地狱！"

"不许碰我女儿！"何世昌突然爆发出来，抢夺枪手的枪。纪慧大惊失色："不要！"何世昌抱着枪手的胳膊："快走！"纪慧举起冲锋枪，却无法开枪。何世昌和枪手两个人扭打在一起，枪手左手拔出匕首，高高举起来。"不！"纪慧尖叫着。枪手的匕首刺下去了，何世昌惨叫一声，后背被扎了一刀，他倒在地上。

"啊！"纪慧开枪，枪手在弹雨中抽搐着，她丢掉冲锋枪冲过去。何世昌倒在地上，奄奄一息。纪慧抱住何世昌，满手是血："爸爸，爸爸！"何世昌看着纪慧，说不出话来，却是一脸微笑。

"爸爸！啊！"——枪手们渐渐围拢过来，枪口对准了纪慧。纪慧仍在尖叫着："啊——爸爸——"枪手们准备射击。枪声却响起，几个枪手倒地，蔡晓春和韩光突然跳出来。韩光持枪对准枪手射击，在他的掩护下，蔡晓春冲过去拉起纪慧："快走！"

"不！"纪慧仍抱着何世昌。

"把何世昌丢掉！他完了！"

"他是我爸爸！"

蔡晓春呆住了。韩光也愣了一下，随即持枪继续射击。唐晓军和张超及时出现，展开掩护。纪慧抱着何世昌，哭出来："爸，你不能死啊！"

"我来抢救！"白马蹲到何世昌身边，接手抢救。

"没找到白鲨？"韩光大声问。蔡晓春也问："这个老家伙在哪儿？！"

"我在这儿！"——韩光和蔡晓春警觉抬头，两人却大惊。赵百合身上都是炸弹，正被两个枪手跟何世荣推着慢慢走过来。赵百合无力地看着他们。蔡晓春咬牙切齿地说："何世荣，你给我放开她！"

何世荣举着引爆器："看清楚了，你们这两个最好的狙击手，看清这是什么，只要我松手，她就会马上上西天！"

"何世荣，你这样是没用的，逃不出去的！"韩光双眼血红。

"那我就要她给我陪葬！"何世荣冷笑，"还有你们，还有我哥哥——这个坑道里面所有的人，都要陪葬！这个买卖值得啊！"

赵百合的眼泪慢慢流出来。唐晓军盯着他说："何世荣！你这是在自掘坟墓！"

"是吗？我的唐队长，你可以试试看！"

"他妈的先救人！"纪慧抱着何世昌，一脸无助。韩光努努嘴："你们带他们出去。"

纪慧开路，唐晓军和张超、白马护送何世昌出去。蔡晓春和韩光持枪纹丝不动。

"你们二位自己选择，是给我一条生路，还是杀了这个可怜的孕妇？"何世荣笑笑，"真的不愧是兄弟啊，女人都是一个！"

"你他妈的闭嘴！"韩光怒吼。

"哟？鼎鼎大名的山鹰、'刺客'，也会说脏话了？我还以为只有秃鹫这种败类能说呢！"蔡晓春冷冷盯着他："何世荣，这梁子我们可结得深了。"

"早就结得深了！"

"我们退后。"韩光说，蔡晓春跟着他慢慢退后，何世荣则推着赵百合前进着。韩光和蔡晓春不得不慢慢退后，都是虎视眈眈。

外面，被背出来的何世昌已奄奄一息，纪慧抱着他："爸！"何世昌慢慢睁眼，说不出话来。唐晓军和张超站在一边。白马看着，不知道说什么。特警的直升机降落，薛刚带领特警下来："放下武器！"他们占据了有利地形。唐晓军丢下武器，张超和白马跟着放下。纪慧抬眼，看着逼近的特警。何世昌仿佛看透了她的心思，微弱地说："不要啊……"

纪慧看着父亲。何世昌嚅动嘴唇嚅动："不要……"

纪慧握紧了冲锋枪："爸，对不起……来世我再做您的女儿……"

何世昌瞪大了眼。唐晓军看着她："你要干什么？！"

纪慧突然起身，抓起冲锋枪冲向特警。特警们立即速射。

"女儿——"

纪慧在弹雨中抽搐，顽强地起身抓起冲锋枪……又是一阵速射，纪慧慢慢倒下，她的脸上带着凄惨的笑。唐晓军不忍再看，闭上了眼。

2

"何世荣，你跑不出去的！立即放开人质，缴械投降！"薛刚对着何世荣喊话。何世荣冷笑："你们试试看，来啊！"

韩光和蔡晓春对视一眼，韩光摇头。他放下冲锋枪："没有办法。"蔡晓春咬牙也放下了。

赵百合流泪看着他们。薛刚命令："放下武器，保护人质。"

特警们慢慢放下武器。与此同时，韩光和蔡晓春却几乎同时快速举起冲锋枪，韩光瞄准何世荣胳膊，蔡晓春则瞄准了何世荣的后脑。两个人同时扣动扳机，"砰！砰！"何世荣的胳膊飞出去，后脑也同时中弹，猝然倒地。赵百合被惯力推出去，倒下。几个枪手还没反应过来，韩光和蔡晓春的战斗速射已经结束，现场安静了，两人持枪还保持着射击的姿势。赵百合慢慢抬头，满眼惊恐。

"拆弹专家！"薛刚高声喊道。拆弹专家飞奔过去，开始拆弹。韩光和蔡晓春还保持持枪姿势。薛刚持枪："放下武器！"韩光和蔡晓春对视。

蔡晓春苦笑："跟你打一场的机会都没有了吗？"

韩光说："投降吧……"

"死在这儿和死在刑场，你觉得我会选择哪个？"蔡晓春看着韩光说，"让我死在你的枪下。"

韩光摇头："对不起，我是警察。"

说罢，两人突然同时踢掉对方的枪，展开搏斗。蔡晓春被韩光逼上烂尾楼，韩光飞起一脚，将蔡晓春踢倒。蔡晓春欲坠下楼，双手抓住断壁悬挂在墙壁上。韩光伸出双手，奋力救蔡晓春。两双手慢慢接近，终于握在一起。

韩光的脸默默看着蔡晓春，蔡晓春也默默看着韩光。突然，他慢慢松开韩光的手，韩光惊愕地睁大了眼睛。蔡晓春微笑着，他的手慢慢松开，终于，他整个人坠下楼去，砸在地面上，地面上升腾起一股烟尘……

薛刚走过来："山鹰。"

韩光不说话，慢慢起身，走向远方。他的背影，很孤独。

3

医院病房。何世昌微微睁开眼睛。钱副厅长坐在他的面前："你醒了，老伙计？"

何世昌淡淡一笑："怎么，我还没死？"

"你的命大得很，死不了。"

"怎么事情搞到现在这么复杂，多少年的恩怨都冒出来了。"

"你有什么可以告诉我的？"钱副厅长看着何世昌。何世昌苦笑："蓝鲸，很多事情我还没想明白。我的一些私事，就不告诉你了。"

钱副厅长点头："这是你的自由。"何世昌注视着钱副厅长："有人就在我的身边，潜伏了十多年。"钱副厅长注视着何世昌，默默听着。

4

指挥大厅里。王涛在看电脑，眼角的余光却在观察孙晓波。孙晓波在那边，目光注视着会议室。他感觉王涛在注意自己，回头。王涛赶紧低头，但他还是看见了孙晓波的右耳上插着无线的耳麦。王涛低声自语："窃听器？"

孙晓波没有表情，往外走去。王涛关注地看着孙晓波的背影。孙晓波走出来，走向洗手间。他打开洗手间所有的水龙头，然后进了隔板，拿起电话："事情搞砸了，现在只有我和你了，到底怎么收场？！"

"我还有备用撤退线路，可以提供给你。"是秦伟的声音。

301

"前提是什么？"

"我需要你再做一些事情。"

"就他妈的知道是这句！我他妈的不干了，我做得已经够多了！现在还没怀疑到我的头上，我要趁这个机会先溜走！"

"这是交易，不是谈判。你想走那么容易吗？我只要打一个电话，就可以把你钉死在滨海！"

"你他妈的想干什么？"孙晓波满头是汗。

"士为知己者死，完成我老大的遗愿，也是我的遗愿——做掉何世昌。"

"狗屁！你以为那是个幼儿园的娃娃吗？那是一级警卫目标，到处都是警察！我怎么去做掉他？你他妈的让我带个炸弹进去，同归于尽吗？！"

"我相信你会想出来办法的。"

"如果我说我做不到呢？"

"我给蓝鲸打电话，告诉他，他的秘书是卧底！"秦伟威胁他说。

"你他妈的？！"

"做不做已经不是你能选择的了。蓝鲸已经开始怀疑你了，你不做也混不下去了。"

"你说，你他妈的最后都要死在滨海，我最后怎么出去？"

"我自然有安排，只要你按照我说的把事情做完。"

"鬼才相信你！"

"一切取决于你的决定。""啪"，秦伟把电话挂了。

孙晓波听着电话里的忙音，脸色很难看。

阿强站在别墅的阳台上，手机响了："喂？"电话里秦伟的声音很冷酷："动手。"阿强挂了电话："收到。"他若无其事地看着远处说："你们几个。"身后的几个保镖颔首："强哥。"阿强说："去吃点东西吧，都累了一天了。"几个保镖道谢，离开。阿强点燃一根烟，吐出去，面色复杂。

秦伟放下电话，脸上带着特殊的笑意，他想了想，又拿起电话，拨打出去。

"喂？"对方是个苍老的男声。

"威尔逊先生。"

"你做到了？"

"是的。"秦伟说，"何世荣已经死了，何世昌也马上会死于非命，钟世佳看来也活不过两个小时了。"

"你干得很好。"

"不知道我们的约定是不是可以兑现了？"

"我看到我想要的结果，你自然也会看到你想要的结果——接管何氏财团，你是唯一的人选。"

"好，我也会按照我们约定的——油田，不会是中国人的！"

"知道吗？我就喜欢和你这样的年轻人合作。你聪明，有锐气，更重要的是，你有一种为达到目的不择手段的狠毒！我喜欢，我想我们今后的合作会很愉快！"

"放心吧，我们各取所需。"

"事成以后，尽快出境，这边我都会安排好的。"

"明白了。"秦伟挂了电话，看着群山下的城市，他笑了，发出爽朗的笑声，"我，才是这场赌局的赢家！我是唯一的赢家！"

别墅的卧室里，钟世佳看着何世昌的照片，在沉思。黑豹在一旁看杂志。餐厅里，几个保镖坐下来吃饭，都是刚吃了几口就陆续倒下。台上，阿强又抽了一口烟。

"对不起，豹哥。他们绑架了我儿子，我也是被逼的。"说完，他丢下烟头，转身走进去。钟世佳还在沉思。阿强进来："豹哥，有你的电话！何先生醒了！"

黑豹抬头："为什么不转我的手机？"

"医生说来不及，他的情况很不好。"

"你在这里看着。"黑豹起身出去。阿强留下。钟世佳看着他："怎么了，阿强？"阿强不说话。钟世佳明白过来，但是已经晚了，阿强已拔出了手枪。黑豹走着，突然呆住了，他听到了手枪上膛的声音。

"少爷！"他转身冲进去。阿强举起手枪。黑豹冲进来，扑倒阿强。

"豹哥，你闪开！"黑豹拔出手枪，晚了，阿强已扣动扳机，子弹打在黑豹身上。

"黑豹！"钟世佳睁大了眼睛。黑豹坚持把手枪保险打开，阿强再次扣动扳机，黑豹咬牙顶住。钟世佳拿起花瓶，尖叫着冲过来，砸在阿强头上。阿强晕过去了，黑豹也随即倒下。钟世佳抱起黑豹："黑豹！"黑豹瞪着眼，喘息着，把手枪递给钟世佳。

"黑豹！"

阿强睁开眼，抓住手枪。钟世佳一把抓过来黑豹递给自己的手枪。

"我杀了你！"钟世佳尖叫着，连续开枪。阿强抽搐一阵，死了。黑豹大口地喘息着，钟世佳丢掉手枪，抱起黑豹。此时的黑豹已经说不出话了。钟世佳痛哭着哀叫："黑豹！"

5

"我有些情报要跟他核实一下。"孙晓波站在医院的哨卡前，对警察说。警察一丝不苟地检查证件。他将证件还给孙晓波："请进。"孙晓波走进去。大厅里人来人往，孙晓波站在电梯前，神色凝重。电梯口的警察好奇地看他。孙晓波平静地说："省厅的。"警察点点头。随后，他上了电梯。

走廊上，特警站在门口。电梯开了，孙晓波出来。特警看他："您现在来了？"孙晓波笑笑：

"临时有些事情要核实。何老情况如何？"特警点头："情况很好，正在恢复。"孙晓波拍拍他的肩膀："辛苦你了。"特警笑笑："职责所……"话还没说完，他晕过去了。孙晓波松开手，丢掉手里的麻醉针。他低头捡起特警的冲锋枪上膛，长叹一声："一步错，步步错。"他转身面向病房，慢慢推开了门。

何世昌在闭目养神。门开了，何世昌睁开眼，孙晓波神色复杂地站在门口。

"蓝鲸来了？"何世昌看着孙晓波问。

"蓝鲸没来。"

"那你？"

孙晓波走进来，关上门。何世昌看着他手里的冲锋枪，明白过来："你要杀我？"

"我也没想到会走到这一步，对不起。"孙晓波面有愧色。

"你是何世荣的卧底？"

孙晓波不说话，神色复杂。

"为什么会是你？"

"对不起，何先生。你选择一种结束你生命的方式吧，我相信你不会希望我开枪的。"

"上帝若要人灭亡，必先使人疯狂啊！年轻人，收手吧！我真心地劝告你，你还年轻，还有机会。"

"没有机会了，我的一切都完了。"

"你真的会后悔的。"

孙晓波拿起冲锋枪，装上消音器。何世昌默默看着。

"在我的灵魂下地狱以前，我的肉体还要在混乱的尘世间留恋——为什么？我自己都不知道，可能这就是人的本性吧。何先生，再见。"

孙晓波举起冲锋枪，扣动扳机。"噗噗！"弹壳跳动出来，消音器在喷着烟雾。孙晓波打光一个弹匣的子弹。何世昌还在平静地看着他。他诧异地看着自己手里的武器，突然醒悟过来："空包弹！"

何世昌叹息一声。孙晓波拔出手枪上膛。门"咣当"被撞开了。王涛跟两个特警冲进来按倒了他。孙晓波被按在地上，上了反铐。方局长面色严肃地出现在门口。孙晓波被拉起来，方局长看着他："你隐藏得真好啊，差点儿就让我锁死了我的老战友。"孙晓波无语。

"带走吧，回头我再跟他谈谈。"

王涛抓着孙晓波，将他带出去。

方局长回过头，看着何世昌："您受惊了。"

何世昌笑笑："早就想到白头雕不会那么笨，我这把老骨头还能多活几天。"

"你儿子也很安全。"

"那就好。"

"你先休息，我还有事要做。老伙计，当你在世界媒体面前出现，会是一场风暴。我可等着看电视呢，好好表现啊！"

何世昌颔首，笑着点头。方局长笑笑，转身出去了。方局长走出医院大门口，王涛开车过来。方局长上车："还有最后一件事情没有了结，去疗养院。"王涛开车出发。

6

孙晓波坐在询问室里，目光呆滞。钱副厅长站在对面，默默看着他。桌子上面摆着一排衣服，都是钱副厅长的。所有衣服的第二颗扣子，全部被拆卸下来，放在下面很整齐。钱副厅长拿起一枚扣子打开，他举起里面的窃听器："你居然对我采取这种手段？"

"对不起，钱副厅长……"孙晓波不敢看。钱副厅长把窃听器丢在桌子上："我万万没有想到，我的秘书居然是何世荣的鼹鼠！"孙晓波不说话。

"难怪所有的证据都会怀疑到我的头上，你对我的一举一动都了如指掌！甚至对我采取特务手段，在我的身上安装了窃听器！你这不是一般的胆大妄为，简直就是无法无天！"

"事情已经这样了，钱副厅长。我说什么都没意义了，对不起。"

"你是对不起我吗？你是对不起国家，对不起人民，对不起组织上对你的信任和培养！你从一个农家子弟进入公安院校学习，一直到出国接受更高级的教育——你现在就一句，说什么都没意义了，来搪塞我吗？"

"您都想知道什么？"

"告诉我，你是什么时候下水的？是在国外留学期间吗？"

"不是，何世荣确实发展过我，但是被我拒绝了。这一点，我已经向组织上做过汇报。"

"那是什么时候？"

"在我成为您的秘书以后。"

"难道是我对你的管教不严吗？"

"不是。"

"还是我没有给你做出好的表率？"

"您严于律己，勤俭奉公，确实是值得尊敬的公安干部。"

"那你为什么还会走入犯罪的深渊？！"

"钱副厅长，您别问了。"

"我是以公安厅副厅长的身份在跟你谈话，坦白从宽、抗拒从严——难道还需要我告诉你吗？"

"正是我的公安常识告诉我，这个案子，您确实需要回避。"

"为什么？"

"因为……牵涉到您的女儿。"

"安露？这是怎么回事？"

"我是安露的男朋友。"

钱副厅长一震，头晕。孙晓波说："我所做的一切，都是为了她。"

钱副厅长稳定住自己，凝视孙晓波："你说什么？"

"我是为了安露走上这条路的。"

"安露是个盲人，是个歌手——她跟何世荣有什么关系？"

"安露跟何世荣没关系，但是她是个盲人，是个名不见经传的歌手——她能有今天，您难道从来没想过为什么吗？"

钱副厅长注视着他。

孙晓波继续说："是我出卖了自己的良心换来的黑心钱，扶持她走到这步的。"

钱副厅长指着他的鼻子："你什么时候跟安露好上的？"

"在我成为您的秘书，秘密照顾安露的生活以后。"

"具体时间？"

"三年前，那时候安露还是个大学生。"

"你什么时候跟何世荣勾结上的？"

"安露毕业前夕，想办一场演唱会。为了这笔钱，我找一个当老板的朋友求助，是借款。我没想到他是何世荣的人，也没想到那张借据上的签字，会成为我效忠何世荣的签字。我不敢向您汇报，因为那样不仅影响到我个人的前途，也会牵连安露，她是那么无忧无虑的女孩子。"

"然后呢？"

"我就这样一步一步走进了深渊，再也无法回头。"

钱副厅长注视孙晓波。孙晓波说："安露的命运坎坷，我想尽我所能帮助她……"

"住口！不许你侮辱安露，她根本不需要你这样的帮助！不出名怎么了？她会比现在更快乐，更自由！你搞什么，你他妈的胡搞什么？啊？！安露怎么办？安露能不能承受这样的精神打击？她的未来怎么办？在你迈出犯罪那一步的时候，你想过这些后果吗？"

"想过，所以我想安排她出国演出。"

"然后你就带着安露，带着我的女儿在国外流亡？！"

孙晓波不说话。钱副厅长拿起自己的公文包："我不再问你任何问题，按照规定——我回避！但是你给我记住，你给安露造成的巨大伤害，我是永远也不可能原谅你的！永远也不！"他转身出去了。孙晓波看着桌子上的警服和警徽，默默无语。

7

"这到底是怎么回事？"安露着急地问。方夫人说："安露，我也是临时被调来接触这个案子的。我知道，这对于你来说是一个空前严峻的考验。阿姨是看着你长大的，你相信阿姨吗？"安露点头。

"那么阿姨就代表警方跟你谈话，好吗？"——安露木然地点头。

"跟我说说你的男朋友小孙吧，你们在一起多长时间了？"

安露的眼中慢慢流出眼泪。方夫人问："你一直瞒着你爸爸吗？"

"是的。"

"为什么要这样做？"

"他说，如果我爸爸知道了，不管同意不同意，他都要被调走。领导的秘书和领导的女儿谈恋爱是大忌。他就算调走，这个名声也会影响到他以后的工作。他希望有更大的发展，在警队。"——方夫人看着她。安露继续说："其实我也一直在怀疑，他的经济情况有问题。"

"你问过他吗？"

"问过，他说有个朋友是做生意的，他偷偷入了股。这是违反警队纪律的，他不希望我说出去。"——方夫人还是看着她。安露担忧地问："我爸爸……不会有问题吧？"

"没有。"

"会影响他吗？"

"要看组织上的决定。"

"我跟他……没有血缘关系的。"

"我们都知道，组织上也知道。"

安露哭了："我不想害了我爸爸……"

"他是领导干部，秘书犯罪，他首先就有失察的责任。"

"怎么会这样？怎么会这样？"

"如果你想让你爸爸能够少一些麻烦，就把你知道的小孙，都告诉我。"

安露哭出声来。方夫人默默地抱住了她……

8

度假村外，秦伟的车缓缓停在远处。他拿出望远镜观察着度假村，度假村楼顶，有人在观察四周。秦伟笑笑，提上包，大步走向度假村旁边的山地。山地有保安在巡逻。秦伟突然出现，扣住了保安的喉咙。保安倒下，秦伟起身，左右看看，开始换衣服，他穿好保安服装，起身下山。

别墅楼顶的平台上，安露在沉思。客厅里，两个便衣在看报纸。秦伟穿着保安制服，径直走向空调控制中心。空调控制中心里工人在检测设备。秦伟推门进来。工人抬眼："怎么了？"秦伟说："经理有事找你。"工人看一眼桌上的对讲机："对讲机不能呼我吗？"秦伟笑笑："你这儿信号不好。"工人起身走向门口。秦伟突然出手，将他打晕。接着他拿出乙醚罐子，找到安露所在别墅的空调口，开始操作。客厅里，两个看报的便衣晕倒了。

楼顶上，安露在想着什么，不时擦擦眼泪。秦伟大步走向别墅，一边走一边拿出防毒面具给自己戴上。到了门口，他撬开门进去。客厅里，两个便衣躺在地上。秦伟拔出手枪，在屋子里面搜索。安露听到什么动静，起身："阿姨？你回来了？"正在逐个屋子搜索的秦伟抬眼，大步上平台。

"你，你是谁啊？"安露有些惊慌。秦伟摘下防毒面具。

"你到底是谁？阿姨呢？"

"孙晓波让我来接你。"

"啊？！晓波？他……"

"我们走吧。"

"不不不，我不走！你是坏人！"

"我怎么会是坏人呢？你男朋友让我来接你。"

"不！阿姨说了，晓波他……"

"你爱他吗？"

"爱……但是他犯罪了啊……"

"真麻烦。"秦伟没耐心了，他上膛，出枪，枪口顶住了安露的脑门儿，"现在，我再问你一次，跟不跟我走？！"安露呆住了。她哪里是秦伟的对手，只有乖乖就范的份儿。

一间破仓库。秦伟的车开进来。安露被拉下车："你到底是谁？孙晓波呢？孙晓波在哪儿？"秦伟把她往椅子上绑。

"你干什么？"

"我知道你虽然看不见，但是你的耳朵和方位感却非常好。你能记住方位、距离，甚至能在看不见的情况下，自己摸出去。所以，我不想冒这个险。"

"孙晓波呢？他在哪儿？！他知道不知道你这么做？！"

"他当然知道。"

"他会杀了你的！"

秦伟笑着说："他是我的一条狗。"安露呆住了。

"你就是那块狗骨头！"

"我爸爸……会抓住你的……"安露的眼泪下来了，"他会找到我的……"

秦伟冷冷注视她："他能找到的是你的尸体。"

"为什么，为什么要这样？我对你们有什么伤害……"

"你是我的一张牌，一张王牌。利用你，可以牵制住两个警察，这笔生意是划算的。"他塞住安露的嘴，转身出去。安露拼命挣扎着。

9

钱副厅长注视着警徽。高局长走过来，站在他的身后。钱副厅长说："事情没调查清楚以前，我把指挥权交给你。"

"老局长……"高局长说。钱副厅长叹了口气："是我的责任，这样的鼹鼠埋在我的身边没有发现。"高局长不说话。

"我女儿怎么样了？"

"老方的爱人在跟她谈话。"高局长说。

"安露这个孩子啊，多灾多难！从小就被拐卖，我们打拐解救她的时候，她刚5岁。怎么办呢？一个盲孩子，没有人领，我就认她做了女儿。这么多年来，我一直没时间去关心她，我跟她的谈话太少了，甚至都不知道她谈对象了……在我的心里，她永远是个孩子啊……"

"老局长，那时候我也在场。"

"哦，忘了，忘了！我这个脑子啊，在想些什么呢！老了，不中用了。这么多年的血雨腥风，我也该休息了。我走了，你安排好后面的工作。"

"您永远是我们的老局长！"高局长举手敬礼。钱副厅长注视他，利索还礼。他笑笑，转身走了。高局长看着钱副厅长走向轿车，手一直没有放下来——国旗在猎猎飘舞……

10

度假村。警车闪烁，方局长匆匆下车："怎么回事？"

"安露被劫走了……"苏醒过来的便衣低下了头。

"你们是干什么吃的？！"

"我们被乙醚麻醉了……根据监控录像，应该是秦伟干的。"

"有一套！立即想办法，发动所有力量找到安露的下落！"

"是！"

方局长拿起电话："山鹰，你现在还不能休息！安露被秦伟绑架了！"

正在输液的韩光一把抓下输液管："怎么回事？！安露不是在你控制范围吗？"

"肯定什么地方走漏了风声，秦伟找到这儿来了！我太太回省城汇报了，这里剩下的同志被乙醚麻醉了！"

"安露的保护地点除了你还有谁知道？"

"我现在就在纳闷儿这个问题！难道我们内部还有鼹鼠？"

韩光思索着："不可能，都排查过好多次了！一定从什么地方得到了线索，我现在马上过去！"

护士推门进来："哎呀，你怎么起来了？"韩光已经翻身下了床："我要出院！"护士说："你的身体……"韩光飞一般出去了："我的身体属于祖国！"护士愣在了原地。

韩光大步跑着。他上了车，一边开车一边拿起电话："我是山鹰，马上调查一下，交通指挥中心的电脑终端有没有可疑的登录！"

"我知道了，山鹰，10秒钟给你答案。"

王涛操作电脑。

大切在疾驰。

电话响起。韩光接听："寒号鸟，请讲。"

"有一个用户在网吧登录的。"

"我知道了，秦伟是通过无缝对接的交通监控系统找到安露的保护地点的！"

"我们现在怎么办？"

"以其人之道，还治其人之身！进入交通监控系统，案发时间秦伟的车辆到底去哪儿了？！"

"我马上调查，稍等。"

"发现以后，通知特警队到该处待命！""啪"，韩光挂了电话，加速开车。

王涛在电脑前紧张操作着，他重新拿起电话："山鹰，秦伟的车进了向阳化工厂——这是一个报废的化工厂。"

"给我具体的位置！"

"马上给你，特警队在路上了！"

韩光记下地址，挂上警灯，拉响警报。大切在疾驰。

薛刚那边，特警队也出发了。车内，薛刚与韩光在通电话："山鹰，我们在路上！你的装备也带来了，你能不能撑住？"

"我没问题，我们不要惊动他们！"

"我明白，一公里外关闭警报！我们乘坐伪装车辆进入！"

"我们到那里会合！"

"好。"薛刚放下电话，催促司机："快！"——特警车队也在疾驰。

一条僻静的街道。警车队伍开来，停下。几辆搬家公司的卡车已在等待。薛刚带特警队下车，上了搬家公司卡车。搬家公司卡车司机关门，上车开走。

破仓库厂区外，已经赶到的韩光小心翼翼地在暗处观察。视线里，仓库的门紧关着。

围墙外，搬家公司的卡车缓缓停下。特警们下车，薛刚带他们翻墙进去。韩光回头："我们进去。"薛刚说："我带队吧。"韩光笑笑："我没事。"

薛刚把装备和武器给他，韩光匆匆穿着："我带 A 组进去。"

薛刚回头："B 组、C 组侧翼，D 组到后面去，封堵出口。"——D 组去了。

韩光拉开枪栓，戴上耳麦。

仓库里，三个匪徒在打牌。安露昏昏沉沉地坐着，突然抬头，仔细地倾听着。

外面，警察们分三个方向小心地奔跑过来。韩光带队到门口，准备突击。

安露内心惊喜万分，但是不敢出声。一个匪徒起身："不打了，不打了，手气不好！我去找点吃的来！"他走过去打开大门，"啊？！"他惊呼。韩光一脚踢飞他。特警们一拥而入："不许抵抗！"匪徒们愣住了。警察们大获全胜。

韩光解开安露："别怕，我是警察！"他对着耳麦，"人质安全！"

安露哭了。

"救护车！救护车！"薛刚大声叫着。

几个护士抬着担架跑了过来。不多会儿，救护车拉着警笛驶远了。

11

秦伟拿着电话在拨打。薛刚手里装在塑料袋里面的孙晓波的电话响起，他看高局长。高局长说："接。"薛刚接通，将电话拿给孙晓波。高局长严肃地看着他。孙晓波嗫嚅着。

"为什么你不说话？事情到底怎么样了？"

薛刚看手表。20 秒。高局长严肃地看着孙晓波，孙晓波说："我处理了老头子。"

"蓝鲸呢？"

"他在开会，下一步我们怎么办？"

"你留在蓝鲸身边。"

"那你呢？"

"你问得太多了。"秦伟"啪"地将电话挂了。

"怎么样？"高局长问。薛刚看手表，一分钟多："时间足够了！"

无线电传来声音："松狮，找到目标地点了！龙岗酒店 3214 房间！"

"立即出动！"

"是！"薛刚转身出去。不一会儿，警车车队风驰电掣地掠过街道。

酒店房间里，秦伟在思索，他突然站起来："不对！他在拖延我的时间！"他走入洗手间，开始化装，粘贴胡子。

薛刚带队已经赶到酒店，他带着一组特警坐着电梯急速上升："B组，控制好安全梯！"

"明白。"B组特警组长带着几个特警在爬楼。

电梯门打开。薛刚等冲出来。一个老头儿被他们推倒，薛刚急忙扶起他来："大爷，对不起啊！"

老头含糊答应着过去了。

薛刚带队继续冲过去。

老头儿回头看一眼，从容进了电梯。

房间门被打开，特警冲进去，薛刚带队搜查整个房间都没人。一个特警从洗手间出来："薛队，你最好来看看！"

薛刚走进洗手间，看见了洗手台上化装的残留物。他反应过来："那个老头儿！快，C组，控制住下楼的老头儿！"队员们急速冲出去。

老头儿走出来，走到停车场，撬开一辆车的车门，上车。

薛刚带队匆匆跑来。车开走了。薛刚带队冲出停车场，但街上车来车往，根本找不到那辆车。

"妈的！"薛刚懊恼万分，"松狮，我们掉线了！秦伟跑了！"

"跑了？"高局长冷静指挥着，"立即通知各个口岸，加强检查，严防秦伟外逃！"

方局长在沙发上睁开眼："他想跑，没那么容易吧？"

高局长看他："老方，你有什么建议？"

方局长笑笑："建议倒是谈不上，只不过秦伟备用的护照，我有一本影印件。"

"好你个老方啊，跟我还藏着一手！"

"不到最后一步，我能轻易露出杀手锏吗？"

两人都笑了。方局长看着下面，笑容慢慢停止了。高局长纳闷儿，也看外面，是钱副厅长。方局长说："他确实很孤独。"高局长说："我去看看他。"方局长点点头。高局长出去了。方局长看着窗外："对不起啊，我也是身不由己啊！"

12

太平间里，钟世佳呆呆地站在钟雅琴跟前。门慢慢开了，何世昌抱着一束鲜花走进来。钟世佳没有回头。何世昌把花放在钟雅琴身边，低头在她额头上吻了一下。钟世佳看着他。何世昌转脸也看着他："我不勉强你跟我走，孩子。"钟世佳看着何世昌，看着自己的父亲。

"只是希望你能明白——我爱你。"何世昌看着他的眼睛说。

"我想跟妈妈静静待一会儿。"钟世佳的声音嘶哑。何世昌点头，转身出去了。

钟世佳看着钟雅琴，眼中慢慢溢出眼泪，一个决定在他心里成形。

从太平间里出来后，钟世佳去了商场。他选西服选得很认真，服务员诧异地看着他的打扮。焕然一新的钟世佳径直去了何世昌下榻的酒店。

总统套间的门铃响了，保镖去开门。一个眉清目秀的小伙子，穿着崭新的西服打着领带站在门口。何世昌慢慢站起来，看着焕然一新的钟世佳。钟世佳走过来，站在何世昌面前。何世昌一把抱住了钟世佳。钟世佳停顿片刻，慢慢伸出自己的双手，抱住了何世昌。他慢慢地翕动嘴唇："爸爸……"

孟可突然出现在门口。两人看着孟可，一旁的高局长说："我想，他需要亲人。"

孟可看着两个陌生人。何世昌伸出手。孟可默默看着，片刻，他的小手伸出来，握住了何世昌和钟世佳的手……

13

赵百合带着行装，怅然地走向机场通道。穿着警服的韩光出现在她身后："百合……"

赵百合停住，不敢回头，眼泪在打转。

"我知道你今天要走。"

"我特意叮嘱，不要告诉你的……"

韩光看看手表："起飞还有一个小时，我们可以到咖啡厅坐坐吗？"

"有什么意义吗？"

"我有件东西想送给你。"

赵百合回头。

机场咖啡厅里，赵百合呆呆坐着。韩光注视着她："为什么不敢告诉我，你什么时候走？"

"我不知道是要你看见我的无助，还是要我看见你的怜悯。我是个被人生捉弄的女人，我不知道该爱谁，也不知道该恨谁。你们在我的面前自相残杀，而我无能为力，只是一个旁观者……"她的眼泪慢慢流了下来。

"噩梦总会过去，明天的太阳都是新的。人生的道路很长，苦难只是其中的一段经历。"

赵百合凄惨地笑笑："山鹰，这些话好像我都对你说过。"

"你是个出色的心理辅导师。"

"我却是个失败的女人。"

韩光慢慢打开自己的红色小盒子。赵百合瞪大眼看着，小盒子打开，是一把镀金的88狙击步枪胸标。韩光递给赵百合："送给你。"

"这是'刺客'的荣誉徽章！是你最珍视的……"赵百合看着，却没接。韩光把盒子放在赵百合的手里："留给你，作为曾经的纪念。"

赵百合注视徽章。韩光起身戴上帽子："我该走了，百合。"赵百合抬眼看他，说不出话。

"人生的任何一种苦难，都不能击倒你——因为，你曾经是中国陆军特种兵！"韩光转身走了。赵百合看着徽章，压抑地哭出声来。

韩光大步走着，不回头。

赵百合将徽章紧紧抱在怀里。

14

民工如潮。一个民工在 X 光机前等待。一个民警的背影贴在他的耳边："请你跟我来一下。"民工抬眼，是化装的秦伟。韩光冷酷的脸注视着他。秦伟呆住了，右手的手枪停在空中。韩光说："不要痴心妄想了，你的出枪速度不会比我快。"

两个便衣拥过来，他们都化装成民工在秦伟前后，秦伟被按在地上，被下了手枪戴上手铐。秦伟叹息一声："山鹰，我们都栽在了你的手上……"

韩光蹲下，注视秦伟："在中华人民共和国的土地上，你们注定是会失败的。"

秦伟被拉起来，带走。韩光注视秦伟的背影，在人流中消失。

15

世界经济论坛如期举行。何世昌做了演讲，引起世界轰动。

滨海警方的新闻发布会低调召开，表示已经破获了前一段时间在我市流窜作案的犯罪集团。

16

钱副厅长申请提前退休，获得了组织批准。他带着女儿离开滨海，到内地老家生活。

韩光提前晋升为二级警督，并且担任了新的狙击手队长。狙击手队的代号是"刺客"。

赵百合离开中国，回到欧洲。

唐晓军因为违纪泄密被开除警队，并且接受进一步调查处理。

拘留所，穿着囚服的唐晓军抬头。方局长走进来。唐晓军慢慢站起来。

"唐晓军同志。"

"同志？"唐晓军纳闷儿。

方局长微笑着注视他："唐晓军同志，你的新警察生涯刚刚开始。"

唐晓军愣了一会儿，随即慢慢明白过来。

17

静谧美丽的海岸，沿着椰林的边缘展开婀娜的曲线。海浪轻轻拍打着沙滩，带着些许惬意。一个长发披肩的女孩儿背对着椰林，坐在长椅上。

一辆越野车慢慢停在滨海市心理治疗中心疗养院的停车坪内，穿着白色 T 恤衫和牛仔裤的韩光捧着一束百合花下车。年轻的女大夫站在停车坪旁的草坪上，看着散步的病人们，看见韩光下车露出笑意："韩警官，一周一次啊！真准时！今天不加班啊？"

韩光竖起食指嘘了一声，女大夫吐吐舌头，急忙闭嘴。

韩光压低声音却很认真地说："千万不要让她知道我是警察。"

女大夫纳闷儿地问："为什么呢？警察又不是什么不好的职业，如果你真的希望她能恢复，应该告诉她实情。这些都能丰富她的真实回忆，对她很有帮助的。"

韩光看着冬儿的背影："我希望，她永远不知道世界上有警察这个职业。"

"为什么？"

韩光的声音变得低沉："那样她就不会知道，这个世界上还有罪犯。"

女大夫愣了一下，随即说："你希望她永远活在编造出来的童话中吗？"

韩光看着冬儿的背影，不说话。女大夫同情地说："这个童话，你又能维持多久呢？"

韩光看着她："一辈子。"

女大夫沉默了一下，又关切地说："对了，我有义务提醒你，已经四个月了……到底要不要这个孩子，现在是最后的选择机会了。"

韩光看着冬儿的背影说："我发过誓，不会让她再吃一点苦。我不可能让她上手术台，她也不可能接受那样做……她爱这个孩子。"

女大夫小心地问："你知道，那对你意味着什么？那不是你的孩子！是罪犯的！"

韩光看着她："爱。"

女大夫的声音低下来，有些许酸意："作为女孩儿，我真的很羡慕她，有你这样的男人。"

韩光笑笑，慢慢穿过椰林。他站在冬儿身旁柔声地说："冬儿，还记得我吗？"

戴着耳机听音乐的冬儿慢慢转脸看着韩光，美丽的眼睛忽闪着似乎在努力回忆什么。韩光期待地望着她。冬儿的眼睛里空空如也。韩光的脸上渐渐露出失望，但他还是努力掩饰着露出微笑。冬儿摘下耳机，"扑哧"乐了："冬儿跟你开玩笑呢！"

韩光惊喜地看着她。冬儿的脸上显出红晕："你是冬儿的未婚夫，你叫韩光。你是公务员，在政府机关坐办公室，你29了。"

"冬儿！你真的记住了？记住了？"韩光幸福得简直要崩溃了。

冬儿点点头："冬儿还知道，你是个坏蛋……"

韩光含泪笑着："对，我是坏蛋。"

"还没结婚，你就让冬儿怀孕了。"冬儿的声音很低，脸红透了。韩光点头。

"你还好意思承认啊？"冬儿抬头看他，嗔怪着。韩光坐在她的身边，把百合花递给她。

冬儿已经显出身段，穿着宽松的孕妇裙，她接过百合花，闻了闻："真香！你每回都送冬儿百合花。既然你这么喜欢百合花，要是冬儿生个女儿,就叫百合吧！"韩光愣了一下。

短暂的沉默之后，他从兜里拿出一个蓝色的小盒子："冬儿，这是我送给你的。"

冬儿好奇地看着："这是什么？"

"这是结婚戒指。"韩光打开盒子，拿出钻戒。

"结婚戒指？你要和冬儿结婚吗？"冬儿脸又红了。韩光点头："嗯，和冬儿结婚。"

"那冬儿要是再忘记你，你会生气吗？"

"不会。"韩光的眼泪倏然落下。

"真的？"冬儿认真地问。韩光点头："真的。"

"冬儿相信你。"冬儿露出微笑。韩光拿出钻戒，戴在冬儿的无名指上。

"真好看。"冬儿伸开手指，翻来覆去地看。她想起什么一样，拿起耳机塞一个到韩光耳朵里："这是冬儿最喜欢的歌儿，冬儿想和你一起听。"

韩光点头。冬儿按下 CD，舒缓的音乐响起来。

多雨的冬季总算过去，

天空微露淡蓝的晴，

我在早春清新的阳光里，

看着当时写的日记，

原来爱曾给我美丽心情，

像一面深邃的风景，

那深爱过他却受伤的心，

丰富了人生的记忆……

她偎依在韩光怀里，像一个婴儿一样闭着眼睛，随着音乐的旋律低声吟唱着。韩光抱着冬儿，抱着他的妻子——这个世界上他最疼爱的女人。

只有曾天真给过的心，

才了解等待中的甜蜜；

也只有被辜负而长夜流过泪的心，

才能明白这也是种运气；

让他永远记得曾经有一个人

给过完完整整的爱情……

韩光的眼泪倏然而下，冬儿的手指滑过韩光的眼泪："这是什么？"

"眼泪。"

"你为什么有眼泪？冬儿怎么没有？"

韩光抚摩着冬儿的脸："因为……我会保护你，一辈子！所以，你不会再流泪……"

"一辈子？"

"一辈子。"

冬儿看着韩光的泪眼笑了："那你会保护冬儿的孩子一辈子吗？"

"会。"

"你会保护冬儿的爸爸和妈妈一辈子吗？"

"会。"

"那你要保护多少人一辈子啊？"

"保护所有和冬儿一样善良的人，"韩光把冬儿紧紧地抱在怀里看着静谧的大海，"一辈子……"

图书在版编目（CIP）数据

狙击生死线 / 刘猛著. -- 北京：北京联合出版公司，
2015.4（2020.9重印）
（铁血系列）
　　ISBN 978-7-5502-3937-1

　　Ⅰ．①狙… Ⅱ．①刘… Ⅲ．①长篇小说－中国－当代
Ⅳ．①I247.5

中国版本图书馆CIP数据核字(2014)第267049号

狙击生死线

出版统筹：新华先锋
责任编辑：徐秀琴
封面设计：易珂琳
版式设计：朱明月

北京联合出版公司出版
（北京市西城区德外大街83号楼9层　100088）
三河市东兴印刷有限公司印刷　新华书店经销
字数286千字　787毫米×1092毫米　1/16　20印张
2015年4月第1版　2020年9月第5次印刷
ISBN 978-7-5502-3937-1
定价：59.00元